Ein Schloss aus Silber und Scherben

Arianne L. Silbers

AF216666

1. Auflage
Copyright © 2023 Arianne L. Silbers

Vertrieb: Nova MD
Satz und Umschlaggestaltung: Arianne L. Silbers
Lektorat: Maria Wolff
Korrektorat: Mona Dertinger, Pia Euteneuer
Bildmaterial (Umschlag, Innengestaltung): Shutterstock.com
Illustrationen der Hauptfiguren:

1)@ebbarie (Instagram)
2) Mila Rosgeber
3) Vivien Gintner - @evilienne16 (Instagram)

Impressum:

Arianne L. Silbers
c/o autorenglück.de
Franz-Mehring-Str. 15
01237 Dresden

E-Mail: arianne.l.silbers@gmail.com
www.arianne-l-silbers.com

Instagram: @ arianne.l.silbers
TikTok:@ Arianne.L.Silbers

Druck: CUSTOM PRINTING,
Wał Miedzeszyński 217, 04-987 Warszawa, Polen

ISBN: 978-3-98595-578-7

Arianne L. Silbers

Ein
SCHLOSS
aus Silber und
Scherben

Was wäre, wenn
es dieses Mal anders ist?

Ein Wort der
Warnung

Lasst euch von der glitzernden Fassade dieses Buches nicht täuschen. Marens Welt ist finster und ungerecht und ich werde euch ihre Geschichte so erzählen, wie sie ist, und nicht, wie sie sein sollte oder wie sie in einer besseren Welt mit besseren Menschen vielleicht abgelaufen wäre. Da dieses Buch sensible Themen beinhaltet, könnt ihr vor dem Abtauchen in die Geschichte auf Seite 453 mehr über Inhalte mit Trigger-Potenzial erfahren, wenn ihr das wollt.

Ich wünsche euch ganz viel Vergnügen beim Lesen.

Für
alle, die noch
stehen

Und für ein kleines
Mädchen,
dem niemand zur

Hilfe kam.

obwohl es
schwerfällt.

Playlist

Beauty and the Beast - Evermore
Beth Crowley - Savior
Birdy - The Same
Blackmore's Night - Ghost of a Rose
Brent Morgan - The Fixer
Florence + The Machine - Hunger
Heather Dale - Fairytale
Icon For Hire - War
Jaymes Young - I'll Be Good
Laurel - Fire Breather
Lauren Aquilina - Fools
Maddie Zahm - Fat Funny Friend
Mean Girls on Broadway - What's Wrong With Me?
No Frills Twins - Dying To Be Thin
Phildel - Dare
Spielbann - Schwesterchen Frost
Wicked The Musical - As Long As You're Mine
Wicked The Musical - I'm Not That Girl

QR-Code:

Post aus dem
Märchenland

Prolog

*A*ls sich am Abend nach dem Erntefest eine schneeweiße Taube in den königlichen Taubenschlag des Landes Mandrell verirrte, ahnte der alte Vieh- und Stallmeister noch nicht, was für einen Aufruhr sie verursachen würde. Er wunderte sich lediglich darüber, dass weder Blut- noch Schlammflecken das bleiche Gefieder des Vogels besudelten und dass der Brief, den die dürre Taube bei sich trug, in einem Röhrchen aus geschliffenem Bergkristall steckte.

Kurz spielte der alte Stallmeister Hebron mit dem Gedanken, diese funkelnde Kostbarkeit einfach zu behalten. Der Stein würde ihm auf dem Schwarzmarkt immerhin ein oder zwei magere Hasen einbringen ... Und Fleisch war selten in diesen Tagen, denn der König hatte alle Männer und Frauen, die sich aufs Töten verstanden, vor drei Jahren mit in den Krieg genommen, sodass nun niemand in Mandrell mehr wusste, wie man richtig jagte. Doch da Hebron die grimmige Offizierin Sifa zu sehr fürchtete, um ihr etwas vorzuenthalten, tat er dennoch seine Pflicht und eilte schnellstmöglich zum Kleinen Rat der Prinzessin, wo er den Brief und das kostbare Kristallglas widerwillig an Sifa und die anderen alten Lords übergab.

»Wer verschickt seine Briefe in diesen Zeiten denn in ausgehöhlten Juwelen?«, brummte Hebron mit einem Kopfschütteln. Und zu seiner großen Überraschung erhielt er heute tatsächlich eine Antwort.

»Der Brief kommt aus Beli, die feine Schleifarbeit ist unverkennbar. Außerdem ist die Paradiesinsel der einzige Ort auf der Welt, der nicht in diesen unseligen Krieg verwickelt ist und es sich leisten kann, Briefe in funkelnden Röhrchen durch die Welt zu schicken ...«, murmelte Sifa geistesabwesend. Der Brief schien die sonst so wortkarge Offizierin ziemlich

aus der Fassung zu bringen, denn normalerweise unterhielt Sifa sich nie mit Hebron oder den anderen niederen Bediensteten.

»Eine Nachricht aus Beli also, ja? Dann werde ich umgehend unsere Prinzessin holen«, befand Hebron, ehe eine der feinen Herrschaften ihn dazu auffordern konnte.

Doch Sifa schüttelte hastig den Kopf.

»Nein, Hebron, ich werde sie später selbst benachrichtigen ... Aber danke für das Angebot.« Die Offizierin strich bei diesen Worten mit finsterer Miene über das eisblaue Siegelwachs, das den Brief verschlossen hielt – sie dachte offensichtlich darüber nach, dieses seltsam saubere Schreiben gleich hier an Ort und Stelle zu öffnen ... Nun war Hebrons Interesse erst recht geweckt.

»Wollt Ihr den Brief etwa vor unserer Prinzessin lesen?«, platzte es aus ihm heraus, bevor er genauer darüber nachdenken konnte, mit wem er hier eigentlich sprach.

Sifa warf ihm einen wütenden Blick zu, nickte dann aber widerwillig. »Prinzessin Maren ist unvernünftig, wenn es um Beli geht ... Außerdem bekümmert es sie, wenn man die Insel auch nur erwähnt. Vielleicht steht ja überhaupt nichts Wichtiges in diesem Brief und wir müssen unsere junge Herrin gar nicht damit behelligen ...« Unsicher wandte sich die Offizierin zu den anderen Ratsmitgliedern um und suchte in ihren Augen nach so etwas wie Zustimmung. Sie hatte mit Verrat offenbar noch nicht viel Erfahrung. Und so dauerte es auch eine ganze Weile, ehe sie sagte: »Also schön ... Wer von den hier anwesenden Lords stimmt mit mir darin überein, dass wir diesen Brief vor der Prinzessin lesen sollten?«

Sifa sprach sehr leise und undeutlich, doch erstaunlicherweise schienen die etwas betagt wirkenden Lords sie dennoch sofort zu verstehen. Fast gleichzeitig hoben die umstehenden Ratsmitglieder ihre runzligen Hände, und ehe Hebron sichs versah, brach Sifa auch schon das hellblaue Wachssiegel auf und breitete den kleinen weißen Brief vorsichtig vor sich aus.

Während sie las, blieb alles still. Doch als die silberhaarige Offizierin ihre Augen endlich wieder von dem sauberen Pergamentpapier löste, ging plötzlich die Sonne in ihrem Gesicht auf und Hebron wurde bewusst, dass er Sifa in seiner dreißigjährigen Dienstzeit nicht ein einziges Mal hatte lächeln sehen.

»Das hier ist ein Heiratsgesuch! Einer der hohen Lords von Beli will unsere Prinzessin heiraten! Und er ist noch dazu ein Kandidat für das Königsamt der Insel! Das heißt, wenn Prinzessin Maren annimmt, ist sie vielleicht bald mit dem König der Paradiesinsel verheiratet und hat vollen Zugriff auf die prall gefüllten Schatzkammern der Insel! Mit diesem Geld könnten wir den Krieg beenden! Himmel, wir könnten ihn sogar gewinnen!« Kaum hatte Sifa geendet, wurde der Brief ihr schon aus der Hand gerissen und ein Lord nach dem anderen überflog die gedrungenen Worte.

»Das sind ja großartige Nachrichten!«, frohlockte Lord Markan schließlich mit seiner dünnen Stimme.

Doch der halbblinde Heiler Gjoran schüttelte betrübt den Kopf.

»Nun … es *wären* großartige Nachrichten, wenn die Prinzessin in diese Heirat einwilligen würde – aber das wird sie gewiss nicht tun«, bemerkte der alte Gjoran nüchtern.

Schlagartig erlosch das Lächeln auf den Lippen der Adligen wieder und sie wandten sich entweder fragend oder anklagend zu dem weißhaarigen Heiler um.

»Und wieso sollte Prinzessin Maren nicht in diese Heirat einwilligen?!«, fragte Sifa aufgebracht.

Der alte Heiler hob beschwichtigend die Hände. »Ach, Ihr wisst doch, wie unsere Prinzessin ist, wenn es ums Heiraten geht …«

»Aber das hier ist etwas anderes! Die Zukunft unseres Landes hängt an dieser Heirat! Die Zukunft des gesamten Nordens! Außerdem kennt unsere Prinzessin Lord Willjareth schon seit ihrer Kindheit, die beiden waren beste Freunde und sie hat ihn jahrelang vergöttert! Er ist reich, jung, gut aussehend und will sie heiraten – es ist besser als in jedem Märchen! Warum sollte Prinzessin Maren diese Heirat ausschlagen wollen?!«, ereiferte sich Sifa ungehalten.

Doch der alte Heiler ließ sich davon nicht beeindrucken und blinzelte Sifa nur bedauernd an.

»Ihr habt es eben selbst gesagt, Sifa: Unsere Prinzessin und der junge Lord Willjareth *waren* einmal Freunde. Habt Ihr etwa vergessen, wie diese Freundschaft *endete*? Ich habe es jedenfalls nicht vergessen, denn ich habe damals die Wunden des armen Mädchens versorgt …«

»Ja, was damals geschehen ist, war sehr tragisch, Gjoran. Aber wir müssen nach vorne sehen! Unsere Prinzessin muss Lord Willjareth

heiraten, wenn wir diesen Krieg gewinnen wollen!«, beharrte Sifa mit geballten Fäusten.

»Aber sie wird dem niemals zustimmen, Sifa, das wisst Ihr genauso gut wie ich. Denn selbst wenn unsere Prinzessin bereit wäre, über das Vergangene hinwegzusehen, hätten wir noch ein anderes großes Problem.«

»So? Und welches wäre das?«, schnappte Sifa erregt zurück.

Der alte Heiler seufzte. »Dass Willjareth selbst unsere Prinzessin gar nicht heiraten möchte ... Dieser Brief stammt schließlich von Willjareths Großvater Hrafen. *Er* will seinen Enkel an Maren verheiraten, aber ich bin mir nicht sicher, ob Willjareth selbst ähnliche Ambitionen hegt. Hrafen schreibt am Ende immerhin: ›Ich weiß, mein Enkel ist recht wankelmütig, wenn es ums Heiraten geht, aber sorgt Euch nicht, Prinzessin, solltet Ihr meinen Vorschlag annehmen, kenne ich Mittel und Wege, um Willjareth vor den Altar zu bekommen.‹« Der grauhaarige Heiler machte eine bedeutungsschwere Pause, in der er den umstehenden Ratsmitgliedern trübsinnige Blicke zuwarf. Dann verkündete er mit gesenktem Kopf: »All das klingt für mich nicht sehr danach, als würde Willjareth auch nur von dieser Verlobung wissen – geschweige denn, sie sich wünschen. Und zu so etwas würde unsere Prinzessin niemals zustimmen. Sie würde sich keinem Mann aufzwingen, der sie nicht will – sie hätte ja sogar Angst davor, sich einem Mann zu versprechen, der sie tatsächlich will ...«

»Nun, dieses Problem ist einfach zu lösen, oder?«, wandte der langsam sprechende Lord Markan gleichmütig ein. »Die Prinzessin darf den Brief nicht lesen – zumindest nicht den echten. Wir kratzen die Tinte vom Pergament und schreiben die entscheidenden Stellen so um, dass es klingt, als würde dieser Lord Willjareth um ihre Hand anhalten. Seine Handschrift sollte leicht zu fälschen sein bei all den alten Briefen, die noch in den Gemächern der Prinzessin herumliegen.«

»Sie wird trotzdem Nein sagen«, murmelte ein anderer Lord mit tiefschwarzem Schnurrbart. »Vielleicht sollten wir Lord Rorick ins Vertrauen ziehen? Er kann bestimmt zu der Prinzessin durchdringen ...«

Sifa schüttelte entschieden mit dem Kopf. »Rorick ist ein Hund. Er wird sich auf die Seite der Prinzessin schlagen, egal, was geschieht.«

»Schön, also nicht Lord Rorick. Aber vielleicht sagt Ihr mir dann zumindest, was wir mit unserem Mitwisser hier machen wollen, Sifa?«

Der Schnurrbartträger deutete mit seiner rechten Hand unversehens auf Hebron, den der Kleine Rat in der ganzen Aufregung vollends vergessen hatte.

Hebron zuckt zusammen und spürte den kalten, stahlgrauen Blick der Offizierin auf seiner Haut. Doch ehe er um sein Leben betteln oder sich dafür verfluchen konnte, nicht früher weggerannt zu sein, schenkte Sifa ihm bereits ein merkwürdig ruhiges Lächeln und sagte: »Nun, ich denke, wenn die Prinzessin sich nicht einsichtig zeigt, werden wir noch sehr froh darüber sein, dass der Stallmeister unsere kleine Unterredung belauscht hat. – Hebron, Ihr kennt die Burg und das umliegende Land besser als jeder andere ... Ihr wisst doch bestimmt, wo hier einschläfernde Pflanzen wachsen. Geistermohn habe ich gestern irgendwo im Schlosshof gesehen, ein paar andere Schlafkräuter wird es hier ja wohl auch geben, oder?«

Mit laut pochendem Herzen nickte Hebron und die Offizierin lächelte.

»Gut. Sehr gut. Sollte alles scheitern, werde ich den Kelch unserer Prinzessin im Inneren mit einer Schlaftinktur bestreichen und wir werden sie mit ein wenig Gewalt nach Beli verfrachten. Lord Rorick soll mit ihr gehen, er wird sie dort gut beschützen, und sobald er sieht, dass wir in der Überzahl sind, wird er sich in sein Schicksal fügen und dieser Heirat nicht mehr im Wege stehen.« Sifa nickte abwesend, als wollte sie ihren eigenen Plan noch einmal absegnen. Dann wandte sie sich ungeduldig an Hebron. »Ihr solltet jetzt gehen und die Schlafkräuter suchen, wir müssen so schnell wie möglich handeln. – Das hier könnt Ihr wieder mitnehmen, als Bezahlung für Euer Schweigen und Eure weiteren Dienste.« Sifa streckte Hebron gleichgültig das Kristallglas von vorhin entgegen und seine Augen blitzten, als er es entgegennahm.

Hastig verneigte Hebron sich und sagte: »Ich werde Euch die Pflanzen so schnell wie möglich bringen, Lady Sifa!« Dann eilte er davon und sah im Geiste schon die zwei saftigen Hasen am Spieß braten, die er sich von dem großen Stück Bergkristall kaufen würde.

Entführung ins
Märchenland

Prinzessin Maren begann ihren Morgen wie jeden Morgen: Sie zog sich eines ihrer zerlumpten Dienstbotenkleider über, packte ihren krummen, aus Rosenholz geschnitzten Gehstock am Griff und humpelte nach draußen, um im Burghof ein paar Unkräuter zu pflücken. Wie immer war sie die Erste im Schloss, die wach war. Und als sie wenig später mit einem Arm voller Wildblumen in die verdreckten Korridore zurückkehrte, fürchtete Maren zum vielleicht fünfhundertsten Mal, die anderen Burgbewohner mit dem dumpfen Klacken ihres Gehstocks aufzuwecken. Dabei verschreckte ihre allmorgendliche Anwesenheit mittlerweile nicht einmal mehr die vielen Ratten und Käfer, die sich in den letzten Jahren im Schloss ihres Vaters niedergelassen hatten.

Kopfschüttelnd ordnete Maren die Wildblumen in ihrer linken Hand nach Farben und schlich so leise sie konnte weiter durch die dunklen Korridore. Neben dem Klicken ihres Gehstocks war nur noch das schamlose Schmatzen der Kleidermotten zu hören, die mit schier endloser Ausdauer an den teuren Wandteppichen herumnagten – oder vielmehr an dem, was noch von ihnen übrig war. Doch gerade als Maren anfing, sich an diese schauerliche Stille zu gewöhnen, wagten sich plötzlich die ersten steingrauen Ratten aus einem Loch in der Wand hervor und tippelten wie winzige Hunde mit kahlen Schwänzen neben Maren den leeren Gang entlang.

»Meint ihr, ich hätte die Wandteppiche doch diesem Lord mit den Bärenhunden mitgeben sollen? Ihr wisst schon, dem, der die Schlachtgemälde in der kleinen Galerie gekauft hat. Er hätte die alten Staubfänger wenigstens nicht verkommen lassen … Hier kann sich ja doch niemand darum kümmern.« Schuldbewusst betrachtete Maren die

kleinen Nagetiere, aber die blinzelten sie nur gleichgültig an und richteten ihre schwarzen Perlaugen dann wieder auf den schlammbedeckten Steinboden vor ihren Pfoten.

»Schon klar, ihr wollt nur etwas zu fressen haben und in Ruhe gelassen werden«, brummte Maren verdrießlich vor sich hin.

Die Ratten kannten ihren Tagesablauf inzwischen auswendig und wussten natürlich, dass Maren auf dem Weg in ihr Studierzimmer war – und dass dort eine Schüssel mit faustgroßen Roggenkeksen vom Vortag stand, die sie bereitwillig mit allen pelzigen Burgbewohnern teilte. Zwar fütterte Maren am liebsten die putzige Haselmausfamilie, die seit dem letzten Frühling in der Burg Quartier bezogen hatte, aber dafür konnten die Ratten ja nichts und sie war wirklich die Letzte, die jemanden wegen seines Aussehens verurteilen sollte.

In ihrem schummrigen Studierzimmer machte sich Maren sofort daran, die welken Unkräuter aus den Vasen und Amphoren zu nehmen und durch frisches Leimkraut, goldene Butterblumen, roten Mauerpfeffer und einige Büschel winziger Gänseblümchen zu ersetzen. In ihrer Kindheit waren all ihre Zimmer ständig mit den buntesten Blumen Mandrells geschmückt gewesen und sie versuchte, wenigstens diese eine Tradition irgendwie fortzuführen.

Nachdem Maren alle welken Pflanzen in eine Ecke geworfen hatte, ließ sie sich auf den alten Eichenholzstuhl vor ihrem Schreibpult fallen und hörte, wie die Stuhlbeine unter ihrem Gewicht leise ächzten. Die Ratten ergriffen bei diesem Geräusch sofort die Flucht und verkrochen sich am anderen Ende des Raumes unter Marens geliebtem Cembalo. Maren zuckte nur mit den Schultern und beachtete die grauen Tierchen nicht weiter. Sie würden ihren Schreck schon überwinden und Maren mit ihrem unermüdlichen Gebettel nach Futter noch früh genug von der Arbeit ablenken.

Seufzend schob sie sich einen der weichen Roggenkekse in den Mund und wandte sich ihrem Schreibpult zu, um die deprimierenden Finanzgeschäfte ihres Landes fortzuführen. Doch das unheimliche schwarze Schuldnerregister, das normalerweise immer auf Marens Schreibtisch lag, war nicht dort. Stattdessen hatte jemand – und Maren hatte einen ziemlich guten Verdacht wer – das Register durch ein altes Märchenbuch mit rosa gefärbtem Elchsleder und angelaufenen Goldlettern ersetzt.

Kurz stahl sich ein Lächeln auf Marens Züge und sie fuhr träumerisch das verschlungene Relief der Rankenpflanzen nach, die einst liebevoll in das Leder geschnitzt worden waren. Dann riss sie sich allerdings mit einem bitteren Schnauben von ihrem alten Geburtstagsgeschenk los und sah sich verdrießlich im Zimmer um. Lord Rorick, ihr engster Vertrauter, musste die Bücher vertauscht haben, in der Hoffnung, dass Maren sich endlich einmal etwas Ruhe gönnte.

»Er sollte wissen, dass ich keine Zeit für solche Albernheiten habe. Ich ruhe im Schlaf, das reicht mir vollkommen«, murmelte Maren und sprang auf, um in den vollgestopften Regalen nach ihrem schwarzen Schuldbuch zu suchen. »Und warum um alles in der Welt sollte ich meine freie Zeit mit dummen Märchen verbringen wollen?«, fragte sie die ratlosen Ratten hitzig. »Märchen sind nichts als Lügen! Wollt ihr mal ein wahres Märchen hören?

›Es war einmal ein kleines Königreich namens Mandrell, das wurde auch *das bunte Land* genannt, weil es das einzige Königreich im gesamten Norden war, in dem Blumen wachsen konnten. Und weil die ersten Könige Mandrells kluge Leute waren und wussten, wie sehr die Nordländer all die wilden Rosen und Tulpen bewunderten, legten sie riesige Blumenfelder in ihrem Land an und machten mit dem Verkauf der bunten Pflanzen bald ein beträchtliches Vermögen. Doch dann zog der König Mandrells zusammen mit den anderen Fürsten des Nordens in den Krieg und ließ das Land unter der Führung seiner hässlichen, verkrüppelten Tochter zurück. Und da plötzlich niemand mehr Blumen brauchte, brach die Wirtschaft Mandrells von einem Tag auf den anderen zusammen und der Krieg plünderte die prallen Schatzkammern des Landes so schnell aus, dass die Adligen binnen eines Jahres die gesamte Dienerschaft im Schloss entlassen mussten und am Ende des zweiten Jahres nicht einmal mehr genug Geld hatten, um Feuerholz für die leeren Kamine zu kaufen, und im dritten Jahr –‹«

»Hoheit, würdet Ihr bitte aufhören, mit den Ratten zu reden? Das bereitet mir langsam ernstliche Sorgen.«

Erschrocken fuhr Maren herum und sah in das von Falten und Narben übersäte Gesicht ihres bärbeißigen Leibwächters. Lord Rorick war zwar schon lange nicht mehr oberster Heerführer ihres Vaters und sein Haar wurde langsam grau, aber er hatte noch immer die bullige Statur eines

Kriegers und trug sein altes Langschwert stets einsatzbereit am Gürtel wie ein echter Nordländer. Auch heute hatte Lord Rorick sein Schwert dabei und spielte mit seinen Fingern nervös an dem abgegriffenen Knauf herum. Das tat er immer, wenn er besorgt war – und er war ständig besorgt. Aber wer konnte ihm das schon verübeln? Die Dinge liefen im Moment alles andere als gut für Mandrell.

»Keine Angst, ich erwarte nicht, dass die Ratten mir antworten«, erklärte Maren ihrem Berater schließlich abwesend. »Ich war bloß in Gedanken, und mit wem soll ich denn sonst reden, wenn nicht mit unserem hauseigenen Ungeziefer?« Maren warf den wartenden Nagetieren beiläufig ein paar Roggenkekskrümel entgegen und dachte, die Angelegenheit wäre damit erledigt – doch Lord Rorick ließ nicht locker.

»Warum unterhaltet Ihr Euch nicht zur Abwechslung einmal mit den anderen jungen Lords und Ladys von Mandrell? Einige von ihnen wollen heute einen kurzen Ausritt machen und ich dachte, Ihr könntet sie vielleicht begleiten. Sie warten im Burghof auf Euch – seht selbst.« Lord Rorick wies mit der rechten Hand aus dem schmalen Fenster über Marens Schreibtisch und ihre blassroten Augenbrauen schossen umgehend in die Höhe. Dass die jungen Adligen auf sie warteten, sah ihnen gar nicht ähnlich … Ungläubig stand Maren auf, doch sie war selbst im Stehen zu klein, um aus dem schmutzigen Fenster sehen zu können, also stützte sie sich bedächtig auf die Tischplatte und stellte sich auf die Zehenspitzen.

Tatsächlich standen sieben junge Edelleute in schönen, aber merklich abgetragenen Kleidern unten im Burghof und tätschelten ihren verhungert aussehenden Pferden die Hälse. Die Adligen hielten ihre Blicke gesenkt und wirkten ebenso schwermütig wie alle Bewohner Mandrells in diesen Tagen. Doch im Gegensatz zu Maren und Lord Rorick ließ die Sorge die Lordskinder nicht schlagartig um zehn Jahre altern. Sie erinnerten vielmehr an die tragischen Helden aus all den Liedern und sahen selbst in ihrer abgetragenen Reiterkluft noch wunderschön und beeindruckend aus. Und das schüchterte Maren mehr ein, als sie sich selbst eingestehen wollte.

Sie hatte die anderen Kinder hochgestellter Edelleute zwar schon immer ein wenig unnahbar und unheimlich gefunden, aber seit Maren vor drei Jahren von ihrem letzten Sommer auf Beli nach Hause

zurückgekommen war, hatten diese Gefühle überhandgenommen. Sie konnte mittlerweile nicht einmal mehr ein vernünftiges Gespräch mit den jungen Adligen führen, denn immer wenn sie mit einem der hübschen Lordssöhne allein war, hatte Maren das Gefühl, einem angriffslustigen Wolf gegenüberzustehen, und war vor Angst wie gelähmt. Wie um alles in der Welt sollte sie also jemals mit all diesen Lordskindern zusammen ausreiten können?

Kopfschüttelnd ließ Maren sich auf ihren Stuhl zurücksinken und mied den Blick ihres treuen Beraters, als sie sagte: »Mein Bein würde die anderen Adligen sicher nur aufhalten und außerdem rede ich lieber mit Ratten, als die Blumenfelder Mandrells verwahrlost und voller Unkraut zu sehen.«

»Nun gut, es muss ja kein Ausritt sein … Aber vielleicht könntet Ihr abends ein oder zwei Partien Glenchelí mit den anderen Lordskindern spielen. Das wäre gewiss –«

»Eine Verschwendung von Kerzenwachs? Ihr wisst doch, dass ich mit jungen Leuten nichts anfangen kann, Lord Rorick. Warum können wir es nicht einfach dabei belassen?«, fiel Maren ihm ungeduldig ins Wort. Immer wieder musste er dieses Thema anschneiden …

»Weil Ihr ebenfalls zu diesen ›jungen Leuten‹ gehört, Hoheit! Ihr seid gerade mal siebzehn Jahre alt! Es ist nicht gut für Euch, nur mit faltigen Lords, verstaubten Gelehrten und altgedienten Leibwächtern wie mir zu reden!«

»Es gibt viele Dinge, die nicht gut sind, Lord Rorick. Ein Krieg zum Beispiel, der Väter dazu zwingt, ihre Töchter zu verlassen. Aber wir können uns die Welt, in der wir leben, nun einmal nicht aussuchen. Ich habe keine Zeit für jugendlichen Nonsens und Ihr seid sicher nicht nur hierhergekommen, um das Gegenteil zu behaupten. Was wollt Ihr also von mir?« Maren bedachte den alten Mann mit ihrem strengsten Prinzessinnen-Blick und zu ihrer großen Erleichterung gab Lord Rorick seine Debattierhaltung nach einigen Atemzügen auf und ließ friedfertig die Schultern sinken.

»Ich soll Euch eine Nachricht vom Kleinen Rat überbringen, Hoheit. Man lässt Euch ausrichten, dass heute Abend eine Eilversammlung im alten Verhandlungszimmer abgehalten wird. Es ist ein Brief eingetroffen, der die Geldprobleme des Nordens vielleicht lösen kann. Der Rat hat diesbezüglich einige sehr wichtige Dinge mit Euch zu bereden.«

Maren riss erstaunt die Augen auf. »Warum benachrichtigt man mich erst jetzt darüber?! Was ist das für ein Brief? Woher kommt er? Und was will der Rat mit mir besprechen?«

Lord Rorick zuckte unbeholfen mit den Schultern. »Tut mir leid, Hoheit, das weiß ich nicht. Ich sollte Euch nur Bescheid geben.«

»Tja, dann werde ich es wohl später erfahren müssen ...« Maren zwang sich zu einem Lächeln, obwohl sie keineswegs erfreut war, wie ein kleines Mädchen übergangen zu werden. Aber es wäre ungerecht, wenn sie ihr Missfallen an ihrem alten Leibwächter auslassen würde.

»Nun ... Wir sehen uns dann heute Abend, Hoheit«, murmelte Lord Rorick abwesend. »Versucht, nicht zu viel zu arbeiten, die Sitzung wird sicherlich anstrengend werden«, fügte er noch mahnend hinzu, ehe er sich verneigte und verschwand. Mehr sagte Lord Rorick allerdings nicht. Kein: *Ihr solltet Euch bis dahin noch einmal frischmachen,* oder: *Es wäre besser, wenn Ihr bis dahin etwas Angemessenes zum Anziehen gefunden hättet,* kam über seine Lippen. All die lästigen Ermahnungen, die Maren als Kind immer zu hören bekommen hatte, waren inzwischen verstummt. Es war vollkommen bedeutungslos, dass sie aussah wie eine niedere Dienstmagd oder dass sie dick und hässlich war und ein verkrüppeltes Bein hatte. Der Krieg hatte all diese Oberflächlichkeiten unwichtig werden lassen, und obwohl Maren das endlose Schlachten verabscheute, war sie dem Krieg für diese eine Sache sogar ehrlich dankbar.

Als der Tag sich langsam dem Ende zuneigte und die Sonne ihren Platz am Himmel für die pulsierenden blaugrünen Nordlichter räumte, wurde es schlagartig kälter in der Burg. Zitternd schlang Maren sich ihren muffigen Marderpelz enger um die Schultern und machte sich auf den Weg zum alten Verhandlungszimmer, das in einem schlichten Eckturm des Schlosses lag. Sie hoffte, dass das letzte Dämmerlicht den kleinen Raum etwas aufgeheizt hatte.

Doch als Maren einige Zeit später im Verhandlungszimmer ankam, bemerkte sie, dass die zartgoldenen Sonnenstrahlen rein gar nichts wärmten. Sie waren lediglich hübsch anzusehen und ließen den altgedienten Saal ein bisschen weniger trostlos wirken als normalerweise. Der viele Staub, der auf dem zerkratzten Rundtisch lag, funkelte im schwachen Abendlicht und verlieh dem Holz so einen nahezu würdevollen Glanz,

und selbst die ausgesessenen Polsterstühle, aus denen schon weiße Füllung hervorquoll, wirkten mit einem Mal weniger kläglich.

»Eure Hoheit! Ihr seid aber früh dran – verzeiht, dass noch niemand hier ist, wir hatten erst in den späten Abendstunden mit Euch gerechnet ...«

Maren zuckte erschrocken zusammen und bemerkte, dass der goldblonde Junglord Narik auf einem der alten Holzstühle saß und sich nun entschuldigend vor ihr verneigte. Über seinem weißen Leinenhemd trug er einen verblichenen waldgrünen Mantel, der sich mit aufwendig verschnörkelten Kupferfibeln schließen ließ und in besseren Zeiten bei den Adligen in Mode gewesen war. Der Mantel befand sich in vergleichsweise gutem Zustand, auch wenn der Saum mittlerweile eine unschöne Schlammfarbe angenommen hatte, die sich vermutlich nicht mehr auswaschen ließ, und ein feiner Riss an der rechten Schulternaht mit dem falschen Garn geflickt worden war.

Jäh fiel Maren auf, dass sie dem jungen Narik mit seinen hübschen goldenen Locken noch gar nicht geantwortet hatte und er daher nach wie vor in seiner steifen Verbeugung verharrte, die ebenso wie sein Mantel ein Relikt aus Zeiten war, in denen Prunk und Höflichkeiten noch eine Rolle gespielt hatten.

Hastig räusperte Maren sich und spürte, wie ihr die Hitze in die Wangen kroch.

»Es ist schon in Ordnung, Narik, ich bin nur viel zu früh dran, wie immer. Seid Ihr heute hier, um Lord Jordin zu vertreten?«

Endlich erhob sich der schlanke Junglord wieder und sagte mit einem verlegenen Nicken: »Ja, mein Vater ist heute bedauerlicherweise unpässlich.«

Ein dumpfes »Ah ...« war alles, was Maren dazu einfallen wollte. Und sie hätte vermutlich auch kein weiteres Wort mehr hervorbringen können, denn sie hatte plötzlich einen dicken Kloß im Hals und das Herz flatterte ihr wie ein panischer Vogel in der Brust herum – was natürlich absolut kindisch war. Junglord Narik war kein Jahr älter als Maren selbst und mit den echten Lords und Offizieren konnte Maren problemlos sprechen – sie gab diesen Männern sogar Anweisungen! Aber in der Gegenwart der jungen Adligen verwandelte sie sich dennoch immer wieder in ein ängstliches kleines Mädchen, und sosehr sie auch versuchte, diese dumme Angewohnheit hinter sich zu lassen, es wollte ihr einfach nicht gelingen. Die Lordskinder versetzten Maren schlicht in Panik und deshalb mied

sie die anderen Adligen ihres Alters auch, so gut es eben ging. Doch jetzt konnte sie Narik wohl kaum fortschicken, wenn er seinen Vater im Kleinen Rat vertreten sollte ... Also schwieg Maren lediglich, umklammerte mit schwitzigen Händen ihren Gehstock und wartete sehnsüchtig auf das Eintreffen ihrer Berater.

Es kam ihr wie eine halbe Ewigkeit vor, bis die schmale Tür sich abermals öffnete und die alten Lords und Gelehrten in schlecht geflickten Prunkkleidern und zweckmäßigen Wollumhängen in das kleine Turmzimmer strömten. Sofort gesellte Maren sich zu Lord Rorick und den anderen grauhaarigen Gelehrten und fühlte sich augenblicklich wohler.

»Würde mich nun einer von Euch über den Anlass dieser Eilversammlung aufklären? Lord Rorick meinte, es ist ein wichtiger Brief eingetroffen«, bemerkte Maren laut, als der gesamte Rat sich am Rundtisch eingefunden hatte. Sie blieb freundlich wie immer, aber es gelang ihr nicht ganz, die Missbilligung aus ihrer Stimme zu verbannen. Es gefiel ihr nicht, im Unklaren gelassen zu werden.

Der Kleine Rat, der zuvor noch angeregt getuschelt hatte, verstummte auf Marens Worte hin sofort und wässrige Augenpaare blitzten unbehaglich über den Rundtisch hinweg in ihre Richtung. Einen Moment lang sagte niemand ein Wort, doch dann erbarmte sich die drahtige Offizierin Sifa endlich und legte ein schneeweißes Rechteck direkt in die Mitte des zerkratzten Tisches. Es war der geheimnisvolle Brief, von dem alle sprachen, und das eisblaue Siegel darauf war vollständig gebrochen.

Dieses Schreiben war in Marens Rat offenbar von Hand zu Hand gegangen – nur ihr hatte man es nicht gezeigt! Doch Maren fand keine Zeit, sich darüber zu ärgern. Sie kannte dieses helle Siegelwachs und sie kannte dieses weiße Pergamentpapier, das man mit zermahlenem Perlmutt eingefärbt hatte, damit es so hübsch schimmerte ... *Es gibt nur einen einzigen Ort auf der Welt, der reich und hochmütig genug ist, um Zeit und Geld mit dem Einfärben von Briefpapier zu verschwenden ...*

»Der Brief kommt aus Beli, Hoheit«, verkündete Sifa in diesem Augenblick überflüssigerweise. Und obwohl Maren längst wusste, woher der Brief stammte, kroch ihr die Angst bei der Erwähnung der silbernen Insel dennoch wie ein gefrorener Käfer die Kehle hinauf.

Beli ... Maren musste sich mehrfach räuspern, ehe sie ihre Stimme wiederfand.

»Und was steht darin?«, fragte sie schließlich ungeduldig.

Sifa öffnete den Mund, um Maren zu antworten, doch ehe sie auch nur einen Ton hervorbringen konnte, riss der ausschweifende Lord Markan bereits das Wort an sich.

»Nun, wie Ihr wisst, Eure Hoheit, steht es nicht gut um Mandrell. Schon vor zwei Jahren, als Euer Vater den restlichen sieben Nordlanden geschworen hat, bis zum Ende gegen den feigen Süden zu kämpfen, habe ich Euch dazu angehalten, eine Heirat mit einem einflussreichen Lord oder König in Erwägung zu ziehen. ›Bedenkt nur die Möglichkeiten‹, habe ich damals gesagt, und ich habe auch gesagt –«

»Verzeiht, aber jeder der hier Anwesenden weiß, was Ihr damals gesagt habt, Lord Markan«, unterbrach Maren den alten Mann trocken. Wenn man ihm nicht früh genug Einhalt gebot, würde Lord Markan allen Anwesenden vermutlich noch einmal haarklein berichten, wie die Südländer vor vierzig Jahren gelobt hatten, alle Hexerei aus der Welt zu verbannen, und wie der zauberkundige Norden sich ihnen entgegengestellt hatte, bevor er endlich zur Sache kam. Und Maren war heute nicht in der Stimmung, sich noch einmal die gesamte Vorgeschichte über den Krieg mit den Südlanden anzuhören. Außerdem hatte die Erwähnung einer Heirat sie unruhig werden lassen ... »Könntet Ihr mir bitte einfach sagen, was in diesem Brief steht, das uns vielleicht helfen kann, oder muss ich ihn erst selbst lesen?«, fragte Maren daher eine Spur zu scharf in die Runde.

Es käme ihr irgendwie albern vor, den funkelnden Brief in einem Zimmer voller Leute zu lesen, die dessen Inhalt bereits kannten. Doch ihr schien keine andere Wahl zu bleiben, da Lord Markan sich lediglich mit leidender Miene über die Lippen leckte und abermals sagte: »Es steht *wirklich* nicht gut um Mandrell, Eure Hoheit, daher denken wir, Ihr solltet den Inhalt dieses Briefes nicht vorschnell verurteilen ...«

Unter dem Tisch ballte Maren die rechte Hand, mit der sie ihren Gehstock umklammerte, zu einer Faust. Wollte dieser Lord sie absichtlich zum Narren halten? Wie sollte sie denn etwas verurteilen, wenn ihr niemand sagte, worum es ging?! Missmutig streckte Maren eine Hand nach dem weißen Brief aus, doch ehe sie ihn ergreifen konnte, beendete Sifa endlich dieses alberne Katz-und-Maus-Spiel und sagte: »Bemüht Euch nicht, Hoheit, der Brief ist ein Heiratsgesuch. Einer der acht hohen Lords von Beli macht Euch einen Antrag und das ist ein wahrer Glücksfall, weil –«

»Soll das ein Witz sein?«, entfuhr es Maren, ehe Sifa ihren Satz beenden konnte, denn es war das Erste, was ihr einfiel. »Beli hält sich seit über zehn Jahren mit eisiger Bestimmtheit aus allen Kriegen und Unannehmlichkeiten der restlichen Welt heraus. Für diese Leute sind wir nichts weiter als Barbaren vom Festland! Sie verachten uns! Außerdem sind ausländische Adelstitel auf ihrer Insel keinen halben Schilling wert – und soweit ich weiß, kann mich keiner der jungen Insellords leiden! Also warum, um alles in der Welt, sollte einer dieser Lords *mir* einen Antrag machen?!« Es musste ein Witz sein! Es musste einfach ein Witz sein! Niemand auf Beli würde Maren jemals heiraten wollen und ihr Rat konnte doch nicht ernsthaft von ihr erwarten, dorthin zurückzugehen, oder?!

Es ist nur ein Witz, beruhigte sich Maren, unfähig, etwas anderes zu denken. Doch die grauhaarige Sifa wirkte todernst und erwiderte auf Marens Ausbruch hin lediglich: »Dieser Antrag kommt unter besonderen Umständen, Prinzessin, und er kommt von einem besonderen Insellord. Es ist also kein Witz. Aber wenn Ihr mir nicht glaubt, könnt Ihr den Brief ja selbst lesen.«

Erneut streckte Maren eine zittrige Hand nach dem Brief aus, doch ehe sie ihn auch nur berühren konnte, sprang Lord Rorick neben ihr unvermittelt auf und riss das schillernde Pergamentpapier an sich.

»Es gibt keine besonderen Insellords, Sifa. Nur schlimme und *besonders schlimme*! Ich fasse es nicht, dass Ihr erwägt, unsere Prinzessin an diesen unseligen Ort zu verheiraten! Diese Insel hätte sie vor drei Jahren fast umgebracht, habt Ihr das etwa vergessen?! Wollt Ihr das Leben Eurer Regentin ernsthaft gefährden, um diesen verlorenen Krieg mit dem schmutzigen Vermögen irgendeines Insellords noch ein paar Jahre länger am Laufen zu halten?!«, donnerte Lord Rorick ungehalten. Innerhalb eines Wimpernschlages hatte sich der freundliche Veteran von einem alten Lord in Marens unnachgiebigen Leibwächter verwandelt. Der halbe Rat schreckte vor Lord Roricks heftigen Worten zurück, doch Sifa ließ sich von Marens engstem Vertrauten nicht einschüchtern.

»Es ist nicht so, dass wir das Leben oder Wohlergehen von Prinzessin Maren gefährden *wollen*, Lord Rorick. Wir haben vielmehr keine andere

Wahl ... Wenn wir nicht bald handeln, ist dieser Krieg verloren und auf eine zweite Gelegenheit wie diese Hochzeit können wir nicht hoffen. Wir dürfen dieses Angebot also nicht ausschlagen!«, erklärte Sifa hitzig und zustimmendes Gemurmel erhob sich an der kleinen Tischrunde.

Lord Rorick lief puterrot an. »Wir können –«, begann er laut, doch Maren unterbrach ihn.

»Dürfte ich etwas sagen?«, fuhr sie mit lauter, kratziger Stimme dazwischen und tatsächlich verstummten die Lords und sogar Sifa auf der Stelle und richteten ihre stechenden Nordländeraugen neugierig auf Maren. »Gut ... also ... Ich hoffe, jeder hier weiß, dass ich alles in meiner Macht Stehende tun würde, um Mandrell und dem Norden zu helfen ... Und natürlich verstehe ich, dass wir dringend Geld brauchen – nicht nur, um den Krieg weiterzuführen, sondern auch, um unser Land zusammenzuhalten. Aber Lord Rorick hat recht. Die Insellords sind zwar jeder für sich unverschämt reich, doch selbst wenn mein zukünftiger Gemahl mir seine gesamte Schatzkammer überlassen würde, würde das Silber darin vermutlich in zwei Jahren aufgebraucht sein und keinen wirklichen Unterschied machen ...« Maren staunte selbst darüber, wie ruhig und logisch ihre Worte klangen. Fast könnte man glauben, sie argumentierte nur gegen diese Hochzeit, weil sie unklug war – und nicht, weil Maren panische Angst vor der Insel und ihren hübschen Bewohnern hatte ... Sie schämte sich ein wenig dafür, dass sie diese Bürde nicht mit Freuden für das Wohl ihres Landes auf sich lud, doch Sifa wollte es ohnehin nicht dabei belassen.

»Ihr habt recht, Hoheit. Das Vermögen eines *einzigen* Lords würde nicht ausreichen, um uns oder dem Norden zu helfen, aber das Vermögen der ganzen *Insel* könnte genügen, um diesen Krieg zu beenden, denn Beli ist wohlhabender, als der gesamte Norden es in seiner Glanzzeit zusammen war!«

Maren runzelte die Stirn. Sifas Worte machten keinen Sinn, und doch hatte sie das unbestimmte Gefühl, langsam in die Enge getrieben zu werden. »Sicher würde der riesige Silberschatz Belis genügen, um uns zu retten, aber die Heirat mit einem einzelnen Insellord gibt mir keine Macht über das gesamte Vermögen Belis, verehrte Sifa ...«, bemerkte Maren vorsichtig.

24

Doch Sifa lächelte nur noch breiter.

»Die Heirat mit einem *einfachen* Lord gibt Euch diese Macht nicht, das ist wahr – wohl aber die Heirat mit einem König. Und in diesem Brief steht, dass auf der Insel im kommenden Winter wieder einer der Lords zum König gewählt werden soll. Und wie es der Zufall will, gehört Euer Verehrer zu den wenigen Kandidaten um die Krone, Hoheit. Heiratet also diesen Lord, helft ihm, die Krone zu gewinnen, und die Schatzkammern von Beli stehen Euch zur freien Verfügung.«

Maren schwieg, denn das Gewicht von Sifas Worten presste ihr alle Luft aus der Lunge. Die Offizierin hatte recht ... Wenn Maren mit Belis König verheiratet wäre, könnte das den Norden retten. Aber dafür müsste Maren zuerst nach Beli zurückkehren, zurück in ihre Vergangenheit, zurück zu all diesen Leuten ...

Als hätte Lord Rorick ihre Gedanken gelesen, schlug er unvermittelt mit der Faust auf den Tisch und rief: »Das ist doch alles lächerlich! Seit zehn Jahren behandeln die feigen Lords dieser Insel uns wie Dreck! Allein im letzten Jahr haben wir sie mindestens fünfmal um Hilfe in diesem Krieg angefleht und jedes Mal haben sie uns lachend abgewiesen! Sie haben uns nie als Freunde oder Verbündete behandelt! Warum sollten wir ihnen nun also unsere Prinzessin schenken? Ich sage: Wenn wir das Silber dieser Insel wollen, sollten wir es uns einfach hohlen!«

Von zwei Generälen und dem jungen Lord Narik drang zustimmendes Gemurmel durch den Raum, doch der Rest des Rates schüttelte nur langsam den Kopf und selbst Maren musste zugeben, dass Lord Roricks Vorschlag unvernünftig war.

Sifa sprach einen Augenblick später aus, was alle dachten.

»Mit Verlaub, aber was Ihr da vorschlagt, ist Irrsinn, Lord Rorick. Wir haben weder die Männer noch die Mittel, um Beli anzugreifen. Der einzige Weg auf diese Insel und der einzige Weg in Belis Schatzkammern ist also eine Heirat.«

Lord Rorick sah drein wie ein geschlagener Hund und Maren lächelte mitfühlend. Der alte Heerführer war der Einzige, der immer zu ihr hielt. *Mein treuer Leibwächter,* dachte sie wehmütig, *leider kann er mir dieses Mal nicht helfen. Ich muss tun, was nötig ist, um Mandrell und den Norden zu unterstützen ... Was habe ich schon für eine Wahl? Wenn ich dieses Angebot ablehne, wird mich niemand im Rat mehr respektieren. Ich wäre dann nur noch ein feiges, selbstsüchtiges, kleines Kind ...*

Im staubigen Turmzimmer breitete sich ein angespanntes Schweigen aus und Maren griff nervös nach einem der Ingwerplätzchen, die man ihr auf den Platz gestellt hatte. Das süße Gebäck beruhigte sie und spendete ihr Kraft. Entschlossen stützte sie sich auf ihren Gehstock und richtete sich zu voller Größe auf – eine wenig beeindruckende Geste, da sie kaum größer war als ein zwölfjähriges Mädchen.

»Ich werde alles tun, was dem Norden und Mandrell dabei helfen könnte, diesen Krieg zu gewinnen«, erklärte Maren dem Rat mit zittriger Stimme. »Nur würdet Ihr mir zunächst bitte verraten, wie der Name meines ... *Verehrers* lautet?« Maren musste es wissen. Nach Beli zurückzugehen wäre zwar schrecklich, doch sie könnte sich zum Wohle ihres Landes dazu überwinden, sechs der acht großen Insellords zu heiraten. Nur zwei von ihnen würde sie nicht als Ehemänner ertragen ... Aber einer dieser beiden besonderen Insellords hatte bereits eine Frau und der andere ... Der andere würde ihr niemals, *niemals* einen Antrag machen, da war Maren sich sicher – zumindest, bis Sifa ihr den Namen ihres Freiers nannte.

»Willjareth Mengoth heißt Euer Verehrer, Prinzessin.«

Willjareth. Es war das erste Mal seit drei Jahren, dass Maren diesen Namen hörte. Diesen Namen, der nach Lavendel duftete und nach dunkler Schokolade schmeckte, dunkler Schokolade und Schmerzen ... einer Menge Schmerzen ...

»Nein!«, hörte Maren sich sagen, noch ehe sie wirklich entschieden hatte, ihre guten Vorsätze in den Wind zu schlagen. »Nein! Ich kann Will unmöglich heiraten! Warum sollte er mir überhaupt einen Antrag machen?!« An den gefassten, faltigen Gesichtern der alten Lords konnte Maren erkennen, dass sie genauso reagierte, wie ihre Berater es vorhergesehen hatten, und das ärgerte sie ein wenig.

»Wir sagten Euch doch bereits, dass es besondere Umstände sind, Prinzessin«, wiederholte Sifa, ohne damit irgendetwas zu verraten.

»Und welche Umstände sollen das sein?! Welche Umstände könnten *Willjareth Mengoth* dazu bewegen, *mich* zu heiraten? Ich will diesen Brief lesen! Gebt mir –«

»Das wird nicht nötig sein, Eure Hoheit«, verkündete Lord Markan, der den weißen Brief nur wenige Augenblicke zuvor unauffällig aus Lord Roricks Hand gezogen hatte und das schillernde Papier nun bedächtig in seiner Tasche verstaute. Plötzlich wünschte sich Maren, sie hätte den Brief gelesen, als sie noch die Chance dazu gehabt hatte …

»Lord Willjareth möchte Euch lediglich heiraten, weil Ihr am besten dafür geeignet seid, ihm zu dem Thron der Insel zu verhelfen«, erklärte Sifa schlicht. Die Offizierin sah so ernst aus wie immer und schien tatsächlich zu glauben, was sie da sagte. Doch Maren stieß nur ein freudloses Schnauben aus. *Sie* sollte die beste Kandidatin für diese Aufgabe sein? Sie war ohne ihren Titel – der auf Beli ja nichts bedeutete – nur ein unansehnliches Mädchen mit einem verkrüppelten Bein. Sie würde für jeden der hochmütigen Insellords eine fürchterliche Braut abgeben! Und ganz besonders für Will, denn er war der eitelste Lord von allen und Maren war vermutlich die hässlichste Frau, die er kannte. Doch so bitter diese Erkenntnis auch war, sie bot Maren zumindest einen Ausweg aus diesem ganzen Schlamassel.

»Ich weiß nicht, was Lord Willjareth sich dabei gedacht hat, als er diesen Brief verfasste, aber ich kann dem Rat versichern, dass er mit jeder anderen Edeldame aus Mandrell weit zufriedener wäre als mit mir. Wir werden ihm ein Gegenangebot unterbreiten und ihm die Hand von Lady Nissa anbieten. Sie ist eine der hübschesten Damen im gesamten Land und wird Lord Willjareth gewiss eine viel bessere Ehefrau sein, als ich es wäre. Außerdem kann Lady Nissa Belis Silber genauso gut sicherstellen, wie ich es könnte. Sie ist eine äußerst fähige, junge Frau.«

Erleichtert bemerkte Maren, dass einige der anwesenden Lords nachdenklich nicken, doch Sifas strenge Miene blieb so starr, als wäre sie in Stein gemeißelt.

»Lady Nissa mag schön sein, Eure Hoheit, aber *Ihr* seid eine erprobte Regentin und in dem Brief steht, dass Lord Willjareth Euch genau deshalb heiraten möchte – damit Ihr ihm mit Eurer Erfahrung helft, die Wahl zum König zu gewinnen. Es geht ihm gewiss nicht nur um Schönheit.«

»Dann muss Will sehr betrunken gewesen sein, als er *das* geschrieben hat, oder vielleicht hat er eine Wette verloren … Ich kenne Lord Willjareth, Sifa, und glaubt mir, wenn ich Euch sage, dass es ihm *nur* um Schönheit geht. Denn Schönheit ist auf Beli das Einzige, was einen

Wert besitzt … Wir bieten Will also die Hand von Lady Nissa an, dann sind alle Parteien zufrieden.«

Nun war es an Sifa, wütend mit der Faust auf den Tisch zu schlagen, und obwohl sie eine Frau mittleren Alters war, hallte ihr Schlag fast genauso laut durch das Turmzimmer wie zuvor Lord Roricks und alle Anwesenden schreckten jäh zusammen.

»Bei allen guten Geistern und allem Respekt, aber jetzt ist nicht die Zeit für Eure albernen Unsicherheiten, Prinzessin! Lord Willjareth hat *Euch* einen Antrag gemacht und nicht Lady Nissa! Ihr kennt diesen Mann schon seit Eurer Kindheit, er ist in Eurem Alter, recht ansehnlich, wie ich höre, und sehr wohlhabend. Ich verstehe nicht, warum Ihr seinen Antrag nicht einfach dankend annehmt! Eine bessere Heirat kann sich eine Frau schließlich kaum wünschen!«

»Das reicht, Sifa! Ihr nehmt Euch zu viel heraus!«, zischte Lord Rorick und umklammerte dabei wütend den Knauf seines Schwertes. Doch selbst Lord Roricks Klinge konnte Maren im Moment nicht vor den harschen Worten der Offizierin beschützen, und so griff sie nur schuldbewusst in die hölzerne Keksschale und beruhigte sich mit einem weiteren Ingwerplätzchen. Sie fühlte sich auch ohne Sifas Anschuldigungen schon elend genug, weil sie das Schicksal ihres Landes aufs Spiel setzte, indem sie Will eine andere Braut anbot – aber sie konnte ihn einfach nicht heiraten! Sie konnte es nicht und sicher hatte Will diesen Antrag nicht ernst gemeint! Sicher würde er tausendmal lieber Lady Nissa heiraten als sie …

»Ich kann Lord Willjareth natürlich dennoch bei seiner Königswahl beraten, es gibt Brieftauben und Boten, wisst Ihr, Sifa?«, murmelte Maren in einem Anflug von Panik. »Lord Willjareth würde vermutlich nichts mehr freuen, als Lady Nissas Schönheit und meine Erfahrung in dieser Wahl zur Hilfe zu haben. Ich finde, das ist ein sehr gutes Angebot … Was meint Ihr dazu, meine werten Lords und Ladys?« Unbehaglich blickte Maren sich im Turmzimmer um und zumindest Lord Rorick lächelte ihr flüchtig zu, wie er es immer tat, wenn Maren einen guten Vorschlag gemacht hatte. Doch seltsamerweise war er der Einzige im Raum, der lächelte. Der Rest des Rates wirkte lediglich bedrückt, als er Marens Angebot anhörte.

Sie sind nicht überzeugt, dachte Maren und sah hilflos dabei zu, wie die anwesenden Lords und Ladys bedeutungsschwere Blicke tauschten.

Maren versteifte sich unwillkürlich und erwartete Sifas unvermeidlichen Widerspruch – doch er kam nicht.

Die strenge Offizierin nickte Maren lediglich kurz zu und sagte mit einem Seufzen: »Ganz, wie Ihr wünscht, Hoheit. Wir werden Lady Nissa so schnell wie möglich Bescheid geben. – Und nun, lasst uns auf diesen freudigen Tag trinken! Vielleicht ist dieser Krieg in einem Jahr um diese Zeit bereits beendet und gewonnen!« Mit schwungvoller Geste nahm Sifa einen angelaufenen Zinnkrug von der Fensterbank und schenkte den anwesenden Lords und Ladys blutroten Wein ein.

»Auf ein baldiges Ende des Krieges!«, rief sie in die Runde, als alle am Tisch einen vollen Kelch hatten. Maren und die anderen Anwesenden wiederholten Sifas hoffnungsfrohe Worte und Maren leerte ihren Kelch in einem einzigen Zug – vor allem, weil sie Wein eigentlich nicht mochte. Dieser hier schmeckte besonders seltsam. Er war kein bisschen süß und man hatte dem Getränk offenbar einige Kräuter beigemischt, die nicht gerade miteinander harmonierten. Maren schmeckte Geistermohn, Honigklee und … falsches Totenkraut heraus … Schlafmittel allesamt!

Ruckartig hob Maren den Kopf und das Letzte, was sie sah, waren zwei Dutzend zerknitterte, schuldbewusste Gesichter. Dann ertrank ihre Welt in dem schweren, bitteren Geschmack der zermahlenen Kräuter.

Alte Freunde & alte Wunden

Nachdem sich Maren aus ihrer Bewusstlosigkeit gelöst hatte, befand sie sich lange Zeit in einem Zustand zwischen Wachen und Schlafen und sie wusste nicht wirklich, wie viel von dem, was sie sah, tatsächlich passierte und wie viel sie im Kräuterwahn träumte …

Zerlumpte Gestalten wuselten ständig um sie herum und trugen wie übergroße Ameisen Dinge von einem Ort an den anderen. Es waren Dinge, die Maren gehörten – ihre Bücher, Kleidertruhen und Nähnadeln. Und irgendwann schleppte man auch Maren selbst durch das verdreckte Schloss hindurch, hinaus auf den unkrautüberwucherten Schlosshof. Maren glaubte fast, das dichte Meer aus Brennnesseln, Disteln und Vogelmiere würde niemals ein Ende nehmen. Aber schließlich blieb der verhärmte Lord Rorick, der sie trug, doch vor einer klapprigen, alten Holzkutsche stehen, die Maren unangenehm an eine jener lädierten Transportkisten erinnerte, in denen man lebende Tiere über das Meer schiffte.

Jäh lief ihr ein kalter Schauer über den Rücken und sie versuchte, den Mund zu öffnen und gegen diese abgekartete Entführung zu protestieren. Doch die Schlafkräuter hielten ihre Glieder und ihren Geist noch immer fest im Griff. Und ehe Maren auch nur ein einziges Wort des Widerstands über die Lippen bringen konnte, saß sie bereits im Inneren dieser winzigen Kistenkutsche, zwischen lauter kratzigen Kleidern und Gepäckstücken, und das gleichmäßige Ruckeln der anfahrenden Kutsche lullte sie schon bald abermals in einen tiefen, dumpfen Kräuterschlaf.

Nachdem Maren die Augen zugefallen waren, begann der Frachtraum im Inneren der Kutsche sofort, sich hinter ihren geschlossenen Lidern in eine eigentümliche, kühle Traumlandschaft zu verwandeln. Den zahllosen

Truhen und Kisten um sie herum wuchs ein blaugrüner Pelz aus safti-
gen Gräsern und die maroden Holzdielen zu ihren Füßen gefroren zu
harter, schneebedeckter Inselerde. Und ehe Maren wirklich begreifen
konnte, was hier gerade vor sich ging, klappten die harzüberzogenen
Kutschwände auch schon auseinander wie hölzerne Blütenblätter und
sie fand sich auf einer weiten, reifüberzogenen Wiese wieder, auf der der
Morgentau sanft vor sich hin schimmerte.

Verblüfft fiel Maren die Kinnlade herunter. Doch der Traum war noch
nicht fertig mit ihr, und bevor sie sich auch nur ansatzweise an den ra-
santen Ortswechsel gewöhnen konnte, schrumpfte sie bereits zu ihrem
achtjährigen Selbst zusammen und kehrte mit Haut und Haaren in jene
Nacht zurück, in der sie Will zum ersten Mal getroffen hatte – und zwar
auf der Beerdigung seiner Eltern.

Ihr Vater hatte sie damals mit nach Beli genommen, um der
Trauerfeier für Lord Vidur beizuwohnen, doch die Beerdigung war
Maren vor all den Jahren ziemlich egal gewesen. Sie war nur mit auf
die Insel gekommen, weil sie lauter herrliche Geschichten über die
funkelnden Märchenschlösser und die bezaubernden Edeldamen Belis
gehört hatte. Doch bisher waren Maren weder Paläste noch schöne
Jungfrauen über den Weg gelaufen, denn sie war erst in finsterster
Nacht auf der berüchtigten Insel angekommen und ihr Vater und Lord
Rorick hatten sie dort augenblicklich und in aller Heimlichkeit zu
jener reifüberzogenen Wiese geschleppt, auf der die Beerdigung statt-
finden sollte.

»Mir ist kalt, Vater! Meine Stiefel sind klitschnass und ich kann kaum
etwas sehen! Warum können wir diese Leute nicht am Tag beerdigen
und in einer warmen Festhalle um sie trauern, so wie wir es zu Hause
immer machen?!«, jammerte Maren, als ihr Vater sie zu der großen
Menschenmenge am Ende der Wiese führte.

»Ich habe dir doch schon gesagt, dass die Edelleute, die heute be-
erdigt werden, von den Adligen hier auf der Insel verstoßen wurden.
Sie haben Beli verraten und man hat verboten, dass sie eine angemes-
sene Beerdigung bekommen – deswegen müssen wir sie jetzt ganz im
Geheimen bestatten«, erklärte ihr Vater geduldig. »Aber nun sprich nicht
mehr davon, Maren, wir haben die anderen Trauergäste fast erreicht. Sei
einfach brav, bis alles zu Ende ist, in Ordnung?«

Maren nickte ihrem Vater mit klappernden Zähnen zu und er strich ihr zur Belohnung einmal sanft über die wilden roten Locken, ehe er die Arme ausbreitete und sich mitleidig an den Gastgeber dieser heimlichen Totenfeier wandte.

Der Mann war alt und hager und sein weißes Haar glänzte geisterhaft blau im Schein der pulsierenden Nordlichter. Aber dennoch wirkte der Fremde nicht gebrechlich, als Marens Vater ihn wehmütig in seine bärenhafte Umarmung schloss, und die stolze, gestreckte Haltung des weißen Mannes ließ Maren vermuten, dass er früher einmal ein Krieger gewesen war.

»Es tut gut, Euch zu sehen, König Bjoren«, murmelte der alte Mann, nachdem er sich aus der Umarmung ihres Vaters gewunden hatte. Dann erhob er die Stimme und rief: »Nun, da alle Gäste eingetroffen sind, sollten wir mit der Beerdigung beginnen!«

Die Anwesenden scharten sich daraufhin wie ein Rudel trauriger Hunde um den weißhaarigen Mann und begannen, mit betrübten Gesichtern, seiner Totenrede zu lauschen – und sogar Maren hörte dem geisterhaften Alten andächtig zu.

Dabei erfuhr sie, dass der verstorbene Mann ursprünglich ein Nordländer namens Lord Vidur gewesen war, dass er ihren Vater vor vielen Jahren einmal vor einem Giftanschlag gerettet hatte und dass die beiden seither immer zusammen in die Schlacht gezogen waren. Doch gerade als der weißhaarige Mann anfing zu erzählen, wie Lord Vidur nach Beli gekommen war und hier seine Frau Lady Asiqara geheiratet hatte, ertönte ein lautes Schluchzen zwischen den beiden Särgen und Maren konnte sich nicht länger auf das Gesagte konzentrieren.

Erschrocken starrte sie zu den beiden prunkvollen Holzkisten hinüber und entdeckte dort einen schmächtigen Jungen mit rotgeweinten Augen. Er war ganz in Schwarz gekleidet und so dünn, dass man ihn in der Dunkelheit gar nicht bemerkt hätte, wenn seine blassblonden Locken im Nordlicht nicht in einem so gespenstischen Grün vor sich hin schimmern würden. Mitfühlend betrachtete Maren den weinenden Jungen. Doch sie wusste nicht, was sie tun sollte, um ihn zu trösten, da der weißhaarige Alte einfach mit seiner Trauerrede fortfuhr und ihr Vater ihre Hand noch immer fest umklammert hielt.

Erst als das Wimmern des Jungen so laut wurde, dass zwei schweigende Eisnachtigallen erschrocken aus dem angrenzenden Wald herausflatterten, fasste sich der alte Mann ein Herz und unterbrach seine Rede, um den traurigen Jungen zu umarmen. Dabei presste er den blonden Jungen allerdings so unbeholfen an seine knochige Brust, dass es eher so aussah, als wollte er die Trauer des Kindes einfach an seinem dicken Ledermantel ersticken. »Ist ja gut, Junge, deine Eltern hätten nicht gewollt, dass du unglücklich bist«, murmelte der Alte, ehe er sich wieder den anderen Trauergästen zuwandte. »Holt die Spaten und die Steine, es wird Zeit, die Toten zu begraben. Die Anstrengung wird meinem Enkel helfen, seine Trauer kurz zu vergessen – und uns gewiss auch«, verkündete er schlicht.

Daraufhin zerstreute sich die stille Trauergesellschaft und begann, den kleinen Hügel, den sie für die Beerdigung ausgesucht hatte, von einer Seite auszuhöhlen. Nach alter nordländischer Sitte hätte man eigentlich einen neuen Grabhügel errichten müssen, aber das wagten die Anwesenden nicht, aus Furcht, dass der Inseladel etwas bemerken könnte. Allerdings war selbst das Aushöhlen des vorhandenen Hügels schon anstrengend genug, um die Trauergäste rasch vollkommen zu vereinnahmen, und obwohl Maren diese beiden Toten gar nicht gekannt hatte, wurde sogar sie von ihrem Vater beiseitegezogen, um Steine für die spätere Befestigung des Hügels in den angrenzenden Feldern zu sammeln.

Diese Felder verwirrten Maren allerdings, denn sie waren nicht mit Gras bedeckt, sondern mit merkwürdigen großen Blättern, die ein wenig an Ahorn erinnerten. Irgendetwas war auf diesen Feldern angepflanzt worden und es waren weder Roggen noch Blumen gewesen ... Maren wusste jedoch, dass sie jetzt nicht danach fragen durfte – so etwas tat man auf einer Beerdigung nicht. Also machte sie sich einfach schweigend daran, zusammen mit den anderen Trauergästen faustgroße Steine für das Hügelgrab zu sammeln. Und schon bald stellte Maren fest, dass der alte Mann die Wahrheit gesprochen hatte und die Trauer in den Gesichtern der Versammelten langsam vom Schweiß davongewaschen wurde, während sie gruben und schaufelten und immer mehr Steine um die beiden Särge herum auftürmten. Sogar dem untröstlichen Jungen gelang es irgendwie, sich mit vielen verzweifelten Spatenstichen von seinem Elend abzulenken, und Maren wünschte sich unwillkürlich, sie hätte damals

33

bei der Beerdigung ihrer Mutter ebenfalls ein Hügelgrab errichten dürfen. Doch da ihre Mutter keine Kriegerin gewesen war, hatte sie keinen Anspruch auf ein solches Grab gehabt, und so war es Maren irgendwann mithilfe zahlreicher zuckersüßer Windbeutel und Kuchenstücke gelungen, ihren Schmerz auch so zu betäuben.

Nachdem man die beiden opulenten Holzsärge wenig später in den ausgehöhlten Hügel geschoben und mit den gesammelten Steinen bedeckt hatte, holten die Trauergäste unversehens gläserne Blumen aus ihren Manteltaschen hervor und warfen sie schweigend in den offenen Grabhügel hinein, wo die facettierten Kristallblumen eine nach der anderen an den aufgetürmten Steinen zerschellten und so ein merkwürdiges Trauerlied anstimmten. Auch Maren bekam von ihrem Vater eine wunderschön gedrehte gläserne Rose in die Hand gedrückt und sie warf die zerbrechliche Kostbarkeit nur höchst widerwillig in den scherbenbedeckten Grabhügel hinein, der mittlerweile so stark funkelte wie das Innere einer Amethystdruse.

»Warum benutzen die Leute hier keine echten Blumen? Die sind doch viel schöner und gehen nicht so leicht kaputt«, flüsterte Maren ihrem Vater reichlich ratlos zu. Doch der zuckte nur mit den Schultern.

»Ich weiß es nicht, mein Schatz, diese Inselleute sind eben seltsam«, murmelte er abwesend.

Und nachdem auch der letzte Trauergast seine gläserne Blume in den Grabhügel hineingeworfen hatte, schütteten alle Anwesenden das Grab wieder zu und der schweißnasse Waisenjunge pflanzte noch einen kleinen Tannensprössling auf den Gipfel des Hügelgrabes. Damit war die nächtliche Beerdigung dann beendet und die heimlichen Trauergäste verstreuten sich nahezu unmerklich in alle vier Winde. Maren, ihr Vater, Lord Rorick, der weißhaarige Mann und sein trauriger Enkel waren die einzigen fünf Leute, die auf der feuchten Wiese zurückblieben, in der nun zwischen dem Morgentau auch noch Schweiß und Tränen vor sich hin glänzten.

»Euer Sohn war wirklich ein guter Mann, Hrafen«, murmelte Marens Vater schließlich und legte dem weißhaarigen Alten mitfühlend eine Hand auf die Schulter. Doch der hagere Mann machte sich unwirsch los.

»Spart Euch das für später auf, Majestät. Ich habe noch ein altes Fass Whisky, aus dem Jahr von Wills Geburt – lasst uns reingehen und es aufmachen. Die Kinder müssen immerhin auch ins Bett.«

Marens Vater nickte zerstreut. »Oh, ja … Ihr habt natürlich recht. – Komm, Maren, lass uns zum Schloss gehen.« Abwesend setzte ihr Vater Maren auf seine starken Schultern und machte sich auf den Weg zu einem großen schwarzen Gebäude mit spärlich erleuchteten Fenstern, das vermutlich das Schloss sein sollte. Für Maren sah dieser Schemen zwar mehr aus wie eines der Hexenhäuser aus ihren Märchenbüchern, aber das sanfte Hin-und-her-Geschaukel, das die Schritte ihres Vaters verursachten, schläferte sie so sehr ein, dass sie gar nicht weiter darüber nachdachte und nahezu augenblicklich erschöpft eindöste.

Am nächsten Morgen erwachte Maren in einem seidenweichen Himmelbett mit massiven Bettpfosten und wunderbar weichen Daunenkissen. Ihr Zimmer war groß und lichtdurchflutet und hatte einen breiten Balkon aus hellbraunem Holz, auf dessen Balustrade einige unbekannte Vögel ein fremdes Lied vor sich hin zwitscherten.

Stirnrunzelnd setzte Maren sich auf und ließ den Blick über ein paar farbenfrohe Wandbehänge und zahllose sattgrüne Zimmerpflanzen schweifen. Nichts an diesem Ort erinnerte auch nur im Entferntesten an das schauerliche Hexenhaus von gestern. Es war, als hätte das Schloss über Nacht eine hässliche Verkleidung abgelegt und sich von einer alten Krähe in einen strahlend schönen Schwan verwandelt. Aufgeregt sprang Maren von ihrem Bett, öffnete die Tür und begann umgehend, diesen fremden Palast zu erkunden – denn wer wusste schon, wie lange sie noch hierbleiben würde?

Auch der Rest des Schlosses war überwiegend mit verschiedenen Hölzern dekoriert, die je nach Bedarf kunstvoll gedreht, gedrechselt oder geschnitzt worden waren. Nur die Säulen- und Wandornamente schienen alle aus einem ganz bestimmten dunklen Gehölz gemacht zu sein, das sich seltsam samtig anfühlte und offenbar ein feuerrotes Baumharz blutete, mit dem man komplizierte Muster auf das Holz gemalt hatte.

Das schimmernde Orange des Harzes funkelte fast ständig irgendwo in Marens Augenwinkeln vor sich hin. Allerdings stellte sie bald fest, dass das Glitzern manchmal gar nicht von dem halbgeronnenen Bernstein herrührte, sondern von prachtvollen Wandteppichen, auf denen komische, feuerlilienfarbene Früchte dargestellt wurden, in die man hier und da winzige Eisjuwelen eingewoben hatte. Und als wäre all dieses Funkeln und Schillern nicht schon herrlich genug, schwirrten auch noch zahllose, rotgoldene Schmetterlinge überall im Schloss herum und ließen sich auf den grünen Zimmerpflanzen nieder wie kleine, umherschwebende Blüten. Es war einfach wunderschön hier – wie in einem Bild aus Marens Märchenbüchern. Nur dass hier alles aus Holz war und nicht aus Gold, aber das gefiel Maren fast noch ein wenig besser.

»Warum schnüffelst du hier herum, Vehra?«, rief eine vage vertraute, melodische Stimme plötzlich aus dem Korridor heraus.

Maren, die eben einen luftigen Tanzsaal betreten hatte, wirbelte erschrocken herum und entdeckte den schwarzgekleideten Jungen von gestern Nacht. Heute weinte er nicht und im warmen Licht der Spätsommersonne fiel Maren auf, dass der dünne Junge sogar ganz hübsch war mit seinen lupinenblauen Augen und den weißblonden Locken. Allerdings bemerkte sie nun auch den unschönen, hochmütigen Zug, der seine vollen Lippen umspielte.

»Suchst du nach meinen Schatzkammern? Willst du mich etwa bestehlen?«, setzte der dünne Junge noch hinzu und durchquerte dann mit langen, raumgreifenden Schritten den Saal, bis er direkt vor Maren stand. Er war einen Kopf größer als sie, doch davon ließ Maren sich nicht einschüchtern. Empört ballte sie die Hände zu Fäusten.

»Warum sollte ich etwas stehlen? Mein Vater ist reich und du hast keine Manieren!«

»Tja, und du bist eine Vehra – eine Fremde! Euch Festländern ist nicht zu trauen, und da das jetzt mein Schloss ist, muss ich es beschützen. Es ist immerhin das Einzige, was ich noch von meinen Eltern habe ...« Dem schwarzgekleideten Jungen stiegen Tränen in die Augen und spülten so die Arroganz aus seiner Miene. Er sah auf einmal sehr jung aus und erst jetzt wurde Maren klar, dass er nicht viel älter sein konnte als sie selbst – ein Jahr vielleicht oder zwei.

Mitfühlend ergriff sie die Hand ihres Gegenübers.

»Ich wollte nichts stehlen, ich habe mich nur umgesehen – es ist wirklich ein wunderschönes Schloss«, erklärte Maren wahrheitsgemäß. »Und warum nennst du mich eigentlich eine Fremde? Du sprichst meine Sprache und du hast das weiße Haar der Nordländer, du kommst doch bestimmt selbst vom Festland«, ergänzte sie noch mit einem Stirnrunzeln.

Empört entriss der schwarzgekleidete Junge ihr seine Hände. »Ich komme von der Insel Beli, törichte Vehra! Ich bin keiner dieser Wilden vom Festland, das sieht man ja wohl!«

Maren starrte den hochnäsigen Jungen ungläubig an. »Es gibt keine ›Wilden‹ auf dem Festland – zumindest nicht in Mandrell, dort gibt es nur gute und mutige Menschen! Und ich muss es ja wissen, immerhin bin ich ihre Prinzessin!«

»Du willst eine Prinzessin sein?«, schnaubte der schwarzgekleidete Junge mit leisem Schluchzen. Er schien kurz davor, wieder in Tränen auszubrechen, und weil ihm das offenbar peinlich war, redete er hastig weiter: »Ich dachte immer, Prinzessinnen sind schön – du siehst komisch aus. Dein Haar ist viel zu rot und deine Haut viel zu hell.«

Marens Wangen wurden heiß und sie grub ihre Zähne fest in die Unterlippe, doch als sie die Trauer sah, die in dem Blick des weißblonden Jungen glänzte, beschloss sie, nichts Böses zu erwidern, und zuckte stattdessen mit den Schultern. »Die Familie meines Vaters stammte ursprünglich von Ambren, der Insel, die südlich des Nordlandes liegt – dort haben viele Leute so rote Haare wie ich. Die Haut habe ich allerdings von meiner Mutter und die war eine Eingeborene der Eisinseln nördlich von Beli.« Nachdenklich betrachtete Maren ihr muschelweißes Handgelenk. »Leider steht mir die helle Haut nicht so gut wie ihr. Sie hatte diese wunderschönen, schwarzen Locken, um die ich sie ewig beneidet habe ...«

Der schwarzgekleidete Junge legte die Stirn in Falten, als er bemerkte, dass Maren in der Vergangenheit von ihrer Mutter sprach. »Was ist mit deiner Mutter passiert? Ist sie auch ...«

»Tot?« Maren schluckte schwer und nickte. »Ja. Sie starb vor zwei Wintern an der weißen Seuche, die damals durch den gesamten Norden zog ... Ich verstehe also, dass du traurig bist, aber das ist kein Grund, gemein zu allen Leuten um dich herum zu sein!«

Der schwarzgekleidete Junge starrte sie lange an, zuerst verblüfft, dann betroffen. Schließlich senkte er schuldbewusst den Blick und sagte: »Du hast recht. Das mit deiner Mutter tut mir leid – und auch, dass ich dich beleidigt habe ...«

Maren schenkte ihrem Gegenüber ein warmes Lächeln. »Ist schon gut, ich vergebe dir – aber nur, wenn du mir sagst, was das auf dem

Wandteppich dort für ulkige Früchte sind.« Maren wies mit ausgestreck-
ter Hand auf die felsengroße orangene Frucht, die auf einem großen
Banner ihr gegenüber abgebildet war.

Der schwarzgekleidete Junge sah sie erstaunt an. »Das ist natürlich
ein Kürbis, Vehr- ich meine, Prinzessin, und sonderlich süß schmeckt der
nicht. Wie heißt du eigentlich? Ich bin Willjareth, aber du kannst Will
sagen, das ist nicht so fürchterlich altmodisch.«

Will ... Irgendwie gefiel Maren dieser Name.

»Ich bin Maren«, ergänzte sie noch und musterte diese seltsame
Frucht, diesen Kürbis, mit so unverminderter Faszination, dass Will
sogar flüchtig lachte.

»Wenn dir das Banner schon so gut gefällt, dann komm mal mit raus
und schau dir unsere Felder an. Die Riesenkürbisse sind zwar noch nicht
reif, aber für jemanden, der sie noch nie gesehen hat, sind sie vermut-
lich trotzdem ziemlich beeindruckend. – Hier, ich zeige dir den Weg!«
Diesmal streckte Will Maren seine Hand freiwillig entgegen und Maren
ergriff sie sofort und spürte, dass diese Berührung mehr war als die bloße
Verbrüderung zweier einsamer Kinder. Es war das leise Versprechen einer
künftigen Freundschaft und dieser Gedanke ließ Marens Herz höher
schlagen – sie hatte noch nie einen Freund gehabt.

Die Kürbisfelder, die Will ihr zeigte, waren herrlich und sonderbar zu-
gleich anzusehen. Es waren jene Pflanzen, die Maren in der vergangenen
Nacht so verwundert hatten, nur dass sie nun bei Tageslicht erkann-
te, dass sich zwischen den eigentümlichen Blättern zahllose blassgelbe
Kugeln befanden, die ihr bis zum Bauchnabel reichten. Schnell schlug
Maren ihrem neuen Freund vor, in diesem endlosen gelb-grünen Dickicht
Verstecken zu spielen, und Will war begeistert von dieser Idee. Überhaupt
schien ihn Marens unermüdliche Faszination für sein Land zu amüsieren
und von der steten Trauer abzulenken, die er Tag für Tag wie eine un-
sichtbare Beerdigungstracht mit sich herumtrug.

Nur allzu gerne erklärte Will Maren in seiner ein wenig wichtigtue-
rischen Art die vielen Besonderheiten seines Landes, wenn sie wieder
einmal danach fragte – und Maren stellte viele Fragen und lauschte stets
andächtig auf Wills ausschweifende Antworten. Sie erfuhr auf diese Weise
zum Beispiel, was es mit den vielen Schmetterlingen auf sich hatte, die in
Wills Schloss Aimvit überall munter umherschwirrten: Es war offenbar

eine beliebte Freizeitbeschäftigung des Inseladels, Schmetterlinge zu kaufen oder selbst einzufangen und anschließend im eigenen Wohnsitz zu züchten – und das, obwohl es auf Beli eigentlich viel zu kalt für diese zierlichen Tierchen war.

Die Tage vergingen jedenfalls wie im Flug, ohne dass Will und Maren es wirklich bemerkten. Und gerade als es Maren endlich gelang, den trauernden Will länger als nur für die Dauer eines Wimpernschlages zum Lächeln zu bringen, war auch schon der letzte Tag ihres Sommerbesuches gekommen und eine fremde Form der Trauer schlug sich auf dem Gesicht ihres neuen Freundes nieder.

»Ich wünschte, ich könnte hierbleiben«, seufzte Maren, nachdem sie und Will in den behaglichen Eingangsraum des hölzernen Landschlosses hinuntergeschlurft waren, um dort missmutig auf Marens Vater zu warten, der jeden Moment ankommen und Maren wieder mit sich nehmen würde.

»Mhm, du könntest dich unter meinem Bett verstecken oder im Schrank oder in den Kürbisfeldern ...«, schlug Will halbherzig vor. »Aber das würde vermutlich gar nichts nützen, Hrafen schickt mich morgen nämlich in das Hochschloss Wjallvit zu den anderen Lordskindern. Dort werde ich den Winter verbringen müssen und dahin darfst du nicht mitkommen.«

Maren schob trotzig das Kinn vor. »Und warum nicht?«

Will zuckte mit den Schultern. »Keine Ahnung, das haben die Erwachsenen eben so beschlossen ... Es ist –«

»Willjareth, König Bjoren ist da, bring Maren nach draußen!«, rief Hrafen in diesem Augenblick ungeduldig vom Schlosshof aus und Will und Maren stöhnten gleichzeitig auf.

»Für einen so dürren Mann hat er eine erstaunlich laute Stimme«, brummte Maren, ehe sie sich zusammen mit Will auf den Weg in den kleinen Schlosshof machte, wo Hrafen und ihr Vater bereits auf sie warteten.

Ihr Vater hatte es allerdings sehr eilig – vermutlich, weil er schnellstmöglich in sein vom Krieg gebeuteltes Land zurückwollte. Und so wurde Maren nach einigen knappen Abschiedsworten und dem Versprechen, nächsten Sommer wiederzukommen, hastig zu einer großen Holzkutsche mit hübschen Kupferbeschlägen geschubst.

»Schreib mir, wie dein Winter auf dem Märchenschloss ist!«, rief Maren Will auf der ersten Stufe der Kutsche noch sehnsüchtig zu.

»*Mach ich!*«, *versprach er mit einem wehmütigen Lächeln auf den Lippen.* »*Bis nächsten Sommer!*«

»*Ja, bis zum nächsten Sommer!*«, *murmelte Maren, kurz bevor sich der Traum um sie herum wieder auflöste …*

Als Maren wieder in der dunklen und muffigen Wirklichkeit aufwachte, hallte ihr Wills süßes Versprechen noch immer wie ein unruhiger Geist in den Ohren wider und ihr Herz zog sich bei dem Gedanken an ihren alten Freund jäh zusammen …

Um sich von ihren Erinnerungen abzulenken, rieb Maren sich rasch die Augen und betrachtete etwas orientierungslos den trostlosen Ort, an dem sie sich befand.

Sie saß in einer modrigen, alten Kutsche mit wurmstichiger Holzverkleidung – wobei das Wort ›sitzen‹ nicht ganz angebracht war. So, wie sich Kisten, Truhen und Bücher neben Maren auftürmten, war sie vielmehr zusammen mit all ihrer Habe in dieser Kutsche *verstaut* worden. Und sie konnte sich auf den mottenzerfressenen Otterfellen kaum eine Handbreit bewegen, ohne irgendwelche Gepäckstücke umzuwerfen …

Der Anblick ihrer Sachen brachte die Erinnerung an das Geschehene langsam wieder in Marens Bewusstsein zurück. Eben hatte sie noch mit ihrem Rat verhandelt, dann war sie betäubt worden und nun steckte sie zusammen mit all ihren Besitztümern in einer Kutsche – und der alte Lord Rorick war auch da. Er saß Maren direkt gegenüber und sah sie entschuldigend an. All das konnte nur eins bedeuten.

»Diese elenden Verräter haben mich wirklich betäubt und in eine Kutsche nach Beli gesteckt?!«, rief Maren ungläubig aus und Lord Rorick nickte betroffen.

»Ich fürchte, ja. Es tut mir leid, Hoheit, aber ich konnte nichts tun, um den Rat aufzuhalten. Es hieß, entweder ich kooperiere und komme mit Euch oder sie schicken Euch allein nach Beli … Es waren einfach zu viele, um sie aufzuhalten, und ich wollte Euch auf keinen Fall allein gehen lassen«, erklärte ihr Leibwächter finster und Maren glaubte ihm.

»Es ist nicht Eure Schuld, Lord Rorick, aber ich verlange, dass wir jetzt sofort umkehren! Ich kann nicht nach Beli gehen, das habe ich

dem Rat deutlich gesagt! Es ist besser für alle, wenn Lady Nissa Will heiratet ... Sagt dem Kutscher, er soll so bald wie möglich wenden und mich zurückbringen!«

Lord Roricks Gesicht verdüsterte sich und so etwas wie Mitleid zuckte über seine wettergegerbten Züge. »Tut mir leid, Hoheit, aber dafür ist es mittlerweile zu spät ...«

»Ach ja? Und warum?«, schnappte Maren ungehalten.

Doch anstatt ihr zu antworten, zog Lord Rorick lediglich mit der Miene eines Totengräbers die zerfetzten braunweißen Vorhänge auf.

»Es ist zu spät, weil wir schon längst da sind«, erklärte er dumpf. Und obwohl hinter dem Kutschfenster die abgeernteten, unverkennbaren Kürbisfelder Belis an Maren vorbeizogen, wollte sie es doch nicht glauben.

»Lord Rorick ... Wie lange habe ich geschlafen? Wo sind wir?«, krächzte Maren überflüssigerweise.

»Wir sind auf Beli, Hoheit – und zwar lediglich fünf Meilen von Willjareths Schloss entfernt. Hrafen wird uns im Burghof erwarten ... Es ist zu spät, um wieder umzukehren und eine andere Braut vorzuschlagen. Die Heirat muss binnen der nächsten Woche stattfinden, das stand in dem Brief. Wenn Ihr Willjareth jetzt also nicht heiratet, wird es gar keine Heirat geben und auch keine Hoffnung für den Norden. Es tut mir leid, Hoheit. Ich wünschte, Lady Nissa wäre an Eurer Stelle gefahren, aber es steht nun nicht mehr in unserer Macht, das zu entscheiden, wenn wir nicht das Schicksal des gesamten Nordens in Gefahr bringen wollen ...«

Von einem Herzschlag zum nächsten wich Maren alles Blut aus den Wangen.

»Nein!«, hauchte sie, obwohl sie das Wort eigentlich laut hinausschreien wollte. »Nein, das kann unmöglich wahr sein ...« Panisch sah Maren sich in der winzigen Kutsche um und war versucht, die vielen hölzernen Kisten und Truhen, die neben ihr aufragten, so weit sie konnte von sich zu stoßen und augenblicklich aus dieser fahrenden Transportbox zu springen – aber auch das konnte sie nicht tun. Maren war vor lauter Angst wie gelähmt. Und vermutlich hätte selbst Lord Rorick ihr jetzt, wo schon alles entschieden war, nicht mehr gestattet, ihre Allianz mit dem künftigen König von Beli so leichtfertig zu gefährden. Immerhin war auch Lord Rorick letzten Endes nur ein Mitglied des Kleinen Rates, das verzweifelt versuchte, Mandrell vor dem Untergang zu bewahren ...

Maren blieb also nichts anderes übrig, als dabei zuzusehen, wie das vertraute alte Holzschloss Aimvit langsam hinter den kahlen Kürbisfeldern auftauchte. Und obwohl sie sich dagegen wehrte, entlockte Wills traditionsreicher Landsitz Maren auch heute noch ein liebevolles Lächeln.

Aimvit hatte schon immer diese Wirkung auf sie gehabt und in diesem Moment erinnerte das kleine Schloss Maren sogar noch mehr als sonst an ein tröstliches Lagerfeuer im Winter, denn hier auf Beli war schon jetzt im Herbst alles mit Frost und Reif bedeckt und Aimvit war mit seinen eleganten Holzbalken und den orange bemalten Fenstern der einzige Farbfleck in der Gegend.

Man sah allerdings bereits aus der Ferne, dass nur die großen Bogenfenster des Altbaus mit stilisierten Kürbissen bemalt worden waren. In den Anbauten hatte man die Fenster dagegen mit einer modernen, inseltypischen Silbermalerei verziert, die Maren ein wenig an Eisblumen erinnerte, und auch ansonsten waren die neueren Gebäude des Landschlosses mit ihren blaugrauen Marmormauern in jenem protzigen, kalten Stil gehalten, den die Adligen hier auf Beli so sehr schätzten. Das ursprüngliche Gutshaus, aus dem Wills Anwesen einst entstanden war, stach daher auch wie ein schillernder Mosaikstein aus der gesamten Schlossanlage hervor. Im Gegensatz zum Rest des Palastes war der Altbau nämlich aus einfachem glatten Graustein und unbearbeitetem Tannenholz erbaut worden. Und Maren gefiel diese Einfachheit sehr. Sie hatte etwas Echtes an sich und war weniger einschüchternd als der kalte, funkelnde Prunk, der den Rest von Wills Landschloss ausmachte. Doch gleichzeitig wusste Maren genau, dass selbst die opulenten Anbauten von Aimvit mit ihren fein geschnitzten Holzbalken und den bernsteinbesetzten Fensterläden im Vergleich zu den anderen Lordssitzen bescheiden und nahezu ländlich wirkten. Und wie *sie* im Vergleich zu den schwanenartigen Edeldamen der Insel wirkte, darüber wollte Maren am liebsten gar nicht nachdenken – vermutlich wie eine Runkelrübe in einem Feld voller weißer Lilien …

»Seid Ihr bereit, Hoheit?«, fragte Lord Rorick, als sich die vertrauten Eingangstore Aimvits jäh öffneten, um ihre schäbige Kutsche einzulassen.

»Ich habe keine Wahl, oder?«, entgegnete Maren dumpf. Und als die Burgtore sich einen Wimpernschlag später wieder hinter ihr und Lord Rorick schlossen, kam es Maren so vor, als würde ein gewaltiger hölzerner

Haifisch sie und ihren Leibwächter in einem einzigen Stück verschlingen. Am liebsten wäre Maren jetzt sofort wieder umgekehrt und so schnell sie konnte den Hügel hinuntergeflüchtet – doch das ging leider nicht.

Seufzend drückte Lord Rorick ihre Hand. »Nein, eine Wahl habt Ihr wohl nicht, Prinzessin. Aber Ihr habt das Herz einer Kriegerin, Ihr werdet das schon schaffen.«

Maren nickte nur wie betäubt und sah hilflos mit an, wie der schmächtige Fahrer von seinem Kutschbock hinunterglitt und zur Wagentür eilte.

Lord Rorick hat recht. Ich muss einen kühlen Kopf behalten und mein Herz wie das eines Kriegers unantastbar machen. Dann wird mich nichts von dem berühren, was Will sagt oder tut. Oder ... was seine Freunde vielleicht tun ...

Gegen ihren Willen erschauderte Maren. Doch sie hatte keine Zeit, sich ihrer Angst hinzugeben, denn einen Augenblick später öffnete der graue Wagenführer bereits die Tür und Lord Rorick half Maren vorsichtig aus der Kutsche hinaus und reichte ihr ihren krummen Gehstock. Maren dankte dem Fahrer und ihrem Leibwächter mit einem knappen Nicken und bemerkte dann, dass ihr das schmutzige Fenster der alten Kutsche nun wie ein riesiger schwarzer Spiegel gegenüberstand. Normalerweise mied Maren alle Spiegel, aber heute würde sie Will wiedersehen, also zwang sie sich, einen kurzen, qualvollen Blick zu wagen.

Ihr Abbild sah so furchtbar aus wie erwartet. Doch es hätte wohl schlimmer sein können.

Kurz bevor sie und Lord Rorick in Aimvits hölzernen Schlund hineingefahren waren, hatte der Kutscher eine kleine Rast eingelegt, in der Maren sich zurechtgemacht hatte, und es war ihr mit einiger Mühe gelungen, ihre roten Locken in einem ordentlichen Knoten hochzustecken, sodass zumindest ihre wüsten Haare heute einigermaßen vorzeigbar aussahen. Außerdem hatte Maren das schöne blassblaue Leinenkleid angezogen, das sie normalerweise nur zu ihren Geburtstagen trug, und auch heute verlieh es ihr eine weniger dickliche Silhouette, obwohl man es einige Wochen vor ihrer Abreise wie in jedem Jahr ein wenig weiter ausgelassen hatte, damit Maren wieder hineinpasste. Sie hatte trotz ihres enggeschnürten Korsetts fast ständig Probleme mit zu knappen Kleidern, denn immer, wenn sie besorgt war, aß sie – und es hatte in den letzten drei Jahren viele Dinge gegeben, über die Maren sich Sorgen machte ...

Ich sehe grässlich aus, schoss es ihr schließlich durch den Kopf. Doch ehe sie sich noch weiter mit diesem Gedanken quälen konnte, ertönte plötzlich eine harsche, kraftvolle Stimme aus dem Inneren des gepflegten Holzschlosses heraus.

»Maren, meine Liebe – und Lord Rorick! Da seid Ihr ja! Ich hoffe, Ihr hattet eine angenehme Reise!«

Maren fuhr erschrocken zusammen, als sie Hrafens durchdringende Stimme hörte, und sie musste zweimal hinsehen, um den hageren, weißhaarigen Mann zu erkennen, der auf einmal vor ihnen im Türrahmen der großen Eingangspforte stand.

»Die Reise war sehr gut, bis zu dem Zeitpunkt, an dem sie vor Euren vermaledeiten Toren geendet hat. – Wo ist der Junge?«, knurrte Lord Rorick mit fest zusammengepressten Zähnen und Maren überlegte kurz, ob sie ihrem Leibwächter nicht ihren Gehstock auf den linken Fuß rammen sollte – dieses Maß an Respektlosigkeit war selbst für Lord Rorick ungewöhnlich.

Doch Hrafen störte sich daran nicht weiter und nickte Maren und ihrem Leibwächter nur nachsichtig zu.

»Schon gut, Rorick, alter Freund. Ich verstehe es, wenn Ihr – und auch Ihr, Prinzessin Maren – mir und Willjareth nicht sonderlich zugeneigt seid. Aber Ihr braucht unsere Hilfe und wir brauchen die Eure. Wir brauchen einander, also lasst uns nicht streiten. Kommt rein und ruht Euch aus, es war eine lange Reise.«

Herrisch wie immer winkte Hrafen Maren und Lord Rorick ins Schloss hinein und Maren zwang sich, erhobenen Hauptes voranzugehen. Sie wollte nicht an Lord Roricks Hand durch diese Tür hindurchgeschleift werden, so wie ihr Vater sie in ihrem ersten und zweiten Sommer aus dieser Tür hinausgeschleift hatte … *Damals, als die Welt noch in Ordnung war,* dachte Maren, während sie in die vertraute Wärme der Eingangshalle hineintrat.

Es sah alles noch genauso aus wie vor drei Jahren.

Feuerrote Schmetterlinge schwirrten durch die Luft, elegante Kürbisbanner hingen überall von den Wänden und halbfeste Harztropfen funkelten wie gläserne Beeren an den dunklen Wandreliefs um die Wette. Doch anders als damals kam Maren Wills hölzernes Märchenschloss

heute unnatürlich sauber und gepflegt vor. Alles blitzte und glänzte, als wäre es nicht von dieser schlechten, schmutzigen Welt. Selbst auf dem Fußboden waren weder Schlammflecken noch platt getretene Laubblätter zu sehen – obwohl das hier die Eingangshalle war und hier ständig Menschen ein und aus gehen mussten. Es roch sogar besser als in Mandrell – ein wenig nach verbrannten Blumen, doch das war im Grunde keine hohe Kunst, denn Maren erinnerte sich noch gut daran, dass Wills Dienerschaft für ein so kleines Schloss einfach riesig war. Es gab hier in Aimvit einen Diener, der nur dafür da war, den ganzen Tag getrocknete Lavendelstängel in die Feuer zu geben, und sicherlich putzte auch irgendwer ohne Unterlass die Eingangshalle …

Es gefiel Maren zwar durchaus, an einem so hübschen Ort zu sein, aber gleichzeitig machte all diese Sauberkeit Wills Schloss irgendwie unwirklich und fremd, sodass sie sich nicht vorstellen konnte, hier jemals wirklich zu Hause zu sein.

»Will ist noch oben und malt an irgendeinem seiner Bilder«, unterbrach Hrafen unvermittelt Marens Gedanken. »Ich gehe ihn holen. Ihr zwei könnt es Euch ja so lange im großen Salon gemütlich machen. Ihr wisst noch, wo der große Salon ist, oder, Maren?«

Maren blickte unwillkürlich auf die dunkle Holztür zu ihrer Linken, über der eine Harpune aus echtem Narwalhorn angebracht war. Dann nickte sie schweigend. Sie hatte auf einmal einen Kloß im Hals, und auch nachdem Hrafen hinter dem massiven Treppengeländer verschwunden war, gelang es ihr nur langsam, sich in Richtung des großen Salons zu bewegen.

Gleich würde sie Will wiedersehen … Nach drei Jahren würde sie nun endlich wieder bei ihm sein. Nach diesem Vorfall, bei dem sie fast ihr Leben verloren hatte und an den sie sich bis heute nicht richtig erinnern konnte …

Sosehr Maren auch gleichgültig bleiben wollte, als sie den alten Schlosstrakt betrat und die vertrauten weichen Robbenfelle unter ihren Füßen spürte, stieg die alte Aufregung wieder heiß und flatternd in ihren Adern auf.

»Hier ist der Salon, Hoheit«, brummte Lord Rorick und deutete auf die halb offene Tür zu seiner Linken. Innendrin sah es sehr hübsch und gemütlich aus und es war viel heller als hier im dämmrigen Korridor. Aber Maren konnte sich noch nicht dazu durchringen, das Gesellschaftszimmer zu betreten und wie ein Vogel im Käfig auf Will zu warten. Also trottete

sie auf ihren Stock gestützt den schummrigen Gang entlang, der auch als Ahnengalerie diente, und betrachtete mit wachsendem Unmut die vielen Porträts früherer Schlossbesitzer.

Die Personen in den Holzrahmen waren alle vollkommen verschieden und doch völlig gleich – denn sie waren alle wunderschön, egal, ob sie helle oder dunkle Haare, weiße oder pfirsichfarbene Haut besaßen. Und die Frauen auf diesen Bildern waren besonders grazil und elegant anzusehen ...

Seufzend blieb Maren vor der letzten Leinwand stehen, die noch vollkommen leer war, und strich wehmütig über die drohende weiße Oberfläche. *Ich werde sehr ulkig zwischen all diesen Schönheiten aussehen – oder der Künstler, der mich malt, hat sehr viel Fantasie ...*

Kopfschüttelnd fuhr Maren mit der linken Hand hinter den Bilderrahmen und tastete nach der zehn Jahre alten Erinnerung, die sie am Ende dieser staubigen Ahnengalerie suchte. Und tatsächlich steckte das dicke Pergament, das Will vor etlichen Jahren hinter der Leinwand versteckt hatte, noch immer an seinem Platz.

Sorgsam entfaltete Maren das alte Bild und betrachtete liebevoll die verblasste Kinderskizze, die sie und Will vor einem großen hölzernen Schloss zeigte. Maren erinnerte sich noch allzu gut daran, wie Will ihr diese Skizze am Ende ihres ersten Sommers auf Beli gezeigt hatte ...

Verschwörerisch hatte Will das bekritzelte Pergament damals vor den riesigen Bilderrahmen gehalten und gesagt: »Du hast mich doch gestern gefragt, was ich mit all meiner Macht tun will, sobald ich Lord geworden bin. Ich habe darüber nachgedacht und ich werde keins von diesen öden Inselmädchen heiraten wie all die anderen Lords vor mir. Ich habe einen besseren Plan: Wenn wir beide groß sind, leben wir hier und dann kann uns niemand mehr etwas vorschreiben! Wir können so lange aufbleiben, wie wir wollen, jeden Morgen Schokoladenmilch trinken und im Sommer in den Kürbisfeldern schlafen, wenn wir Lust haben – abgemacht?« Will streckte Maren geschäftig seine rechte Hand entgegen und sie ergriff seine schlanken Finger, ohne zu zögern.

Es waren so gute Zeiten gewesen, damals, als sie noch jung und glücklich gewesen waren.

Maren war so gefangen von der staubigen Erinnerung in ihren Händen, dass sie gar nicht bemerkte, wie sich die Tür zum alten Trakt ein zweites Mal öffnete ...

»Maren, bist du das etwa?«, rief eine klare Männerstimme plötzlich direkt hinter ihr. Es war eine samtig weiche Stimme, und obwohl sie ein wenig dunkler war als in Marens Erinnerung, erkannte sie sofort, zu wem diese Stimme gehörte. Unbeholfen wirbelte sie herum und starrte den wunderschönen Mann am Ende des Ganges mit puppengroßen Augen an.

Will sah besser aus als jemals zuvor. Er war schlank und hochgewachsen wie ein Zedernbaum und seit ihrem letzten Treffen bestimmt noch einige Handbreit in die Höhe geschossen. Maren musste den Kopf ein wenig in den Nacken legen, um sein vollkommenes, schmal geschnittenes Gesicht zu betrachten. Es war so seltsam makellos, als hätte er es einer der formvollendeten Kupferstatuen aus seinem Schlossgarten gestohlen. Maren faszinierte vor allem Wills gerade Nase. Im Norden hatten die meisten Männer krumme oder hucklige Nasen, die nach Raufereien schief zusammengewachsen waren, doch Wills Nase war offensichtlich noch nie in einer Schlägerei gebrochen worden.

»Ich sehe schon, du bist so schweigsam wie damals. Aber bekomme ich nicht einmal ein kleines Hallo? Freust du dich nicht wenigstens ein klitzekleines bisschen, mich zu sehen?« Will strich sich selbstgefällig durch seine rotblonden Locken und schob schmollend die Unterlippe nach vorn, ehe er Maren offen und ehrlich anlächelte. Und es war dieses Lächeln, das Maren innerhalb eines Wimpernschlags wieder vollkommen für Will einnahm und jegliche Reserviertheit in ihr mühelos davonschwemmte. Sie spürte, wie ein vertrautes und flatterhaftes Gefühl in ihrem Inneren, das sie eigentlich nicht aufwecken wollte, sich langsam wieder regte, und am liebsten hätte Maren sich sofort in Wills Arme geworfen. Doch die alte Angst vor Zurückweisung hielt sie dort, wo sie war, und ihr wurde jäh bewusst, dass sie Will noch gar nicht geantwortet hatte. Aber was sollte sie auch sagen, das nicht dumm oder einfältig klang? Maren fiel nichts ein und sie spürte nur allzu deutlich, wie ihr zu allem Überfluss auch noch das Blut in die Wangen schoss und sie puterrot anlief.

Willjareth Mengoth grinste nur noch ein wenig breiter, als er die Wangen seiner alten Sandkastenfreundin rot aufleuchten sah. Sie hatte sich in den letzten drei Jahren wirklich kein bisschen verändert. Sie war noch immer dieses verschüchterte kleine Rotkehlchen in Menschengestalt. Süß und liebenswert wie ein Singvogel – nur was machte sie hier? Irgendwo im hintersten Winkel seines Verstandes kannte Will die Antwort bereits, doch er zog sie in diesem Moment noch gar nicht in Erwägung.

»Tut mir leid, Maren, aber wir müssen später reden. Hrafen hat mich in den großen Salon befohlen, um jemand sehr Wichtigen zu treffen.« Eifrig wandte Will sich von seiner dicklichen Kindheitsfreundin ab und ging auf die geöffnete Holztür am Ende des Saales zu.

Hrafen hatte ihn in den alten Trakt bestellt, damit Will die mysteriöse Braut kennenlernte, die sein Großvater für ihn ausgewählt hatte. Eigentlich wollte Will sich zwar selbst eine geeignete Frau aussuchen, aber bisher hatte er keine gefunden, und so begeistert wie Hrafen von dieser Anwärterin gesprochen hatte, war Will wirklich neugierig geworden. ›Eine sehr vorteilhafte Partie‹, hatte Hrafen die unbekannte Frau genannt, und das war für Wills eiskalten Großvater schon ein unübliches Maß an Begeisterung ... Hatte Hrafen am Ende sogar *die eine* Frau gefunden? Das weiße Mädchen, dem Will seit drei Jahren so verzweifelt nachjagte? Will hatte sie immerhin schon überall gesucht, außer hier auf Beli. Wie ironisch es doch wäre, wenn die namenlose Schönheit, deren Bildnis Will seit vier Jahren heimsuchte, die ganze Zeit hier auf der Insel gewesen wäre, während er die gesamte Welt nach ihr abgesucht hatte!

»Ist etwa noch jemand im Salon? Hrafen sagte mir, ich solle dort warten, aber ich wollte mich lieber ein wenig umsehen – der alten Zeiten wegen.« Maren wagte ein verhaltenes Lächeln, doch Wills Miene verwandelte sich bei ihren Worten sofort in sprödes Eis.

»Hrafen hat heute nur einen Gast in diesem Salon bestellt ... Bist du sicher, dass *du* dort auf mich warten solltest?!« Für einen kurzen Augenblick klammerte Will sich noch an die winzige Hoffnung, dass all das nur ein schlimmes Missverständnis war. Doch dann nickte Maren ihm verwirrt zu und Erkenntnis und Entsetzen fluteten Wills Verstand.

Er starrte seine alte Kinderfreundin eine Weile ungläubig an und das fröhliche Grinsen rann ihm dabei von den Lippen wie zäher Sirup. Will begriff nicht, was er da hörte. *Sie* sollte die vortreffliche Braut sein, die ihn im großen Salon erwartete?

Sie? Maren Temmai? Das Kürbismädchen?

Hatte sein Großvater sich einen Spaß mit ihm erlaubt? War dieser alte Mann verrückt geworden?!

Verständnislos musterte Will die dicke Maren und hoffte halb, dass seine echte Braut schlank und schön hinter ihr hervorspringen und laut *Überraschung* rufen würde, doch leider geschah nichts dergleichen. Maren Temmai stand einfach nur da und sah aus wie immer: Ihr Haar war wirr und ungeschmückt, das schlichte Leinenkleid wurde ihrem Stand nicht gerecht, und obwohl sie ein eng geschnürtes Korsett trug, bemerkte Will sofort, dass in den letzten Jahren noch ein paar neue Pfunde zu ihrer ohnehin schon unvorteilhaften Silhouette hinzugekommen waren. Maren Temmai hatte sich kein Stück verändert und deshalb konnte Will sie auf keinen Fall heiraten – man würde ihn auslachen!

»Ich … es muss ein Fehler passiert sein … Entschuldige mich kurz.« Will drehte sich auf dem Absatz um und schritt eilig zurück zum Ende des Ganges, wobei er sich bemühte, das Ganze nicht zu sehr wie eine Flucht aussehen zu lassen.

»Du vergeudest deine Zeit, Junge. Hrafen macht keine Fehler – und außerdem hat er uns empfangen«, knurrte Marens Begleiter Lord Rorick ihm hinterher. Aber Will beachtete den bärenhaften alten Mann nicht und verschwand eilends zur Tür hinaus.

Gewiss war dieses ganze Theater nur ein schlechter Scherz! Was sollte es sonst sein? Maren würde ihn doch niemals heiraten, nach allem, was in ihrem letzten Sommer hier geschehen war. So hoffnungslos vernarrt konnte nicht einmal sie sein – oder?

Zerstreut platzte Will wenig später in Hrafens unveränderliches Arbeitszimmer und hustete, als ihm der herbe Geruch von verbranntem Pergament entgegenschlug.

»Will, das ging aber schnell – wo ist deine Braut?«, fragte Hrafen, ohne seine Aufmerksamkeit von dem langen Brief abzuwenden, den er gerade schrieb. Obwohl Will jetzt volljährig war, behandelte sein Großvater ihn noch immer wie einen kleinen Jungen.

Missfällig presste Will die Lippen zusammen und zwang sich, Ruhe zu bewahren. »Dasselbe wollte ich dich gerade fragen, Großvater. Was sucht *Maren Temmai* hier?«

»Nun, offensichtlich will sie dich heiraten«, erwiderte Hrafen

unnötigerweise. Er schien diese Diskussion nicht führen zu wollen, aber bei allen eisigen Winterlichtern, Hrafen musste doch klar sein, dass Will diese Entscheidung nicht hinnehmen würde!

»Und warum hast du von allen Frauen ausgerechnet *sie* hergebeten? Was hat dir Grund zu der Annahme gegeben, dass ich *Maren Temmai* heiraten würde?! Sie ist –«

»Ganz reizend? Gebildet? Eine Prinzessin? Der einzige Mensch, der jemals einen Funken Anstand aus dir herausgekitzelt hat? Viel zu gut für dich?«, schlug Hrafen ungerührt vor und kratzte nebenbei weiter mit seiner Gänsefeder auf diesem verdammten Pergament umher. »Maren hat Erfahrung im Regieren, sie wird dir helfen, die Königswahl zu gewinnen und so deine Schuld gegenüber dem Norden wiedergutzumachen. Du solltest mir und ihr also auf Knien danken, Junge.«

Auf Knien danken? Für eine dicke Kinderbraut? Das ging zu weit! Für wen hielt sich dieser alte Mann überhaupt? Will war der Lord von Vinduras und der Besitzer dieses Schlosses!

»Maren Temmai ist hässlich. Ich werde sie nicht heiraten und du kannst mich nicht zwingen! Ich bin volljährig und ...« Will versagte die Stimme, als sein Großvater langsam von seinem Pergament aufblickte und ihn mit seinen eiskalten Nordländeraugen regelrecht durchbohrte.

»Ich schwöre dir, bei all meinen Ahnen, Junge: Ich hätte dich für deine Eitelkeit schon längst grün und blau geprügelt, wenn du nicht die gebrechliche Statur deiner Mutter geerbt hättest! Du hast mich feige belogen und dem Namen deines Vaters schwere Schande gemacht. Doch anstatt dich für deine Vergehen ins Exil zu schicken, gebe ich dir eine Chance, deine Ehre im Norden wiederherzustellen; ich beschaffe dir sogar eine Prinzessin zum Heiraten – und du besitzt allen Ernstes die Dreistigkeit, dich zu beschweren!?«

Ohne es verhindern zu können, schrumpfte Will unter dem Geschrei seines Großvaters wieder zu einem ängstlichen kleinen Jungen zusammen. Denn Hrafen war zwar alt, aber er war auch ein echter Nordländer – groß und einschüchternd – und schrecklich ehrenvoll. Noch immer trug er Will nach, dass er vor drei Jahren nicht wie versprochen in den Krieg gezogen war, um nach nordischer Tradition ein Mann zu werden, sondern sich stattdessen mit einer großen Menge an Silber auf Weltreise begeben hatte, um die fernen Länder des Südens und Ostens nach dem

mysteriösen weißen Mädchen aus seinen Träumen abzusuchen. Aber was hatte Hrafen denn erwartet? Dass Will sein Leben in einem Krieg verwirkte, der ihn nichts anging? Nur mit einiger Mühe gelang es Will, sich diesen letzten bissigen Kommentar zu verkneifen.

»Ich will meine Feigheit ja wiedergutmachen, Großvater! Wenn ich diese Königswahl gewonnen habe, werde ich den Norden mit Belis gesamtem Reichtum im Krieg unterstützen, wie du es wolltest. Das nützt dem Norden auch tausendmal mehr, als wenn ich sinnloserweise auf dem Schlachtfeld mein Leben gelassen hätte!«, erklärte Will stattdessen in einem bemüht aufrichtigen Tonfall. Und glücklicherweise schien das seinen Großvater tatsächlich ein wenig zu besänftigen. Aber das musste nichts heißen, denn jetzt kam der schwierige Teil.

Nervös leckte Will sich über die Lippen. »Ich werde meine Schuld allerdings nicht begleichen können, wenn ich Maren Temmai heirate. Die Insellords sind nicht so wie die Adligen aus dem Norden, versteh das doch, Großvater. Sie würden mich auslachen mit einer Braut wie Maren und mich gewiss nicht zum König machen ... Und wenn das passiert, bleibt die Ehre des alten Geschlechtes Mengoth für immer durch meine feigen Lügen besudelt! Dann wird man uns als Deserteure in Erinnerung behalten – das kannst du doch unmöglich wollen!« Siegessicher lehnte Will sich gegen das schwer beladene Bücherregal. Er wusste sehr genau, wie viel seinem nordländischen Großvater am guten Ruf seines Namens lag. Wenn er es geschickt anstellte, würde Hrafen ihm vielleicht sogar erlauben, seine Braut selbst auszusuchen, wenn er schon heiraten musste ...

Doch sein Großvater knickte nicht ein, wie Will geglaubt hatte.

Wütend schlug Hrafen mit der Faust auf den Tisch. »Ich habe genug von deinen Albernheiten, Junge! Du darfst nur mit einer Ehefrau an deiner Seite die Königswahl bestreiten, so verlangt es das Gesetz dieser Insel! Und da dir niemand gut genug war, habe ich die Angelegenheit selbst in die Hand genommen. Du wirst Maren Temmai heiraten, und das ist mein letztes Wort!«

»Aber warum Maren? Von allen Frauen auf dieser Welt, warum sie, Großvater?! Ich schwöre, ich werde mich bessern, wenn ich mir nur selbst eine Braut aussuchen darf! Ich entscheide mich auch in der nächsten Woche! Nur bitte, lass mich selbst jemanden aussuchen!«, flehte Will, doch sein Großvater blieb hart.

»Ich habe meine Entscheidung getroffen. Und warum meine Wahl auf Maren fiel? Ganz einfach: Weil mir der Mann nicht gefällt, den diese Insel aus dir gemacht hat. Du hast mir und König Bjoren geschworen, dass du mit in den Krieg ziehen wirst, um dort Wiedergutmachung für das Ende dieses unsäglichen Sommers zu leisten, aber stattdessen bist du mit meinem Schiff und zwei Truhen voll Silber um die Welt gesegelt, um herumzuhuren und Feste in fremden Ländern zu feiern! Wenn ich dich ansehe, sehe ich keinen stolzen Nordländer mehr, wie dein Vater einer war, sondern nur einen selbstverliebten Wicht, der lediglich an sein eigenes Vergnügen denkt. Maren ist eine ehrbare nordische Dame. Sie wird dir guttun, deshalb sollst du sie heiraten. Und außerdem hast du auch an ihr noch eine Schuld wiedergutzumachen.«

Bei Hrafens letzten Worten riss eine alte Wunde in Wills Herzen wieder auf, aber er zwang sich, sein Gewissen für den Augenblick zu ignorieren.

»Maren Temmai wird mir bestimmt nicht guttun! Sie tut niemandem gut! Sie ist ... Sie ist ...« Will fand keine Worte, um die geballte Unzulänglichkeit von Maren treffend zu beschreiben. »Wenn du mich zwingst, sie zu heiraten, werde ich die Königswahl verlieren und der Norden wird seinen Krieg mit mir verlieren, weil Cenric und die anderen Lords deinem geliebten Nordland nicht einmal ein silbernes Staubkorn überlassen werden! Willst du das wirklich verantworten?«, rief Will trotzig und er wünschte, seine Worte würden nicht so sehr wie die Beleidigungen eines kleinen, schmollenden Kindes klingen.

Hrafen machte sich derweil gleichmütig daran, den fertigen Brief auf seinem Schreibtisch mit eisblauem Wachs zu versiegeln. »Weißt du, Willjareth, ich mag dich nicht besonders, aber du bist der Sohn meines Sohnes und deswegen gebe ich dir noch eine letzte Chance, deinen Wert zu beweisen. Solltest du allerdings scheitern oder dich weiterhin weigern, Maren zu heiraten ... Nun, sagen wir es so: Außer dir wird sich niemand Lord Cenric gegenüberstellen, und wenn du nicht König von Beli wirst, dann werde ich dich mit Leib und Seele an einen der nördlichen Hexenmeister verkaufen und im Gegenzug wird dieser Magier Cenric für mich umbringen und Cenrics Gesicht einem fähigeren Mann überziehen – vielleicht meinem neuen Schreiber, Devan. Er ist ein guter Junge und tut immer genau das, was man ihm sagt ... *Ich* lasse mein Vaterland nicht im Stich, Willjareth. So oder so wird der Norden sein Silber bekommen. Die Frage ist nur, ob

du dem Norden dieses Silber als gekrönter König übergibst oder ob du den Rest deines Lebens einem der halbverrückten Kriegszauberer auf den südlichen Schlachtfeldern die Schuhe putzen willst ...«

Will sackte bei diesen Worten kreidebleich in den alten Ohrensessel am Fenster und schrumpfte dort unaufhaltsam weiter in sich zusammen. Hrafen meinte das ernst, daran hatte Will keinen Zweifel.

»Das kannst du nicht machen ... Selbst ohne Maren stehen meine Chancen bei dieser Wahl nicht gut! Du darfst mir das nicht antun, Großvater ... Ich bin dein Enkel, verdammt!«, schrie Will in einem Anflug von Verzweiflung. Aber Hrafen zuckte nicht einmal mit den buschigen Augenbrauen.

»Ja, du bist mein Enkel – und ich schäme mich jeden Tag dafür, dass ein Mitglied meiner Familie dazu fähig war, eine solche Schandtat zu begehen, ohne dafür zu büßen. Nach allem, was du diesem Mädchen angetan hast, fällt dir nichts Besseres ein, als dich zu betrinken und irgendwelchen teuren Rocksäumen nachzujagen ... Ich dachte immer, dass zumindest sie es dir wert wäre, ein wenig Ehre zu entwickeln, oder dein Erbe als Mengoth, wo dein Vater sein Leben gab, um dem Norden zu helfen ...«

Will ließ die Standpauke seines Großvaters schweigend über sich ergehen, wobei die Erwähnung von Maren und seinem Vater ihn betreten auf seine polierten Stiefelspitzen starren ließ. Aber was sollte er auch sagen? Er konnte Hrafen unmöglich anvertrauen, weshalb er wirklich auf Reisen gegangen war, und vermutlich würde sein Großvater ihm seine Geschichte ohnehin nicht glauben.

»Du willst mich also bestrafen, indem du mich Maren heiraten lässt – schön, aber die Hochzeit wird hier auf Vinduras stattfinden«, bestimmte Will schließlich in einem letzten Versuch, sich seine Würde zu bewahren – doch nicht einmal die wollte Hrafen ihm lassen.

»Denk ja nicht, du könntest mich zum Narren halten, Junge«, knurrte sein Großvater über das monströse Schreibpult hinweg. »Nur, weil ich diese Insel verabscheue, heißt das nicht, dass ich ihre Gebräuche nicht kenne. Du wirst Maren im Hochschloss Wjallvit vor allen anderen Adligen heiraten und dort anschließend den Winter mit ihr und den übrigen Insellords verbringen, so, wie es Tradition ist. Wenn diese Leute dich zu ihrem König machen sollen, dann muss deine Ehe von Rechtswegen her unanfechtbar sein und der Inseladel muss sehen, dass du seine Bräuche ehrst.«

Will schnaubte verbittert. »Wenn ich die Bräuche des Adels ehren soll, dann sollte ich gewiss keine unansehnliche Nordländerin wie Maren heiraten, sondern eine der einheimischen Edeldamen.«

Hrafen ballte seine linke Hand zu einer knochigen Faust, doch ehe er Will für seine endlosen Widerworte tadeln konnte, ertönte ein herzzerreißendes Schniefen auf dem Gang und ein feuerroter Haarschopf blitzte kurz hinter dem Türspalt auf.

»Sie hat dich gehört«, kommentierte Hrafen trocken.

»Das sehe ich!« Ungehalten fuhr Will sich mit der linken Hand durch die Haare. Er hätte diese verdammte Tür zumachen sollen! Jetzt musste er sich auch noch mit einer aufgelösten Maren herumschlagen – großartig.

»Willst du ihr nicht folgen?«

Will lachte freudlos. »Wozu denn? Ich weiß genau, wo ich sie später finde. Sie wird in der Küche sein und irgendetwas Süßes in sich hineinstopfen. So macht sie es ja immer, wenn sie traurig ist.«

»Und wessen Schuld ist das?«, entgegnete Hrafen und verstaute seinen fertig geschriebenen Brief ungerührt in einem schlichten Holzkästchen.

Ach, sollen dich doch die Wintergeister holen und verschlingen, alter Mann!, fluchte Will, als die Schuldgefühle ihn abermals überkamen und ihre scharfen Haifischzähne in sein Gewissen schlugen. Er wusste selbst, dass Maren den Kummer nicht verdiente, den er ihr bescherte, besonders, wenn er an all das Leid dachte, das er ihr schon in der Vergangenheit eingebracht hatte …

Missmutig erhob sich Will aus dem staubigen Ohrensessel. »Gut … dann gehe ich Maren suchen.«

Maren, meine alte Freundin, meine verdammte Verlobte – die kleine Kürbisprinzessin … Bei dem letzten Gedanken sträubten sich Will die Nackenhaare und er meinte fast, das Gegacker seiner Freunde in den weitverzweigten Korridoren widerhallen zu hören. Wenn sie erfuhren, dass er Maren Temmai heiraten sollte … Sie würden sich vermutlich zu Tode lachen.

Nachdem Maren genug von Wills hasserfüllten Worten gehört hatte, löste sie sich aus ihrer Starre und humpelte so schnell sie konnte den hübsch funkelnden Gang hinab. Tränen strömten ihr heiß und brennend wie Säure über die Wangen. Sie hatte es gewusst! Sie hatte gewusst, dass Will sie nicht heiraten wollte! Himmel, er hatte noch nicht einmal in diese Heirat eingewilligt! Es war alles Hrafens Werk gewesen und das des Kleinen Rates! Aber wie hatte sie auch nur für einen winzigen Augenblick erwarten können, dass Will sie nach all den Jahren plötzlich tatsächlich wollte?! Maren war schon wieder auf dem besten Weg, sich in dieses närrische, dumme Ding zu verwandeln, das sich nach jemandem verzehrte, der ihm nicht zustand ...

Warum hat er mich nur anlächeln müssen? Hätte er mich nicht von Anfang an beschimpfen und beleidigen können? Dann wäre diese ganze Heirat einfacher zu ertragen gewesen. Ich hätte Will für all das hassen können, was er mir angetan hat! Aber so, nach diesem Lächeln ... Halb wünschte sich Maren, sie hätte Wills Gespräch mit seinem Großvater nicht belauscht. Doch dann schüttelte sie heftig den Kopf, sodass ihre Tränen in alle Richtungen flogen. Es war besser, wenn sie die Wahrheit kannte. Auch wenn Wills offenkundige Abneigung ihr die Luft zum Atmen nahm. Wills Worte waren wie eisige, klauenbesetzte Hände, die an ihrem Herzen herumrissen – und an ihrem ohnehin schon verkümmerten Stolz.

›Sie würden mich auslachen mit einer Braut wie Maren.‹ – *›Du willst mich also bestrafen ...‹* – *›Eine unansehnliche Nordländerin‹.* Lauter und lauter hallte Wills spöttische Stimme in Marens Gedanken wider, und erst als sie Aimvits altvertraute Küche betrat und schniefend in ein Paar gefüllte Windbeutel biss, verstummten Wills Beleidigungen endlich und Marens Schluchzer erstickten langsam an der süßen Sahne, die nun ihren Mund füllte.

Leise fluchend machte sich Will auf den Weg Richtung Küche und tatsächlich fand er seine alte Freundin dort. Sie hockte in der Ecke neben dem Fenster und kaute wimmernd auf einem sahnegefüllten Windbeutel herum – es war ein schmerzlich vertrautes Bild.

»Ich sollte wohl dankbar dafür sein, dass Hrafen so entschlossen ist, dich für deine Weibergeschichten mit einer so hässlichen Braut wie mir abzustrafen, was?«, schnappte Maren plötzlich und ihre helle Stimme klang wie das Gezwitscher eines verwundeten Vogels.

Unwillkürlich kehrte das vertraute Gemisch aus Freude, Frustration und schlechtem Gewissen, das Will so oft in Marens Gegenwart verspürte, in ihn zurück. Doch während er ihre feuerroten Locken so ansah, musste er sich eingestehen, dass er selbst diese innere Anspannung ein wenig vermisst hatte. So anstrengend sie auch war, wäre sie nicht als seine Braut hergekommen, hätte Will sich unbändig gefreut, sie wiederzusehen. Na ja, er freute sich ja auch jetzt – irgendwie. Aber die Angst und die Sorge um seinen guten Ruf waren stärker – und natürlich die Tatsache, dass Maren einmal mehr in einer Ecke kauerte und seinetwegen weinte ...

Seufzend ging Will auf Maren zu und bugsierte sie sanft, aber bestimmt aus der Küche hinaus. Er wollte nicht, dass sie schon an ihrem ersten Tag auf Aimvit wieder vor seinen Köchen weinte, und damit sie ihm widerstandslos folgte, ließ Will zu, dass sie die verdammte Glasschüssel mit den Windbeuteln in ihrer rechten Hand behielt und sich weiterhin mit Süßigkeiten tröstete.

Aus Marens Zimmer schlug Will sofort ein widerlich süßer Verwesungs- und Modergeruch entgegen. In dem lichten Raum war alles voller Spinnweben und verdorrter Pflanzen. Will hatte den Dienern vor drei Jahren befohlen, dieses Zimmer immer geschlossen zu halten, weil er nicht an die Vorfälle ihres allerletzten Sommers erinnert werden wollte. Und offensichtlich hatte man sich auch nach Wills Abreise noch pflichtbewusst an diese Order gehalten ...

Entschuldigend wandte sich Will an Maren, doch seine alte Freundin ließ ihn gar nicht erst zu Wort kommen.

»Ich mag nicht besonders schön sein, aber nur damit du es weißt, Will: Ein dekadenter Deserteur und Schürzenjäger ist auch nicht unbedingt der Ehemann, den ich mir erhofft hatte!«

Will klappte die Kinnlade hinunter. Hatte sie ihn gerade beleidigt? *Seine* Maren? Das Mädchen, neben dem selbst ein weißes Lamm ruchlos und unrein wirkte? Er konnte sich nicht daran erinnern, dass sie je ein böses Wort über irgendwen verloren hätte, geschweige denn über ihn selbst. Unbehaglich räusperte er sich. »Ich wollte dich nicht beleidigen, es kam nur alles so ... unerwartet.«

»*Unerwartet*, aha. Meinst du damit, dass du diese Verlobung nicht erwartet hast oder dass du nicht erwartet hast, dass ich höre, was für charmante Dinge du über mich zu deinem Großvater sagst? So oder so weiß ich jetzt wenigstens, woran ich bin.«

Einen Moment lang sah Will Maren einfach nur hilflos an. Sicherlich löste sich ihre Schüchternheit oft ein wenig, wenn sie traurig oder aufgewühlt war, aber sie hatte ihn noch niemals beleidigt. Maren kam ihm plötzlich fremd vor. Mit diesem geschäftig wirkenden Gesichtsausdruck und ihrem strengen, schmucklosen Kleid wirkte sie überhaupt nicht wie das verletzte, kindliche Mädchen, das ihn vor drei Jahren verlassen hatte. Und sie passte auch nicht mehr in ihr altes, staubbedecktes Zimmer, in dem alles mit angelaufenen Edelsteinen und Rüschen und Blumen aller Art liebevoll verziert worden war.

Hatte Maren sich wirklich so sehr verändert? Will fürchtete es kurz, doch dann sah er, wie sie sich auf überaus vertraute Weise einen weiteren Windbeutel zwischen die Zähne schob und traurig darauf herumkaute.

Nein ... sie mag vielleicht eine spitzere Zunge und eine finsterere Miene haben, aber sie ist noch genauso hilflos und verletzlich wie damals. Und es wird auch alles genauso laufen wie damals, wenn wir nicht endlich etwas ändern! Wir haben die Pfade unserer Fehler schon lange genug ausgetreten. Entschieden zog Will die quietschende Zimmertür hinter sich ins Schloss und wandte sich dann reumütig zu Maren um.

»Es tut mir leid, was ich zu Hrafen gesagt habe – wirklich. Ich verspreche dir, ich werde es wiedergutmachen!«

Maren schnaubte verbittert. »Spar dir deine Wiedergutmachungen, damit bin ich durch. Wie wäre es, wenn du zur Abwechslung einfach mal versuchst, mir nicht mehr ständig wehzutun?«, schnappte sie mit erstickter Stimme. Sie kämpfte mit ihren Tränen, und da Will genau wusste, dass es ihr peinlich war, vor ihm zu weinen, wandte er sich möglichst beiläufig von Maren ab und blickte aus dem Balkonfenster hinaus auf die abgeernteten Kürbisfelder.

»Vor acht Jahren haben wir fast unseren gesamten zweiten Sommer in diesen Feldern verbracht, erinnerst du dich noch daran? Hrafen war wegen irgendwelcher Geschäfte unterwegs und hatte uns diesen fürchterlich strengen Aufpasser, Meister Tenerik, besorgt, den wir nach der ersten Woche von den Dienern aus dem Schloss jagen ließen ... Es war

57

deine Idee, das Personal mit Silbermünzen zu bestechen, damit es uns hilft, wenn ich nicht irre.« Will zwinkerte Maren kurz zu, und als er sah, dass sich endlich ein Lächeln auf ihren winzigen Lippen anbahnte, begann auch er, sich langsam wieder zu entspannen. Er hatte es noch nie ertragen, Maren so unglücklich zu sehen. Also erzählte er ihr mit schwärmerischer Miene von den vielen Tagen, in denen sie bis spät abends in den grün-orangenen Wirrungen der Kürbisfelder Verstecken gespielt hatten und danach mit schlammbespritzten Stiefeln in Wills Himmelbett gekrochen waren, wo sie bis zum Mittag geschlafen hatten. Er erinnerte Maren daran, wie sie in ihrem zweiten Sommer fast ausschließlich von heißer Schokolade und rohem Kuchenteig gelebt hatten und ihnen bei einem verbotenen Ausritt Hrafens bestes Pferd entlaufen war. Will selbst hatte sich bei seinem Sturz von dem prächtigen Rappen den linken Arm gebrochen, aber es war dennoch ein magischer Sommer gewesen – der beste, den er je gehabt hatte. Allerdings waren diese Tage so schnell an ihm und Maren vorbeigezogen wie Schmetterlinge im Sturm. Und sie hatten ihnen beiden nichts außer ein paar verblassenden Erinnerungen dagelassen …

»Ich weiß noch, wie laut Hrafen geschrien hat, als er erfuhr, dass sein Lieblingspferd verschwunden ist. Er war danach drei Tage heiser!«, murmelte Maren plötzlich und tauchte ihre kleine Hand dabei kichernd in die halbleere Glasschüssel, um einen weiteren Windbeutel herauszufischen. Sie schien es nicht einmal mehr zu bemerken.

Will schob missfällig den Unterkiefer nach vorn und zögerte noch einen Moment, dann fasste er sich ein Herz und schnappte Maren die Glasschale aus den Händen. Bedächtig stellte er die Süßigkeiten auf eine hohe, mit silbernen Einlegearbeiten verzierte Pendeluhr, wo Maren sie nicht mehr erreichen konnte – der Protest ließ natürlich nicht lange auf sich warten.

»He! Was soll das! Verdammt, Will, ich bin kein Kind mehr, dem man einfach seine Schokolade wegnehmen kann! Wenn du ein Problem hast, dann sag es! Mein Land kann es sich nicht leisten, dass ich diese Allianz in den Wind schlage, und da Hrafen anscheinend fest entschlossen ist, nur mich als deine Braut zu akzeptieren, bin ich von jetzt an wohl deine Verlobte, ob es dir nun gefällt oder nicht! Und ich würde es begrüßen, wenn du mich auch so behandeln würdest.«

Da war sie wieder, diese fremdartige Strenge, die Will so sehr vor den Kopf stieß. Er war noch nie von der kleinen Maren zurechtgewiesen worden und er hatte nicht vor, das jetzt zu einer Gewohnheit werden zu lassen – eine widerspenstige Gemahlin war das Letzte, was er auf Wjallvit gebrauchen konnte. Er musste Maren klarmachen, dass *er* hier das Sagen hatte – und zwar sofort.

»Du willst wie meine Verlobte behandelt werden? Dann musst du dich aber auch wie meine Verlobte verhalten!« Abschätzig musterte Will Maren und überlegte, wie er ihre schlimmsten Makel am besten kaschieren konnte. »Deine Kleidung kannst du nicht behalten, sie ist vollkommen unangemessen für die Verlobte eines Insellords und das Korsett möchte ich auch nicht mehr an dir sehen. So etwas trägt man vielleicht auf dem Kontinent, hier wird es allerdings verpönt, wie alles, was vom Festland kommt. Zwei meiner Näherinnen werden deine Maße nehmen und dir ein paar annehmbare Kleider anfertigen. Außerdem werden sie dich in die Etikette von Beli einweisen. Du wirst die Anstandsformen dieses Landes gewissenhaft studieren und dich ihnen entsprechend verhalten ... Parfüm und Geschmeide wirst du ebenfalls brauchen, wenn wir im Winterschloss Quartier beziehen, und du wirst etwas mit deinen Haaren machen – wenn du willst, besorge ich dir dafür auch eine Dienerin. So kannst du jedenfalls nicht mehr herumlaufen.«

Maren starrte ihn mit ihren riesengroßen regenblauen Augen kurz wie erschlagen an, ehe sie den Mund verzog.

»Soll ich mir die Haare bei der Gelegenheit auch gleich rotblond färben so wie du?«, fragte sie und deutete ausdruckslos auf Wills eigene, sorgsam zerzauste Locken, die schon wieder einen leichten silberblonden Ansatz zeigten.

Will zuckte nur mit den Schultern.

»Genau genommen ist es ein blasser Kupferton und die Farbe ist beim Inseladel sehr beliebt, aber ich überlasse es ganz dir, ob du dein Haar rot lässt oder nicht.«

»Oh, wie gnädig du doch bist«, murmelte Maren spöttisch, aber Will ging nicht darauf ein. Sein Blick war an dem schmucklosen Gehstock hängen geblieben, auf den Maren sich schon die gesamte Zeit über stützte. Sie trug ihn auf der rechten Seite und entlastete damit offensichtlich ihr rechtes Bein. Das Bein, das damals so schlimm verletzt worden war ...

Wills schlechtes Gewissen schloss sich mit einem Mal wie eine eisige Faust um sein Herz und drückte fest zu.

»Maren?«, murmelte Will und spürte, wie seine Stimme zu versagen drohte.

Maren bemerkte seinen plötzlichen Stimmungswechsel und runzelte die Stirn. »Was ist denn?«

»Kannst du auch ohne diesen Gehstock laufen?«

Sie schüttelte den Kopf. »Nicht lange und nicht ohne Schmerzen. Würdest du mir sagen, wie ich zu dieser Verletzung gekommen bin, wenn ich dich danach frage? Ich erinnere mich bis heute an nichts außer Rosen, wenn ich an diesen Tag zurückdenke. Ist das nicht seltsam?«

»Rosenwein wird bei uns oft als Schmerzmittel benutzt«, log Will, ehe er hart mit dem Kopf schüttelte. »Frag nicht mehr danach. Manchmal ist es am besten, die Vergangenheit ruhen zu lassen. Also« – Will nickte finster zu Marens hölzernem Gehstock – »macht es dir etwas aus, wenn mein Hofheiler sich dein Bein mal ansieht? Vielleicht kann er dir helfen.« Will würde es nicht ertragen, sie Tag für Tag mit dieser Krücke zu sehen und Tag für Tag daran erinnert zu werden, was damals geschehen war ...

»Wieso? Stört es dich so sehr, dass deine Braut nicht nur hässlich ist, sondern auch noch hinkt?«, witzelte Maren.

Will biss sich auf die Unterlippe. Da war er wieder, ihr quälender, selbstverletzender Humor, auf den er nie eine gute Antwort fand.

»So war das nicht gemeint ... Ich will nur, dass es dir gut geht«, erklärte er unbeholfen.

Maren zuckte mit den Schultern. »Ich glaube zwar nicht, dass da noch jemand etwas machen kann, aber sicher darf sich dein Heiler mein Bein ansehen.«

Will nickte dankbar. »Gut, ich werde Meister Emeeduk gleich morgen bei dir vorbeischicken. Und wo wir schon dabei sind – du musst natürlich nicht hier schlafen. Bis dein altes Zimmer wieder hergerichtet ist, kannst du eines der Gästezimmer beziehen«, verkündete er mit einem Blick auf den vernachlässigten Raum. Dann öffnete Will eilig das Balkonfenster, damit der ganzjährig raue Eiswind zumindest den fauligen Geruch aus dem Zimmer spülen konnte.

»Im Kleiderschrank hängen übrigens noch all deine Sommerkleider. Wenn sie unbeschädigt sind, kannst du sie gerne anziehen, bis du neu eingekleidet bist. Deine alten Sachen sind auf jeden Fall ansehnlicher als

dieses triste Ding, das du jetzt anhast.« Abermals betrachtete Will das taubenblaue Leinenkleid, in dem Maren steckte, und verzog dabei das Gesicht. Die Farbe stand ihr, das Kleid eher weniger. Allerdings konnte Will sich nicht daran erinnern, dass Maren jemals irgendein Kleid gestanden hatte. Sie besaß ein unnachahmliches Talent dafür, in allem, was sie trug, äußerst unvorteilhaft auszusehen.

Seufzend wandte Will sich den gold-orangenen Gardinen zu, die Maren vor einigen Jahren selbst mit aufwendigen Stickereien von Kürbissen und Ranken verziert hatte. Warum konnte sie nicht einfach so schön sein wie die Muster, die sie in Stoff webte, oder die Worte, die sie in all diesen fremden Sprachen kannte? Wenn Maren doch nur schön wäre, dann könnte diese Heirat vielleicht sogar ganz angenehm sein, aber so? Trübsinnig starrte Will auf die abgeernteten Kürbisfelder hinaus. Er hatte ein sehr schlechtes Gefühl dabei, Maren nach Wjallvit zu den anderen Adligen zu bringen. Denn die gelangweilten Lords und Ladys am Hofe hatten nichts vergessen – und verändert hatten sie sich auch nicht …

Das Leben als Märchenprinzessin

*M*aren war zwar als Prinzessin auf die Welt gekommen, aber sie hatte sich niemals wirklich wie eine gefühlt. Der endlose Krieg gegen den Süden hatte die höfischen Vergnügungen Mandrells schon vor ihrer Geburt vollständig dahingerafft und daher stammte alles, was Maren über Prinzessinnen wusste, aus ihren staubigen alten Bilderbüchern. Erst jetzt, da sie mit Will verlobt war, bekam sie langsam eine Vorstellung davon, wie langweilig das Leben einer Prinzessin in Wirklichkeit wohl sein musste. Will verdonnerte sie nämlich bereits an ihrem ersten Tag in Aimvit dazu, alle Bücher über Belis Etikette auswendig zu lernen, während er durch halb Vinduras bis nach Grenvirek ritt, um bergeweise teuren Schmuck zu besorgen, den Maren angeblich dringend brauchte. Vielleicht hoffte Will insgeheim, dass Maren sich, wenn er sie nur lange genug mit schönen Kleidern und Juwelen behängte, irgendwann auf magische Weise in eine Frau verwandeln würde, die all diesen Prunk auch wert war. Oder vielleicht machte Will seinem Frust über diese Verlobung auch einfach Luft, indem er Unsummen von Silbertalern in der nächstgelegenen Mode-Hochburg ausgab. Maren wusste es nicht. Sie wusste nur, dass ihr all der Prunk nicht gefiel, den Will besorgte, während sie sich pflichtschuldig die richtige Rangfolge des Inseladels einprägte und Bücher über beliebte Freizeitaktivitäten wie die Hetzjagd oder das Schmetterlingsfangen studierte.

Das erste Mal hatte es Maren sogar vollkommen entsetzt, als Will, duftend wie ein Blumenstrauß, von seinem Stadtbesuch zurückkam und ihr Zimmer kurzerhand mit hundert funkelnden Glasflakons füllte, in denen sich kostbare Öle und Parfüme, schneeweißes Gesichtspuder und feiner Lidschatten aus Malachit und Lapislazuli befanden. Aber da Wills

Exzesse niemanden im Schloss überraschten, kam Maren schon bald zu dem Schluss, dass solche Ausschweifungen für ihn nicht unüblich waren, und außerdem war die Tatsache, dass Will sie unangenehm reich beschenkte, das geringste von Marens Problemen.

Will erwartete nämlich nicht nur, dass Maren genauso funkelte und duftete wie all die einheimischen Edeldamen, sondern dass sie sich auch genauso sittsam und höfisch verhielt – und das bedeutet im Grunde nur eines: dass Maren überhaupt keine eigene Meinung mehr haben durfte und selbst die sinnlosesten Befehle lächelnd befolgen sollte.

Und vier Tage lang funktionierte das auch ganz gut. Maren studierte folgsam alle Bücher über Etikette und Betragen, die Will ihr gab, und lernte die wichtigsten Fakten auswendig. Doch an ihrem fünften Tag in Vinduras hatten Wills Näherinnen ihre ersten Inselkleider plötzlich fertiggeschneidert. Und als Maren eines der Gewänder mit pochendem Herzen anprobierte und es kritisch im Spiegel betrachtete, wusste sie genau, dass es mit dem Frieden nun vorbei war, denn sie hatte nicht vor, so einen verruchten Fetzen zu tragen!

Will kann von mir aus so viel toben und schreien wie er will, aber das ziehe ich nicht an!, bestimmte Maren und wandte sich eilig von dem silberbeschlagenen Standspiegel ab. Das tief ausgeschnittene eisblaue Kleid war in ihren Augen kaum mehr als ein unangenehm enges, viel zu prunkvolles Untergewand. Sie fühlte sich nackt darin und fror bitterlich – und außerdem konnte sie sich nicht einmal in ihren kühnsten Träumen vorstellen, Will *so* unter die Augen zu treten. Er verspottete sie ja ohnehin schon wegen ihres Aussehens, aber was würde er erst sagen, wenn er sie ohne ihr eng geschnürtes Mieder und die vielen schützenden Stoffschichten sah? Maren wollte gar nicht erst daran denken, so verwundbar würde sie Will gewiss nie gegenübertreten! Also legte sie auch heute wieder eines ihrer alten, nordländischen Wollkleider an und nahm sich vor, nach dem Frühstück Wills strohblonde Näherinnen zu suchen, damit diese ihre wilden roten Locken in eine für Will akzeptable Hochsteckfrisur zwangen – vielleicht würde ihn das ja beschwichtigen. Doch ehe Maren sich auch nur von ihrem Bett erhoben hatte, platzte Will plötzlich mit einem ganzen Arm voll silbernem Geschmeide in ihr Zimmer – und zwar, ohne vorher zu klopfen.

»Du bist ja immer noch nicht fertig, willst du das Frühstück etwa schon wieder verpassen?«, grummelte er mit einem Blick auf Marens wirre Locken. Dann warf er all die funkelnden Halsbänder, Ohrringe und Armreifen so achtlos auf ihr Bett, als handelte es sich dabei um nichts weiter als glitzerndes Stroh. »Gestern hast du schon geschlafen, als ich aus der Stadt zurückkam, also bekommst du deine Sachen eben jetzt. Es sind auch ein paar Schleier und Haarbänder dabei, du bist nun also einigermaßen angemessen ausgestattet und …« Will verstummte, als er das feenhafte blaue Seidenkleid bemerkte, das Maren wieder sorgsam auf ihrem winzigen Samthocker verstaut hatte. Er sog die Luft geräuschvoll durch seine weißen Zähne ein und sagte: »Maren … hast du deine neuen Sachen nicht gesehen oder willst du mich einfach nur ärgern?«

Maren schoss sofort das Blut in die Wangen. »Ich … Ich habe die Kleider sehr gut gesehen – und ich habe bei ihrem bloßen Anblick gefroren«, erklärte sie wahrheitsgemäß.

Doch Will zuckte nicht einmal mit der Wimper.

»Das ist, was alle Frauen hier tragen. Du solltest dich besser gleich daran gewöhnen, denn nach Wjallvit wirst du diese nordländischen Fetzen sicher nicht mitnehmen!«

Maren sah ihn finster an. Er war selbst zur Hälfte Nordländer, ließ aber keine Gelegenheit aus, ihre Heimat zu beleidigen! Außerdem hatte Will leicht reden, er durfte immerhin einen halblangen Mantel aus weißem Leder tragen, der mit so etwas wie Schwanenfedern gefüttert zu sein schien. Aber Maren wollte keinen Streit, also sagte sie nur: »Ich ziehe mich nach dem Frühstück um, wenn es dir recht ist«, obwohl sie nicht die Absicht hatte, das wirklich zu tun. Dann las sie ihren Gehstock vom frisch polierten Boden auf und hinkte auf die geöffnete Tür zu.

Doch kaum hatte sie den ersten Schritt gemacht, da schnurrte Will bereits ein zweites Mal: »Maren?«

Widerwillig drehte sie sich um. »Ja?«

»Was willst du noch mit dieser Krücke? Meister Emeeduk sagte mir vorhin, dass er sich dein Bein gestern angesehen hat und dass du es wieder normal belasten sollst, damit es ganz ausheilen kann. Er sagte außerdem, dass du ein paar Übungen mit dem Bein machen sollst, um die Sehnen wieder elastisch zu machen.«

Maren unterdrückte ein Stöhnen. Sie hatte gehofft, dass der alte Heiler Will nichts von ihrem Bein verraten würde, doch natürlich hatte sie nicht so viel Glück ...

»Ich habe versucht, ohne Gehstock zu laufen und diese Übungen zu machen, aber es tat so fürchterlich weh ...«, murmelte Maren kleinlaut.

Will schnaubte nur ungeduldig. »Selbstverständlich tut es weh! Du hast dein Bein in den letzten drei Jahren viel zu sehr geschont! Deine Muskeln und Sehnen sind völlig verkümmert, und wenn du nicht anfängst, wieder normal zu laufen, wird dein Bein niemals richtig ausheilen – jetzt gib mir den Krückstock.« Fordernd streckte Will seine rechte Hand aus, aber Maren regte sich nicht.

»Ich würde ihn lieber erst mal behalten und langsam wieder anfangen, mein Bein zu belasten ...«, erklärte sie zaghaft.

Will schüttelte mit dem Kopf. »Ja, das wäre dir lieb, nicht wahr? Dumm nur, dass ich dich kenne und weiß, dass du dein Wort in solchen Dingen niemals hältst, also gib mir den Stock.«

»Nennst du mich etwa gerade wortbrüchig?!« Binnen eines Wimpernschlages verflog Marens Zurückhaltung und sie ballte wütend die Hände zu Fäusten. Wie alle Leute im Norden fand auch sie es nicht lustig, wenn man ihre Ehre beleidigte. Will kümmerte das allerdings nur wenig.

»Genau genommen nenne ich dich verweichlicht, Prinzesschen. Denn wärst du es nicht, würdest du dich in diesem Moment nicht auf eine Krücke stützen! Und jetzt gibt mir diesen dummen Stock, du bist noch keine alte Frau!«, knurrte er nicht minder hitzig. Doch Maren machte keine Anstalten, ihm zu gehorchen, und so sprang Will kurzerhand auf sie zu und entriss ihr den alten Rosenholzstab mit der Rohheit eines echten Nordländers. Maren versuchte zwar, sich an ihrem Gehstock festzuhalten, aber Will schüttelte sie sofort ab und sie verlor das Gleichgewicht.

Kurz schwankte Maren, doch ehe sie auf den polierten Marmorboden stürzen konnte, eilte Will an ihre Seite und fing sie auf. Er ächzte unter ihrem Gewicht wie ein alter Greis und brachte sich nur mit Mühe wieder in eine aufrechte Position – besonders stark war Will jedenfalls nicht.

Nachdenklich betrachtete Maren seine Hände.

Will hielt sie nach wie vor fest umschlungen und sie hätte erwartet, dass seine Berührung sich peinlich oder unangenehm anfühlen würde, aber

das Gegenteil war der Fall. Für einen flüchtigen Augenblick wünschte Maren sich, dass Will noch eine Weile in dieser verdrehten Umarmung ausharren und ihr durchs Haar streichen würde – doch natürlich war das nur wieder einer ihrer dummen Tagträume. Die Position, in der sie und Will standen, war äußerst ungemütlich, und so machte sich Will vorsichtig daraus los und achtete darauf, Maren dieses Mal nicht umzustoßen. Dann sah er ein wenig betreten aus dem Fenster und bot Maren seinen rechten Arm an.

»Hier, du kannst dich an mir festhalten, wenn du willst. Und jetzt komm, wir sollten runtergehen, bevor die Diener das Frühstück wieder abräumen.«

Maren schaute Will kurz schweigend an und wartete auf so etwas wie eine Entschuldigung. Doch Will sagte kein Wort mehr, und weil Marens Magen in diesem Moment leise knurrte und es langsam unangenehm wurde, nur auf einem Bein zu stehen, klammerte sie sich widerwillig an Wills seidenbedeckten Unterarm und setzte ihren rechten Fuß auf den Boden.

Es tat weh – sehr sogar. Maren zischte vernehmlich und wollte sich am liebsten wieder zurück auf ihr Bett werfen und nie wieder aufstehen. Ohne ihren Gehstock fühlte es sich so an, als würde sie mit ihrem rechten Fuß auf einen Haufen spitzer Nadeln treten. Aber da sie nun bereits an Wills Arm hing und er unbarmherzig weiter voranschritt, blieb Maren nichts anderes übrig, als hinter ihm her zu stolpern und gegen die heißen Tränen anzukämpfen, die der Schmerz ihr in die Augen trieb. Sie wollte vor Will nicht weinen, er behandelte sie ja jetzt schon wie ein kleines Kind. Doch das leise Wimmern, das ihr in der Kehle steckte, konnte Maren dennoch nicht unterdrücken. Und während sie neben Will her humpelte, fragte sie sich dumpf, ob es ihm wohl Freude bereitete, sie auf diese Weise zu bestrafen.

Im himmelblau tapezierten Speisesaal vergaß Maren ihren Schmerz allerdings fast vollkommen, denn tausend herrliche Gerüche strömten hier auf sie ein und dufteten süßer als alle von Wills schweren Parfüms zusammen. Maren roch frisch gebackenes Weißbrot, deftigen Schafskäse, heiße Schokomilch und – am verführerischsten von allem – knusprigen Honigkuchen und süße Zimtschnecken!

In den letzten Tagen hatte sie das Frühstück immer verschlafen und man hatte ihr dafür ein kleines Tablett mit Brötchen und gepellten Taubeneiern aufs Zimmer gebracht. Die waren zwar köstlich gewesen, aber leider auch sehr schnell verspeist. Die lange Speisetafel, auf die Maren nun starrte, war hingegen reich gedeckt und sie konnte es gar nicht erwarten, all die verschiedenartigen Leckereien, die vor ihr lagen, zu probieren. In Mandrell hatte es seit drei Jahren nur langweiliges Roggenbrot, harte Roggenkekse und ungesüßte, lauwarme Milch zum Frühstück gegeben, dagegen war das hier das Paradies!

»Guten Morgen, Hrafen. Guten Morgen, Lord Rorick«, rief Maren den beiden Männern beschwingt zu. Doch dann führte Will sie mit Nachdruck zu einem mickrigen Silberschemel am Tischende, wo nur noch ein sporadisch gefüllter Brotkorb und eine Platte mit hauchdünn geschnittenen Käsescheiben und gesalzenen Grünalgen standen ...

Maren hatte für einen herrlichen Moment lang vergessen, dass die Mahlzeiten einer Frau, genauso wie ihre Kleidung und ihre Meinung, auf dieser Insel davon abhingen, was ihr Gatte für angemessen hielt. Es geziemte sich für eine Inseldame nicht, bei Tisch um etwas zu bitten, das sich außerhalb ihrer unmittelbaren Reichweite befand, und da Will sie anscheinend ärgern wollte, befanden sich die wirklich leckeren Sachen jetzt natürlich *nicht* in ihrer Reichweite. Die Platte mit den Zimtschnecken stand direkt neben Wills Silberteller und der gläserne Krug voll süßer Schokomilch dampfte in der Mitte der Tafel munter vor sich hin, wo Maren ihn niemals erreichen würde. Missmutig ließ sie sich auf den feuerroten Samtbezug ihres lächerlichen Höckerchens fallen, der ihr neben Wills throngleichem Eichenholzstuhl lebhaft vor Augen führte, dass der angestammte Platz einer Frau auf dieser Insel nicht neben ihrem Mann war, sondern *weit* unter ihm ...

»Ah, es trifft sich gut, dass ich euch beide noch hier erwische!«, erklärte Hrafen in diesem Augenblick in geschäftigem Tonfall. »Ich habe gute Nachrichten: Maren, Euer Brauthemd und der dazugehörige Zeremonienmantel sind fertig, und in Wjallvit sind die Hochzeitsvorbereitungen auch so gut wie abgeschlossen. Die Diener packen heute Eure Sachen und morgen werdet Ihr beide dann zusammen mit Lord Rorick zum Winterschloss aufbrechen. Wenn Ihr dort angekommen seid, wird alles für Eure Trauung bereit sein.«

Will stieß vor lauter Entsetzen seinen Kelch um und blutroter Wein schwappte über den halben Tisch und ruinierte die schöne Spitzendecke. »Der Nordländer wird uns sicher nicht begleiten! Für ergraute Kriegsveteranen ist kein Platz im Winterschloss! Und wir werden auch noch nicht aufbrechen, es ist viel zu früh! Maren kann so nicht nach Wjallvit, sie ist zu ... unvorbereitet!«, protestierte er heftig. Doch Maren war sich sicher, dass Will eigentlich etwas anderes hatte sagen wollen. Er schämte sich für sie und wollte sie hier versteckt halten, das war offensichtlich. Und obwohl Marens Verstand davon nicht überrascht war, schmerzte diese Tatsache doch wie ein stumpfer Dolch in ihrem Herzen.

Auch Lord Rorick bemerkte Wills kleinen Seitenhieb, und als wollte er es dem jungen Lord damit heimzahlen, griff er nach der Platte mit den goldbraunen Zimtschnecken und knallte sie direkt neben Maren auf die weinbefleckte Tischdecke. Dann brummte er: »Ich bin der Leibwächter der Prinzessin, wo sie hingeht, gehe ich auch hin. Und dass ich mir ein glitzerndes Seidenhemdchen anlege, so wie Ihr, das könnt Ihr auch getrost vergessen.«

Will starrte zuerst finster zu Maren, die sich gerade zwei der karamellisierten Zimtschnecken schnappte, und dann zu Lord Rorick, der ihn nach wie vor herausfordernd anfunkelte.

»Verdammte Nordländer, alle beide!«, fluchte Will und zerquetschte das kleine Weißbrot in seiner rechten Hand zu einem unförmigen Klumpen. Dann holte er einmal tief Luft und zwang sich dazu, seine Wut wie ein echter Insellord hinter einer sittsamen Maske der Gleichgültigkeit zu verbergen. »Über deinen Leibwächter reden wir, wenn es so weit ist, Maren. Aber für den Moment bleiben wir hier.« Will wandte sich entschlossen zu seinem Großvater um und sagte: »Ich, als Lord von Vinduras, bestimme, dass wir noch nicht nach Wjallvit fahren, und diese Entscheidung ist endgültig!«

Doch Hrafen hob lediglich eine buschige Augenbraue.

»Du wirst ein überaus kopfloser Lord sein, wenn du meine Geduld zu lange strapazierst, Junge. Ich bekomme nämlich langsam den Eindruck, dass du gar nicht zur Königswahl antreten *willst* und schon wieder versuchst, dich vor einem heiligen Schwur zu drücken ... Wenn du dich noch viel länger hier verkriechst, wird man die Königswahl ohne dich beginnen, und ich denke, das weißt du sehr genau.« Hrafens Tonfall war

ruhig und eisig und Maren erschauderte, als sie die Drohung aus seinen Worten heraushörte.

Jäh erinnerte sie sich daran, wie ein junger Will einmal behauptet hatte, die Vorfahren seines Vaters wären gar keine Menschen gewesen, sondern von einem mächtigen Zauberer aus dem Eis eines Gletschers herausgeschnitzt worden … *Wenn man sich Hrafen mit seinen eisweißen Haaren so ansieht, könnte man diese Geschichte glatt glauben,* überlegte Maren und biss dann in ihre warme Zimtschnecke. Der Teig war herrlich süß und knusprig, doch Maren war zu besorgt, um ihn wirklich zu genießen. Sie wollte nicht, dass Will von seinem Großvater ins Exil geschickt wurde, wie er es gestern in seinem Arbeitszimmer angedroht hatte. Aber Hrafen besaß unbestreitbar die Macht dazu, das war jedem hier am Tisch klar. Will mochte den Lordstitel besitzen, aber Hrafen war der Lord. Hrafen regierte das Land, er kannte die wichtigen Leute, er wusste, wo er Meuchelmörder, Grobiane und andere Halunken anheuern konnte, die Will verschleppen würden, und er wusste auch, wen er bestechen musste, um nicht für seine Taten belangt zu werden. Hrafen war der Erwachsene im Raum und Will war auch nach all den Jahren lediglich sein ungehorsamer Enkelsohn …

Auch Will schienen die Machtverhältnisse am Tisch wohl bewusst zu sein, denn er war nicht so dumm, Hrafen ein zweites Mal offen zu widersprechen, sondern versuchte stattdessen, sich genau wie damals mit cleveren Ausreden aus der Situation herauszuwinden.

»Ich will mich vor gar nichts drücken, Großvater, aber ich kann mit Maren noch nicht nach Wjallvit aufbrechen. Es gibt noch zu viel zu tun! Ich habe ja noch nicht mal einen eigenen Hochzeitsmantel – wie soll ich da heiraten?«

Maren genügte ein kurzer Blick in Hrafens finsteres Gesicht, um zu wissen, dass Will längst auf verlorenem Posten kämpfte. Und trotz seiner Gemeinheit von vorhin tat er ihr jetzt fast ein wenig leid. Kein Wunder, dass er sich so aufspielte, wenn er andauernd von Hrafen herumkommandiert wurde.

»Da deine Garderobe die eines glitzernden Pfaus ist, kannst du getrost in jedem Mantel heiraten, den du besitzt, Junge. Wenn du mich fragst, eignen sich deine Sachen ohnehin nur für so etwas, und nun Schluss mit diesem Unsinn! Ich habe dir genug Zeit gegeben, Maren über diese elende

Insel aufzuklären. Jetzt ist alles bereit, also werdet ihr morgen früh aufbrechen und am Tag darauf heiraten!« Hrafen erhob sich würdevoll von seinem Stuhl und kehrte seinem Enkel demonstrativ den Rücken zu. »Und um ehrlich zu sein, ertrage ich deinen Anblick auch einfach nicht länger, Willjareth ... Dein Vater hat den Frauentod an einem Eisfelsen gewählt, damit Asiqara seine schmerzfreie Hinrichtung bekommen konnte, nachdem man beide als Verräter gebrandmarkt hat. Er gab sein Leben für den Norden und noch weit mehr für deine Mutter und du? Du hast nicht mal den Anstand, einen Wehrdienst abzuleisten, auf den du geschworen hast. Es ist eine Schande.« Mit gesenktem Kopf verließ Hrafen den Speisesaal und wirkte dadurch tausendmal älter als sonst.

Mitleidig wandte sich Maren zu Will um, der so aussah, als hätte er sich die ganze Zeit auf die Zunge gebissen. »Das tut mir leid, Will ...« Sanft legte Maren ihm eine Hand auf die Schulter, doch Will schüttelte sie sofort wieder ab und warf Maren einen giftigen Blick zu.

»Halt einfach die Klappe und iss deine verdammte Zimtschnecke, kleiner Kürbis!«, fauchte er und sprang abrupt auf, um den Raum zu verlassen.

Maren zuckte zusammen, als hätte er sie geschlagen. Wutentbrannt packte sie die verbliebene Zimtschnecke auf ihrem Teller, doch anstatt sie zu essen, warf Maren sie mit aller Kraft hinter Will her, ohne ihn zu treffen. Wie konnte er es wagen, sie bei *diesem* Spitznamen zu nennen?! Wie konnte er nur?!

Bebend nahm Maren eine weitere Zimtschnecke von dem Tablett, aber als sie wieder aufsah, war Will bereits verschwunden. Und so steckte sich Maren das warme Gebäckstück einfach in den Mund, wischte ihre klebrigen Finger an der Tischdecke ab und versuchte, nicht an die Zeit zurückzudenken, in der sie diesen Spitznamen bekommen hatte ...

Wütend warf Will den rechten Flügel seiner Zimmertür ins Schloss und trat nach dem Kopf des ausgetretenen Eisbärenfells vor dem Eingang. Hrafen verstand es einfach nicht! Er verstand weder Wills Weltreise noch seine Angst vor dem Winter auf Wjallvit! Er verstand einfach nicht, dass Will mit Maren als Ehefrau gar nicht erst zur Königswahl antreten musste! Sie wäre ihm in Wjallvit in keiner Weise eine Hilfe, sondern nur ein

Hindernis – ein unüberwindbares Hindernis. Denn Maren war vielleicht schlau, aber sie war nicht schön oder charmant und nur darauf kam es beim Inseladel an. Und Will brauchte den Inseladel auf seiner Seite, wenn er diese verdammte Krone gewinnen wollte! Doch mit Maren würde er keine Sympathien wecken, sondern bestenfalls Mitleid und schlimmstenfalls ... Schlimmstenfalls würde die Ehe mit Maren ihm bitteren Hohn und Spott für den Rest seines Lebens einbringen. Seine Freunde würden lachen, sich gegenseitig in die Rippen stoßen und sagen, sie hätten es von Anfang an gewusst. Und Cenric würde sich vor lauter Schadenfreude vermutlich gar nicht mehr einkriegen. Warum hatte sein Großvater nur Maren Temmai ausgesucht und warum hatte sie ja gesagt? Warum war die Welt nur so grausam?

Frustriert wandte sich Will zu seinen gemäldebehangenen Zimmerwänden um und versuchte, sich auf diese Weise abzulenken. Doch er hatte vergessen, dass Maren ihn ja selbst in seine eigenen Gemächer hinein verfolgte und ihre flammendrote Gestalt ihn nun aus hundert selbstgemalten Bildern heraus vorwurfsvoll anstarrte ...

Missmutig betrachtete Will die zinnoberrot gefleckten Leinwände auf der linken Seite seines Schlafzimmers. Er wusste selbst nicht so genau, warum, aber irgendwie konnte er dem Drang nie widerstehen, Maren in seine Gemälde hineinzumalen – und wenn es nur eine ihrer lohfarbenen Locken war, die er hinter einem dicken Baumstamm hervorlugen ließ. Vielleicht beruhigte die Vorstellung, dass Maren in einer bunten und friedlichen Welt aus Öl und Farbe fröhlich ihr Leben lebte, einfach sein schlechtes Gewissen ...

Aber was vergangen ist, ist vergangen! Ich muss nach vorne sehen, wenn ich diesen Winter überleben soll! Will schüttelte den Kopf und wandte sich ungeduldig der rechten Seite seines Zimmers zu, die im Gegensatz zu der linken vollends von Marens kürbisfarbenem Haarschopf verschont geblieben war. Die Bilder auf dieser Seite seiner Gemächer gehörten nämlich Wills wunderschönem weißem Mädchen und sie war ein Wesen, dass keinerlei Konkurrenz innerhalb seiner verschlungenen Silberrahmen duldete. Außerdem hätten Marens feurige Locken ohnehin nicht in diese bleichen Gemälde hineingepasst, denn die Bilder auf seiner rechten Zimmerseite waren geisterhaft kalt und auf dieselbe unbehagliche Weise schön, auf die auch tote Schmetterlinge und giftige Schlangen schön waren ...

Will stand noch eine ganze Weile vor seinen bilderbehangenen Zimmerwänden, die sich wie feuerroter Sommer und schwanenweißer Winter gegenüberstanden, und dachte darüber nach, wie wunderbar es doch wäre, wenn er seine wunderschöne weiße Muse anstelle von Maren heiraten könnte ... Aber da Will nicht einmal wusste, wo sich dieses verdammte weiße Mädchen befand, und Hrafen niemand war, der gerne herumdiskutierte, war es vermutlich ohnehin müßig, darüber nachzugrübeln. Hrafen hatte seine Entscheidung getroffen, also würde Will seine alte Sandkastenfreundin in zwei Tagen zum Altar führen müssen. Denn mit Maren verheiratet zu sein und wenigstens noch eine winzig kleine Chance auf den Königsthron zu haben war allemal besser, als von Hrafen an einen verrückten Kriegszauberer verkauft zu werden.

Doch allein der Gedanke daran, Maren zu heiraten, genügte, um Will das höhnische Lachen der anderen Adligen wieder ins Gedächtnis zu rufen. *Wenn ich erst König bin, werde ich alle bestrafen, die mich jemals verspottet haben!*, dachte Will grimmig.

Doch wie sollte er als allgemeine Witzfigur überhaupt König werden?

Wjallvit

Maren wurde noch vor dem Morgengrauen von den beiden namenlosen Näherinnen geweckt und penibel auf ihre Abreise nach Wjallvit vorbereitet. Und tatsächlich dauerte all das Baden, Ölen, Kämmen, Flechten und Frisieren so lange, dass Maren sich mit dem Anziehen und dem Anlegen ihres nagelneuen Geschmeides sogar beeilen musste, um noch einen Happen frühstücken zu können. Aber vermutlich war das ganz gut so, denn hätte sie genug Zeit gehabt, um ernstlich über das freizügige Inselkleid nachzudenken, in das man sie gezwängt hatte, dann wäre Maren wohl vor lauter Scham im Boden versunken. Der Stoff ihres neuen Gewandes war nämlich nicht nur viel zu dünn für das eisige Inselwetter, sondern auch leicht durchscheinend und selbstverständlich saß das Kleid noch dazu denkbar unschmeichelhaft an Marens pummligem Körper. Es lag bis zu den Oberschenkeln eng an, wie eine glänzende Schlangenhaut, und war offenbar für deutlich schmalere Frauen entworfen worden …

Doch da Maren vom Frühstückstisch aus direkt in eine Parfümwolke aus Rosen und Zimt geschubst und anschließend durch das übermäßig polierte Eingangsportal hinausgezerrt wurde, hatte sie glücklicherweise kaum Zeit, um genauer über ihre unzüchtige Garderobe nachzugrübeln. Und auf dem Schlosshof vergaß Maren dann ohnehin alles, woran sie bisher gedacht hatte, denn hinter Aimvits riesigen Holztüren erwartete sie eine echte Bilderbuchkutsche, die mit einem Pferdewagen aus Mandrell ungefähr so viel gemeinsam hatte wie ein Spatz mit einem Pfau.

Bei der Kutsche handelte es sich um einen mit silbernem Schmiedewerk verzierten Achtspänner, vor dem ein Dutzend feingliedrige Schneeschimmel standen und kleine Dampfwolken in die Luft bliesen. Maren lächelte beim Anblick der weißen Tundrapferde unwillkürlich. Sie kannte

Schneeschimmel von zu Hause, früher hatte es eine kleine Herde an Mandrells größtem Fluss Gjoll gegeben. Aber da die prachtvollen Tiere hervorragende Kriegsrösser waren, hatte man alle Schneeschimmel gefangen und eingeritten und dann mit auf die südlichen Schlachtfelder genommen ...

»Kommst du?«, rief Will in diesem Moment mit gequälter Miene. Er sah ganz so aus, als wünschte er sich, Maren würde ›Nein‹ sagen, sich umdrehen und wieder im hölzernen Landschloss verschwinden. Doch stattdessen nickte Maren dumpf und hinkte, so schnell sie mit ihrem schmerzenden Bein eben konnte, auf die Kutsche zu. Will half ihr die aufwendig geschmiedeten Stufen hinauf und im Inneren der Kutsche ließ Maren sich dankbar auf das samtweiche Sitzpolster sinken. Es bestand aus weißem Hermelinfell und war mit einem schweren Lavendelparfüm besprüht worden. Man hatte den Wagen gestern offenbar extra für sie hergerichtet, denn es war kein einziges Staubkorn im Inneren zu finden und die bemalten Fenster und das silberne Zierwerk glänzten und funkelten, als wären sie eben erst poliert worden. Überhaupt erstaunten Maren die kühle Farbpalette und das viele Silber dieser Kutsche, all das passte irgendwie nicht zu der einladenden und bodenständigen Atmosphäre, die Wills Landschloss ausstrahlte. Es schien alles mit einem seltsam frostigen Prunk überzogen zu sein, der zwar hübsch, aber auch unnahbar wirkte.

Ein wenig wie Will selbst ... dachte Maren bitter, und als Will kurz darauf in die Kutsche einstieg, wurde sie sich ihres fürchterlichen Kleides, ihrer notdürftig gezähmten Haare und ihrer gesamten Unvollkommenheit mit einem Mal wieder schrecklich bewusst. *Aber warum mache ich mir eigentlich so viele Gedanken? Ein Mann wie Will würde jemanden wie mich ohnehin niemals wollen. Und was spielt das überhaupt für eine Rolle? Will heiratet mich nur, weil sein Großvater ihm eine Lektion erteilen will, und ich heirate ihn nur, um meinem Land zu dienen – das ist alles!*, schalt sich Maren finster. Es ärgerte sie, dass diese hilflosen, mädchenhaften Gedanken von Liebe und Scham plötzlich wieder in ihrem Kopf aufkeimten wie rosa Tulpen. Aber sie konnte es auch nicht verhindern, egal, wie sehr sie sich anstrengte. Diese kleine Kutsche war der perfekte Ort, um verlegen und verunsichert zu sein, denn hier drinnen hatte sie keine Möglichkeit, Wills prüfenden Blicken zu entkommen. Und da

sie in diesem Augenblick zur Abwechslung einmal nicht miteinander stritten, war auch keine Wut mehr da, die Maren von den anderen verwirrenden Gefühlen ablenken konnte, die sie in Wills Gegenwart immer noch überkamen ...

Der Wagen fuhr mit einem sanften Rucken an und Maren presste ihre Beine instinktiv gegen die äußere Kutschwand, um ja nicht versehentlich Wills Knie zu berühren, falls der Wagen später über eine unebene Stelle im Boden rollte. Doch obwohl Maren Will keinen Anlass gab, um zornig auf sie zu sein, hatte sie irgendwie den Eindruck, dass sein Blick mit jedem Herzschlag missbilligender und verächtlicher wurde. Maren kam sich auf einmal schrecklich nackt vor mit ihrer Hochsteckfrisur und diesem ver- dammten Kleid, das sie wie eine dicke, halb verpuppte Schmetterlingsraupe aussehen ließ. Am liebsten hätte sie die Kutsche auf der Stelle angehalten, um zu Lord Rorick auf den reifüberzogenen Kutschbock zu klettern. Denn selbst die flirrende Kälte der Insel wäre besser, als hier drinnen mit Will gefangen zu sein und zu fürchten, dass er sie im nächsten Moment wieder laut auslachte oder beleidigte – wie damals ...

»Maren, geht es dir nicht gut?«, fragte Will plötzlich so sanft, dass Maren zunächst glaubte, jemand anderes hätte gesprochen. Verwirrt blinzelte sie und erkannte, dass Will weder hämisch noch hasserfüllt aussah. Er sah im Augenblick nicht einmal geringschätzig aus, sondern wirkte einfach nur ehrlich besorgt um sie – wie merkwürdig ...

»Doch, es ist alles in Ordnung«, krächzte Maren der Gewohnheit halber.

Die Falten auf Wills Stirn vertieften sich. »Bist du sicher? Du bist bleich wie eine Leiche.«

»Oh ... das tut mir leid«, murmelte Maren eilig.

Hilflos strich sich Will das Haar zurück. »Das war kein Vorwurf, Maren ...«

Kein Vorwurf. Auch das fand Maren merkwürdig. In ihren letzten Sommern auf Beli hatte Will ihr fast nur Vorwürfe gemacht – warum war sie so ungeschickt, so hässlich, so verfressen, so albern, so sehr – sie eben. Maren hatte kein einziges seiner Worte je vergessen können und nun, da sie wieder auf Beli war, suchte die Vergangenheit sie abermals heim. Aber das wollte sie Will nicht sagen, er sollte sie nicht für nachtragend halten.

»Als ich auf Beli ankam, habe ich davon geträumt wie wir uns kennen- gelernt haben«, murmelte Maren schließlich, weil sie das Gefühl hatte, irgendetwas sagen zu müssen.

Will lächelte schwach, aber die Sorge wich nicht von seinen Zügen. »Ja ... das war nicht unser schlechtester Sommer, auch wenn er einen traurigen Anfang hatte ...«

Maren nickte abwesend, doch dann kam ihr ein neuer quälender Gedanke und sie flüsterte mit halb erstickter Stimme: »Will ... werden *alle* Adligen in Wjallvit sein, wenn wir morgen heiraten?« Bisher hatte Maren noch gar nicht allzu viel über das Grauen nachgedacht, das ihr bevorstand, da Will all ihre Gedanken eingenommen hatte. Aber nun, wo sie sich dem berüchtigten Winterschloss unter lautem Hufgetrappel näherten, konnte Maren den Gedanken an das, was sie erwartete, nicht mehr verdrängen. Oder vielmehr den Gedanken an die Leute, die sie erwarteten ...

Auch Wills Gesicht verfinsterte sich bei ihrer Frage schlagartig und zu Marens unbändigem Entsetzen nickte er knapp. »Ja, der gesamte Inseladel wird anwesend sein, wenn wir heiraten – so ist es Brauch. Angeblich sollen diese gemeinschaftlichen Feiern die gegenseitige Vertrautheit und Freundschaft zwischen den Lords fördern. Deswegen werden wir zusammen mit dem restlichen Adel auch den gesamten Winter auf Wjallvit verbringen ...«

Maren erbleichte bei diesen Worten. Sie würde einen ganzen Winter zusammen mit Cenric, Erika und all den anderen in diesem berüchtigten Winterschloss eingesperrt sein?!

»Aber wieso?! Wozu soll das gut sein, der Adel nutzt diese Zeit doch ohnehin nicht, um etwas Sinnvolles zu tun! Man wird sich den gesamten Winter über nur betrinken und gegenseitig verspotten!«, protestierte Maren finster.

Doch Will zuckte nur gleichmütig mit den Schultern.

»Es ist nun einmal eine Tradition, Maren. Ursprünglich war die Winterzeit dazu gedacht, Allianzen zwischen den Lordshäusern zu schmieden, Freundschaften aufzubauen und gemeinsam wichtige Entscheidungen zum Wohl der Insel zu treffen ... Dass das heute nicht mehr so ist, ändert nichts an der Tradition – und daran, dass wir sie befolgen müssen.«

»Aber –«

»Nein, kein ›Aber‹, Maren! Wir können es uns nicht leisten, die Gebräuche Belis mit Füßen zu treten, wenn wir die Königswahl gewinnen

wollen! Mag sein, dass diese Winterversammlung nur eine Farce ist, aber das tut nichts zur Sache. Wir werden den Winter auf Wjallvit verbringen, verstanden?!« Wills Stimme hatte einen so scharfen Unterton bekommen, dass Maren es nicht wagte, ihm zu widersprechen.

»Schön, dann gehen wir eben nach Wjallvit ... Aber was machen die Adligen denn den ganzen Winter in diesem Schloss, wenn sie sich nicht beraten?«

Will schenkte Maren ein müdes Lächeln. »Na, sie tun genau das, was du von ihnen erwarten würdest: feiern, jagen, trinken, einen Haufen Geld ausgeben und nebenbei schlecht über den Rest des Adels sprechen ...«

Maren verzog das Gesicht. Will war also nicht der einzige Blaublütige, der die unschönen Seiten des Lord-Seins lieber auf ältere Verwandte abschob. »Und was wird aus dieser Insel, wenn auch die letzten Vormünder und Oheime der Junglords gestorben sind? Werden Cenric und die anderen Beli dann etwa verwalten? Weiß irgendwer von euch eigentlich, wie man ein Land führt? Und warum will Cenric überhaupt König werden? Von allen Adligen interessiert er sich doch am allerwenigsten für das Regieren oder irgendeine Form von Arbeit.«

Will stieß ein bitteres Schnauben aus. »Ist das nicht offensichtlich, Maren? Cenric hätte gern eine glänzende Krone und einen hohen Stuhl, von dem aus er noch besser auf alle anderen herabsehen kann.«

Und Cenric, dieser Widerling, ist tatsächlich der Spitzenkandidat für das Königsamt von Beli ... Kopfschüttelnd blickte Maren auf die reifüberzogenen Weizenfelder, die wie blassgoldene Wellen an ihnen vorbeizogen. Sie konnte sich noch immer nicht erklären, warum in diesem schönen, funkelnden Paradies so fürchterliche Leute lebten.

»Außerdem gibt es ein paar alte Gesetze, die Cenric nicht gefallen und die nur der König ändern kann. Zum Beispiel, dass die Menschenjagd nicht mehr gestattet ist – nicht einmal mehr mit Sklaven. Und er redet ständig davon, dass er das ›Monsterproblem‹ der Insel ein für alle Mal beenden könnte, wenn er erst König wäre«, fügte Will noch gedankenverloren hinzu.

Maren wandte sich bestürzt von dem Kutschfenster ab, als sie das Wort *Monster* hörte, aber Will hob sofort beschwichtigend die Hände.

»Ah, ich hatte ganz vergessen, dass du nicht von Beli kommst! Keine Sorge, unsere Monster sind nur halb so bedrohlich, wie sie sich anhören. Auf dem Festland habt ihr doch bestimmt auch Wintergeister, oder?«

»Meinst du diese elenden Quälgeister, die im Winter jedes Jahr zusammen mit den Nordlichtern auftauchen und ausschwärmen, um Männer und Frauen für die Sünden des letzten Jahres zur Rechenschaft zu ziehen?«, fragte Maren stirnrunzelnd. Auf Mandrell konnte sie jedes Jahr mitansehen, wie sich selbst die grausigsten Krieger an diesem Tag wie kleine Kinder in ihren Häusern und Gemächern verschanzten, was sie allerdings auch nie vor den gerechtigkeitsliebenden Gespenstern gerettet hatte.

Will nickte ernst. »Ja, genau die. Einer Sage nach stammen sie ursprünglich von unserer Insel und wurden vor langer Zeit von der Göttin dieses Landes erschaffen, um die Herzen der Belier von Bosheit zu reinigen.«

»Was wirklich super geklappt hat«, erwiderte Maren trocken.

Will zuckte nur mit den Schultern. »Wenn man den Legenden unseres Landes glauben möchte, wurden die Wintergeister eines Tages durch die Hand eines machthungrigen Dämons aus dem Süden verdorben, als er der Frostmutter den Kampf angesagt hat. Sein Fluch hat die tugendhaften Wintergeister in Ungeheuer verwandelt, die bis heute unsere Insel heimsuchen, um reine Seelen zu verschlingen und befleckte Herzen zu verführen – unnötig dramatisch wie solche Mythen eben sind. Wenn du unsere Geschichtsschreiber fragst, dann sind sie sich inzwischen einig, dass es auf dieser Insel seit Hunderten von Jahren keine Wintergeister mehr gibt und dass die letzte Hexe dieser Insel, eine Frau namens Veliann, kurz vor ihrer Hinrichtung einen Haufen böswilliger Albträume heraufbeschwor, um sich so an den Beliern zu rächen. So oder so sind die Kreaturen, die im Winter hier ihr Unwesen treiben, aber ziemlich harmlos, solange man nachts in seinen Gemächern bleibt. Nur unter den Narren, die dann auf den Gängen rumwandern, gibt es manchmal einige Tote …«

Maren hob skeptisch eine Augenbraue. Bei der Erwähnung von Monstern hatte sie kurz Angst bekommen, denn auf den südlichen Schlachtfeldern tummelten sich tatsächlich einige Kreaturen, die von verstörten Invaliden als ›der Tod in fleischlicher Form‹ beschrieben wurden. Schwarz und mit brennenden tannengrünen Augen. Aber diese Wesen würde man mit verschlossenen Türen gewiss nicht aussperren können. Und überhaupt klang das, was Will erzählte, viel mehr nach einer sehr fadenscheinigen Lügengeschichte, die sich irgendein krimineller Lord ausgedacht hatte, um nachts ungestört was auch immer zu tun, ohne von

den anderen leichtgläubigen Adligen behelligt zu werden. Denn Maren wusste im Gegensatz zu dem ignoranten Inseladel, der von Magie nichts verstand, sehr genau, dass kein Zauberer dieser Welt so mächtig war, einen Fluch zu weben, der mehr als ein paar Jahrzehnte andauerte – oder mehr als nur eine einzige Person betraf. Nein, die hochwohlgeborenen Belier schienen entweder einer billigen Lügengeschichte auf den Leim gegangen zu sein oder sie fürchteten sich einfach vor den menschenähnlichen Schemen und Gestalten, die das eigenwillige Nordlicht manchmal aus den Schatten und Nebeln der Nacht formte, und erzählten sich nun irgendwelche dummen Gruselgeschichten darüber. Passen würde es jedenfalls zu den Inselleuten, dass sie in ihrem gefrorenen Paradies Ungeheuer erfinden mussten, um sich so von ihrer endlosen Langeweile abzulenken, während der Rest des Nordens jenseits der arktischen Meeresnebel kläglich zugrunde ging.

Wenn Mandrell doch nur den Luxus solcher dummen Geschichten haben könnte ..., dachte Maren bitter.

»Und was will Cenric dann gegen eure *Monster* unternehmen? Will er den Himmel mit blauen Seidentüchern abdecken, damit sich nachts niemand mehr vor den bösen Polarlichtern fürchten braucht?«, fragte sie nach einer Weile in bemüht ernsthaftem Tonfall, doch es gelang ihr nicht ganz, die Ironie aus ihrer Stimme zu verbannen.

»Die Wintergeister sind kein Witz, Maren! Egal, wo sie nun herkommen!«, wies Will sie streng zurecht. »Und eigentlich ist ihr nächtliches Auftauchen auch gar nicht das Problem, daran sind wir bereits gewöhnt. Das Problem ist, dass einige der Ungeheuer mittlerweile auch tagsüber umgehen und Dörfer verwüsten und junge Frauen entführen. Nun, zumindest erzählen uns das die Bauern. Ich weiß allerdings auch nicht so recht, wie viel davon wahr ist, denn bisher hat der Adel auf seinen Jagdausflügen nie irgendwelche Monster gesehen. Aber vielleicht hat sich das inzwischen ja geändert, das weiß ich nicht, ich bin schließlich auch erst vor wenigen Monden wieder nach Beli zurückgekehrt.«

Maren hörte Will schweigend zu und dachte ein wenig spitz, dass sie ihr Land gewiss nicht für eine Weltreise verlassen würde, wenn die Bauern plötzlich anfingen, von Monstern zu berichten, die ihre Felder verwüsteten. Aber andererseits waren all das ja nur Gerüchte, die sie selbst nicht glaubte, und Will war eben, wie er war ...

Frustriert stellte Maren fest, dass sie schon wieder anfing, Will mit denselben Rechtfertigungen wie damals in Schutz zu nehmen. *Du bist eine Närrin, wenn du seit deinem letzten Besuch auf Beli rein gar nichts dazugelernt hast, Maren! Sprich es ruhig aus: Will ist selbstsüchtig und er ist verantwortungslos! Und? War das jetzt so schwer?*, schalt sie sich ungeduldig. Doch selbst schlecht über Will zu denken bereitete Maren Unbehagen. Also räusperte sie sich eilig und sagte: »Du hast also wirklich noch nie eines dieser Monster gesehen?«

Will schüttelte den Kopf. »Nein, ich schließe mich nachts in meine Gemächer ein wie alle anderen und am nächsten Morgen ist das Schloss meist wie von Geisterhand verwüstet worden. Das ist alles und ich wette mit dir, die anderen Adligen wissen auch nicht mehr, obwohl Amaturuk und Palani fast nach jeder Nacht behaupten, sie hätten wieder eigenhändig und ohne Waffen eines dieser Monster erdrosselt. Diese Insel ist voller Lügner, also werde ich erst dann an tagwandelnde Monster glauben, wenn ich welche sehe. Vermutlich wollen die Bauern uns nur zum Narren halten und uns durch irgendwelche Geschichten von Monsterüberfällen dazu zwingen, die Abgaben zu senken.«

Maren konnte sich eine spitze Bemerkung plötzlich nicht mehr verkneifen. »Wenn die Abgaben noch genauso hoch sind wie bei meinem letzten Besuch hier, dann haben die Bauern meiner Meinung nach jedes Recht, euch auszutricksen! Es ist nicht richtig, dass sie hungern, während ihr eure Fasanpastete mit importierten Rosenblüten dekoriert! Es ist ohnehin ein Wunder, dass es hier auf Beli noch keine Aufstände gab, wenn du mich fragst.«

Will starrte Maren gleichgültig an. Das Schicksal der einfachen Leute war für ihn offensichtlich mehr ein abstrakter Begriff als eine greifbare Tatsache. »Das Leben der Bauern ist hart, das stimmt, aber unser Land ist fruchtbar genug, um sie trotz der hohen Abgaben zu ernähren, und solange sie etwas zu Essen haben, bleiben sie friedlich ... Trotzdem erwarte ich von dir, dass du in Zukunft deine Zunge hütest und solche Dinge in der Gegenwart von Cenric und den anderen niemals erwähnst, verstanden?!«, brummte Will mit seiner strengsten Lordsstimme.

Maren nickte betroffen und nach einer kurzen Pause fügte Will versöhnlich hinzu: »Gut ... woher weißt du überhaupt, wie hoch unsere Abgaben sind? Nicht einmal ich weiß das ...«

Maren biss sich wieder auf die Zunge. Will wusste nicht, wie hoch die Steuern waren? Das war das Einfachste, was ein Herrscher über sein Land wissen konnte! Doch sie wollte ihm keinen Vorwurf machen und ihn so verärgern, also zuckte sie nur mit den Achseln und sagte: »In meinem letzten Sommer hier habe ich Hrafen viel unter die Arme gegriffen, weil seine Augen immer schlechter wurden und er damals eine angenehmere Gesellschaft war als du und deine Freunde ...« Maren verstummte abrupt, doch da war es bereits zu spät und ihr Gespräch erstickte unter der gewaltigen Last der Vergangenheit.

In gewisser Weise hatte Maren Will mit diesem Satz größere Vorwürfe gemacht, als wenn sie ihn einfach wegen seines endlosen Desinteresses am eigenen Land gescholten hätte. Und leider erinnerte Maren sich selbst und Will mit diesen Worten nicht nur an die trostlosen Jahre, die schon hinter ihnen lagen, sondern auch an das Elend, das ihnen noch bevorstand, nun da sie sich wieder auf dem Weg zu Cenric und seinen funkelnden Freunden befanden ...

Mit laut pochendem Herzen sah Maren aus dem Fenster und für einen Augenblick überkam sie der panische Impuls, dem Kutscher laut zuzurufen, er solle wieder umkehren. Doch Maren beherrschte sich, denn sie wusste, ihr Schicksal war unausweichlich. Wenn sie ihrem Land helfen wollte, musste sie Will heiraten und zum König machen, egal, wie unerträglich die Gesellschaft der anderen Adligen auch sein mochte. Sie musste bleiben und ihre Pflicht erfüllen. Egal, wie laut Wills Freunde lachten, und egal, was sie sagten oder taten ... Bei diesem Gedanken lief es Maren eiskalt den Rücken hinunter und sie zwang sich, wieder aus dem Fenster zu sehen und nach dem berüchtigten Prunkschloss Wjallvit Ausschau zu halten, um sich abzulenken.

Laut den vielen unberührten Büchern in Wills riesiger Bibliothek war das Winterschloss eines der ältesten Gebäude auf der gesamten Welt. Es war im letzten Zeitalter die erste große Residenz der Feen gewesen, allerdings hatten es nicht Feen errichtet, sondern die Wesen des vorletzten Zeitalters, deren Namen schon lange vergessen waren. Maren wusste über diese Wesen nur, dass sie sich angeblich in Vögel verwandelt hatten, als ihre Glanzzeit endete und der Thron der Welt auf die Feen überging. Doch nun, zwei Zeitalter später, waren auch die großen Feen aus der Welt verschwunden. Sie waren mittlerweile kaum mehr als jene

magischen Gaben geworden, die Zauberern innewohnten und ihnen ihre Kräfte verliehen.

Beklommen berührte Maren den kleinen Rosenkamm in ihrem Haar und trauerte einmal mehr ihrer eigenen magischen Gabe nach, die sie nur deshalb verloren hatte, weil irgendein altes Weib ihrem Vater bei ihrer Geburt prophezeit hatte, dass sie durch Magie umkommen würde … Missmutig wandte sich Maren wieder der kalten Welt hinter dem Kutschfenster zu und gab es auf, ihre Gedanken in fröhlichere Bahnen lenken zu wollen – sie war nicht gut in so etwas.

Es dauerte eine ganze Weile, bis sich die schöne, aber auch eintönige Landschaft endlich veränderte und die blassgoldenen Weizenfelder zu weiß-grünen Wiesen wurden, die bereits mit einer dünnen Schicht Sommerschnee bedeckt waren. Maren dachte flüchtig daran, dass sie keinen einzigen Umhang oder Pelz besaß, sondern nur einen Haufen hauchdünner Nachthemden. Doch dann kam auch schon das alte Winterschloss Wjallvit in Sicht und in Marens Kopf war auf einmal nur noch Platz für Staunen.

Das Schloss stand am Rand einer scharfzahnigen Klippe und sah aus der Ferne aus wie ein seltsam gewachsener Birkenwald. Tausend weiße Säulen und Stützpfeiler ragten hinter glänzenden Streben und Pilastern und großen und kleinen Türmen endlos weit in den Himmel hinauf. Der gesamte Palast schien nur aus prächtigen Säulen, reich verzierten Turmhelmen und filigranen Zinnen zu bestehen – das eigentliche Schlossgebäude übersah man durch die schiere Höhe des Zierwerkes fast. Und je näher die Kutsche dem prunkvollen Palast kam, desto mehr Details und Verzierungen erblühten wie steinerne Blumen an der silbergrauen Schlossfassade. Zunächst tauchten spitz zulaufende Fensterbögen in der Marmormauer auf, dann schmale Balkone mit filigranen Silberbalustraden und halbrunden Einbuchtungen, in denen weiter oben die Skulpturen von reifüberzogenen Schwänen und Möwen und unten die von brüllenden Eisbären und prächtigen Narwalen zu sehen waren. Staunend betrachtete Maren die steinernen Tiere und stellte fest, dass sie immer lebendiger zu werden schienen, je länger sie hinschaute. Nur die Augen der Statuen blieben schaurig weiß und leer … Und so wandte sich Maren lieber eilig dem grazilen Marmorgesims zu, das sich wie eine gemeißelte Schlange um die Türme und Hallen des Schlosses wand, bis die Kutsche irgendwann abrupt anhielt und sie den Schlosshof erreicht hatten.

Halb wunderte Maren sich, warum sie nicht von einem Wachposten am Torhaus aufgehalten worden waren oder niemand eine Zugbrücke heruntergelassen hatte, aber dann fiel ihr wieder ein, dass sie sich nicht mehr im Norden befand. Wjallvit war keine Festung, die Leute fernhalten sollte, sondern ein Prachtbau, mit dem man Schaulustige anlocken und ihnen Ehrfurcht einflößen wollte.

»Da wären wir also …«, murmelte Will mit einem missmutigen Blick auf Wjallvits glänzende Marmormauern. Er machte keine Anstalten aufzustehen, und auch als Lord Rorick die geschwungene Kutschtür grob aufriss und eisige Küstenluft den kleinen Raum füllte, rührte Will sich noch nicht von der Stelle. Marens Wächter entging das nicht.

»Es wird Zeit, dein Versprechen einzulösen und deinen Anspruch auf den Inselthron geltend zu machen, Junge. Hrafen hat mir gesagt, ich soll dich in den Thronsaal bringen und dich erst wieder herauslassen, wenn du dein Haussiegel in den großen Brunnen geworfen hast. Er sagte auch, wenn du dich weigerst, soll ich dir das Ding aus der Hand reißen und es selbst hineinwerfen, um dich für die Kandidatur anzumelden. Ich hoffe allerdings, dass das nicht nötig ist, also komm jetzt.« Unwirsch packte Lord Rorick Wills rechten Arm, der in seiner riesigen Hand nahezu schmächtig wirkte.

Doch Will machte sich wütend aus Lord Roricks Griff los und fauchte: »Ich kann selbst gehen, danke! Und für Euch bin ich immer noch *Lord Willjareth*, verstanden?«

Lord Rorick grunzte nur verächtlich und trommelte ungeduldig mit den Fingern gegen die silberne Kutschtür, bis Will endlich aus dem Wagen stieg und mit finsterer Miene das opulente Haupthaus Wjallvits ansah. Als Will allerdings keine Anstalten machte, sich zu bewegen, öffnete Lord Rorick abermals drohend den Mund, um eine weitere ungehobelte Bemerkung zu machen, doch ehe er auch nur einen Laut hervorbringen konnte, legte Will bereits einen Zeigefinger an seine Lippen und sagte: »Scht. Seid nur einen kleinen Augenblick lang still und lasst mich lauschen, wenn Euch das möglich ist.«

»Und worauf lauschst du bitte schön, Junge? Ich höre rein gar nichts«, brummte Lord Rorick ungeduldig.

»Eben«, erwiderte Will und stieß einen grenzenlos erleichterten Seufzer aus. »Es ist völlig still – zu still. Normalerweise wird der Adel vom Geräusch einer anfahrenden Kutsche angezogen wie ein Mottenschwarm vom Licht. Aber es ist ganz still – das bedeutet, niemand ist hier.« Will sah aus, als wollte er vor Freude in die Luft springen, und Maren hätte es wohl tatsächlich getan, wenn ihr rechtes Bein nicht gewesen wäre. Doch Wills Worte beruhigten sie nicht nur, sondern verwirrten sie auch.

»Wo sind die Hochgeborenen denn, wenn sie nicht hier sind?«, fragte Maren verwundert.

»Vermutlich ist der Adel zur Jagd ausgeritten und hat den Hofstaat gleich mitgenommen, ansonsten hätten wir bereits ein paar umherwuselnde Diener gesehen. Aber wen kümmert das schon, die Geister können also doch gnädig sein«, sagte Will voller Inbrunst.

»Dann kannst du jetzt ja vollkommen ungestört deine Siegelkette in den Brunnen werfen und Maren kann dir dabei zusehen. Ich helfe dem Kutscher noch, die Pferde trockenzureiben«, schlug Lord Rorick ungerührt vor und sofort verdüsterte sich Wills Miene wieder. Kurz blickte er zur Kutsche zurück, als erwöge er, einfach zu fliehen, dann nickte er allerdings wortlos und bot Maren aus unerfindlichen Gründen seinen rechten Arm an. Vielleicht glaubte er ja, ihre Berührung würde ihm Mut machen? Maren dachte nicht weiter darüber nach und hakte sich hastig bei Will ein, bevor der Moment wieder verstreichen konnte.

»Tja, dann zeige ich dir mal Wjallvit.« Will verzog die Lippen zu einem gequälten Lächeln, ehe er widerwillig das dunkelbraune Haupttor aufstieß und Maren in den gigantischen Thronsaal führte.

Als die massiven Eingangsportale sich wenige Augenblicke später wieder hinter Will und Maren schlossen, wurde es mit einem Mal geisterhaft still im Saal. Lediglich das träge Plätschern eines riesigen Brunnens war zu hören, und das war auch ganz gut so, denn die zahllosen Juwelen und Silberbeschläge, die Maren von den Wänden und Säulen des Schlosses aus entgegenfunkelten, schienen ein dröhnendes Konzert für ihre Augen zu veranstalten. Sie war so erschlagen von all diesem filigranen Prunk, dem verschlungenen Marmorstuck und den perlmuttfarbenen Einlegearbeiten, dass jeder weitere Sinneseindruck zu viel für sie gewesen wäre. Und selbst der weißgrüne Schmetterling, der einen Wimpernschlag später an

ihr vorbeischwebte, schien die überladene Atmosphäre im Thronsaal zu spüren, denn er schlich sich so lautlos wie ein gewandter Dieb durch die Luft und verschwand in einem faustgroßen, silbergefassten Loch in der Wand, noch bevor Maren ihn richtig betrachten konnte.

»Hier hält man sich also auch Schmetterlinge wie in Vinduras?«, fragte Maren unwillkürlich und ihre Stimme hallte irritierend laut an den stuckverzierten Schlosswänden wider, genau wie sie vermutet hatte.

Will nickte knapp. »Ja, Schmetterlinge fangen und züchten ist beim Adel ein beliebter Zeitvertreib«, antwortete er mit gedämpfter Stimme – der ganze glänzende Prunk überforderte anscheinend auch seine Sinne. Doch obwohl der neuerliche Lärm unangenehm war, lächelte Maren über Wills Antwort. Sie mochte diesen Inselbrauch, sein Haus mit Schmetterlingen anzufüllen, die kleinen Tierchen ließen jeden Raum sofort viel freundlicher und verträumter wirken.

»Komm mit ... bringen wir die Sache hinter uns«, murmelte Will und deutete auf den riesigen Marmorbrunnen.

Hastig wandte Maren sich um und starrte staunend auf die herrliche Zisterne und die Schwanenfiguren aus purem Elfenbein.

Feine Wasserfäden rannen den gemeißelten Vögeln aus ihren rubinbesetzten Schnäbeln und kreuzten sich dabei einige Male kunstvoll in der Luft. An ihren Federn waren in regelmäßigen Abständen geschwungene Spiralen eingraviert und in den Augenhöhlen der Schwäne funkelten kalte, scharfkantige Adamanten mit tausend Facetten. Die weißen Vögel waren ein einziges übertriebenes Kunstwerk und das flache Wasserbecken unter ihnen reflektierte den gesamten Glanz des Saales wie ein riesiger Spiegel.

Das ganze Gefunkel machte Maren schwindlig.

Es war einfach zu viel. Viel zu viel. Eilig senkte sie den Blick auf den frisch polierten, schwach schillernden Marmorboden und folgte Will zu dem atemberaubenden Schwanenbrunnen. *Wie soll man es nur an einem sonnigen Tag in diesem Raum aushalten?*, fragte Maren sich kopfschüttelnd. Es wäre ihr lieber gewesen, der Inseladel hätte diesen Raum mit roten Wildrosen, blauen Astern und anderen Herbstblumen ausgeschmückt, so wie man es früher in Mandrell getan hatte ... Doch Maren wollte jetzt nicht an ihr Zuhause erinnert werden, also vertrieb sie alle Gedanken an Blumen hastig wieder aus ihrem Kopf.

Und als sie und Will einen Moment später vor dem riesigen Springbrunnen zum Stehen kamen, schloss Maren die Augen bis auf einen feinen Spalt, um sich vor dem scharfen Aufblitzen der Edelsteine zu schützen. Sie erkannte allerdings selbst durch ihre blassroten Wimpern hindurch, dass nur ein einziges Silbersiegel mit einem Haifisch darauf am Grund des Brunnens lag. All die anderen Amulette waren den steinernen Schwänen um Hälse und Flügel gehängt worden.

Stirnrunzelnd wandte sich Maren zu Will um.

»Was bedeutet das? Ist die Königswahl schon vorbei?«, fragte sie ängstlich.

»Das wäre schön ... Aber nein, es bedeutet nur, dass die anderen Lords nicht dumm genug waren, sich zwischen Cenric und seine Krone zu stellen. Nur mir wird die zweifelhafte Freude zuteil, ihm genau das wegzunehmen, was er ...« Will stockte, als plötzlich Schritte auf den Schlossfluren zu hören waren – Schritte und ... Hufgetrappel? Ja, jemand war anscheinend mit seinem Pferd in das Schloss gekommen und trabte nun achtlos über den empfindlichen Marmor hinweg.

»Verdammt! Sie sind zurück – schnell, du musst dich verstecken!«, rief Will und schob Maren alarmiert auf die eisblauen Seidenvorhänge an der Wand zu. Sie fand das Ganze ziemlich albern und rührte sich nicht, bis ein heftiger Stoß in die Seite sie ins Wanken brachte und Will ungeduldig zischte: »Geh schon!«

Mit finsterer Miene zog Maren sich hinter die durchscheinenden Stoffbahnen zurück und rieb sich abwesend die linke Schulter. War sie denn wirklich so eine Schande, dass man sie hinter einem Vorhang verstecken musste? Ja, vermutlich war sie das ... Der Gedanke schmeckte so bitter, dass Maren eilig den Kopf schüttelte. *Mein feiner Verlobter ist ein oberflächlicher Insellord, das ist das Problem. Ich mag keine Schönheit sein, aber er verhält sich einfach kindisch,* erklärte die kühle, würdevolle Prinzessin in ihrem Inneren, doch ihre Stimme war so leise und verwaschen, dass Maren sie kaum wahrnahm. Und zwei Atemzüge später flogen die Eingangstüren auch schon weit auf und ein kurzbeiniger Mann mit rotblond gefärbten Haaren ritt auf seinem prächtigen Apfelschimmel in den Saal hinein.

»Will, alter Freund, was suchst du denn hier?«, rief der Mann und sprang dabei in einer fließenden Bewegung von seinem Pferd. Mit dem kupferfarbenen Haar, dem glänzenden hortensienblauen Brokatmantel

und einer erstaunlich geraden Nase sah er im ersten Moment aus wie Wills fleischgewordenes Spiegelbild. Doch Maren erkannte Cenric dennoch sofort und je näher er kam, desto mehr feine Unterschiede wurden zwischen ihm und Will deutlich.

Cenric war im Gegensatz zu Will nämlich über und über mit Juwelenketten aus Saphiren, Diamanten und Mondsteinen behangen und hatte hässliche schlammbraune Augen. Außerdem war er in Wahrheit mindestens einen halben Kopf kleiner als Will, aber seine silberbeschlagenen Stiefel besaßen so hohe Absätze, dass er dennoch mühelos auf alle anderen Adligen hinabsehen konnte.

»Cenric, ich hatte schon befürchtet, wir würden uns heute verpassen«, erwiderte Will in diesem Moment in einem gelassenen und absolut unergründlichen Tonfall. Sein Gesicht war zu einer perfekten lächelnden Maske erstarrt, hinter der seine Augen unruhig umherzuckten.

»Hast du es befürchtet oder hast du es gehofft, Willi?«, schnurrte Cenric und bemerkte dann das ovale Silberamulett in Wills Hand. Ein Schatten huschte über seine Miene. »Du spielst doch nicht etwa mit dem Gedanken, dein süßes kleines Kürbissiegel in diesen Brunnen zu werfen, oder?«, fragte Cenric in verächtlichem Tonfall. Er hatte sich wirklich kein bisschen verändert und Will schloss seine Hände bei diesem kleinen Seitenhieb unwillkürlich fester um das einfache Silbersiegel.

»Und was, wenn es so wäre, Cenric? Es geht doch nichts über einen ordentlichen Wettstreit zwischen zwei alten Freunden, oder?«

Cenric krümmte seine Lippen zu einem herabwürdigenden Lächeln und nickte. »Sicher würde mir nichts mehr Freude bereiten, als dich vor den Augen all unserer Freunde zu schlagen, so wie ich es seit unserer Kindheit tue ... Aber die Königswahl ist kein Spiel für Kinder, Willi, man muss mündig sein, um Anspruch auf die Krone zu erheben, und nach belíischem Gesetz ist man erst ein ganzer Mann, wenn man geheiratet hat ...«

»Und ich werde auch heiraten, Cenric – gleich morgen, am dunklen Äquinoktium. Ich habe die Gesetze unserer Insel nicht vergessen, nur keine Sorge«, erwiderte Will trocken.

In Cenrics Miene verhärtete sich bei diesen Worten etwas und seine Augen bekamen einen hungrigen, gar begierigen Glanz. »Ach, du bist also der Lord, der stillschweigend eine Eilhochzeit in Auftrag geben

hat, interessant ... Ich hätte gedacht, du würdest uns Bescheid sagen, wenn du endlich heiratest, damit wir eine ordentliche Feier für unseren ewigen Junggesellen veranstalten können. Aber sei's drum ... Wo ist deine süße Braut jetzt, Willi? Wenn du auf deiner Weltreise eine Frau gefunden hast, die deinen Ansprüchen gerecht wird, dann würde ich sie nur zu gern kennenlernen!« Cenric drehte sich einmal erwartungsvoll um sich selbst und musterte den leeren Thronsaal dabei kritisch. Einen bangen Herzschlag lang glaubte Maren sogar, sein Blick würde an den durchscheinenden Seidengardinen hängen bleiben, hinter denen sie sich versteckte, doch dann wandte Cenric sich wieder ab.

»Du verschwendest deine Zeit, alter Freund – meine Braut ist nicht hier«, erklärte Will steif.

Cenric ging allerdings nicht darauf ein, sondern strich sich kurz über sein glattrasiertes Kinn und entfernte sich dabei langsam von dem schillernden Springbrunnen. »Nicht hier, sagst du? Das ist eine Schande ... Aber was meinst du eigentlich mit ›hier‹? ›Hier‹ ist so ein fürchterlich dehnbarer Begriff ... Ist deine Braut nicht *hier* in diesem Raum, nicht *hier* in diesem Schloss oder vielleicht nur nicht *hier* bei uns am Brunnen?« Mit jedem Wort schritt Cenric näher auf das große Fenster zu, an dessen linker Seite sich Maren verborgen hielt. »Willst du mich eigentlich verspotten, Willi, oder glaubst du ernsthaft, du könntest eine Frau hinter diesen Vorhängen vor mir verstecken? Es war meine Idee, diese Stofffetzen hier im Schloss aufzuhängen, damit ich meine Mätressen vor Erika in Sicherheit bringen kann, schon vergessen?« Cenric lachte leise in sich hinein und stand auf einmal direkt vor Marens Versteck. Und ehe sie wusste, wie ihr geschah, wehte bereits eisblaue Seide durch die Luft und eine starke, mit Hyazinthenöl eingeriebene Hand zerrte sie zurück in den funkelnden Thronsaal.

Cenrics Augen wurden groß wie Hühnereier, als er erkannte, wer da vor ihm stand. Doch seine Verblüffung war nichts gegen das blanke Entsetzen, das Maren packe, als sie Cenrics scharfkantiges Gesicht nun ohne den schützenden Seidenvorhang sah. Es war, als würde sie plötzlich einem ihrer Albträume gegenüberstehen, und alles, woran Maren denken konnte, war, dass sie weglaufen wollte – und es nicht konnte.

»*Das* ist also deine wunderschöne Braut, Willi? Die Kürbisprinzessin?!«, japste Cenric, ehe er in schallendes Gelächter ausbrach.

Der Spitzname war wie ein Messer in Marens Herzen und Cenrics Lachen prasselte wie der dazugehörige Pfeilschauer auf sie herab. Jeder Muskel in ihrem Körper zog sich zusammen. Sie wandte sich gequält zu Will um und hoffte, dass er ihr helfen würde. Aber wie immer sagte Will kein Wort, und so blieb Maren nichts anderes übrig, als zu warten, bis Cenric seinen Atem wiedergefunden hatte. Doch dann wurde alles nur noch schlimmer.

»Was für eine Verschwendung die letzten drei Jahre für dich gewesen sein müssen! Da ziehst du aus, um die Frau deiner Träume zu finden, nur damit du am Ende erkennen musst, dass sie die ganze Zeit direkt vor deiner Nase war!« Glucksend packte Cenric Maren am Arm und zerrte sie zum gleißend hellen Schwanenbrunnen, wo Will sein Silbersiegel gerade zornesbleich über den Rand des Brunnens streckte und es mit einem lauten, provokanten Platschen ins Wasser warf.

»Tja, das Leben ist eben unvorhersehbar, nicht wahr, Cenric?«, bemerkte Will mit teilnahmsloser Miene. »Da die Frage um meine Braut jetzt geklärt ist, willst du mir doch bestimmt die Hand schütteln und mir zu meiner Kandidatur gratulieren, oder?«

Cenrics gedämpftes Glucksen erstarb sofort und verwandelte sich in ein gefährliches Haifischgrinsen. »Ich gratuliere dir zu deiner Kandidatur und freue mich schon darauf, dich haushoch zu schlagen, Willi«, verkündete Cenric schwungvoll und seine Stimme triefte regelrecht vor Arroganz. Doch ehe Will etwas darauf erwidern konnte, flogen die Eingangstüren ein zweites Mal auf und der Rest der blutbesprenkelten Jagdgesellschaft trat schnatternd in den Thronsaal ein.

»Cenric, wir haben dir doch gesagt, du solltest warten!« – »Wir haben Stimmen gehört, wer ist da bei dir?« – »Und was ist so komisch? Jemand hat laut gelacht und ... Warte mal, Will? Und Kürbis? Sie sind wieder hier?«

Das Mädchen, das zuletzt gesprochen hatte, war groß, aschblond und auf sportliche Weise dünn. Es war ohne Zweifel Erika, die nun wie eine lauernde Wölfin in Seidenfellen auf Maren und Will zuschlich und den Rest des Inseladels wie ein glitzerndes Rudel hinter sich herzog. Alle Adligen wollten jetzt einen besseren Blick auf Maren und Will erhaschen, und das gefiel Cenric offensichtlich gut, denn er verzog seinen Mund abermals zu einem hämischen Grinsen und sagte:

»Ja, unsere beiden verschollenen Freunde sind wieder heimgekehrt – und das ist noch nicht alles! Will hat sein hübsches kleines Kürbissiegel eben in den Brunnen geworfen und wird in der anstehenden Königswahl gegen mich antreten. *Und* er hat sich endlich seine Gefühle für unsere süße, kleine Maren eingestanden und wird sie morgen auf der mysteriösen Eilhochzeit heiraten, die vor ein paar Wochen bei uns in Auftrag gegeben wurde. Ist das nicht wunderbar?« Cenric breitete feierlich beide Arme aus, doch die glitzernden Adligen waren für einen Augenblick zu geschockt, um etwas zu erwidern.

Erika war die Erste, die das Schweigen brach, indem sie auf ihre ekelhafte, kleinmädchenartige Weise kicherte und sagte: »Wenn Will unsere Kürbisprinzessin, heiratet und dann die Wahl gewinnt, macht ihn das dann nicht zum Kürbiskönig?« Sofort begann auch der Rest der Schaulustigen über diesen alten Witz zu lachen und Cenric schmunzelte zufrieden in die Runde.

Maren wurde schwindlig von diesem ohrenbetäubenden Spott und den kalten Augen der Adligen, in denen die Lachtränen wie scharfkantige Juwelen aufblitzten und wieder verschwanden. Sie wollte nur noch fort. Fort von diesem Lärm und diesen Leuten, die gerade dabei waren, mit ihrem Johlen ein paar sehr alte Wunden wieder aufzureißen …

Instinktiv wich Maren einen Schritt zurück. Doch leider bemerkte Cenric es sofort und schob ihr geschickt seinen rechten Fuß in den Weg. Maren stolperte, ruderte unbeholfen mit den Armen umher und stieß mit ihrem kaputten Bein gegen die Brunnenkante, woraufhin sie das Gleichgewicht verlor und rücklings in das flache Wasserbecken fiel.

Ein lautes Platschen ertönte und eisige Wassertropfen flogen wie Scherben von geborstenem Glas durch die Luft. Dann schwoll das schadenfrohe Lachen um Maren herum zu einem unerträglichen Dröhnen an, und während sie von den strahlendweißen Haifischzähnen der Adligen geblendet wurde, erinnerte sie sich gequält an das erste Mal, als sie nass und frierend von diesen Leuten ausgelacht worden war …

In Marens drittem Sommer auf Beli nahm Hrafen sie und Will mit zu seinen Geschäften an die Nordküste, da er es nach dem letzten Sommer nicht riskieren wollte, die beiden noch einmal allein zu lassen. Doch nach ihrer anfänglichen Enttäuschung hatten Maren und Will beschlossen,

dass es sich auf den stahlgrauen Stranddünen fast ebenso gut spielen ließ wie in den feuerlilienfarbenen Kürbisfeldern. Besonders Will hatte seine Freude an der weitläufigen Nordküste, denn in den blassgelben Binsen konnte Maren sich lange nicht so gut verstecken wie zwischen den riesigen Kürbissen, die genau dieselbe Farbe hatten wie ihr buschiges Haar. Und so fing Will Maren immer im Handumdrehen ein oder fand sie in ihrem Versteck, und das gefiel ihm, denn er gewann gerne.

Will und Maren spielten auch an jenem verhangenen Tag miteinander in den Dünen, an dem Maren zum ersten Mal Wills ›Winterfreunden‹ begegnen sollte. Aber davon ahnten die beiden noch nichts, als sie kichernd durch den lavendelfarbenen Strandflieder rannten und Will Maren auf seinen langen Beinen unablässig näher kam.

Maren flüchtete zum Ufer, in der Hoffnung, auf dem nassen Sand schneller voranzukommen, doch es war alles vergebens, nach drei weiteren Schritten packte Will sie bereits am Arm und rief triumphierend: »Ich hab dich!«

»Mal wieder«, grummelte Maren und spritzte Will etwas von dem eisigen Meerwasser ins Gesicht.

»Ihhh, lass das, das ist kalt!« Will duckte sich, als die grauen Tropfen ihm entgegenflogen, doch Maren lachte nur.

»Ja, es ist kalt, na und? Hast du nicht geprahlt, die Belier würden die Kälte im Gegensatz zu uns Nordländern nicht einmal spüren? Ein feiner Belier bist du mir da!«, zog Maren ihn auf.

Will schnaubte. »Da meinte ich wohl die mondhäutigen Eingeborenen auf der anderen Seite des großen Gebirges, aber die haben ja auch Seehundsblut in den Adern.«

»Seehundsblut?«, wiederholte Maren mit erhobenen Augenbrauen. »Glaubst du nicht, das ist wieder nur so eine Geschichte, die man sich in den langen Winternächten erzählt, um die Zeit schneller -« Maren verstummte, als plötzlich ein scharfes Wispern und Lachen über die Dünen hinwegwehte. »Hörst du das auch?«, fragte Maren ein wenig verdutzt. Sie konnte sich nicht erklären, wer außer ihnen an diese abgeschiedene Bucht kommen sollte. Für Fischer war der breite Strand wegen des ewig flachen Wassers höchst uninteressant und zum Seealgensammeln lud das blanke Ufer auch nicht unbedingt ein, da nur sehr vereinzelt grüne Tangnester mit funkelnden Bernsteinen im Sand herumlagen.

»Ja, ich höre es. Komm mit, Maren, wir sollten gehen!« Unwillkürlich zog Will an ihrem Arm, und zwar so fest, dass Maren um ein Haar das Gleichgewicht verloren hätte.

Verwirrt blinzelte sie ihren Freund an und grub die Hacken dabei tief in den nassen Sand. »Wir sind doch gerade erst gekommen. Was hast du auf einmal? Wer ist da?« Maren reckte neugierig den Kopf, um ein wenig weiter über die Dünen spähen zu können, aber anstatt ihr zu antworten, ruckte Will nur noch heftiger an ihrem Arm.

»Da ist niemand. Und jetzt komm!«

Maren überhörte den flehenden Unterton in Wills Stimme und regte sich nicht. Und nach zwei weiteren verwirrten Atemzügen war es dann auch schon zu spät. Fünf glänzende Haarschöpfe tauchten mit verschwörerischem Getuschel auf dem Hügelkamm auf und Maren erkannte, dass es sich bei den herannahenden Leuten um hochgeborene Adelskinder handelte, denn die kleinen Gestalten waren in dieselben schillernden Stoffe gekleidet wie Will. Überhaupt sahen die drei Jungen Will in ihren hellen Ledermänteln und mit dem absichtlich verstrubbelten Haar sehr ähnlich, und deshalb wandte Maren sich lieber den zwei wunderschönen Mädchen zu, die beide eine kleine schneeweiße Sattelrobbe auf dem Arm trugen und nun die Anhöhe hinabschwebten.

Die durchscheinenden Kleider der Mädchen bauschten sich im Wind auf wie Wolken und die Fäden aus kleinen Kristallen, die man ihnen ins Haar gewoben hatte, klirrten und funkelten fröhlich vor sich hin. Sie sehen so wunderschön aus ... Aber bestimmt ist ihnen auch furchtbar kalt in diesen dünnen Seidenhemden, überlegte Maren. Und ihr süßsaurer Neid auf diese fremden Mädchen verflog ebenso schnell wieder, wie er gekommen war – wenigstens musste sie in ihrem Wollkleid nicht frieren.

»Will? Bist du das etwa? Mit einer ... Vehra?«, rief der schlaksige Junge an der Spitze der Truppe. Er hatte in gewisser Weise die unscheinbarste Erscheinung von allen, denn seine Augen und Haare waren in einem schlichten blassen Braunton gehalten, während seine Begleiter hübsche himmelblaue Augen und goldene oder silberblonde Locken aufweisen konnten. Doch gleichzeitig war der vordere Junge am allerstärksten mit Juwelen und Silberketten behangen, ganz so, als wollte er damit von seinem allzu gewöhnlichen Aussehen ablenken.

»Cenric, wie schön, dich zu sehen, ich wusste gar nicht, dass du den Sommer so weit im Norden verbringst«, murmelte Will, als der braunhaarige Junge vor ihm stehen blieb.

Will war anscheinend nervös, denn er begann, unruhig an seinen blonden Locken herumzuzupfen, und das tat er sonst nur, wenn Hrafen ihn dabei erwischte, wie er heimlich ausreiten wollte, oder die Diener drohten, ihn wegen irgendeines anderen Vergehens bei Hrafen anzuschwärzen ... Kopfschüttelnd trat Maren an den fremden Jungen heran und streckte ihm ihre Hand entgegen.

»Du bist also einer von Wills anderen Freunden, freut mich, dich kennenzulernen. Ich bin Maren«, verkündete sie höflich. Doch der braune Junge machte jäh einen Satz zurück und warf Maren einen verächtlichen Blick zu.

»Fass mich ja nicht an, Vehra!«, zischte er und wandte sich dann mit einem gemeinen Glitzern in den Augen zu Will um. »Was meint diese Festländerin damit, ich wäre einer deiner anderen Freunde? Ist sie etwa auch deine Freundin, Willi? Diese Vehra?« Maren zuckte bei dem Klang des Wortes Vehra zusammen. Es bedeutete ›Fremde‹ oder ›Wilde‹ und Will hatte ihr einmal erklärt, dass es ein böses Schimpfwort war ... Warum war dieser Junge so gemein zu ihr? Verwirrt und wütend schob sie das Kinn vor und stellte sich dem Neuankömmling direkt gegenüber.

»Ich bin keine ›Vehra‹. Ich benehme mich im Moment weitaus besser als du und fremd bin ich hier auch nicht mehr, das ist immerhin mein dritter Sommer auf dieser Insel!«, erwiderte Maren finster. Doch als sie sah, wie Cenrics Augen unheilverkündend aufleuchteten, wurde ihr klar, dass sie damit genau das Falsche gesagt hatte.

»Deine kleine Freundin ist also schon den dritten Sommer hier zu Besuch, Willi? Was für ein seltsamer Zufall, dass du in den letzten drei Sommern nie mit uns spielen wolltest ...«, schnarrte der braune Junge träge. Doch ehe er noch etwas hinzufügen konnte, schlossen die beiden Feenmädchen mit ihren zahmen Schoßrobben zu ihm und seinen Freunden auf und scharten sich in einem kleinen Halbkreis um Will und Maren, sodass sie nun mit dem Rücken zum offenen Meer standen.

»Was ist das denn?«, kiekste das größere der beiden Feenmädchen, nachdem es Maren kurz geringschätzig gemustert hatte. Unwillkürlich wünschte sich Maren, die Fremde hätte sie auch einfach eine Vehra

genannt. Aber sie konnte nichts sagen, um das unfreundliche Mädchen zurechtzuweisen. Sie war von den eisigen Augen der Adelskinder wie gelähmt …

Zu ihrer grenzenlosen Erleichterung ergriff Will einen Atemzug später allerdings endlich für sie Partei und warf dem wunderschönen Inselmädchen einen vernichtenden Blick zu.

»Ich denke, du wolltest sagen, wer ist das, nicht wahr, Erika?«, knurrte er mit zusammengebissenen Zähnen, doch das Mädchen namens Erika ließ sich davon nicht einschüchtern. Sie warf sich hochmütig das blonde Haar in den Nacken und schüttelte den Kopf, sodass die falschen Sommersprossen, die sie sich mit Silberstaub auf die Haut gemalt hatte, spöttisch vor sich hin funkelten.

»Ich habe genau das gesagt, was ich meinte, Will! Dieses Ding neben dir sieht nämlich nicht aus wie ein ›Wer‹, sondern wie … wie …«
Erika sah sich aufgebracht um, bis ihr Blick schließlich an den orangeroten Kürbisfeldern hinter den Dünen hängen blieb. »Wie ein Kürbis im Schafspelz. Genau so sieht das Ding neben dir aus! Was ist ES also und warum hast du ES hierhergebracht?«

Maren stockte der Atem, als sie die Feindseligkeit in der Stimme des fremden Mädchens hörte, und als Cenric und die anderen Kinder kurz darauf in schallendes Gelächter ausbrachen, hatte sie endgültig das Gefühl, jemand würde ihr den Boden unter den Füßen wegreißen. Nie war sie derart unfreundlich behandelt worden! Manchmal wunderten sich die Leute über ihre helle Haut, aber das war alles. Niemals zuvor hatte jemand sie beschimpft oder verspottet …

Plötzlich nahm Will sanft ihre Hand und Maren stellte endlos erleichtert fest, dass er nicht lachte. »Maren ist eine Prinzessin vom Festland und sie ist zu Besuch hier«, zischte er den adligen Kindern ungnädig entgegen und tatsächlich verstummte das Lachen für einen Augenblick. Abermals musterten die Adelskinder Maren mit ihren kalten, harten Edelsteinaugen und schließlich zuckten Erikas blasse Brauen zweifelnd in die Höhe.

»Dieses Vehra soll eine Prinzessin sein? Die Prinzessin der Kürbisse, oder wie? Für etwas anderes eignet sie sich ja nicht – eine echte Prinzessin muss nämlich schön sein!«

Maren spürte, wie heiße Tränen ihr die Wangen hinunterkullerten, als das Inselmädchen erneut ein spitzes Kichern ausstieß. Unbeholfen

senkte sie den Blick, damit es niemand bemerkte. Sie wollte einfach nur noch gehen. Doch sie wagte es nicht zu reden, weil sie fürchtete, so nur noch mehr Aufmerksamkeit auf sich zu lenken ...

Gequält krallte Maren ihre Finger in Wills Unterarm und glücklicherweise schien Will sie zu verstehen. Er drückte ihre Hand und sagte: »Maren ist eine echte Prinzessin aus Mandrell, dem Königreich der Blumen. Und sie versteht jedes Wort von dem, was du sagst, Erika, also hüte gefälligst deine Zunge und hab in Zukunft ein wenig Anstand! Ich und Maren wollten jetzt allerdings gehen – wir sind schon seit Ewigkeiten hier und haben fürchterlichen Hunger.« Will log Erika ins Gesicht, ohne mit der Wimper zu zucken.

Doch das hochmütige Inselmädchen war von Wills Worten zu gekränkt, um Maren einfach so gehen zu lassen. Erregt umklammerte Erika den Rücken ihrer quiekenden Sattelrobbe und sagte: »Wirklich? Dieses dicke, rothaarige Walross neben dir hat Hunger? Das geht? Sicher, dass du uns nicht nur loswerden willst, Will?«

Maren biss sich bei diesen Worten fest auf die Unterlippe, um nicht laut loszuschluchzen. Sie musste hier weg! Doch Wills linke Hand umfasste noch immer ihre rechte und plötzlich kamen Wills schlanke Finger Maren nicht mehr wie eine Stütze, sondern wie eine Fessel vor. Sie machte Anstalten, sich loszureißen, aber Will verstärkte seinen Griff warnend und richtete sich vor den Adelskindern zu voller Größe auf – er hatte offenbar vor, das Ganze würdevoll zu beenden.

Doch ehe Will auch nur den Mund aufmachen konnte, um Erika abzuwimmeln, mischte sich der braunhaarige Junge namens Cenric wieder in das Gespräch ein und sagte: »Will, wenn du und deine Freundin müde seid, dann könnt ihr euch auch einfach hier ausruhen. Wir haben Essen und Seidendecken mitgebracht – mein Hund Vatoq hat beides dabei. Ich habe ihn vor ein paar Tagen an die lange Leine genommen, damit wir seinen abscheulichen Anblick nicht mehr ertragen müssen, aber er kann in wenigen Augenblicken ein Picknick aufbauen, wenn du das willst. Gerade wartet er hinter den Dünen.«

Maren schaute verwirrt zwischen Will und dem braunhaarigen Jungen hin und her. Sie verstand nicht, was so abscheulich an einem Hund war, oder wie ein Tier ein Picknick aufbauen sollte, aber sie sah genau, dass Will den Strand nun noch dringender verlassen wollte als vorher.

»Ich halte das für keine gute Idee, Cenric. Wir sind wirklich müde und Maren ist nicht darauf vorbereitet, deinen ... ›Hund‹ zu treffen. Wir müssen jetzt gehen.« Entschieden nahm Will Maren bei der Hand und bahnte sich einen Weg durch die Reihe der gaffenden Adelskinder, doch Cenric ließ nicht locker.

»Warum hast du es denn so eilig? Nun warte doch! Wenn ihr so müde seid, solltet ihr euch gleich hier ausruhen, das Picknick ist blitzschnell aufgebaut, ihr werdet schon sehen!«, erklärte er. Und ehe Will oder Maren es verhindern konnten, ruckte Cenric bereits kräftig an der feinen Silberschnur, die neben ihm im Sand lag. Drei gepresste Atemzüge lang geschah gar nichts, was Cenric ein genervtes Murren entlockte. »Wenn diese Kreatur nicht endlich lernt, dass man einen Lord nicht warten lässt, dürft ihr mir nachher dabei helfen, ihr mit der Peitsche ein paar Manieren beizubringen.«

Entsetzt hörte Maren dieser Drohung zu. Doch bevor sie etwas sagen oder fliehen konnte, schlurfte auch schon eine in Lumpen gehüllte, krumme Gestalt die Düne hinauf. Es war eindeutig ein Mensch, aber er ging gebeugt wie ein Geier, hatte einen kleinen Buckel und kam nur sehr langsam voran, was Cenric offensichtlich missfiel. Abermals zog er an seiner Silberschnur und die angeleinte Gestalt auf dem Hügel strauchelte und stürzte in den Sand, woraufhin Cenric und die anderen Kinder laut lachten. Nur Maren und Will blieben stumm und nun war es Will, der Maren wortlos zum Gehen auffordern wollte, indem er an ihrem Ärmel herumzupfte. Aber Maren brachte es nicht über sich, den Blick von der buckligen Gestalt abzuwenden, denn sie erkannte jetzt, dass der angeleinte Bucklige etwa in ihrem Alter sein musste, nur dass er riesengroß war und Will und Erika sogar mit gesenktem Kopf um mehrere Handbreit überragte.

»Siehst du, Willi, deine Vehra hat beim Anblick meines Hundes noch nicht einmal geschrien, vermutlich ist sie die Gesellschaft von Missgeburten schon aus ihrer Heimat gewöhnt. Auf dem Festland sollen sich ja haufenweise einäugige Abscheulichkeiten herumtreiben«, verkündete Cenric triumphierend.

»Das stimmt gar nicht!«, protestierte Maren mit geballten Fäusten. »Ich bin nur verwirrt, weil der Junge angeleint ist! Was soll das?«

»Na, Hunde und Ungeheuer wie Vatoq werden nun einmal an die Kette genommen, ist das nicht offensichtlich?«, schnarrte Cenric gelangweilt.

Maren verkniff sich ihre Antwort, und als Will ein weiteres Mal mahnend an ihrem Kleiderärmel ruckte, wandte sie sich widerwillig zum Gehen. Sie konnte dem armen Jungen im Moment nicht helfen und wer wusste schon, was die Adelskinder ihr noch antun würden, wenn sie und Will nicht bald verschwanden ...

Ängstlich machte Maren einen Schritt von den juwelengeschmückten Kindern weg. Doch Cenric wollte sie und Will nicht so einfach entkommen lassen. Er sprang vor wie eine angreifende Schlange und packte Maren an dem Arm, den Will nicht mit seiner eigenen Hand umklammerte.

»Jetzt warte doch, Will! Da mein Hund deine Freundin nicht zu stören scheint, könnt ihr doch genauso gut hier etwas essen und euch mit uns unterhalten. Dann kann ich auch das ungebührliche Verhalten von mir und meinen Freunden wiedergutmachen! Also, was meinst du: Bleibt ihr noch ein wenig?« Cenrics Lippen lächelten zwar bei diesem Angebot, aber seine Augen blieben kalt und hart wie Eiskristalle, sodass Maren unmerklich den Kopf schüttelte, als Will sich zu ihr umwandte.

Cenric bohrte ihr daraufhin strafend die Fingernägel in den Unterarm und Will entging das keinesfalls.

»Ich sagte nein, Cenric, wir gehen! Und jetzt lass meine Freundin los. Du tust ihr weh!«, antwortete er unwirsch.

Cenric verzog den Mund zu einem missbilligenden Strich und blickte auf das graue Wasser, das nach wie vor hinter Maren und Will seine Wellen schlug. »Du möchtest, dass ich deine Kürbisprinzessin loslasse? Ganz wie du willst«, summte er und gab Marens Arm so unwillkürlich frei, dass sie zurücktaumelte, mit Will zusammenstieß und schließlich das Gleichgewicht verlor und in eine eisige Welle plumpste. Will gelang es im Gegensatz zu ihr, sich abzufangen. Und als die Adelskinder nun abermals in grölendes Gelächter ausbrachen und die beiden Sattelrobben leise quiekten, stand er für einen Augenblick hilflos wie eine Statue zwischen den Fronten.

»Seht mal, ein schwimmender Kürbis«, gluckste die aschblonde Erika wenig geistreich.

Daraufhin löste sich Will aus seiner Starre und beugte sich zu Maren herab.

»Komm, lass uns gehen«, flüsterte er und streckte ihr seine Hand entgegen.

Verzweifelt ergriff Maren Wills lange Finger und floh mit ihm zusammen vor den lachenden Adelskindern.

Als die beiden nach einer Weile endlich außer Sichtweite der gehässigen Lords und Ladys gekommen waren, blieb Maren stehen und vergrub ihr nasses Gesicht in dem warmen, weichen Samt von Wills Weste. »Warum sind deine Freunde nur so gemein?«, schluchzte sie leise.

Will legte ratlos seine Arme um sie und schüttelte langsam den Kopf. »Du bist anders und du kommst aus dem Norden – das gefällt Cenric nicht und alle Kinder hier tun, was er tut, weil er der Älteste ist.«

»Und was habe ich Cenric getan, dass er mich so verabscheut?!«, schniefte Maren mit wachsender Verzweiflung in sich hinein, sodass Will sie fest an sein lavendelfarbenes Wams drückte, um ihre Schluchzer in dem glänzenden Samt zu ersticken.

»Du hast Cenric gar nichts getan, Maren ... Er kann die Festländer nur allesamt nicht leiden, weil der Norden vor zehn Jahren alle Lords der Insel zu den Bannern gerufen hat und seine Eltern in der blutigen Schlacht am Nahijen-See starben. Und da du eine Prinzessin aus dem Norden bist, gibt er dir wohl die Schuld daran ... Aber mach dir darüber keine Gedanken, du wirst weder Cenric noch seine Freunde je wiedersehen müssen«, schwor Will, ohne zu ahnen, wie falsch er damit liegen würde ...

In der Gegenwart war das flirrende Gelächter der Adligen leider immer noch nicht verstummt und es klang sogar noch schlimmer, als Maren es in Erinnerung hatte – kalt und schneidend wie gesplittertes Eis. Und heute bot Will ihr auch keine Hilfe an, sondern stand einfach nur da und hoffte vermutlich, nicht gesehen zu werden – ein Wunsch, der sich nicht erfüllte, denn als Will sich nicht rührte, schnalzte der jetzt rotblonde Cenric tadelnd mit der Zunge und sagte: »Willi, ich bin enttäuscht von deinen Manieren – man lässt seine Verlobte doch nicht einfach auf dem Boden herumliegen! Vor allem, wenn sie eine *Prinzessin* ist!« Cenric machte eine übertriebene Verbeugung in Marens Richtung und ließ keinen Zweifel daran, dass er sie verspottete. Dann kam er näher an den Brunnenrand, doch anstatt Maren aufzuhelfen, trat Cenric lediglich mit voller Absicht auf ihre linke Hand, sodass Maren vor lauter Schmerz abermals Tränen in die Augen schossen. Hilfesuchend hob sie den Blick und sah zu Will

hoch, aber er hatte sich bereits gequält zu einem der Fenster umgewandt und schaute Maren nicht einmal mehr an.

Warum tust du denn nichts, verdammt? Sag den Adligen, sie sollen sich fortscheren oder hilf mir wenigstens aufzustehen! Du weißt doch genau, dass mir mein Bein noch Probleme macht! Wir waren mal Freunde, hast du das etwa schon vergessen?! Und außerdem wirst du mich bald heiraten, ob es dir nun gefällt oder nicht, dachte Maren bitter. Aber natürlich bemerkte Will nichts von der verzweifelten Wut, die in ihrem Inneren vor sich hin schwelte.

Und als Cenric Wills abwesendem Blick folgte und er ebenfalls durch einen der ausladenden Spitzbögen hindurch auf den Schlosshof hinausblickte, schien ihm etwas Wichtiges wieder einzufallen, denn er schnippte einmal kurz mit seinen übermäßig beringten Fingern und sagte: »Genau, bevor ich es vergesse: Da deine werte Braut eine Vehra ist, muss ich ihr Gepäck leider beschlagnahmen und durchsuchen lassen, ehe es auf ihre Zimmer gebracht werden darf. Wir wollen schließlich nicht, dass sie irgendwelche unseligen Zaubersprüche vom schmutzigen Festland auf unsere Insel schleppt. Du kennst das Gesetz, Willi: Wir halten uns aus diesem dummen Krieg heraus und helfen weder dem Norden, die Magie zu retten, noch dem Süden, sie zu zerstören. Wir werden nicht dieselben Fehler begehen wie unsere Eltern ...«

Will presste bei dieser Schikane missfällig die Lippen zusammen und Maren sah, wie er die linke Hand hinter seinem Rücken unwillkürlich zur Faust ballte.

»Maren ist klitschnass, sie braucht erst etwas Neues zum Anziehen, Cenric, danach kannst du ihre Sachen gerne durchsuchen, wenn es unbedingt sein muss«, gab Will trotzig zurück.

Cenrics Lippen bogen sich langsam nach oben und formten eine schmale, scharfe Sichel. »Oh, nein, ich fürchte, das kann ich nicht erlauben. Am Ende schmuggelt ihr zwei noch irgendein magisches Artefakt in unser schönes Schloss hinein ... Nein, ich werde die Sachen *sofort* durchsuchen lassen. Du kannst deine Kürbisprinzessin ja in die Schneiderei bringen, dort hat man sicher noch etwas trockenen Stoff übrig und Spinne freut sich bestimmt, deine *Verlobte* kennenzulernen.«

Die Fingerknöchel von Wills linker, zur Faust geballter Hand traten plötzlich weiß hervor. »Gewiss wird sie das. Wenn du und die anderen

uns dann entschuldigen würdet ... Wir werden die Schneiderei aufsuchen«, rezitierte Will dumpf und seine höfliche Miene versteifte sich so sehr, dass sein Gesicht kurz wie eine in Silber gegossene Maske aussah. Dann biss Will jedoch missmutig die Zähne zusammen und kam auf den funkelnden Brunnen zu, um Maren wieder auf die Beine zu helfen.

Er tat es ein wenig zu fest und ein wenig zu schnell, sodass ein stechender Schmerz durch Marens rechten Knöchel zuckte, aber immerhin stand Maren danach wieder auf zwei Beinen und konnte diese gehässige Meute glitzernder Hochgeborener endlich verlassen. Tropfend und frierend flüchtete sie an Wills Seite aus dem funkelnden Thronsaal.

Nachdem sich die schweren Eichenholzportale wie ein schützender Schild hinter ihm und Maren geschlossen hatten, fand seine kleine Verlobte ihre Stimme wieder und quietschte: »Will, geh langsamer, du tust mir weh – mein Bein!«

Ja, ihr Bein, ihr verdammtes Bein! Ein Wunder, dass sie ihn damit nicht auch vor den Adligen bloßgestellt hatte! Sie hatten ihn ausgelacht! Ihn! Und zwar nur wegen ihr und ihrem wilden Haar und ihrer dicklichen Figur! Nur, weil sie sich beim Essen nicht beherrschen konnte und es allen immer so einfach machte, auf ihr herumzutrampeln, war er jetzt in dieser Lage! Herrje, es wäre auch ohne sie schon schwer genug, diese Wahl zu gewinnen – mit Cenric als Konkurrenten ...

»Will!«, wimmerte Maren abermals und Wills Zorn verpuffte, als er sich dumpf daran erinnerte, *wie* Maren sich ihre Beinverletzung erst zugezogen hatte ... Plötzlich hallte Marens unbeholfenes Hinken ihm wie ein einziger Vorwurf in den Ohren wider und Will hörte auf, sie so rücksichtslos hinter sich her zu schleifen.

So war das immer: Wenn die Schuldgefühle Will übermannten, wurde er wieder sanftmütig und nachsichtig mit ihr, so lange, bis sie ihn erneut schlimm beschämte, was meist nicht allzu lange auf sich warten ließ. Aber daran wollte Will im Augenblick nicht denken – im Augenblick wollte er nur, dass Maren aufhörte, so traurig dreinzusehen. Denn obwohl Will sie nach wie vor nicht heiraten wollte, obwohl sie nervtötend und viel zu empfindsam sein konnte, und obwohl er manchmal das Gefühl hatte, sie wäre sein ganz persönlicher rothaariger Fluch, wollte er doch nicht, dass sie unglücklich war.

Immerhin war sie seine beste Freundin.

»Tut mir leid, was Cenric und die anderen eben gesagt haben. Ich werde mich bemühen, es so einzurichten, dass du den Adel nur zu den hohen Feiertagen zu Gesicht bekommen musst«, versprach Will abwesend, doch Maren winkte nur mit einer steifen Geste ab.

»Das wäre nett, aber vergessen wir am besten, was gerade passiert ist, es lässt sich ja doch nicht ändern. Sag mir lieber, wo Vatoq jetzt ist – ich habe ihn nicht bei Cenric gesehen ...«

Will seufzte leise, als er den betont munteren Tonfall bemerkte, in dem Maren sprach. Sie hatte also einmal mehr beschlossen, sich von ihren Problemen abzulenken, anstatt sich ihnen zu stellen oder darüber zu reden – so wie damals ... Diese strenge Fremde, die vor einigen Tagen bei ihm in Vinduras angekommen war, war wie morscher Putz von Maren abgebröckelt und nun schien sie wieder ganz die Alte zu sein. Und was Will ihr auf ihre Frage antworten musste, würde Maren gewiss nicht gefallen. Doch wenn er es ihr nicht sagte, würde es vermutlich Cenric tun und das wäre gewiss noch tausendmal schlimmer für sie, also sagte Will nur: »Vatoq ist vor drei Jahren, kurz nachdem du abgereist bist, eine Treppe hinuntergestürzt und er hat es wohl nicht überlebt ...«

Maren erbleichte von einem Augenblick zum nächsten und hörte jäh auf, neben Will herzuhumpeln. »Vatoq ist ... tot? Er ist eine Treppe runtergefallen? ... Ist er wirklich *gefallen* oder hat Cenric ihn im Vollrausch runtergestoßen?! Ach, ich glaube, ich will es gar nicht wissen ... Hat er hier irgendwo ein Grab oder –«

Betrübt nahm Will Marens Hände und sah ihr fest in die Augen. »Maren, Sklaven bekommen auf Beli keine eigenen Gräber, das weißt du doch ... Aber lass uns von etwas Fröhlicherem reden. Zum Beispiel darüber, dass du gleich dein Hochzeitskleid sehen darfst. Unsere Gewandmeisterin und ihre Näherinnen werden sicherlich keinerlei Mühen gescheut haben«, erklärte Will nun seinerseits in einem verzweifelten Versuch, Maren irgendwie von ihrem Elend abzulenken.

Doch seine Worte entlockten Maren nicht einmal ein müdes Lächeln. »Ihr habt eine *Gewand*meisterin?«, fragte sie lediglich zweifelnd und die

kurzen Augenbrauen verschwanden vollständig unter ihrem roten Haar. *So etwas Nutzloses,* schien ihr Blick zu ergänzen.

Will lächelte schwach. »Ja, wir haben eine Gewandmeisterin – wir haben viele Dinge und viele Diener, die eigentlich niemand braucht ... Es gibt hier, glaube ich, sieben Mägde, die nur dafür da sind, die toten Schmetterlinge vom Boden zu fegen und die Wandlöcher im Schloss mit frischen Blumen und Pollen zu füllen ... Aber das ist noch nicht einmal die absurdeste Arbeit, die man hier verrichten kann. Wenn ich mich nicht irre, haben wir hier einen Diener – ein uralter, katzbuckliger Greis –, dessen einzige Aufgabe es ist, die Schlüssellochscharniere und -abdeckungen zu polieren«, schloss Will und deutete mit einer Hand auf das glänzende Silberplättchen, das vor dem Schlüsselloch der palasteigenen Schneiderei angebracht war. Es war ein hübsch geschmiedetes Oval, in das winzige Ornamente und verschlungene Gravuren von Efeuranken eingelassen waren und das man mit einem Schlüssel zur Seite schieben konnte, um die Tür auf- oder zuzuschließen.

Maren ging ein wenig unbeholfen in die Knie und kroch mit dem rechten Auge fast in die winzige Abdeckung hinein.

»Man könnte dieses Ding abbrechen und es sich als Medaillon um den Hals hängen«, verkündete sie kopfschüttelnd. »Silberne Schlüssellochabdeckungen ... Ich glaube, das ist das Sinnloseste, was ich je gesehen habe.«

Will grinste und war froh, dass er Maren für den Augenblick hatte ablenken können. »Das glaube ich dir glatt. Aber ganz so sinnlos sind die Abdeckungen dann auch nicht. In diesem Schloss versucht man immerhin verzweifelt, die eigenen Geheimnisse zu bewahren, während alle anderen versuchen, sie aufzudecken ... Na, wie auch immer, lass uns in die Schneiderei gehen und dir etwas Trockenes zum Anziehen holen, du zitterst ja schon.« Entschieden drückte Will die schmale Eichentür auf, ohne dem funkelnden Schlüsselloch dabei noch einmal viel Beachtung zu schenken.

Im Besucherraum der Schneiderei war es wie immer unangenehm sauber. Der polierte Marmor zu Wills Füßen glänzte im roten Dämmerlicht so stark, dass es schon fast ein wenig wehtat, und die zahllosen Stoffbahnen aus Maulbeerseide, Lamé und Brokat waren so akkurat gefaltet und

übereinandergestapelt worden, dass sie eher an ein massives Mauerwerk als an feine Tuche erinnerten. Und auch die anderen Möbelstücke waren akribisch zurechtgerückt worden: Der lange Elfenbeinparavent zog sich in gleichförmigen Zickzacklinien durch das letzte Raumdrittel und die vielen marmornen Kleiderpuppen standen wie ordentlich aufgereihte Rennpferde an den durchgehend verspiegelten Turmwänden. Nur eine einzige graue Statue neben dem Fenster reihte sich nicht in diese genau abgemessene Aufstellung ein. Und als die Statue sich plötzlich bewegte und den gischtweißen Stoff in ihren Händen prüfend gegen das Licht hielt, erkannte Will, dass diese dürre Frauengestalt gar keine Kleiderpuppe war – sondern Spinne.

»Du bist also heute im Vorderzimmer tätig«, begrüßte Will die graue Schneiderin nachdenklich. Cenric hatte ihn nicht belogen, Spinne war in dieser Woche tatsächlich für die Betreuung der Adligen zuständig – alles andere wäre ja auch zu einfach gewesen.

»Lord Will! Wie schön, Euch endlich wiederzusehen!«, jauchzte die Schneiderin mit einer Singstimme, die man ihrer farblosen Erscheinung gar nicht zutraute. Sofort wehte sie durch den Raum, schmiegte sich an seine linke Seite und legte ihm das Kinn auf die Schulter. »Und, habt Ihr mich vermisst?«, flüsterte sie ihm direkt ins Ohr – Maren, die nur drei Schritte weiter stand und leise vor sich hin tropfte, beachtete Spinne gar nicht.

Will machte sich umsichtig von der Schneiderin los. »Ein wenig vielleicht«, antwortete er ihr neckisch, obwohl er gar nicht wusste, ob das überhaupt stimmte. Spinne war sehr schön – zumindest wenn man davon absah, dass nichts an ihr auch nur einen Hauch von Farbe hatte, da sie wie alle Dienstboten im Schloss mausgraue Kleider, bleiche Haut und mausgrau gepuderte Haare besaß, um die hohen Herrschaften ja nicht in ihrem Prunk zu überstrahlen. Doch Will und der Inseladel waren gerne bereit, diesen Mangel an Farbe zu verzeihen, da die junge Schneiderin ein ebenmäßiges Gesicht und einen perfekt geformten Körper hatte. Sie war recht klein, was den Inselmännern gut gefiel, da sie ihre Frauen gerne überragten, und sie war sehr dünn, wirkte dabei aber nicht knabenhaft oder verhungert, wie viele andere Edeldamen es taten. Nein, Spinnes Knochen zeichneten sich in dem genau richtigen Maße unter ihrer Haut ab und ließen sie auf diese Weise wunderbar zerbrechlich wirken. Will

mochte ihre elfengleiche Eleganz und deshalb hatte er sich Spinne vor drei Jahren auch in sein Bett geholt. Aber er mochte den Menschen nicht besonders, der in Spinnes grauer, glatter Haut steckte, und wenn er ehrlich war, hatte ihm ihre allnächtliche Gesellschaft auf seinen Reisen niemals wirklich gefehlt. Es gab nur eine Frau, nach der er sich seit vier Jahren verzweifelt sehnte ...

Das leise Tropfen von Marens durchnässtem Kleidersaum holte Will wieder in die Gegenwart zurück. *Reiß dich zusammen, verdammt! Deine Verlobte erfriert gerade!*, schalt er sich selbst. Aber Maren sagte ja auch nichts. Sie stand nur da, beobachtete und zog ihre ganz eigenen Schlüsse, woraufhin sie nur noch trübsinniger zu Boden starrte. *Hatte ich mir nicht vorgenommen, sie nicht mehr zu verletzen? Das läuft bis jetzt ja wirklich klasse ...*

»Maren braucht etwas Trockenes zum Anziehen, Spinne. Unser Gepäck ist gerade leider verhindert, hast du hier irgendwo ein passendes Kleid für sie?«

Die Schneiderin schürzte die Lippen und fuhr Marens Konturen kurz mit ihren Augen nach, dann füllte sich ihr Blick mit Hass und Bitterkeit.

»*Das* ist also Eure Verlobte«, bemerkte Spinne kühl.

Will hatte gehofft, mit dieser Enthüllung noch eine Weile warten zu können. »Woher weißt du –«, begann er verwundert, aber Spinne ließ ihn nicht ausreden.

»*Ich* habe den Brautmantel für die kommende Hochzeit genäht, und da mir in Wjallvit sonst niemand mit solchen ... Ausmaßen untergekommen ist und Vhina mir vorhin sagte, *Ihr* wärt der Lord, der morgen heiratet, vermute ich doch mal, dass das hier Eure Braut ist. Ich bin hübsch, aber nicht dumm, mein Lord.«

Nein, dumm bist du gewiss nicht, dachte Will finster. Wenn Spinne eine Edeldame wäre, würde sie sicherlich den gesamten Hof beherrschen, sie wäre eine famose Spielerin in diesem Spiel aus Lügen, Geheimnissen und Intrigen. »Ja, sie ist meine Verlobte und sie ist immer noch bis auf die Knochen durchnässt. Hast du nun etwas Trockenes für sie oder nicht?«

»Nichts, was ihr passen würde, außer ihrem *Brautkleid*«, schnappte Spinne mit einem beleidigten Unterton in der Stimme.

Will presste die Lippen fest aufeinander, und als Spinne sah, dass sie ihn verärgert hatte, fügte sie widerwillig hinzu: »Ich kann ihr ein paar

alte Stoffe zum Abtrocknen geben, und wenn sie schon hier ist, kann sie ihr Kleid auch gleich anprobieren. – Seid Ihr eigentlich stumm, Lady, oder warum sprecht Ihr nicht mit mir?«, fügte Spinne noch an Maren gewandt hinzu.

»Ich w-wüsste wirklich nicht, w-was ich Euch z-zu sagen hätte. Ihr h-habt mich immerhin noch n-nicht einmal b-begrüßt«, antwortete Maren mit klappernden Zähnen. Und obwohl es Will freute, dass sie endlich jemandem die Stirn bot, wünschte er sich doch, Maren hätte dieses Mal lieber den Mund gehalten. Spinne war stolz und leicht zu reizen und bei Weitem kein guter Anfang, um sich Feinde zu machen, wenn man keinerlei Erfahrung mit dem Hofleben hatte.

»Ach so, Ihr seid also eine von den Edeldamen, die es nicht für nötig halten, mich wie einen Menschen zu behandeln, nur weil ich dem Stand nach unter Euch stehe. Nun, das ist gut zu wissen, ich kann auch schweigend arbeiten, wenn es *Eurer Ladyschaft* beliebt«, schnaubte Spinne gereizt.

Maren schüttelte daraufhin ein wenig hilflos den Kopf. »Ich h-habe Euch n-nichts zu sagen, w-weil Ihr unhö-höflich seid und ich Euch schlicht n-nicht kenne«, erklärte sie sachlich, aber die Schneiderin hörte ihr gar nicht mehr zu. Sie kramte ein schweres lachsrosa Seidentuch aus der Stoffmauer hervor und warf es Maren feindselig entgegen – wohlwissend, dass sich die Maulbeerseide fürchterlich mit Marens zinnoberrotem Haar beißen würde.

Als Maren wieder einigermaßen trocken war und aufgehört hatte zu zittern, zog Spinne sie grimmig hinter den prachtvollen Paravent und ließ sie ihren eisblauen Brautmantel anprobieren, von dem Will lediglich einen hübschen, reichlich bestickten Ärmel erspähte, an dem winzige Bergkristalle fröhlich vor sich hin funkelten. Hinter dem Raumteiler erklangen während der Anprobe allerdings nur eisiges Schweigen und geschäftige Schritte und es dauerte eine halbe Ewigkeit, bis Spinne endlich ein gehässiges Schnauben ausstieß und Maren befahl, den Mantel vorsichtig wieder auszuziehen.

»So. Wenn das alles wäre, dann könnt ihr zwei jetzt gehen«, verkündete Spinne schroff, nachdem sie und Maren wieder zurück in das Turmzimmer getreten waren. Vermutlich würde sie noch lange sauer sein, weil Will es gewagt hatte, jemand anderen als sie zu heiraten. Denn

105

tatsächlich war es für Edelmänner auf Beli nicht allzu ungewöhnlich, ihre Mätressen zu heiraten, wenn diese von außerordentlicher Schönheit waren – nur darauf kam es hier im Winterschloss schließlich an.

Trübsinnig blickte Will auf seine dickliche Verlobte hinab und stützte sie anschließend auf dem Weg zum Ausgang. In der Tür hielt er allerdings noch einmal inne und wandte sich zögernd zu der schönen Spinne um. Er mochte sie nicht vermisst haben, aber wenn sie schon einmal hier war …

»Eine Sache wäre da noch, Spinne: Würde es dir etwas ausmachen, später mit ein wenig weißem Garn in meine Gemächer zu kommen? Ich habe eine alte Weste, die unbedingt geflickt werden muss.«

Spinne warf noch einen letzten Blick auf Maren und fletschte ihre Zähne anschließend zu einem kühlen Lächeln. »Natürlich helfe ich Euch gern mit Eurer Weste, mein Lord«, verkündete sie in einem verruchten Tonfall, der keinen Zweifel daran ließ, dass sie genau wusste, warum Will sie zu nachtschlafender Stunde in sein Schlafzimmer bestellte. Und warum auch nicht? Wenn er dank Hrafens verdammter Eilhochzeit sogar um einen vernünftigen Junggesellenabschied gebracht wurde, konnte er sich wenigstens noch ein wenig mit Spinne trösten. Und weil es Will plötzlich mit unerwarteter Heftigkeit nach der Wärme einer schönen Frau verlangte, machte er sich eilig daran, Maren aus der Schneiderei hinaus und in ihre eigenen Gemächer hinein zu schieben, damit er sich danach möglichst schnell mit der stolzen Schneiderin befassen konnte.

»Gut … dann lasse ich dich mal in Ruhe schlafen …«, begann Will, nachdem er Maren umsichtig auf ihr mit Lapislazulisteinen verziertes Silberbett geholfen hatte. »Morgen früh werden einige Dienerinnen kommen, um dich fertig zu machen und anzukleiden. Sie bringen dich gegen Sonnenuntergang in den Schlosshof und dort beginnt es dann … Bis morgen, Maren … Schlaf gut …« Will strich sich noch einmal nervös durchs Haar und eilte dann fluchtartig die schmale Wendeltreppe hinunter, um sich mit Spinnes Hilfe von der drohenden Katastrophe abzulenken, die ihn morgen bei Sonnenuntergang erwarten würde …

Eine albtraumhafte
Hochzeit

In der Nacht vor ihrer Hochzeit lag Maren eine ganze Weile unruhig unter ihrer durchscheinenden Seidendecke und wartete darauf, endlich einzuschlafen. Doch ihr Warten war vergeblich, denn jedes Mal, wenn sie die Augen schloss und eindöste, befand sie sich plötzlich auf dem Grund eines zugefrorenen Meeres und ein Rudel zweibeiniger, juwelenbesetzter Haifische versuchte, sie mit seinen perlweißen Zähnen zu zerfleischen. Nur einmal zuckten eigentümliche Bilder von Rosen und Perlen und Wills verschmitztem Lächeln kurz durch ihre Gedanken, doch dieser Traum versank so schnell wieder im Nebel, dass Maren sich gar nicht sicher war, ob sie sich diesen zarten Funken des Glücks nur eingebildet hatte.

Nach einer gefühlten Ewigkeit gab Maren das Einschlafen schließlich auf, sprang aus ihrem Bett und humpelte unbeholfen auf den kleinen, mit silbernem Schmiedewerk überwucherten Balkon hinaus. Sie ertrug die quälende Enge und das wütende Gefunkel ihres prunkvollen Turmzimmers einfach nicht mehr. Und so verbrachte Maren den kläglichen Rest der Nacht auf ihrem eiskalten Silberbalkon und hoffte dumpf, einfach an Ort und Stelle festzufrieren.

Doch als die Dienerinnen am nächsten Morgen kamen, um Maren für ihre Hochzeit vorzubereiten, gelang es ihnen trotz der nächtlichen Kälte natürlich dennoch, Marens steife Finger von der reifüberzogenen Balkonbrüstung zu lösen und sie mit entsetztem Getuschel in ihr Turmzimmer zurückzuschleppen.

»Lady Maren! Haben Euch denn alle guten Geister verlassen?! Ihr hättet Euch dort draußen den Tod holen können! Eure Finger sind ja

schon ganz blau geworden! Wollt Ihr etwa so vor den Altar treten?!«, fragte die größte der drei Dienerinnen mit vorwurfsvoller Miene.

Ich will gar nicht vor den Altar treten! Ich will nicht schon wieder die Lachnummer des gesamten Schlosses sein! Nicht nach dem, was gestern passiert ist, dachte Maren verzweifelt. Aber sie sagte kein Wort und daher plapperte die große blonde Dienstmagd einfach weiter.

»Ist schon gut, Lady Maren. Ein wenig Nervosität ist völlig normal vor der eigenen Hochzeit. Aber jetzt werden wir Euch erst einmal schön machen!«

Maren biss sich unwillkürlich auf die Unterlippe, denn sie hatte das Gefühl, die hübsche blonde Dienerin wollte sie verspotten. Sogar ohne den prunkvollen Zeremonienmantel würde die große Magd vor Maren mit ihrer schmalen Taille und ihren Ringellocken immerhin eine schönere Braut für Will abgeben als Maren selbst und dasselbe galt für ihre beiden dunkelhaarigen Freundinnen, die zu allem Überfluss auch noch die helle Haut der Eisnomaden besaßen … Aber gegen ihre eigene Unzulänglichkeit konnte Maren jetzt auch nichts mehr machen, also schloss sie einfach die Augen und ließ sich missmutig für ihre Hochzeit vorbereiten.

Wie eine leblose Puppe wurde Maren von Hand zu Hand gereicht und sie war heilfroh darüber, dass alles an ihr noch taub von der Kälte war; denn so spürte sie nicht, wie die knochigen Dienerinnen ihr in dem Waschzuber aus Elfenbein fast die Haut vom Leib schrubbten und sie anschließend mit unzähligen kostbaren Ölen einrieben. Es fühlte sich falsch an, den gestohlenen Duft toter Blumen zu tragen, doch Maren sagte nichts und ließ zu, dass man ihren Körper in den Geruch von Lichtnelken, Freesien und frischem Lavendel einhüllte und ihr danach ein spinnenwebenartiges Unterkleid und das ähnlich durchscheinende weiße Brauthemd anlegte.

Es handelte sich bei dem bemerkenswert schlichten weißen Gewand um die rituelle Brautkleidung einer Inseldame, die ihre Unschuld und Reinheit unterstreichen sollte. Doch Maren hatte irgendwie den Verdacht, dass das schmal geschnittene Seidenkleid vor allem dazu diente, die Frau darin so schwach und hilfsbedürftig wie möglich erscheinen zu lassen. Denn die eng anliegende obere Hälfte des Kleides war in zwei gleichmäßigen Bahnen nach oben gerafft worden und die winzigen Perlenketten, die von der Mittelnaht des Kleides aus zu den feinen Ärmeln führten, erinnerten

auf unangenehme Weise an hervorstechende Rippenbögen – eine Illusion, die an den Inseldamen vermutlich schaurig schön ausgesehen hätte, an Marens pummligem Körper allerdings eher lächerlich wirkte.

Doch Maren blieb kaum Zeit, um sich selbst zu bemitleiden, da die drei Dienerinnen sie bereits ungeduldig zur nächsten Anrichte schleppten und dort streitend und murrend das Geschmeide auswählten, das Maren zu ihrem Hochzeitskleid tragen sollte. Offenbar hatte Will den dreien eine beträchtliche Belohnung versprochen, die umso höher ausfiel, je hübscher sie Maren für ihren Hochzeitstag herausputzen konnten. *Eine undankbare Aufgabe,* dachte Maren und sie fragte sich, ob Will vorhatte, die Dienerinnen überhaupt zu bezahlen ... Jedenfalls fiel die Wahl der drei schließlich auf ein netzartiges Collier aus Perlmutt und Bernstein, die dazugehörigen Ohrringe und ein paar kurze, fingerlose Seidenhandschuhe, die an den Enden sanft gerüscht waren.

Nachdem Maren nun endlich fertig angezogen war, machten sich die Dienerinnen daran, ihre Haare zu bändigen. Es war eine Tortur, die ganze zwei Stunden in Anspruch nahm und erst endete, als es auf Marens Kopf keine einzige Locke mehr gab, die die dünnen Frauen nicht gedreht, geflochten, geknotet oder sorgsam festgesteckt hatten. Doch Maren irrte, als sie glaubte, dass ihre Frisur damit fertig war, denn die Dienerinnen rückten ihrem Haar nun nach all dem Zerren und Ziepen plötzlich mit langen Nadeln zu Leibe und begannen, Maren unzählige Silberfäden und Perlenstränge aus südländischen Karah-Perlen in die Zöpfe zu nähen, was erneut eine kleine Ewigkeit in Anspruch nahm.

Erst als Marens Haare funkelten und blinkten wie eine reifüberzogene Baumkrone, durfte sie sich von dem winzigen Silberschemel vor dem Frisiertisch erheben und zur nächsten Anrichte weiterrücken, wo sie ordentlich gepudert und angemalt wurde, bis ihr Gesicht eine geisterweiße Farbe angenommen hatte und ihre purpurnen Lippen sie unangenehm an Blut erinnerten. Danach wurde Maren noch einmal großzügig mit leichten und schwereren Parfüms besprüht und dann war sie endlich fertig – und das gerade rechtzeitig, denn die Sonne begann langsam, wieder unterzugehen, und die ersten grünblauen Nordlichter schimmerten schon verschwörerisch hinter dem Horizont. Hier wurde es eindeutig schneller Winter als in Mandrell, doch Maren hatte im Grunde auch nichts anderes erwartet.

»Ich frage mich, Lady, warum Ihr ausgerechnet heute heiraten müsst, und dann auch noch abends, am letzten Tag ohne diese unglückseligen Geisterlichter ... Winterehen stehen unter keinem guten Stern und im Glanz der Nordlichter zu heiraten, gilt erst recht als Unglücksomen. Heute scheinen sie zwar erst kurz vor dem Morgengrauen, aber warum geht Ihr dieses Risiko ein, anstatt bis zum Frühling zu warten?«

Maren lächelte die blonde Dienerin schwach an. Sie hielt nichts von diesem Aberglauben und ihre Ehe mit Will würde selbst dann noch unter einem schlechten Stern stehen, wenn man sie im Hochsommer inmitten einer sengenden Wüste schließen würde.

»Morgen früh, nach der Tagundnachtgleiche, ist offizieller Winteranfang und mit dem Winter beginnt auch die Königswahl. Wenn Wills Anspruch auf den Thron gültig sein soll, muss er noch heute heiraten und damit nach belíischem Gesetz ein vollwertiger Lord werden. Wir haben also keine Zeit mehr zu warten, und da wir gestern erst angekommen sind, ist heute der frühestmögliche Termin für eine Hochzeit«, erklärte Maren wahrheitsgemäß.

Die blonde Dienerin nickte bedächtig. »Ah, ich verstehe ... Nun, wenn es gar nicht anders geht, muss es wohl so sein. Aber ich für meinen Teil misstraue diesen Geisterlichtern. Sie sind Unheilsboten, rufen Albträume und Monster auf diese Insel und locken schöne Jungfrauen ins Land der Ungeheuer, wo sie auf ewig verloren sind ...«

Jetzt konnte Maren doch nicht länger an sich halten.

»Tut mir leid, aber ich bin zu alt für solche Geistergeschichten«, brummte sie mit verdrehten Augen.

Die blonde Dienerin lächelte gequält. »Oh, wenn es bloß Geschichten wären, Lady Maren! Aber dem ist nicht so. Jedes Jahr verschwinden Edeldamen aus diesem Schloss, jedes Jahr immer nach der dunklen Tagundnachtgleiche klagen Bauern über verwüstete Felder, verstümmeltes Vieh und grausige Gestalten, die in den Wäldern umherstreifen. In den blauen Nächten schließen sich alle Edelleute hier im Schloss in ihren Türmen ein und sichern ihre Türen mit schweren Eisenketten. Die Geschichten über Ungeheuer und Albträume sind weit mehr als bloße Kindermärchen, Lady Maren. Etwas sucht diese Insel jedes Jahr zur Winterzeit heim, das ist gewiss ... Aber deswegen lassen wir jetzt ja auch einen König wählen, oder? Um diesem Elend ein Ende zu setzen.

Ihr und Euer Gemahl werdet dazu beitragen, diese Sache aufzuklären, deswegen heiratet Ihr ja heute, nicht wahr?«, schloss die Dienerin in vertrauensseligem Tonfall und Maren nickte lustlos. Vermutlich nutzten nachts lediglich einige Banden Krimineller den Aberglauben der eitlen Inselleute aus, doch es würde keinen Sinn haben, das dieser abergläubischen Dienstmagd zu erklären, also sagte Maren nur:

»Ja, genau das werden Will und ich tun.«

Und dann wurde sie auch schon von einer der zwei kleineren, dunkelhaarigen Mägde vom Hocker gezogen.

»Genug von diesem Unsinn, Tira! Die Lady heiratet heute, das ist kein Tag für Schauergeschichten! ... Also, Lady Maren, was sagt Ihr?«

Die kleine Magd zerrte Maren in die Mitte des spiegelbehangenen Turmzimmers, damit sie sich von allen Seiten betrachten konnte. Jeder anderen Braut hätte das vermutlich gefallen, aber Maren wollte nur schnell wieder die Augen schließen, als sie plötzlich von ihren eigenen Spiegelbildern umzingelt wurde. Da das allerdings sehr unhöflich gewesen wäre, zwang Maren sich dazu, einen kurzen Blick in den hohen Silberspiegel zu werfen, der ihr direkt gegenüberstand. Sie wusste jedoch nicht so recht, was sie der kleinen Dienerin auf ihre Frage antworten sollte.

Ihr Kleid war sehr schön, ihr Schmuck funkelte prächtig, ihr Haar war aufwendig zurechtgemacht und ihr Gesicht kunstvoll angemalt worden, aber all das machte Maren noch lange nicht bezaubernd, es machte sie nicht einmal ansehnlich oder auch nur annehmbar. Sie sah lediglich aus wie ein hässliches Mädchen in lauter hübschen Dingen, doch das konnte Maren schlecht sagen, also antwortete sie schlicht: »Das habt ihr ganz wunderbar hinbekommen, ich bin sicher, Will wird begeistert sein.«

Und das schien den drei Frauen zu genügen. Sie nickten erleichtert und scheuchten Maren daraufhin geschäftig aus dem Turmzimmer hinaus, wo ein gelangweilter Lord Rorick bereits auf sie wartete. Er machte ihr allerdings kein falsches Kompliment, sondern hob lediglich seine buschigen Brauen und bot Maren seinen Arm an, wofür sie ihm sehr dankbar war.

»So, wollen wir dann?«, fragte Lord Rorick knapp.

Maren warf einen sehnsüchtigen Blick auf ihre funkelnde Zimmertür. *Nein, wollen wir nicht,* dachte sie panisch. Doch sie wusste, dass das keine ernst gemeinte Frage gewesen war, und so blieb ihr nichts anderes übrig, als sich bei ihrem Leibwächter unterzuhaken, die schmalen

Treppenstufen hinunterzustolpern und Lord Rorick zu einer großen, gläsernen Balkontür zu folgen, vor der die beiden schließlich stehen blieben.

Hinter der Tür sah Maren die riesige, festlich geschmückte Dachterrasse und den filigranen Silberpavillon, unter dem sie heute getraut werden sollte, und ihre Augen weiteten sich beim Anblick all dieses Prunks so sehr, dass sie leicht zu schmerzen begannen. Doch dann bemerkte Maren jäh ein verräterisches Funkeln zu ihrer Linken und sie entdeckte, dass Will in einem lupinenblauen Brokatmantel neben der Balkontür stand und auf sie wartete. Und mit ihrem herausgeputzten Verlobten vor Augen erschien Maren der prächtige Schlosshof plötzlich glanzlos und grau zu sein.

Will hatte sich die hellen Ansätze seines kupferroten Haares nachgefärbt und es sorgsam verstrubbelt, doch diese gespielte Lässigkeit wurde von seiner festlichen blauen Robe perfekt ausgeglichen. Der Prunkmantel war eng geschnitten und betonte Wills schlanke, hochgewachsene Gestalt, sodass er heute noch größer und unerreichbarer auf Maren wirkte als sonst. Und als Will ihr im nächsten Augenblick seine feingliedrige Hand entgegenstreckte, rechnete Maren fast damit, wie im Traum einfach durch Will hindurchzugreifen.

Jemand wie ich sollte Will nicht berühren dürfen. Und ganz sicher sollte jemand wie ich – jemand, der auf so endlos viele Arten falsch ist, Will nicht heiraten ..., schoss es Maren jäh durch den Kopf. Doch natürlich gelang es ihr einen Wimpernschlag später dennoch problemlos, Will zu berühren. Und als ihre kleine Hand in seiner ruhte, wies Maren sich scharf zurecht. *Reiß dich zusammen! Du bist eine Prinzessin und du hast im Gegensatz zu Will schon ein Land regiert! Er mag schön sein, mit seiner schnurgeraden Nase und diesen endlos blauen Augen, aber er ist auch ein gewissenloser Weiberheld und ein Feigling, der im Zweifel nicht für dich einsteht, so wie gestern am Brunnen! Will ist attraktiv, ja, aber er ist auch nur ein Mensch und hat Fehler!*

Doch es half alles nichts. Die Unsicherheit und die Angst strömten wie ein eisiges Gift durch Marens Adern und die Tatsache, dass Will trotz all seiner Fehler noch immer dieses wahnsinnige, flatterhafte Gefühl in ihrem Inneren weckte, machte all ihre Ängste nur noch tausendmal schlimmer ...

Nach zwei weiteren gepressten Atemzügen entdeckte Maren allerdings, dass die Innenseite von Wills Mantel mit schillernden Pfauenfedern

gefüttert war, und ihre innere Anspannung entlud sich in einem lauten, nervösen Lachen.

»Du hast Hrafen mit den Pfauen also beim Wort genommen, wie ich sehe?«, entfuhr es ihr unwillkürlich und Will schenkte Maren für diesen kleinen Scherz ein hinreißendes Lächeln.

»Ich dachte mir, man sollte den Bräutigam auf seiner eigenen Hochzeit erkennen können, aber es ist gar nicht so einfach, zwischen all diesen wandelnden Kristalllüstern noch aufzufallen, weißt du?«, verkündete Will schwungvoll. Doch dann wurde seine Miene wieder ernst und er begann, Maren mit seinen lupinenblauen Augen eingehend zu mustern.

Es war der Moment, vor dem sie sich am meisten gefürchtet hatte, und er war ebenso qualvoll wie in Marens Vorstellung. Will ließ seinen Blick einmal langsam von ihrem ordentlich frisierten Haar bis zu ihren traditionsgemäß nackten Füßen gleiten und starrte dann eine Weile auf den polierten Fußboden, ehe er ein missmutiges Lächeln aufsetzte und sagte: »Du siehst gut aus.«

Maren wusste, dass er log. Sie sah die Enttäuschung hinter Wills höflicher Maske und sofort schoss ihr die Röte in die Wangen – was sie vermutlich noch hässlicher aussehen ließ. Maren erinnerte sich daran, dass Will es schon früher geschafft hatte, ihr mit einem einzigen missbilligenden Blick all ihre Unzulänglichkeiten auf einen Schlag bewusst zu machen. Und auch jetzt verfluchte Maren sich selbst, ihr Bein und jedes süße Kuchenstück, das sie je gegessen hatte. Warum konnte sie nicht wenigstens heute eine Bilderbuchprinzessin sein, die von Will bewundert wurde?

»Tut mir leid, dass du ausgerechnet mich zum Altar führen musst«, entschuldigte Maren sich betrübt.

Will zuckte nur kraftlos mit den Schultern und sagte: »Halte dich einfach an die Etikette und mache diese Hochzeit nicht schlimmer, als sie sein muss.«

Maren presste beide Lippen fest aufeinander und nickte, doch ehe sie oder Will noch etwas sagen konnten, mischte sich Lord Rorick jäh in ihr Gespräch ein.

»Wollen wir es dann hinter uns bringen? Ich werde in der ersten Reihe stehen, falls etwas passiert, Prinzessin«, brummte er und stieß mit seiner linken Hand ungeduldig die opulenten Glastüren auf.

Will bedachte Lord Rorick kurz mit einem finsteren Blick, ehe er sich widerstrebend zu Maren umwandte. »Dann lass uns mal heiraten«, murmelte er und bot Maren so resigniert seinen Arm an, als lüde er sie in Wirklichkeit zu einer Beerdigung ein.

Maren ignorierte Wills Arm jedoch und ergriff nach kurzem Zögern lieber seine Hand – so, wie sie es früher als Kind immer getan hatte. Und für die Dauer eines einzigen Herzschlages umspielte ein echtes Lächeln Wills besorgte Lippen. Er schien Kraft aus dieser Vertrautheit zu schöpfen und schritt einen Augenblick später entschlossen durch die gläsernen Flügeltüren, um Maren in die eisige Nacht hinauszuführen.

Draußen war es kalt und schön und schimmernd wie überall in Wjallvit. Doch im Gegensatz zum Schlossinneren war die Luft auf der Dachterrasse nicht schwer von kostbaren Ölen und Parfüms, sondern duftete nur ganz leicht nach Schnee, was Maren angenehm fand. Im Palast hatte sie manchmal das Gefühl, Blumensträuße anstelle von Luft einzuatmen, und ihr wurde schwindlig. Nun war sie allerdings vollkommen klar im Kopf und ein flüchtiger, angsterfüllter Blick zum Silberpavillon verriet Maren, dass die Adligen nicht mit ihr und Will auf der Dachterrasse standen, sondern sich ein wenig abseits am Rand der breiten Marmortreppe versammelt hatten, um das Spektakel von dort aus zu betrachten.

»Bleiben Cenric und die anderen wirklich auf der Treppe?«, fragte Maren, um ganz sicherzugehen. Und als Will ihr mit einem knappen Nicken antwortete, spürte Maren, wie sich die eisige Faust, die sich um ihr Herz geschlossen hatte, zögerlich wieder öffnete. Sie hatte noch ein wenig Zeit, bevor sie laut ausgelacht und verspottet wurde! Mit diesem nahezu tröstlichen Gedanken vor Augen schritt Maren an Wills Seite durch den mit Glasblumen gesäumten Gang, der schließlich unter dem silbernen Pavillon endete.

Hier empfing eine mondhäutige Priesterin in mitternachtsblauem Umhang sie und Will mit weit ausgebreiteten Armen und begann anschließend, in der weichen Sprache der Eisnomaden das Heiratsgelübde zu rezitieren. Maren verstand nicht viel von dem, was die Priesterin sagte, obwohl sie das gemeine Niutaruk fast fehlerfrei beherrschte. Das lag allerdings daran, dass die hellhäutige Frau kein gemeines Niutaruk sprach. – Sie sprach höfisches Niutaruk und das bedeutete im Grunde

nur, dass die Frau die Silben falsch betonte und die Wortreihenfolge schändlich verdrehte. Es tat Maren in den Ohren weh, das mitanzuhören, und sie spürte, wie eine kalte Verachtung für den funkelnden Inseladel jäh in ihr aufflackerte.

Belis gesamte Aristokratie hatte weniger Nomadenblut in den Adern als der Adel in Mandrell. Und im Grunde hatten die Belier sich nur ein einziges Mal mit den einheimischen Stämmen auseinandergesetzt – und zwar als sie Beli vor vierhundert Jahren mit Schwertern und Äxten eingenommen und alle Niutak in die Eiswüste zurückgedrängt hatten. Aber dennoch bedienten sich die funkelnden Inselmänner ab und an der alten Sprache der Einheimischen und feierten leidenschaftlich gerne ihre Feste und Feiertage, da sie immer einen Vorwand zum Feiern suchten. Und wenn die Adligen auf einem Fest auch noch die Gelegenheit hatten, einige der heiligen Riten der Niutak zu entweihen, so wie jetzt, gab ihnen das offenbar einen ganz besonderen Kick …

Maren hatte kurz das Bedürfnis, verächtlich zu schnauben, doch dann streifte ihr Blick den lupinenblauen Will zu ihrer Rechten und ihre Verachtung und Angst wichen sofort wieder einem Gefühl flackernder Aufregung. Für einen magischen Moment gab es nur Will an ihrer Seite und Maren war einfach nur das Mädchen, das ihn gleich heiraten würde und niemand sonst. Es war, als würde ein Traum plötzlich Wirklichkeit werden.

Doch dann sprach die Priesterin jäh die entscheidenden Worte und Maren wachte wieder auf.

»*Schwört Ihr also, Euch für den Rest Eures Lebens gegenseitig in Ehren zu halten? Dann ist es nun an der Zeit, Euren Ehebund vor den Augen aller Anwesenden mit Blut zu besiegeln.*« Die Priesterin streckte Maren und Will feierlich eine lange, spitze Silbernadel entgegen und Will ergriff sie, ohne zu zögern.

»Halt einfach ganz still«, raunte er Maren ins Ohr, ehe er die Nadel zuerst in seinen und dann in ihren Zeigefinger stach.

Die Kälte der Nadel tat mehr weh als der eigentliche Stich und für einen Augenblick sah Maren fasziniert dabei zu, wie ein leuchtend roter Blutstropfen aus der winzigen Einstichstelle hervorquoll. Dann hob Will allerdings unversehens seinen eigenen blutenden Finger in die Höhe und strich Maren damit langsam über die Unterlippe. Ein warmer Schauer

lief Maren über den Rücken, und ehe sie auch nur einen einzigen klaren Gedanken fassen konnte, hob Will ihre zitternde Hand ebenfalls in die Luft und legte ihren verletzten Zeigefinger sanft auf seinen Mund, um die Blutsverbindung zu besiegeln. Wills Unterlippe war herrlich weich, aber Maren zwang sich, sie nicht länger zu berühren, als unbedingt nötig war, um Will nicht zu blamieren.

Mit dem roten Strich auf den Lippen sieht er fast aus wie ein Feenprinz aus alten Zeiten, schoss es Maren unwillkürlich durch den Kopf. Doch dann fuhr Will sich bereits mit der Zunge über die blutbefleckte Stelle und ließ die Illusion so verschwinden und Maren tat es ihm hastig gleich, da auch das noch zum Ritual gehörte.

»*Damit ist Euer Bündnis besiegelt*«, verkündete die Priesterin zufrieden und beendete so das altertümliche Hochzeitsritual. Einen Kuss gab es nicht und Maren kam sich deswegen irgendwie betrogen vor.

»Euer Ehemann darf Euch jetzt den traditionellen Brautmantel umlegen, um Euch so in seine Familie aufzunehmen und in den Stand einer belíischen Lady zu erheben«, erklärte die Priesterin nun weit weniger mystisch in der schneidenden Sprache des Inseladels. Dann überreichte sie Will den schweren Zeremonienmantel und beim Anblick dieser seidenen Kostbarkeit stockte Maren unwillkürlich der Atem. Zwar hatte sie ihren Brautmantel gestern bereits anprobiert und machte sich für gewöhnlich nichts aus teuren Kleidern, aber jetzt, da sie ihren Hochzeitsmantel zum ersten Mal in Ruhe betrachtete, konnte sie einfach nicht anders, als staunend die Augen zu weiten.

Ihr Mantel war wunderschön, genauso wie ihr Brauthemd, doch viel mehr hatten die beiden Kleider nicht miteinander gemeinsam. Im Gegensatz zu Marens schlichtem weißen Seidenhemd war ihr Zeremonienmantel nämlich in der Farbe der Adligen – einem eisigen Blau – gehalten und über und über mit geschliffenen Edelsteinen, Silberstickereien und hauchzarter Spitze bedeckt. Er funkelte und flirrte sogar so sehr, dass einem davon fast schwindlig werden konnte. Doch als Will einen Augenblick später an Marens Seite trat und anfing, ihr die eisblaue Robe anzulegen, verlor Maren schlagartig alles Interesse an dem protzigen Brautmantel. Ihre Welt bestand plötzlich nur noch aus Wills schlanken Fingern und seinem süßen Lavendelparfüm und alles, was sie spürte, war, wie Will ihr langsam den schweren Prunkmantel überstreifte und ihn vorne mit zwei elegant geflochtenen Seidenbänden zuschnürte.

Allerdings waren Maren diese Seidenbänder gestern irgendwie länger vorgekommen ... Und je höher Will die dekorative Schnürung schloss, desto mehr befürchtete Maren, dass die beiden weißen Bänder nicht ausreichen würden, um den schweren Mantel zu schließen. Und tatsächlich zischte Will, als er den Prunkmantel bis zu Marens Hüfte zugeschnürt hatte, unwillkürlich: »Zieh den Bauch ein, Maren!«

Doch Maren machte sich schon so dünn, wie sie konnte, und sah Will nur hilflos an. Inzwischen wurde auch gehässiges Getuschel und Gekicher in den Reihen der Adligen laut und Will fluchte leise, als es ihm nicht gelang, die Seidenschnüre in die beiden Ösen oberhalb von Marens Taille zu fädeln.

»Gibt es ein Problem, Willi?«, rief Cenric feixend aus dem vorderen Teil der Menge heraus und das Gekicher der Adligen verwandelte sich in offenes Gelächter.

Will zerrte noch einmal wütend an den beiden Seidenschnüren, ehe er es aufgab und sich möglichst würdevoll aufrichtete. »Die Bänder sind zu kurz, um den Mantel zu schließen«, knurrte er und schubste Maren bei diesen Worten grob zwei Schritte nach vorn, als wollte er dem jauchzenden Inseladel das Problem genau demonstrieren.

Jetzt stand Maren am Rande der Marmortreppe und war den schneidenden Blicken und Worten der Adligen ungeschützt ausgesetzt.

»Das sieht unserem Kürbis ähnlich, oder? Während die meisten Frauen sittsam fasten, bekommt sie nicht einmal vor ihrer Hochzeit den Mund voll!«, rief der fahlgesichtige Palani einen bangen Herzschlag später zur allgemeinen Erheiterung in die Menge. Seine Worte schmerzten wie ein kräftiger Faustschlag in Marens Gesicht, besonders da sie seit ihrer Anreise gestern Abend gar keine Zeit gehabt hatte, irgendetwas zu essen.

»Will, du hättest uns wirklich vorwarnen müssen, wen du da mit auf das Schloss bringst! Dann hätten wir vorher die Vorratskammern abriegeln können«, ergänzte Erika mit einem hühnerhaften Gackern und daraufhin prusteten die Adligen endgültig los.

Maren zuckte zusammen und wollte zurücktreten, um sich zwischen den Silberstreben des Pavillons zumindest ein wenig vor den Blicken der anderen zu verbergen. Doch Will hielt sie mit eiserner Hand zurück und

zwang sie zu bleiben, wo sie war. Er wollte Maren offenbar für ihre Unzulänglichkeit bestrafen und sie dabei auch gleich als menschlichen Schutzschild verwenden, damit sie die ganzen Beleidigungen und Lacher abbekam und nicht er. *Mein Bilderbuchprinz*, dachte Maren und starrte verbittert auf den glänzenden Steinboden unter ihren nackten Füßen. *Nun, er hat zumindest das Rückgrat einer Bilderbuchseite*, fügte sie noch hinzu, als eine weitere Welle von Gelächter durch die Reihen der Adligen ging.

Maren hatte das Gefühl, als würde der Spott dieser Leute ihr langsam die Eingeweide verätzen. Doch da sie nicht fliehen konnte, musste sie warten, bis das Gejohle von selbst wieder verstummte – und das geschah erst, als ein unbekanntes blondes Mädchen mit mondheller Haut auf einmal die Stimme erhob und sagte: »Ich weiß wirklich nicht, ob du in der Position bist, jemanden für das Plündern der Vorratskammern zu verurteilen, Erika. Dein Gönnergatte räumt immerhin schon seit drei Wintern unseren gesamten Weinkeller aus.«

»Ja, es ist ein Wunder, dass wir für das Fest heute überhaupt noch ein paar Flaschen und Fässer gefunden haben!«, stimmte Palanis rotblonde Frau Ined quietschend zu und daraufhin verlagerten sich die Sticheleien und Beleidigungen langsam auf die breite Treppe und einer der grau- gewandeten Diener eilte los, um zwei neue Seidenschnüre für Marens Brautmantel zu holen.

»Gestern hat das Kleid noch gepasst«, murmelte Maren Will leise zu und der nickte knapp.

»Mag sein ... Vermutlich ist das Spinnes Werk. Wenn ich sie hier irgendwo sehe, werde ich sie zur Rede stellen«, gab er gedämpft zurück und Maren sah ihn verdattert an.

»Die verdammte Schneiderin ist *hier*?« Maren hatte nicht vergessen, wie diese elfengleiche Frau Will gestern angesehen hatte – und vor allem nicht, wie Will *sie* angesehen hatte und in welchem Tonfall er Spinne ge- beten hatte, seine alte Weste ›auszubessern‹ ... *Du hast deine Mätresse auf unsere Hochzeit eingeladen?! Wolltest du sie etwa am Ende der Feier still und heimlich in dein Gemach bitten, um den Anblick deiner abstoßenden Gemahlin zu vergessen?! Wolltest du dich mit Spinnes Gesellschaft von mir reinwaschen, so wie man sich den Mund nach einer schimmligen Speise mit Wasser auswäscht?!*, dachte Maren wütend und ungläubig zugleich.

118

Doch anstatt ihr zu antworten, schloss Will ihren Mantel lediglich mit den verlängerten Seidenschnüren und die Priesterin beendete ihre Trauung, indem sie verkündete: »Nun gehört die Lady Maren für alle Zeit dem Hause Mengoth an! Das Ritual ist beendet – Ihr zwei dürft jetzt gehen und die Feierlichkeiten eröffnen.«

Maren warf einen Seitenblick auf Will und spielte kurz mit dem Gedanken, so lange in diesem Pavillon stehen zu bleiben, bis Will ihr sagte, ob er Spinne tatsächlich auf seine eigene Hochzeit eingeladen hatte. Aber als die Priesterin sich zwei Atemzüge später wieder in den Schatten einer schmalen Ziersäule zurückzog, sirrten sofort ungeduldige Pfiffe und lautes Gejohle von der Treppe aus zu Maren und Will herüber und Maren verwarf ihre Idee eilig wieder. Zitternd griff sie nach Wills Hand und zerrte ihn auf die Marmortreppe zu, um dem funkelnden Pavillon so schnell wie möglich zu entkommen und nicht mehr wie ein Papagei im Käfig angegafft zu werden.

Doch als Maren die erste Treppenstufe betrat, bekam sie augenblicklich ganz neue Probleme: Die Adligen griffen jetzt nämlich grinsend in die diamantbesetzten Marmorschalen am Rande der Treppe und begannen, sie und Will mit winzigen Glaskugeln zu bewerfen, die sie nur knapp verfehlten und mit einem melodischen Klirren auf dem Boden zerbarsten.

»Die Kugeln werfen sie symbolisch nach uns. Sie stehen für die harten Ehejahre, die wir gemeinsam durchstehen müssen«, erklärte Will und schnitt dabei eine misslaunige Grimasse.

Maren nickte nur und senkte konzentriert den Kopf, um die schmalen Treppenstufen mit ihren ungeschickten Füßen nicht zu verfehlen. Doch nach vier weiteren unbeholfenen Schritten geschah etwas Seltsames ...

Die Kaskaden funkelnder Glasperlen, die auf sie und Will niederregneten, verwandelten sich plötzlich in Blutstropfen und Stücke von roten Innereien und die grinsenden Adligen wurden zu furchteinflößenden Bestien mit Haifischzähnen ... Kurz schien eine alte Erinnerung Maren heimsuchen zu wollen und es machte sich ein namenloser Schrecken in ihrer Magengegend breit, der zu furchtbar war, um ihn mit Worten zu beschreiben ... Doch dann riss ein stechender Schmerz in ihren Füßen Maren jäh zurück in die Gegenwart.

Sie war auf eine der glitzernden Glasperlen getreten und stellte entsetzt fest, dass die gesamte Treppe mittlerweile mit Scherben und kleinen

Kristallkügelchen übersät war und die schaulustigen Adligen immer noch mehr gläserne Murmeln nach ihnen warfen. Hilfesuchend sah Maren zu ihrem bulligen Leibwächter hinüber, der zwischen all den knochigen Edelleuten wie ein wütender Fels in der Brandung wirkte.

Lord Rorick erwiderte ihren Blick sofort und umklammerte den schlichten Ledergriff seines Schwertes noch ein wenig fester. Er hätte offensichtlich gern etwas getan, nur was? Das hier war eine Tradition – eine grausame zwar, aber dennoch eine Tradition. Maren und Lord Rorick blieb nichts anderes übrig, als diese Tortur schweigend zu erdulden. Also stapfte Maren tapfer neben Will die breite Gartentreppe hinunter und versuchte, die winzigen Glassplitter nicht zu beachten, die ihr unentwegt wie kleine Zähne in die Füße bissen.

Auf dem letzten Drittel ihres Abstieges rang Maren dann allerdings doch mit den Tränen. Und ein Blick auf Wills Füße verriet ihr, dass er im Gegensatz zu ihr feste weiße Lederstiefel trug und die zerschellten Glasperlen unter seinen Füßen nicht im Mindesten spürte … *Ob das auch ein Symbol für unsere Ehe ist?*, fragte sie sich verbittert.

Als Maren nach einundsiebzig weiteren qualvollen Schritten endlich das Ende der Treppe erreicht hatte, dachte sie kurz, das Schlimmste sei nun überstanden. Doch anstatt sie zum sicheren Rand der Veranstaltung zu führen, zerrte Will sie unversehens auf das prunkvolle Schwanenmosaik in der Mitte des Hofes. »Es ist Tradition, dass das Brautpaar die Tanzfläche eröffnet, werte *Gemahlin*«, erklärte er mit zusammengebissenen Zähnen.

»Aber ich kann nicht –«

»Du wirst schweigen, kleiner Kürbis, und tun, was ich dir sage! Und ich sage: Wir zwei tanzen jetzt, wie es die Tradition verlangt.«

Ehe Maren etwas darauf erwidern konnte, zerrte Will sie auch schon mit heißen, schwitzigen Händen auf das Parkett und Maren glaubte fast, seine zornigen Berührungen würden ihr die Haut verbrennen.

Will musste sehr wütend wegen der zu kurzen Seidenbänder sein, denn er bemühte sich kein bisschen, sein Tempo an Maren anzupassen, sondern riss sie nur wie eine hässliche Porzellanpuppe von einer Seite der Tanzfläche auf die andere, während er leise vor sich hin fluchte. Doch Maren hörte kein Wort von dem, was Will ihr an den Kopf warf. Alles, was sie spürte, war Schmerz. Schmerz in ihrem kaputten Bein, Schmerz in ihren zerstochenen Füßen und Schmerz in ihrem blutenden Herzen – weil

Will plötzlich so grausam war und die Adligen am Rand der Tanzfläche wieder zu flüstern begannen wie ein gehässiger Insektenschwarm.

Der ganze Schmerz machte Maren schrecklich schwindelig, und um nicht mitten auf der Tanzfläche das Bewusstsein zu verlieren, legte sie den Kopf in den Nacken und starrte mit leeren Augen auf die prächtigen Schmetterlingsschwärme aus Schillerfaltern und Sternenmotten, die über ihr und Will spöttisch durch die Lüfte tanzten, während Marens Blut langsam in die Rillen des prunkvollen Mosaikbodens sickerte ...

Wills grausamer Tanz hielt noch eine ganze Weile an, und erst als das weiße Schwanenmosaik zwischen Marens blutigen Fußspuren gar nicht mehr zu erkennen war, begaben sich auch die anderen Feiergäste auf die Tanzfläche und erlösten Maren und Will damit aus ihrem rituellen Brauttanz. Doch als Will Maren daraufhin abrupt in der Mitte der Tanzfläche stehen ließ, tat ihr das fast noch mehr weh, als von ihm über den Schlosshof gewirbelt zu werden. Denn jetzt, da Will nicht mehr dazu verpflichtet war, mit Maren zu tanzen, wandte er sich sofort mit hungrigem Blick einer schöneren Frau zu, die eine sirenenhafte Version von Marens unschuldigem weißen Brauthemd trug, und Maren erkannte trotz des teuren Stoffes augenblicklich, dass es Spinne war, die Will nun zu sich herüberwinkte. Zweifellos hatte die niederträchtige Schneiderin sich ihr Kleid selbst genäht, um Maren bloßzustellen. Doch bevor Will Spinne erreichen konnte, wurde er von dem blonden Niutak-Mädchen abgefangen, das sich auf der Treppe lautstark über Cenric lustig gemacht hatte.

»Will! Da bist du ja endlich, du treulose Seele! Zuerst verschwindest du sang- und klanglos für drei Jahre und dann kommst du wieder und hältst es nicht einmal für nötig, mir Hallo zu sagen, bevor du heiratest!« Energisch strich sich das Mädchen die hellen Locken aus der Stirn. Sie trug vermutlich als einzige Frau auf dieser Hochzeit keine silbernen Sommersprossen im Gesicht und Maren musste unwillkürlich an Lilien denken, als sie die hellhäutige Fremde genauer betrachtete. Denn mit ihrem blassen Kleid, dem blonden Haar und ihrer melodischen Stimme kam ihr dieses Mädchen tatsächlich wie eine wunderschöne fleischgewordene Winterlilie vor.

»Ich habe dich gestern gesucht, aber Palani meinte, dass du nach dem Jagdausflug nicht mit den anderen zurückgeritten bist, sondern noch

Blumen sammeln würdest, und ich war zu erschöpft von der langen Reise, um auf dich zu warten«, erwiderte Will schlicht.

»Und heute Morgen warst du zu beschäftigt damit, dein Haar richtig zu verstrubbeln, um mich zu suchen, was?«, stichelte das blonde Mädchen amüsiert. »Aber sei es, wie es sei. Ich freue mich jedenfalls für dich und deine neue Frau. Alles Gute euch beiden!« Das fremde Mädchen wirkte ehrlich erfreut über diese Hochzeit und ihre Glückwünsche klangen aufrichtig, aber Maren war kein kleines Kind mehr und sie war auch keine Närrin. Diese unbekannte Schönheit trug das eisblaue Gewand und Geschmeide einer hochrangigen Adligen, doch Maren kannte sie nicht von früher – und das konnte nur zwei Dinge bedeuten: Entweder die Fremde war ein Mädchen von niedrigem Stand, das gut geheiratet hatte, oder sie war die reichbeschenkte Gespielin eines Lords. Und da diese blonde Schönheit allein war und die Männer Belis ihre Frauen bei feierlichen Anlässen niemals aus den Augen ließen, konnte das nur bedeuten, dass Marens frischangetrauter Gemahl mehr als nur eine Mätresse hatte ... Warum sonst würde dieses schöne Mädchen so vertraulich und respektlos mit ihm reden?

»Will, ich mag mich irren, aber hättest du deine Frau nicht eigentlich die Treppe hinuntertragen müssen?«, fragte die Fremde mit einem Blick auf Marens blutüberströmte Füße vorwurfsvoll.

»Ich wollte uns beide nicht noch mehr blamieren, indem ich sie fallen lasse und wir zusammen die Treppe hinunterstürzen. Sie ist nicht besonders leicht, weißt du«, grummelte Will mit unverminderter Wut in der Stimme. Maren hatte vergessen, wie schwer er über Kränkungen hinwegkam, und deshalb bohrte sich Wills Beleidigung nun auch wie eine weitere feine Nadel in ihr ohnehin schon durchlöchertes Herz. *Kürbisprinzessin, Kürbis, Vehra, das sieht ihr ähnlich ... DAS ist also deine glorreiche Braut? Sie ist nicht besonders leicht ...*

»Du meinst wohl, du bist nicht besonders stark«, schoss das blonde Mädchen plötzlich zurück und unterbrach so die boshaften Echos in Marens Kopf.

Doch Maren freute sich nicht darüber, dass die fremde Schönheit Will nun ihrerseits verspottete, denn sie hatte das dumpfe Gefühl, dass Will seine schwelende Wut später an ihr auslassen würde. Und außerdem deprimierte es Maren schlicht, dass alle Menschen hier in Wjallvit ihre

Worte wie Messer einsetzen mussten und anscheinend nur sprachen, um anderen damit wehzutun. Sie konnte im Augenblick einfach keine Gemeinheiten mehr hören, nicht einmal diese halbernsten Neckereien, die Will und seine Mätresse sich nun gegenseitig an den Kopf warfen. Und da Will jetzt vollauf in sein Gespräch mit dem hübschen blonden Lilienmädchen verwickelt war, zog Maren sich mit brennenden Füßen und bitterer Eifersucht im Herzen auf eine kleine Alabasterbank am Rande des Festtreibens zurück.

Hier konnte sie ungesehen über die gehässigen Adligen und den wütenden Will vor sich hin weinen und versuchen, die gröbsten Glassplitter aus ihren wunden Fußsohlen zu ziehen. Doch die meisten von ihnen brachen einfach ab und zerschnitten Maren auch noch die Fingerkuppen, sodass sie es nach einer Weile aufgab und nur noch leise schluchzend dabei zusah, wie ihr Ehemann sich frustriert von seiner blonden Mätresse trennte und Spinne, die ihm mehr zu Willen war, anschließend leidenschaftlich über die Tanzfläche wirbelte. Die beiden umkreisten sich im Herzen der Menge schon bald so formvollendet wie zwei Figuren einer kostbaren Spieluhr.

Maren ertrug diesen schrecklich schönen Anblick nicht lange und wandte sich eilig einem silbrig schimmernden Eisbläuling zu, der sich direkt neben ihr auf den Rand einer gläsernen Calla setzte und vergeblich nach dem nicht vorhandenen Nektar der funkelnden Blume suchte. *Armer kleiner Schmetterling. Hungrig und frierend, genau wie ich,* dachte Maren. Und ihr wurde zum ersten Mal wirklich bewusst, dass all die schillernden Schmetterlinge und Motten, die heute auf ihrer Hochzeit durch die Lüfte schwebten, ihrem Tod entgegentanzten, denn kein so winziges, felloses Wesen konnte hier draußen in Belis eisiger Kälte lange überleben … Doch ehe Maren noch tiefer in ihren trübsinnigen Gedanken versinken konnte, drang ihr plötzlich ein herrlicher Duft in die Nase, den die grauen Dienstboten nun auf riesigen Silberplatten und Glastellern nach draußen trugen.

Die Dienerschaft bereitete offensichtlich gerade das große Hochzeitsbuffet vor und auf eine eigentümliche Weise erinnerten die umherrennenden Kellner und Küchenjungen Maren an Schwärme grauer Mäuse, während sie so eifrig hin und her huschten. Doch als sie die vielen Köstlichkeiten erblickte, die jetzt unter dem Zelt aus

weißer Maulbeerseide aufgetischt wurden, vergaß Maren die gehetzten Dienstboten innerhalb eines Atemzuges wieder vollkommen.

Leuchtend bunte Salate und Suppen aus scharfem südländischen Gemüse stapelten sich zusammen mit Platten voller Ananasscheiben und Orangenstücken und allerlei anderen Vorspeisen auf der linken Seite des Buffets, während in der Mitte geräucherter Aal, süße Taubenpasteten, gebratene Rebhühner, gegarte Seehunde und ein mit Waldfrüchten gefülltes Spanferkel angerichtet wurden. Das Schwein musste man eigens für ihre Hochzeit aus dem Süden importiert haben, denn hier auf Beli war es viel zu kalt für Wild- oder Hausschweine.

Unwillkürlich ballte Maren die Hände zu Fäusten. Die Tatsache, dass die Insellords den Nerv hatten, noch immer mit den Südländern Handel zu treiben, machte sie wütend. Aber natürlich war Beli genau aus diesem Grund neutral geblieben: um weiterhin die Vorteile des Südens genießen zu können und sich auf der anderen Seite nicht zur Zielscheibe für Angriffe aus dem Norden zu machen. Denn vermutlich hätte die weiße Dame, die mächtigste Zauberin dieser Zeit, Beli schon längst höchstpersönlich im Meer versenkt, wenn diese elende Insel sich offen zu den Südländern bekannt hätte … Maren wollte Beli gerade noch Übleres als die weiße Magierin an den Hals wünschen, als plötzlich ein vergnügtes Johlen von der Tanzfläche aus zu ihr herüberwehte.

Sofort wandte Maren sich um und sah, wie ihr frisch angetrauter Ehemann Spinne inmitten der ausgelassenen Adligen leidenschaftlich auf den Mund küsste.

»Will, du Hund, das hier ist deine Hochzeit, schon vergessen?!«, rief einer der Adligen eher anerkennend als tadelnd, und als Will sich daraufhin schwankend von Spinne löste, grinste er nur gleichgültig und lallte irgendetwas in die Menge, das Maren nicht verstehen konnte und auch gar nicht verstehen wollte.

Bebend sprang sie auf, ignorierte den Schmerz, der dabei durch ihre Füße zuckte, und humpelte im Schutz der ewig funkelnden Glasblumen auf das duftende Buffet zu. Maren ahnte zwar, dass es eine schlechte Idee war, sich an all den Leckereien zu vergehen, die nun wie lauter verfluchte Feenspeisen vor ihr lagen, aber sie konnte das ganze Elend, das in ihr rumorte, auch keinen Wimpernschlag länger ertragen. Also wartete Maren, bis auch der letzte mausartige Dienstbote wieder ins

Schloss geströmt war, schnappte sich dann den größten Silberteller, den sie finden konnte, und huschte zum rechten Ende des königlichen Buffets, wo die Nachspeisen standen.

Hier befüllte Maren ihren Teller im Schatten einer riesigen Elfenbeinstatue mit allem, was sie in die Finger bekommen konnte, ohne dabei auf die wunderschönen Schokoladenverzierungen oder die hübschen Marzipanfigürchen Rücksicht zu nehmen. Achtlos schnitt sie einen mit kandierten Blumen dekorierten Zimtkuchen an, riss einem Lebkuchenschwan einen Flügel aus und griff mit zitternden Fingern in eine Schüssel voller Schokoplätzchen. Dann wischte sie sich kurz die Tränen weg, um wieder richtig sehen zu können, nahm sich zwei Hagebuttentörtchen und Unmengen herzförmiger Schokoladenpralinen und schnitt zu guter Letzt noch ein großes Stück aus einer Sahnetorte heraus, die wie Wjallvit aussah. Nur die goldbraunen Windbeutel rührte Maren nicht an, weil sie die Form von kleinen Kürbissen hatten. Stattdessen zog sie sich wie ein verwundetes Tier in eine juwelengeschmückte Haselhecke zurück und begann hier, ihren Kummer in Schokoladenglasuren und Himbeersahnefüllungen zu ersticken, wie sie es immer tat.

Und nachdem Maren die Hälfte ihres abenteuerlich vollgepackten Silbertellers leergegessen hatte und ihre Finger bereits hoffnungslos verklebt waren, zeigte der viele Zucker endlich seine Wirkung und ihre Tränen versiegten langsam. Maren fing sogar an, tatsächlich zu schmecken, was sie da aß. Doch gerade als sie sich ihrem köstlich duftenden Lebkuchenflügel widmen wollte, wurde der Haselstrauch, in dem sie sich versteckte, plötzlich raschelnd zur Seite geschoben und eine funkelnde Gestalt mit auffällig hohen Absatzstiefeln starrte feixend auf sie hinab.

»Hey, Willi, ich habe deine Braut gefunden! Sie sitzt hier im Schlamm und mästet sich für eure Hochzeitsnacht!«, rief Cenric einen Wimpernschlag später zum anderen Ende des Zeltes hinüber. Und ehe Maren wusste, wie ihr geschah, näherten sich auch schon wütende, unbeholfene Schritte ihrem funkelnden Versteck und alles, was sie denken konnte, war: *Nein! Nein, bitte nein!* Aber sie wusste nicht, ob dieses Nein Cenric galt oder Will, der in diesem Moment schnaubend wie ein schlanker, zweibeiniger Bulle auf die kleine Lichtung kam und Maren grob vom Boden hochriss.

»Sieh dich an! Hast du denn gar keinen Stolz, *Kürbis?!*«, donnerte er und ballte seine rechte Hand unwillkürlich zur Faust. Doch Will war viel zu sehr ein Insellord, um Maren vor den Augen all seiner Freunde zu schlagen – rohe Gewalt galt auf Beli als höchst unelegant und außerdem stand Lord Rorick nur zwei Schritte hinter Will und zerquetschte mit seiner linken Hand mahnend den Knauf seines Schwertes.

Will entging das nicht. Er ließ seine Hand sinken und zerrte Maren mit den Worten »Komm, Kürbis, es wird Zeit für unsere Hochzeitsnacht« wieder zurück Richtung Schloss, während Cenric und die anderen Adligen hinter ihm laut lachten und ihre Witze rissen. Und plötzlich wünschte sich Maren, Will hätte sie wirklich geschlagen, und zwar so fest, dass sie ohnmächtig geworden wäre, denn das Wort *Hochzeitsnacht* hallte in ihrem Kopf wider wie eine schreckliche Drohung …

»Will … du hast doch nicht vergessen, was wir vor dem Fest abgemacht haben, oder? Du hast gesagt, du würdest mich nach der Hochzeit nicht anrühren und wir würden einfach in deinem Zimmer sitzen und reden, weißt du das noch?«, murmelte Maren mit zittriger Stimme.

Doch Will gab nicht zu erkennen, dass er sie verstanden hatte. Schweigend stieß er Maren zurück ins Schloss und schleifte sie so lange durch die blitzenden Gänge, bis sie beide vor einer unheilvoll hohen Doppeltür ankamen, die anstelle eines Türrahmens von zwei aus Alabaster gefertigten Schwanenhälsen eingefasst wurde.

Maren schluckte beim Anblick der Tür schwer und wich instinktiv wieder einen Schritt zurück, was Will allerdings vollkommen ignorierte. Unwirsch schob er Maren über die silberne Türschwelle hinweg in seine funkelnden eisblauen Gemächer.

Sofort wehte Maren der Duft von niedergebrannten Kerzen und frischen Blumen entgegen und sie fand sich in einem herrlich bunten Schlafgemach wieder, das in losen Blütenblättern und juwelenbesetzten Blumengestecken regelrecht zu ertrinken schien und eigenartig friedlich aussah. *Ohne die vielen Edelsteine hätte dieser Raum auch für eine Hochzeit in Mandrell geschmückt sein können,* dachte Maren und betrachtete die Gestecke für einen winzigen Augenblick so gebannt, wie es wohl nur jemand aus dem Königreich der Blumen tun würde.

Es handelte sich um stilvolle Arrangements aus roten und weißen Rosen, violettem Bienenkraut, rosa Erdbeerblüten und sattgrünen Zypressenzweigen mit silbergefärbten Tannenzapfen. Die Pflanzen bildeten auf den ersten Blick eine einzige Harmonie, doch Maren kam nicht umhin zu bemerken, dass die kleineren weißen Hundsrosen noch halb geschlossen waren, während die blutroten Tuberosen bereits zu welken begannen, was ihren erstickend süßen Duft nur noch verstärkte. Lediglich Wills Lavendelgeruch hing noch schwerer und intensiver in der Luft als der dieser sterbenden Rosen und plötzlich erinnerte Maren sich wieder an ihren zornigen, betrunkenen Gemahl und fuhr erschrocken herum.

»Will, es tut mir so leid, ich –«, stotterte sie, aber Will ließ Maren nicht ausreden.

»Halt deinen kleinen verfressenen Mund, Kürbis«, fauchte er und kramte dabei ungestüm in einer langbeinigen Anrichte neben der Tür herum. Und die Tatsache, dass Will sie nicht ansah, gab Maren den Mut, ihre Frage von vorhin noch einmal zu stellen.

»Du erinnerst dich doch noch an das, was du vor der Hochzeit gesagt hast, oder?«, wiederholte Maren leise, doch wieder bekam sie keine Antwort.

»Mach die Augen zu«, befahl Will stattdessen und zog ein dünnes schwarzes Seidenband aus der Schublade hervor.

»Was, warum?«, entfuhr es Maren instinktiv, aber dann traf sie Wills finsterer Blick, und als sie den Schatten des Weines hinter seinen blassen Augen umhertanzen sah, tat sie bereitwillig, was er verlangte. Will schien im Moment wie ein verstopfter Geysir zu sein, der jeden Augenblick ausbrechen konnte, also beschloss Maren, ihn nicht noch zusätzlich zu reizen, und ließ sich widerstandslos die schwarze Augenbinde umlegen. Sie jammerte nicht einmal, als er die beiden Enden des Bandes unangenehm fest miteinander verknotete.

»Eine echte Inseldame hat nicht zu sehen, was in ihrer Hochzeitsnacht geschieht. Es ist ungehörig und jetzt bleib hier stehen und warte auf mich, ich muss noch etwas holen«, knurrte Will, ehe er verschwand und Maren blind und elend in einer stickigen, nach Blumen duftenden Dunkelheit zurückließ …

Als Will nach einer gefühlten Ewigkeit wiederkam, verriet er Maren natürlich nicht, was er gesucht oder ob er es gefunden hatte. Stattdessen fuhr er einfach damit fort, Maren haltlos anzuschreien.

»Ich habe dich um *eine einzige Sache* gebeten! Ich habe dich gebeten, diese Hochzeit nicht noch schlimmer zu machen, als sie sein muss, aber nicht einmal das hast du hinbekommen! Weißt du, wie ich mich gefühlt habe, als ich dort oben im Silberpavillon neben dir stehen musste und ausgelacht wurde?!«, donnerte Will so laut, dass Maren das Blut in den Adern zu Eis gefror. »Nackt habe ich mich gefühlt, Maren! So, als wäre ich vollkommen nackt und hilflos – allen ausgeliefert! Und ich finde, diesen Gefallen sollte ich nun erwidern.« Wills Stimme bebte vor lauter kaltem Zorn, obwohl sie sich irgendwie von Maren zu entfernen schien ... Fast hätte Maren geglaubt, Will würde an das andere Ende des Raumes schlurfen und sich dort auf sein riesiges Himmelbett legen. Doch dann machte er sich plötzlich mit kalten, spitzen Fingern an Marens eng sitzendem Zeremonienmantel zu schaffen und Maren wurde schlagartig übel von all den Süßigkeiten, die sie vorhin gegessen hatte. Denn die Tatsache, dass Will ihr gerade gegenüberstand und sie *auszog,* ließ Marens Herz wie einen wütenden Hammer auf ihre Eingeweide einschlagen.

»Warum tust du das, Will?! Wir hatten doch abgemacht, dass heute Abend nichts passiert!«, krächzte Maren panisch. Sie versuchte, einen Schritt zurückzuweichen, aber Will zog sie an den Schnüren ihres Brautmantels wieder zu sich nach vorne.

»Tja, du hast mir auch versprochen, dich heute zu benehmen! Worte sind sehr flüchtige Dinge, nicht wahr?«, erwiderte Will ungnädig und seine Stimme klang dabei schon wieder so seltsam fern, als stünde er gar nicht vor ihr, sondern läge auf dem hübschen, großen Himmelbett. Doch darauf konnte Maren im Augenblick nicht achten, ihre Gedanken kreisten einzig und allein um die Tatsache, dass Will gerade dabei war, sie auszuziehen, und dass sie das nicht erlauben durfte! Will würde sie zweifelsohne für den Rest ihres Lebens verspotten, wenn er wirklich *alles* gesehen hatte! Und das könnte Maren einfach nicht ertragen! Es war schon schrecklich genug, dass alle anderen sie auslachten, aber er ... Er war Will und es wäre so viel schlimmer, wenn er es den anderen Adligen gleichtun würde ...

Ihr Zeremonienmantel fiel plötzlich mit einem dumpfen Geräusch zu Boden und unterbrach Marens panische Gedanken. Nun stand sie nur noch in ihrem leichten weißen Brauthemd da und ihr wurde so heiß, dass sie das Gefühl hatte, vor lauter Scham zu glühen.

»Will, bitte, ich wollte dich nicht blamieren! Ich wurde doch auch ausgelacht! Ich verstehe dich auch so schon gut genug! Bitte, lass mich die Augenbinde abnehmen und uns das Ganze klären … Bitte, du darfst das nicht tun!«

»Ich darf nicht?«, wiederholte Will mit zusammengebissenen Zähnen. »Du bist meine verdammte Gemahlin! Du *gehörst* mir jetzt! Und auch wenn du ein verflucht armseliges Besitzstück bist, kann ich mit dir dennoch tun und lassen, was ich will, *kleiner Kürbis*!« Die Worte sägten wie ein Messer an Marens Seele, und als sie endlich Anstalten machte, sich die dumme Seidenbinde von den Augen zu reißen und aus dem Raum zu stürzen, hielt Will sie mit einem seltsam ruhigen und laschen Griff fest, der gar nicht zu seiner erzürnten Stimme passte.

»Und da wir schon von Wollen sprechen: Weißt du, was ich im Moment will, kleiner Kürbis? Ich will, dass du endlich verstehst, wie es hier auf Beli zugeht und wo dein Platz ist, jetzt, da du bedauerlicherweise meine Gemahlin bist!«, knurrte Will und streifte Maren mit diesen Worten auch ihr dünnes Brauthemd und das Untergewand vom Leib und seine Hände fühlten sich dabei schrecklich falsch auf ihrer Haut an. Sie waren viel zu weich, eiskalt und seltsam klein … Maren wollte dieser unangenehmen Berührung nur entgehen, aber noch verzweifelter wollte sie ihr Kleid festhalten, also klammerte sie sich lediglich mit aller Kraft an den seidenen Stoff, doch auch das war vergebens. Mit einem kräftigen Ruck entwand Will ihr die Seide. Eine Naht riss mit lautem Ratschen und im nächsten Moment biss eisige Nachtluft Maren in die Haut.

Sie war nackt und ihr Kopf war leer.

Alles, was Maren wusste, war, dass gleich etwas wirklich Grauenvolles passieren würde.

Und dann erklang plötzlich ein mädchenhaftes Kichern direkt neben Maren und jemand zwickte ihr mit scharfen Fingernägeln in den Bauch, sodass es wehtat.

»Herrje, sie sieht nackt ja noch schlimmer aus! Kein Wunder, dass Ihr mich gebeten habt, Euch die Hochzeitsnacht zu versüßen, Lord Will! Neben so einem fetten Walross würde ich auch nicht liegen wollen! Und seht Euch bloß dieses Bein an – igitt. Wie grässlich diese wulstigen Narben doch sind!«, quietschte die Schneiderin Spinne keine Armlänge von Maren entfernt.

Eine Welle der Verzweiflung erfasste Maren und endlich gelang es ihr, sich loszumachen und die schwarze Seide von ihren Augen zu reißen.

Ungläubig starrte sie in das mit Blumen übersäte Schlafzimmer und hoffte, dass sie im nächsten Augenblick in ihrem wurmstichigen Himmelbett in Mandrell aufwachen würde. Doch Maren träumte nicht. Sie war tatsächlich in Wills Schlafgemach auf Wjallvit und Wills stahlgraue erste Mätresse stand tatsächlich mit einem gemeinen Lächeln auf den Lippen vor ihr und sah Maren aus ihren leblosen grauen Augen heraus schadenfroh an, während Will auf seinem breiten Himmelbett lag und das gesamte Geschehen mit finsterem Blick verfolgte. Er hatte Maren also gar nicht ausgezogen, sondern sich einfach auf sein Bett gelegt und die Drecksarbeit seiner Mätresse überlassen ...

Maren fand keine Worte für das, was sie fühlte – sie konnte nicht einmal weinen. Alles, woran sie dachte, war die Flucht. Unbeholfen stolperte sie auf die knochenweiße Schwanentür zu und spürte, wie ihr der Boden dabei ständig unter den blutverschmierten Füßen davonrutschte. Doch Will wollte sie nicht so leicht davonkommen lassen. Mit einem knappen Handwink befahl er Spinne, sie aufzuhalten, und natürlich tat die graue Schneiderin nichts lieber als das. Grob packte sie Marens Arm und zerrte sie zurück in die Mitte des Raumes, wo ein torgroßer Silberspiegel Maren hämisch wie ein dämonisches Auge aus der Wand heraus entgegenblickte.

»Sieh dich an!«, lallte Will, der nun aufstand und wenig elegant zu ihr und Spinne hinübertorkelte. »Diese Haut! Diese Haare! Und dieser Körper!« Will packte Maren demonstrativ an ihren fleischigen milchweißen Armen und drückte sie noch näher an den schrecklichen Silberspiegel heran. »Nichts hast du richtig hinbekommen ... Oder ... K-kürbis?!«, schimpfte er und schielte dabei an Maren vorbei auf seine farblose Schneiderin.

»Spinne ist schön und begehrenswert und hört auf das, was man ihr sagt. Sie ist wie eine der alten Feen aus den Märchenbüchern. Wenn sie einen Fehler macht, kann man ihr das vergeben ... Aber *du*?! *Du* solltest dich bemühen, die Leute nicht durch deinen bloßen Anblick zu beleidigen! Du bist nichts weiter als ein verdammter Kürbis, den ich bedauerlicherweise heiraten musste. Vergiss das niemals! Und missachte nie wieder meine Befehle, sonst lasse ich dich das nächste Mal von meinen Jagdhunden nackt durchs Schloss hetzen. Und jetzt geh mir aus den

Augen!« Will stieß Maren mit diesen Worten so heftig von sich, dass sie das Gleichgewicht verlor und auf ihren rotgefärbten Füßen drei Schritte zurücktaumelte. Doch sie spürte die Scherben in ihren Zehen gar nicht. Maren spürte nur eine schreckliche Hitze, denn alles in ihr brannte vor Scham und Entsetzen und Schmerz. Jeder Schluchzer züngelte wie eine Flamme durch ihre Kehle und die Tränen verbrühten Marens Wangen, als wären sie kochendes Wasser. Erst jetzt wurde ihr wirklich bewusst, dass sie weinte, und einen Moment später stöhnte auch Spinne genervt auf und sagte:

»Herrje, mir ist schweigendes Gemüse so viel lieber als heulendes – Euch nicht auch, Lord Will?«

Will grunzte nur und zerrte Spinne mit lüsternem Blick zwischen all die Seidenkissen und Blumenblüten, die auf seinem Himmelbett lagen. Und einen schrecklichen Augenblick lang konnte Maren einfach nur in den großen Spiegel starren und beobachten, wie ihr Ehemann seine feingliedrige Mätresse enger an sich zog, ihren Hals küsste und ihren Körper mit seinen Händen liebkoste, während sie reglos wie eine schlecht geschnitzte Holzstatue danebenstand. Dann ertrank das furchtbare Bild allerdings langsam in Marens Tränen und sie gewann endlich die Kontrolle über ihren Körper zurück.

Zitternd schnappte Maren ihren Brautmantel vom Boden, warf ihn sich über und stürzte aus dem Schlafzimmer. Ihre blutigen Füße schmerzten dabei zwar so heftig, als würde sie über glühende Kohlen laufen, aber das war Maren im Moment nur recht, denn der Schmerz übertönte ihre schrecklichen Gedanken. Also rannte sie weiter.

♛

Als die Tür lauthals ins Schloss fiel und Marens Schritte den Raum verließen, überkam Will die dumpfe Vorahnung tiefer Reue, die der viele Alkohol und Spinnes warmer Körper im Augenblick allerdings noch betäubt hielten. Unwillig zog Will den stahlgrauen Lockenvorhang der Schneiderin beiseite und starrte auf die rubinrote Blutspur, die Maren im Raum zurückgelassen hatte. *Ich sollte ihr nachlaufen,* dachte eine leise Stimme irgendwo weit hinten in Wills Bewusstsein. Mit ein wenig Rosenwein könnte er all dieses Elend vielleicht wieder ungeschehen machen ... Aber seine eigenen Gedanken waren bereits zu benebelt und gleichgültig von diesem roten Gift und Spinnes fordernde Küsse lenkten ihn schnell wieder von diesen allzu unangenehmen Gedanken ab. Und so zog Will die Schneiderin lediglich enger an sich und nahm ihren Körper mit einer Art leidenschaftlicher Verzweiflung in sich auf.

Doch gerade als es ihm gelang, sich endgültig in den Berührungen von Spinnes dünnen Fingern zu verlieren, geschah etwas Merkwürdiges.

Die letzten Sonnenstrahlen verschwanden hinter dem Horizont und es wurde eiskalt in Wills blumengefluteten Zimmer, das er ursprünglich für Maren im Stil ihres Landes dekoriert hatte. Will blinzelte einmal verwirrt, und als er die Augen wieder aufschlug, tauchte eine seidenweiße Gestalt am Rand seines Blickfelds auf. Sofort fuhr Will herum und blickte voller Unglauben in das makellose, perlengleiche Gesicht des geheimnisvollen weißen Mädchens, das er vor vier Jahren am Mirosee gesehen hatte ...

Schlank und schön wie ein zierlicher Schwan stand sie neben seinem Bett und starrte mit ihren endlosen schwarzen Augen entsetzt auf Spinne, die unter Wills Körper leise stöhnte. Offensichtlich verletzte es das weiße Mädchen, dass Will sich eine Gespielin hielt, und sobald er wieder einigermaßen klar denken konnte, tat er das einzig Richtige und stieß Spinne eilig über die Bettkante, um dem weißen Mädchen nicht noch mehr wehzutun.

»He, was soll das?!«, schrie die Schneiderin empört vom Boden aus, doch Will beachtete sie nicht. Er hatte nur Augen für das weiße Mädchen am anderen Ende des Raumes.

»Verschwinde, ich habe genug von dir«, sagte er, ohne den Blick dabei von der hübschen Jungfrau vor sich abzuwenden.

»Aber was habt Ihr denn, mein Lord? Was starrt Ihr da so angestrengt an?«

»Hast du mich nicht gehört? Ich sagte: Verschwinde!«, herrschte Will die Schneiderin ungnädig an – diesmal lauter und er konnte in den glasigen Augen des weißen Mädchens sehen, wie Spinne ihr silberweißes Kleid vom Boden aufhob und nahezu lautlos durch einen schmalen Türspalt nach draußen schlüpfte.

Als die Tür daraufhin leise ins Schloss fiel, wurde das Gesicht des weißen Mädchens plötzlich wunderbar weich und Will wagte es nun, sich ihr vorsichtig zu nähren und eine Hand nach ihr auszustrecken. Doch

kurz bevor er das weiße Mädchen berührte, wurde ihm klar, dass etwas nicht stimmte. Ein leichtes Leuchten ging von der Haut des Mädchens aus und Will konnte seine mit Eisblumen gemusterte Zimmertapete durch sie hindurchschimmern sehen. Außerdem hatte das weiße Mädchen seit seinem Erscheinen keinen einzigen Laut von sich gegeben und durch die riesige Schwanentür war es auch nicht gekommen ...

Kurz nachdem Will seine Überlegungen beendet hatte, traf seine Hand auf die weiße Haut des stummen Mädchens und wie erwartet fasste er mitten durch sie hindurch und verwischte ihre vollkommene Gestalt auf diese Weise zu einer kleinen Wolke aus weißem Dunst, die einen Wimpernschlag später ebenfalls verschwunden war.

Plötzlich stand Will ganz allein im Raum und fluchte leise, als er die ersten verhexten Nordlichter bemerkte, die am eisigen Nachthimmel aufgegangen waren. Er war auf einen verdammten Wintergeist hereingefallen – und nun musste er die Nacht wegen seiner Dummheit allein verbringen! Hätte er doch nur daran gedacht, dass ab heute ja wieder die »Monstersaison« anfing, dann hätte er sich von diesem hübschen Trugbild sicher nicht täuschen lassen und könnte sich jetzt noch an Spinnes schmalem, schlankem Körper wärmen! Doch dafür war es nun leider zu spät. Also sperrte Will seufzend seine schweren Marmortüren ab und verriegelte das Portal mit drei hübsch geschmiedeten Eisenketten, wie es im Winter Brauch war.

»Das sollte zumindest einen Teil der Albträume fernhalten«, brummte er und ließ auch das dritte Vorhängeschloss mit einem leisen Klicken einrasten. Danach machte Will sich missmutig auf den Weg zu seinem aus Elfenbein und Alabaster gefertigten Schreibtisch und versuchte, das wunderschöne Abbild des weißen Geistermädchens auf ein Stück Pergamentpapier zu bannen. Doch wie immer fand Will, dass seine Zeichnungen lediglich erbärmliche Schatten des makellosen Geisterwesens waren. Und so knüllte er Pergament um Pergament nach wenigen Strichen zusammen und warf die gescheiterten Skizzen achtlos hinter sich auf den Boden, während um ihn herum langsam die Nordlichter aufgingen. Will war allerdings so sehr in sein Gekritzel vertieft, dass er das unheilvolle Winterlicht kaum bemerkte. Ihn ließ jedoch das ungute Gefühl nicht los, dass er etwas sehr Wichtiges vergessen hatte ...

Funkelnde
Ungeheuer

*A*ls die Nordlichter langsam am Nachthimmel auftauchten und die ersten feierwütigen Adligen sturzbetrunken in den Palast zurücktaumelten, rannte Maren noch immer keuchend und elend durch die Korridore. Aber mittlerweile lief sie nicht mehr nur vor ihren düsteren Gedanken davon. Sie hatte sich während ihrer blinden Flucht in den endlosen Schlossfluren verlaufen und versuchte nun verzweifelt, ihr kaltes Turmzimmer zu erreichen, bevor die betrunkenen Adligen sie halbnackt in den Gängen umherirren sahen. Doch wie immer hatte Maren kein Glück und stieß, noch ehe sie ihren Gedanken ganz zu Ende gedacht hatte, mit einer schlanken Gestalt zusammen, die aus nichts als eisblauer Seide und blassblondem Haar zu bestehen schien.

Maren stürzte durch den Aufprall zu Boden und schürfte sich die Knie auf dem knochenweißen Parkettboden auf. Der dünnen Frauengestalt gelang es jedoch, sich mit der Eleganz einer Tänzerin abzufangen und das Gleichgewicht wiederzugewinnen.

»Oh, das tut mir leid, Lady Maren! Ich … Weint Ihr etwa?«, fragte die Adlige verdutzt und Maren erkannte die melodische Stimme von Wills liliengleicher zweiter Mätresse Ilisil – jener Frau, die sie im Moment am allerwenigsten sehen wollte … Doch bevor Maren es verhindern konnte, hatte die blonde Schönheit bereits ihre Hand gepackt und sie auf die Beine gezogen.

Als Maren wieder stand, stolperte sie eilig ein paar Schritte zurück. Sie wollte nicht berührt werden und außerdem roch diese Ilisil ein wenig nach Wills Lavendelöl. Vermutlich war auch sie gerade auf dem Weg in seine Gemächer gewesen …

»Was ist passiert, Lady Maren? Warum seid Ihr hier? Solltet Ihr und Will nicht …« Stirnrunzelnd und mitleidig betrachtete Ilisil Marens

Tränen, doch die Scheinheiligkeit von Wills zweiter Mätresse war nur wie ein weiteres Messer in Marens Brust.

»Tut nicht so mitfühlend! Wenn Ihr eben auf dem Weg zu Will wart, dann habt Ihr das Beste schon verpasst!«, schniefte Maren und versuchte verzweifelt, Wills eiskaltes Gesicht aus ihren Gedanken zu verbannen. Es war das schrecklich schöne Gesicht eines Insellords gewesen und nichts darin hatte mehr an den freundlichen Jungen aus der Vergangenheit erinnert. Was war nur mit Will geschehen, dass er ihr so etwas antat?

»Verzeiht mir ... aber ich weiß nicht, wovon Ihr redet, Lady Maren. Ihr solltet zu dieser Stunde allerdings wirklich nicht mehr alleine durchs Schloss irren. Bald gehen die Polarlichter auf und dann wandeln hier im Palast wieder böse Geister umhe-«

»Lasst mich mit Euren Geistergeschichten in Ruhe und verschwindet! Bitte ... bitte geht ...«, krächzte Maren mit erstickter Stimme. Es kostete sie all ihre Willenskraft, vor Wills Mätresse nicht laut loszuschluchzen. Aber Ilisil wollte einfach nicht verschwinden.

»Es sind nicht nur Geschichten, Lady Maren, jeder hier im Schloss weiß das ... Hat Will Euch denn nicht erklärt, wie es hier im Winter zugeht? Nein, vermutlich nicht, dieser Narr ist ja zu nichts zu gebrauchen ...« Ilisil schüttelte langsam mit dem Kopf und nahm Maren dann vorsichtig bei der Hand. »Ihr seid verletzt, Lady, lasst mich Euch wenigstens in Euer Zimmer helfen, wenn ich sonst schon nichts für Euch tun kann ...«

Maren wollte nach wie vor nicht von Wills zweiter Mätresse berührt werden. Was, wenn sie von Will oder Cenric geschickt worden war, um Maren hereinzulegen und ihr noch einen gemeinen Streich zu spielen? Aber da Maren einfach keine Kraft mehr hatte, um Ilisil abzuwehren, und den Weg in ihr Zimmer ohne fremde Hilfe gewiss nicht finden würde, ergab sie sich schweigend in ihr Schicksal und ließ zu, dass Ilisil sie umsichtig durch die Korridore führte.

In Gegenwart von Wills hübscher Mätresse kehrten allerdings sofort wieder all die finsteren Gedanken zurück, vor denen Maren so verzweifelt davongelaufen war, und sie biss sich auf dem Weg durch die Korridore unentwegt auf die Unterlippe, um bei der Erinnerung an das Geschehene nicht wieder laut loszuweinen.

Als Ilisil nach einer kleinen Ewigkeit endlich vor Marens funkelnder Zimmertür Halt machte, schmeckte Maren bereits Blut auf ihren

Schneidezähnen und ihr war noch immer unsagbar elend zumute. Sie wagte es nicht einmal, sich bei Ilisil für ihre Hilfe zu bedanken, weil sie fürchtete, dass nichts als unverständliche Schluchzer aus ihrem Mund kommen würden. Daher nickte Maren nur mechanisch, als Ilisil fragte, ob es ihr gut ginge, und schüttelte den Kopf, als die Mätresse anbot, die Nacht über hierzubleiben.

»Ganz, wie Ihr wollt«, erwiderte Ilisil daraufhin trübselig. »Dann helfe ich Euch nur noch schnell mit den Betttüren und den Vorhängeschlössern. Es ist wichtig, dass Ihr alle Schlösser in diesem Raum im Winter schließt: die drei am Bett und die drei vor der Tür – und die Tür selbst natürlich auch. Die Schlüssel tut Ihr dann in ein kleines Kästchen, das schließt Ihr ebenfalls ab und schiebt es unter Euer Kopfkissen. Und den letzten Schlüssel hängt Ihr Euch um den Hals. So machen es die meisten Adligen hier in Wjallvit, um sich vor den Wintergeistern zu schützen, daher nennt man unser Schloss auch *das Schloss der tausend Schlüssel*«, erklärte die schöne Ilisil, während sie die Eisenketten vor Marens Tür umsichtig in die richtige Position brachte.

Maren glaubte allerdings kein Wort von diesen Spukgeschichten. Ihre Angst galt weit wirklicheren Dingen als Gespenstern und sie würde den Rosenkamm in ihrem Haar darauf verwetten, dass Cenric, Palani und Will sich diese Monstergeschichte nur ausgedacht hatten, um im Winter ungestört ihre Ehefrauen betrügen zu können. Immerhin war Beli der unmagischste Ort im gesamten Norden.

Doch da Maren nur wollte, dass Wills liliengleiche Mätresse sie allein ließ, nahm sie brav die silbernen Schlüssel entgegen, die Ilisil ihr reichte, und versprach mit einem weiteren Nicken, alle Schlösser gut abzusperren. Danach schlüpfte Ilisil endlich durch die elegante Steintür hindurch und Maren machte sich lustlos daran, jedes der zwölf polierten Schlüssellöcher abzuschließen. Dann hinkte sie leise wimmernd auf ihr eisfarbenes Himmelbett zu und sperrte dort ebenfalls einen gläsernen Bettvorhang nach dem anderen ab. Und als auch das getan war, gingen bereits die ersten blaugrünen Polarlichter auf und gaben Maren in ihrem gläsernen Bett das Gefühl, im Inneren eines gefrorenen Aquariums gefangen zu sein.

Sie rollte sich auf der durchscheinenden Seidendecke zu einem kleinen Bündel aus Elend zusammen und begann, erbärmlich zu zittern und zu schluchzen. Vermutlich ruinierte sie die teure Bettdecke mit ihren blutigen Füßen und den vielen Tränen, aber das war Maren im Moment egal. Sie wollte sich jetzt einfach nur in den Schlaf weinen – oder erfrieren und nie wieder aufwachen.

Doch selbst im Schlaf fand Maren keinen Frieden. Sie hatte einen Albtraum, in dem sie nackt am Altar stand und laut ausgelacht wurde, bis auf einmal Wasser aus den Mündern der Adligen strömte und sich Cenric und seine Freunde in funkelnde Haie verwandelten, die Maren mit ihren messerscharfen Zähnen in tausend Stücke rissen und selbst dabei noch lauthals lachten.

Schreiend schreckte Maren auf.

Sie brauchte einen Augenblick, um zu begreifen, dass sie allein und unverletzt war – oder zumindest noch in einem Stück … Doch das waren auch die einzigen beiden Vorzüge der Wirklichkeit. Die Erinnerungen an das Geschehene schmerzten Maren nämlich mindestens ebenso sehr wie die blitzenden Zähne der Menschenhaie aus ihrem Traum.

Bebend fuhr sie sich mit einer Hand über die Stirn und spürte, dass ihr Gesicht vor lauter Schweiß und Tränen ekelhaft nass und salzverkrustet war.

»Ich muss hier weg«, hörte Maren sich sagen, ohne die Worte wirklich zu verstehen. Sie legte eine Hand an das kalte Glas des funkelnden Bettfensters und fühlte sich einmal mehr wie ein seltsames Tier in einem Ausstellungskasten. Für einen flüchtigen Moment stellte Maren sich vor, wie der gesamte Inseladel in ihrem Zimmer stand und sie in ihrem abgeschlossenen Bettkasten anstarrte und auslachte …

»Vermutlich tun sie das auch noch, wenn ich hierbleibe. Vielleicht sogar schon morgen und vielleicht ist es Will, der sie alle hierherführt!«, murmelte Maren leise in sich hinein und bei dem Gedanken an Will krampfte sich ihr Herz unendlich schmerzhaft zusammen.

Nach dem, was heute geschehen war, konnte Maren ihm unmöglich noch einmal gegenübertreten. Und sie wollte es auch gar nicht! Sie wollte Will niemals, niemals, *niemals* wiedersehen! Aber sie war jetzt seine Ehefrau, seine Partnerin und Beraterin. Sie würde ihn *jeden Tag* sehen müssen, wenn sie hierbliebe, und das würde Maren nicht überleben! Nicht nach heute Abend!

»Ich muss hier wirklich weg!«, wiederholte Maren dumpf und diesmal verstand sie sehr genau, was sie sagte. Entschlossen kramte sie nach den dummen Silberschlüsseln und machte sich daran, die saphirbesetzten Schlösser wieder aufzusperren. »Soll die weiße Dame den Adel doch holen oder der Krähenkönig mit seinen tausend Totenvögeln! Ganz egal, ich bleibe nicht hier! Die Ehe wurde nicht vollzogen, also habe ich Will auch nicht geheiratet! Ich schicke ihm eine andere Nordländerin, die meinen Platz einnehmen wird, wie ich es von Anfang an hätte tun sollen! Diese ganze Hochzeit war ohnehin das Werk von Wahnsinnigen! Mein Kleiner Rat, Sifa und Hrafen, sie alle sind Verrückte, die nichts von dieser Insel und ihren Adligen verstehen!«

Eilig entsperrte Maren ein Schlüsselloch nach dem anderen, während sie wie eine Besessene vor sich hin flüsterte. Und als ihre Zimmertür endlich entriegelt war, stürzte sie so schnell die Treppe hinunter, dass sie sich zweimal nur durch das filigrane Silbergeländer davor bewahren konnte, das Gleichgewicht zu verlieren und zu fallen. Doch wie schon vorhin auf ihrer Flucht vor Will zählte weder die Gefahr noch der unentwegte Schmerz in ihren Beinen.

Die Flucht war Marens einziger Gedanke.

Die Flucht war alles, was zählte – zumindest im Augenblick.

Nachdem Maren allerdings eine Weile im Schein der grünblauen Polarlichter durch die Schlossflure gelaufen war, bekam sie es doch mit der Angst zu tun. Die vielen Juwelen an den Wänden blinkten und blitzten im Nachtlicht nämlich wie scharfe Zähne vor sich hin und gaben Maren so das Gefühl, durch das Innere eines Ungeheuers zu laufen.

Sie erschauderte und beschleunigte ihre Schritte. Aber kaum dass sie das getan hatte, echote plötzlich ein haarsträubendes Brüllen durch die Korridore – und es war kein menschliches Brüllen. Es klang eher so, als würden sich irgendwo zwei riesige Ungeheuer an die Gurgel gehen, und so laut wie das Geräusch durch die Gänge hallte, konnten auch die beiden Ungeheuer nicht weit entfernt sein ...

Die Mägde haben nicht gelogen! Nachts gehen hier wirklich Monster um!, schoss es Maren eiskalt durch den Kopf. Aber umkehren konnte sie jetzt nicht mehr, dafür war ihr gut verriegeltes Zimmer schon viel zu weit weg. Maren blieb nur noch eine Chance: Sie musste diesen verdammten Ausgang finden, ehe die Ungeheuer *sie* fanden!

Panischer als jemals zuvor zwang Maren sich, ihre Schritte zu beschleunigen. Und erst als sie einen schmalen Nebenflur erreichte, der zum protzigen Treppenhaus im Foyer führte, verlangsamte Maren ihr halsbrecherisches Tempo wieder und humpelte mit einem erleichterten Seufzen zum Ende des Ganges. Doch als sie die hübsch umzäunte Galerie des Treppenhauses betrat, gefror ihre Freude sofort wieder zu nacktem Entsetzen, denn im gesamten Foyer tummelten sich riesenhafte Ungeheuer, die mit Netzen aus geschliffenen Edelsteinen geschmückt waren ...

Die Monster erinnerten Maren im ersten Moment an langbeinige Bären, nur dass ihr zottiges Fell hier und da von Fischschuppen durchsetzt wurde, die im grünlichen Polarlicht unheilvoll vor sich hin schimmerten. Als sie allerdings genauer hinsah, erkannte sie, dass die Gesichter der Ungeheuer unnatürlich zart und menschenähnlich waren und bis auf die langen Reißzähne überhaupt nichts mit den Gesichtern von Bären gemeinsam hatten, was die Bestien irgendwie nur noch unheimlicher machte ...

Mit laut pochendem Herzen wich Maren einen Schritt zurück. Doch ehe sie sich wieder in ihren sicheren Nebenflur zurückziehen konnte, wandte sich bereits ein untersetztes braunes Monster mit giftgrünen Schlangenschuppen zu ihr um und stieß ein kehliges Brüllen aus.

Das machte auch die anderen Ungeheuer auf Maren aufmerksam.

Eines nach dem anderen wiederholten die Bestien den Ruf des ersten Monsters und schlichen dann wie ein Rudel wütender Wölfe auf Maren zu, die nun wie versteinert vor dem silbernen Treppengeländer stand. Sie wollte weglaufen, aber das warme Blut an ihren Füßen schien sie mit einem Mal an den Boden festzukleben und bis auf das ohrenbetäubende Donnern ihres Herzens war Marens Kopf plötzlich vollkommen leer. Sie konnte nichts tun, außer abzuwarten und zuzusehen wie die schaurigen Ungeheuer immer näher rückten und sie mit ihren gierigen Augen fast zu verschlingen schienen ...

Das gedrungene grün-braune Monster, das Maren zuerst entdeckt hatte, schlich ganz an der Spitze der schrecklichen Meute auf Maren zu und es sah von Nahem sogar noch hässlicher aus als aus der Ferne. Seine schlangengrünen Schuppen wirkten irgendwie schleimig und es stank nach verrottetem Fleisch und verwesenden Pflanzen ...

Der Geruch war so widerlich, dass Maren sich endlich aus ihrer Schreckstarre löste und panisch zurück in den dunklen Flur stürzte, aus dem sie gekommen war.

Die Monster setzten ihr sofort nach und strömten wie eine Flut geschuppter Leiber in den schmalen Korridor. Und zum dritten Mal an diesem Abend rannte Maren so schnell sie konnte. Aber ihre geschundenen Beine waren das viele Laufen inzwischen müde und schienen mit jedem Schritt schwächer und schwerer zu werden, während die Ungeheuer hinter ihr erst richtig in Fahrt kamen und das Schloss mit ihren Schritten so sehr erschütterten, dass die gläsernen Kronleuchter über Maren unheilvoll zu klirren begannen. Überhaupt fragte sie sich, warum *keiner* der Schlossbewohner von diesem grässlichen Lärm aufwachte. Es konnten doch unmöglich alle derart betrunken sein!

Aber es half nichts, sich jetzt darüber den Kopf zu zerbrechen, also zwang Maren sich verzweifelt, weiterzuhumpeln. Und da der schmale Gang den Ungeheuern ziemlich zu schaffen machte, glaubte sie sogar kurz, sie könnte ihren schrecklichen Verfolgern tatsächlich entkommen! Ständig stießen die Monster nämlich filigrane Silberanrichten um, zertrümmerten Marmorsockel mit funkelnden Büsten darauf und stolperten jaulend über die herumliegenden Trümmerteile. Doch gerade als Maren ein wenig Hoffnung gefasst hatte und keuchend das letzte Drittel des Ganges erreichte, tauchte ein weiteres Ungeheuer mit blutroten Pranken am anderen Ende des Korridors auf und Marens gesamte Hoffnungen verloren sich sofort wieder im Nichts.

Sie hielt schlitternd inne und warf ihren Kopf panisch von einer Seite des Flures zur anderen, ohne einen klaren Gedanken fassen zu können.

Tot, war alles, was Maren in den Sinn kam.

Ich bin tot.

Doch dann ertönte plötzlich ein markerschütterndes Kreischen hinter ihr.

Maren wirbelte abermals herum und sah, wie eine zweibeinige Gestalt dem Monster am Ende des Ganges gerade ein Schwert aus der blutenden Brust zog.

»Kommt mit mir, Lady, ich kann Euch helfen!«, rief Marens Retter und Maren stolperte diesem Versprechen sofort entgegen wie eine Motte dem Licht. Ihre zitternden Beine weigerten sich allerdings, noch ein viertes Mal an diesem Tag in ein qualvolles Rennen zu verfallen, und Maren

fürchtete kurz, ihr Retter würde sie deswegen einfach zurücklassen. Doch als der schlanke Mann Marens Schwäche bemerkte, verschwand er nicht, sondern hastete stattdessen eilig auf sie zu und zerrte Maren aus dem demolierten Flur, bevor die Ungeheuer sie beide verschlingen konnten.

Der Mann war ungewöhnlich stark, denn es schien ihm gar keine Probleme zu bereiten, Maren auf ihrer gemeinsamen Flucht durch die verwinkelten Schlossgänge hinter sich her zu ziehen. Aber daran dachte Maren kaum, während die Korridore wie ein einziges funkelndes Schneegestöber an ihr vorbeizogen und die menschengesichtigen Bären ihr noch immer auf den Fersen waren.

Erst als das Donnern der Monsterpranken in weite Ferne gerückt war und Marens Retter sie in die verwaisten Küchengewölbe geführt hatte, kehrte ihr Verstand allmählich wieder in sie zurück.

»Was suchen wir hier?«, wisperte Maren dem fremden Mann angsterfüllt zu. Doch anstelle einer Antwort führte ihr Retter sie zu einer eleganten Silberleiter, kletterte hinauf und reichte Maren anschließend eine Hand herunter.

»Hier oben werden wir uns verstecken, bis die Nacht vorbei ist. Die Monster können immerhin keine Leitern hochklettern. Und jetzt kommt schnell hoch, Lady!«

Eilig ergriff Maren die ausgestreckte Hand ihres Retters und war mit seiner Hilfe innerhalb weniger panischer Herzschläge auf dem kleinen Dachboden angekommen. Hier atmete sie ein paarmal zittrig ein und aus und begann dann, vor lauter Erleichterung haltlos zu lachen, bis ihr schwindlig wurde und sie schließlich verstummte.

Erst jetzt nahm Maren ihre Umgebung wirklich wahr und sie stellte verwundert fest, dass es sich gar nicht um eine Vorratskammer oder einen Lagerraum handelte, sondern um einen eigentümlichen, kleinen Kräutergarten, der liebevoll gejätet wurde und unerklärlicherweise in voller Blüte stand, obwohl es mittlerweile Herbst war.

»Wie kommt es, dass die Pflanzen hier oben blühen?«, fragte Maren geistesabwesend. Es war das Erste, was ihrem verstörten Verstand in den Sinn kam.

Der fremde Mann zuckte nachlässig mit den Schultern. »Wer weiß? Vielleicht mögen die Blumen Euch einfach, Lady. Aber geht es Euch auch gut? – Eure Füße bluten.«

Maren nickte dumpf. »Ich bin in Ordnung ... Oder zumindest so in Ordnung, wie man es in diesem Schloss sein kann. Und keine Sorge, meine Füße waren nicht das Werk *dieser* Monster«, murmelte sie und sah den starken Fremden dann zum ersten Mal wirklich an.

Ihr Retter hatte ein seltsam perfektes Prinzengesicht und unheimlich blaue Augen, die Maren an das unvermischte Kobaltblau auf Wills Farbpaletten erinnerten. Außerdem war er blond, hochgewachsen und auf eine elegante Art muskulös, die nichts mit der grobschlächtigen Erscheinung der Nordländer gemeinsam hatte. Er sah aus, als wäre er geradewegs aus einem Märchen herausgetreten, und seine eigentümlich altmodische Lederrüstung hätte wahrhaftig direkt aus einem von Marens alten Bilderbüchern stammen können. Doch es war vor allem die Schönheit des fremden Mannes, die Maren beunruhigte. Nach ihrer Erfahrung taten schöne Menschen nichts lieber, als sie mit gemeinen Bemerkungen zu verletzen – und je schöner der Mensch, desto schärfer war für gewöhnlich seine Zunge ... Aber dieser Mann hatte sie gerade vor einem Haufen wütender Monster gerettet, also zwang Maren sich, ihre albernen Ängste herunterzuschlucken, und lächelte dankbar.

»Soll ich Euch durch das Kräuterbeet helfen, Lady? Vor dem Fenster sind zwei Stühle, dort könnt Ihr Euch ausruhen.« Dienstbereit bot der Fremde Maren seinen starken Arm an und tatsächlich standen ein kleiner Tisch mit verschlungenen Beinen und ein Paar alte, verstaubte Polsterstühle direkt vor ihr in der Nische des runden Rosettenfensters. Maren stieß ein erleichtertes Seufzen aus und bemerkte erst jetzt, wie sehr sie sich danach sehnte, ihre blutigen Füße zu entlasten. Dankbar ergriff sie die Hand des Fremden und sprang im nächsten Moment wieder erschrocken einen Schritt zurück – bei der Berührung ihres Retters hatten sich die verwunschenen Sommerrosen ihres Rosenkammes nämlich wie wütende Katzen in ihre Kopfhaut gekrallt und ein kaum merkliches Zischen von sich gegeben.

»Was ist los, Lady?«, fragte ihr Retter erstaunt und Maren biss sich besorgt auf die Unterlippe.

»Ihr seid einer der Beschenkten, oder? Ihr habt eine magische Gabe, ist es nicht so?«, murmelte sie kleinlaut in sich hinein.

Der Fremde nickte zögerlich. »Ich besitze Magie, das stimmt. Nur woher wusstet Ihr das?«

Maren strich sich abwesend über ihren verzauberten Haarkamm. »Die Sommerrosen in meinem Haar haben es mir verraten … Sie sind dafür da, Magie aufzuspüren und auszumerzen. Ich hatte auch einmal eine magische Gabe, doch mein Vater hat mir noch vor meinem ersten Geburtstag diese Rosen auf den Kopf gesteckt, weil er Angst hatte, meine Magie könnte mir schaden. Die Rosen sind danach einfach an meinem Kopf angewachsen und haben meine eigene Gabe langsam zerstört. Aber das ist eine andere Geschichte …«, schloss Maren mit glühend roten Wangen. Es kam ihr unangebracht vor, einen Wildfremden ungefragt mit ihrer Lebensgeschichte zu langweilen, doch die Worte waren einfach so aus ihr herausgesprudelt, als befände sie sich in der Gegenwart eines alten Freundes und nicht in der eines Mannes, den sie nicht einmal beim Namen kannte …

Der Fremde schien Marens Unbehagen dankenswerterweise zu bemerken, denn er ließ das Thema sofort fallen, um Maren nicht noch mehr in Verlegenheit zu bringen.

»Tja, Eure Rosen sind in jedem Fall sehr schlaue Pflanzen, Lady. Aber macht Euch um meine Magie keine Sorgen, sie ist nicht sonderlich stark. Setzt Euch lieber hin, Ihr seid bleich wie eine Leiche.«

Maren zögerte noch einen Moment, dann nickte sie jedoch und ergriff ein zweites Mal vorsichtig den Arm ihres Retters, und obwohl die Sommerrosen noch immer nervös und wütend waren, ziepten sie dieses Mal nur lustlos in Marens Haaren umher und angesichts ihrer brennenden Fußsohlen bemerkte Maren das kaum. Sie tappte mit der Hilfe des Zauberers unbeholfen durch das längliche Kräuterbeet aus rosa blühendem Baldrian, weißem Anis und violettem Rosmarin und fiel anschließend unendlich erleichtert auf einen der herrlich weichen Polsterstühle am Fenster. Hier sog Maren leise schnaufend die frische Luft in sich ein und spürte, wie der Duft der vielen Kräuter langsam in sie eindrang und ihr aufgewühltes Inneres allmählich beruhigte.

»Wenn Ihr ein Zauberer seid, wisst Ihr dann, was es mit den Ungeheuern auf sich hat, die unter uns gerade das Schloss zerlegen?«, fragte Maren schließlich mit einem bedeutungsvollen Nicken in Richtung der schmalen Silberleiter. Im Stockwerk unter ihnen war noch immer ein unheilvolles Knurren und Scheppern zu hören, doch wie Marens Retter prophezeit hatte, kam keines der Monster die Leiter hinaufgeklettert, und das beruhigte sie.

»Da ich nicht in die Vergangenheit sehen kann, weiß ich auch nicht mehr als Ihr, Lady. Ich kenne nur die Geschichten, die man sich über dieses Schloss und seinen Fluch erzählt«, gestand der fremde Mann achselzuckend. Doch Marens Augen wurden bei diesen Worten so groß wie Glasperlen.

»Ich kenne überhaupt keine Geschichten über Wjallvit, Will hat mir nur diese dummen Bücher über höfisches Betragen zum Lesen gegeben. Könnt Ihr mir bitte eine erzählen?!«

Der Fremde lächelte ein wehmütiges Lächeln. »Eure Stimme ist zwar viel schöner als meine und ich würde lieber ein wenig mehr über Euch erfahren, Lady, aber wenn Ihr darauf besteht, kann ich selbstverständlich auch das Reden übernehmen.«

Darauf fiel Maren keine Antwort ein, sie errötete nur und sah hilflos aus dem blassblauen Rosettenfenster hinaus, auf dem zwei aus Buntglas gefertigte Schwäne ihre Hälse ineinander verschlangen. Sie bekam sonst nie Komplimente und wusste nicht, wie man damit umgehen sollte, also sagte sie nur: »Wenn Ihr mir die Geschichte nicht erzählen wollt, müsst Ihr das natürlich nicht tun ... Ich wollte Euch zu nichts zwingen ...«

»Mich zu etwas zwingen?« Der Fremde lachte ein heiteres, honigsüßes Lachen, ehe er sich weit über den Tisch beugte und Maren ernst ansah. »Lady, es ist mir eine Freude, Euch zu Diensten zu sein, denn Euer Herz ist rein und gut – und schrecklich traurig, das sehe ich genau ... Also lasst mich Euch diese kleine Gefälligkeit erweisen.«

Die unverblümte Offenheit des Fremden beschämte Maren noch mehr als seine Komplimente und sie hatte das Bedürfnis, sich irgendetwas vor die Brust zu halten, um zu verhindern, dass ihr Retter weiterhin in sie *hineinsah*. Aber da es hier nichts gab, hinter dem Maren sich hätte verstecken können, nickte sie dem fremden Mann lediglich eilig zu, damit er nicht noch mehr von diesen unheimlich freundlichen Sachen sagte ...

Ihr Retter lächelte daraufhin zufrieden und verschränkte die Füße auf seinem Stuhl zu der typischen Sitzposition der Niutak, was Maren wunderte, da der Fremde eher wie ein Nordländer aussah, doch sie sagte nichts dazu und ließ ihren Retter einfach erzählen.

»Die älteste Geschichte über diese Ungeheuer reicht eigentlich bis zu den Anfängen der Insel zurück und beginnt in einer Zeit, als Beli noch Anstand und Götter hatte, die über das Land wachten – oder zumindest eine Göttin, die das Land im Gleichgewicht hielt und die später

als Frostmutter bekannt werden sollte …«, begann der Fremde mit warmer Stimme und Maren bemerkte, dass er den Charme eines echten Geschichtenerzählers hatte und sie sich sofort in seinen Worten verlor. »Damals lebten lediglich die Niutak auf dieser Insel und im Gegenzug für ihre Opfer und Ehrungen gewährte die Frostmutter ihnen einen reichen Fang und milde Sommer voller Beeren, die sich gut für den langen Winter trocknen ließen. Das Leben auf Beli war hart, aber friedvoll, bis der ewige Krieg zwischen den Nord- und Südlanden eines Tages auch an Belis eisige Ufer geschwemmt wurde und eine Horde abtrünniger Nordländer sich mit Schiffen voller gestohlener Schätze auf der Insel breitmachte, um hier ein neues Leben weit weg von den Entbehrungen des Krieges zu führen.

Die Niutak störten sich anfangs nicht sonderlich an der Ankunft dieser seltsamen Fremden und begrüßten sie herzlich, was die fahnenflüchtigen Nordmänner ihnen selbstredend nicht dankten. Sie vertrieben die Niutak mit ihren stählernen Schwertern aus dem fruchtbaren Westen der Insel, um dort mithilfe der gestohlenen Schätze ihre silbernen Hütten und schrecklichen Schlösser zu errichten. Zusammen mit all dem geraubten Gold, das die Nordmänner aus den südlichen Schatzkammern gestohlen hatten, brachten sie allerdings auch noch etwas ganz anderes mit auf die Insel. Einen verdorbenen südlichen Dämon, voller Gier und Niedertracht, der sich später selbst *der Rosenkönig* nannte und Urheber aller Flüche werden sollte, die diese Insel zu dem gemacht haben, was sie heute ist. Den Nordländern erschien der fremdländische Götze anfangs allerdings überaus freundlich, weil er mit seinen süßen südlichen Zauberliedern den Winter von ihrer Seite der Insel vertrieb, sodass im Westen Belis das ganze Jahr über Sommer herrschte, reife Früchte und Beeren wie Zierrat an den unmöglichsten Pflanzen sprossen und makellose Rosen anfingen, die ehemals kargen Felder in prächtige Blumenwiesen zu verwandeln. Und es war so viel Essen für alle da, dass es bald keinen Grund mehr für die Nordländer gab, Tiere zu halten oder Felder zu bestellen.

Doch das leichte Leben, das der Rosenkönig den Nordländern schenkte, vergiftete schon bald ihren Charakter und sie begannen, all ihre Pflichten zu vergessen und sich nur noch ihrem Verlangen und ihren Vergnügungen hinzugeben. Sie hörten auf, der Frostmutter Opfer zu bringen, und berauschten sich an südlichen Pfeifenkräutern und dem schweren Rosenwein, den sie aus den großen Blumen herstellten, die der Rosenkönig anstelle von Roggen auf ihren Feldern ausgesät hatte.

Dieser Frevel blieb von der Frostmutter nicht lange unbemerkt und sie schickte einen furchtbaren Schneesturm über die Insel, der alle verfluchten Früchte und Beeren im Westen eingehen ließ. Doch anstatt sich wieder Ackerbau und Viehzucht zu widmen, zehrten die Nordländer lieber von den Vorräten jener besonders erlesenen Speisen, die sie für gewöhnlich nur auf großen Festen servierten. Und als auch das letzte Spanferkel und das letzte Fass des berauschenden Rosenweins verschlungen waren, zogen die betrunkenen Männer mit dem verführerischen Wispern des Rosenkönigs im Ohr in den Osten der Insel, wo sie die Dörfer der unbewaffneten Niutak plünderten und ihre ohnehin schon kargen Vorräte an Robbenfett und Trockenfleisch stahlen, anstatt selbst für ihre Nahrung zu arbeiten.

Und als die Frostmutter ihre Kinder im folgenden Winter bitterlich am Hunger zugrunde gehen sah, beschloss sie, die Machenschaften des Rosenkönigs nicht länger hinzunehmen. Sie erklärte dem Westen Belis den Krieg und ertränkte ihre gesamte Insel in einer weißen Flut aus Eis und Schnee, woraufhin sowohl der Rosenkönig als auch seine vergifteten Pflanzen zu funkelnden Statuen gefroren, die niemandem mehr etwas antun konnten. Und weil die grausamen Nordländer in den gerechten Augen der Frostmutter nicht unschuldig an all dem Leid ihrer Kinder waren, bestrafte die Frostmutter auch sie und verfluchte den Westen der Insel dazu, jede Nacht die Früchte ihrer täglichen Gräueltaten zu ernten und in der Dunkelheit von schrecklichen Ungeheuern heimgesucht zu werden, so lange bis ihre Herzen wieder rein und reumütig geworden wären ...«, schloss der freundliche Fremde schlicht.

Rein und reumütig, ha! »Wenn an dieser Geschichte etwas dran ist, wird Beli diese Monster vermutlich niemals loswerden«, schnaubte Maren nur und sah dann nachdenklich aus dem alten Buntglasfenster. »Aber wenn man den Leuten hier glauben kann, dann tauchen diese Monster wohl nur im Winter auf. Und dass der Hochadel im Sommer plötzlich lieb und tugendhaft wird, würde ich sehr bezweifeln ...«

Der fremde Mann zuckte mit den Schultern. »Dazu gibt es im Volksmund auch eine Geschichte, nach der es das letzte Geschenk des

Rosenkönigs war, den Fluch der Frostmutter im Frühling und Sommer abzufangen, da er seine Kraft aus der Sonne und Wärme zieht und die Frostmutter ihre aus Kälte und Winterlicht ... Aber das sind natürlich alles nur Geschichten. Vermutlich wurde hier auf Wjallvit in Wahrheit irgendwann einfach eine Hexe geboren und schließlich entlarvt und sie hat sich vor ihrer Hinrichtung mit einem furchtbaren Fluch am gesamten Adel gerächt.«

»Ja, sinnlose Grausamkeit klingt wirklich eher nach dieser Insel. Will meinte bei unserer Ankunft hier etwas Ähnliches ...«, murmelte Maren und verstummte abrupt, als sie den Klang *seines* Namens in ihren Ohren widerhallen hörte. Hastig schüttelte sie den Kopf und zwang sich, für den Augenblick nicht darüber nachzudenken.

»Wie heißt Ihr eigentlich?«, fragte Maren stattdessen, nachdem ihr abermals bewusst wurde, dass sie den Namen ihres geheimnisvollen Retters gar nicht kannte. »Und warum wart Ihr vorhin draußen auf den Fluren, wo sich alle anderen Adligen nachts doch in ihren funkelnden Zimmern einschließen?«, ergänzte sie stirnrunzelnd.

Ihr gut aussehender Retter lachte heiter. »Es ist sehr schmeichelhaft, dass Ihr mich für einen Adligen haltet, aber ich bin keiner – und offen gesagt war ich heute Nacht auch nur wegen Euch auf den Fluren.«

Maren klappte verständnislos der Mund auf. »Wegen mir? Aber waru-«

»Ich habe magische Kräfte, wie Ihr schon ganz richtig bemerkt habt. Aber ich bin kein Magier – ich bin ein guter Geist, ein Equi, wie die Niutak sagen würden, und ich bin hier, um Euch zu dienen, Lady.«

Diese Antwort verwirrte Maren nur noch mehr. »Tut mir leid ... aber ich verstehe immer noch nicht ...«

Der Fremde seufzte leise. »Wer auch immer für die Ungeheuer auf dieser Insel verantwortlich ist, ob nun Götter oder Hexen – meint Ihr wirklich, er hat nichts als Flüche zurückgelassen? Nachts treten hier im Winterlicht Träume wie Albträume aus den Wänden und werden Wirklichkeit, und da Euch bereits so schändlich viele Albträume verfolgen, dachte ich, Ihr verdient einen guten Geist, der Euer Leben ein wenig angenehmer macht.«

Maren errötete bei diesen Worten abermals und verdeckte ihre glühende rechte Wange mit der Hand. »Das ist wirklich sehr ... freundlich«, murmelte sie, ohne den verwirrten Unterton ganz aus ihrer Stimme

verbannen zu können. Nie waren die Menschen freundlich zu ihr, und dass sich das jetzt einfach so änderte, fand Maren merkwürdig, ja nahezu unheimlich. Doch ihr geheimnisvoller Geisterbeschützer lächelte sie weiterhin unverwandt an und Maren fiel auf, dass sie seinen Namen nach wie vor nicht kannte.

»Ihr habt mir noch immer nicht verraten, wie Ihr heißt«, erinnerte sie den Fremden daher ein wenig scheu. »Mich dürft Ihr ruhig Maren nennen, Lady klingt so streng und ich lege nicht viel Wert auf Titel und Anreden.«

Der Fremde schenkte ihr ein warmes Lächeln. »Maren ist ein sehr schöner Name, Lady. Ich werde ihn gerne benutzen. Ich habe allerdings selbst keinen Namen, den ich Euch verraten könnte … Ich bin Euer guter Geist, es steht Euch frei, mich zu nennen, wie Ihr wollt.«

Unbehaglich kaute Maren auf den Fingernägeln ihrer rechten Hand herum. Einen Menschen benennen? Das kam ihr seltsam vor. Was, wenn sie einen Namen aussuchte, den ihr Retter nicht mochte?

Doch da sich nun eine erwartungsvolle Stille zwischen ihnen ausbreitete, blieb Maren gar nichts anderes mehr übrig, als ihrem geisterhaften Beschützer zu antworten.

»Gut, ich … würde Euch … Anuaq nennen, wenn Ihr nichts dagegen habt … Das war der Spitzname eines alten Freundes und … ich vermisse ihn sehr«, murmelte Maren nach einer Weile schüchtern. Prinz Anuaq war die Hauptfigur eines langen nomadischen Heldenepos und Vatoq war früher ganz vernarrt in diese Geschichte gewesen. Maren hatte ihm diese Erzählung in all ihren Sommern so oft vorlesen müssen, dass sie die Geschichte eines Tages auswendig kannte und spaßeshalber anfing, den buckligen Vatoq selbst nach dem Helden dieser überaus langatmigen Legende zu benennen.

Und auch Marens geheimnisvollem Retter schien dieser Name nun glücklicherweise zu gefallen. Er grinste so breit, als hätte er eben in ein süßes Honigplätzchen gebissen, und sagte dann: »Anuaq ist ein sehr guter Name. Er ist fast so schön wie der Eure.«

Maren begann wieder zu erröten, doch ehe ihre Wangen ganz Feuer fangen konnten, ergriff ihr Retter mit einem grimmigen Blick aus dem Fenster abermals das Wort.

»Die Nacht endet langsam, Lady Maren, und leider kann ich im Sonnenlicht nicht über Euch wachen, also werde ich bald wieder gehen müssen.«

»Aber warum?«, fragte Maren betrübt. Sie hatte es sich bereits so schön ausgemalt, ihre Tage mit jemandem zu verbringen, der freundlich war und sie nicht andauernd wütend oder anklagend anfunkelte wie Will ...

»Als magisches Geschöpf bin ich ebenso an die Nacht und die Polarlichter gebunden wie die Ungeheuer, die jetzt noch unten im Schloss wüten. Ich verschwinde mit dem ersten Sonnenstrahl einfach, genau wie sie. Aber lasst Euch davon nicht traurig machen, ich komme ja jede Nacht zurück und wir haben noch ein wenig Zeit bis zum Morgengrauen – bestimmt genug für ein oder zwei Geschichten«, schloss ihr Retter, der Equi, lächelnd.

Und als Maren daraufhin begeistert nickte, begann der frischbenannte Anuaq, ihr mit seiner wundervoll weichen Stimme haarsträubende Geschichten über die Equi-Geister und die Magie der Eiswüste zu erzählen. Maren hatte keines dieser Märchen jemals zuvor gehört und vermutete deshalb, dass Anuaq sich all diese Geschichten einfach ausdachte, aber das störte sie kein bisschen, und so verbrachte sie den Rest ihrer schrecklichen Hochzeitsnacht damit, sich von ihrem unwirklichen Retter Märchen erzählen zu lassen. Und für einen winzigen Augenblick erschien die Welt ihr so herrlich friedlich, dass sie am liebsten weinen wollte.

Der Weiße

$\mathcal{D}$er Weiße brauchte lange, um aus seinem tiefen Sommerschlaf zu erwachen, und noch länger, um sich erneut in seinem gigantischen Körper zurechtzufinden. Jeden verdammten Sommer kam er sich wie ein täppischer Welpe vor, wenn er erwachte, aber er wusste, dass es seinen Brüdern nicht anders ging, und das war tröstlich.

Als der Weiße sich wieder daran gewöhnt hatte, seine langen Beine zum Laufen zu benutzen, verließ er eilig das blutverschmierte Zimmer, in dem er aufgewacht war. Das viele Gefunkel in diesen verdammten Räumen irritierte seine Augen, und das mochte er nicht. Er fragte sich allerdings, ob er wieder einmal im Halbschlaf jemanden getötet hatte oder ob einer seiner Brüder für das viele Blut in diesem Raum verantwortlich war ... Der Weiße begann in schlaftrunkenem Zustand oft Kämpfe mit seinen Brüdern, das wusste er, doch im Gegensatz zu den anderen kämpfte er niemals um Juwelen und Edelsteine oder die Frauen der Zweibeiner. Rangkämpfe bedeuteten dem Weißen nichts, er verspürte manchmal lediglich den überwältigenden Drang, seine Zähne in das schuppenbesetzte Fell seiner Brüder zu schlagen ...

Und noch während der Weiße das dachte, schlich einer seiner Brüder grimmig aus der nächsten blinkenden Schlafhöhle auf den Gang heraus und stieß die mit tausend Schlüsseln zerlöcherte Zimmertür knurrend beiseite. Der Weiße sah, dass sich in dem Zweibeinernest eine dürre Menschenfrau mit rostbrauner Seelenhaut befand, die sein Bruder offenbar verteidigen wollte. Und als das hässliche Weibchen den Weißen erblickte, gab es sofort ein ängstliches Heulen von sich und Wasser begann, ihm unwillkürlich aus den geröteten Augen zu laufen – was eine merkwürdige Eigenart dieser Zweibeiner war. Der Weiße kümmerte sich allerdings nicht weiter um diese Absonderlichkeit, da sein grauer Bruder in diesem Moment abermals knurrte und die spitzen Ohren drohend nach hinten klappte. Demonstrativ wandte sich der Weiße von der funkelnden Schlafhöhle ab und streifte weiter durch den ebenfalls glitzernden Flur.

Was lag ihm schon an dieser hässlichen, verängstigten Zweibeinerin? Ihre Seelenhaut sah aus wie verrottetes Metall, und obwohl ihre fleischliche Hülle unbestreitbar schön war, konnte der Weiße doch nichts an ihr finden. Wie alle Nachtgestalten nährte auch er sich lediglich von der *inneren* Schönheit der Dinge und deshalb verstand er auch nicht, warum seine Brüder sich überhaupt mit diesen Zweibeinerinnen aufhielten. Die meisten von ihnen waren ohnehin bis ins Mark verdorben …

Kopfschüttelnd tappte der Weiße weiter durch die großen grünen Korridore, die immer leerer und unbelebter wurden, je weiter er in den Ostflügel hineinlief. Warum war hier bloß niemand? Normalerweise lungerten seine Brüder doch überall im Schloss herum und versuchten, ihre dämlichen Rangkämpfe auszufechten … Kurz drehte der Weiße sich auf der Suche nach Gefahr um seine eigene Achse, aber er konnte nichts Verdächtiges entdecken. Ihm kroch lediglich der abscheuliche Gestank von alter Asche, Pech und Schwefel in die Nase und er stieß ein angewidertes Husten und Würgen aus.

Noch nie hatte er etwas so Ekelhaftes gerochen!

Kein Wunder, dass niemand hier ist, dachte der Weiße grimmig. Doch obwohl sein Magen wütend rumorte, trieb seine Neugierde den Weißen dazu, dem beißenden Gestank bis in die schmale Seitengasse hinein zu folgen, aus der er rührte. Hier fand der Weiße allerdings nur eine weitere Zweibeinerin, die den Großteil ihrer abnehmbaren Felle noch in den Händen hielt.

Die Menschenfrau war klein, dürr und farblos und hatte ein erstaunlich ebenmäßiges Gesicht, aber all das sah der Weiße kaum. Er roch nur den Gestank von Bosheit, der von dieser Zweibeinerin ausging, und starrte auf ihre hässliche zweite Haut, die aus Asche und Teer bestand und aus etwas, das ihn an abgestreifte Schlangenhäute erinnerte. Und je länger der Weiße die Zweibeinerin ansah, desto angewiderter war er von ihr, denn die Menschenfrau stank nach einer besonders frischen Grausamkeit und weckte so die schwelende Wut, die im Inneren des Weißen schon seit langer Zeit vor sich hin schlummerte.

Knurrend bleckte der Weiße seine schmalen Reißzähne und schlich sich näher an die graue Zweibeinerin heran. Doch noch ehe er entscheiden konnte, was er mit dem hässlichen Menschenweibchen anfangen wollte, sprang einer seiner schwarzen Brüder unversehens aus einer dunklen Ecke hervor und ging wie ein angreifender Schatten auf die Zweibeinerin los.

Das schwarze Untier hieb seine Pranke mit aller Kraft in die knöcherne Brust der Zweibeinerin und ihr blassrotes Blut spritzte sofort in alle Richtungen. Die Menschenfrau konnte nur noch einen kurzen, gequälten Schrei ausstoßen, ehe sie wie eine zerbrochene Holzpuppe auf dem Boden zusammenbrach und nicht wieder aufstand. Sie gab lediglich noch ein paar seltsame Laute von sich, während sie sich am Boden wand und ihre langgezogene Wunde mit dürren Spinnenfingern zusammendrückte. Ihre hohe, schmerzhaft klare Stimme machte den Bruder des Weißen allerdings nur noch rasender, und so brachte er das Leben der Zweibeinerin mit einem weiteren Hieb endgültig zum Verlöschen. Die Menschenfrau starb, noch ehe sie ihren zweiten Schrei ganz beendet hatte, und Blut und Augenwasser vermischten sich unter ihrem fleischlosen Leib zu einer glänzenden blassroten Pfütze, was den Weißen jedoch nicht sonderlich bekümmerte. Und auch sein schwarzer Bruder wandte sich nach zwei hechelnden Atemzügen gleichmütig von der abstoßenden Leiche ab und verschwand wieder in einer schmalen Schlossgasse, um nach schöneren, weniger widerwärtigen Menschenfrauen Ausschau zu halten.

Der Weiße wollte sich gerade ebenfalls zum Gehen wenden, als die Stimme einer anderen Zweibeinerin jäh seine Aufmerksamkeit forderte. »Was war das?!«, zwitscherte eine Menschenfrau einige Gänge weiter und ein zweiter Zweibeiner antwortete mit einer eigenartig klingenden Stimme: »Ich weiß es nicht. Aber Ihr müsst keine Angst haben, Lady, hier oben sind wir sicher.« Etwas an der Stimme dieses Menschenmannes stellte dem Weißen die Nackenhaare auf, doch er konnte nicht genau sagen, was es war. Also spürte er den Worten der beiden Zweibeiner misstrauisch nach und gelangte auf diese Weise in die gigantischen Küchengewölbe der Menschenhöhle, in denen noch der verlockende Geruch von Zweibeinerfutter in der Luft hing. Doch obwohl der Weiße das Geflüster der beiden Menschenwesen nun viel deutlicher hören konnte, befanden sie sich nicht in diesem riesigen Futterlager …

Es dauerte eine ganze Weile, bis der Weiße die glänzende Leiter bemerkte, die zu einem menschengroßen Loch in der Zimmerdecke führte. Er stellte sich argwöhnisch auf die Hinterbeine und erhaschte so einen Blick auf die kleine hölzerne Höhle, in der sich die beiden Zweibeiner versteckten – und was er sah, verschlug ihm den Atem.

Die Zweibeinerin, die sich dort oben verbarg, war von unbeschreiblicher Schönheit. Sie trug eine Seelenhaut, die aus Myriaden bunter Juwelen zu bestehen schien und im Polarlicht funkelte wie ein Haufen zersplitterter Sterne. Außerdem duftete sie süß wie ein Blumenfeld und der Weiße dachte unwillkürlich: *So muss die Sonne aussehen, warm und bunt und voller Leben*. Wehmütig sah er aus einem der gläsernen Wandlöcher hinaus in die grünblaue Herbstnacht und betrachtete die kalten Polarlichter, ehe sein Blick sich auf den männlichen Zweibeiner richtete und seine Augen zu Schlitzen wurden. Der Menschenmann war im Gegensatz zu der Frau an seiner Seite blass und fleischig und trug ein langes braunes Zweibeinerfell. Er hatte weder eine zweite noch eine erste Haut – oder zumindest keine, die der Weiße sehen konnte. Der Zweibeiner versteckte sich nämlich hinter einer undurchdringlichen magischen Maske, die ihn gesichts- und geruchlos machte. Der Weiße war sich nicht einmal sicher, ob dieses magische Wesen wirklich ein Zweibeiner war, und diese Ungewissheit bereitete ihm Unbehagen, vor allem, da das Maskenwesen sich bei dieser wunderschönen Zweibeinerin aufhielt, die er für sich haben wollte …

Also legte sich der Weiße am Fuße der silbernen Leiter auf die Lauer und beobachtete den maskierten Zweibeiner argwöhnisch, bis die Polarlichter langsam verblassten und er und seine Brüder wieder in die Welt der schlummernden Schatten und Fantasien zurückkehren mussten.

Die Glasblumen Gießerei

Als Wills schreckliche Hochzeitsnacht endlich ganz zu Ende ging und einem müden blassgelben Sonnenaufgang wich, fand er sich auf dem großen Eisbärenfell neben seinem Himmelbett wieder und all seine Glieder schmerzten von der Nacht auf diesem harten weißen Bettvorleger. Offenbar hatte er gestern so viel Rosenwein getrunken, dass er es am Ende nicht einmal mehr geschafft hatte, in sein eigenes Bett zu torkeln.

Mühevoll blinzelte Will dem rauen Eisbärenfell unter seinen Händen entgegen und versuchte, sich daran zu erinnern, wann er gestern überhaupt schlafen gegangen war. Aber seine Erinnerungen an die letzte Nacht fühlten sich so fahl und vernebelt an wie ein böser Traum, was eine typische Nebenwirkung des schweren Rosenweins war, der hier auf Beli zu Festen gereicht wurde. Ein Kelch nahm jemandem seine Sorgen. Ein zweiter seine Hemmungen und ein dritter meist das Bewusstsein und die Erinnerungen an den vergangenen Tag … Abwesend sah Will sich auf der Suche nach Hinweisen in seinem verwüsteten Zimmer um, was ihn allerdings nur noch mehr verwirrte.

In dem sonst so ordentlichen Schlafgemach waren alle großen Möbelstücke wie Sessel, Tische und Anrichten unwirsch zur Seite geschoben worden, ganz so, als hätte gestern eine Horde Albträume in seinen Gemächern Walzer getanzt … Doch dann entdeckte Will auf dem Boden direkt vor seiner Nase ein durchscheinendes weißes Unterkleid, das zu groß und zu prunkvoll war, um zu seiner Mätresse Spinne zu gehören. Und plötzlich kehrte die Erinnerung an die vergangene Nacht mit voller Wucht in seinen dröhnenden Schädel zurück und machte ihm klar, dass er gestern allenfalls zwei Weinkelche gelehrt haben konnte.

Hatte er Maren etwa wirklich ...?

In einem Anflug von Panik packte Will das dünne Seidenhemd und hoffte, dass es in Wahrheit nur ein Überrest der tanzenden Wintergeister war und sich in seinen Händen einfach in Luft auflösen würde, aber nichts dergleichen geschah ...

Hatte ihn der Alkohol etwa wahnsinnig gemacht?! Was sonst hätte Will dazu verleiten können, all diese Dinge zu Maren zu sagen? Bei allen guten und bösen Geistern! Er kannte Maren nun schon seit zehn Jahren und gestern hatte er mit voller Kraft in ein paar sehr alte und sehr tiefe Wunden geschlagen. Vermutlich hätte es selbst Cenric nicht besser hinbekommen ... Und dabei wollte Will die Vergangenheit doch eigentlich hinter sich lassen und alles anders machen als damals! Er hatte vorgehabt, Maren wie eine Freundin und Partnerin zu behandeln. Aber manchmal machte sie ihn einfach so schrecklich wütend! Oder vielmehr waren es ihre Fehler, die ihn wütend machten. *Wenn sie doch nur gehorcht oder nicht ganz so lächerlich ausgesehen hätte ... Dann wäre alles anders gekommen,* dachte Will bitter bei sich.

Der Alkohol ließ seinen Kopf schmerzen und er hatte keine Lust, sich jetzt schuldig zu fühlen, immerhin stand das Staatsbankett, das seine Königswahl eröffnen würde, kurz bevor. Und diese Tatsache erschien Will nach der katastrophalen Hochzeit gestern Strafe genug zu sein. Also begann er hastig, sich umzuziehen und seine Haare zu ordnen, und bemühte sich, das schreckliche Bild von Marens tränenüberströmtem Gesicht aus seinem Kopf zu vertreiben ...

👑

Als Maren am nächsten Morgen erwachte, war sie allein und alles tat ihr weh – ihr schlimmes Bein, ihre Füße, ihr Rücken, sogar ihre Kehle schmerzte vom vielen Weinen. Sie war irgendwann von den Geschichten ihres Retters Anuaq eingeschlafen und nun, wo es Morgen geworden war, war der mysteriöse Geistermann fort, wie er gesagt hatte, und Maren fürchtete halb, dass sie ihn und auch all die unheimlichen Monster in Wahrheit nur geträumt hatte ... Vielleicht war sie gestern Nacht lediglich wahnsinnig vor Trauer in die Küche gerannt und hatte ihr Elend hier oben auf diesem Dachboden so lange mit klebrigen Zimtplätzchen betäubt, bis sie in einen wirren Verdauungsschlaf gefallen war? Aber Maren sah nirgendwo eine Spur von Keks- oder Kuchenkrümeln und ihr war auch nicht schlecht, wie das sonst immer der Fall war, wenn sie sich in den Schlaf gegessen hatte. Sie fühlte sich einfach nur auf eine dumpfe und unendlich schwere Weise elend, da sie wusste, dass sie diesen Kräuterdachboden jetzt verlassen musste, um sich den Monstern des Tages zu stellen. Denn wenn sie noch länger hier oben bleiben würde, würden die Küchenjungen sie entdecken und ein weiterer Skandal würde die Runde machen – und das war das Letzte, was Maren im Augenblick wollte. Also kletterte sie unbeholfen die silberne Leiter hinunter und humpelte keuchend durch die demolierten Flure hindurch zurück in ihr Turmzimmer.

Tja, zumindest die Monster sind also wirklich gewesen, überlegte Maren beim Anblick der verwüsteten Korridore. Und als sie wenig später erneut durch ihre juwelendurchsetzte Zimmertür trat, erwartete Lord Rorick sie bereits mit grimmigem Blick in ihren Gemächern.

»Ihr seid spät dran, Prinzessin. Der gesamte Inseladel hat sich schon im Thronsaal versammelt, um die Königswahl zu eröffnen. Ihr solltet Euch beeilen, bevor man Euch dort vermisst.«

Maren wich schlagartig alle Farbe aus dem Gesicht und sie starrte alarmiert aus dem Fenster. Die Sonne stand noch nicht hoch am Himmel, aber sie hatte vergessen, dass sie nicht mehr im Nordland war, sondern auf Beli – der Insel am Ende der Welt. Die Tage waren hier kürzer als in Mandrell und vermutlich war es daher trotz der niedrigen Sonne bereits Mittag.

Feste sind in diesem Schloss wie Schlachten und gestern habe ich meine Schlacht haushoch verloren. Warum muss ich jetzt schon wieder in den Krieg ziehen?, dachte Maren hoffnungslos bei sich und natürlich entging Lord Rorick ihr Missmut nicht.

»Ihr müsst Euch bei diesem Bankett zeigen, Hoheit, das ist sehr wichtig, denn auf dieser Feier macht Willjareth offiziell seinen Anspruch auf die Krone geltend. Euer Mann mag ein Feigling und ein Taugenichts sein, aber er ist der Schlüssel zu Belis Schatzkammern und dem Silber, das unser Land so dringend braucht. Zieht Euch jetzt etwas Sauberes an und geht da runter. Ich verspreche auch, dass ich Eurem werten Gemahl seine hübsche Nase breche, wenn er sich nicht benehmen kann, in Ordnung?«

Diese Aussicht beruhigte Maren keineswegs, denn vermutlich würde man Lord Rorick auf Lebenszeit einsperren, wenn er sich hier auf Beli an einem der Insellords vergriff.

»Es wäre mir lieber, wenn Ihr Will nicht vor den Augen der anderen Lords verprügeln würdet … Wartet lieber, bis Ihr ihn in einer dunklen Ecke erwischt«, murmelte Maren, während sie ein saphirblaues Seidenkleid aus ihrem Kleiderschrank fischte und sich hinter dem protzigen Raumteiler langsam umzog. Der satte Seidenstoff beruhigte Maren irgendwie, da er im Gegensatz zu ihrem blutbeschmierten Hochzeitskleid nahezu blickdicht war. Aber sie wollte Will und den anderen Adligen dennoch nicht gegenübertreten, also tat Maren eine Weile so, als würde sie ihre wirren Haare in eine ordentliche Hochsteckfrisur zwingen.

Als Lord Rorick allerdings bemerkte, dass Maren nur Zeit schinden wollte, zog er sie mit strenger Miene von ihrem Frisiertischchen fort und sagte: »Nun kommt, Prinzessin. Die Dinge hinauszuzögern hat sie auch noch nie besser gemacht … Ich weiß, Ihr habt gestern Abend sehr gelitten, aber Ihr müsst jetzt noch einmal stark sein und dieses Bankett überstehen, danach könnt Ihr Euch ausruhen.«

Maren fand, dass Lord Rorick wie ein alter Offizier klang, der seine Truppen zu einem letzten Gefecht motivierte. Und nach einem kurzen Zögern nickte sie ihrem Leibwächter tatsächlich zu und folgte ihm widerwillig in das Treppenhaus hinein – zurück in ihren glitzernden Albtraum.

Als Maren und Lord Rorick verspätet in den Thronsaal eintraten, starrten und tuschelten die Adligen natürlich, wie Maren es erwartet hatte. Aber selbst Cenric und Erika schienen heute zu verkatert und müde zu sein, um viel Aufhebens um Marens Erscheinen zu machen, und so gelangte sie nahezu unbehelligt an Wills Seite, wo sie so viel Abstand wie möglich zwischen sich und ihrem feinen Gemahl ließ und ihn nur kurz aus dem Augenwinkel heraus beobachtete.

Will hatte tiefe Ringe unter den Augen, sah aber ansonsten ebenso hinreißend und melancholisch aus wie immer. Doch heute berührte Maren das nur wenig und keine Hitze stieg ihr in die Wangen, als sie ihren hübschen Ehemann heimlich betrachtete, denn so schön sein Äußeres auch sein mochte, er hatte einen hässlichen Charakter. Er war nicht mehr der

nette kleine Junge aus Marens Erinnerungen und er würde es auch nie wieder sein, das begriff Maren nun endlich. Und vielleicht sollte sie Will sogar dankbar für die gestrige Nacht sein, denn damit hatte er es ihr sehr leicht gemacht, sich *nicht* wieder in ihn zu verlieben.

»Du hast dich also entschieden, viel zu spät und ungekämmt zum Beginn meiner Königswahl zu erscheinen, ja? Tja ... ich denke, damit sind wir dann wohl quitt«, raunte Will ihr missmutig zu und Maren brauchte einen Augenblick, um zu begreifen, was Will damit meinte.

Dann klappte ihr entgeistert die Kinnlade herunter.

Anscheinend glaubte Will tatsächlich, sie würde die gestrige Nacht einfach vergessen, nur weil er ihr einen kleinen Fehltritt nachsah. Schweigend ballte Maren die Hände zu Fäusten und wartete auf das, was Will sonst noch zu sagen hatte.

»Du hast im Grunde schon alles Wichtige verpasst. Die Priesterinnen haben mir den Westen der Insel zum Regieren zugeteilt und Cenric den Osten und die Eiswüste. Jetzt holen sie nur noch ein wenig Meerwasser und Schnee von der Küste, das Cenric und ich aus einem uralten Hornkelch trinken müssen. Dann schwören wir zwei unsere Eide und dann ist die Zeremonie vorbei und wir dürfen unsere Inselhälften ein halbes Jahr lang regieren, ehe der bessere Regent zum König gewählt wird«, erklärte Will ihr geschäftig. Ihre Hochzeitsnacht erwähnte er allerdings mit keinem einzigen Wort, was Maren nur noch mehr verärgerte.

»Tja, dann hast du wohl mal wieder unsägliches Glück gehabt, den Westen der Insel abzubekommen, oder? Du kannst gemütlich Feste feiern und Weinfässer leeren, während Cenric sich im ›unzivilisierten‹ Osten mit den Eingeborenen herumschlägt ... Nein, warte, hier auf der Insel heißen sie ja ›Wilde‹, genau wie wir Nordländer«, zischte Maren ungnädig. Sie wusste, eigentlich sollte sie sich darüber freuen, dass Will den zivilisierten Teil Belis proberegieren durfte, doch im Moment wollte sie sich einfach nur mit ihrem neuen Gemahl streiten, weil er nicht einmal den Anstand besaß, sich für gestern Nacht bei ihr zu entschuldigen. Will ging allerdings nicht auf Marens Vorwurf ein, sondern starrte nur besorgt auf das polierte Mosaik zu seinen Füßen.

»Ich fürchte, der Westen Belis ist eher ein Nachteil als ein Vorteil für uns, Maren. Denn dort gehen nachts die meisten Monster um. In den öden Osten wagen sich diese Biester viel seltener und die Eingeborenen

scheinen auch besser mit ihnen zurechtzukommen als unsere Bauern und Handwerker – immerhin sind sie ein Jägervolk.«

»Dann solltest du dich nach dieser Feier am besten umgehend an die Arbeit machen und dafür sorgen, dass Belis Bauern nachts nicht mehr von Ungeheuern überfallen werden«, bemerkte Maren kalt. Sie hatte das Gefühl, dass Will einfach nur herumjammern und bemitleidet werden wollte, und dafür war sie seit gestern Abend definitiv der falsche Ansprechpartner.

»Ja, das werde ich wohl tun …«, nuschelte Will missmutig in Marens Gedanken hinein. Er wirkte tatsächlich ziemlich elend, aber vermutlich war das nur der Kater von letzter Nacht. Und da Maren sich vorgenommen hatte, Will nur noch zu behelligen, wenn es um die Königswahl ging, wartete sie lediglich schweigend darauf, dass die Zeremonie ihren Lauf nahm und Cenric und Will das Meerwasser aus dem großen Hornkelch von Belis erstem König zu sich nahmen. Die beiden mussten den drei mitternachtsblauen Priesterinnen danach noch schwören, im Kampf um die Krone nur mit ehrlichen Mitteln zu kämpfen, woraufhin Maren fast laut losgelacht hätte. Doch sie konnte sich gerade noch so beherrschen, und nachdem Will und Cenric mit knirschenden Zähnen ihren Eid abgelegt hatten, löste sich die ernste und gelangweilte Atmosphäre des Staatsbanketts augenblicklich in Luft auf.

Die Adligen begannen nun, müde, aber fröhlich vor sich hin zu plappern, neuen Wein zu trinken und sich an den herumliegenden Naschereien zu bedienen, von denen Maren auch gerne welche gehabt hätte. Aber da sie keine Aufmerksamkeit auf sich ziehen wollte, blieb sie, wo sie war, bis eine kleine Gruppe schnatternder Edeldamen sie ins Visier nahm und wie ein Schwarm zweibeiniger Schlangen auf Maren zukroch. Erika schwebte an der Spitze dieses schillernden Schlangenhaufens mit einer reich geschmückten Schoßrobbe auf dem Arm dahin und ihr Gesichtsausdruck verhieß nichts Gutes.

»Maren! Ich dachte schon, du würdest heute gar nicht mehr auftauchen! Wie gut, dass ich mich geirrt habe! Meine Freundinnen und ich haben uns gefragt, ob du uns nicht gerne bei der nächsten Jagd begleiten würdest? Wir hatten vor, zur Mittagsstunde in den *Singenden Wald* aufzubrechen«, verkündete Erika mit einem gemeinen Lächeln, das ihre Zähne wie scharfgeschliffene Juwelen funkeln ließ.

In Marens Innerem verkrampfte sich alles. Sie hasste die Jagd und sie hasste Erika und ihre Freundinnen – und natürlich wusste Erika das genau. Aber Erika wusste auch, dass es sich auf Beli nicht gehörte, das Angebot eines anderen Adligen abzulehnen. Es war also egal, was Maren tat, sie würde in jedem Fall verlieren. *Entweder ich bin ein ungeselliger Kauz oder Erika und ihre Freunde stoßen mich mitten im Wald von meinem Pferd, in der Hoffnung, dass ich von wilden Wölfen gefressen werde ...*

»Hast du Erika nicht verstanden, Kürbis?«, fiepte Palanis Gemahlin Ined mit ungeduldiger Piepsstimme.

Doch ehe Maren der winzig kleinen Adligen in ihrem gischtweißen Puppenkleid antworten konnte, gesellte sich Wills zweite Mätresse Ilisil plötzlich zu ihnen und umschloss unwillkürlich Marens Arm.

»Die Lady Maren hat Erika sehr gut verstanden, Ined. Allerdings ist sie bereits mit mir verabredet. Wir wollten nach der Zeremonie in den Wald gehen, um ein paar Blumen zu pflücken – aber Ihr könnt uns gerne begleiten, wenn Ihr wollt«, bemerkte Ilisil in kühlem Tonfall.

Erika verzog enttäuscht das Gesicht. »Danke, aber das ist uns zu langweilig«, seufzte sie und führte ihre Schlangenfreundinnen mit einem finsteren Blick auf Ilisil wieder davon, wobei sie es nicht versäumte, Wills Mätresse ins Ohr zu raunen: »Du kannst sie nicht immer beschützen, Nomadenmädchen.«

Doch Ilisil schwieg eisern, bis sie und Maren wieder allein waren.

Dann wandte sich Maren stirnrunzelnd zu Ilisil um und sagte: »Blumen pflücken?« Das hatte sie zum letzten Mal als kleines Mädchen gemacht.

Wills Mätresse lachte leise. »Ja, ich weiß, es ist nicht der spannendste Zeitvertreib, aber das Blumenpflücken ist eine der dreißig *sittsamen Beschäftigungsmöglichkeiten* aus Gregor Geneths ›Etikette für Anfänger‹ – und es ist die beste Möglichkeit, um sich dumme Puten wie Lady Erika vom Hals zu halten. Sie hasst die Natur und alles, was ihr ihren reinweißen Kleidersaum beschmutzen könnte.« Ilisil schnitt demonstrativ eine genervte Grimasse. »Nur für die Jagd macht sie eine Ausnahme. Sie scheint ebenso gern zu töten wie Cenric. Vermutlich haben die beiden deshalb auch geheiratet ... Na, wie auch immer, jetzt müsst Ihr mir jedenfalls in den Wald folgen, Lady Maren. Einer von Erikas Spitzeln wird uns gewiss beobachten und es seiner Herrin berichten, wenn wir sie

angelogen haben. Will möchte im Moment bestimmt ohnehin allein sein, immerhin hat man seine Freundin Spinne heute früh tot auf dem Flur aufgefunden … Ich mochte die Schneiderin zwar nicht, aber ich wünsche es trotzdem niemandem, nachts von den Monstern erwischt zu werden.«

Maren starrte Ilisil fassungslos an. »Spinne ist tot?«, wiederholte sie ungläubig und Wills zweite Mätresse nickte ruhig.

»Ja, ist sie. Aber jetzt kommt mit nach draußen, Lady, bevor uns doch noch jemand begleiten möchte.« Ungeduldig bugsierte Ilisil Maren aus dem Thronsaal hinaus und lediglich Lord Rorick bemerkte ihr Verschwinden. Unaufdringlich wie immer folgte er Maren durch die weit verzweigten Korridore und erstaunlicherweise schien es Ilisil gar nicht zu stören, dass ein ›unzivilisierter Festländer‹ wie Lord Rorick sie und Maren begleitete. Wenn Ilisil nur nicht Wills Geliebte wäre, dann könnte Maren diese Freundlichkeit sogar genießen. Doch so wie die Dinge lagen, war Ilisils Hilfe fast genauso schmerzhaft wie Spinnes offene Abscheu – es tat einfach nur auf eine ganz andere Weise weh …

Aber warum eigentlich? Warum bin ich eifersüchtig auf dieses schöne Mädchen? Will ist genauso ein glitzerndes Ungeheuer wie all die anderen Adligen auch und ich will nicht mehr mit ihm zu tun haben als unbedingt nötig!, erinnerte sich Maren streng. Und es gelang ihr tatsächlich, ein wenig zu lächeln, als Ilisil ihren Korb kurze Zeit später schwungvoll am Waldrand abstellte und sagte: »So, dann fangen wir mal an, Blumen zu suchen.«

Als Prinzessin von Mandrell fiel es Maren natürlich nicht schwer, sich jene Plätze in Erinnerung zu rufen, an denen Waldblumen wuchsen. Allerdings war sie mehr als verwundert, all die Waldröschen, Sterndolden, Blauglöckchen und Forstveilchen auch jetzt im Herbst noch in voller Blüte stehen zu sehen. Überhaupt erinnerte Maren sich nun wieder daran, dass es eigentlich das ganze Jahr über zu kalt für Blumen oder Bäume auf Beli war. Und doch standen sie nun in einem blumenüberfluteten Wald …

»Wie können hier eigentlich so viele Buchen und Blauglöckchen und Weizenfelder wachsen? Belis Böden sind doch das gesamte Jahr über gefroren, oder?«, fragte Maren, während sie einem eisüberzogenen Birkenblatt dabei zusah, wie es schmetterlingsgleich zu Boden schwebte und dort wie eine gläserne Seifenblase in tausend Stücke zerschellte. Diese Insel war wirklich ein sonderbarer

Ort – normalerweise müssten all diese Pflanzen schon längst der Kälte zum Opfer gefallen sein. Doch Ilisil zuckte auf Marens Frage hin nur nachlässig mit den Schultern.

»Magie macht all das möglich, was sonst? Westbeli war doch der Sage nach einmal ein Land des Sommers, das unter der Herrschaft eines fremden, südländischen Gottes stand, den man den Rosenkönig nannte. Er säte hier während seiner Herrschaft allerlei exotische Blumen und Pflanzen aus, um den Inseladel damit zu verführen und ihn die wahre Göttin dieser Insel langsam vergessen zu lassen. Als die Frostmutter schließlich gegen ihn in den Krieg zog, trennte der Dämon seine Inselhälfte mit einer Hecke aus magischen Rosenranken vom Osten ab, um den Sommer und Westbeli vor den kalten Klauen der Frostmutter zu bewahren. Er verlor den Krieg zwar dennoch, aber es heißt, dass die Wurzeln seiner Rosen bis heute tief im Boden der westlichen Inselhälfte stecken und dem Land gegen den Willen der Frostmutter doch noch ein wenig Sommer und ein wenig von der verruchten Art des Rosenkönigs einhauchen«, schloss Ilisil, ehe sie Maren einen nachdenklichen Blick zuwarf. »Wir sollten jetzt aber nicht über Pflanzen und alte Geschichten reden, sondern über Euch und den Winterhof ... Ich kann Euch helfen, dort besser zurechtzukommen, wisst Ihr, Lady Maren?«

Maren pflückte etwas lilafarbenes Lungenkraut aus dem Unterholz und zog eine Grimasse. »Ich würde doch lieber über Pflanzen reden«, seufzte sie missmutig. »Oder hat Will Euch angewiesen, mich in höfischem Verhalten zu unterrichten?« *Bin ich wirklich so eine Schande, dass er meint, ich solle mich von einer Mätresse belehren lassen?*

Zu Marens großer Erleichterung schüttelte Ilisil den Kopf. »Will hat mir gar nichts gesagt und ich möchte Euch auch nicht die vielen Bücher über Etikette vorbeten, die ich damals auswendig lernen musste. Ich will Euch lediglich ein paar Überlebenstipps geben – wenn Ihr sie hören wollt.«

Maren beschloss, ihren nutzlosen Stolz beiseitezuschieben, und nickte. Dann schlief Ilisil eben mit ihrem Gemahl, nett war sie trotzdem, und das war alles, was zählte.

Und so begann Ilisil, Maren langsam in das verzwickte Intrigenspiel bei Hofe einzuweihen. Sie erzählte Maren von den offenen und weniger offenen Geheimnissen der hohen Lords und Ladys, verriet ihr die Ängste einiger Edelmänner und Edeldamen und erklärte ihr, wie man die Adligen

anhand ihrer Kleiderwahl besser einschätzen konnte. Wenn Frauen beispielsweise übermäßig viel teuren Schmuck trugen oder besonders große Juwelen an ihre feinen Silberkettchen hingen, dann waren sie laut Ilisil meist harmlos, da sie außer ihrem Reichtum keinerlei nennenswerte Talente besaßen. Gleiches galt für Insellords, die sich von Kopf bis Fuß in das unbezahlbar teure Leder weißer Ringelrobben kleideten. Und auch Frauen, die bei Tisch niemals aßen und deren Kleider immer ein wenig zu weit waren, stellten keine Gefahr dar, weil sie aller Wahrscheinlichkeit nach an Schwindsucht litten – dem Wahn, immer dünner und magerer zu werden – und daher zu geschwächt waren, um sich mit dem höfischen Intrigenspiel zu beschäftigen.

»Außerdem kannst du anhand der Kleidung auch erkennen, welche Mägde und Knechte welchen Lords ergeben sind, die Bediensteten hier im Schloss neigen nämlich dazu, den Kleidungsstil ihrer Herren zu imitieren …«, ergänzte Ilisil am Ende ihres Vortrages mit abwesender Miene, doch Maren hörte Wills zweiter Mätresse kaum noch zu. Sie war plötzlich viel interessierter an dem Inhalt von Ilisils Korb als an ihrer kleinen Lehrstunde. Denn in Ilisils Weidengeflecht befanden sich keine Blumen so wie in Marens Korb, sondern recht schmucklose grüne Pflanzen und Beeren – giftige Pflanzen und Beeren.

Maren erkannte einige nachtschwarze Tollkirschen mit sternenförmigen Kelchblättern, einen Strauß mit rotem Fingerhut und den langen Zweig einer Eibe und runzelte jäh die Stirn.

»Ich dachte, Ihr wolltet Blumen pflücken, Ilisil«, brummte Maren vorwurfsvoll und nun bemerkte auch Lord Rorick die giftigen Pflanzen und legte sofort die rechte Hand auf den Knauf seines Schwertes.

»Wolltet Ihr meine Prinzessin etwa vergiften, Lady? Ich fing gerade an, Euch zu mögen«, knurrte er, doch Ilisil hob nur friedfertig die Hände.

»Warum sollte ich die Lady Maren vergiften? Davon abgesehen, dass es eine wirklich dämliche Idee wäre, einer Prinzessin von Mandrell giftige Pflanzen unterjubeln zu wollen –«

»Und für wen sind diese Giftpflanzen dann?«, unterbrach Lord Rorick Ilisil ungnädig.

»Für ein paar Freundinnen, die hier in der Nähe wohnen. Sie haben mich gebeten, ihnen ein paar dieser besonderen Blumen mitzubringen, sie sind nämlich –«

Plötzlich ertönte ein Rascheln im Unterholz und Ilisil wirbelte alarmiert herum. »Hört Ihr das?«, wisperte sie ängstlich.

Lord Rorick nickte steif und zog sein Schwert. »Ich höre es! Und jetzt seid still, alle beide!«, zischte er, als das Rascheln immer lauter wurde.

Maren hielt den Atem an und versuchte, die Richtung zu bestimmen, aus der das Geräusch kam. Aber das war gar nicht so einfach, denn anscheinend raschelte es zu ihrer Linken *und* zu ihrer Rechten im Unterholz ... Und tatsächlich entdeckte Maren einen Herzschlag später gleich zwei langbeinige Bärenmonster, die sich im Schatten der reifüberzogenen Birkenbäume langsam an sie und Ilisil heranpirschten ...

Das Ungeheuer auf der linken Seite wirkte mit seinem braunen Pelz und den bernsteinfarbenen Schuppen fast selbst wie ein wandelnder Baum, während das rechte Ungetüm in eine flirrende saphirblaue Schlangenhaut gehüllt war und ein Netz aus Edelsteinen um den Hals trug.

Sofort gefror alles Blut in Marens Körper zu eiskalter Angst. *Anuaq hat sich also geirrt und die Adligen haben zur Abwechslung einmal nicht gelogen – diese Ungeheuer treiben auch tagsüber ihr Unwesen!*, schoss es ihr jäh durch den Kopf.

»Ihr zwei verschwindet jetzt ganz langsam von hier, um diese Biester nicht auf Euch aufmerksam zu machen. Geht in das nächste Dorf und holt dort Hilfe. Ich werde diese Kreaturen so lange aufhalten, wie ich kann«, bestimmte Lord Rorick mit leiser, kaum hörbarer Stimme.

Doch Maren war wie gelähmt.

Erst als Ilisil sie zwei gepresste Atemzüge später nachdrücklich am Arm packte, gewann Maren die Kontrolle über ihren Körper wieder und drehte sich zitternd um, wobei sie dummerweise über einen alten, morschen Ast stolperte, der knirschend unter ihren Füßen zerbarst.

Das laute Geräusch löste die beiden Bärenmonster aus ihrer lauernden Starre und sie sprangen rasend vor Wut auf Maren und Ilisil zu.

»Lauft!«, schrie Lord Rorick, während er sein Schwert alarmiert in die Höhe riss.

Ilisil war die Erste, die diesem Befehl Folge leistete. Instinktiv ließ Wills liliengleiche Mätresse Marens Arm los und schnellte davon wie ein silberner Pfeil. Maren konnte Ilisil lediglich unbeholfen hinterherstolpern, aber sie erkannte bereits nach zwei kurzen Schritten, dass sie die schlanke Eisnomadin niemals würde einholen können. Also bemühte

Maren sich nur, Wills Mätresse nicht vollkommen aus den Augen zu verlieren, da Ilisil diese Wälder im Gegensatz zu ihr kannte. Doch Ilisil schien mit jedem Schritt schneller und schneller zu werden, während Marens geschundene Füße und ihr schlimmes Bein immer übler schmerzten und sie ausbremsten.

»Warte, Ilisil! Ich kann nicht so schnell! Sag mir wenigstens, wo es langgeht!«, schrie Maren verzweifelt. Aber Ilisil hörte sie nicht, und ehe Maren ein zweites Mal nach ihr rufen konnte, hatte das dunkelbraune Bärenmonster sie auch schon erreicht und langte mit seinen riesigen Pranken nach Marens Kopf.

Entsetzt sprang Maren zur Seite und verhinderte so, dass das Untier mehr als nur eine Strähne ihrer wilden Locken mit seinen Klauen erwischte. Sie sah aus dem Augenwinkel kurz, wie ein paar rote Haare wie verirrte Funken durch den Wald wehten. Dann rannte sie blindlings nach rechts weiter, weil der Waldboden dort steil abfiel und Maren hoffte, mithilfe des Abhangs einen kleinen Vorsprung vor dem schwerfälligen Ungeheuer zu gewinnen. Doch leider war das langbeinige Monster agiler, als sie gedacht hatte, und das qualvolle Brennen in Marens Kehle machte ihr deutlich, dass sie diese Flucht nicht mehr lange durchhalten würde. Nur was blieb ihr anderes übrig, als weiterzurennen? Ilisil war schon längst außer Hörweite und Lord Rorick kämpfte auf der kleinen Waldlichtung anscheinend noch immer gegen das blaue Bärenmonster, das inzwischen markerschütternde, gurgelnde Schreie von sich gab ...

Panisch versuchte Maren, das Erlahmen ihrer Schritte zu verhindern, aber sie konnte einfach nicht mehr weiter. Alle Kraft war aus ihren Beinen gewichen, und so musste Maren hilflos mitansehen, wie das braune Bärenmonster langsam zu ihr aufschloss und seine schreckliche Gestalt immer detailreicher und schauriger wurde.

Von Nahem erkannte Maren erstmals, *wie* menschlich dieses Monster wirklich war. Es besaß eine schmale, nasenartige Schnauze und ein erstaunlich gerades und weißes Gebiss – wenn man von den blutverkrusteten Fangzähnen einmal absah. Und das Gesicht des Monsters war furchtbar rund und flach, was für Raubtiere eigentlich vollkommen unüblich war. Lediglich die Augen des Bärenmonsters stierten todbringend und tierisch zu ihr hinauf. Und als Maren mit donnerndem Herzen noch einen

letzten Schritt nach hinten machte, verlor das Ungeheuer die Geduld und sprang schnell wie ein brauner Blitz auf Maren zu.

Das Untier hätte ihr seine Klauen wohl mitten ins Gesicht geschlagen, wenn nicht im letzten Augenblick ein schwarzer Pfeil aus dem Nichts aufgetaucht wäre und das Monster direkt ins Herz getroffen hätte.

Mit einem entsetzlichen Heulen sackte das Ungeheuer vor Marens Füßen zu Boden.

»Ich hab es erwischt!«, frohlockte eine unbekannte Stimme plötzlich vom Rande des Waldes aus und zwei Wimpernschläge später ritt auch schon die dazugehörige, schwarzgekleidete Frau auf die Lichtung und legte einen weiteren Pfeil in ihren ebenfalls schwarzen Bogen. *Jetzt wird sie mich auch töten!*, dachte Maren im ersten Moment halb verrückt vor Angst. Doch die kleine Frau schoss ihren zweiten Pfeil lediglich in die Lunge des röchelnden Ungeheuers und brachte es damit endgültig zum Verstummen. Und als die Bogenschützin ihren Schimmel drei rumpelnde Herzschläge später vor Maren durchparierte, legte sie keinen neuen Pfeil ein, sondern reichte Maren stattdessen hilfsbereit eine Hand, um sie auf den Rücken ihres Pferdes zu ziehen.

»Ist schon gut, Maren, das sind die Freundinnen, von denen ich dir erzählt habe! Sie werden uns nichts tun. Sie sind nur hier, um Monster zu jagen!«, rief Ilisil ihr plötzlich von einem anderen weißen Pferd aus zu. Offenbar war auch sie von einer unbekannten schwarzen Frau gerettet worden und aus unerfindlichen Gründen vertraute Maren Wills Mätresse genug, um der fremden Reiterin vor ihr die Hand zu reichen und sich auf den staubgrauen Apfelschimmel ziehen zu lassen.

Und anscheinend hatte Maren damit zur Abwechslung einmal die richtige Entscheidung getroffen. Denn nachdem sie aufgesessen war, trieben die zwei schwarzen Frauen ihre Pferde augenblicklich auf den Waldrand zu, um Lord Rorick mit dem blauen Bärenmonster zu helfen. Aber als die beiden Reiterinnen ihn erreichten, hatte Marens Leibwächter dem langbeinigen Ungetüm bereits sein altbewährtes Eisenschwert ins Herz gestoßen. Und so schwang sich Lord Rorick lediglich mit grimmiger Miene auf den größeren der beiden Apfelschimmel, den er sich nun mit Maren teilte, während Ilisil zusammen mit den beiden schwarzen Jägerinnen auf das andere Pferd kletterte.

Zusammengenommen ergeben die drei aber trotzdem kaum andert-halb Reiter, dachte Maren, als die drei dünnen Frauen sich auf dem anderen Pferd verteilt hatten. Und zu ihrem und Lord Roricks endlosem Unglauben ritten die schwarzen Frauen nach dem Aufsitzen seelenruhig zu den beiden toten Ungeheuern zurück und schnitten ihnen die Köpfe ab, anstatt diesen unseligen Wald so schnell wie möglich zu verlassen.

Erst nachdem die blutbesudelten Monsterköpfe sicher in den Satteltaschen der schwarzen Frauen verstaut waren, trieben sie ihr Pferd auf die reifüberzogenen Heidefelder zu, die dann und wann zwischen den Stämmen der hageren Birkenbäume hindurchschimmerten.

»Bernia und Timandra sammeln die Monsterköpfe, weil sie die Ungeheuer hier auf der Insel untersuchen und erforschen«, erklärte Ilisil irgendwann mit einem Blick auf die beiden dunkel gekleideten Frauen, die vor ihr auf dem Pferd saßen. »Es tut mir übrigens leid, dass ich dich vorhin zurückgelassen habe. Aber als ich die Witwen zwischen den Bäumen umherstreifen sah, dachte ich, das wäre unsere einzige Chance, und habe sie hergeholt«, fügte Ilisil noch beklommen hinzu.

Maren zuckte nur schwach mit den Schultern. »Wir sind beide am Leben, oder nicht?«, antwortete sie schlicht und danach gab die kleinere der schwarzen Frauen Ilisils Pferd die Sporen und beendete damit dieses peinliche Gespräch.

Der prächtige Schimmel der drei Frauen verfiel zusammen mit Marens Hengst in einen lockeren Trab, und da niemand mehr mit ihr sprach, konnte Maren sich nun ganz dem perlweißen Wald widmen, der auf der linken Seite langsam an ihr vorüberzog.

Anfangs betrachtete Maren das reifüberzogene Unterholz zwar nur, weil sie fürchtete, dass jeden Augenblick neue Monster hinter den Baumstämmen hervorbrechen könnten. Aber das Klirren, das die ge-frorenen Birkenblätter von sich gaben, wenn sie auf dem Waldboden zerbarsten, war so schön, dass Maren ihre Angst Stück für Stück wieder vergaß.

Es ist nicht schwer zu erraten, warum man diesen Wald auch den Singenden Wald nennt, dachte Maren irgendwann träumerisch bei sich und sie war schon fast traurig, als das Gelände langsam ausdünnte und eine einsame schneebedeckte Heidelandschaft die Bäume schließlich vollends verdrängte.

Weder Menschen noch Tiere tummelten sich auf dieser erfrorenen Wiese – was das alte Gutshaus, das am Ende der Auen auf einem schmalen Hügel thronte, nur noch einsamer und sonderbarer wirken ließ. Doch je näher Maren zusammen mit den schwarzen Jägerinnen auf das kleine Schloss zuritt, desto weniger kümmerte sie der unpassende Standort des düsteren Gebäudes. Maren erkannte nämlich beim Näherkommen, dass es sich um ein herrlich altes Gutshaus handelte, das aus ungeschliffenen graubraunen Mauersteinen bestand und nicht aus den pedantischen, rechteckigen Marmorziegeln, die die meisten anderen Häuser der Insel zierten. Außerdem besaß das Gutshaus im Gegensatz zu Wjallvits zahlreichen Türmen, Tourellen und Erkern nur einen einzigen breiten Turm, auf dem ein verrußter Schornstein munter vor sich hin rauchte, was Maren sofort ein sehnsüchtiges Lächeln entlockte. Ein echter Inselmann wie Will fände dieses alte Anwesen sicherlich furchtbar bescheiden und bäuerlich, doch für Maren war es herrlich bodenständig und vertraut, da die stabile Bauart sie an die Burgen in Mandrell erinnerte.

»Dieses Anwesen war ursprünglich mal eine Glashütte, deshalb steht es so abgelegen und besitzt einen Schornstein. Der letzte Hüttenmeister kam allerdings zu einem gewissen Reichtum und beschloss, dieses kleine Anwesen aus seiner Werkstatt zu errichten. Und obwohl hier seit fünfhundert Jahren kein Glas mehr im großen Stil hergestellt wird und der Wald inzwischen ein ganzes Stück zurückgewichen ist, brennt der alte Rundofen manchmal immer noch, wenn wir Glasblumen für Beerdigungen herstellen«, erklärte die hochgewachsene Reiterin namens Timandra geschäftig.

Und als Maren wenig später vor dem alten Bauwerk vom Pferd gelassen wurde, glaubte sie sofort, dass das Anwesen schon über fünfhundert Jahre lang diesen Hügel für sich beanspruchte. An der Wetterseite des Gebäudes hatten Regen und Hagel mit der Zeit nämlich winzige Narben in den Stein hineingeschlagen und das graue Dach erinnerte Maren mit seinen rissigen Schindeln lebhaft an das faltige Gesicht eines Greises.

»Kommt, wir sollten hineingehen, drinnen ist es wärmer und wir müssen die Köpfe einbalsamieren, solange sie noch frisch sind«, drängte die kleinere Jägerin, während sie den blutigen Kopf des blauen Monsters achtlos aus ihrer Satteltasche holte.

Maren spürte, wie die Übelkeit wieder in ihr aufstieg, also wandte sie sich hastig um und betrachtete anstelle des Kopfes lieber den seltsamen Blumenkranz, der vor der Tür angebracht war. Er war vollständig aus Glas gegossen und in seinem Inneren befand sich ein Schild, auf dem in glänzenden Kupferlettern ›Iregras Glasblumengießerei – feinster Grabschmuck seit 261 z.Z.‹ geschrieben stand. Fasziniert fuhr Maren die Umrisse der naturgetreu wirkenden Rosen mit dem Finger nach, doch nachdem Timandra zweimal laut geklopft hatte, wurde das Eingangsportal sofort schwungvoll geöffnet und eine weitere schwarze Frau tauchte im Türrahmen auf. Sie sah den beiden dunkel gekleideten Jägerinnen auf den ersten Blick sehr ähnlich, ihre Augen waren nämlich ebenfalls mit tiefschwarzer Kohle umrandet und sie trug sogar Lippenstift in der Farbe von Tollkirschen. Aber die elegante Frau im Türrahmen musste mindestens doppelt so alt sein wie die beiden Reiterinnen, denn es zogen sich silberne Strähnen durch ihre strenge Hochsteckfrisur und ihre wasserklaren grauen Augen wirkten gefasst und erfahren.

»Das ist Iregra, ihr gehört dieses Anwesen«, erklärte die kleinere Bogenschützin namens Bernia knapp.

Die ältere Dame lächelte sittsam. »Genau genommen gehörte es meinem werten Gemahl. Und es war so ziemlich das einzig Gute an ihm, neben der Tatsache, dass er früh gestorben ist. Aber genug davon. – Timandra, Bernia, bringt unsere Gäste erst einmal herein und gebt ihnen etwas zu trinken. Ilisil und ihre Freundin sind ja totenbleich, und den beiden Köpfen in deiner Hand nach zu urteilen, Bernia, kann man es ihnen kaum verdenken«, befand Iregra gebieterisch. Und da keines der schwarzen Mädchen das Bedürfnis hatte, sich der Hausherrin zu widersetzen, saßen Maren und Ilisil schon bald vor einem wohlig knisternden Kamin und tranken Kräutertee und heiße Honigmilch. Sogar Lord Rorick hatten die schwarzen Frauen auf Marens Bitte hin eingelassen. Und obwohl sie offensichtlich nicht davon begeistert waren, einen Mann im Haus zu haben, bewirteten sie auch Marens Leibwächter mit einem Kelch voll gesüßtem Glühwein, was Lord Rorick so versöhnlich stimmte, dass er bald friedlich am Kamin vor sich hin döste.

Maren wurde diese Entspannung allerdings nicht zuteil, denn während sie ihre Milch schlürfte, machte sich ein drittes schwarzgekleidetes Mädchen mit mondheller Nomadenhaut und rabenschwarzem Haar

daran, sie zu verarzten. Und obwohl das Mädchen sehr vorsichtig war und seine Berührungen sich geisterhaft zart anfühlten, tat es doch weh, als es Marens blutverschmierte Füße mit einem Lappen säuberte und anschließend mit einer spitzen Pinzette die restlichen Glassplitter herauszog. Maren bemerkte allerdings trotz ihrer Schmerzen, wie unheimlich dünn das kleine Mädchen zu ihren Füßen war. In Schwarz und Weiß wirkte es irgendwie wie eine verhungerte Elster und Maren fürchtete fast, die hervorstehenden Schlüsselbeine des Mädchens würden bei der nächsten Bewegung einfach durch ihre Haut hindurchschneiden … Aber vielleicht war sie auch nur verbittert und eifersüchtig. Das kleine Mädchen zu ihren Füßen war schließlich nicht nur sehr schlank, sondern besaß auch ein einnehmend herzförmiges Gesicht und beneidenswert lange schwarze Wimpern. Außerdem schimmerte die perlweiße Haut des Elstermädchens auf dieselbe unnachahmliche Weise, wie es die Haut aller reinblütigen Niutak tat. Lediglich Marens eigentümliche Halbblüterhaut schimmerte nicht – ihre Haut war einfach nur weiß, weiß wie die einer Leiche. Und Maren fragte sich abermals, welche grausame Gottheit sich bei ihrer Geburt wohl einen Spaß erlaubt hatte.

»Warum bei allen Wintergeistern hast du mir nicht gesagt, dass sich niemand um deine Füße gekümmert hat, Maren? Ich hätte dich verarztet und nicht meilenweit durch den Wald geschleift!«, unterbrach Ilisil jäh ihre trübsinnigen Gedanken.

Maren schwieg ein wenig vor den Kopf gestoßen. Sie hatte nicht jammern wollen und für gewöhnlich interessierte es ja ohnehin niemanden, wie es ihr ging. Will zumindest hatte sehr deutlich gemacht, dass sie ihn mit derlei kindischen Dingen nicht behelligen sollte … Ehe Maren Ilisil allerdings auf ihren Vorwurf antworten konnte, mischte sich Iregra plötzlich mit einem leisen Räuspern in das Gespräch ein.

»Nun, jetzt kümmert sich Wanetta ja um deine Freundin, Ilisil. Also erzähl uns lieber, was du von den Monstern noch weißt.« Iregra rollte geschäftig eine Pergamentrolle auf ihrem Schreibpult aus und sah Ilisil dann erwartungsvoll an.

»Die Viecher kamen aus dem Norden und sie waren zu zweit. Vermutlich sind sie nachts aus dem Winterschloss ausgebrochen. Eines der Monster trug nämlich ein Edelsteinnetz, das Bernia zusammen mit den Köpfen eingesteckt hat – und so viele Diamanten wie da dran

waren, findet man an keinem anderen Ort«, erklärte Ilisil sofort und die Hausherrin nickte finster.

»Ich dachte mir schon so etwas in der Art. Es kommt zwar nicht oft vor, dass wir tagsüber auf diese Ungeheuer treffen, aber wann immer wir es tun, haben sie sich in der Nähe des Winterschlosses herumgetrieben. Irgendwie scheint dieses Schloss etwas mit den Ungeheuern zu tun zu haben … Manche sagen ja, die Monster hätten einst den riesigen Schatz in den Schlossverliesen bewacht, bis sie ihres trostlosen Daseins überdrüssig wurden … Aber was diese Ungeheuer auch sind, sicher ist, dass sie entschlossen sind, zu töten und Unheil anzurichten, und dass einige von ihnen sich mittlerweile auch tagsüber bewegen können.«

»Ja, und so wie es aussieht, werden diese tagwandelnden Ungeheuer mit jedem Jahr mehr. Wenn nicht bald jemand eingreift, werden diese Viecher Beli innerhalb der nächsten zwei Winter vermutlich ganz in Schutt und Asche legen …«, murmelte die kleine Bernia bedrückt.

Und als auch Iregra müde nickte und sagte: »Das fürchte ich leider auch …«, kehrte ein betretenes Schweigen im Raum ein, das sich schwer auf Marens Seele legte. *Ich wusste nicht, dass es so schlecht um Beli steht … Was, wenn ich und Will es nicht schaffen, diese Insel und den Norden zu retten?*

Trübselig begann Maren, die Witwen und den gemütlichen kleinen Salon genauer zu betrachten, um sich so von ihren Sorgen und dem stechenden Schmerz abzulenken, den Wanettas Pinzette in ihren Fußsohlen verursachte. Und ihr fiel auf, dass nicht nur das alte Anwesen der Witwen sie schmerzlich an ihr Zuhause erinnerte. Auch die drei schwarzgekleideten Frauen sahen erstaunlich nordländisch aus.

Sie trugen Kleider mit eng geschnürten Korsetts und ihre rechteckigen Ausschnitte waren mit schwarzem Pelz oder Rabenfedern besetzt, wie es im Norden Brauch war. Die kleine Bernia trug sogar einen eleganten, spitzenbesetzten Umhang gegen die Kälte. Und darüber hinaus hatten sie und die anderen Witwen vernünftigerweise Schuhe an, was sich für belíische Edeldamen eigentlich überhaupt nicht ziemte. Maren entlockte die vertraute Erscheinung der schwarzen Frauen ein verhaltenes Lächeln und seltsamerweise fühlte sie sich sofort heimisch zwischen diesen fremden, düster gekleideten Jägerinnen. Aber vielleicht waren der gut beheizte Salon und die köstliche Honigmilch in ihren Händen auch nicht

ganz unschuldig an diesem Gefühl. Oder die Tatsache, dass das leicht verstaubte Wohnzimmer, in dem Maren sich nun befand, mit seinem bodenständigen Charme ebenso gut zu einer hübschen nordländischen Burg in Mandrell gehören könnte.

Die hervortretenden Kaminwände, neben denen Wanetta saß, waren nämlich mit imposanten steinernen Narwalen besetzt und an der Wand hing ein prächtiges Hirschgeweih. Außerdem waren die Fenster nicht wie in Wjallvit mit protzigen Silbermalereien oder filigranem Schmiedewerk verziert, sondern wurden mit einfachen Eisengittern geschmückt, die an feinmaschige Fischernetze erinnerten. Tatsächlich waren die einzigen Dinge, die in diesem Raum wirklich inselhaft aussahen, die zahllosen gläsernen Windspiele, die an der Zimmerdecke hingen, und die schlichten schwarz-weißen Prachtmotten, die hier anstelle bunter Schmetterlinge durch die Luft surrten und den Windspielen mit ihren feinen Flügelschlägen ein leises Klirren entlockten.

»So, das war's. Ich reibe noch ein paar Heilkräuter auf deine Füße und dann bist du fertig«, wisperte die zarte Wanetta Maren irgendwann kraftlos zu und brach damit das bedrückende Schweigen, das seit Bernias düsterer Prophezeiung im Raum gestanden hatte.

Maren neigte dankbar den Kopf und wartete, bis die Gespräche um sie herum sich langsam wieder fröhlicheren Themen zuwandten, dann murmelte sie leise: »Wanetta, warum leben du und deine Freundinnen eigentlich hier in dieser abgelegenen Glaserei? Iregra muss eine Edeldame gewesen sein, wenn sie dieses hübsche Anwesen geerbt hat. Und du und deine Freundinnen, ihr seid jung und schön und könntet Lords heiraten, aber stattdessen lebt ihr hier, jagt Monster und stellt Glasblumen her …«

Wanetta lachte sie für ihre Frage nicht aus und gab auch kein abfälliges Schnauben von sich, wie Maren befürchtet hatte. Die winzige Witwe zuckte lediglich mit den Schultern und sagte: »Ich und Timandra und Bernia – wir waren alle schon mindestens einmal mit irgendeinem Lord verheiratet und es ist nichts, was wir gerne wiederholen würden … Die meisten Männer hier auf Beli behandeln ihre Frauen schlechter als ihre Hunde und für *Lords* gilt das ganz besonders. Wenn man also das Glück hat, dass der eigene Gemahl früh stirbt, dann sollte man das Schwarz am besten nie wieder ablegen, so wie wir. Auf Beli sind Frauen, die noch

Trauer tragen, nämlich nicht heiratsfähig, und das ist so ziemlich das Beste, was einer Frau auf dieser Insel passieren kann … Dein eigener Gemahl hat dich noch während deiner Hochzeit über Glasscherben laufen lassen. Würdest du da nicht auch lieber in einer abgelegenen Glaserei leben und Grabschmuck für Edelleute gießen, wenn du könntest?«

Darüber dachte Maren einen Augenblick nach. Tatsächlich war es wunderbar warm hier, alle waren bisher freundlich zu ihr gewesen und niemand hatte sie beleidigt oder mutwillig verletzt wie in Wjallvit – man hatte ihr sogar geholfen und beantwortete jetzt geduldig ihre Fragen …

»Es spielt keine Rolle, was ich will oder nicht will. Ich bin zum Wohle meines Landes hier und habe eine Aufgabe zu erledigen«, erklärte Maren mit einem leisen Seufzen.

Wanetta schenkte ihr ein mitleidiges Lächeln. »Das ist sehr tapfer von dir, Maren«, murmelte sie abwesend und Maren bemerkte dabei, dass die mondhäutige Witwe als einzige keine Nordländertracht trug, sondern einen eng geschnittenen Robbenfellmantel, der mit den traditionellen Pfeilmustern der Niutak verziert war. Offenbar hielten die Witwen im Gegensatz zu Belis geschätztem Adel ihre ursprünglichen Vorfahren in Ehren.

»Trotzdem: Solltest du deine Meinung je ändern – sollte dein Gemahl dich misshandeln oder solltest du ihn eines Tages einfach loswerden wollen, dann musst du uns nur Bescheid sagen. Wir werden uns dann darum kümmern, das verspreche ich dir. Du weißt ja jetzt, wo du uns findest«, ergänzte Wanetta noch mit ernster Miene.

Maren starrte die kleine Witwe entsetzt und verwirrt an. »Was genau meinst du damit: ›Ihr würdet euch darum kümmern‹?«, fragte sie vorsichtig. Für Maren hörte es sich ein wenig so an, als ob Wanetta ihr gerade vorschlug, Will einfach … nun … umzubringen … Aber da musste sie sich irren. Vermutlich war Maren noch völlig traumatisiert von ihrer Flucht vor diesen Ungeheuern …

Wanetta nestelte ein wenig unbehaglich am Pelzbesatz ihres linken Ärmels herum. »Ich denke, du weißt ganz gut, was ich gemeint habe, Maren«, antwortete sie dann und Maren fuhr ein kühler Schauer über den Rücken. Sie schluckte ein paarmal schwer und rückte instinktiv ein Stück von Wanetta ab, aber wirkliche Angst hatte Maren trotzdem keine. Die schüchterne kleine Witwe neben ihr wirkte einfach nicht wie eine

Mörderin und Wanetta und ihre Freundinnen waren abgesehen von Ilisil die ersten netten Menschen gewesen, die Maren auf Beli getroffen hatte, daher wollte sie niemanden vorschnell verurteilen.

»Das ist sehr freundlich, aber ich denke nicht, dass ich diese Art von Hilfe will …«, erklärte Maren schließlich höflich. *Egal, was Will tut, ich könnte ihn niemals umbringen! Ich könnte ja nicht einmal Cenric umbringen …*

Wanetta neigte schwach den Kopf. »Das kann ich verstehen. Aber selbst wenn du nicht willst, dass deinem Ehemann etwas zustößt … dann könnten wir dich zumindest aus diesem grässlichen Schloss herausholen und hierherbringen, solltest du irgendwann genug von all den feinen Lords und Ladys haben. Das wäre zwar keine dauerhafte Lösung, aber vielleicht hilft es dir zu wissen, dass du einen Fluchtweg hast.«

Maren nickte Wanetta ehrlich dankbar zu und versuchte, nicht darüber nachzudenken, wie viele verzweifelte Frauen das Angebot der Schwarzen Witwen wohl schon angenommen hatten … Doch glücklicherweise begann Ilisil just in diesem Augenblick, den Witwen die Giftpflanzen zu zeigen, die sie mitgebracht hatte. Und der kleine Tumult, der daraufhin in der Glaserei ausbrach, lenkte Maren rasch von ihren zwiespältigen Gedanken ab.

Die kleine Bernia freute sich wie ein Kind, dem man seine Markteinkäufe präsentierte, und stahl sich umgehend den roten Fingerhut aus dem Korb und Timandra machte sich leise summend daran, ein wenig Giftefeu an ihren schwarzen Haselholzbogen zu flechten. Iregra betrachtete die verbleibenden Pflanzen währenddessen mit Kennermiene und lediglich die zarte Wanetta schien sich mehr für die Blumen in Marens Korb zu interessieren als für Ilisils zahllose Tollkirschen und Eibenzweige.

»Wanetta formt meistens die Blüten unserer Glasgestecke und nimmt dafür gerne echte Blumen als Vorlagen«, erklärte Timandra Maren abwesend. »Die Blumen schließt sie danach immer in Glas ein, so wie Fliegen manchmal in Bernsteinen gefangen werden, damit sie nicht verwelken.«

»Ja, und sie hat dieses herrliche Fenster in ihrem Zimmer, in das tausend verschiedene Blumen eingelassen sind! Es ist wie ein Flickenteppich aus Pflanzen!«, warf Bernia plötzlich schwärmerisch in die Runde und Marens Augen begannen zu funkeln.

»Das würde ich gerne einmal sehen!«, seufzte sie.

Doch die schweigsame Wanetta verzog nur missmutig ihr hübsches Feengesicht.

»Ach, Bernia übertreibt bloß, so gut ist es mir auch nicht gelungen ...«

»Du bist nur zu bescheiden – wie immer, Wani«, murrte Bernia, die nach wie vor ihren Fingerhut untersuchte und die Blätter und Blüten sorgfältig zählte.

»Nun lasst die arme Wanetta doch in Frieden, das ist das erste Mal seit Monden, dass sie sich nach unten traut, wenn wir Besuch haben, und ihr überfallt sie so! Es ist ihre Sache, wen sie in ihr Zimmer lässt und wen nicht«, bestimmte Iregra schließlich knapp.

Danach wandte sich das Gespräch zu Marens großem Bedauern der Monsterjagd zu und Ilisil verschlang gespannt jedes Wort, das die Witwen erzählten, während Maren lediglich versuchte, die blutigen Beschreibungen der schwarzen Frauen auszublenden. Sie hatte allerdings nicht viel Erfolg damit, und so war Maren fast froh, als Lord Rorick sie und Ilisil einige Zeit später ungeduldig zum Aufbruch aufrief.

Mittlerweile versank die Sonne langsam hinter den Spitzen der Tannenbäume und Maren wurde schlagartig bewusst, wie viel Zeit schon vergangen war. Ein bisschen wehmütig verabschiedete sie sich von den Schwarzen Witwen, doch auf der Türschwelle hielt Maren noch einmal inne und stellte der alten Iregra die eine Frage, die ihr bereits seit ihrer Ankunft auf der Seele brannte.

»Würdet ihr mir und Will vielleicht dabei helfen, die Sache mit den Monstern hier im Westen von Beli in den Griff zu bekommen? Ihr wisst schon viel mehr über diese Angriffe und Kreaturen als wir.«

Iregra verzog wie erwartet das Gesicht. »Wir sollen einem arroganten, nichtsnutzigen Lord dabei helfen, König zu werden, indem wir seine Monster für ihn bekämpfen? ... Normalerweise würde ich lieber über geschmolzenes Glas laufen, als einem dieser hochwohlgeborenen Wichte auch nur die Hand zu schütteln! Aber ... es würde den Menschen hier wirklich helfen, wenn sich ein angehender König ernsthaft um die Monsterplage kümmert, und mit dem Geld eines Adligen könnten wir bessere Waffen besorgen oder Zäune um gefährdete Dörfer bauen lassen ...« Iregra strich sich mit einer Hand über ihr spitzes Kinn und seufzte dann vernehmlich. »Wir können es uns nicht leisten, so eine Gelegenheit einfach auszuschlagen, also werden wir deinem Gemahl

helfen, Maren. Aber nur, wenn er uns persönlich darum bittet, das ist meine Bedingung.«

Maren kam das nur gerecht vor. »Ich werde es Will ausrichten«, versprach sie und ließ sich dann von dem mürrischen Lord Rorick über die Türschwelle schubsen. Es war so einfach gewesen, die Zeit in dieser friedlichen Glasblumengießerei zu vergessen, und Maren freute sich schon darauf, wieder hierherzukommen.

Nach dem drögen Staatsbankett hatte Will sich zum ersten Mal in seinem Leben in sein opulentes Studierzimmer auf Wjallvit zurückgezogen und dort den gesamten Tag über langweiligen belíischen Pergamentrollen und Staatsbüchern verbracht. Er wollte sich ein genaues Bild von dem Landteil machen, den er bis zum Frühling verwalten sollte, denn mit Maren an seiner Seite würde Will mindestens doppelt so gut wie Cenric regieren müssen, um in dieser Wahl überhaupt eine Chance zu haben. Es klang zwar gemein, aber es war nichts als die Wahrheit. Niemand aus dem Adel wollte sich von einer pummligen, kindlichen Fremden wie Maren repräsentieren lassen, wenn Erika schön wie ein strohblonder Schwan danebenstand. Und Will durfte all das jetzt ausbaden …

»Vermutlich würden die Adligen nicht einmal dann für mich und Maren stimmen, wenn Cenric seine gesamte Inselseite in Brand steckt. Und das gemeine Volk wird mich auch nicht wählen, ich habe schließlich überhaupt keine Ahnung vom Regieren. Es ist hoffnungslos …«, murmelte Will nach einer Weile trübsinnig in sich hinein.

Er hatte sich nie für das Staatswesen oder das Leben außerhalb der prächtigen Paläste von Beli interessiert und nun zog Hrafen ihn auf seine grausame Nordländerart dafür zur Rechenschaft, indem er Will in diese sinnlose Königswahl schickte. *Es wäre ja sogar einfacher gewesen, die Schatzkammern Belis eine nach der anderen auszurauben, als mich zum König zu machen!*, dachte Will, obwohl er wusste, dass er sich damit nur selbst belog. Es war unmöglich, die großen Schatzkammern zu stürmen, ohne dabei zu sterben – denn sein Vater hatte genau das versucht und war deswegen zusammen mit seiner Mutter als Verräter hingerichtet worden und Will wollte nicht auch so enden … Aber wenn ihm nicht bald eine brillante Idee kam, wie er die Bevölkerung Belis auf seine Seite ziehen konnte, dann würde er vermutlich für den Rest seines Lebens die Stiefel eines herzenfressenden Hexenmeisters polieren müssen, so wie Hrafen es ihm angedroht hatte. *Und das ist auch nicht viel besser, als von Cenric höchstpersönlich für den versuchten Diebstahl an Belis Reichtümern hingerichtet zu werden ...* überlegte Will finster vor sich hin. Und ihm kamen noch viele andere düstere Zukunftsversionen in den Sinn. Lediglich eine Zukunft, in der er Belis Königskrone trug, dem Norden das verdammte Silber gab und so seine Schuld beglich, konnte sich Will nicht vorstellen. Auf einem Thron zu sitzen und allen zu verbieten, ihn oder Maren je wieder zu verspotten, das wäre einfach zu schön, um wahr zu sein.

»Mein Lord? Wir haben die Lady Ilisil, Eure Gemahlin und ihren Leibwächter draußen am Tor aufgegriffen. Wir dachten zuerst, es wären Bettler oder Diebe, die sich zu so später Stunde ins Schloss stehlen wollten«, verkündete einer der Torhüter in diesem Moment durch die halb geöffnete Rosenholztür hindurch.

Es war inzwischen fast dunkel und eigentlich hatte Will seine Öllampe gerade löschen und sich ins Bett legen wollen, wie jeder anständige Mensch hier im Schloss es in den Winternächten tun sollte. Waren diese beiden Weiber denn wahnsinnig geworden, sich zur Monsterzeit so spät abends noch draußen herumzutreiben?!

Bebend schritt Will zu dem hageren Nachtwächter hinüber und sagte mit zusammengebissenen Zähnen: »Bringt die beiden Damen her – sofort!«

Der Torhüter nickte und huschte schnell wie eine verängstigte Maus zurück in den Gang. Und es dauerte nicht lange, bis er mit zwei zerlumpten Gestalten zurückkehrte, die Marens und Ilisils Gesichter trugen.

Schweigend presste Will die Lippen zusammen. Die beiden Mädchen waren kaum wiederzuerkennen, so verdreckt waren sie und ihre Kleider waren vom achtlosen Umherstreunen am Saum vollkommen zerfetzt. Sie sahen aus wie Landstreicherinnen und Will fragte sich nervös, ob außer dem Torhüter noch jemand die beiden so gesehen hatte.

»Erika sagte mir, ihr würdet Blumen pflücken, aber warum um alles in der Welt kommt ihr erst jetzt zurück und dann auch noch in Lumpen gekleidet«, knurrte er die beiden Mädchen schließlich an. Er konnte solche Skandale im Augenblick wirklich nicht gebrauchen!

»Wir haben im Wald Bekanntschaft mit deinen Monstern gemacht, wenn du es genau wissen willst, Willi!«, schleuderte Ilisil ihm ungnädig entgegen.

Wills Kiefermuskeln zuckten, als Ilisil Cenrics Spottnamen für ihn verwendete, doch ehe er etwas erwidern konnte, fügte Maren hinzu: »Ja, und es war wirklich schlimm. Du darfst diese Monster nicht auf die leichte Schulter nehmen, Will! Wenn die Schwarzen Witwen uns nicht gerettet hätten, wären wir jetzt tot. Selbst Lord Rorick konnte es nicht allein mit beiden Ungeheu-«

»Warte mal. Ihr wart bei den Schwarzen Witwen? Habt ihr etwa den ganzen Tag in diesem zwielichtigen Hexenhaus zugebracht?!« Frustriert strich Will sich durch seine wirren Haare. Hatte er denn nicht schon genug Probleme?

Maren schien seine Wut nicht zu bemerken, denn sie plapperte einfach weiter vor sich hin. »Ja, Ilisil hat den Witwen von den Monstern berichtet, die uns angegriffen haben. Sie wissen wirklich viel über diese Ungeheuer, Will, und sie haben schon unzählige von ihnen zur Strecke gebracht. Ich habe sie gefragt, ob sie uns dabei helfen würden, dein Monsterproblem zu lösen, und sie haben gesagt, wenn du sie persönlich darum bittest, werden sie uns helfen!«

Will schnaubte nur ungnädig. »Uns helfen, pah! Diese männermordenden Giftmischerinnen helfen niemandem. Sie bringen euch beide nur in Verruf! Bei all meinen Ahnen, wenn euch jemand gesehen hätte! Nicht auszudenken, was man sich hier im Schloss erzählen würde, wenn das herauskäme ... Manch einer verdächtigt dich auch jetzt schon der Hexerei, Maren, immerhin bist du eine Festländerin. Und wenn nun noch bekannt wird, dass du mit diesen schwarzen Krähen Tee trinken gehst, dann denkt man vermutlich, du planst einen Mord ... Wir können uns derlei Fehltritte nicht erlauben, hörst du, Maren? – Und du!« Will wandte sich erregt zu Ilisil um, die ihm stur in die Augen sah. Zweifelsohne hätte sie Maren, Monster hin, Monster her, zu den Witwen gebracht, denn sie ging dort oft ein und aus, was Will missbilligte – aber Ilisil war Ilisil. Sie beherrschte das Hofspiel und sie war schön, da konnte sie es sich erlauben, kauzig zu sein. Maren hingegen war eine rothaarige Katastrophe und man musste ihr beileibe nicht noch mehr Fehler aufhalsen, als ihr ohnehin schon anhafteten. Daher sagte Will mit bemüht gefasster Stimme:

»Du, Ilisil, wirst meine Gemahlin nicht mit deinem schlechten Umgang in Berührung bringen – ich verbiete es! Und jetzt geht in eure Gemächer, wascht euch und schlaft, es ist schon spät.«

Maren und Ilisil stemmten fast zeitgleich die Hände in die Hüften und funkelten Will finster an.

»Du weißt *nichts* über diese Monster und willst nur wegen deinem dummen Stolz die Hilfe der einzigen Leute ausschlagen, die sich mit diesen Kreaturen auskennen?!«, fragte Maren ungläubig. Sie klang wütend und vermutlich war sie noch immer zornig auf ihn wegen ihrer fürchterlichen Hochzeit, doch darauf konnte Will im Moment keine Rücksicht nehmen. Er musste ihr klarmachen, wer hier das Sagen hatte, denn wenn er nicht einmal auf Marens Gehorsam vertrauen konnte, würde diese Königswahl gewiss nicht lange andauern. Bestimmt verschränkte Will die Arme vor der Brust.

»›Diese Leute‹ sind Aussätzige und Mörderinnen, Maren! Ich werde mich mit solchem Abschaum nicht abgeben und du auch nicht, das ist mein letztes Wort! Wir werden dieses Problem allein in den Griff bekommen! Und jetzt geh endlich auf dein Zimmer und schlaf! Solche Widerworte will ich nicht noch mal von dir erleben müssen!«, knurrte Will nicht minder zornig als Maren. Viele Männer hätten ihre Gemahlinnen für solche Aufsässigkeiten längst mit dem Rohrstock bestraft, das wusste er. Doch Will könnte eine Frau niemals schlagen und besonders nicht Maren. Deswegen rügte er sie nur wie ein kleines Mädchen und war froh, als sie ihn nicht weiter herausforderte und zusammen mit Ilisil den Raum verließ. Nun, zumindest war Will für einen kleinen Augenblick froh, aber dann vermisste er die beiden Mädchen auch schon schmerzlich und fühlte sich, als hätte man ihn mit seiner unmöglichen Aufgabe einfach alleingelassen.

Der Weiße

Sobald die Polarlichter ihn aus seinem Schlaf geweckt hatten, begab der Weiße sich auf die funkelnden Korridore und suchte nach der Tür, hinter der die wundersame Zweibeinerin schlief, die er letzte Nacht im großen Futterversteck der Menschenwesen gesehen hatte. Er wollte die Zweibeinerin unbedingt finden, ehe seine gierigen Brüder ebenfalls auf die Flure strömten, und glücklicherweise war ihr süßer Blumenduft in diesem nach Asche und Fäulnis stinkenden Menschenbau nicht sonderlich schwer aufzuspüren.

Der Weiße machte sich eilig daran, dem lieblichen Geruch seiner Zweibeinerin zu folgen, und nachdem er einige Korridore durchquert und sich eine schmale Wendeltreppe hinaufgeschlichen hatte, stand er schließlich vor einer unnatürlich glatten Steintür, aus deren Schlüssellöchern der betörende Duft einer vollkommen reinen Menschenfrau herausströmte. Für einen Augenblick war der Weiße so überwältigt, dass er die Tür am liebsten mit seinem gesamten Gewicht niedergerissen hätte. Aber es gelang ihm, diesen Impuls zu unterdrücken und stattdessen Schlüsselloch für Schlüsselloch mit seinen langen, scharfen Krallen aufzuschließen.

Wann die Zweibeiner wohl bemerken werden, dass ihre Türschlösser für uns überhaupt keine Hürden sind?, überlegte der Weiße, während er das letzte Schlüsselloch entsperrte und sich vorsichtig in die funkelnde Schlafhöhle seiner strahlend schönen Zweibeinerin schlich.

Umsichtig ließ er die Tür hinter sich ins Schloss fallen. Denn obwohl seine Brüder diese Türme nur selten aufsuchten, wollte er trotzdem kein Risiko eingehen. Diese Menschenfrau war *sein* und er würde sie weder abgeben noch teilen! Sollten seine Brüder doch weiterhin hässliche

Zweibeinerinnen bewachen und so tun, als würden diese Menschenfrauen nicht nach Selbstsucht und Feigheit stinken. Der Weiße hatte etwas Besseres gefunden – er hatte *wahre* Schönheit gefunden. Und so schlich er sich eifrig an das Fußende des gläsernen Schlafbettes, um seine liebliche Zweibeinerin zu betrachten wie eines dieser frisch gemalten Ölgemälde.

Die Seelenhaut der winzigen Menschenfrau war noch ebenso bezaubernd und atemberaubend wie gestern, aber jetzt, wo sie schlief, bemerkte der Weiße die Schatten, die unablässig über ihre Juwelenhaut tanzten. Es waren Schatten aus Trauer und Angst und anderen Gefühlen, die der Weiße nicht kannte. Vermutlich hatte die Zweibeinerin gerade einen Albtraum, der an ein paar sehr tiefen Wunden in ihrem Inneren zerrte.

Ein wütendes Knurren machte sich in der Kehle des Weißen breit. Er wollte nicht, dass seine Zweibeinerin litt. Und als einen Wimpernschlag später ein weiterer Schatten der Furcht durch die Träume der Menschenfrau zuckte und sie anfing, leise zu wimmern, hielt der Weiße es nicht länger aus. Ohne nachzudenken, schlug er mit einer Pranke gegen die makellose Glaswand, die das Himmelbett vom Rest des eisigen Raumes abtrennte.

Ein lautes *Dong* ertönte und die Zweibeinerin schreckte sofort aus ihrem bösen Traum auf.

»Will?! Will, es tut mir leid … Ich wollte nicht wieder zu den Witwen … Ich …« Die Zweibeinerin verstummte, als sie begriff, wo sie war. Sie rieb sich verwirrt die Augen und sackte dann in ihren gigantischen Kissenberg zurück, wo sie binnen eines einzigen Herzschlages wieder einschlief. Und obwohl ein blasser Schatten auf ihrer Seelenhaut zurückblieb, schien die Zweibeinerin jetzt ziemlich friedlich zu sein, sodass der Weiße sie in Ruhe bestaunen konnte.

Er stand eine kleine Ewigkeit mit großen Augen vor dem gläsernen Himmelbett und verlor sich dabei so sehr in der Schönheit seiner Zweibeinerin, dass er gar nicht bemerkte, wie irgendwann schwere, tapsende Schritte die Wendeltreppe heraufkamen, Schlüssellöcher klickten und einer seiner Brüder leise durch die prunkvolle Zimmertür hindurchschlüpfte.

Erst als der Weiße plötzlich eine große rot-graue Gestalt in einem der vielen Wandspiegel erblickte, löste er sich aus seiner Starre und fuhr mit gefletschten Zähnen zu seinem rotgeschuppten Bruder herum.

Seinen Bruder beeindruckte das allerdings nur wenig. Begierig schlich er weiter auf das verglaste Himmelbett zu, um die schlafende Zweibeinerin aus ihrem Stoffnest herauszuzerren und in seinen eigenen Hort zu bringen.

Aber nicht, solange ich hier bin, Fellhaufen!, dachte der Weiße und stürzte sich, ohne zu zögern, auf seinen rot-grauen Bruder. Diese Zweibeinerin war *sein*, das hatte er mehr als deutlich gemacht!

Doch sein Bruder hatte den Angriff des Weißen erwartet und brach eilig zur Seite aus, damit der Weiße ihm nicht in den Nacken springen konnte. Dabei stieß der Rot-Graue allerdings einen langbeinigen Nachttisch neben dem Himmelbett um und das silberne Möbelstück ging sofort klirrend zu Boden.

Die Zweibeinerin schreckte ruckartig aus ihrem Schlaf auf und schrie.

Sie schrie so laut und so schrill, dass die dünnen Glaswände ihres Bettes feine Risse bekamen und man ihren Schrei selbst im Rest des Zimmers noch klar und deutlich vernehmen konnte. Der Weiße schenkte diesem markerschütternden Geräusch allerdings keine Beachtung. Er spannte seine Muskeln an und sprang abermals auf seinen bulligen Bruder zu. Doch dieses Mal wich der Rot-Graue ihm nicht aus, wie er erwartet hatte. Stattdessen stellte sein Bruder sich auf die Hinterbeine und schleuderte den Weißen mit einem einzigen Hieb an die gegenüberliegende Zimmerwand, wo mindestens zwei Standspiegel unter seinem Gewicht zerbarsten und sich zahllose Scherben wie winzige Haifischzähne in seinen Rücken fraßen. Der Weiße brüllte laut auf, aber sein Bruder beachtete ihn nicht.

Kurz entschlossen zerschmetterte der Rot-Graue eines der dünnen Bettfenster und grabschte mit seinen langen Krallen nach der verängstigten Zweibeinerin, als wäre sie ein Fisch in einem kaputten Aquarium.

Das konnte der Weiße nicht hinnehmen. Knurrend sprang er wieder auf die Beine, jagte durch den silbernen Raum und schlug seinem Bruder beide Pranken so tief er konnte in die Hinterläufe, um ihn von der hübschen Zweibeinerin wegzuzerren. Und obwohl das rot-graue Ungetüm fast doppelt so breit war wie er selbst, gelang es dem Weißen irgendwie, seinen Bruder in die Mitte des Raumes zu befördern, ehe er die schöne Zweibeinerin an sich reißen konnte.

Doch als der Weiße wieder von seinem Bruder abließ, rammte dieser ihm sofort seine gebogenen Klauen in den Bauch und schlitzte ihn einmal

von links nach rechts auf. Der Weiße konnte sein eigenes Fleisch reißen spüren und holte mit seiner rechten Pranke blind vor Schmerz nach seinem Bruder aus, den er überraschenderweise mitten im Gesicht traf.

Instinktiv nutzte der Weiße die Benommenheit seines Bruders aus und biss dem rot-grauen Riesen mit aller Kraft in die Kehle. Sehnen und Knorpel rissen unter seinen scharfen Fängen und es dauerte nicht lange, bis der Weiße mit einem leisen Knacken die Luft- und Speiseröhre seines Bruders durchtrennte.

Hustend entfernte er sich von seinem rot-grauen Artgenossen und spuckte das Blut, das ihm in den Mund gelaufen war, angewidert auf den glänzenden Marmorboden. Dann stieß er vorsichtig die zerlöcherte Steintür ins Schloss und legte sich direkt vor dem Türschlitz auf den Boden, um weiteren potenziellen Rivalen den Weg zu blockieren. *Das hätte ich von Anfang an tun sollen*, dachte der Weiße und richtete seinen Blick anschließend auf die zitternde Zweibeinerin, die ihn nun von ihrem scherbenübersäten Himmelbett aus anstarrte wie ein verschrecktes Reh mit Eulenaugen.

Es dauerte sehr lange, bis sie sich aus ihrer Starre löste. Doch als sie sich dann wieder regte, schien sie es auf einmal sehr eilig zu haben. Stirnrunzelnd sah der Weiße dabei zu, wie die liebliche Menschenfrau das große Seidenfell von ihrem Bett nahm und es fahrig über seinem toten Bruder ausbreitete, ehe sie mit einem weiteren Stoffstück in der Hand zitternd auf ihn zukam.

Es bereitete der Zweibeinerin offenbar schreckliche Angst, sich ihm zu nähern, aber als sie ihn nach einer kleinen Ewigkeit endlich erreicht hatte, drückte sie ihr kobaltblaues Seidenfell erstaunlich mitleidig gegen seine Fleischwunde, um so die Blutung zu stillen.

»Danke, dass du mich beschützt hast …«, flüsterte die Zweibeinerin zögerlich und der Weiße bemerkte, dass sogar ihre Stimme schön war, wenn sie damit nicht gerade herumschrie wie eine sterbende Krähe. Zufrieden legte er den Kopf auf seine vorderen Pranken und erlaubte es der Zweibeinerin, ihn zu streicheln und ihm die zahllosen Spiegelscherben aus dem Fell zu sammeln.

»Du bist gar nicht so bösartig wie die anderen Ungeheuer hier im Schloss, oder?«, seufzte die Zweibeinerin nach einer Weile des Scherbensammelns unsicher. Doch der Weiße hörte sie kaum, da er vollauf damit beschäftigt

war, die funkelnde Seelenhaut seiner Zweibeinerin aus nächster Nähe zu bestaunen. Sie war so wunderschön, dass der Weiße am liebsten ewig vor dieser kalten Marmortür gelegen und seine Zweibeinerin einfach nur angesehen hätte.

Doch natürlich war ihm das nicht vergönnt. Bereits nach kurzer Zeit ertönten abermals eilige Schritte auf der schmalen Wendeltreppe. Missmutig stand der Weiße auf und machte sich wieder zum Kampf bereit. Und als die Zweibeinerin die Geräusche zwei Herzschläge später ebenfalls hörte, rappelte auch sie sich auf und hinkte panisch zu ihrem zertrümmerten Schlafplatz zurück.

Es wäre ja auch zu schön gewesen, wenn der ganze Kampflärm nicht noch andere Diebe angelockt hätte, schoss es dem Weißen grimmig durch den Kopf. Doch als der Störenfried auf der Treppe im nächsten Augenblick rief: »Lady, ist alles in Ordnung mit Euch?!«, erkannte der Weiße, dass sich lediglich ein weiteres Menschtier in den Turm hinaufverirrt hatte. Die Zweibeinerin reagierte allerdings auch auf diese Menschenstimme mit großer Panik. Sie sprang sofort vor und versuchte, den Weißen ans andere Ende des Zimmers zu schieben.

»Schnell, du musst dich verstecken, der Mann vor der Tür wird dich bestimmt nicht am Leben lassen, wenn er dich sieht! Er hat schon einmal ein Monster umgebracht! – Du hast mein Leben gerettet und jetzt rette ich deins!«, flüsterte die Zweibeinerin ihm alarmiert ins Ohr.

Der Weiße schnaubte nur trocken. Er hatte es schon mit weit schlimmeren Kreaturen als einem dahergelaufenen Zweibeiner aufgenommen.

»Da! Der Paravent, versteck dich dahinter!«, zischte die Zweibeinerin panisch, und als der Monsterjäger im nächsten Moment abermals »Lady?!« rief und die Zweibeinerin ihn flehentlich ansah, tat der Weiße widerwillig wie geheißen und verzog sich ihr zuliebe hinter den silbernen Raumteiler.

»Es geht mir gut!«, antwortete die Zweibeinerin, sobald auch der buschige Schwanz des Weißen hinter dem Paravent verschwunden war. »Aber Ihr dürft trotzdem hereinkommen!«

Und noch ehe die Menschenfrau ihren Mund ganz geschlossen hatte, stand der Monsterjäger bereits in der Tür und starrte mit abnormal blauen, flachen Augen auf das Chaos im Inneren des Turmzimmers. Der Weiße erkannte den Zweibeiner selbst durch den schmalen Spalt

seines Raumteilers hindurch sofort. Er war der Maskenmensch – das Maskenwesen, das auch gestern bei der Zweibeinerin gewesen war, und der Weiße spürte, wie ein Knurren seine Kehle hinaufkroch. *Ich sollte dieses Ding umbringen, und zwar sofort! Lügnern wie diesem kann man nicht trauen!*, überlegte der Weiße grimmig. Doch er beherrschte sich und blieb, wo er war, denn das Maskenwesen war offensichtlich magisch und der Weiße wusste nicht, wie stark seine Kräfte waren.

»Bei allen guten Geistern ... Was ist denn hier passiert?«, fragte der Fremde mit einem Blick auf den rot-grauen Leichnam.

Rasch dachte die Zweibeinerin sich eine recht unbeholfene Lüge aus.

»Dieses Biest hat mich gefunden ... zusammen mit einem anderen. Die beiden haben gekämpft und das rote hat das andere Monster die Treppe hinuntergestoßen, kurz bevor es an seinen Wunden selbst gestorben ist ...«

Die Geschichte der Zweibeinerin war nicht besonders gut, aber das Maskenwesen rechnete anscheinend nicht damit, von ihr angelogen zu werden, und glaubte die Lüge daher sofort. »Das tut mir unendlich leid, Lady. Ich hätte Euch niemals allein lassen dürfen ... Kommt, ich helfe Euch, dieses Ungetüm zu entsorgen, und danach nehme ich Euch zur Wiedergutmachung mit auf einen kleinen Mondscheinspaziergang auf das Schlossdach. Dort oben gibt es keine Ungeheuer.«

Der Weiße presste die Zähne so fest gegeneinander, dass er meinte, sie müssten bersten. Am liebsten hätte er seiner Zweibeinerin zugeschrien, sie solle nicht mit diesem Mann, diesem *Zauberwesen* mitgehen, doch sie hätte ihn ohnehin nicht verstanden und der Zauberer hätte ihn dann schlimmstenfalls getötet, sodass die Zweibeinerin gar keinen Schutz mehr in dieser unseligen Menschenhöhle gehabt hätte ... Also musste der Weiße machtlos mitansehen, wie seine liebliche Zweibeinerin das Maskenwesen scheu anlächelte und sagte: »Das klingt sehr gut«, kurz bevor die beiden seinen rot-grauen Bruder die Treppe hinuntertrugen und spurlos verschwanden.

Blut & heiße
Schokolade

*N*ach Marens zweiter turbulenter Nacht in Wjallvit wurde das Leben auf Beli deutlich ruhiger für sie. Sie verbrachte die nächsten Tage hauptsächlich in Wills unbenutztem Arbeitszimmer, in dem es noch nach neuen Rosenholzmöbeln, Tapetenkleister und Bohnerwachs roch, und es pendelte sich eine zerbrechliche Routine im Schloss ein, die Maren nahezu erträglich vorkam. Jeden Morgen stand sie kurz nach der Dämmerung auf und ließ sich anschließend das erbärmliche Frühstückstablett bringen, das Will für sie zusammengestellt hatte, nur um wenig später eines der vielen Kuchenstücke zu klauen, die ihr guter Geist Anuaq am Ende jeder Nacht unter der silbernen Wendeltreppe ihres Turmzimmers versteckte. Manchmal erinnerte Anuaq Maren wirklich sehr an ihren alten Freund Vatoq, denn der hatte ihr auch stets dabei geholfen, irgendwelche Leckereien aus Wills herrlich duftender Schlossküche zu stibitzen. Doch wann immer Maren in diesen Tagen an den toten Vatoq dachte, fühlte sie sich nur noch elender in diesem kalten, funkelnden Schloss, und das führte dazu, dass sie jeden Morgen deutlich mehr von den köstlichen Naschereien aß, als eigentlich nötig gewesen wäre. Zwar war Maren nach dem ersten oder zweiten Kuchenstück meist gar nicht mehr hungrig, aber das süße Gebäck half gegen die Einsamkeit, die sich mit jedem Tag schwerer auf ihre Schultern legte. Im Grunde tat Maren Tag um Tag nämlich nichts anderes, als Bücher und Schriftrollen über Belis Ungeheuer zu wälzen und die verzweifelten Klagebriefe von Wills Untertanen mit leeren Versprechungen und vagen Ausflüchten zu beantworten. Ohne Wills Zustimmung konnte Maren schließlich nicht viel mehr unternehmen, als den Menschen auf Beli zumindest das Gefühl zu geben, dass jemand ihre Sorgen ernst nahm und sie behütete. In Marens Augen fühlten sich diese Antwortbriefe allerdings eher wie eine riesige Lüge an …

Und so verschlang sie auch an diesem Morgen deprimiert ein Stück silbern glasierten Marzipankuchen, ehe sie sich auf den Weg in Wills nagelneues Arbeitszimmer machte, wo Lord Rorick und Ilisil sie bereits erwarteten. Will leistete Maren an diesem Ort natürlich nie Gesellschaft, denn anstatt sich ernsthaft mit seinem Monsterproblem oder den Beschwerden seiner Untertanen zu befassen, ging er lieber mit den anderen Adligen auf Monsterjagd. Und obwohl Maren recht froh darüber war, dass sie ihre Zeit allein und sicher in Wills Arbeitszimmer verbringen konnte, ärgerte seine Kurzsichtigkeit sie doch. Anstatt sich nach dem Ursprung des Problems umzusehen, schlug Will lieber blind auf dessen Folgen ein, und so sehr wie seine Augen nach der Jagd immer leuchteten, schien ihm das auch noch Spaß zu machen. Manchmal roch Will sogar nach dem widerlich süßen Rosenwein, mit dem sich der Adel auf seinen Festen gern bis zur Bewusstlosigkeit betrank, wenn er ins Schloss zurückkehrte …

Und vermutlich treibt er sich in genau diesem Moment schon wieder mit Cenric und seinen geistlosen Freunden irgendwo im Wald herum! Maren trat wütend gegen einen wackligen Bücherstapel, der neben Wills großem, unbenutztem Schreibpult stand, und sah mit grimmiger Genugtuung dabei zu, wie die parfümierten Kodexe und Folianten in sich zusammenfielen, ohne auch nur ein einziges Staubkörnchen aufzuwirbeln.

In den letzten Tagen kamen Maren diese schrecklich sauberen Schriften ohnehin immer öfter wie reine Zeitverschwendung vor, denn in den meisten von ihnen wurden die Ungeheuer nur vage erwähnt oder es stand lediglich ein neues widersprüchliches Märchen über den verruchten Rosenkönig oder den Fluch der bösen Zauberin Veliann darin geschrieben. Zwar wäre es denkbar, dass diese Insel ihre Monsterplage durch den Fluch einer Hexe erhalten hatte, aber Maren fand keinerlei Akten über die Zauberin Veliann in Belis Archiven, obwohl die Abteilung mit den Hexenprozessen ansonsten sehr gut gefüllt war … Und selbst wenn der Fluch dieser Zauberin die Monster nach Beli gebracht hatte, so erklärte das noch immer nicht, warum die Ungeheuer nun plötzlich anfingen, die Insel auch tagsüber zu verwüsten.

Das macht doch alles keinen Sinn!, dachte Maren nach einer Weile wütend. Sie kam diesen Ungeheuern einfach nicht auf die Schliche, egal,

187

wie gründlich sie Wjallvits Bibliothek durchforstete. Und dabei brauchte Maren doch so dringend Resultate, jetzt, wo sogar schon Adlige den Monstern zum Opfer fielen ... Vor vierzehn Tagen hatte man den ersten toten Lord auf den Schlossfluren gefunden und jeder in Wjallvit wusste, dass es nur eine Frage der Zeit war, bis die nächste funkelnde Leiche in den Korridoren auftauchen würde. Die Stimmung im Schloss war zum Zerreißen gespannt und man konnte die schwelende Angst der Adligen unter den schweren Blumenparfüms nahezu riechen ...

Verzweifelt trat Maren noch ein zweites Mal auf die amethystbesetzten Bücher ein und vergrub ihre Finger anschließend tief in den buschigen Haaren.

»Vielleicht sollten wir dieses verdammte Schloss einfach bis auf die Grundmauern niederbrennen und hoffen, dass wir dabei auch ein paar Monster erwischen«, murmelte sie grimmig in sich hinein.

Ilisil legte Maren beschwichtigend eine lilienweiße Hand auf die Schulter, denn so erbärmlich es auch war, Wills Mätresse hatte sich in den letzten Wochen zu Marens einziger Freundin hier auf Wjallvit entwickelt. Zumindest, wenn man von Marens Geisterfreund Anuaq absah, und was ihn anging, war Maren sich immer noch nicht sicher, ob er nicht doch nur ein schöner Traum war, den sie jede Nacht aufs Neue in ihrem frisch reparierten Himmelbett träumte ...

»Also gegen die Dummheit der Adligen habe ich leider kein Zaubermittel. Aber wenn du wirklich so entschlossen bist, diese Monster aufzuhalten, dann kenne ich vielleicht einen besseren Weg, an Informationen zu kommen. Allerdings wird das Will nicht besonders gefallen ...«

»Wen kümmert es, was diesem Glitzermännchen gefällt und was nicht! Sagt schon, was Ihr uns verschwiegen habt«, mischte sich Lord Rorick plötzlich hitzig ein.

Ilisil zog nervös ihre Unterlippe zwischen die Zähne. »Nun ... in den Büchern hier steht so wenig Brauchbares über die Ungeheuer, weil alle Schriften, die mit Magie und Zauberei zu tun haben, vor einigen Jahren in eine alte Ruine im Wald gebracht worden sind. Ursprünglich wollte man die Zauberbücher vernichten, wie alles, was mit Magie in Verbindung steht. Aber die alten Schriften sind mit sehr wertvollen Buchmalereien verziert, deshalb entschied der Adel damals, die Pergamentseiten lediglich neu beschreiben zu lassen. Sie haben dieses Vorhaben, wie so viele andere,

allerdings schnell wieder vergessen und deshalb liegen die Zauberbücher vermutlich noch heute unbenutzt in dieser Ruine herum.«

»Und das sagt Ihr uns erst jetzt, nachdem wir zwei Wochen lang diese Wälzer durchkämmt haben?!«, murrte Lord Rorick ungnädig. »Worauf warten wir noch? Lasst uns zu dieser Ruine reiten! Der feine Willjareth muss ja nichts davon erfahren.«

Lord Rorick und Ilisil wandten sich erwartungsvoll zu Maren um und warteten auf ihre Entscheidung.

Hastig sah Maren zu Boden. Trotz allem, was geschehen war, wollte sie Will nicht einfach so hintergehen …

»Ich weiß nicht … Ich möchte Will nicht anlügen, wenn es nicht unbedingt sein muss. Ich werde versuchen, mit ihm zu reden, sobald er von der Jagd wiederkommt«, murmelte Maren reichlich unbehaglich.

Lord Rorick biss sich auf die Unterlippe. »Ganz, wie Ihr meint, Prinzessin …«, rezitierte er pflichtbewusst wie immer. Doch ihm stand ins Gesicht geschrieben, dass er Marens Plan für eine sehr schlechte Idee hielt.

Auch Maren war am späten Nachmittag nicht wohl dabei, Will zum ersten Mal seit ihrer Hochzeitsnacht wieder allein entgegenzutreten. Aber da sie ihn noch weniger belügen wollte, blieb ihr gar keine andere Wahl, als Will nach seinem neusten Jagdausflug mit einem riesigen Stapel Beschwerdebriefen in der Hand vor seiner Schlafzimmertür abzufangen. Die Briefe wollte Maren benutzen, um Will die Verzweiflung seiner Untertanen deutlich vor Augen zu führen, und anschließend wollte sie ihm vorschlagen, die alte Waldruine zu durchsuchen.

Doch als Will am späten Abend endlich erschien, kam Maren nicht einmal dazu, den ersten Brief auch nur aufzureißen, ehe Will bereits abwehrend die Hände hob.

»Bitte verschone mich mit dem Inhalt dieses wachsversiegelten Elends, Maren. Ich habe genug Fantasie, um mir vorzustellen, was da drinsteht … Halte das Volk einfach noch eine Weile mit deinen hübschen Worten hin, verstanden? Das kannst du ja anscheinend ganz gut.«

Maren fiel die Kinnlade herunter und sie vergaß vor lauter Unglauben glatt, Will von der Waldruine zu erzählen. Wie konnte er nur dermaßen mitleidlos und desinteressiert sein?!

»Schön, ich lese dir das Leid deiner Untertanen nicht vor. Aber wenn dich schon nicht interessiert, was sie schreiben, könntest du auf deinen Jagdausflügen wenigstens ein paar der nahegelegenen Dörfer besuchen und dir dort persönlich die Beschwerden der Leute anhören. Du könntest ein paar Streitigkeiten schlichten, etwas Brot verteilen und vielleicht ein paar Zäune bauen lassen. Das würde die Moral der Bauern bestimmt stärken ...«

Auch diesen Vorschlag blockte Will ungeduldig ab. »Ich habe dir doch schon gesagt, dass die Stimmen des Fußvolks lediglich symbolisch sind, Maren! Sie entscheiden diese Wahl nicht. Und Zäune sind gegen die Ungeheuer auch völlig nutzlos, irgendwie kommen sie immer drüber oder hindurch. Das habe ich schon ausprobiert ...«, brummte Will, ehe sich seine Laune noch weiter verschlechterte. »Denkst du denn wirklich, ich bin so unfähig, dass ich es nicht einmal mit *Zäunen* versucht habe?! Wenn man diese Ungeheuer einfach aussperren könnte, dann hätte ich keine Probleme mehr! Ich hätte schon längst jedes Dorf auf meiner Seite der Landkarte mit Stacheldraht umwickeln lassen und sieben Tage lang gefeiert, verdammt!«

Maren zuckte zusammen, als Will plötzlich anfing zu fluchen. Doch dann ballte auch sie die Hände zu Fäusten. Was für ein Recht hatte *er* denn bittschön, so reizbar zu sein?! *Sie* machte doch die ganze Arbeit, während *er* den lieben langen Tag Wein trank und jagen ging!

»Manchmal halte ich dich für so unfähig, wie ein Mensch, der kein Schwachsinniger ist, eben sein kann! Aber mach doch, was du willst! Amüsier dich von mir aus weiter mit Cenric auf der Jagd und betö-re die anderen Adligen mit deinem guten Aussehen. Dann kommst du Ilisil und mir wenigstens nicht in die Quere, während wir die echte Arbeit machen!« Maren traute ihren eigenen Ohren kaum, als sie hör-te, welche Worte sie Will da entgegenschleuderte – das musste wohl der Schlafmangel sein, der da aus ihr sprach. Und auch Will wurde im ersten Moment kreidebleich, nur um gleich darauf wieder puterrot anzulau-fen. Kurzentschlossen packte er Maren am Arm, zerrte sie grob in sein Schlafzimmer hinein und warf die Tür ins Schloss, damit kein neugieriger Diener sie mehr belauschen konnte.

Dann brüllte er los.

»Ich töte *Monster*, du respektlose Vehra! Was hast du denn bisher er-reicht, außer meine Untertanen zu belügen und die halbe Bibliothek in mein Arbeitszimmer zu schleppen?!«

»Ich befriede dein Volk, damit diese alberne Königswahl nicht schon endet, bevor der Winter beginnt! Und ich *versuche* wenigstens, das Problem an seiner Wurzel zu bekämpfen, anstatt planlos in der Weltgeschichte umherzumorden!«, knurrte Maren mit bebender Stimme. »Du betest mir doch ständig vor, dass der Adel die Königswahl entscheiden wird, dann hör mir jetzt mal gut zu, Willjareth Mengoth: Dein sogenannter Adel besteht aus einem Haufen unfähiger, fauler Trunkenbolde und er wird nicht denjenigen mit der tollsten Frisur auf diesen Thron setzen, sondern den Mann, der beweist, dass er dieses Land verwalten kann und den restlichen Adel weiterhin in Ruhe Wein saufen und Feste feiern lässt! Also hör auf, mit nutzlosen Silberpfeilen umherzuspielen und kümmere dich endlich um deine Untertanen und diese Ungeheuer, du wirst sie nämlich nicht alle erschießen können!«, setzte Maren noch hinzu, ehe sie genauer über die Klugheit dieser Worte nachdenken konnte.

Wills Gesicht erreichte nun endgültig die Farbe von züngelnden Flammen. »Und was soll ich deiner Meinung nach machen, mhm? Alle Ungeheuer einfach aufessen?!«, giftete er mit hochrotem Kopf. Und obwohl seine Worte schmerzten, meinte Maren für einen flüchtigen Augenblick echte Verzweiflung in Wills Augen zu sehen. Doch dann wurde seine Miene wieder zu einer hochmütigen Maske und er ergänzte mit frostiger Stimme: »Wenn du sonst nichts mehr zu sagen hast, geh jetzt in deine Gemächer – es wird nämlich bald dunkel, oder nein –«, Will brach seinen Satz ab und warf einen scharfen Blick auf das schlecht sitzende blaue Kleid, das bereits vor drei Tagen unangenehm tief in Marens weiche Hüften geschnitten hatte und somit als stummer Zeuge für ihre heimlichen Naschereien diente ... »Geh lieber zu unserer Gewandmeisterin und lass dir dort ein paar neue Kleider machen, in die dein fetter Hintern auch tatsächlich hineinpasst! Muss ich denn wirklich erst jedem Küchenjungen die rechte Hand abschlagen, bevor du aufhörst, Essen aus der Küche zu stehlen? Oder macht es dir einfach Spaß, mich zu blamieren, Kürbis?!«

Maren konnte Will nicht antworten. Der Spottname stach ihr wie ein Messer ins Herz und raubte ihr den Atem, sodass sie nur unbeholfen vor Will zurückwich und mit glühend heißen Wangen aus dem Zimmer stürzte.

Und während Maren durch die funkelnden Korridore hinkte, verwünschte sie Will dafür, dass er all ihre alten Wunden so gut kannte und genau wusste, was er sagen musste, um sie zu verletzen.

Lord Rorick hatte wie immer recht gehabt, es war eine schlechte Idee gewesen, mit Will zu reden. Und da Will ein rückgratloser Mistkerl war, beschloss Maren, zumindest in der zweiten Sache auf ihren Leibwächter zu hören und einfach ohne Will zu dieser Ruine zu gehen – und zwar jetzt sofort, bevor sie wieder der Mut verließ!

Nachdem Maren sein Arbeitszimmer verlassen hatte, schlurfte Will bitter zu dem großen Fenster neben seinem Ohrensessel und riss es weit auf, um einen klaren Kopf zu bekommen. Er war es nicht gewohnt, von Maren angeschrien oder beleidigt zu werden, und er hatte nicht vor, dieses Verhalten zu dulden. Doch im Augenblick war Will eher traurig als wütend über Marens offene Feindseligkeit. Vor seiner Ankunft in Wjallvit hatte er eigentlich gehofft, dass Maren ihn während seines hoffnungslosen Königskampfes zumindest ein wenig aufmuntern würde, aber das konnte er nach ihrer katastrophalen Hochzeitsnacht wohl geflissentlich vergessen. Und selbst wenn Maren ihn bisher noch nicht komplett aufgegeben hatte, dann hatte sie es spätestens jetzt getan, wo Will fast jeden Tag zusammen mit Cenric, Erika und etlichen anderen Adligen in den Wald ritt, um Monster oder Wild zu jagen und Wein zu trinken. Maren verstand eben nicht, dass Will gar nichts anderes übrig blieb, als sich Cenrics Jagdgesellschaft anzuschließen, wenn er verhindern wollte, dass dieser kleine Bastard auch noch den Rest des Adels einlullte und gegen ihn aufstachelte.

»Aber bald werde ich vermutlich auch ohne Cenrics Beihilfe in allgemeine Ungnade fallen, wenn Maren weiterhin herumrennt, die Küche leerräumt und allen Adligen erzählt, wie verantwortungslos und faul sie doch sind. Ich bin schon zu lange mit ihr befreundet, um nicht mit ihren Skandalen in Verbindung gebracht zu werden. Himmel, ich bin ja sogar mit ihr verheiratet!«, murmelte Will missmutig in sich hinein. Selbst jetzt, wo er Maren mit aller Macht von den anderen Adligen fernhielt, schien sie den Skandalen nur so die Tür aufzuhalten.

Unwillkürlich ballte Will die Hände zu Fäusten.

Verflucht sollte sie sein, die kleine, unglückliche Maren! Es war wirklich genau so wie damals, *genau so!* Obwohl er sich geschworen hatte, es diesmal besser zu machen! Aber es funktionierte einfach nicht. Und das war allein Marens Schuld – es war alles ihr Fehler! Wenn sie nur auf ihn hören würde und nicht so entschlossen wäre, sich weiterhin mit ihm zu streiten, dann wäre bestimmt alles anders!

»Aber warum müssen wir überhaupt ständig streiten? Warum kann Maren nicht einfach einlenken? Und warum kann ich nicht einfach damit aufhören, ihr wehzutun, oder zumindest anfangen, sie zu hassen, damit es mich nicht mehr kümmern muss, dass sie hier so todunglücklich ist?!«, seufzte Will mit einem Kopfschütteln.

Doch die Antwort lag natürlich auf der Hand: Es lag daran, dass Maren einfach Maren war. Ein pummliges, rothaariges, gutherziges, cleveres, kleines Mädchen. Sie war alles in einem, nur ein einziger Mensch und Will musste endlich aufhören, sich das Gegenteil einzureden und sie in eine *innere Maren* und eine *äußere Maren* zu zerlegen, je nachdem, wie es ihm gerade passte. Er konnte nicht auf die Güte und Intelligenz von Marens einer Hälfte hoffen, während er ihre andere Hälfte verachtete und verspottete. Es funktionierte einfach nicht, einen Teil eines Menschen zu lieben und einen anderen Teil zu hassen. Doch Will wusste leider auch nicht, was er sonst tun sollte, denn er war zwar Marens Freund, aber gleichzeitig war er auch ein Inselmann und konnte daher nicht einfach darüber hinwegsehen, dass Maren nun einmal keine Schönheit war – besonders jetzt, da sie in den letzten Wochen schon wieder so viel zugenommen hatte und ihr Aussehen in der Gesellschaft von Ilisil und ihren nutzlosen Büchern insgesamt wieder schändlich vernachlässigte ...

Und wessen Schuld ist das?, fragte Hrafens eisige Nordländerstimme unversehens in Wills Gedanken hinein, sodass er leicht zusammenzuckte.

Natürlich wusste Will nur zu gut um Marens schlechte Angewohnheit, ihren Kummer in Kuchenstücken zu ersticken. Und er wusste auch, dass sie hier in Wjallvit keine echten Freunde hatte und vermutlich fürchterlich einsam in diesem kalten, funkelnden Schloss war, wann immer er die Adligen auf einen mehr oder weniger ausgelassenen Jagdausflug begleitete. Aber Will weigerte sich trotzdem hartnäckig, sich seine Schuld an dieser ganzen Misere einzugestehen, denn im Moment fehlte ihm einfach die Kraft dafür, sich auch noch mit einem schlechten Gewissen herumzuschlagen, also dachte er nur grimmig: *Es ist Marens Schuld, Marens ganz allein! Wenn sie nur auf mich hören würde, dann wäre alles besser!*

Doch sosehr Will sich auch bemühte, das zu glauben, in seinem Herzen hallten diese Worte nur schal und schmerzhaft wider, sodass er sich schließlich mit einer Glaskaraffe voller Rosenwein in der Hand an sein unbenutztes Schreibpult setzte, um den riesigen Stapel Beschwerdebriefe durchzugehen, den Maren ihm dagelassen hatte. Kurz musste Will sogar traurig auflachen, als ihm klar wurde, dass er sich lieber mit einer Horde aufgebrachter Bauern auseinandersetze, als den ewigen Streit mit seiner pummligen, kleinen Gemahlin zu schlichten. Aber da selbst das Wort *Gemahlin* Will wütend und nervös zugleich machte, begann er eilig, die schmucklosen Briefe mit seinem silbernen Briefmesser aufzuschlitzen, um zumindest in der Arbeit ein wenig Vergessen zu finden und zur Abwechslung einmal etwas Sinnvolles zu tun.

Nachdem Maren von Wills Beleidigungen verjagt worden war, kochte sie nur so vor Wut und dachte gar nicht daran, sich neue dämliche Kleider machen zu lassen. Stattdessen zwängte sie sich kurzerhand in ihre unbequeme, mit emaillierten Smaragden besetzte Reiterkluft und stürmte anschließend zurück in Wills chaotisches Arbeitszimmer. Hier erklärte sie Ilisil und Lord Rorick forsch, dass sie nun doch heimlich zur Waldruine gehen würden. Und dankenswerterweise waren die beiden so erleichtert, Wills deprimierendem Arbeitszimmer zu entfliehen, dass sie gar nicht nach dem Grund für Marens Sinneswandel fragten, sondern augenblicklich aufsprangen und sich ihre prunkvollen Wintermäntel überwarfen.

Es dauerte kaum zehn Atemzüge, da lief Maren auch schon mit Ilisil über den funkelnden Schlosshof und versicherte jedem, der es hören wollte, sie und Ilisil würden am Waldrand wieder ein paar Blumen pflücken. Es war eine fadenscheinige Lüge, doch die stumpfsinnigen Adligen glaubten sie Maren sofort, und so konnten Maren und Ilisil sogar ihre Weidenkörbe mit in den Wald nehmen, um die verbotenen Bücher, die sie hoffentlich fanden, später unbemerkt zurück ins Schloss zu schmuggeln.

An den verschlungenen Toren von Wjallvits Reitstall endete ihr Glück allerdings abrupt, denn Will hatte allen Stallburschen befohlen, Maren und Ilisil keine Pferde zu geben, wenn er nicht dabei war. Offensichtlich hatte Will ganz sichergehen wollen, dass die beiden sich kein zweites Mal zu den Witwen davonstahlen.

Und so blieb Maren, Ilisil und Lord Rorick nichts anderes übrig, als den gesamten Weg zu Fuß zurückzulegen, was besonders Maren mit ihrem schlimmen Bein zu schaffen machte. Doch der Weg durch den Wald war nicht nur schmerzhaft und mühselig, sondern auch sagenhaft schön. In der wirklichen Welt, außerhalb von Wjallvit, war es inzwischen nämlich endgültig Herbst geworden und der *Singende Wald* schien ein gigantisches Konzert für die gesamte Insel geben zu wollen, indem er die gefrorenen Blätter der Birken wie blassgrüne Schneeflocken zu Boden rieseln ließ, wo sie mit flüsterndem Klirren zerschellten. Und je länger Maren und ihre Begleiter sich durch den musizierenden Wald schlichen, desto mehr meinte Maren, die geisterhaften Lieder verstehen zu können, die die fallenden Blätter flüsternd vor sich hin sangen, und es beschlich sie ein ungutes Gefühl über ihr gesamtes Vorhaben … Doch Maren schob das einfach auf die Tatsache, dass ihre rechte Schulter von dem schweren Weidenkorb in ihrer Hand langsam leicht zu schmerzen begann. Und als die verbotene Waldruine wenig später zwischen den schlanken Tannen und Birken auftauchte, konnte Maren nichts Verdächtiges an ihr entdecken.

Voller Neugierde betrachtete Maren das heruntergekommene Gebäude. Sie hatte diese Ruine in ihrer Kindheit zwar schon einmal zusammen mit Will, Cenric, Erika, Amaturuk, Vatoq und Palani besucht, aber damals war es dunkel gewesen und das alte Gemäuer war Maren lediglich wie ein unheimlicher schwarzer Klotz vorgekommen. Heute erkannte sie dagegen die eigentümliche Schönheit, die diesem verfallenen Ort anhaftete, und sie blieb unwillkürlich stehen, um sich alles ganz genau anzusehen.

Die Ruine war vor langer Zeit zweifelsohne ein Feenbau gewesen, denn aus dem undichten Dach ragten die Stummel unzähliger schlanker Türme hervor und neben dem alten Gemäuer lagen noch Überreste der baumförmigen Ziersäulen herum, die für die altehrwürdige Feenarchitektur so typisch gewesen waren. Allerdings erinnerten die Pfeiler jetzt vielmehr an zerbrochene Knochen als an Bäume und Maren erschauderte leicht, als sie bemerkte, dass auch die Ruine selbst ein wenig wie ein steinernes Gerippe aussah, von dem außer den kahlen Grundmauern nichts mehr übrig geblieben war. Zierrat, Wandfiguren, Konsolen, Fensterläden und selbst die Türen hatte man herausgerissen und vermutlich auf dem Schwarzmarkt verkauft. Sogar die Türscharniere waren abgebrochen worden, doch Maren wunderte das wenig, denn sie waren gewiss ebenfalls aus Silber gewesen.

An diesem Gebäude hatte sich seit Marens letztem Besuch hier offenbar eine ganze Horde von Dieben und Plünderern vergriffen und das gefiel ihr ganz und gar nicht.

»Meint ihr, die Bücher wurden auch gestohlen?«, fragte Maren missmutig und zu ihrer Überraschung war es der sonst so wortkarge Lord Rorick, der ihr antwortete.

»Ich denke nicht, Prinzessin. Auf einer Insel ohne Magie finden Bücher voller Zaubersprüche und Ammenmärchen auf dem Schwarzmarkt nur wenig Absatz. Und da die wenigsten Räuber und Hehler lesen können, werden sie die Bücher wohl in Ruhe gelassen haben, wenn man nicht gerade Juwelen in die Buchseiten eingelassen hat. Möglicherweise haben sie die Einbände abgerissen und mitgenommen, aber das kann uns ja egal sein.«

Erstaunt sah Maren ihren Leibwächter an. Er klang, als hätte er viel Erfahrung mit Hehlerei und diebischen Geschäften. Doch Lord Rorick zuckte nur gleichmütig mit den Schultern, als er ihren Blick bemerkte.

»Vor sehr langer Zeit, als noch Frieden herrschte und mein Haar noch nicht grau war, habe ich in der Stadtwache Eures Vaters gedient und mich um den Schwarzmarkt in der Hauptstadt gekümmert, Hoheit.«

»Ihr habt mir nie davon erzählt«, murmelte Maren und plötzlich wurde ihr klar, wie wenig sie doch von ihrem eigenen Leibwächter wusste.

»Es war bisher ja auch nicht von Bedeutung. – Wollen wir jetzt endlich in diese Ruine gehen, oder was?«, brummte Lord Rorick ungeduldig wie immer und Maren und Ilisil nickten eifrig und folgten ihm so schnell sie konnten in das fensterlose Gemäuer.

Drinnen roch es nach Moder und Schimmel und es sah genauso aus wie draußen: geplündert und grün. Anstelle von Kostbarkeiten hatten sich zahlreiche Unkräuter und Rankenpflanzen in dem verfallenen

Haus eingerichtet und Maren fühlte sich im ersten Moment stark an ihr verkommenes Zuhause in Mandrell erinnert. Doch dann fiel ihr Blick auf einen Fetzen alter Prunktapete, auf dem sich silberne Federn zu einem netzartigen Muster verbanden. Und für einen flüchtigen Augenblick sah Maren, wie ihr jüngeres Selbst zusammen mit Will und Vatoq durch die heruntergekommenen Ruinengänge streifte und wie die drei versuchten, sich vor Cenric und den anderen Adelskindern zu verstecken, die sie in diese verwunschene Ruine begleitet hatten. *Nur, dass sich niemand vor Cenric verstecken kann. Er findet seine Beute immer, wie ein Eishai, der das Blut seiner Opfer noch über Meilen hinweg im Wasser riechen kann,* dachte Maren missmutig bei sich. Sie war so sehr in ihre Erinnerung versunken, dass sie furchtbar zusammenschreckte, als Ilisil sie plötzlich an der Schulter antippte und fragte: »Maren, ist alles in Ordnung?«

Zerstreut nickte Maren ihrer Freundin zu. »Ja, hier kommen lediglich ein paar alte Erinnerungen hoch, das ist alles. Ich war vor ein paar Jahren schon einmal hier – mit Will und Cenric und all den anderen ... Hrafen hatte uns damals streng verboten hierherzukommen, das weiß ich noch. Aber das war Cenric selbstverständlich egal, und weil alle auf dieser Insel genau das tun, was Cenric will, sind wir irgendwann trotzdem in diese Ruine geschlichen, um uns nachts Geistergeschichten zu erzählen. Ich wollte eigentlich lieber in Vinduras bleiben, aber Will hat mich mitgeschleift ...«, murmelte Maren leise vor sich her.

Ilisil nickte abwesend und fragte mit einem Blick auf Marens rechtes Bein: »Und hast du dir hier dein Bein verletzt? Seid ihr einem Haufen Gesetzloser in die Hände gefallen?«

Maren schüttelte den Kopf. »Nein, sind wir nicht – nur Hrafens Männern, die uns im Morgengrauen erwischt haben. Wo ich mir mein Bein verletzt habe, weiß ich gar nicht mehr. Es ist in meinem letzten Sommer hier auf Beli passiert und es war wohl ein Unfall ... Aber an den Tag meiner Abreise kann ich mich nicht mehr erinnern –«

»Und das ist auch am besten so für Euch!«, unterbrach Lord Rorick das Gespräch plötzlich unwirsch.

Und ehe Maren etwas darauf erwidern konnte, packte ihr Leibwächter sie bereits am Arm und zerrte sie ohne viele Umschweife in das efeuüberwucherte Treppenhaus.

»Hoheit, wir suchen hier Bücher und keine Erinnerungen – und wir müssen vor Sonnenuntergang wieder im Schloss sein, vergesst das nicht!«, ermahnte Lord Rorick sie streng.

Maren nickte betreten und folgte ihrem Leibwächter und Ilisil in das Zimmer neben der Treppe, das vermutlich einmal ein Salon gewesen war, bevor es sich in ein Gewächshaus für Brennnesseln und Wurmfarn verwandelt hatte. Doch außer einem Haufen stachliger Unkräuter fanden Maren, Ilisil und Lord Rorick nichts in diesem zugigen Zimmer und in den angrenzenden beiden Räumen sah es nicht anders aus. Erst das vierte Zimmer war von Nesseln und Disteln weitestgehend verschont geblieben. Allerdings stank es in diesem Raum so stark nach Verwesung, als hätte der Tod sich hier höchstpersönlich mit einem widerlich süßen Parfüm eingesprüht und Maren, Ilisil und Lord Rorick flohen aus dem Raum, ehe sie die Ursache dieses abscheulichen Gestanks entdecken konnten.

Doch auch im nächsten Zimmer fanden sie nichts außer einigen mottenzerfressenen Decken, auf denen Wegelagerer und andere zwielichtige Gestalten anscheinend gelegentlich ihre Nächte verbrachten. Da das alte Gemäuer im Moment allerdings leer zu sein schien, verflog Marens Angst vor einem Überfall allmählich und sie begann, sich gelöst mit Ilisil zu unterhalten, während sie ein weiteres demoliertes Zimmer auf Pergamentfetzen und alte Federkiele absuchte.

»Wo hast du eigentlich in all den Sommern gelebt, in denen ich Will hier besucht habe?«, fragte Maren ihre Freundin irgendwann neugierig.

Ilisil zuckte mit den Achseln. »Bei den Niutak – beim Stamm der Unakiut, weit im Süden der Eiswüste. Aber das ist schon so lange her, dass ich mich kaum noch an etwas erinnere. Ich weiß nur noch, dass alles viel leichter bei den Niutak war … Alle waren ehrlich zueinander, niemand hatte versteckte Absichten, und wenn es Streit gab, hat man sich geprügelt und anschließend wieder vertragen, anstatt sich noch monatelang hinterhältige Streiche für den jeweils anderen auszudenken …« Sehnsüchtig strich Ilisil über das marode, moosbewachsene Treppengeländer. Auch sie schien ihre Heimat zu vermissen.

»Und warum bist du von den Niutak fortgegangen?«, fragte Maren leise.

Ilisil wandte sich mit bebenden Lippen dem Fenster zu. »Ich bin nicht *fortgegangen,* mein Stamm hat mich verstoßen. Als ich sechzehn war, sind meine Eltern bei der Eisbärenjagd verunglückt, und weil niemand

198

zu jener Zeit ein dürres kleines Mädchen mit durchfüttern konnte, hat man mich eben zurückgelassen ... Zusammen mit einigen Alten und Kranken. Das ist nichts Ungewöhnliches in harten Wintern. Und da ich nicht wusste, wo ich hingehen sollte, habe ich mich in einer verfallenen Strandhütte am Meer verkrochen, die ich von einigen Jagdausflügen kannte. Ich habe mehrere Monde lang nur von Algen gelebt, bevor Will mich fand und an den funkelnden Winterhof brachte ... Du weißt vermutlich am besten, wie überwältigt ich am Anfang von all dem Protz und Prunk hier war. In den ersten Wochen tat mir das ganze Geglitzer sogar in den Augen weh, aber man gewöhnt sich an alles, wenn man den Dingen nur genug Zeit gibt – findest du nicht?«

Maren ignorierte diese Frage. Denn ihr war plötzlich ein bitterer Verdacht gekommen. »Ilisil, *wann* hat Will dich nach Wjallvit geholt?«, fragte sie ihre große, liliengleiche Freundin vorsichtig.

Ilisil runzelte kurz die Stirn. »Das war ... vor vier Jahren, im Herbst, wieso?«

Auch diesmal gab Maren keine Antwort. Sie war zu wütend.

Vor vier Jahren war sie zum letzten Mal auf Beli gewesen! Genau vor vier Jahren hatte sie diese Insel verlassen! Und Will, der Wohltäter, hatte rein zufällig kurz nach ihrer endgültigen Abreise beschlossen, sich eine neue, mondhäutige Freundin zu suchen – eine, die schön war und die er sogar zu sich ins Bett holen konnte, wenn es ihm danach verlangte! Will hatte sie einfach so ersetzt wie einen seiner abgetragenen Brokatmäntel! Wie irgendein Ding! Aber warum sollte Maren eigentlich mehr von ihm erwarten?

Verbittert packte sie das knarzende Treppengeländer und humpelte die maroden Holzstufen hinauf, um ihre Unterhaltung mit Ilisil zu beenden. Es kam ihr ganz gelegen, dass auf der oberen Etage tatsächlich eine Vielzahl leicht angeschimmelter Bücher und Folianten herumlag, denn so entging Maren weiteren Gesprächen und informierte Lord Rorick und Ilisil nur noch wortkarg über die lädierten Schriften und Pergamentrollen, die sie in schmutzigen Ecken und unter rissigen Fensterbänken entdeckte.

Manchen Büchern fehlte wirklich der Einband, wie Lord Rorick es prophezeit hatte, und Maren fand bald heraus, dass solche Bücher oftmals Zauberbücher aus dem Norden waren oder Jahrhunderte alte Anleitungen zur Jagd auf die verwunschenen Miroschwäne, die Beli in grauer Vorzeit bevölkert hatten.

Es gelang Maren, drei angenagte Manuskripte über alte Hexenprozesse, zwei Schriftrollen über Ungeheuer und ein halb-historisch anmutendes Buch über den hiesigen Rosenkönig in ihren Weidenkorb zu legen, ehe die Sonne anfing, den Horizont zu berühren, und das ohnehin schon spärliche Licht innerhalb der Ruine langsam zu verschwinden drohte.

Es wird spät, Wjallvits Tore schließen sich bald, und wenn die Nachtwächter uns ein zweites Mal erwischen, wird Will völlig durchdrehen ... Von den Ungeheuern mal ganz abgesehen ... Wir müssen wirklich umkehren, schloss Maren missmutig. Wenn die verdammten Monster nicht wären, hätte sie sich vermutlich einfach in dieser Ruine verkrochen, bis es wieder Morgen war. Es mochte hier ja feucht und heruntergekommen sein, aber alles war besser, als zu Will und Cenric und Erika zurückzumüssen und –

Plötzlich ertönte ein gedämpftes Knirschen und Klackern im Erdgeschoss und riss Maren so aus ihren Gedanken. Es war das Geräusch von nassem Schutt, der unter dicken Lederstiefeln zerdrückt wurde.

»Da unten ist jemand!«, japste Ilisil im Nebenraum. Sie hatte das Geräusch also auch gehört.

»Es sind eher mehrere Jemande, den vielen Schritte nach zu urteilen«, korrigierte Lord Rorick und lauschte einen Augenblick lang angestrengt. Tatsächlich wurde das Knirschen im Eingangsraum immer lauter und unregelmäßiger, was bedeutete, dass immer mehr Leute in das alte Gemäuer hineinströmten. Vielleicht waren es Diebe, Mörder oder Banditen ... Marens Wunsch, in dieser Ruine zu bleiben, verflog sofort und das Herz hämmerte ihr panisch gegen die eigenen Rippen.

»Ihr bleibt hier und versteckt euch! Ich gehe nach unten und sehe, was das für Leute sind und ob ich einen Fluchtweg finden kann«, bestimmte Lord Rorick entschieden, doch Maren packte ihn am Arm, ehe er den Raum verlassen konnte.

»Ist das klug?«, flüsterte sie ängstlich. Dort unten waren, dem Lärm nach zu urteilen, mehr als zwei Dutzend Männer und Lord Rorick war ganz allein ...

»Ich habe Euch auf diese Insel begleitet, um Euch zu beschützen, nicht, um klug zu sein, Hoheit. Und ich habe vielleicht nichts gegen die Grausamkeit der Adligen ausrichten können, aber gegen Diebe und Wegelagerer weiß ich Euch und Eure Freundin zu verteidigen. Also macht

Euch keine Gedanken um mich und sucht Euch jetzt ein gutes Versteck, bis ich Euch holen komme.«

Maren zögerte immer noch, und erst als Ilisil ihre Hand nahm und sie mit einem geflüsterten »Komm« von Lord Rorick wegzog, ließ Maren ihren Leibwächter gehen. Sie hatte ein schlechtes Gefühl bei der Sache. *Warum haben wir die Ruine nicht schon verlassen, als es dunkel wurde?*, fragte sie sich bitter. Doch Reue würde ihr jetzt auch nicht weiterhelfen, also versteckte sie sich mit Ilisil hinter einem angelaufenen, versilberten Paravent, der von Efeu überwuchert wurde und lediglich deshalb noch in der Ruine stand, weil er sich nicht zusammenklappen ließ und zu hoch war, um durch die Tür getragen zu werden. Es war vielleicht nicht das sicherste Versteck, aber sollte man sie und Ilisil entdecken, konnten sie den steifen Raumteiler immer noch umstoßen, ein paar Angreifer darunter begraben und über den Paravent hinweglaufen, um die Tür am anderen Ende des Raumes zu erreichen. Allerdings hoffte Maren, dass es nicht zu einer Flucht kommen würde. Ihr rechtes Bein war dank Wills reichlich schmerzhafter ›Behandlung‹ zwar so weit ausgeheilt, dass Maren wieder einigermaßen rennen konnte, aber die alte Verletzung hielt sie immer noch auf und sie war schon früher keine schnelle Läuferin gewesen …

»Da ist jemand!«, schrie plötzlich eine unbekannte Männerstimme im Treppenhaus und das Knirschen der Kiesel wurde lauter und vermischte sich in Marens Ohren mit dem Geräusch ihres donnernden Herzens. Unwillkürlich griff sie nach Ilisils Hand, die zu ihrer Überraschung eiskalt und schwitzig war – auch das schöne, sonst so gefasste Nomadenmädchen hatte Angst … Das beruhigte Maren ganz und gar nicht.

Unten wurde jetzt geräuschvoll eine Klinge aus der Scheide gezogen und jemand rief: »Seht mal: Er hat ein Schwert!«

Daraufhin ertönten ein verächtliches Schnauben und das Surren einer entladenen Armbrust. Der hölzerne Bolzen traf mit einem dumpfen *Klack* auf die steinerne Wand und fiel zu Boden. Jemand fluchte und zwei Männer schrien, als Lord Rorick sie mit dem Schwert verwundete, Hunde bellten von dem plötzlichen Lärm und dann surrte die Armbrust erneut und diesmal war es Lord Rorick, der jäh aufstöhnte.

»Sie haben ihn getroffen!«, entschlüpfte es Maren entsetzt. Und als Ilisil ihr unwirsch die Hände vor den Mund schlug, war es bereits zu spät.

»Dort oben sind noch mehr, folgt mir!«, befahl eine harsche Männerstimme, die Maren irgendwie vertraut vorkam. Doch durch den Lärm hindurch war das schwer zu sagen. Panisch klammerte sie sich an Ilisils Hand und hörte, wie Männer und Hunde gleichermaßen die alte Treppe hinaufpolterten.

Sie haben Hunde, sie werden uns finden!, erkannte Maren und sie wusste, dass Ilisil dasselbe dachte, denn sie machte sich angespannt zur Flucht bereit. *Aber wohin sollen wir fliehen, wenn die Hälfte der Männer im Erdgeschoss bleibt?* Verzweifelt hörte Maren, wie die erste Tür auf ihrer Etage knarzend aufgestoßen wurde. Sie hatte das Gefühl, ihr Herz müsste bei dem nächsten Schlag vor lauter Angst einfach bersten oder direkt durch ihre Brust hindurchbrechen. *Wie sollen wir hier nur lebend wieder rauskommen?*, dachte sie panisch und dann rannten die ersten Männer und Hunde auch schon in ihr vermodertes Zimmer. In wenigen Augenblicken würde man sie beide entdeckt haben, das wusste Maren ganz genau. Sie und Ilisil tauschten einen vielsagenden Blick und legten ihre Hände zeitgleich auf eines der äußeren Paraventpaneele.

Bereit?, schien Ilisil mit ihren schokoladenbraunen Augen zu fragen und Maren war kurz versucht, lauthals ›Nein‹ zu schreien. Aber sie konnte sich gerade noch beherrschen und ihre Gedanken wieder in vernünftigere Bahnen lenken. Sie hätte ihr Herz und den Rest ihres Körpers am liebsten mit beiden Händen gepackt und stillgehalten, denn alles an ihr zitterte, pochte und rauschte, als wäre sie nicht länger ein Wesen aus Fleisch und Blut, sondern nur noch eine einzige, ängstliche Bewegung. Aber das ging leider nicht, und so schluckte Maren nur und sah, wie die schwarzen Pfoten des ersten Hundes am Raumteiler entlangliefen und langsam um die Ecke schlichen.

Auf einmal stand ein riesiger, knöcherner Windhund mit wolfsartiger Schnauze vor ihnen und stieß ein knurrendes Bellen aus.

»Da, hinter dem Raumteiler!«, rief ein Mann seinen Kumpanen zu und Maren und Ilisil warteten mit schlotternden Knien, bis die beiden Männer den riesigen Paravent fast erreicht hatten, dann schrie Ilisil laut: »Jetzt!« Und sie und Maren warfen sich mit aller Kraft gegen den Raumteiler.

Der Paravent bewegte sich nicht.

Kurz fürchtete Maren, dass man den Wandschirm in den Boden eingelassen hatte. Aber dann warfen sie und Ilisil sich ein zweites Mal mit

schmerzenden Schultern dagegen und der protzige Raumteiler kippte schrecklich langsam in den Raum hinein und riss die beiden Männer, die davor standen noch gerade so mit sich in die Tiefe.

Panisch rannten Maren und Ilisil über den Paravent hinweg zur Tür, was die beiden Männer unter dem Wandschirm laut aufschreien ließ. Doch weder Maren noch Ilisil hatten jetzt Zeit, um sich deswegen schuldig zu fühlen. Sie mussten den wütenden Hetzhunden ihrer Verfolger entkommen – was ein ziemlich unmögliches Unterfangen war, denn die Windhunde auf Beli waren so hochgezüchtet worden, dass sie sogar mit den geisterhaften Jagdpferden der Adligen mithalten konnten ...

»Die Hunde sind zu schnell, sie werden uns bald einholen!«, schrie Maren Ilisil verzweifelt hinterher.

»*Ich weiß! Aber wir müssen sie auch nicht abhängen! Im Salon neben der Treppe wachsen Rosenstöcke unter den Fenstern! Wir können an den Ranken nach unten klettern!*«, erwiderte Ilisil in der Sprache der Eisnomaden, die ihre Verfolger hoffentlich nicht verstanden.

Maren schluckte. Klettern konnte sie nicht besonders gut. Aber im Moment blieb keine Zeit, um darüber nachzudenken oder irgendetwas anderes zu tun, außer zu rennen. Es war nämlich nicht leicht, mit der silberhaarigen Ilisil Schritt zu halten, die nun wie ein weißer Geist durch die schummrige Ruine schwebte.

Doch irgendwie gelang es Maren, Ilisil nicht zu verlieren, bis die beiden endlich den großen Salon mit den eingeschlagenen Fenstern erreicht hatten und eisige Abendluft ihnen entgegenströmte. Maren spürte die Kälte aber gar nicht. Alles, was sie wahrnahm, war das Brennen in ihrer Kehle, das Hecheln der riesigen Windhunde in ihrem Rücken und das laute Fluchen ihrer Verfolger in den unebenen Trümmern. Als Ilisil allerdings drei gehetzte Atemzüge später auf den schmalen Außensims der Ruine kletterte und wie eine Seiltänzerin zu den blutroten Rosenstöcken hinüberbalancierte, bekam Maren es plötzlich doch mit der Angst zu tun. Sie hatte nicht gewusst, dass die Rosenranken so weit entfernt waren ...

»Nun komm schon, Maren! Sieh einfach nicht runter und tritt nur dahin, wo ich hintrete«, rief Ilisil ihr ungeduldig hinterher.

Doch Maren konnte sich nicht regen. Zwar nahm sie einen tiefen Atemzug nach dem anderen, aber ihre Füße wollten sich beim Anblick des schmalen Außensimses einfach nicht vom Boden lösen ... Erst als

einer der Windhunde nach ihrem Bein schnappte und den Saum ihres Seidenkleids mit einem leisen Ratschen zerriss, trat Maren über die Fensterbank hinweg auf den Sims, und der Abschuss war sogar noch schmaler, als sie befürchtet hatte – nicht einmal ihr ganzer Fuß fand darauf Platz. Doch es half nichts, wenn sie nicht von diesen Wegelagerern ausgeraubt und umgebracht werden wollte, musste sie die Rosenranken erreichen. Also hangelte Maren sich zittrig an der alten Hausfassade entlang und für einige Schritte klappte das Klettern sogar erstaunlich gut. Doch gerade als Maren das zweite Fenster erreicht hatte und nur noch eine Armlänge von dem rettenden Rosenstock entfernt war, brach der steinerne Eisbärenkopf, an dem sie sich festklammerte, mit einem dumpfen Knirschen aus seinem Wandvorsprung und Maren taumelte.

Zwei schreckliche Atemzüge lang klammerte sie sich nur mit ihrer linken Hand an dem maroden Fensterrahmen fest und starrte auf den pechschwarzen Waldboden hinab, der unter ihr klaffte wie ein endloser Abgrund. Dann fand Maren jedoch mit der anderen Hand in einer kleinen Nische Halt, wobei sie sich die Fingerknöchel furchtbar aufschürfte – aber das bemerkte sie vor lauter Erleichterung kaum. Kurz war Maren einfach nur froh, nicht in den sicheren Tod gestürzt zu sein. Dann wurde ihr allerdings bewusst, dass sie jetzt wieder im Rahmen des zerbrochenen Ruinenfensters stand und fünf diamantharte Augenpaare ihr erregt entgegenfunkelten ...

Es waren die Augen von Jägern, die ihre Beute jagten, und genau wie ein Reh im Wald erstarrte nun auch Maren vor lauter Entsetzen zu einer reglosen Statue. Wenn sie weiterklettern würde, würde sie gewiss abstürzen, aber wenn sie zurück in die Ruine ginge, würde man sie erschießen ...

»Maren, jetzt komm!«, schrie Ilisil von weiter unten und ihre Worte schienen die Zeit in der Ruine für einen unwirklichen Augenblick einfach anzuhalten.

In den Augen der Jäger veränderte sich plötzlich etwas. Sie hörten auf zu rennen und der vorderste von ihnen öffnete den Mund. Aber bevor er auch nur einen Laut hervorbringen konnte, ertönte zum dritten Mal der Schuss einer Armbrust, nur dass er diesmal ganz aus der Nähe kam.

Ein versilberter, mit Pfauenfedern geschmückter Bolzen flog direkt auf Maren zu, doch ein Windstoß, der sich ein wenig nach Anuaqs langen,

feingliedrigen Händen anfühlte, stieß Maren im letzten Augenblick in die Ruine zurück.

Sie fiel zu Boden und der Bolzen streifte ihre Seite und erfüllte ihren Körper mit brennendem Schmerz, anstatt ihr Herz sauber zu durchbohren, wie es ohne Marens Sturz sicherlich geschehen wäre.

Keuchend hob sie den Kopf und starrte auf das fein gewebte Samthalsband eines Windhundes, der nun direkt vor ihrer Nase stand. Saphire und Mondsteine funkelten daran um die Wette und Maren ging jäh auf, dass Diebe und Wegelagerer weder Windhunde noch silberne Bolzen besaßen. Das hier waren Adlige.

»Cenric, das ist die Lady Maren!«, rief einer der Männer in dem Moment, in dem Maren diese Erkenntnis überfiel.

Der Mann mit der Armbrust trat plötzlich auf klackernden Absatzschuhen aus dem Schatten und tatsächlich trug er einen schweren mit Hermelinpelz gesäumten Brokatmantel und drei Lagen verschiedenfarbiger Juwelenketten. Außerdem hatte er rotblond gefärbtes Haar und hässliche schlammbraune Augen.

Maren erschauderte bei Cenrics Anblick, als wäre gerade der schrecklichste Bandit aus der Ecke getreten und kein zivilisierter Adliger, und ihr Herz hämmerte noch ein wenig heftiger gegen ihre Brust, als sie das geladene Geschoss in Cenrics rechter Hand betrachtete. Ein Bolzen steckte noch schussbereit darin …

»Kürbis, was bei allen guten Geistern suchst du hier? Ich und meine Männer waren im Wald jagen, und als wir hier Geräusche hörten, wollten wir noch ein paar Gesetzlose zur Strecke bringen. Edeldamen haben wir hier drinnen nun wirklich nicht erwartet …«

Irgendetwas an der Art, wie Cenric das sagte, verriet Maren, dass er log, und seine sonst so gelangweilten Schlammaugen wirkten mit einem Mal ungewöhnlich wach und angespannt. Fast so, als gäbe es in dieser Ruine etwas, von dem er nicht wollte, dass Maren es fand – oder vielleicht fürchtete auch er sich vor der bald hereinbrechenden Dunkelheit. Doch Maren konnte darüber jetzt nicht nachdenken oder Cenric auch nur antworten. Ihr war schlecht vor lauter Angst und Schmerz. Streifschüsse waren nicht tödlich, aber dafür schrecklich qualvoll und die Tatsache, das Cenric sie mit diesem Schuss nicht nur hatte streifen wollen, verwandelte Marens Furcht langsam in Panik. Es war trotz der späten Stunde immerhin noch nicht komplett dunkel in der alten Ruine und Cenric verspottete sie schon seit über zehn Jahren wegen ihres Aussehens, er musste sie also erkannt haben – und er hatte trotzdem geschossen.

Maren schauderte. Sie hatte Cenric immer für grausam gehalten, doch dass er so gewalttätig und mordlustig war, hätte sie nicht gedacht … Abermals betrachtete sie den eitlen Lord und ihr wurde klar, dass seine Augen noch immer fiebrig glühten und seine rechte Hand schussbereit auf dem Abzug der Armbrust ruhte … *Ein winziger Fehler würde reichen und er schießt erneut,* dachte Maren voller Furcht.

Eine falsche Bewegung, ein falsches Wort …

»Mein Lord, dort draußen ist noch jemand und klettert an den Rosenstöcken nach unten!«, brüllte einer der anderen Männer plötzlich aus dem Erdgeschoss und der schreckliche Moment verflog. Cenric blinzelte und sah verwirrt zur Tür hinaus auf den Flur.

»Das ist Ilisil!«, presste Maren mühsam hervor, ehe Cenric den Befehl geben konnte, auch auf sie zu schießen. Und dann fiel Maren Lord Rorick wieder ein. »Ihr habt auf meinen Leibwächter geschossen! Wir müssen ihm helfen! Wo ist er?!« Die Sorge, die Maren nun überkam, ließ ihren Schmerz und ihre Angst für einen Augenblick vollkommen verschwinden.

Cenric schnaubte und die altvertraute Langeweile kehrte langsam in seine Miene zurück. »Der schwertschwingende Barbar liegt auf der Treppe, aber ich werde ihm gewiss nicht helfen. *Ich* bringe die Männer, die von ihm verletzt wurden, zurück zum Schloss und dort werden du und Ilisil jetzt auch hingehen. Es ist im Moment nicht sicher auf Wills Seite der Insel und bei all den Ungeheuern, die hier umgehen, sollten Frauen wirklich nicht alleine durch die Wälder stromern, meinst du nicht auch, Kürbis?«

Das einzige Monster, das ich hier sehe, bist du!, dachte Maren bitter, aber sie schwieg, da Cenric noch immer eine geladene Armbrust in der Hand hielt – eine Waffe für Feiglinge und schlechte Bogenschützen.

Als Maren Cenric nicht antwortete, packte er sie ungeduldig am Handgelenk und zerrte sie mit sich. Maren hatte plötzlich das Gefühl, eine glitschige Schlange hätte sich um ihren Arm gewickelt, doch sie ertrug Cenrics Berührung, bis er sie zur Treppe zurückgeschleift hatte und Maren Lord Rorick blutüberströmt und leichenblass an der Wand lehnen sah. Unwirsch riss sie sich los und lief auf ihren schwer

atmenden Leibwächter zu. Cenrics Pfauenfederbolzen hatte ihn in der Magengegend getroffen.

»Alles wird gut«, versicherte Maren Lord Rorick, ohne die Worte, die sie da sagte, wirklich zu verstehen. »Wir bringen Euch zurück zum Schloss, dort flickt man Euch wieder zusammen! – Cenric! Sag deinen Männern, sie sollen mir helfen, Lord Rorick vorsichtig auf ein Pferd zu tragen! Oder nein, sag ihnen, sie sollen eine Bare bauen! Wir brauchen nur ein paar starke Äste, einen eurer Ledermäntel und ein wenig –«

»Hörst du mir nicht zu, du dummes Gemüse? Ich sagte, ich helfe ihm nicht! Ich verschwende weder meine Männer noch meine Mäntel an einen wertlosen *Vehronen*! Jetzt komm endlich, ich bin müde von der Jagd und will mir das Blut abwaschen.«

Maren wehrte Cenrics Hände ab und funkelte ihn finster an. Ihr Leben war die eine Sache, aber ihr treuer Leibwächter würde nicht am Bolzen dieses selbstsüchtigen Ungeheuers sterben!

»Du hast *versehentlich* auf ihn geschossen – und auf mich! Das Mindeste, was du da tun kannst, ist, ihm zu helfen!«, schleuderte Maren Cenric entgegen. Der brennende Schmerz an ihrer rechten Seite betäubte ihre Angst und ließ sie langsam kühn werden.

Doch auch Marens neugefundener Mut half nichts. Cenric zerrte sie ungerührt weiter mit sich, und da die Verletzung Maren nicht stärker machte, sondern sie noch zusätzlich schwächte, blieb ihr nichts anderes übrig, als ihm hinterherzustolpern.

»Das darfst du nicht! Du darfst einen Mann nicht einfach zum Sterben zurücklassen!«, schrie Maren, als sie den Ausgang erreichten, und damit riss Cenric endgültig der Geduldsfaden. Wütend drehte er sich zu ihr herum und schlug Maren mitten ins Gesicht.

»Du sagst mir nicht, was ich darf und was nicht, verstanden?! Du bist ein Kürbis und dein Wachhund ist ein *Vehrone* – ein Fremder und kein Inselmann. Er hat keinerlei Rechte hier, ich kann mit ihm also tun, was immer ich will! Und das könnte ich mit dir auch, wenn du nicht zufällig mit unserem lieben Willi verheiratet wärst. Wobei man munkelt, dass eure Ehe nie vollzogen wurde und damit gar nicht rechtskräftig ist ...«

Die Drohung, die in Cenrics Worten lag, schickte Maren einen eiskalten Schauer über den Rücken und ließ ihren neugewonnenen Mut sofort wieder dahinschmelzen.

Sie würde Cenric nicht umstimmen können, also war es wohl ihre beste Chance, schnell mit ihm und seinen Männern zum Schloss zu reiten und danach mit Verbandszeug und Kräutern und einem fähigen Heiler zurück in die Ruine zu kommen und –

»Aber weil wir alte Freunde sind, Kürbis, werde ich Gnade mit deinem nutzlosen Wachhund haben. – Du da – Olard, erlöse ihn von seinem Leiden«, sagte Cenric unversehens zu dem blonden Mann, der gerade mit zwei grauen Windhunden die Treppe hinunterstieg.

»Nein!«, schrie Maren verzweifelt, doch Cenrics Gefolgsmann schien sie gar nicht zu hören. Er zog so unverzüglich seinen reichverzierten Jagddolch, als hätten Cenrics Worte ihn seines eigenen Willens beraubt, und dann stach er mit der kurzen Klinge in Lord Roricks Brust – ohne dem alten Nordländer auch nur in die Augen zu sehen.

Lord Rorick stöhnte einmal kurz auf und keuchte: »Ihr seid alle Monster. – Es tut mir leid ... dass ich Euch nicht beschützen konnte ... Prinzessin.« Dann verstummte er und schloss für immer seine graublauen Augen.

Im nächsten Moment ertönte ein widerliches Schmatzgeräusch, als der blonde Mann seinen Dolch achtlos aus Lord Roricks Wunde zog, und Maren schrie ein zweites Mal laut auf, was ihr einen weiteren Schlag von Cenrics kurzen Fingern einbrachte.

»Du hast eine seltsame Art, deine Dankbarkeit zu zeigen, Kürbis. Ich habe dir gerade einen Gefallen getan«, schnarrte Cenric, während er Maren ungerührt aus der Ruine herausschleifte. »Ich hätte meinen Hunden auch befehlen können, das Gesicht deines Wilden zu essen.«

»Du bist ein Monster!«, schrie Maren ungehalten und sie sah, dass Ilisil schon bei einem der anderen Männer mit im Sattel saß und Maren ungläubig anstarrte.

Diesmal schlug Cenric ihr in die Seite, wo der Bolzen Maren das Fleisch weggerissen hatte, und der Schmerz raubte ihr für einen Augenblick den Atem.

»Ihr Frauen solltet lernen, eure Zungen zu hüten«, summte Cenric grimmig vor sich hin. Dann blieb er vor einem pechschwarzen Zelter stehen, an dessen Satteldecke geschliffenes Elfenbein munter vor sich hin funkelte. »Auf meinen Aleto werde ich dich aber sicher nicht wuchten, Kürbis. Mein Hengst ist zu feingliedrig, um so schwere Lasten zu

tragen. – Palani, du reitest doch eine robuste Stute, nimm du unsere kleine Kürbisprinzessin mit, Amaturuk kann dir auch helfen, sie aufzuladen.«

Einige der Männer lachten, als der bullige Palani und der winzige, glupschäugige Amaturuk Maren an Armen und Beinen packten und sie hinten am Sattel festschnürten wie eine der toten Hirschkühe, die die Adligen nach einer erfolgreichen Jagd manchmal mit ins Schloss brachten. Doch heute waren Maren die Gemeinheiten von Cenrics Freunden egal. Heute weinte sie nicht um sich selbst, sondern um ihren treuen Leibwächter und Berater – und ein wenig weinte sie auch, weil die harten Galoppsprünge der Stute dafür sorgten, dass ihre Schusswunde andauernd gegen die Kruppe des Pferdes gedrückt wurde, was fürchterlich schmerzte. Doch leider reichten selbst diese Qualen nicht aus, um Maren in Ohnmacht fallen zu lassen, dafür hatte sie anscheinend noch nicht genug Blut verloren. Ihr entglitt lediglich manchmal kurz das Bewusstsein, was sie ihren Schmerz und ihre Trauer allerdings kaum vergessen ließ, und so war Maren dazu verdammt, den gesamten qualvollen Ritt mitzuerleben …

Vor den Mauern von Wjallvit wurde Cenrics Jagdgesellschaft sofort von den sonst so misstrauischen Nachtwächtern eingelassen, was zweifellos daran lag, dass Cenric und seine juwelenbehangenen Gefolgsmänner in der Dämmerung funkelten wie eine Schar gefallener Sterne und damit unverkennbar waren. Sogar die Pferde der Adligen waren mit silbernen Hufeisen beschlagen worden, und als die prächtigen Tiere wenig später auf den gepflasterten Schlosshof trabten, hallten ihre Hufschläge unangenehm schrill von den polierten Pflastersteinen wider.

Maren hörte diese hochtönenden Hufschläge allerdings kaum. Denn nachdem der strohblonde Palani sie von seinem Pferd gerissen hatte, verblasste die Welt um sie herum sofort zu einem undeutlichen Nebel, um dem alles überwältigenden Schmerz Platz zu machen, der zusammen mit Marens Schuldgefühlen und ihrer Trauer wie ein verhungerter Hund an ihren Eingeweiden nagte.

Sie hatte Lord Rorick sterben lassen.

Sie hatte zugelassen, dass man ihn tötete.

Dieser Gedanke quälte Maren noch mehr als jeder Streifschuss. Und als Will kurze Zeit später zusammen mit einem mausgrauen Botenjungen aus dem Schloss rannte, erschien er Maren fast ebenso gut wie der schöne

Anuaq, der ihr in den vergangenen Nächten immer so viel Trost gespendet hatte. Sie brauchte jetzt einfach jemanden, an dem sie sich festhalten konnte, also vergaß Maren kurzerhand die Streitigkeiten der vergangenen Wochen und stolperte weinend in Wills lange Arme.

Und zu ihrer unendlichen Überraschung stieß Will sie nicht weg oder schimpfte sie aus, sondern schob sie nur behutsam von sich und starrte voller Entsetzten auf ihr blutbeflecktes Kleid.

»Wegen deiner verdammten Kürbisfrau sind jetzt zwei meiner Männer verwundet und ihre Mäntel sind ruiniert, Will. Außerdem hat ihr handzahmes Ungeheuer meinen besten Windhund erschlagen. Ich hoffe, dass du für diesen Schaden aufkommst«, murrte Cenric, nachdem Maren völlig verstört in Wills Arme gestolpert war, doch Will hörte es kaum.

Im Moment gab es für ihn nur Maren und ihr blutverschmiertes Kleid.

Sie hatte offenbar einen üblen Streifschuss abbekommen, zumindest dem riesigen roten Loch nach zu urteilen, das Cenrics verdammter Silberbolzen in ihr apfelgrünes Kleid gerissen hatte. Es war ein schrecklicher Anblick und Will wünschte sich nichts sehnlicher, als all das Blut sofort von ihr zu wischen und die längliche Schusswunde gleich mit. Maren so zu sehen war einfach unerträglich, es erinnerte Will zu sehr an jenen verregneten Tag vor vier Jahren, der Marens Besuche auf Beli endgültig beendet hatte …

Hastig schüttelte er den Kopf und starrte Cenric wutentbrannt an.

»Du hast auf meine Frau geschossen!«, knurrte Will und zum ersten Mal, seit er Maren geheiratet hatte, sprach er die Worte *meine Frau* ohne jegliche Ironie aus.

»Nun, genau genommen habe ich im Dunkeln auf eine unbekannte Gestalt geschossen. Und das in einer hiesigen Ruine, in der sich bekannterweise Straßenräuber und Tagediebe verstecken. Woher sollte ich wissen, dass sich Ilisil und unser kleiner Kürbis in dem Gemäuer herumtreiben? Frauen erwartet man an so einem Ort am allerwenigsten …«

Will schenkte Cenrics scheinheiligen Lügen keinerlei Beachtung. »Du hast auf meine Frau geschossen!«, wiederholte er ungnädig. »Und du wagst es, mir kaputte Mäntel und tote Hunde in Rechnung zu stellen?!

Sei froh, wenn ich dir nicht ein paar deiner hübschen weißen Zähne aus dem Gesicht schlage!« Bebend vor Zorn wandte sich Will zu Maren um und legte sich, so vorsichtig er nur konnte, ihren rechten Arm über die Schulter. »Komm, Maren, ich bring dich rein und kümmere mich um deine Wunden«, flüsterte Will ihr beruhigend ins Ohr. Doch Maren gab nicht zu erkennen, dass sie ihn verstanden hatte.

»Du solltest wirklich aufpassen, dass unsere Kürbisprinzessin deine Manieren nicht ruiniert, Willi, du wirst mir allmählich ein wenig zu festländisch«, rief Cenric Will noch finster nach. Aber Will ignorierte ihn und befahl dem Boten, der ihn hergeführt hatte, einen Heiler zu suchen, während er Maren zurück ins Schloss brachte.

Es war ein merkwürdiges Gefühl, ihren Arm so festzuhalten. Er war recht umfangreich und das Fleisch war weich und nachgiebig – ganz anders als bei den Frauen, die er sonst berührte. Außerdem wurde Will klar, dass er Maren, seit sie hier war, eigentlich nur auf ihrer Hochzeit angefasst hatte – und natürlich immer dann, wenn er ihr etwas weggenommen hatte – ein Stück Kuchen zum Beispiel oder einen besonders langen Beschwerdebrief, mit dem sie ihn langweilen wollte ... *Ich bin wirklich ein dummer Esel! Kein Wunder, dass sie sich in Essen und waghalsige Abenteuer flüchtet, so wie ich sie behandle ... Ich muss mich jetzt endlich bei ihr entschuldigen, soll die Eitelkeit der Belier doch verdammt sein!*

»Maren ... es ... es tut mir leid. Alles, was in letzter Zeit passiert ist, meine ich ... Ich weiß, das macht die Dinge, die ich getan habe, nicht wieder gut und du hast jedes Recht, mich für ein widerliches Ekel zu halten und –«

»Ich vergebe dir«, unterbrach Maren ihn leise. Die Worte flossen ihr so mühelos wie Wasser von den Lippen und wie immer linderten sie den Schmerz, der von Wills schlechtem Gewissen herrührte. So war es immer, so war *sie* immer – so furchtbar gutmütig. Aber Will wollte diese Güte nicht länger ausnutzen, er wollte diesmal *wirklich*, dass sich die Dinge zwischen ihnen änderten. Und vielleicht musste er sich deswegen erst einmal schuldig fühlen, damit er es endlich besser machte.

»Vielleicht solltest du mir diesmal nicht so schnell vergeben ... Vielleicht sollte ich mich erst bewähren, Maren«, murmelte Will mit gequältem Gesichtsausdruck, während er Maren in sein kaltes eisblaues Schlafzimmer hineinführte.

Es dauerte eine Weile, bis sie ihm antwortete, und sie schien mit den Tränen zu kämpfen, als sie sagte: »Ich vergebe dir nicht, um dein Gewissen zu beruhigen, Will. Ich möchte einfach nur Frieden und ich brauche meinen alten Freund zurück, den Jungen, nicht den Lord. Ich ... ich ertrage es nicht mehr, in diesem Schloss allein zu sein. Vor allem jetzt, wo Lord Rorick tot ist und ich nur noch Ilisil habe ...« Marens helle Stimme brach und sie begann, laut loszuweinen – und Will verstand überhaupt nichts mehr.

»Lord Rorick ist tot? Aber wie ...«

»Cenric hat ihn angeschossen und dann hat er einem seiner Männer befohlen, ihn umzubringen, und das hat er dann *Gnade* genannt ... Lord Rorick war ein Nordmann ... Er hat es nicht verdient, so zu sterben! Durch einen Bolzen und einen silbernen Dolch ... Und das ist alles nur meine Schuld! Wäre ich doch nie zu dieser Ruine gegangen, dann würde er jetzt noch leben!« Schluchzend vergrub Maren ihr Gesicht in den Händen und Will trat zögernd noch einen Schritt auf sie zu.

»Es ist nicht deine Schuld, dass Cenric ein Monster ist, Maren! Wenn du jemandem die Schuld geben willst, dann mir. Ich hätte dich niemals so ungeschützt herumlaufen lassen dürfen ... Ich hätte mir denken müssen, dass Cenric früher oder später versucht, dich aus dem Weg zu räumen. Er weiß immerhin, dass du meine Staatsgeschäfte machst und dass ich ohne deine Hilfe binnen weniger Tage bei meinem Volk in Ungnade fallen würde ... «

Maren hob bei diesen Worten entsetzt den Kopf und ihre Pupillen wurden so groß wie die einer Porzellanpuppe. »Glaubst du wirklich, Cenric hat geplant, mich umzubringen?«, schniefte sie und Will nickte ernst.

»Cenric weiß, wie wichtig du für mich bist, und er weiß auch, dass in der Ruine noch immer alte Zauber- und Monsterbücher herumlagen. Vermutlich wollte er dich unauffällig beseitigen, damit du das Rätsel um die Ungeheuer nicht vor ihm löst ... Er würde sogar einen Säugling an der Mutterbrust ermorden, wenn es ihm denn nützt«, brummte Will und Maren zuckte bei diesen Worten zusammen.

Großartig, Will, rede noch ein bisschen mehr über Mord und Verstümmelung, genau das wird ein trauerndes Mädchen aufmuntern! Entschuldigend strich Will Maren über ihren kurzen Rücken, und als er ihre rechte Seite streifte, wurde seine Hand sofort warm und feucht. Jäh erinnerte sich Will wieder daran, dass Maren angeschossen worden war, und er fühlte sich augenblicklich noch elender. Er bekam wirklich gar nichts richtig hin!

»Du bist verletzt – setz dich auf mein Bett und zieh das Kleid aus, damit ich zumindest die Blutung stoppen kann. Die Wintergeister allein wissen, wann der Dienstbote von vorhin in diesem verdammten Labyrinth-Schloss einen Heiler auftreibt«, murmelte Will, während er eilig eine Schale mit sauberem Wasser holte. Doch als er mit dem behelfsmäßigen Verbandszeug zu Maren zurückkehrte, saß sie noch immer stocksteif auf seinem Bett und rührte sich nicht.

»Du musst dich schon ausziehen, damit ich den Streifschuss verbinden kann ... Oder hat Cenric deinen Arm auch erwischt? Soll ich dir helfen?«

Arglos trat Will an Maren heran und machte Anstalten, ihr die apfelgrüne Seide von der Haut zu streifen, aber als er Marens Schulter berührte, sprang sie zur Seite, als bestünden seine Finger aus Feuer.

»Nicht! Lass mich!«, zischte sie und verzog dabei gequält das Gesicht. Die hektische Bewegung hatte ihr offenbar wehgetan. Zögerlich machte Will zwei Schritte zurück.

»Gut, dann ... mach es selbst«, verlangte er völlig vor den Kopf gestoßen. Doch wieder bewegte sich Maren nicht. Sie krallte nur wortlos die Hände in seine Bettlaken und sah Will aus ihren riesigen regenblauen Augen heraus an wie ein verletztes Reh in der Falle. Und nach zwei weiteren ratlosen Atemzügen erkannte Will diesen Blick wieder – es war derselbe Blick, den Maren ihm in ihrer Hochzeitsnacht zugeworfen hatte. Und endlich verstand er, warum sie sich nicht rührte.

Sie hatte Angst, sich vor ihm auszuziehen. Sie war verletzt und ihr Leibwächter war eben gestorben und trotzdem war in ihrem kleinen, gequälten Kopf noch genügend Platz, um sich *darüber* Gedanken zu machen. *Sie muss mich wirklich für ein Monster halten,* dachte Will, während er fieberhaft darüber nachdachte, wie er ihr Vertrauen gewinnen konnte. Maren war immerhin totenbleich und ihre Wunde blutete stark. Jemand musste das jetzt *sofort* verbinden, verdammt!

»Maren, du bist verletzt. Du blutest. Ich muss deine Wunde jetzt reinigen und verbinden, damit du nicht ohnmächtig wirst, verstehst du das? Ich verspreche dir –«

»Ilisil kann es tun! Hol Ilisil, sie kann mich verarzten und sie muss hier noch irgendwo in der Nähe sein! Ich warte so lange hier!«, fiel

Maren ihm flehentlich ins Wort und Will fühlte sich, als hätte sie ihm ins Gesicht geschlagen. Sie blutete lieber noch ein wenig länger, als sich von ihm verbinden zu lassen ... Aber etwas anderes hatte er vermutlich auch nicht verdient.

Betreten nickte Will und schob Maren die zwei lavendelfarbenen Seidenschals in die Hand. »Schön, dann drück die wenigstens auf die Wunde, bis ich zurück bin, ich hole Ilisil ...«, murmelte er und verließ mit einem letzten schuldbewussten Blick auf Maren widerstrebend den Raum.

Ilisil war im Gegensatz zu den Hofheilern schnell gefunden, denn sie befand sich tatsächlich in ihrem Zimmer, während Wjallvits Hofärzte sich meist in den Gemächern irgendwelcher Edeldamen herumtrieben, um sie wegen unbedeutender Schönheitsangelegenheiten zu beraten. Und nachdem Will Ilisil erfolgreich in sein Zimmer gescheucht hatte, rannte er eilig in die funkelnde Schlossküche hinunter, um zwei dampfende Krüge heißer Schokolade zu holen. Er wusste immerhin, dass Maren dieses süße Zeug mochte, und hoffte, dass es sie auch heute irgendwie trösten würde. Will hatte sich früher oft mit einem Becher heißer Schokolade bei Maren entschuldigt – zumindest so lange, bis ihm selbst der Anstand für das Entschuldigen abhandengekommen war ...

›Ein Insellord bittet niemanden um Vergebung, Willi, denn er hat immer recht, egal, was er tut!‹, das hatte Cenric ihm früher oft gesagt und Will war dumm genug gewesen, ihm zu glauben ...

Und was hat es mir gebracht? Eine todunglückliche Ehefrau, die blutend auf meinem Bett sitzt, dachte Will, als er wenig später mit zwei dampfenden Heißgetränken in der Hand zurück zu seinem Schlafzimmer hastete. Ilisil öffnete gerade die weiße Alabastertür, als Will seinen Wohnturm wieder erreichte, und er sah, dass Maren immer noch weinend auf seinem Bett saß, nur dass sie jetzt fertig verbunden war und Ilisil sie in einen ihrer skandalös schlichten Wollumhänge gehüllt hatte.

»Sie ist vollkommen aufgelöst wegen ihrem Leibwächter ... Ich glaube, es ist besser, wenn du sie tröstest. Du kennst sie schon länger als ich ... Aber benimm dich, Will, sei zur Abwechslung mal ein Mensch, sonst schwöre ich dir, ich rasiere dir im Schlaf deine hübschen rotblonden Locken ab«, flüsterte Ilisil ihm ungerührt ins Ohr und Will blieb nichts anderes übrig, als ihr hilflos zuzunicken.

»Gut, ich … kümmere mich um sie«, antwortete er reichlich ratlos.

»Das will ich hoffen. Aber wir zwei unterhalten uns später trotzdem noch! Ich will wissen, was du in deiner Hochzeitsnacht verzapft hast, dass Maren dir nicht einmal erlaubt, eine Schusswunde zu verbinden! Mir hat sie natürlich nichts verraten«, murmelte Ilisil drohend vor sich her, ehe sie den Raum verließ und die Tür leise hinter sich ins Schloss zog.

Jetzt war Will mit Maren allein und trat langsam an sie heran. Sie schluchzte. Und obwohl Will sie schon oft hatte weinen sehen, wusste er heute nicht, was er sagen musste, um ihre Tränen zum Versiegen zu bringen. Denn heute war etwas anders. Heute weinte Maren nicht wegen der Gemeinheiten der Adligen, sondern sie trauerte um einen Toten und Will hatte keine Ahnung, wie er ihr dabei helfen konnte.

»Ich … ähm, habe dir etwas heiße Schokolade mitgebracht – so wie damals, weißt du?« Zerstreut streckte Will Maren einen der beiden Krüge entgegen und sie nahm ihm das dampfende Silbergefäß sofort aus der Hand.

Doch bereits nach dem ersten Schluck begann Maren lauthals zu husten und verzog angewidert das Gesicht. »Igitt! Was ist denn da drin, das brennt in der Kehle!«, beschwerte sie sich. Hastig nahm Will ihr den Krug aus der Hand und tauschte ihn gegen seinen eigenen aus.

»Oh, das ist wohl meiner, da ist ein Schuss Whiskey drin«, erklärte er abwesend.

Maren schnupperte daraufhin misstrauisch an ihrem neuen Getränk. Doch Will, der das Gefühl hatte, er könnte den Whisky jetzt gut brauchen, hob eilig seinen Krug und nahm einen Schluck. Dabei berührte er zufällig genau die Stelle, an der Maren eben das kalte Metall geküsst hatte, und er schmeckte einen Hauch von Zimt und Lebkuchen, ehe die bittersüße Schokolade seine Kehle hinabbrann. Und unwillkürlich fragte sich Will, wie süß die Lippen seines kleinen Leckermauls wohl in Wirklichkeit sein mussten … Es war ein wahnsinniger Gedanke – aber er war Will auch keineswegs neu. Er erinnerte sich noch gut daran, wie er vor sechs Jahren schon einmal auf so abstruse Ideen gekommen war, als er in seinem Schlafzimmer in Vinduras mit Maren heiße Schokolade getrunken hatte …

Damals hatte Hrafen ihn, Maren und die anderen Adligen kurz zuvor in der verbotenen Waldruine erwischt. Und nachdem er sie alle zurück nach Vinduras geschleift hatte, war Hrafen so außer sich vor Wut, dass

Maren kurzerhand die Schuld für den abendlichen Ausflug der Kinder auf sich nahm, um Will zu beschützen – was ihr allerdings sieben Schläge von Hrafens berüchtigtem Rohrstock einbrachte. Und obwohl Will genau wusste, dass Maren nur halb so viele Schläge bekommen hatte, wie er und Cenric bekommen hätten, tat es ihm furchtbar leid, sodass er schnurstracks in die stickige Schlossküche hinunterrannte und nach zwei großen Krügen dampfend heißer Schokolade verlangte.

»Na, was hast du denn jetzt wieder angestellt, Junge?«, nuschelte der Koch, ein pausbäckiger Mann mit mausgrauem Haar, als er Will die beiden Krüge herüberreichte. Der Mann wusste bereits, dass Will nur dann nach den süßen Heißgetränken fragte, wenn er sich bei Maren entschuldigen musste – und das kam in diesen Tagen immer öfter vor.

»Gar nichts«, murmelte Will trotzig. Er hatte Maren schließlich nicht darum gebeten, die volle Verantwortung für diesen Ausflug zu übernehmen, auch wenn er nicht gerade unglücklich darüber war, Hrafens Schlägen entgangen zu sein. Aber warum musste er sich überhaupt vor einem Diener rechtfertigen? Kopfschüttelnd verschwand Will mit den dampfenden Silberkrügen aus der Küche.

Als er sein Schlafzimmer betrat, war es bereits lauschig warm darin – Maren hatte verbotenerweise den Kamin angezündet. Da es sich bei Wills Landschloss Aimvit um einen Altbau handelte, hatte das Anwesen noch echte Kamine. Doch Will war nicht böse darüber, er fand es auch ziemlich dämlich, dass die Belier es anscheinend für elegant hielten, zu frieren, aber er hatte Bedenken wegen der anderen Adligen, die heute ebenfalls hier im Schloss übernachteten ... Vermutlich würden sie wieder irgendeinen dummen Kommentar fallen lassen, wenn sie wüssten, dass Maren – die Festländerin – in einer Sommernacht Feuer machte.

»Ich habe die Schokolade geholt.« Feierlich hielt Will die beiden Krüge in die Höhe und setzte sich dann auf sein Bett direkt vor Maren, die inmitten all seiner halbfertigen Leinwände vor der Bettkante stand. »Tut es noch sehr weh?«

Maren lächelte gequält. »Meinst du, ich würde hier vor deinem Bett herumstehen, wenn es nicht wehtun würde?«, neckte sie ihn und Will lächelte mitleidig und reichte ihr ihren Krug.

»Du hättest das nicht tun müssen, weißt du«, seufzte er und hob den Blick, um Maren anzusehen. Auch sie sah ihn an, und als ihre Blicke sich

trafen, wandte sie sich hastig ab und errötete. Mit ihren rosa Wangen
und den riesigen regenblauen Augen fand Will, dass sie aussah wie eine
dieser Puppen, von denen Erika und Ined vor zwei Jahren so besessen
gewesen waren. Maren war es offenbar peinlich, wenn sie so rot wurde,
doch Will fand es eigentlich ganz niedlich.

»Ich bin ein Gast hier und ich bin eine Prinzessin – und ein Mädchen.
Hrafen schlägt mich nicht halb so stark, wie er dich schlagen würde.«

»Es wäre mir lieber, wenn er keinen von uns beiden geschlagen hätte. Es
war Cenrics verdammte Idee, er hätte auch die Prügel einstecken sollen.«

Maren lachte ihr süßes kleines Singvogellachen. »Den Tag, an dem
Cenric für einen seiner Fehler geradestehen muss, werden wir wohl nicht
mehr erleben!«

»Wenn wir auf dem Festland wären, würde ich ihn zu einem Duell her-
ausfordern und für Gerechtigkeit sorgen!«, verkündete Will leidenschaft-
lich – damals hatte er sich noch sehr für Ritter und Zweikämpfe begeistert.

»Und dann haut ihr eure schönen Silberschwerter so lange gegenein-
ander, bis sie abbrechen?«, witzelte Maren heiter und Will betrachtete
gedankenverloren ihr perlweißes Lächeln. Sie hat ein schönes Lächeln,
dachte Will und er fragte sich, warum sie es in letzter Zeit nur noch so
selten zeigte.

»Ich habe Lord Rorick in Mandrell einmal gefragt, er sagte, silberne
Schwerter seien vollkommen nutzlose Waffen, weil das Metall viel zu
weich ist«, erklärte Maren ihm unvermittelt und Will tauchte jäh wieder
aus seinen Gedanken auf.

»Ich wette, ich kann Cenric auch mit einem Silberschwert wehtun,
wenn du es möchtest«, versprach er verschwörerisch, doch Maren ver-
zog nur das Gesicht.

»Wegen mir soll niemandem wehgetan werden ... Nicht einmal
Cenric«, beschied sie ihm streng. Will schüttelte leicht den Kopf. Das
sah Maren ähnlich – alle zu verschonen, selbst dann, wenn sie selbstgefäl-
lige Mistratten wie Cenric waren, die ein paar Schläge mehr als verdient
hätten. Will wünschte sich in letzter Zeit ohnehin immer öfter, Cenric
mit der Faust ins Gesicht zu schlagen, wann immer er sich über Maren
lustig machte und alle anderen dazu brachte, sie ebenfalls auszulachen ...

Doch Will wagte es nicht – er wagte es nie, Cenric zu schlagen. Denn
wenn er das tun würde, würde man ihn zweifellos für immer ausgrenzen.

Er wäre dann ein Außenseiter wie Maren und im Winter wäre er ganz allein in diesem kalten und endlosen Schloss und die Adligen würden ihn an Marens Stelle quälen und piesacken ... Die Sommer würde er zusammen mit Maren schon ertragen, aber die Winter einsam und geächtet verbringen? Das konnte Will einfach nicht, dafür war er nicht geschaffen.

»Du bist heute verdammt grüblerisch, weißt du? So kenne ich dich gar nicht, hat dir die Ruine etwa doch Angst gemacht?«, spottete Maren plötzlich und riss Will so erneut aus seinen Gedanken.

»Warum sollte ich Angst vor einem heruntergekommenen Waldhaus haben, ich bin doch kein Mädchen!«, protestierte er heftig.

»Oh, Erika und Ined wirkten ziemlich gefasst. Ich glaube, die beiden haben nur um ihre hübschen Kleider getrauert. Aber Cenric sah aus, als würde er sich gleich in die Hose machen, als diese eine Tür geknarrt hat. Hast du das gesehen?«

Will lachte laut auf. »Ja, hab ich! Da wollte Amaturuk gerade euch Mädchen erschrecken. Schade, dass niemand außer uns Cenrics dummes Gesicht gesehen hat!« Will schwieg einen Moment und beobachtete Maren verstohlen von der Seite, ehe er hinzufügte: »Du warst übrigens sehr mutig, Maren, ich glaube, du hattest noch weniger Angst da drin als ich oder Palani.«

Abermals errötete Maren, doch es sah wirklich hübsch an ihr aus, als leuchteten zwei rote Rubine durch ihre mondhellen Wangen hindurch. Will wollte sich diesen Farbton unbedingt merken, um ihn später in einem seiner Bilder zu verwenden. Vielleicht für die Blüten einiger Blumen? Für Tulpen vielleicht oder blassrote Rosen.

»Ruinen gibt es im Norden zur Genüge. Seit der Krieg tobt, kann man den Häusern regelrecht beim Verfallen zusehen – niemand hat mehr das Geld für wichtige Reparaturen«, murmelte Maren betrübt in sich hinein und das Rot wich langsam wieder aus ihren Wangen.

Es machte auch Will traurig, wenn sie traurig war, also stand er auf, nahm Marens Hände und sagte: »Wenn ich volljährig bin, könnte ich Hrafen befehlen, einen Teil meines Familiensilbers nach Mandrell zu bringen ... Sicher hätte er nichts dagegen, er mag deinen Vater und ist im Herzen noch immer ein Nordländer, egal, wie lange er schon hier auf Beli lebt.«

Maren machte große Augen. »Das würdest du tun?«

»*Warum nicht? Ich kann das ganze Silber doch eh nicht ausgeben*«, verkündete Will achselzuckend. *Daraufhin sprang Maren unwillkürlich vor und umarmte Will, was ihr gar nicht ähnlich sah, da sie in letzter Zeit immer scheuer wurde und sich mit jedem Mal, wenn Will gezwungen war, sie auszulachen, ein wenig weiter von ihm zu entfernen schien ... Doch jetzt war sie plötzlich da, ganz nah, und sie roch nach Zimt und Rosen und heißer Schokolade. Ihre Arme waren warm und weich, genau wie ihr restlicher Körper, und es fühlte sich gut an, sie zu berühren, vertraut und richtig und nicht so knochig und gestellt wie wenn Erika sich im Wald vor einem Eichhörnchen erschreckte und sich theatralisch an ihm oder an Cenric festklammerte.*

Unvermittelt schwang die Tür einen Spaltbreit auf und Cenric tippelte auf seinen hohen Absatzschuhen in den Raum hinein.

»*Na, was haben wir denn hier? Der Kürbiskönig und seine Prinzessin. Du wirst dich doch nicht ernsthaft in unseren kleinen Kürbis verlieben, oder, Willi?*«, *spottete Cenric und seine gemeinen, kleinen Augen funkelten erheitert.*

Sofort machte Will einen Satz zurück und stieß Maren panisch von sich. »*Verlieben? In sie? Ich bitte dich, Cenric! Ich habe ihr nur gedankt, weil sie unsere Hintern vor Hrafen gerettet hat.*«

Cenric zuckte achtlos mit den Schultern und lächelte böse. »*Mhm, so dick, wie sie ist, sollte man meinen, dass sie die Schläge gar nicht gespürt hat.*«

Will konnte sich heute nicht dazu durchringen, über Cenrics schwachen Witz zu lachen. Er sah aus dem Augenwinkel nur, wie Maren leicht zusammenzuckte, und presste die Zähne fest aufeinander. Eines Tages, schwor Will sich finster, eines Tages werde ich dir das Maul stopfen, du kleiner, gemeiner Wicht! »*Mag sein, trotzdem solltest du ihr danken und das tust du am besten, indem du jetzt gehst – Maren ist müde und möchte schlafen.*«

Cenric hob eine Augenbraue. »*In deinem Zimmer? Mit einem lauschigen Feuer im Kamin? Willi, Willi, für mich sieht das nach mehr als nur nach Dankbarkeit aus. Das wird Gerede geben ...*«, *seufzte Cenric genüsslich in den Flur hinein.*

Will bemühte sich um einen gelangweilten Gesichtsausdruck und verschränkte die Arme vor der Brust. »*Warum denken eigentlich alle, ich würde mich in diesen Kürbis verlieben? Wir sind alte Freunde und ich*

habe noch so etwas wie Dankbarkeit in mir, das ist alles«, brummte Will Cenric noch hinterher. Er durfte nicht zulassen, dass die Gerüchte um ihn und Maren schlimmer wurden. Denn wenn der Adel glaubte, Will hätte sich in Maren verliebt, würden die Winter auf Wjallvit für ihn ebenso schlimm werden, wie wenn er sich offen gegen Cenric aufgelehnt hätte. Und Will liebte Maren ja auch gar nicht. Sie waren Freunde und nichts weiter, das wusste Maren genauso gut wie er ...

» Will?«, murmelte Maren, als die Tür sich wieder geschlossen hatte. Will erschauderte beim Klang seines Namens leicht, Marens Stimme ertrank geradezu in Traurigkeit. Ich muss mich entschuldigen, dachte er, doch Maren ließ ihm keine Gelegenheit dazu.

» Was wäre so schlimm daran, sich in mich zu verlieben?«

Will starrte sie an, als hätte sie ihn mit einem Hammer geschlagen. Maren nahm das als Antwort und wandte ihm sofort den Rücken zu. Ihre tiefroten Wangen sahen plötzlich aus wie zwei offene Wunden.

»Ich weiß, ich bin nicht schön und dünn und blond wie Erika und ich komme vom Festland. Aber ich dachte immer, dir wäre das nicht so wichtig wie den anderen hier ...« Ihre Stimme war kaum mehr als ein Flüstern und Will wusste einfach nicht, was er darauf erwidern sollte. Das waren keine Dinge, die Freunde einander fragten, verdammt! Doch Maren sprach immer weiter und wurde immer trauriger dabei. »Ich dachte ... ach ... ach vergiss, was ich gesagt habe, es war mein Fehler. Es war dumm, zu glauben, dass du ...«

Will erkannte, dass er Maren unterbrechen musste, bevor sie das aussprach, was unter ihrem Gestammel verborgen lag, oder einfach anfing, zu weinen ...

»Es wäre gar nichts schlimm daran, dich zu lieben. Aber es ist, wie ich Cenric bereits sagte: Wir sind Freunde – beste Freunde, warum sollten wir uns also über so etwas den Kopf zerbrechen? Ich wette, der Festlandlord, der dich später heiratet, wird sehr glücklich darüber sein, dich zur Frau zu haben. Und jetzt komm, lass uns diese Krüge leeren, bevor sie kalt werden«, fügte Will versöhnlich hinzu und Maren wischte sich einmal über die Augen, drehte sich um und kam zurück an sein Bett.

Ab morgen werde ich sie zum Lachen bringen, wenn wir allein sind, und nicht zum Weinen, nahm Will sich unversehens vor, denn er fürchtete, dass Maren im nächsten Sommer vielleicht nicht wieder nach Beli

kommen wollte, so unglücklich, wie sie hier war. Wenn wir die Adligen doch nur irgendwie loswerden könnten ... dachte Will finster. Dann hob er seinen Krug und prostete Maren damit zu. »Ab morgen wird alles besser, das verspreche ich dir«, murmelte Will, ohne zu wissen, wie er dieses Versprechen halten sollte. Doch Maren glaubte ihm und trank feierlich ihre Schokolade, wie um einen Schwur zu besiegeln. Noch immer vertraute sie Will so sehr wie ein handzahmes Elchjunges und manchmal schämte er sich dafür, weil er das eigentlich gar nicht verdient hatte ...

»Wir sollten morgen in die Ruine zurückgehen und Lord Rorick anständig begraben«, murmelte Marens Stimme plötzlich leise und sofort wurde Will in die Gegenwart zurückgerissen, in der Maren Temmai, einige Pfund schwerer und unendlich viel trauriger als damals, neben ihm auf der Bettkante saß und seine Gemahlin war. Seine verloschene Sonne. Und ich habe dabei mitgeholfen, ihr Strahlen zu ersticken, dachte Will betrübt.

»Ja ... wenn du willst, können wir gleich morgen früh losreiten und noch ein paar wilde Blumen für sein Grab besorgen ...«

Maren nickte matt. »Das klingt schön ... Darf Ilisil uns auch begleiten?«

»Sicher, wenn du das willst, wird Ilisil natürlich mitkommen. Und Maren, was du vorhin gesagt hast – über das Alleinsein ... Du bist nicht allein, nie wieder, das verspreche ich dir. Du hast Ilisil und du hast mich – als Freund und als Partner«, schwor Will inbrünstig, doch Maren sah ihn für einen flüchtigen Augenblick so finster an, als hätte er etwas furchtbar Beleidigendes gesagt. Fast so, als hätte sie gehofft, ich würde nicht ihr Freund, sondern ihr Gemahl sein ... Bei allen guten und bösen Geistern, kann dieses Mädchen immer noch in mich verliebt sein? Nach allem, was ich ihr angetan habe?! Will wusste nicht, ob ihn diese Aussicht erfreuen oder erschrecken sollte, er hatte Marens Gefühle nie erwidert und tat es trotz ihrer Ehe auch jetzt nicht ... Er hatte niemals eine Frau geliebt, abgesehen von dem wunderschönen weißen Mädchen am See vielleicht. Damals am See, da hatte Will etwas gespürt, etwas Flatterndes und Aufregendes, eine brennende Gier und Sehnsucht ... Ein Gefühl, das bis heute in ihm wütete, wenn er an das wunderbare weiße Mädchen mit den roten Lippen dachte. War das Liebe? Will wusste es nicht. Hastig schob er den Gedanken beiseite und trank zusammen mit Maren den Rest seiner lauwarmen Schokolade.

Der Weiße

Auch in dieser Nacht stellte der Weiße seiner wunderschönen Zweibeinerin nach, so wie er es in jeder Nacht tat, seit er sie gefunden hatte. Doch heute war die Zweibeinerin irgendwie anders. Zwar war sie so traurig wie eh und je, aber sie war auch aufgeregt und hoffnungsfroh, als sie neben dem sonderbaren Maskenmann die verschlungene Silbertreppe hinabstieg, die ihren Turm mit dem Rest dieses funkelnden Schlosses verband.

Die beiden Zweibeiner hielten auf die versteckte Dienstbotentür neben der Treppe zu, die in einen schmalen Geheimgang führte, und der Weiße heftete sich eilig an ihre Fersen, da er dem Maskenmann noch immer misstraute. Diese eigentümliche Kreatur hatte einfach etwas an sich, das ihm die Nackenhaare aufstellte, obwohl der Mann ohne Seelenhaut seiner schönen kleinen Menschenfrau bisher noch nie ein Haar gekrümmt hatte … Er und die liebliche Zweibeinerin unterhielten sich lediglich Nacht um Nacht miteinander, spielten Spiele oder erzählten sich gegenseitig irgendwelche Geschichten, über Frostfrauen und Rosenmänner, wenn sie sich heimlich trafen. *Aber was nicht ist, kann ja noch werden,* dachte der Weiße grimmig. Und so folgte er den beiden Zweibeinern lautlos durch die niedrige Dienstbotentür hindurch in einen der atemberaubend schönen Geheimgänge dieses Schlosses.

Die verborgenen Flure des Zweibeinerschlosses zogen sich wie regelrechte Adern durch den Palast und waren an den Wänden allesamt mit fein geschliffenen Edelsteinen besetzt, sodass sie bereits im Licht einer einzigen Öllaterne wie verrückt glimmerten und glitzerten. Der Flur, durch den sie sich jetzt bewegten, war beispielsweise mit Myriaden facettierter Rubine übersät, die in der Nase des Weißen wie reife, süße Äpfel rochen. Er staunte immer wieder darüber, welche Herrlichkeiten der Errichter dieses steinernen Nestes selbst im Verborgenen erschaffen hatte, und fragte sich, ob der Schlossherr wohl gewusst hatte, dass sein Nest eines Tages die Heimat zahlloser Ungeheuer sein würde, die sich von der Schönheit der Dinge nährten wie Tiere vom Fleisch ...

»Morgen Abend werde ich nicht auf dich warten, Anuaq. Ich und Will gehen noch einmal zu der Ruine im Wald, um meinen Leibwächter Lord Rorick angemessen zu ... begraben«, bemerkte die Zweibeinerin nach einer Weile mit zittriger Stimme.

»Dann hoffe ich, Euer Freund findet seinen Frieden, Lady«, erwiderte der Maskenmann verständnisvoll. Er klang ganz ruhig, während er der Zweibeinerin antwortete, aber hinter seinem Rücken formte er die linke Hand unwillkürlich zu einer ärgerlichen Faust und der Weiße musste ein leises Knurren unterdrücken. Er hasste Lügen, ganz gleich, ob sie mit Worten oder Gesten gesprochen wurden.

Die liebliche Zweibeinerin bekam von der brodelnden Ungeduld ihres Gegenübers allerdings nichts mit und stieß lediglich ein leises Seufzen aus: »Bitte nenn mich einfach Maren, Anuaq. Ich habe dir doch gesagt, dass ich nichts auf Anreden und Titel gebe ...«

»Stimmt, das habt Ihr ... Ich meine: Das hast du – Maren ... Verzeih mir, ich bin es nicht gewohnt, so vertraulich mit jemandem zu sprechen, das ist alles.«

Die schöne Zweibeinerin lächelte mitleidig. »Tja, das können wir ändern, oder? – Ich danke dir jedenfalls, dass du mir nicht böse bist, weil ich morgen nicht hier bin. Du bist ein wahrer Freund«, murmelte sie, wobei das Wort *Freund* ihr Gegenüber nur noch mehr in unterdrückte Wut versetzte. Der Maskenmann begann vor Empörung sogar leicht zu beben, doch auch davon bekam die Zweibeinerin mit ihren schwachen menschlichen Sinnen nichts mit.

»Warum sollte ich dir böse sein, Lady ... ich meine: Maren? Dein Leibwächter wurde getötet, dafür kannst du ja nichts und ehrlich gesagt werde ich in den nächsten Tagen ohnehin nicht hier sein: Ich werde nämlich ein kleines Geschenk für dich besorgen und dafür muss ich noch ein paar Zutaten beschaffen, oder viel mehr Farben, wie man es nimmt«, bemerkte der Maskenmann schließlich in beherrschtem Tonfall.

»Farben, wie meinst du das?«, fragte die Zweibeinerin verwundert.

Der Maskenmann setzte ein schlangenhaftes Lächeln auf, das dem Weißen ganz und gar nicht gefiel. »Ich besorge dir ein magisches Geschenk, kleine Lady, und da meine Magie in vielerlei Hinsicht wie Malerei funktioniert, muss ich erst die passenden Farben finden, bevor mein magisches Bild vollendet werden kann.«

Irgendetwas an der Art, wie der Maskenmann diese Worte aussprach, ließ den Weißen die Zähne fletschen. Doch er konnte nicht genau sagen, was es war. Und so hörte er lediglich dabei zu, wie die schöne, bescheidene Zweibeinerin beteuerte, sie bräuchte keine Geschenke, bis der Maskenmann schließlich mit einigem Nachdruck ein neues Thema anschnitt und die Unterhaltung der beiden sich wieder in ausgelassenem Gekicher und fantastischen Erzählungen verlor.

Offenbar erzählte der Maskenmann der Zweibeinerin eine ausschweifende Geschichte über die verwunschenen Miroschwäne – schöne Vogelfrauen, die angeblich lange vor den Zweibeinern auf Beli gelebt haben sollten. Der Sage nach besaßen die Schwanenfrauen eine Vogel- und eine Frauengestalt und waren ebenso liebreizend wie bösartig. Als die federlosen Zweibeiner vom Meer auf die Insel gekommen waren, hatten die Miroschwäne sie daher auch mit Vorliebe in den Wahnsinn getrieben, sodass die Zweibeiner alle Vogelfrauen eines Tages im großen Schlosssee versenken mussten. Manch einer glaubte allerdings noch heute, dass man die Miroschwäne wieder zum Leben erwecken könnte, wenn man ihre Schwanenleiber nur aus dem eisigen See befreien würde. Aber bisher war es noch niemandem gelungen, das felsendicke Eis zu durchbrechen, das den Schlosssee wie eine gläserne Grabkammer bedeckte. Selbst ein paar seiner Brüder hatten lange Zeit versucht, sich eins dieser zauberhaften Federwesen aus den Untiefen des großen Sees zu angeln, doch auch sie waren stets mit leeren Klauen zurückgekehrt. Und so hatten Zweibeiner wie Ungetüme die schwanenhaften Hirngespinste nach einer Weile aufgegeben und den großen See vor dem Schloss zu ihren Ehren in *Mirosee* umgetauft ...

Entschieden schüttelte der Weiße den Kopf, um dieses alte Menschtiermärchen aus seinem Kopf zu verbannen. Er musste in der Nähe des Maskenmannes wachsam bleiben, selbst wenn dieses Wesen seiner Zweibeinerin im Moment nur Geschichten erzählte! Das Verhalten dieser Kreatur erschien ihm in letzter Zeit irgendwie immer verdächtiger und der Weiße beschloss, den Maskenmann von nun an noch schärfer im Auge zu behalten, um sicherzugehen, dass seiner Zweibeinerin kein Leid geschah – denn Leid schien sie in ihrem Sonnenlichtleben wahrlich genug zu erleben.

Ein Unkraut namens
Hoffnung

Am nächsten Morgen ritten Maren, Will und Ilisil in aller Frühe zu der düsteren Waldruine zurück und begruben Lord Roricks Körper auf einer nahegelegenen Lichtung unter einem Haufen eiskalter Erde. Es war sehr schwer, den gefrorenen Waldboden umzugraben, aber selbst nachdem Lord Roricks Leiche schon lange vollends mit Erde bedeckt war, rammte Maren ihren silbernen Spaten noch wie besessen in den unnachgiebigen Untergrund. Sie wollte ihrem treuen Leibwächter einen großen Grabhügel errichten, so wie er es verdient hatte. Doch durch die vielen ruckartigen Bewegungen riss ihre Schusswunde schnell wieder auf und die bloße Erschöpfung zwang auch Will und Ilisil bald darauf, ihre Spaten beiseitezulegen. Ein kläglicher Erdhaufen – kaum größer als ein schlafender Hund – war alles, was die drei zustande bekamen … Hastig wandte Maren sich von dem winzigen Hügel ab und begann mit brennenden Augen, bunte Wildblumen für Lord Roricks Grab zu suchen. Und erst als sie alle Waldröschen und Leberblumen auf der Lichtung gepflückt und all ihre Tränen geweint hatte, gelang es Will und Ilisil, sie unter lautem Schluchzen wieder zu ihrem kleinen Pferd zurückzubugsieren und das Tier langsam von der totenstillen Ruine fortzuführen. Die beiden redeten dabei die ganze Zeit davon, dass es bald dunkel werden würde und Maren doch vernünftig sein solle, aber davon bekam Maren kaum etwas mit.

Sie fühlte sich merkwürdig leer und heimatlos – wie ein Papierdrache, den man von seiner Schnur losgeschnitten hatte. Lord Rorick war hier auf Beli ihre einzige Verbindung zu ihrer Heimat gewesen – und nun war er tot. Und Maren hatte das dumpfe Gefühl, dass mit Lord Roricks Tod auch ihre Heimat Mandrell für immer aus ihrem Leben verschwunden war ... Doch ehe Maren gänzlich in diesen düsteren Gedanken versinken konnte, fiel ihr auf, dass Will sie überhaupt nicht nach Wjallvit zurückführte, sondern tiefer in den *Singenden Wald* hineinritt, wo die lichten Birkenbäume nun langsam dicht gedrängten Tannen und Fichten wichen und der Wald sich schlagartig verdüsterte. Maren erkannte diesen Weg sofort und wandte sich mit verwirrter Miene zu Will um.

»Wir reiten zu den Schwarzen Witwen?«, fragte sie mit einem leisen Schniefen und Will nickte ein wenig verlegen.

»Ja. Du hattest recht mit deinem Vorschlag – wie immer. Die Witwen wissen mehr über diese Monster als ich, also ist es nur sinnvoll, sie zumindest zu befragen ... Wir sollten uns aber beeilen, wenn wir diese Glaserei noch erreichen wollen, ehe die Sonne untergeht«, meinte Will und trieb seinen Rappen in einen langsamen Galopp.

Glücklicherweise erreichten Maren, Will und Ilisil die alte Glasblumengießerei sogar noch, bevor die Dämmerung ganz angefangen hatte, und als sie an das verblichene Eingangsportal der Witwen klopften, öffneten ihnen Bernia und Iregra auch umgehend die Tür.

Die beiden Witwen waren von Kopf bis Fuß in schwarze Jagdkleidung gehüllt und hatten sich bereits prall gefüllte Köcher um ihre Schultern geschnallt. Doch als Will erklärte, dass er hier war, um zu verhandeln, stellten Bernia und Iregra ihre schwarzen Haselholzbögen sofort wieder in eine Ecke und führten Maren, Will und Ilisil in die lauschige Wohnstube, wo ein kleines Feuer munter im Kamin brannte.

Maren und Ilisil lächelten beim Anblick der Flammen unwillkürlich und auch den missmutigen Will schien die ungewohnte Wärme versöhnlich zu stimmen. Doch als Maren genauer hinsah, bemerkte sie, dass Will nicht das lohfarbene Feuer, sondern Timandra und Wanetta anlächelte, die wie zwei wunderschöne Schwarzweißgemälde neben dem Kamin saßen und lasen. Offenbar überraschte es Will, dass die Schwarzen Witwen keine warzengesichtigen alten Hexen waren. Und obwohl es Maren erleichterte, dass Will die düstergekleideten Frauen nicht sofort wieder abschrieb, wusste sie doch nicht so recht, was sie von seinen brennend interessierten Blicken halten sollte. Besonders an der hochgewachsenen Timandra mit ihrer schmalen Taille und den fein geschwungenen Augenbrauen schien Will einen Narren gefressen zu haben ... Und

Maren fragte sich unwillkürlich, ob Will nun auch Timandra zu seiner Mätresse machen würde.

Doch ehe sie sich noch länger mit diesem Gedanken quälen konnte, begannen Iregra und Will schon, die Bedingungen ihrer Zusammenarbeit auszuhandeln, und Maren musste den beiden genau zuhören, um sich rasch einschalten zu können, wann immer Will etwas Dummes sagte.

Es wurden zwei ausgesprochen lange Stunden.

Aber schließlich war alles geklärt und Maren hatte Will dazu gebracht, den meisten Bedingungen, die die Witwen gestellt hatten, zuzustimmen. Er hatte sogar versprochen, sich dafür einzusetzen, dass keine Frau auf Beli mehr gegen ihren Willen verheiratet werden durfte, sobald er König war, und damit waren alle Parteien mehr oder weniger zufriedengestellt.

»So, wenn ihr jetzt genug von dem ganzen Geschäftsgerede habt, könnt ihr euch die Köpfe der Ungeheuer ansehen, die wir schon umgebracht haben. Ich sammle sie im Nebenzimmer und habe sie mit einigen Kräutern und Salben behandelt, damit sie nicht verfaulen«, bot Timandra schließlich stolz an.

Maren erschauderte und wartete halb darauf, dass die hochgewachsene Witwe anfing zu kichern und das Ganze für einen Witz erklärte. Aber Timandra wirkte todernst und so schüttelte Maren nur betreten den Kopf.

»Danke, aber ich fürchte, mir wird schlecht von abgetrennten Schädeln«, winkte sie ab. Doch Will und Ilisil folgten Timandra, Iregra und Bernia, ohne zu zögern, ins Nebenzimmer und Maren blieb mit der schüchternen Wanetta allein zurück.

Eine Weile starrte sie beklommen auf die einsame gläserne Rose, die an der wurmstichigen Tür zum Nebenzimmer angebracht war. Aber irgendwann begann die kleine Kristallblume, Maren zu langweilen, und sie blickte stattdessen in die andere Ecke des Raumes, wo die hauchzarte, mondhäutige Wanetta ihr wie ein eigentümliches Spiegelbild gegenübersaß.

Wanetta hatte ähnlich krause Haare wie Maren, war klein wie sie und betrachtete die Tür zum Monsterraum mit einer ähnlichen Mischung aus Ekel und Entsetzen. Aber ansonsten sahen die beiden sich überhaupt nicht ähnlich, denn Wanetta war schön und schwarz, obwohl sie unsagbar zerbrechlich wirkte, und Maren war hell und hässlich. In ihrem

zitronengelben Seidenkleid musste sie zwischen den Witwen aussehen wie eine Ente zwischen lauter schwarzen Schwänen. *Egal, wohin ich gehe, überall sind die Frauen schöner als ich, Will wird mich niemals lieben,* dachte Maren bitter und sie verachtete sich selbst ein wenig für diese dümmlichen Gedanken. Sie war keine dreizehn mehr und wusste wohl, dass es auch noch andere Dinge als Schönheit im Leben gab. Aber leider schien für Will nur diese eine Sache von Bedeutung zu sein – diese eine Sache, die Maren nicht hatte … Missmutig schüttelte sie den Kopf und versuchte, diese deprimierenden Gedanken zu vertreiben. Doch es wollte ihr einfach nicht gelingen, hier auf dieser verfluchten, verspiegelten Insel, wo sie Tag um Tag missbilligend angegafft wurde.

»Wie oft gehen die anderen Witwen eigentlich jagen?«, fragte Maren irgendwann in möglichst unschuldigem Tonfall. Wenn Timandra und Bernia die meiste Zeit in den angrenzenden Wäldern verbrachten, hätte Will nicht so viele Gelegenheiten, die beiden zu verführen …

Wanetta ließ sich von Marens beiläufiger Frage allerdings nicht täuschen. »Du machst dir Gedanken um deinen Gemahl, oder? Ich kann es dir nicht verdenken, er scheint mir die Sorte Mann zu sein, die ihre Augen überall hat. Aber um Timandra brauchst du dir keine Sorgen zu machen. Ihr erster Ehemann war ein echtes Scheusal und deshalb hasst sie die meisten Männer mindestens ebenso sehr, wie die sie begehren«, erklärte Wanetta schlicht. Aber Maren war trotzdem nicht überzeugt. Will hatte seinen ganz eigenen Zauber, wenn es um Frauen ging. Er besaß nämlich die Gabe, schönen Frauen die süßesten Komplimente ins Ohr zu flüstern und ihnen dabei doch irgendwie das Gefühl zu geben, eine Enttäuschung für ihn zu sein. Und die Tatsache, dass Will sich stets so gab, als wartete eine noch schönere Frau bereits hinter der nächsten Ecke, machte seine Aufmerksamkeit – wenn er sie denn einmal verschenkte – für alle anwesenden Edeldamen natürlich nur noch wertvoller …

»Ich sehe schon, du glaubst mir nicht«, murmelte Wanetta plötzlich in Marens Grübeleien hinein. »Aber nur, weil Timandra die Art von Frau ist, die Männer schön finden, heißt das noch lange nicht, dass sie ein schlechter Mensch ist, weißt du? Und gutes Aussehen hat auch nichts mit Hexenwerk zu tun. Es steckt lediglich eine Menge harte Arbeit dahinter, wie bei so vielen Dingen.« Wanetta betrachtete Maren für einen Augenblick und kaute dabei nachdenklich auf ihrer Unterlippe herum, dann seufzte sie schwer und sagte: »Ich halte nichts von Männern und ihrer Oberflächlichkeit, aber wenn du dann mit dir selbst besser zurechtkommst, kann ich dir helfen, mehr wie Timandra auszusehen, falls du das willst.«

Maren starrte Wanetta einige Wimpernschläge lang ungläubig an, bis die kleine Witwe schnaubend mit dem Kopf schüttelte.

»Nun guck mich nicht an wie eine Eule! Du hast doch ein hübsches Gesicht und die schöne Hautfarbe von uns Niutak. Der Rest ist nur ein wenig schwarzes Färberwaid für die Haare, ein großer Schminkspiegel und ein kleinerer Teller am Essenstisch – und all das kann ich dir beibringen, wenn du mich lässt und mit meinen Methoden einverstanden bist. Ilisil habe ich damals auch geholfen, als dein Willjareth eine Edeldame aus ihr machen wollte«, erklärte Wanetta achselzuckend.

Maren nickte, ohne groß darüber nachzudenken. »Es wäre wirklich nett, wenn du mir dabei helfen könntest! Will hat in den letzten Tagen so viel für mich getan, ich glaube, ich sollte mich erkenntlich zeigen und endlich eine belíische Edeldame werden ...«, erwiderte Maren aufgeregt. Denn wenn Wanetta auch Ilisil geholfen hatte, wurde ja vielleicht doch noch alles gut!

Wanetta nickte Maren kurz zu und hob dann mahnend einen Zeigefinger. »Aber ich warne dich: Ich will später nicht von dir hören, dass ich zu hart mit dir war. Ilisil hat damals fürchterlich gejammert!« Die kleine Witwe schnitt eine Grimasse, was Maren irgendwie zum Lachen brachte. Sie konnte sich nicht wirklich vorstellen, wie dieses hauchdünne Mädchen hart zu irgendjemandem sein sollte, und im Grunde war es ihr auch ganz egal. Sie wollte endlich aufhören herumzuweinen und etwas unternehmen, um ihr Leben hier auf Beli zu verbessern und diese Königswahl zu gewinnen! Und ... vielleicht auch ein paar dieser Blicke, die Will sich sonst für andere, hübschere Frauen vorbehielt – denn das alles war ohnehin längst überfällig.

»Also schön, wenn du keine Einwände hast, fangen wir gleich morgen mit dem höfischen Unterricht an«, schloss Wanetta beschwingt. Und nur kurze Zeit später traten auch Will, Ilisil und Timandra wieder fröhlich schnatternd aus dem schaurigen Kopfraum heraus.

Es gab Maren einen kleinen Stich, zu sehen, wie mühelos Will mit den beiden schönen Frauen an seiner Seite lachte, aber da Iregra sie einen

Augenblick später alle auf ihre Zimmer schickte, musste Maren nicht lange mitansehen, wie Will umherkokettierte. Und außerdem hatte sie nun ja einen Plan, wie sie ihn für sich gewinnen konnte, und mit diesem tröstlichen Gedanken im Hinterkopf schien ihr die Möglichkeit, dass Will in Timandra eine neue zweite Mätresse gefunden hatte, fast schon erträglich zu sein.

Denn vielleicht, wenn ich mich gut mache, wird er sie ja irgendwann gar nicht mehr wollen, überlegte Maren, als sie wenig später friedlich im warmen Holzbett eines hübschen Gästezimmers lag. Und sie dachte daran, wie sich die Dinge jetzt vielleicht endlich zum Guten wenden würden: Will und sie stritten nicht mehr, sie gingen das Monsterproblem endlich richtig an und verschwendeten ihre Zeit nicht mehr mit nutzlosen Waldjagden oder Büchern und Maren war auf dem besten Weg, ihr altes Aussehen und damit auch ihre Vergangenheit ein für alle Mal hinter sich zu lassen. Es schien wirklich alles gut zu werden. Aber diesen Eindruck hatte Maren auch vor fünf Jahren schon einmal gehabt, am Ende ihres vorletzten Sommers mit Will – kurz bevor alles endgültig den Bach runtergangen war …

Sie erinnerte sich noch gut an jenen letzten Tag auf Beli vor fünf Jahren, an dem Will sie höchstpersönlich zu ihrem Schiff geleitet hatte, um sie zu verabschieden. Es war damals zur Abwechslung einmal nicht eisig kalt auf Beli gewesen, und das, obwohl es inzwischen später Herbst war. Sogar an der steinigen Küste wehte nur ein milder Wind und trug den Duft von würzigem Kürbiseintopf, heißem Himbeergebäck und allerlei anderen Festtagsgerichten zu ihnen herüber.

Heute feierten die Bauern und Adligen Belis das traditionelle Erntefest, doch wie immer durfte Maren nicht bleiben, um es mitzuerleben, auch wenn ihr das inzwischen ganz recht war. Denn auf dem prächtigen Herbstball würden auch Cenric, Erika und all die anderen Adligen sein und sie würden schrecklich schön aussehen und Maren laut auslachen, sobald sie sie sahen, und darauf konnte sie wirklich verzichten. Außerdem hatte ihre Abreise Maren ein paar kostbare Augenblicke mit Will verschafft – und ohne die lauernden Adligen im Nacken war er noch ganz der freundliche Junge, den Maren kannte und liebte.

Auf dem Weg zum Hafen verspottete Will sie kein einziges Mal und er lachte auch nicht, als Maren gedankenverloren über einen Stein stolperte,

der tief im Strandsand verborgen war. Will hinderte sie sogar daran, zu fallen, indem er geschickt ihren Arm packte und wartete, bis sie ihr Gleichgewicht wiedergefunden hatte.

Die plötzliche Berührung ließ Maren erröten und scheuchte die Schmetterlinge in ihrem Bauch jäh auf. Es schienen mit jedem Tag mehr zu werden, sodass Maren sich manchmal fragte, ob sie nicht vielleicht im Schlaf ein paar von Vinduras' feuerroten Prachtfaltern verschluckt hatte ...

»Pass auf, wo du hintrittst, Traumtänzerin! Dein Vater würde mich lynchen, wenn dir in meiner Obhut etwas passiert«, mahnte Will, während er nachdenklich den Hafen betrachtete, der sich wie eine sittsame Jungfrau in einen Schleier aus weißem Nebel hüllte.

»Keine Sorge, ich beschütze dich vor dem Zorn des großen, bösen Blumenkönigs«, schwor Maren amüsiert. Ihr Vater liebte sie über alles und deshalb hatte Maren ihn niemals gefürchtet, obwohl er alle anderen Menschen in Mandrell wie ein grimmiger roter Riese überragte.

»Dann bin ich ja beruhigt. Es heißt, dein Vater habe in der Schlacht am Nahijen-See einem Südländer mit bloßen Händen den Kopf von den Schultern gerissen!«

Maren verzog entsetzt das Gesicht, doch aus Wills Stimme hörte sie nichts als Bewunderung heraus. Er mochte sein Haar so rotblond färben, wie er wollte, aber er war doch durch und durch ein Nordländer mit seiner seltsamen Begeisterung für den Krieg und das Kämpfen ...

»Können wir bitte über etwas anderes als körperlose Köpfe sprechen?«, fragte Maren missmutig und Will nickte eilig.

»Ja, natürlich, das sind wohl keine Themen für junge Ladys, tut mir leid. Manchmal vergesse ich, dass du eigentlich auch nur ein Mädchen bist wie Erika und Ined. Du bist so anders als die beiden.'«

»Na, vielen Dank auch«, entschlüpfte es Maren, ehe sie es verhindern konnte. Und sie dachte daran, dass Vatoq ihr gesagt hatte, Erika und Will wären vermutlich bald ein Paar. Er hatte die beiden einmal angeblich sogar allein über die Kürbisfelder flanieren sehen ... Meine und Wills Kürbisfelder, dachte Maren traurig, doch dann sprach Will auch schon weiter.

»Das war nicht böse gemeint! Ich mag es, dass du so anders bist. Noch eine weitere giggelnde Edeldame und ich stürze mich von Aimvits

232

höchstem Turm in die Tiefe, das schwöre ich! Die Inselmädchen sind alle so langweilig!«

»Aber sie sind schön und darauf kommt es euch Inselleuten doch an, oder nicht?«, ergänzte Maren vorsichtig.

Will zuckte gleichgültig mit den Schultern. »Vielleicht sind sie schön, aber was macht das schon? Ich gehöre nicht zu diesen oberflächlichen Insellords, Maren, das weißt du doch! Ich spiele nur ein Spiel und trage meine Masken, aber ich würde den Tag heute tausendmal lieber mit dir hier am Strand verbringen, als mit all diesen ach so schönen Inselmädchen auf Wjallvit den Herbstball zu feiern!«

»Selbst, wenn Erika auf diesem Herbstball tanzt?«, fragte Maren und sie wagte es kaum, Will dabei anzusehen. Doch er nickte, ohne zu zögern.

»Selbst dann«, erwiderte er ruhig und Maren zog die Stirn in Falten. Vatoq hatte da etwas anderes gesagt ... Ob Will einfach nur nett sein wollte, weil sie gleich Abschied nehmen mussten?

Nachdenklich blieb Maren am Rand des alten Holzsteges stehen und lauschte den Seeleuten, die oben auf dem Deck des Schiffes umherrannten, um die Holzrampe zu ihr hinunterzulassen.

»Das war es dann also für diesen Sommer ...«, murmelte Maren leise und Will nickte abwesend.

»Ja, ich fürchte schon ... Tut mir leid, dass wir nicht öfter allein sein konnten, Cenric und seine Freunde sind wirklich lästig. Man wird sie einfach nicht los, wie einen Schwarm funkelnder Fliegen ... Vielleicht sollten wir den nächsten Sommer auf einem anderen Teil der Insel verbringen – ganz im Geheimen. Ich könnte ein kleines Anwesen irgendwo im Süden Belis kaufen, wo uns keiner findet, dort hätten wir dann unsere Ruhe. Das heißt natürlich – wenn du überhaupt wiederkommen willst ... Ich weiß, dieser Sommer war nicht ganz leicht für dich und das tut mir leid, aber ich verspreche dir, im nächsten Jahr wird es besser werden.«

»Selbstverständlich komme ich wieder!«, rief Maren, ohne nachzudenken. Wills Lächeln und seine freundlichen Worte löschten all die Grausamkeiten des vergangenen Sommers kurz aus ihrem Gedächtnis und alles, woran Maren noch denken konnte, war Wills Versprechen. Ein eigenes Haus nur für sie und Will ... Das klang so herrlich wie in ihrem zweiten Sommer hier, als Will noch voll und ganz ihr gehört hatte!

Will lächelte daraufhin erleichtert. »Gut, dann ist es abgemacht und wir sehen uns nächsten Sommer wieder. Ich schaue mich bis dahin nach einem geeigneten Haus um, versprochen.«

Marens Herz schlug bei diesen Worten unwillkürlich höher. Ein Sommer allein mit Will, wie wunderbar das wäre!

»Vorsicht, Prinzessin«, rief einer der Matrosen plötzlich vom Bord des Schiffes herab und Maren sah, dass die Seeleute die Laderampe endlich gefunden hatten. Eilig traten sie und Will zur Seite und nur einen Atemzug später schlug das schwarze Holzbrett auch schon mit einem lauten Rums auf dem Steg auf. Maren hasste und liebte dieses Geräusch mittlerweile gleichermaßen, denn obwohl es bedeutete, dass sie Will verlassen musste, entkam sie so auch den gemeinen Adligen ...

»Kommt Ihr, Prinzessin?«, rief der Matrose ein wenig ungeduldig zu ihr herab.

Wehmütig wandte sich Maren zu Will um. »Versprich mir, dass du den Winter über daran denkst, was du mir eben gesagt hast, ja? Du spielst bei Cenric und den anderen nur ein Spiel, vergiss das nicht ... Ich will nicht, dass du so wirst wie sie.«

Will zog die Unterlippe zwischen die Zähne und begann, darauf herumzukauen. »Du hast ja nicht gerade viel Vertrauen in mich. Natürlich werde ich nicht wie die anderen ... Der Winter auf Wjallvit ist nur ein sehr langes und langweiliges Theaterstück, das ich mitspielen muss, nichts weiter. Auch wenn ich nicht weiß, wie ich noch einen Winter ohne dich überleben soll. Vielleicht sollte ich dich ja einfach mal in den Norden begleiten? Dann wären all unsere Probleme gelöst«, überlegte Will mit einem schalkhaften Lächeln, das Maren vollends den Verstand raubte.

»Bist du denn mutig genug, um mit mir ins Barbarenland zu kommen?«, spottete sie und zog Will, ohne nachzudenken, zu sich auf die Laderampe. Da Will diese Kühnheit allerdings ebenso wenig von Maren erwartet hatte wie sie selbst, leistete er überhaupt keinen Widerstand und stieß jäh mit ihr zusammen. Instinktiv hielt Will sich an Marens Schultern fest, und als sie ihr Gleichgewicht beide wiedergefunden hatten, waren ihre Gesichter nur noch wenige Handbreit voneinander entfernt. Maren konnte sogar spüren, wie Wills Atem warm gegen ihre Stirn schlug. Sie legte den Kopf in den Nacken und sah, dass Will ihr tief in die Augen

schaute, ehe sein Blick kurz zu ihren Lippen zuckte. Aber das musste sie sich eingebildet haben ... Oder nicht?

Hier auf dieser hölzernen Laderampe, die direkt zwischen ihren beiden Leben auf Beli und Mandrell lag, erschien Maren plötzlich alles möglich zu sein. Und vielleicht dachte Will dasselbe, denn er hielt Maren noch immer in dieser seltsamen halben Umarmung gefangen und sah ihr dabei so ungewöhnlich ernst in die Augen ... Für einen kurzen Augenblick schien Will mit sich selbst zu ringen, doch dann zerschmetterte Cenrics misstönende Stimme unwillkürlich diesen gläsernen Moment und Will machte hastig einen Satz nach hinten und sprang zurück auf den gefrorenen Inselboden.

» Will, warum hast du uns nicht gesagt, dass Maren heute abreist? Fast hätten wir es versäumt, uns von unserer kürbishaften Hoheit zu verabschieden, und das wäre wirklich unhöflich gewesen!«, schnarrte Cenric plötzlich vom anderen Ende des Steges aus zu ihnen herüber. Er schleifte Vatoq an einer kurzen Leine neben sich her wie einen Hund und hinter ihm kamen Erika, Palani, Ined und Amaturuk ebenfalls an den Hafen herangeschlichen.

» Aber wir wollten euch beide natürlich nicht stören bei ... was immer das hier werden sollte«, fügte Cenric mit einem verächtlichen Unterton in der Stimme hinzu.

» Es sollte gar nichts werden«, fauchte Will, wieder ganz der unnahbare Insellord, und Maren funkelte Vatoq kurz finster an, da er Cenric von ihrer Abreise erzählt haben musste.

Sie wusste, er hatte es nur gut gemeint. Er hatte sich vermutlich einfach von ihr verabschieden wollen und nicht daran gedacht, dass er so auch die Adligen zu ihr locken könnte, aber einen Wimpernschlag lang glaubte Maren fast, so etwas wie Erleichterung in Vatoqs tiefblauen Augen zu sehen, als Will sich noch ein wenig weiter von ihr entfernte. Vatoq wirkte schon fast zufrieden darüber, dass Cenric den magischen Moment zwischen ihr und Will zerstört hatte. Fast, als hätte er es genauso geplant. Aber das bildete sie sich wohl nur ein, weil sie unbedingt jemandem die Schuld geben wollte.

» Na dann ... bis zum nächsten Sommer«, murmelte Maren in Wills Richtung. Dann winkte sie Vatoq eilig zu und ging so schnell sie konnte an Deck des Schiffes.

235

» Was ist mit uns, Kürbis? Bekommen wir gar kein Lebwohl zu hören?«, beschwerte sich Cenric lauthals, doch Maren ging nicht weiter darauf ein und setzte sich an den Bug des Schiffes, wo die Worte der Adligen nicht hingelangten, weil der Wind sie hilfsbereit in die andere Richtung davonwehte.

Und als das Schiff kurz darauf ablegte, warf Maren noch einen letzten, sehnsüchtigen Blick auf Wills schlanke Gestalt und dachte daran, was er ihr versprochen hatte: Ein einsames Haus im Süden von Beli, nur für sie beide!

Damals hatte Maren tatsächlich geglaubt, dass dieser Traum wahr werden könnte. Doch stattdessen hatte sie an jenem milden Herbsttag vor fünf Jahren zum letzten Mal auf den wirklichen Will herabgeblickt, ohne zu ahnen, dass seine vielen Masken bei ihrem nächsten Treffen zu einem neuen Gesicht zusammengeschmolzen sein würden ...

Der Weiße

$\mathcal{I}$n dieser Nacht wachte der Weiße in einem warmen, glasgefüllten Holzschlösschen auf und nicht in dem flirrend kalten, glitzernden Menschenbau, in dem er bisher sein gesamtes Leben verbracht hatte. Verwirrt starrte der Weiße auf die kiefernholzverkleideten Wände und sog den Geruch von herbem Rauch, Staub und bloßer Luft in sich ein, was ihn nur noch mehr verwirrte. Er war den widerlichen Gestank von Schlechtigkeit und tausend erdrückenden Duftölen gewohnt und er war es gewohnt, dass sich das Atmen mehr wie ein Herumkauen auf fauligen Blumen anfühlte, doch hier in diesem schlichten, gemütlichen Zweibeinernest atmete der Weiße plötzlich nichts als leere Luft und es fühlte sich herrlich befreiend an.

Aber so angenehm der Weiße diesen Ort auch fand, er wusste noch immer nicht, warum er nun hier war, also verließ er kurzerhand den leeren Raum, in dem die Polarlichter ihn erweckt hatten, und tappte auf die schmalen Flure dieses fremden Menschenbaus.

Hier erwartete den Weißen allerdings gleich die nächste Überraschung: Er war allein. Keiner seiner Brüder tummelte sich auf den leeren Gängen, um hässliche Jungfrauen oder Edelsteine zu suchen. Der Weiße schien dieses Schlösschen ganz für sich allein zu haben – und auch das gefiel ihm gut. Er hatte seine Brüder nämlich niemals so wirklich verstanden und gemocht hatte er sie auch nicht. Doch die Tatsache, dass er allein war, warf nur noch mehr Fragen auf. Warum hatten die Polarlichter ausgerechnet ihn hierhergeschickt? Was war hier, das er finden sollte?

Der Weiße musste noch eine ganze Weile durch die Gänge irren, bis ihm die Antwort auf diese Frage in Form eines himmlischen Rosenduftes entgegenwehte. Seine Zweibeinerin war auch hier! Sie hatte diesen großen,

stinkenden Menschenbau also verlassen und die Polarlichter hatten den Weißen ihr hinterhergeschickt! *Selbst die Lichter wissen, dass ich und diese Zweibeinerin zusammengehören! Ich habe sie immerhin zuerst gefunden!*, überlegte der Weiße, während er dem süßlichen Geruch bis vor eine unscheinbare, hölzerne Zimmertür folgte.

Hier machte der Weiße sich eilends daran, die Tür zu entsperren. Doch nachdem er seine Kralle in das erste und einzige Schloss gesteckt hatte, bemerkte er verwundert, dass die Tür überhaupt nicht verschlossen war. Kurz hielt der Weiße inne und lauschte. Und tatsächlich pochten nicht nur ein, sondern zwei Menschenherzen unregelmäßig in der Schlafhöhle seiner Zweibeinerin vor sich hin und der Weiße hatte einen lebhaften Verdacht, zu wem das zweite Herz vermutlich gehörte. Misstrauisch stieß er die Tür einen Spaltbreit auf und lugte in die warme Schlafhöhle hinein.

Es war wirklich der Maskenmann, der regungslos wie ein böses Omen vor dem hölzernen Schlafnest seiner Zweibeinerin stand und sie nun mit lüsterner Miene anstarrte. Der Weiße spürte, wie ein leises Knurren sich in seiner Kehle breitmachte, doch er schluckte es mühsam wieder herunter, da der Maskenmann just in diesem Augenblick den Mund öffnete, um zu sprechen.

»Wie friedlich du doch schläfst, kleine Prinzessin ...«, murmelte er abwesend. »Vermutlich, weil du gerade nichts träumst, denn gute Träume haben Leute wie du und ich ja schon lange nicht mehr ... Aber du musst dir keine Sorgen machen, du wirst hier nicht mehr lange leiden. Sobald mein Geschenk fertig ist, können wir diese verdammte Insel endlich verlassen! Und bis dahin werde ich auf dich aufpassen, das verspreche ich.« Träumerisch strich der Maskenmann seiner Zweibeinerin eine Locke aus der Stirn und der Weiße hätte ihm dafür am liebsten die Hand abgebissen. Diese Kreatur sollte seine Zweibeinerin nicht anfassen!

Doch ehe der Weiße tatsächlich aus seiner Deckung kommen und den Maskenmann angreifen konnte, ergänzte das dubiose Zauberwesen plötzlich an seine Zweibeinerin gewandt: »Ich werde mich sogar um die vier Verfolger kümmern, die dir und Lord Nichtsnutz hierher nachgelaufen sind. Sie wollen euch hier mit den Schwarzen Witwen erwischen und euren guten Namen noch weiter in den Dreck ziehen, glaube ich. Aber das werde ich nicht zulassen, nur keine Sorge. Ich kümmere mich um dich, kleine Prinzessin, so wie ich es immer getan habe. Du kannst also beruhigt weiterschlafen«, murmelte der Maskenmann, ehe er sich abrupt umdrehte und auf die angelehnte Tür zuschritt.

Der Weiße musste rasch in einer mit Kiefernholz vertäfelten Nische Zuflucht suchen, um nicht von dem Zweibeiner entdeckt zu werden. Doch nachdem der Maskenmann an ihm vorbeigeschritten war, machte sich der Weiße unverzüglich daran, ihm zu folgen. Er musste wissen, was diese Kreatur plante und was es mit diesen vier Verfolgern auf sich hatte!

Also tappte er dem verhassten Maskenmann im Schein der blaugrünen Polarlichter lautlos wie ein Schatten hinterher. Und es dauerte nicht lange, da hatten der Zweibeiner und der Weiße das kleine Holzschloss verlassen und im nahegelegenen Dorf Lindhall vor einem anderen großen und hell erleuchteten Menschenbau Halt gemacht.

»Ich hätte nicht gedacht, dass Cenric und sein Anhang jemals ein Gebäude ohne silberne Eingangstür betreten würden. Diesen Ratten muss einiges daran liegen, meiner kleinen Prinzessin zu schaden, wenn sie dafür sogar in einem einfachen Gasthaus schlafen ...«, brummte der Maskenmann, ehe er den Menschenbau betrat und die Tür mit einem leisen Knarzen hinter sich ins Schloss zog. War es eigentlich normal für diese Menschtiere, mit sich selbst zu reden? Der Weiße wusste es nicht und er folgte dem Maskenmann auch nicht durch die schmale Holztür hindurch. Diese *Gasthaus*-Höhle war schließlich kein Palast, die Flure darin waren eng und in einigen Zimmern brannte noch Licht, sodass man ihn sicher entdeckt hätte. Doch der Weiße musste dem hiesigen Zweibeiner diesmal auch gar nicht nachschleichen, um herauszufinden, was er vorhatte. Der Maskenmann betrat nämlich schon nach kurzer Zeit ein großes Zimmer im zweiten Stock, dessen Fenster sperrangelweit offen standen, und der Weiße konnte jedes Wort von dem hören, was in der Menschenhöhle gesagt wurde.

»Was, bei allen eisigen Winterwinden, tut Ihr hier?!«, kreischte eine Zweibeinerin entsetzt, nachdem der Maskenmann die Zimmertür aufgestoßen hatte.

»Dasselbe könnte ich dich fragen, Erika. Dich und deine kleine Freundin Ined dort hinten«, erwiderte der Maskenmann kalt und der Weiße trat hastig ein paar Schritte zurück, damit er auch mit beiden Augen sehen konnte, was sich dort oben in der Schlafhöhle dieser Erika abspielte. Und nachdem er sich weit genug von der hölzernen Wand

entfernt hatte, tauchten langsam drei schwarze Gestalten im goldenen Licht der Öllaterne auf und zwei von ihnen fuchtelten wild mit ihren Händen umher, wie die rotierenden Papierfiguren einer Schattenlampe.

»Woher kennt Ihr meinen Namen?! Was wollt Ihr? Egal, was es ist, Ihr könnt es Euch gleich wieder aus dem Kopf schlagen! Mein Gemahl ist Lord Cenric, der zukünftige König. Er und Palani kommen gewiss bald von ihrem Spaziergang zurück, und wenn sie Euch hier erwischen, werden sie Euch in Tausend kleine Stücke hacken!«, zeterte der dürrste und längste der drei Schatten unvermittelt. Doch der Maskenmann lachte nur heiser.

»Oh, nur keine Sorge, ich arbeite schnell. Und selbst wenn eure beiden Gatten beschließen, uns zu stören, würden sie wohl kaum die richtige Seite ihrer Spielzeugschwerter finden, bevor ich ihnen die Köpfe von den hochwohlgeborenen Hälsen reiße, also bringen wir es einfach hinter uns, ich habe heute Abend noch Besseres zu tun.«

Kurz wurde es totenstill in der großen Menschenhöhle, doch dann fiepte der kleinste der drei Schatten ängstlich: »Aber was wollt Ihr denn von uns, wir kennen Euch doch gar nicht!«

»Vielleicht habt ihr mich ja auch nur vergessen? Ich jedenfalls kenne euch beide sehr gut. Und was ich von euch will? Die Wahrheit für den Anfang, möglicherweise kann die euch ja retten. Also: Seid ihr hierhergekommen, um Maren und ihren nutzlosen Gemahl zu sabotieren?!«

»Was geht Euch das an? Und was heißt hier sabotieren? Wir wollen nur wissen, ob sie mit diesen dreckigen Männermörderinnen aus der Glaserei verkehren, und sollte das so sein, ist es unser gutes Recht, all unseren Freunden zu erzählen, welchen Umgang Will und sein kleiner Kürbis so pflegen.«

»Erika, sei still!«, zischte der Schatten der kleineren Zweibeinerin, doch es war schon zu spät. Der Maskenmann sprang bereits behände vor, packte Erikas dürre Schattengestalt am Hals und schmetterte sie an die hölzerne Wand ihrer Schlafhöhle.

»Schade. Das war die falsche Antwort«, knurrte der Maskenmann nahezu gelangweilt, aber Erikas schlaffer Schattengestalt nach zu urteilen war die Zweibeinerin schon ohnmächtig geworden.

Dafür schrie Erikas winzige Freundin allerdings umso lauter, als der Maskenmann einen Wimpernschlag später mit unmenschlicher Eleganz

ein Messer aus seinem Gürtel zog und es so heftig in die Kehle der bewusstlosen Zweibeinerin rammte, als wollte er damit ein Fass voller Rosenwein entkorken. Und als die kleinere Zweibeinerin daraufhin aufsprang und zitternd und schluchzend auf die Tür der beengten Schlafhöhle zurannte, warf der Maskenmann sein besudeltes Messer mit einer nachlässigen Geste durch den hell erleuchteten Raum und traf die zweite Menschenfrau mitten ins linke Auge.

Die kleinere Schattengestalt fiel augenblicklich zu Boden und starb, doch der Maskenmann sah nicht einmal hin. Er kramte lediglich ungerührt nach etwas, das an seinem Gürtel hing, und als er es schließlich in die Höhe hielt, erkannte der Weiße, dass es ein muschelförmiges Gefäß war – vermutlich aus Glas, so wie das Licht der Öllaterne hindurchschien.

Befremdet sah der Weiße dabei zu, wie der Maskenmann sich ein Stockwerk über ihm leise summend daran machte, das Blut der beiden leblosen Zweibeinerinnen langsam in sein Gefäß zu füllen. Und als er sein schauriges Werk vollendet hatte, sagte er mit zufriedenem Gähnen: »Tja, auch wenn ihr wirklich hässliche Menschen wart, hat euer Blut doch eine sehr schöne Farbe für meinen Zauber – dafür bedanke ich mich.«

Als der Weiße das hörte, lief es ihm eiskalt den Rücken hinunter und das wirre Gefasel des Maskenmannes von Magie und Farben begann endlich Sinn zu machen. Dieses Wesen praktizierte Blutmagie. Der Weiße hatte von Anfang an gewusst, dass mit dieser Kreatur etwas nicht stimmte!

Geister & Ungeheuer

Am nächsten Morgen erfuhren Maren und Will von einer Frau, die bei den Witwen Glasblumen für das Grab ihres Vaters besorgte, dass man die Edeldamen Erika und Ined in der letzten Nacht völlig blutleer im Gasthaus nahe der Glaserei gefunden hatte. Doch weder Maren noch Will oder Ilisil waren sonderlich traurig über den Tod der beiden Mädchen. Maren war sogar ein wenig erleichtert, ihre beiden Peinigerinnen endlich losgeworden zu sein, und sie fühlte sich schrecklich schuldig deswegen, obwohl Erika und Ined sie zeit ihres Lebens gequält hatten und zweifelsohne nur in diesem Gasthaus gewesen waren, um sie und Will zu bespitzeln.

Doch zum Glück lenkte Will Maren schnell wieder von ihren Schuldgefühlen ab, und nachdem die Kundin verschwunden war, fing Will umgehend an, sich ein paar gute Lügengeschichten auszudenken, die man dem Adel über ihren weiteren Verbleib auftischen konnte. Vermutlich würde ansonsten auch ohne Erikas und Ineds Zutun bald einiges Gerede über ihre Abwesenheit entstehen. Und obwohl Maren Lügen verabscheute, erhob sie keine Einwände gegen diesen Teil des Planes. Erst als Will nach einer Weile entschied, dass es das Klügste wäre, wenn er, Ilisil und die Schwarzen Witwen in den umliegenden Dörfern Monster jagen würden, während Maren und Wanetta in der Glaserei zurückblieben, begann Maren zu protestieren. Ihr war nicht wohl dabei, Will Tag um Tag mit Timandra und Ilisil allein zu lassen …

Doch es hörte ohnehin niemand auf ihre Einwände.

»Maren, du verabscheust Blut und Kämpfe und außerdem wurdest du erst vor ein paar Tagen angeschossen! Du bleibst hier in der Glaserei, erholst dich und benutzt deinen cleveren Kopf, um meine

Staatsangelegenheiten zu regeln. Damit ist mir am meisten geholfen«, erwiderte Will auf Marens Widerworte hin. Und ehe Maren noch etwas dagegen sagen konnte, brachen Will, Ilisil und die Schwarzen Witwen auch schon zu ihrem ersten Jagdausflug auf und ließen Maren und Wanetta mit einem gigantischen Haufen schlampig geschriebener Beschwerdebriefe in der Glaserei zurück.

Was darauf folgte, waren ein paar sehr lange und anstrengende Wochen, die Maren gemeinsam mit Wanetta in der Glaserei verlebte. Wills Staatsangelegenheiten waren nämlich eine ausgesprochen trübsinnige Arbeit und Wanettas Unterricht in höfischem Benehmen und die strenge Diät, die sie Maren aufzwang, machten ihre Tage auch nicht gerade erfreulicher. Die zerbrechlich wirkende Witwe besaß tatsächlich eine erstaunliche Härte, wenn es um ihren *Unterricht* ging, und Maren konnte sich plötzlich lebhaft vorstellen, warum Ilisil sich früher über die kleine Wanetta beklagt hatte. Zum Frühstück gestattete die Witwe Maren zum Beispiel lediglich, ein halbes Roggenbrötchen zu essen – ohne Belag natürlich. Und selbst das bekam Maren nur, wenn sie nicht vergaß, ihr Haar nach dem Aufstehen in eine aufwendige höfische Frisur hochzustecken und Wanetta alle einunddreißig sittsamen Beschäftigungsmöglichkeiten für junge Edeldamen nennen konnte, wenn sie danach fragte. Außerdem vermischte Wanetta Marens Milch mit Wasser und verbat ihr, Honig hineinzugeben, und wann immer Maren es wagte, sich die Kruste eines Lebkuchens oder eines kleinen Zimtplätzchens aus der Küche zu stibitzen, ließ Wanetta sie zur Strafe zwanzigmal die knarzende Kiefernholztreppe des Gutshauses hoch und wieder runter rennen, was anfangs wegen Marens alter Beinwunde ziemlich wehtat. Doch tatsächlich passte sich ihr wackliger Knöchel nach einigen Wochen widerwillig der neuen Belastung an, ganz so, wie Will es einst prophezeit hatte, und Maren freute sich darüber, dass ihr humpelnder Gang ein wenig eleganter und fließender wurde.

Wanetta vertrieb sich ihre Zeit allerdings nicht nur damit, Maren zu peinigen und zu piesacken – sie gab Maren auch einige hilfreiche Tipps, wie sie ihre Haare schneller zurechtmachen oder ihren Hunger besser unter Kontrolle bringen konnte. So riet Wanetta ihr zum Beispiel, schon vor dem Frühstück einen halben Krug kaltes Wasser zu trinken, um den

Magen zu füllen, oder direkt vor einem Spiegel zu essen, um ihren Hunger zu zügeln, was bei Maren besonders gut funktionierte. Denn sobald sie einen Blick auf ihr hässliches Spiegelbild warf, verließ sie sofort wieder aller Appetit ...

Doch obwohl Marens Magen vor lauter Hunger manchmal sogar schmerzte und sie Wanetta niemals selbst irgendetwas essen sah, stellte Maren die merkwürdigen Methoden der kleinen Witwe nur selten in Frage. Sie wollte nicht schwach oder weinerlich wirken und außerdem fehlte ihr schlicht die Zeit dazu, sich mit Wanetta zu streiten, denn die Beschwerdebriefe, die Will sich täglich von einem bestechlichen Diener in die Glaserei bringen ließ, hielten Maren meist den ganzen Tag über beschäftigt. Und wann immer Will, Ilisil und die Schwarzen Witwen spätabends mit blutbespritzten Mänteln in die Glaserei zurückkehrten, krochen auch Wanetta und Maren ohne ein weiteres Wort zurück in ihre Betten, um sich für den nächsten kräftezehrenden Tag auszuruhen.

Doch trotz ihrer Anstrengungen schienen Maren und die anderen dennoch nichts gegen die Monster ausrichten zu können. Denn alles, was die Witwen ihnen an Wissen voraushatten, war, wie man die Ungeheuer am schnellsten zur Strecke brachte, und weder Maren noch Will fanden heraus, warum manche der Bestien sich am Tag frei bewegen konnten und andere nicht. Maren fragte sich manchmal, ob es nicht vielleicht doch klüger gewesen wäre, noch einmal nach irgendwelchen nützlichen Schriften über die Ungeheuer zu suchen. Aber da Cenric alle Bücher aus der Ruine beschlagnahmt hatte, war das vermutlich ebenfalls zwecklos – und außerdem hatte Maren ihre eigenen Probleme, um die sie sich kümmern musste.

Ihr und Wanetta gelang es nämlich nicht, Wills zahlreiche Beschwerdebriefe auch nur an einem einzigen Tag komplett abzuarbeiten. Und Maren las in den hiesigen Briefen immer häufiger den Vorwurf, dass Lord Cenric die Monster auf seiner Seite der Insel zu zügeln wusste und Will sich gefälligst ein Beispiel an ihm nehmen solle. Manche Bauern schrieben sogar ganz freimütig, dass sie lieber Lord Cenric als König haben würden, da Lord Willjareth offensichtlich unfähig war, seine Untertanen zu beschützen. Und Maren wusste weder, was sie auf solche Briefe antworten sollte, noch, wie sie Will dabei helfen konnte,

seine Wahl nicht gegen Cenric zu verlieren. Es schien fast so, als wäre ihr Vorhaben verflucht, und Maren starrte in ihren einsamen Nächten in der Glaserei immer häufiger auf ihr geschlossenes Dachfenster und wünschte sich, dass ihr Geisterfreund Anuaq hier wäre, um sie von ihrem Elend abzulenken. Doch Anuaq war nach wie vor mit diesem verdammten Geschenk beschäftigt, das Maren weder wollte noch brauchte. Und so grübelte sie nachts lediglich einsam über ihre aussichtslose Situation nach und kam dabei einmal mehr zu dem Schluss, dass sich dringend etwas ändern musste.

Nach einer weiteren erfolglosen Woche war Maren so unruhig, dass sie es nicht mehr schaffte, auch nur einen von Wills Beschwerdebriefen bis zum Ende durchzulesen. Sie überlegte die ganze Zeit fieberhaft, wie sie Will und den anderen am besten beibringen konnte, dass sie mit ihrem momentanen Plan nicht weiterkamen. Doch als Will, Ilisil und die Schwarzen Witwen am Abend ein weiteres Mal blutbeschmiert von ihrer Monsterjagd zurückkehrten, war Maren noch immer keine gute Antwort auf diese Frage eingefallen. Sie wusste nur, dass sie heute endlich etwas sagen musste, denn sie würde sicher den Verstand verlieren, wenn sie noch einen weiteren Tag lang nutzlos in der Glaserei herumsitzen und dem Klirren der gläsernen Windspiele lauschen musste!

Also trat Maren an diesem Abend entschlossen in den kleinen Salon ein, wo die Schwarzen Witwen gerade zusammen mit Ilisil über die vergangene Jagd schwatzten und Will akribisch auf seine neue Geliebte starrte – eine mit Silbertinte gemalte Landkarte von Westbeli, die er in den letzten Wochen öfter und aufmerksamer angesehen hatte als Maren. Will hatte auf dieser Karte alle gemeldeten Monsterangriffe eingezeichnet und versucht, ein Muster darin zu erkennen. Doch wie alle ihre Bemühungen war auch dieses Unterfangen erfolglos geblieben. Und genau deswegen räusperte Maren sich jetzt auch unbeholfen und sagte so laut sie konnte: »So kommen wir nicht weiter.«

Zu ihrer großen Überraschung wandten sich alle Anwesenden augenblicklich zu ihr um und starrten Maren überrascht an. Sie fuhr sich nervös über die Lippen und versuchte, ihre Ansprache zu einem möglichst sinnvollen Ende zu bringen. »Ihr tötet und untersucht diese Ungeheuer nun schon seit Wochen ... Aber wir haben in dieser Zeit trotzdem nichts Neues über sie herausgefunden und für jedes Monster, das ihr dort draußen umbringt, scheinen sich zwei neue auf den Weg in unsere Dörfer zu machen. Auch Wills Untertanen ist das nicht entgangen. Sie denken, wir sind unfähig, sie zu beschützen, und fordern jetzt, dass Cenric ihr neuer König wird, weil er die Monster auf seiner Inselhälfte offenbar besser im Griff hat. Ich denke also, wir brauchen eine bessere Taktik, wenn Will diese Königswahl gewinnen soll ...«, erklärte Maren etwas unbeholfen.

Will war der Erste, der ihr antwortete. Mit tiefen Augenringen sah er zu Maren auf. »Und was sollen wir deiner Meinung nach Schlaues tun, Maren? Vielleicht könnten wir nachts etwas Brauchbares über diese Ungeheuer herausfinden, aber das ist viel zu gefährlich. Angeblich streifen in der Dunkelheit mehrere tausend über die Insel, das wäre also reiner Selbstmord«, seufzte Will kraftlos und Maren musste sich einen Moment lang wappnen, ehe sie es wagte, die folgenden Worte auszusprechen.

»Wir könnten ... Cenric nachspionieren und sehen, was er tut, um seine Monster in Schach zu halten ... Wenn er so viel erfolgreicher ist als wir, muss er ja irgendwas richtig machen. Oder vielleicht weiß er auch etwas über diese Ungeheuer, das wir nicht wissen ...«, murmelte sie kleinlaut.

Und verblüffenderweise nickte der sonst so stolze Will auf ihren Vorschlag hin nur müde.

»Cenric nachstellen, wieso nicht. Da ich zu unfähig bin, um meine Inselhälfte aus eigener Kraft zu beschützen, muss ich eben Cenrics Geheimnisse stehlen. Er würde an meiner Stelle gewiss dasselbe tun. – Was meint ihr dazu?«, fragte Will plötzlich an die Schwarzen Witwen gewandt und die dunkelgekleideten Frauen nickten ihm eine nach der anderen knapp zu, bis alle den Plan abgesegnet hatten.

»Gut, dann ist es also beschlossen«, murmelte Will, während er mit ausdrucksloser Miene seine abgegriffene Landkarte zusammenrollte. »Ich werde gleich nach Wjallvit reiten und dort in Erfahrung bringen, welche seiner Dörfer Cenric als Nächstes von den Ungeheuern befreien will. Wir werden ihm dann in einer der Siedlungen auflauern und uns ansehen, wie er es schafft, die Monster auf seiner Seite der Insel unter Kontrolle zu halten. Vielleicht sind wir hinterher ein wenig schlauer«, erklärte Will den Witwen abwesend und Maren spürte deutlich, wie sie abermals ausgegrenzt wurde.

»Ich möchte mitkommen!« Maren versuchte mit aller Kraft, diese Worte wie eine Tatsache und nicht wie eine Bitte klingen zu lassen, aber es funktionierte nicht und Will warf ihr sofort einen verdatterten Blick zu.

»Ich denke nicht, dass das eine gute Idee ist, Maren. Auch Cenric wird seine Monster umbringen und vermutlich weit grausamer, als wir es tun. Ich will nicht, dass du so etwas sehen musst ... Außerdem solltest du mit deinem schlimmen Bein wohl kaum jemandem hinterherschleichen.«

»Meinem Bein geht es schon viel besser! Solange ihr Cenric also nur hinterherschleichen und nicht hinterhersprinten wollt, werde ich euch nicht mehr aufhalten als jeder andere auch!«, protestierte Maren eilig. Sie hatte nicht vor, ein zweites Mal übergangen zu werden. »Es war meine Idee, also werde ich mitkommen und sehen, was daraus wird – das ist mein letztes Wort!«, verkündete Maren, ehe sie erhobenen Hauptes aus dem Raum stapfte, was bei ihr zweifellos weit weniger eindrucksvoll aussah als bei Ilisil oder Timandra. Doch da weder Will noch jemand anderes ihr folgte, um ihr diese Idee auszureden, schien Marens entschlossenes Auftreten seinen Zweck erstaunlicherweise dennoch erfüllt zu haben.

Als Will am nächsten Morgen in aller Frühe erwachte, herrschte bereits ein emsiges Treiben in der Glaserei. Überall um ihn herum klirrten gläserne Windspiele und die Schwarzen Witwen huschten zusammen mit Schwärmen dunkelbrauner Prachtmotten ruhelos durch die Gänge, um Waffen und Mäntel zu holen und alles für ihren Aufbruch in Cenrics Niutak-Siedlung vorzubereiten. Auch Maren war schon wach und trank zusammen mit Wanetta ein Glas verdünnte Milch, als Will die Treppe hinunterkam. Das besorgte ihn, denn er hatte eigentlich gehofft, dass Maren ihren Aufbruch einfach verschlafen würde und auf diese Weise nicht mitansehen musste, was Cenric seinen Monstern Grausames antat. Aber so viel Glück hatte er natürlich nicht. Also ging Will missmutig in den alten Schlossstall, um die Pferde fertig zu machen und auf die Schwarzen Witwen zu warten. Doch als die dunkelgekleideten Glaserinnen wenig später zusammen mit Ilisil den Stall betraten, war Maren nicht bei ihnen.

»Wo bleibt sie denn so lange?«, fragte Will ungeduldig an Ilisil gewandt. Wenn Maren sie schon begleiten musste, sollte sie wenigstens pünktlich sein.

Ilisil warf Will einen merkwürdig finsteren Blick zu. »Maren muss sich noch etwas anderes zum Anziehen suchen.«

»Ist ihr alter Reitrock etwa schon wieder zu eng geworden?«, murmelte Will, während er seine weiße Stute sanft an den Nüstern streichelte. Passen würde das jedenfalls zu Maren, doch er hatte im Augenblick weder die Zeit noch die Kraft, um sich über ihr undamenhaftes Verhalten aufzuregen.

Ilisil gab Will auf seine spitze Bemerkung keine Antwort. Sie packte ihn lediglich am Arm und zerrte ihn nach draußen vor die dunkelgestrichenen Stalltore. »Hast du dir Maren in den letzten Wochen eigentlich mal mit Verstand angesehen, du alter Esel?!«, zischte sie ungnädig.

»Ich sehe Maren jeden Tag, genau wie du, Ilisil«, gab Will abwehrend zurück. Er war jetzt nicht in der Stimmung, sich von Ilisil beleidigen zu lassen. Doch ihr war das offensichtlich egal, denn sie reckte entrüstet das Kinn nach vorne und stemmte beide Hände in die Hüften.

»Wenn du Maren in den letzten Tagen angesehen hättest, dann wüsstest du, dass die meisten ihrer Sachen ihr *zu groß* sind. Sie sieht krank aus, Will! Ich denke nicht, dass es gut ist, sie die ganze Zeit mit Wanetta in der Glaserei allein zu lassen … Ich weiß, Wanetta hat auch mir damals meine Begeisterung für südländische Süßigkeiten ausgetrieben und eine ganz passable Edeldame aus mir gemacht, aber sie geht viel zu weit, was das angeht.« Ilisil blickte bei diesen Worten mit zusammengezogenen Brauen zu der kleinen, schwarzen Wanetta hinüber, die zugegebenermaßen wirklich erschreckend dünn und knochig aussah – selbst für Inselstandards.

»Wanetta ist eine gute Lehrerin für die Etikette, das stimmt schon, aber mit dem Essen hat sie bis heute selbst Probleme. Ihr toter Gemahl war wohl noch schlimmer als du, wenn es darum ging, ein paar Pfunde zu viel auf den Rippen zu haben, und davon hat sich Wanetta nie erholt. Im letzten Sommer hat sie einmal eine Woche lang gar nichts gegessen, weil eines ihrer Kleider ihr plötzlich nicht mehr passte, und wir beide haben schon oft genug gesehen, wie so was endet. Ein harter Winter, ein weiterer Hungerwettbewerb vor dem nächsten Ball, Blutergüsse und gebrochene Knochen wegen Nichtigkeiten, dann ein langes Fieber und

schwerer Husten ... Das Ganze ist kein Spiel, Will. Möchtest du wirklich, dass Maren irgendwann Lady Vida Konkurrenz macht? Ich habe jedenfalls keine Lust, meine einzige Freundin in diesem Irrenhaus zu verlieren, nur damit du deine verdrehte Eitelkeit befriedigen kannst«, fügte Ilisil noch mit einer Düsternis hinzu, die Will einen Schauer über den Rücken jagte.

Aber er hatte im Moment wirklich andere Probleme, als über diese finstere Facette des gestellten Hoflebens nachzudenken, also verdrehte er trotz des unguten Gefühls in seiner Magengegend nur gespielt genervt die Augen und sagte: »Natürlich will ich das nicht. Aber Maren ist nicht Wanetta oder Vida. Sie hat Wjallvits Himbeertorten und Zimtschnecken viel zu gerne, um ganz mit dem Essen aufzuhören, und deswegen tut ihr ein wenig Fasten auch ganz gut. Jetzt komm endlich zurück zu den Pferden, bevor die anderen noch ohne uns losreiten.« Und ehe Ilisil Will daran hindern konnte, tauchte er unter ihrem Arm hindurch und floh zurück in den kleinen Stall, wo die gesattelten Apfelschimmel schon ungeduldig mit den Hufen scharrten. Und zum Glück dauerte es dann auch nicht mehr lange, bis Maren endlich in einem passenden Reitrock aus der Glaserei kam und sie sich auf den Weg zu Cenrics Niutak-Siedlung machen konnten.

Sie ritten eine Weile schweigend nebeneinanderher, da alle noch müde vom mangelnden Schlaf waren, doch Will zählte während dieser Zeit trotzdem, wie oft Maren ihm aus den Augenwinkeln heraus verstohlene Blicke zuwarf. Ein paarmal erwiderte er ihren Blick probehalber und das führte jedes Mal dazu, dass Marens Gesicht rubinrot anlief und sie sich eilig von ihm abwandte, ganz so, als hätte sie etwas Verbotenes getan – ganz so wie damals.

Will wollte sich am liebsten die Haare raufen, laut auflachen und weinen und am liebsten alles zugleich. Wie konnte es bloß sein, dass Maren nach allem, was er ihr angetan hatte, noch immer dieselben Gefühle für ihn hegte, mit denen sie ihn schon vor vier Jahren gequält hatte?! Will mochte Maren, mehr als irgendwen sonst auf dieser Welt, aber er liebte sie nicht. Er liebte sie heute genauso wenig wie damals – er fand Maren einfach nicht anziehend. Er hatte sie niemals begehrt und deshalb würde er sie auch nie wie seine Gemahlin lieben können, denn das Körperliche

gehörte doch ebenso zur Liebe dazu wie das Geistige, oder? *Wenn wir alle nur Geister wären* ... dachte Will für einen Augenblick irrsinnigerweise und dann lachte er leise, weil ihm klar wurde, dass Maren in einer solchen Welt sicher jemand Besseren und Schlaueren als ihn lieben würde ... Andererseits war Maren auch in der Wirklichkeit niemand, der sich großartig von Äußerlichkeiten lenken ließ. Warum mochte sie ihn eigentlich? Das würde Will sie gerne einmal fragen. Er hatte schreckliche Dinge getan und war ihr ein furchtbarer Gemahl gewesen – er hatte in den letzten Tagen ja kaum mit ihr gesprochen. Und dennoch vergötterte sie ihn und arbeitete Tag und Nacht Wills Beschwerdebriefe ab, ohne sich jemals selbst zu beklagen ...

Schuldbewusst räusperte sich Will. »Wir haben noch einen halben Mondlauf Zeit bis zur Wintersonnenwende ... Danach müssen wir zusammen mit den anderen Adligen den traditionellen Winterball feiern. Und einen Mondlauf darauf werden die Inselbewohner dann ihre Stimmen abgeben und die Königswahl beenden ...« Will schwieg einen Moment, als er bemerkte, dass er schon wieder über die verdammte Königswahl gesprochen hatte, die ihm seit seiner Ankunft hier auf Beli wie ein Sack schwerer Steine auf den Schultern lastete. Konnte er die verdammte Wahl nicht einmal für einen winzigen Augenblick ruhen lassen? »Ich dachte nur ... wegen dem Ball ... Vielleicht willst du dir ein neues Kleid machen lassen. Wir könnten noch heute Abend einen Vogel nach Wjallvit schicken – aber einen normalen aus dem Dorf, keine der Krähen, die Wanetta in der Glaserei züchtet«, bot Will schließlich etwas unbeholfen an.

Doch Maren verzog nur unglücklich das Gesicht. »Glitzern meine alten Kleider dir nicht genug für einen Ball? Oder geht der Inseladel zu so einem Spektakel etwa in Umhängen aus verflochtenen Saphiren?«

Will biss sich auf die Zunge. Er hatte vergessen, dass Maren als einziges Mädchen auf Beli keine Kleider mochte ... Vielleicht sollte er ihr lieber Blumen schenken, wenn er ihr eine Freude machen wollte, immerhin war sie die Blumenprinzessin. Aber vermutlich bekam Maren dann lediglich Heimweh, und das wollte er auch nicht.

»Keine Sorge, niemand trägt Edelsteinkleider, das wäre dann doch zu unbequem. Ich dachte nur, du suchst dir deine Sachen vielleicht lieber selbst aus. Die Kleider vom Herbst habe ich ja in Auftrag gegeben.«

Maren zuckte gleichmütig mit den Schultern. »Du weißt besser als ich, was angebracht ist und was nicht. Ich will einfach nicht mehr auffallen als nötig.«

Natürlich nicht, dein Traumkleid würde dich wahrscheinlich einfach unsichtbar machen, nicht wahr?, dachte Will frustriert bei sich. Er würde ihr so gern eine Freude machen, aber er wusste einfach nicht wie.

»Welche Farben magst du denn gerne?«, fragte Will, da er vermutete, dass sie dem Lachsrosa ihrer Kindheit entwachsen war.

Maren zögerte einen Moment, dann sagte sie mit einem Blick auf die hochgewachsene Timandra: »Ich finde, schwarz ist eine ganz schöne Farbe ...«

Schwarz? »Schwarz ist eine ganz schön dunkle Farbe«, erwiderte Will hilflos. Niemand am Hof trug schwarz, wenn nicht gerade jemand gestorben war ... »Ich fürchte, du kannst kein Schwarz tragen, das tun nur Witwen, die ihre verstorbenen Ehepartner betrauern ...« *Oder solche, die andere Männer davon abhalten wollen, sie zu heiraten,* fügte Will im Stillen hinzu. Die Schwarzen Witwen waren nämlich gewiss nicht traurig über den Tod ihrer Männer, sie nutzten nur eine alte Tradition dieser Insel aus, um sich nicht abermals verheiraten zu müssen.

»Keine Sorge, ich habe nicht vor, dich weiterhin zu blamieren. Ich sage nur, dass ich die Farbe mag, sie hat so etwas Starkes und Schlichtes an sich ... Aber such du etwas aus, irgendwas in Hellblau oder Violett aus dünner Maulbeerseide. Was man am Hof eben trägt, mir ist das egal. Ich habe nie darauf geachtet, in welchen Fetzen die tuschelnden Hofdamen so umherschwirren.«

Will erwiderte nichts darauf. Es war müßig, mit Maren über Kleider und Bälle reden zu wollen, sie hasste all diesen Prunk. Warum hatte er überhaupt damit angefangen?

»Das Fest findet im Glashaus statt, wo alle möglichen fremden Pflanzen wachsen, falls dich das aufmuntert. Ach ja, und es ist ein Maskenball, vermutlich werden die meisten Mädchen sich die Haare weißpudern und als Miroschwäne gehen ... Aber lass uns über etwas anderes reden.« *Über etwas Glückliches am besten. Nur was könnte das sein, kleine Maren? Der Schmerz hängt an uns wie ein Schatten, fürchte ich ...*

»Wie wäre es, wenn wir einmal über die famose Landschaft reden?«, warf Ilisil jäh ein und breitete weit die Arme vor ihnen aus. »Verdammt

gut, wieder zu Hause zu sein«, murmelte sie und Will sah abrupt auf. Er hatte gar nicht mitbekommen, dass sie am Ende des immer lichter werdenden Waldes angekommen waren und nun zwischen den letzten immergrünen Zweigen standen und auf eine endlose weiße Ödnis hinausstarrten. Hier begann also die Eiswüste, die den Osten Belis kennzeichnete, jener Ort, an dem die alte Magie des Rosenkönigs aufhörte zu wirken und alle Pflanzen schlagartig der Kälte zum Opfer fielen …

Es war ein wunderschöner und gleichzeitig seltsam leerer Ort, an dem die verschiedensten Weißtöne im kalten Licht der Wintersonne um die Wette funkelten. Staunend versuchte Will, all die hellen Farben zu benennen, die vor ihm lagen – *Elfenbein, Perlmutt, Bleiweiß, Puppenweiß, Wollweiß* … Und in den Schatten wirkte der Schnee eher taubengrau oder leicht bläulich. Schnell gab Will es auf, all den Farben einen Namen geben zu wollen, und genoss einfach den Anblick der schier endlosen weißen Weite. Er konnte sogar den leicht bewölkten Horizont sehen, der sich in der Ferne mit dem schneebedeckten Boden zu einer weißen Masse verband, sodass es aussah, als könnte man hier den Himmel berühren, wenn man nur weit genug rannte.

»Es ist wunderschön … Nur wie weit ist es bis zum nächsten Wohnplatz der Niutak?«, fragte Maren, die ebenfalls mit riesigen Augen in die eisige Wüste hineinstarrte.

Ilisil zuckte nachlässig mit den Schultern. »Nicht weit, vermute ich, wir sehen zwar noch nichts, aber im Regelfall spielt einem das Weiß der Eiswüste lediglich einen Streich. Irgendwo weiter hinten gibt es nämlich immer Nebelflecken oder Schneegestöber, die ein Dorf oder eine Rentierherde verdecken, und wenn sich die Dünste dann wieder verziehen, sieht es für Uneingeweihte so aus, als würden ganze Siedlungen einfach aus dem Nichts auftauchen.«

Und wenn wir Pech haben, tauchen in unseren Zeiten auch Monster einfach aus dem Nichts auf, dachte Will im Stillen bei sich. Ilisils Worte beunruhigten ihn und er hatte das dumpfe Gefühl, dass es eine miese Idee gewesen war, hierherzukommen. Doch ihm lief die Zeit davon und er musste jeden verbleibenden Tag nutzen. Vielleicht kannte Cenric ja tatsächlich ein Geheimnis, um besser mit diesen Monstern fertigzuwerden. Es erschien Will zwar unwahrscheinlich, andererseits wusste er auch nicht, was er sonst noch versuchen sollte.

Und zumindest erreichten er und die anderen wenig später problemlos die Siedlung der Eisnomaden, die irgendwann einfach aus dem Nichts heraus vor ihnen auftauchte, genau wie Ilisil es prophezeit hatte. Von einem Moment zum nächsten standen Will und seine Begleiter plötzlich zusammmen mit ihren Pferden inmitten von zahllosen großen Zelten, die aus weißen Eisbärenfellen und weißen Robbenhäuten zusammengenäht waren, was Will ganz und gar nicht behagte. Die Bewohner und ihre Behausungen erinnerten ihn unangenehm deutlich an Geister und zwischen all diesem Weiß stachen die Schwarzen Witwen und Ilisil in ihren dunklen Gewandungen hervor wie Tintenflecken auf einer leeren Leinwand ...

Hätten sie sich nicht wenigstens heute etwas anderes anziehen können, wo wir im Geheimen unterwegs sind?, fluchte Will in sich hinein, während er zusammen mit den schwarzen Frauen auf ein Zeichen von Cenric und seinem pompös ausgestatteten Hofstaat wartete. Er wollte sich gar nicht ausmalen, was sein alter ›Freund‹ sagen würde, wenn er herausfand, dass Will sich mit diesen gediegenen Mörderinnen zusammengetan hatte. Und so dachte Will eine Weile fieberhaft nach, bis ihm endlich eine rettende Idee kam, wie er nicht zusammen mit den Witwen gesehen werden würde.

»Wir sollten nicht einfach hier herumstehen und hoffen, dass wir Cenric und seine Leute entdecken, ehe sie uns entdecken! Ich sage: Wir teilen uns auf und verstecken uns paarweise im gesamten Dorf. Auf diese Weise bekommen wir es auch mit, wenn Cenric von einer anderen Seite in die Siedlung hineinreitet. Und wenn jemand von uns Cenric entdeckt, geht er die anderen benachrichtigen, während sein Partner im Versteck bleibt und sich genau einprägt, wo Cenric und seine Leute langgegangen sind«, erklärte Will geschäftig. Und zu seinem großen Glück klang dieser Plan so vernünftig, dass alle Anwesenden ihm binnen weniger Atemzüge zustimmten.

»Gut, wenn das beschlossen ist, dann gehe ich mit Maren«, fügte Will eilig hinzu, da Maren von allen anwesenden Frauen in ihrem sandfarbenen Mantel am wenigsten auffiel und Will irgendwie das Gefühl hatte, es ihr zu schulden. Und erfreulicherweise erhob auch dagegen niemand Einwände, obwohl Ilisil ihm und Maren noch ein kurzes Stück hinterherritt und leise zischte: »Ich weiß genau, was du hier versuchst, Willi:

Du hast nur Angst, mit den Witwen gesehen zu werden. Herrje, lass dir endlich mal ein Rückgrat wachsen! Der Inseladel mag die Witwen nicht, na und? Sie sind freundliche, intelligente und interessante Menschen und streng genommen sind sie sogar selbst Adlige. Willst du wirklich dein gesamtes Leben lang nach diesem langweiligen Lied tanzen, das man bei Hofe unentwegt auf und ab spielt?«

»Hast du nicht mit Timandra ein gutes Versteck zu suchen?«, konterte Will ungerührt.

Ilisil streckte ihm die Zunge heraus. »Denk darüber nach, Will! Wer sein Leben für andere lebt, der lebt im Grunde gar nicht!«, rief sie ihm noch unbedarft hinterher, ehe sie auf ihrem feurigen Schimmel zu Timandra zurückgaloppierte.

Will schüttelte langsam den Kopf. *Ilisil ist einfach zu aufrichtig für den Winterhof*, entschied er müde. Und als Maren ihn kurz darauf fragte, was Ilisil mit ihrer Bemerkung gemeint hatte, tat Will ihre Frage lediglich mit einem Achselzucken ab.

Danach ritten sie eine Weile schweigend nebeneinanderher und bewunderten beide mit offen stehenden Mündern die für immer gefrorene Eiswüste, in der der graublaue Fluss *Igarras* wie eine riesenhafte Schlange vor sich hin plätscherte. Nach einiger Zeit tauchte auf der anderen Seite des Flusses sogar wieder ein karges Stück Nadelwald auf, sodass sich die beiden ungleichen Inselhälften Auge in Auge gegenüberstanden.

Es war ein wirklich atemberaubender Anblick.

Doch er hielt leider nicht lange an, denn bereits nach wenigen Wimpernschlägen ertönte ein lautes Knarzen aus dem graugrünen Wald und eine dürre, alte Tanne krachte unter dem ohrenbetäubenden Heulen des Nordwinds geräuschvoll ins Unterholz.

Marens kleiner Schimmel scheute erschrocken und machte einen Satz zur Seite, sodass Maren in hohem Bogen von seinem Rücken flog. Ein wenig feiner Puderschnee wirbelte in die Luft, als Maren unsanft auf dem gefrorenen Boden landete und dabei leise aufschrie.

Eilig trieb Will seinen eigenen, nervösen Hengst zu ihr und sprang vom Pferd. Dass Marens und sein Schimmel daraufhin rasch das Weite suchte, kümmerte ihn im Augenblick wenig.

»Bist du verletzt?!«, fragte Will, während er Maren vorsichtig wieder auf die Beine zog. Es ging leichter als erwartet … Irritiert stellte Will fest,

dass er Marens Unterarm mit Daumen und Zeigefinger fast vollständig umfassen konnte, und dann sah er sie zum ersten Mal seit Wochen ganz bewusst an.

Sie trug ihr Haar anders – ordentlich geflochten und hochgesteckt und sie hatte ihre Lippen mit zerstoßenen Rosenblüten rot gefärbt und sich einige silbrige Sommersprossen auf die Wangen gemalt. Am meisten verwirrte Will allerdings die Tatsache, dass Maren in ihrem purpurroten Kleid gar nicht wie ein verkleidetes Kind aussah, sondern wie eine belíische Edeldame – nun, so sehr das mit ihrer Haut und den Haaren eben möglich war. Sie hatte plötzlich eine deutlich erkennbare Taille und ... bildete er sich das nur ein oder hatten sich ihre flachen, kindlichen Brüste entwickelt? *Ich sollte so etwas nicht denken, das ist Maren, die hier vor mir steht,* dachte Will zerstreut, und doch sah seine kleine Maren auf einmal erstaunlich erwachsen aus ... *Wann ist das passiert? Wann ist Maren hinter den vielen Landkarten, die ich vor mich hergehalten habe, von einem kleinen Kürbis zu einer jungen Frau aufgeblüht? ...Und warum zum Geier denke ich so etwas? Das hier ist Maren!*

»W-Würdest du mir meinen M-Mantel geben?«, bat Maren ihn plötzlich mit klappernden Zähnen und Will starrte einen Moment verwirrt zu Boden, dann erst bemerkte er den sandfarbenen Mantel, der Maren bei ihrem Sturz von den Schultern geglitten war. Eilig hob Will ihn auf und schloss die silbernen Schnallen bedächtig vor Marens weißem Hals, wobei er leider einen sehr guten Blick auf ihr geschwungenes Dekolleté hatte. *Ihre Brüste sind definitiv größer geworden,* beschloss Will und er spürte, wie ihm die Schamesröte ins Gesicht trat.

Doch bevor er sich noch tiefer in diesen eigentümlichen Gedanken verlieren konnte, tauchte jäh eine gleißend helle Gestalt in seinem Augenwinkel auf. Ein Mädchen, das weißer war als der Schnee, mit Lippen röter als jede Rose – sein Wintergeist.

Das weiße Mädchen vom See stand plötzlich neben Will und sah ihn aus ihren dunklen Augen heraus vorwurfsvoll und gekränkt an. Aber ehe Will ihre unmenschliche Schönheit wirklich wahrnehmen konnte, blies der tosende Wüstenwind die Erscheinung des weißen Mädchens bereits wieder davon. Will blinzelte verwirrt und wandte sich dann mit einem Kopfschütteln wieder zu Maren um, doch als er sie nun abermals betrachtete, war all seine Verwirrung einer tauben Kälte gewichen und Maren

war wieder einfach nur ein leicht pummliges rothaariges Mädchen, das gerade wenig elegant von seinem Pferd gefallen war.

Unbehaglich räusperte sich Will. »Wir ... äh ... sollten uns besser ein Versteck suchen. Bevor Cenric und seine Gefolgschaft hier aufschlagen«, murmelte er und Maren nickte, ebenfalls ein wenig zerstreut.

»Ja, natürlich. Du hast recht, lass uns gehen«, sagte sie und stopfte ihre feurig roten Locken bedächtig unter die Kapuze, um unter all den dunkelhaarigen Niutak nicht unnötig aufzufallen.

Doch keiner der Eingeborenen schenkte Will oder Maren viel Beachtung, sodass die beiden bald eine geeignete Nische im Schatten eines großen Zeltes gefunden hatten, in der sie sich auf die Lauer legten. Allerdings schien Wills und Marens Glück an dieser Stelle leider zu enden, denn die Zeit verging und der weiße Wüstennebel färbte sich rosa, ohne dass Cenric und seine Leute irgendwo zu sehen waren oder Will und Maren von den Schwarzen Witwen benachrichtigt wurden ...

»Bald ist die Sonne ganz verschwunden und dann gehen die Polarlichter am Himmel auf ... Will, ich denke nicht, dass Cenric im Dunkeln Monster jagt, das wäre reinster Selbstmord. Wir sollten gehen und morgen wiederkommen«, murmelte Maren, als der Horizont sein unschuldiges Rosa langsam, aber sicher gegen ein unheilvoll dunkles Violett eintauschte. Auch Will war nicht wohl dabei, so spät abends noch draußen herumzustromern, und so nickte er abwesend und sagte unter schwerem Seufzen: »Du hast recht, lass uns Ilisil und die Witwen suchen und –«

Will verstummte, als plötzlich ein leises Plätschern erklang. Er und Maren wandten sich zeitgleich um und starrten in den dichten, amethystfarbenen Nebel hinein, aus dem sich nun langsam eine kleine Schar zweibeiniger Gestalten mit schillernden Brokatmänteln und messerscharf geschliffenen Juwelenketten löste.

Es waren eindeutig Adlige.

Und die auf hohen Absatzschuhen umherstöckelnde Gestalt an ihrer Spitze konnte niemand anderes als Cenric sein. Er war also doch noch gekommen. Aber warum um alles in der Welt begab er sich erst so spät in seine Dörfer? Nachts war es hochgefährlich auf der Insel, weil dann noch viel mehr Monster frei umherstromerten. Doch Cenric und seine Anhänger schien das offenbar nicht zu stören, denn anstatt sofort zurück

nach Wjallvit zu reiten, musterten sie ihre funkelnden Silhouetten lediglich einen Moment lang seelenruhig in dem großen Fluss, der träge vor ihnen dahinplätscherte.

Will fand das alles so merkwürdig, dass er sich mit gesträubten Nackenhaaren enger an die gegerbte Zeltwand drückte, und er war nicht der Einzige, der ein ungutes Gefühl bei der ganzen Sache bekam. Auch Maren hatte sich so weit in den Schatten verkrochen, wie es nur irgend möglich war, und starrte von dort aus mit schlotternden Knien zum anderen Flussufer hinüber, wo die Adligen sich nun merkwürdigerweise alle bis auf ihre protzigen Edelsteinketten auszogen und sich anschließend auf allen vieren in den Schnee knieten. Sogar Cenric kauerte sich auf diese eigentümliche Weise in den Dreck und für einen Augenblick funkelten er und die anderen Adligen im spätabendlichen Dämmerlicht wie ein Haufen unbeweglicher Eisskulpturen.

Dann brach der erste Strahl eisblauen Polarlichtes wie eine riesige Klinge zwischen den Wolken hervor, und als das Licht die nackte Haut der Adligen berührte, begannen die glitzernden Gestalten sich zu *verändern*. Cenric, Palani und die anderen vier Lords wuchsen unversehens in die Höhe, ihre Arme und Beine streckten sich aus wie Schlangen und auf ihrer blassen Haut spross dichtes, mit verschiedenfarbigen Schuppen durchsetztes Fell, das im Abendlicht bedrohlich flimmerte ... Will und Maren erkannten diese langbeinigen, mit teurem Edelsteinschmuck behangenen Gestalten natürlich sofort.

»Es sind die Monster! Sie sind die Monster!«, zischte Maren ungläubig und Will umfasste unwillkürlich ihre Schulter und drückte sie an sich, weil er fürchtete, sie würde sonst anfangen, zu weinen oder laut loszuschreien. Aber Maren blieb vollkommen stumm und starrte nur mit schreckgeweiteten Augen auf die verwandelten Adligen, die wie ein Rudel hungriger Wölfe durch den breiten Fluss hindurchwateten und anschließend auf die gedrungene Niutak-Siedlung zuschlichen. Und zu Wills endloser Verblüffung schienen sich die Ungeheuer dabei sogar auf annähernd menschliche Weise miteinander zu unterhalten.

»Manchmal frage ich mich wirklich, wann diese Narren begreifen, dass sie das Schloss nachts nicht verlassen sollten, wenn ihnen ihr Leben lieb ist«, murmelte ein bulliges graugrünes Ungeheuer in einer Stimme, die fast wie Palanis klang, jedoch tausendmal tiefer und unheilvoller war.

»Ich hoffe, nie – was gibt es denn außer ihnen noch Interessantes zu jagen? Nachts sind sie zwar kaum schlauer als Tiere, aber immerhin noch *ein bisschen* schlauer «, gab ein kurzbeiniges Ungetüm gelangweilt zurück, das mit seinem schlammbraunen Fell ohne Zweifel Cenric sein musste. »Und jetzt seid still, und zwar alle, sonst verscheucht ihr noch unsere Beute!«, fauchte Cenric in seiner altbekannten Jägerstimme – lauernd und ruhig – gefährlich ruhig. Und natürlich verstummten die anderen Adligen auf seinen Befehl hin abrupt und folgten dem verwandelten Cenric eilig in das kleine Niutak-Dorf hinein.

Will konnte deutlich spüren, wie Maren ihre Fingernägel in seinen Arm hineingrub, als die bärenhaften Monster eines nach dem anderen an ihrem Versteck vorbeitrotteten. Doch keines der Ungeheuer schien sie zu bemerken, und als auch Cenrics schlammbraune Gestalt an ihnen vorbeigeschlichen war, atmete Will erleichtert auf – und verriet damit dummerweise seine und Marens Position, was dem Cenric-Monster leider nicht entging. Sofort hielt das kurzbeinige Ungetüm inne, drehte sich mit leuchtenden Augen wieder um und entdeckte Wills und Marens Versteck binnen eines Wimpernschlages.

»Na, sieh mal einer an, was haben wir denn da? Zwei heimliche Liebende treiben sich auf meiner Inselhälfte herum!«, schnarrte das Cenric-Monster mit unangenehm tiefer Stimme und Maren stieß ein leises, kätzchenhaftes Wimmern aus, als die anderen Adligen ebenfalls umkehrten, um sie und Will in ihrer kleinen Zeltnische zu umzingeln.

Ehe die anderen Ungeheuer sie allerdings erreichen konnten, ertönte ein gellender Schrei aus dem Inneren des Dorfes und eine einheimische Frau rief entsetzt: *»Ataruk, Ataruk!«*, was ›Monster‹ in der Sprache der Eingeborenen bedeutete. Doch leider meinte die Frau damit gewiss nicht Cenric und seine Anhänger, denn dafür war ihre Stimme viel zu weit entfernt. Vermutlich hatte die Einheimische lediglich ein anderes frei umherlaufendes Ungeheuer in der Dorfmitte entdeckt. Aber zumindest ließ ihr Geschrei Cenric und seine Anhänger kurz verwirrt innehalten.

Cenric schien das Wort ebenfalls zu verstehen, denn er verzog verdrießlich seine braune Schnauze und grollte: »Amaturuk, geh mit den anderen ins Dorf und bring den Narren um, der hier Unruhe stiftet! Palani und ich werden alleine mit diesen beiden Spionen zurechtkommen.«

Amaturuk entfuhr ein missmutiges Knurren. »Warum darf Palani hierbleiben und ich nicht?«, murrte er und Will nutzte die Gunst der Stunde, um sich mit Maren an seiner Seite langsam zum Fluss zurückzuschleichen. Doch leider gelang es Cenric, die anderen verwandelten Adligen davonzuschicken, ehe Will und Maren sich ganz aus dem Staub machen konnten.

»Wo wollt ihr zwei Turteltäubchen denn so eilig hin, mhm?«, schnurrte er leise und zu Wills grenzenlosem Unglauben war es Maren, die Cenric mit einer seltsamen Mischung aus Entsetzen und Abscheu in der Stimme antwortete.

»Wir wollen nur weg von *dir* und den anderen Ungeheuern!«, schleuderte sie dem schlammbraunen Cenric und dem graugrünen Palani angewidert entgegen.

Doch Cenric lachte daraufhin nur ein heiseres, tierisches Lachen.

»Ach, das ist ja niedlich! Du willst vor uns ›Ungeheuern‹ davonlaufen und nimmst Willi dabei mit? Ich dachte immer, du bist ein kluger Kürbis! Hast du denn nicht begriffen, dass er *auch* ein Ungeheuer ist? – Palani, zeig unserem Kürbis doch, woraus Willi wirklich gemacht ist! Bring ihn hier zu mir ins Licht!«, befahl Cenric und nickte dabei mit seiner kurzen Schnauze auf einen geisterhaft blauen Flecken Schnee, der auf unheilvolle Weise von den ersten Nordlichtern am Himmeln beleuchtet wurde ...

Sofort bekam Will ein flaues Gefühl in der Magengrube und suchte instinktiv nach einer seichten Stelle im Fluss, über die er auf die andere Inselseite zurückkam. Aber ehe er eine solche Furt gefunden hatte, war Palani auch schon an seiner Seite aufgetaucht und stieß ihn mit seinem riesigen Monsterkopf in den Schein des grünblauen Polarlichts hinein.

Unbeholfen stolperte Will nach vorne und zog Maren, die ihn noch immer ängstlich umklammerte, versehentlich mit sich. Doch als er einen Wimpernschlag später von dem schauerlichen Polarlicht berührt wurde, ließ Maren so jäh von ihm ab, als hätte seine Haut auf einmal Feuer gefangen. Irritiert starrte Will auf seine rechte Hand, an der die Haut tatsächlich merkwürdig kribbelte, und ihn packte augenblicklich eiskaltes Entsetzen. Am Ende seines rechten Armes befand sich keine Hand mehr, sondern eine gigantische, weißblonde Bärenpranke, die mit perlmuttfarbenen Schuppen durchsetzt war.

Versuchshalber krümmte Will die Klauen der Pranke zu einer Faust zusammen und musste erschüttert feststellen, dass die pelzigen Glieder ihm sofort gehorchten ...

»Tja, da hast du es, Kürbis«, grollte der verwandelte Cenric mit blitzenden Fangzähnen. »Es gibt keine Monster hier auf Beli – nur Edelmänner, die vor langer Zeit von einer rachsüchtigen Hexe verflucht worden sind und sich nun in jeder Winternacht aufs Neue in Ungeheuer verwandeln müssen. Und erst wenn auch das letzte Polarlicht wieder im Morgengrauen verloschen ist, werden all die feinen Herrschaften wieder zu Menschen und können sich an rein gar nichts mehr erinnern ... Nun, die meisten von uns. Manche können sich irgendwann allerdings gar nicht mehr zurückverwandeln und manche sind wie ich und können auch nachts ganz klar sehen und fühlen, was sie tun – meinen holzköpfigen Freunden habe ich es zum Beispiel auch beigebracht ...«, sinnierte Cenric gedankenverloren vor sich hin, doch Will hörte ihm nicht mehr zu.

»Das kann unmöglich wahr sein!«, entfuhr es ihm, obwohl er vor wenigen Augenblicken erst gesehen hatte, wie Männer, die er schon seit seiner Kindheit kannte, sich vor seiner Nase in Ungeheuer verwandelt hatten. »*Wir* können unmöglich die Ungeheuer sein! Das hätten wir doch gemerkt! Jemand hätte uns sehen müssen, wie wir uns verwandeln – unsere Frauen und deren Hofdamen, sie hätten –«

»Hätten was? Uns von ihrem Frauentrakt am anderen Ende des Schlosses aus beobachten müssen? Nachts, wo sich alle Adligen in ihren Zimmern einschließen? Denkst du wirklich, es ist ein *Zufall*, dass Männer und Frauen hier auf Wjallvit so weit wie möglich voneinander entfernt schlafen? Und denkst du, dass ich den glitzernden Gänsen, die nachts auf dem Weg zu ihren Liebhabern trotzdem ihre Zimmer verlassen, erlauben würde, unser Geheimnis in der Weltgeschichte herumzutratschen, bis ein Haufen wütender Bauern mich und meine Freunde mit brennenden Fackeln aus dem Schloss jagt?!« Das schlammbraune Cenric-Monster lachte grollend auf, und als es Wills entsetztes Gesicht bemerkte, gluckste es sogar noch ein wenig lauter.

»*Du* hast die Adligen ermordet, die in den letzten Jahren nachts in unserem Schloss umgekommen sind?!« Wills Stimme bebte nur so vor lauter Unglauben und Panik. Er befand sich offenbar in der Gegenwart eines Wahnsinnigen!

Cenric zuckte nur mit seinen pelzigen Schultern. »Die meisten von ihnen zumindest – die, die genug Pech und Grips hatten, um die Wahrheit über den Fluch dieser Insel herauszufinden. Wie du in diesem Königskampf überhaupt so lange durchhalten konntest, ist mir wirklich ein Rätsel, Willi. Du hast bestenfalls den Intellekt eines abgehalfterten, alten Maultieres! Hat es dich denn niemals gewundert, dass du morgens ständig neben deinem Bett aufgewacht bist, dass dein Zimmer jede Nacht aufs Neue verwüstet wurde oder dass die Schlösser deiner Türen meistens alle *von innen* aufgeschlossen wurden? Hast du etwa ernsthaft geglaubt, die süßen kleinen Wintergeister hätten all das getan?«

»Entweder das oder er war abends immer zu betrunken, um sich am nächsten Morgen noch an irgendetwas zu erinnern, immerhin hat unser zarter Will noch nie viel Rosenwein ausgehalten«, warf Palani spöttisch in die Runde, doch Will hörte ihm gar nicht mehr richtig zu. In seinem Kopf fügten sich gerade alle Puzzleteile zu einem unheimlich sinnvollen Gesamtbild zusammen und er dachte daran, wie ungewöhnlich mord-lustig Cenric vor zwei Monden auf Marens Nachforschungen in der Waldruine reagiert hatte und wie seltsam verwüstet sein Zimmer nach seiner katastrophalen Hochzeitsnacht gewesen war – ganz so als wäre ein riesiges Tier hindurchgelaufen ...

Will meinte nun auch, sich an neblige Träume mit juwelengeschmück-ten Untieren und teerbedeckten Edeldamen zu erinnern, die ihm nachts immer durch den Kopf gegeistert waren. Und er dachte an die merk-würdigen Blutergüsse und Schürfwunden, mit denen er manchmal aufge-wacht war, und daran, dass er sich morgens nicht selten auf seinem teuren Bettvorleger aus Eisbärenfell wiederfand und nicht in seinem prunkvol-len, weichen Himmelbett ... Will hatte sich das bisher allerdings immer mit einer weiteren weinlastigen Nacht erklärt, die er mit irgendeiner gesichtslosen Adligen mit spitzen Fingernägeln oder sehr ausgefallenen Vorlieben verbracht und am nächsten Tag wieder vergessen hatte. Man hörte irgendwann auf, sich über solche Kleinigkeiten zu wundern, in einem Schloss, in dem es im Sommer üblich war, unter dem Zauber des hypnotischen Rosenweins wilde Feste und noch wildere Nächte zu ver-leben und am nächsten Morgen wieder zu vergessen, sodass niemand sich im Dunkeln zurückhalten oder hinterher Verpflichtungen eingehen musste ... Und selbst wenn all das rückblickend etwas fadenscheinig klang, hatte Will tagsüber mit seiner Königswahl, diesem unergründlichen Geistermädchen und Maren schließlich schon genug Probleme am Hals gehabt, um eine so einfache und inseltypische Erklärung weiter zu hinterfragen. Zumal die Vorstellung, dass all diese Dinge daran lagen, dass er nachts als Ungeheuer durch die Schlossgänge stromerte, noch viel irrsinniger klang!

»Und wieso kann ich mich an nichts aus all diesen Nächten erinnern, aber du kannst dich jetzt seelenruhig mit mir darüber unterhalten?«, fragte Will, während er noch immer verzweifelt nach einem Weg suchte, um Cenrics Worte zu widerlegen. Er wollte kein Monster sein! Er *durfte* kein Monster sein!

Doch Cenric ließ sich nicht aus der Ruhe bringen und sein raubtierartiges Lächeln wurde so breit, dass sein gesamtes Gesicht nur noch aus Zähnen zu bestehen schien. »Tja, Willi, für mich gelten eben andere Regeln. Ich kann kontrollieren, was nachtsüber mit mir passiert, weil ich die Augen nicht vor dem verschließe, was ich bin. Ich will mich an das erinnern, was im Dunkeln geschieht, und deshalb tue ich es auch. Du bist allerdings zu schwach, um die Wahrheit über Belis Ungeheuer und dich selbst zu ertragen. Und weil du deine wahre Natur verleugnest, vergisst du auch alles wieder. Du bist genauso erbärmlich wie all die anderen weichen Lords, die die Wahrheit nicht akzeptieren. Das Witzige daran ist, dass die Schwächlinge immer die Ersten sind, die sich am Ende der Nacht gar nicht mehr zurückverwandeln können und dann für immer in ihrer Monsterform gefangen bleiben. Auf die eine oder die andere Weise holt unser wahres Wesen uns irgendwann eben alle ein!«

Will zuckte bei dieser Vorstellung entsetzt zusammen, doch ehe er etwas erwidern konnte, hatte Maren das Wort wieder an sich gerissen.

»Will ist also schwach, ja? Und du bist ›stark‹, nur weil es dich nicht stört, nachts zu einem blutrünstigen Ungeheuer zu werden?!«, schleuderte sie Cenric ungläubig entgegen. »Das sind Menschen, die du und deine Freunde nachts umbringt, Cenric! Echte, lebende Menschen mit Hoffnungen und Träumen! Und auch dieses Ungeheuer, das Amaturuk gerade durchs Dorf jagt, ist ein Mensch! Du musst ihn und die anderen sofort zurückrufen und … Oh, bei den Göttern! All diese Ungeheuer, die die Schwarzen Witwen getötet haben … Sie waren auch …« Marens

Stimme brach und sie sah aus, als wollte sie vor lauter Entsetzen am liebsten laut losweinen – was Cenric offenkundig genoss. Doch Maren riss sich zusammen und redete wie besessen weiter: »Wir müssen es den Leuten hier auf Beli sagen! Wir müssen ihnen sagen, dass es die Lords sind, die sich in Monster verwandeln, und wir müssen alle Edelmänner an einem sicheren Ort einsperren und die Frauen am besten ganz woanders unterbringen und –«

»Ah, ich dachte mir schon, dass du so etwas Dummes vorschlagen würdest, Kürbis. Um ehrlich zu sein, habe ich es sogar gehofft«, schnurrte Cenric mit einem süffisanten Haifischgrinsen. Und Will musste machtlos mitansehen, wie der schlammbraune Cenric und der graugrüne Palani sich langsam über die Zähne leckten und dann wie zwei ausgehungerte Wölfe auf Maren zuschlichen. Am liebsten wäre er jetzt einfach auf Maren zugerannt oder hätte ihr eine rasche Warnung zugerufen, aber Will war auf einmal wie gelähmt vor lauter Entsetzen. Und leider war auch Maren noch so sehr in ihrem eigenen Elend gefangen, dass sie von der drohenden Gefahr gar nichts mitbekam.

»All diese Menschen, oh, all diese Menschen, die wir getötet haben …«, murmelte sie unentwegt in sich hinein, »Wir müssen sofort einen Weg finden, um diesen Fluch zu brechen! Und bis wir es geschafft haben, müssen wir alle Lords an einen sicheren Ort sperren! Auf Wjallvit sind zwar viele Schlösser und Riegel, aber die nützen rein gar nichts! Ich habe gesehen, wie die verwandelten Lords sie mit ihren Klauen öffnen! Am besten wir bringen alle Lords auf einer kleinen Insel oder einer großen Eisscholle am Strand unter, bis wir einen Weg gefunden haben –«

»Willst du mich eigentlich zum Lachen bringen, Kürbis? Oder denkst du wirklich, dass ich wegen ein paar toter Bauern auf meine Krone verzichte und zulasse, dass der gesamte Inseladel entehrt wird, indem er sich einfach wegsperren lässt wie ein Rudel räudiger Köter?!«, knurrte Cenric ungeduldig.

Doch Maren war zu geschockt, um den mörderischen Unterton in Cenrics Stimme zu bemerken, und so schrie sie nur verzweifelt: »Das kannst du nicht machen! Du verurteilst damit unschuldige Menschen zum Tod! Menschen, die du zu beschützen geschworen hast! Nicht einmal du kannst so ein selbstsüchtiger Bastard sein!«

263

Will gefror bei diesen Worten das Blut in den Adern und Cenric riss endgültig der Geduldsfaden. Er wurde nicht gern herausgefordert. Besonders nicht von Frauen.

»Du bist ganz schön vorlaut geworden, Kürbis, das gefällt mir nicht. Vielleicht sollte ich dem armen Will noch zeigen, wie man seine Frau richtig erzieht, bevor ich euch beide umbringe. Meine Methoden haben bei Erika am Anfang unserer Ehe Wunder gewirkt, weißt du?«, bemerkte Cenric in nahezu beiläufigem Tonfall.

Maren jedoch wachte bei der Erwähnung des Wortes *umbringen* langsam wieder aus ihrer Trance auf und wich eilig vor Cenric zurück, bis sie gegen Palanis breite, pelzige Brust stieß und leise zu wimmern begann. *Endlich verstehst du,* dachte Will und drückte bebend Marens Hand, obwohl er selbst nicht so ganz begreifen konnte, was hier gerade vor sich ging.

Das ist doch alles Wahnsinn! Ich kenne Cenric schon fast mein gesamtes Leben lang! Er kann mich nicht umbringen! ... Andererseits habe ich Cenric auch jagen sehen, ich habe das Leuchten in seinen sonst so gelangweilten Augen gesehen und wir wären ja nicht die ersten Menschen, die er auf dem Gewissen hätte ...

Will sah kurz prüfend in Cenrics kleine Monsteraugen und entdeckte dort nichts außer Mordlust und funkelndem Hass. Und er musste sich nicht einmal zu Palani umdrehen, um zu wissen, dass er nicht minder blutdürstig dreinsehen würde. *Dieser Nichtsnutz lebt immerhin nur dafür, um nachzumachen, was man ihm vorführt.*

Fluchend klammerte Will sich an den glänzenden Knauf seines Zierschwertes, aber er brachte nicht den Mut auf, es auch zu ziehen, weil er fürchtete, Cenric und Palani damit nur unnötig zu provozieren.

»Du kannst uns nicht einfach umbringen, Cenric!«, rief er dem kurzbeinigen braunen Monster mit bebender Stimme entgegen.

Doch Cenric gluckste nur amüsiert.

»So, und warum nicht? Weil du so ein furchtloser Krieger bist, Willi?«

»Weil ...« Will leckte sich nervös über die Lippen und kramte in seinem Kopf nach irgendeinem guten Grund. Er spürte deutlich, wie Maren neben ihm zitterte, und das machte die Angelegenheit nicht gerade besser. »Weil es sehr verdächtig sein würde, wenn Maren und ich kurz vor dem Ende der Königswahl *zufällig* auf *deiner* Seite der Insel umkommen würden, meinst du nicht auch?«

Cenric lachte nur noch lauter und hob demonstrativ seine messerscharfen Krallen. »Keine Sorge, Willi, ich werde es so aussehen lassen, als wärt ihr von Monstern zerfetzt worden, und eure Leichen werde ich danach mit Palanis Hilfe in den *Singenden Wald* schaffen. Dort wird eine Jagdgesellschaft früher oder später eure Überreste finden, und da jeder auf der Insel weiß, dass ihr zwei gerade Monster jagt, wird man euren Tod als tragischen Unfall abtun und mich gelassen zum König wählen.«

Diese Aussicht verschlug Will kurz den Atem, sodass Maren rasch für ihn einspringen musste.

»Eine schöne Idee, aber zu deinem Pech sind Ilisil und die Schwarzen Witwen auch hier. Sie werden allen sagen, wo wir zuletzt waren, und dich so auffliegen lassen!«, prophezeite Maren dem schlammbraunen Cenric-Ungeheuer drohend.

Doch Cenric bleckte nur träge seine scharfen Fangzähne, als wollte er ein ironisches Lächeln versuchen. »Du bist wirklich mit diesen männermordenden Einsiedlerinnen hier, Willi? Wie ... *interessant* ...«, grollte er nahezu gelassen an Will gewandt. »Aber damit werde ich auch noch fertig. Ein paar Aussätzige wird schließlich niemand vermissen. Ilisil würde ich allerdings nur äußerst ungern töten, sie ist so ein hübsches Ding und würde sich gut als Königin an meiner Seite machen«, seufzte Cenric, ehe er seine schlammbraune Pranke hob, um Will damit von oben bis unten sauber aufzuschlitzen.

»Cenric, das ist doch alles Wahnsinn! Niemand muss umgebracht werden! Wir sind doch beide zivilisierte Menschen! Ich schwöre dir: Ich und Maren werden niemandem ein Wort über die Monster verraten! Und da ich diese Wahl ohnehin so gut wie verloren habe, wäre es doch viel besser für dich, uns am Leben zu lassen und deine Krone einzustreichen, anstatt so kurz vor dem Ende der Königswahl noch in einen Mordfall verwickelt zu werden!«, mahnte Will verzweifelt.

Doch Cenrics Verstand schien in weite Ferne gerückt zu sein, denn in seinen kleinen Augen spiegelte sich nichts außer tierischer Mordlust wider und alles, was er auf Wills Worte hin erwiderte, war: »Ich denke, dieses Risiko gehe ich ein, Willi. Was meinst du, soll ich dich persönlich töten oder Palani lieber die Ehre erweisen und dafür unseren kleinen Kürbis schlachten, mhm? Deine Entscheidung, Willi, nur entscheide dich schnell.«

Cenric und Palani schlichen näher an Maren heran und Wills Herz donnerte noch ein wenig heftiger gegen seine Brust, als er das mitansehen musste. Die beiden Ungeheuer erinnerten ihn lebhaft an zwei fellbedeckte Haie, die kurz davor waren, ihr Opfer auseinanderzureißen ... Mühsam nahm Will all seinen spärlichen Mut zusammen und zog sein Silberschwert aus der Scheide.

»Ich hätte da noch einen dritten Vorschlag, Cenric: Warum lässt du Maren nicht zur Abwechslung einmal in Ruhe und legst dich mit jemandem an, der sich auch wehren kann?!«

Kaum dass Will diese Worte gesagt hatte, verfielen Cenric und Palani in ein grollendes Lachen. Die beiden nahmen ihn offensichtlich kein bisschen ernst, doch zumindest ließen sie Maren nun für einen Moment aus den Augen, und als Will erkannte, dass das seine Chance war, umklammerte er den kalten Knauf seines Silberschwertes noch ein wenig fester und schrie: »Lauf, Maren!«, ehe er mit erhobener Klinge auf Cenric und Palani zustürmte.

Es war der blanke Wahnsinn und hatte rein gar nichts mit jener heldenhaften Rettungsaktion zu tun, die Will sich in Gedanken ausgemalt hatte. Er musste ja schon fast seine gesamte Kraft aufwenden, um die Klinge in seiner rechten Hand ruhig zu halten und nicht in ein haltloses Zittern zu verfallen. Und Cenric nahm ihn trotzdem nicht wirklich ernst.

»Was willst du denn mit diesem silbernen Zahnstocher, Willi? Mir Angst machen?«, spottete er ungerührt und mit einem schmalen Blick auf die fliehende Maren fügte Cenric hinzu: »Palani, hol unseren hinkenden Kürbis zurück! Aber bring sie noch nicht um – Willi möchte offensichtlich, dass seine Gemüsefreundin langsam stirbt.«

Palani rannte auf Cenrics Befehl hin wie ein riesiger graugrüner Hund hinter Maren her, doch Will konnte nicht sehen, ob Maren Cenrics Handlanger entkommen konnte, da Cenric in diesem Moment blitzartig seine Pranken hochriss und sie mit tödlicher Präzision auf Wills Kehle zufahren ließ.

Instinktiv hob Will sein funkelndes Schwert und schaffte es im letzten Augenblick, Cenrics Hieb abzublocken. Leider schlugen die Klauen des Cenric-Monsters dabei allerdings tiefe Kerben in Wills dünne Klinge und er verfluchte seine eigene Eitelkeit. *Lord Rorick hatte recht,*

Silberschwerter sind tatsächlich völlig nutzlose Waffen! Mühevoll schob Will Cenrics massive Pranken zur Seite. Doch er spürte die rohe Kraft, die in Cenrics Klauen lag, und ahnte, dass er Cenrics nächsten Hieb nicht würde ablenken können.

Ich kann Maren nicht beschützen und mich selbst kann ich auch nicht beschützen. Wir werden beide sterben, wenn Cenric nicht wundersamerweise wieder zur Vernunft kommt, erkannte Will und eine Woge der Angst riss an seinen Eingeweiden. Er wollte nicht sterben, noch nicht! Aber Cenric war einfach zu stark …

»Das Polarlicht, Will! Geh in das Polarlicht und verwandle dich auch!«, schrie Maren plötzlich und Will sah, dass sie nur wenige Armlängen neben ihm von Palanis grauen Pranken in den Schnee gedrückt wurde.

Panisch sah Will zu den ersten Nordlichtern am Himmel hinauf, von denen sich einige direkt neben Maren im bleichen Schnee widerspiegelten. Vermutlich würde dieser kleine Lichtfleck schon reichen, um ihn zu verwandeln … Aber Will wagte es nicht, das auszuprobieren, denn was würde es schon nützen, wenn er sein Bewusstsein verlor und sich in eine mordlustige, schlafwandelnde Bestie verwandelte?

»Will! Tu es! Bitte, du musst mir vertrauen! Ich glaube, ich kenne das Monster, in das du dich verwandelst! Es ist weiß und es ist gutartig!«, schrie Maren ihm abermals zu. Doch Will wandte sich nach kurzem Zögern kopfschüttelnd von den Polarlichtern ab. Es wäre Wahnsinn, sich willentlich in ein Ungeheuer zu verwandeln! Was, wenn er Maren dabei am Ende selbst umbrachte oder sich nie mehr zurückverwandeln würde?!

Schaudernd entfernte sich Will von dem grünblauen Lichtfleck, und als das kurzbeinige Cenric-Monster im nächsten Augenblick wieder mit seinen riesigen Pranken ausholte, machte Will unbeholfen einen Satz zur Seite und brachte Cenric so erneut zum Lachen.

»Was für ein strahlender Held du doch bist, Willi! Du schlotterst ja vor Angst!«, grollte Cenric düster.

Aber Will überhörte seinen Spott und sah erneut panisch zu Palani hinüber, der Maren immer noch mit seinen gewaltigen Pranken in den Schnee drückte und lange gelbliche Sabberfäden auf ihr Gesicht tropfen ließ. Trotz Cenrics Befehl sah Palani gerade aus wie ein riesiger, edelsteinbedeckter Wolf, der kurz davor war, Maren mit Haut und Haaren zu verschlingen …

Will wurde eiskalt bei diesem Gedanken und in einem neuerlichen Anflug von Irrsinn packte er sein Schwert am Knauf und warf es wie einen Speer auf Palanis bullige Gestalt. Die silberne Klinge flog überraschend gerade durch die eisige Winterluft. Aber bevor Will sehen konnte, ob sein Schwert Palani tatsächlich getroffen hatte, biss ihm auf einmal ein unbeschreiblicher Schmerz in die linke Seite und raubte ihm den Atem. Cenric hatte ihn in seiner Unachtsamkeit getroffen und nun begann die gefrorene Eiswüste sich vor Wills Augen langsam zu drehen ... Er meinte jedoch, so etwas wie Blut auf Palanis graugrüner Gestalt auszumachen, und Marens entsetztem Schrei zufolge hatte Will zumindest einen der beiden Bastarde mit seinem Schwert erwischt. Im Augenblick konnte er sich allerdings nicht darüber freuen. Seine Wunde schmerzte zu sehr und Cenric war ihm noch immer viel zu nah ...

Also rannte Will so schnell er konnte auf Marens flammendrote Silhouette zu und die Panik, die seinen Körper durchströmte, beschleunigte seine Schritte und ließ die Welt um ihn herum langsam wieder an Konturen gewinnen. Als er Maren erreicht hatte, gelang es Will sogar, sie mit einem einzigen panischen Ruck auf die Füße zu ziehen. Doch er machte sich keinerlei Illusionen. Er wusste wohl, dass mit jedem neuen Atemzug mehr Blut und damit auch mehr Kraft aus seinem Körper herausströmte und er schon bald nicht einmal mehr zum Wegrennen taugen würde. Deswegen war Will auch umso entschlossener, sich und Maren so schnell wie möglich in das Niutak-Dorf zu bringen. Denn wenn sie dort nur laut genug um Hilfe schreien würden, würden die Eingeborenen gewiss herbeieilen und Cenric und Palani mit ihren Speeren bekämpfen – doch so weit mussten sie erst einmal kommen. Und Will spürte deutlich, dass sich seine Kraft nun, wo er Maren hinter sich herzog, mit jedem neuen Schritt halbierte und dass Cenric ihnen dicht auf den Fersen war ...

»Gib es auf, Willi! Du warst mir noch nie gewachsen und jetzt kannst du deinen Kürbis nicht länger beschützen!«, grollte Cenric direkt hinter ihnen.

Und Maren, die bei ihrem alten Spottnamen wie immer zusammenzuckte, stolperte jäh über einen schneebedeckten Stein und fiel zu Boden.

Instinktiv ließ Will sie los, um nicht mit ihr hinzustürzen. Und ohne dass er es bemerkt hatte, waren seine Beine schon zwei ... drei ... vier Schritte ohne Maren weitergelaufen und hatten sie im Schnee zurückgelassen ...

Ohne es zu wollen, rannte Will allein die kleine Anhöhe hinauf, während sein Herz ihm wie fleischgewordene Angst in der Brust hämmerte. *Ich muss umkehren und ihr helfen!*, dachte er endlich und warf einen hastigen Blick über die Schulter.

Maren war wieder aufgestanden. Ihre Frisur hatte sich gelöst und das schneebedeckte Haar fiel ihr nun wie ein verlöschendes Feuer den Rücken hinab. *Sie wird sterben. Sie ist mit ihrem kaputten Knöchel zu langsam, um Cenric zu entkommen!*, erkannte Will und der Gedanke war schwer genug, um seine feigen Beine endlich anzuhalten. Er ballte die Hände zu Fäusten und machte einen entschlossenen Schritt auf Cenric und Maren zu.

Vermutlich werde ich auch sterben, wenn ich ihr helfe, schoss es Will unwillkürlich in den Sinn, doch er zwang sich, dennoch weiterzugehen. Er war zwar verletzt und unbewaffnet und konnte Maren im Grunde nicht helfen, aber er wollte sie nicht zurücklassen. Er wollte kein Feigling mehr sein, also würde er ihr eben vertrauen müssen. Er würde ins Nordlicht treten und sich auch in ein Ungeheuer verwandeln wie Cenric, und selbst wenn er dann dazu verdammt war, für den Rest seiner Tage ein Monster zu sein, würde er zumindest Marens Leben gerettet haben …

Entschlossen machte Will noch einen großen Schritt auf die beiden zu, doch dann stellte sich ihm plötzlich das weiße Geistermädchen in den Weg – schöner und wirklicher, als Will es je gesehen hatte. Ihre rosenroten Lippen waren unbewegt, aber als sie Wills Handgelenk umschloss und ihn mit riesengroßen, dunklen Augen ansah, wusste Will instinktiv, was sie ihm sagen wollte: *Verlass mich nicht, ich warte doch auf dich!*

Aber wo wartest du denn?!, wollte Will verzweifelt rufen, doch sein Mund war wie zugefroren und das Geistermädchen gab ihm keine Antwort auf seine Gedanken. Sie nahm lediglich ihre kalten Hände von Wills bebendem linken Arm und strich kurz um ihn herum wie eine Katze, ehe sie sich elegant umdrehte und mit wehendem Haar zum Dorf zurückrannte.

Wills Beine folgten dem Wintergeist, ohne nachzudenken – einfach, weil sich jede Faser seines Körpers danach verzehrte, dieses wunderschöne Geschöpf zu berühren, es festzuhalten und nie wieder gehen zu lassen. Doch natürlich wurde das Mädchen von dem nächsten Windstoß einmal mehr davongeweht wie eine blasse Nebelwolke. Und erst als Will wieder allein auf dem kleinen Hügel war und seine kraftlosen Beine und sein schweres Gewissen spürte, kehrten die Gedanken in seinen Kopf zurück.

Ich bin wahnsinnig! Ich bin ein selbstsüchtiger Feigling ... Ich ... Nein ... nein, ich tue das einzig Richtige! Ich rette Maren, indem ich ins Dorf zurückgehe! Dort sind Ilisil, die Witwen und ein Haufen fremder Niutak! Sie können Maren helfen und Cenric zur Strecke bringen! Sie können so viel mehr ausrichten als ich allein! Ja ... Hilfe holen ist vernünftiger, als mit uralten Flüchen zu spielen und sich auf gut Glück in ein Ungeheuer zu verwandeln, redete Will sich verzweifelt ein, während er auf das weiße Dorf zurannte und in der Sprache der Eingeborenen »Ataruk! Ataruk!« schrie. Er betete, dass sein Niutaruk gut genug sein würde, damit die Eisnomaden ihn verstanden. Und auch wenn Will zwischendurch immer wieder schwarz vor Augen wurde und seine schwachen Beine mittlerweile wie Feuer brannten, hörte er nicht auf, zu rennen und zu schreien. Er musste einfach jemanden auf sich aufmerksam machen, ehe es zu spät war!

Marens gesamter Körper war mit Schmerz gefüllt, als sie mit Cenric im Nacken durch den hohen Pulverschnee humpelte. Doch es war nicht ihr brennender Knöchel, den sie sich bei ihrem zweiten Sturz wohl verstaucht hatte, der ihr die Tränen in die Augen trieb. Nein, es war die Tatsache, dass Will sie hier einfach zum Sterben zurückgelassen hatte, die Maren leise aufheulen ließ. In dem Augenblick, in dem Will sich umgedreht hatte und davongerannt war, schien ihr Herz glatt in zwei Hälften zerbrochen zu sein und kurz überlegte Maren, ob sie nicht einfach stehen bleiben und sich Cenric stellen sollte.

Dann hätte das alles endlich ein Ende, dachte sie. Doch der Gedanke daran, *wie* dieses Ende mit Cenric als Henker wohl aussehen würde, versetzte Maren in Panik und brachte sie trotz all ihres Elends dazu, so schnell sie konnte durch den Schnee zu humpeln.

Im Gegensatz zu dem verwandelten Cenric besaß Maren aber nur zwei Beine, von denen eines auch noch fürchterlich schmerzte, und so dauerte es nicht lange, bis Cenric sie eingeholt hatte und das Sirren seiner Monsterklauen blitzartig durch die Luft schnitt.

Maren wollte sich noch umdrehen, um herauszufinden, auf welcher Seite sie Cenrics Angriff ausweichen konnte. Doch es gelang ihr nicht einmal mehr, einen Finger zu krümmen, bevor Cenrics Krallen sich jäh in ihre Taille gruben und ihre gesamte Körpermitte mit Schmerz überzogen. Es war zwar kein tiefer Schnitt, aber Maren schrie dennoch gequält auf und Cenric erwiderte ihren Schrei mit einem kurzen freudigen Lachen, das Maren an einen kleinen Jungen erinnerte, der ein neues Spiel entdeckt hatte. Der Gedanke bereitete ihr Übelkeit und der Schmerz an ihrer Hüfte ließ die weiße Welt um sie herum wanken wie das Innere einer Schneekugel. Maren konnte nicht einmal sagen, ob der schlammbraune Cenric rechts oder links von ihr war. Sie rannte einfach auf gut Glück weiter in das Weiß hinein und presste dabei unbeholfen eine Hand auf ihre längliche Wunde.

»Warum zögerst du das Unvermeidbare noch heraus, Kürbis? Glaubst du allen Ernstes, dein geliebter Will kommt zurück, um dich zu retten?«, spottete Cenric plötzlich direkt an ihrem rechten Ohr und Maren sah aus dem Augenwinkel, wie er drohend seine glänzenden Klauen krümmte. Doch ihr war, als hätte Cenric ihr eben schon mitten ins Herz gestochen, denn sie wusste, dass Will gewiss nicht um ihretwillen zurückkommen würde. Sie war ganz allein – und gleich war sie tot, da Cenric sie mit seinen gebleckten Zähnen auf den breiten Fluss *Igarras* zutrieb, der die beiden Inselhälften Belis offiziell voneinander trennte.

Unausweichlich kam Maren dem dunklen Strom näher. Und als sie auf einmal den halb gefrorenen Uferboden unter ihren Füßen spürte und das eisige Flusswasser höhnisch hinter sich rauschen hörte, erfasste sie eine jähe Woge der Verzweiflung. Sie wollte ebenso wenig ertrinken wie von Cenrics funkelnden Klauen aufgespießt werden – obwohl das Wasser ihr vermutlich einen gnädigeren Tod verschaffen würde.

Cenric wartete allerdings nicht, bis Maren sich für einen ihrer beiden Henker entschieden hatte. Mit einem abscheulichen Monstergrinsen hob er erneut seine langen spiegelglatten Klauen und holte weit mit ihnen aus …

Doch gerade als Cenrics Pranke ihren höchsten Punkt erreicht hatte, warf eine schlanke Gestalt Maren unversehens zu Boden und eine schartige Silberklinge zuckte wie ein Blitz durch die Luft.

Im Fluss, der vor Marens Augen träge dahinplätscherte, spiegelte sich neben Cenric plötzlich die elegante Silhouette eines Mannes,

der scheinbar aus dem Nichts aufgetaucht war und den verwandelten Cenric nun mit erhobenem Schwert zurückdrängte. Für einen flüchtigen Augenblick dachte Maren irrsinnigerweise, ein Asuruq – einer der berüchtigten Eisbärenkrieger aus den Legenden der Niutak – wäre einfach aus dem Schnee auferstanden, um sie zu beschützen. Doch dann erkannte sie den altertümlichen ledernen Rittermantel des Mannes wieder, und als er einen Wimpernschlag später mit dunkler Stimme rief: »Habt keine Angst, Prinzessin, alles wird gut!«, war Maren sich ganz sicher, dass Anuaq gekommen war, um sie zu retten.

Unendliche Erleichterung durchströmte Marens Körper, obwohl die Sommerrosen in ihrem Haar bei Anuaqs Erscheinen wütender denn je an ihren Locken umherzerrten. Doch ehe Maren genauer darüber nachdenken konnte, flogen plötzlich rosenrote Blutstropfen durch die Luft, und trotz all ihrer Angst und ihres Hasses auf Gewalt zwang Maren sich, ihre Augen vom Fluss abzuwenden und den Kampf im Schnee mitanzusehen. Wenn Anuaq ihretwegen verletzt worden war, musste sie es wissen!

Doch glücklicherweise war es nur Cenrics Blut gewesen, das vergossen wurde. Anuaq hatte ihm offenbar ein großes Stück seiner langen Monsternase mit dem Silberschwert abgehackt, sodass Cenric das eigene Blut jetzt in tausend kleinen Strömen in sein schlammbraunes Fell rann, wo es zu rotem Eis gefror und seinem Pelz einen schaurigen Schimmer verlieh.

Cenric stand noch einen Augenblick völlig geschockt da, dann stieß er ein ohrenbetäubendes Brüllen aus und der Schmerz über den Verlust seiner Nase versetzte ihn in wilde Raserei. Mit einem gigantischen Sprung setzte er auf Anuaq zu, und ehe Marens guter Geist auch nur sein Schwert heben konnte, riss das Cenric-Monster ihn bereits grob zu Boden. Doch anstatt Anuaq mit seinen messerscharfen Pranken aufzuschlitzen, wandte Cenric sich einen Wimpernschlag später völlig verrückt vor Wut zu Maren um, die noch immer panisch am Rand des großen Flusses lag.

»Dafür wirst du büßen, du elende Festlandhexe! Dieser Dämon ist dein Werk, das erkenne ich sofort!«, grollte Cenric, während ihm das Blut von der verstümmelten Nase aus direkt ins Maul lief. Es war ein schrecklicher Anblick, der Marens Denken kurz völlig vereinnahmte. Und als ihr endlich aufging, dass jetzt ein guter Zeitpunkt wäre, um wegzulaufen, öffnete der schlammbraune Cenric bereits sein blitzendes

Maul und donnerte wie ein fleischgewordener Albtraum auf Maren zu, um sie mit seinen scharfen Reißzähnen auseinanderzunehmen.

Maren warf einen panischen Blick auf den am Boden liegenden Anuaq, der sich gerade wieder aufrappelte. Er schien relativ unverletzt zu sein, aber er war viel zu weit weg, um Maren vor Cenrics zweitem Angriff zu beschützen. Also zwang Maren sich dazu, ihre Angststarre abzuschütteln und von dem gefrorenen Uferboden aufzustehen. Doch als sie wieder auf ihren wackligen Beinen stand, war es abermals zu spät, um Cenrics Angriff auszuweichen. Mit einem gewaltigen Schwung klatschte Cenrics Bärenpranke auf Marens Rücken, und obwohl seine Klauen Marens Haut diesmal nicht durchbohrten, brachte der Schlag sie doch aus dem Gleichgewicht und sie stürzte binnen eines Wimpernschlages in den anschwellenden Fluss.

Die Strömung des *Igarras* war nicht schnell. Doch Maren konnte trotzdem nicht zum Ufer zurückschwimmen, da das eisige Wasser des Flusses sofort in ihre Haut eindrang und sie so steif und schläfrig machte wie einen Fisch kurz vor der Winterstarre ...

»Habt keine Angst, Prinzessin, ich hole Euch da raus!«, schien Anuaq Maren vom Flussufer aus zuzurufen. Aber vielleicht bildete sie sich das auch nur ein und einen Herzschlag später war Maren dann auch mit dem Kopf untergetaucht und hörte nur noch den strömenden Atem des Flusses in ihren Ohren widerhallen.

Ein zerbrochenes Mädchen

In der undurchdringlichen Dunkelheit spürte Maren nichts außer allumfassender Kälte. Doch ihr Kopf war nicht einmal in der Bewusstlosigkeit ruhig und leise. Vielmehr schien das eisige Flusswasser, das mit jedem neuen Herzschlag ein wenig tiefer in Maren eindrang, ihren Geist zurück in eine recht junge und trostlose Vergangenheit zu treiben, in der sie noch nicht mit Will verheiratet gewesen war …

Auch in Marens fünftem Sommer auf Beli hatte Will sie oft als Opfer vorgeschoben, um sich selbst vor den spitzen Zungen der Adligen zu schützen, und dabei hatte Maren damals gedacht, in diesem Jahr würde alles anders werden. Sie hatte Wills Versprechen von einem einsamen Sommerhaus nicht vergessen und den gesamten Winter über sehnsüchtig auf eine Taube gewartet, die ihr den genauen Treffpunkt für die Anreise im nächsten Sommer nannte. Doch es war keine Taube gekommen …

Eigentlich hätte Maren das schon Warnung genug sein müssen, aber da sie eine verliebte Närrin war, wenn es um Will ging, fand Maren sich am Ende des Frühlings trotz aller schlechten Vorzeichen wieder auf Belis funkelndem Haupthafen ein und tatsächlich wurde sie dort bereits von einem übermäßig fein herausgeputzten Will erwartet – nur dass er nicht der Einzige war, der Maren erwartete …

Cenric, Palani, Erika und einige andere Adlige waren Will gefolgt, um Maren ebenfalls zu ›begrüßen‹, und auch Vatoq war zwischen ihnen – angeleint und abgemagert wie immer. Sein Buckel sah sogar noch schlimmer aus, als Maren ihn in Erinnerung hatte, und sie wurde sofort von einer Woge des Mitleids und der Trauer erfasst. Sie hatte sich gefreut, die funkelnde Insel aus der Ferne zu sehen, aber nun wurde sie

wieder an all die Grausamkeit erinnert, die sich auf Beli im Schatten des Glanzes versteckte ...

»Da ist unser kleiner Kürbis ja wieder!«, schnarrte Will plötzlich mit einer kalten und gelangweilten Stimme, die Maren im ersten Augenblick fast für Cenrics gehalten hätte. Nie hatte Will so mit ihr gesprochen und nie hätte sie gedacht, dass er es sein würde, der in diesem Sommer den ersten Hieb auf ihr vernarbtes Selbstbewusstsein austeilen würde ...

Wie geschlagen ließ Maren sich von dem glitschigen Holzsteg auf den gefrorenen Boden Belis zerren und wurde sofort von einer Traube schnatternder Adliger umringt, die sie mit blitzenden Haifischzähnen anlächelten und froh waren, ihr menschliches Spielzeug wiederbekommen zu haben. Nur Vatoq lächelte zaghaft und mitleidig, und obwohl er dabei zwei Reihen schrecklich schiefer und teilweise zerlöcherter Zähne entblößte, war sein Lächeln doch das schönste von allen.

Will sah Maren nach seiner forschen Begrüßung zunächst gar nicht mehr und es kostete sie große Mühe, ihn zwischen all den anderen Adligen auszumachen, da er mit seinem perfekt verstrubbelten Kupferhaar und dem inseltypischen blauen Brokatmantel vollkommen mit der gesichtslosen Menge verschmolz. Ohne seine weißblonden Locken gab es wirklich gar nichts mehr, was Will auf den ersten Blick von einem der anderen Insellords unterschied, und leider schien Will nicht nur sein Haar den anderen Adligen angepasst zu haben ...

Auf dem Weg zu den Pferden sprach er kein Wort mit Maren und überließ sie ganz den Spötteleien der anderen Lords und Ladys, sodass Maren ihre Schritte irgendwann möglichst unauffällig verlangsamte, um sich am Ende der Menschenmenge mit dem angeleinten Vatoq zu unterhalten.

»Es wundert mich immer wieder, dass Ihr freiwillig zu diesen widerlichen Monstern zurückkommt«, murmelte Vatoq irgendwann in der Sprache der Niutak, die er und Maren stets verwendeten, um sich ungehört in Gegenwart der Adligen zu unterhalten.

Maren lächelte gequält und suchte abermals nach Wills maskenhaftem Gesicht in der silber-blauen Menge. »Ich wollte dich wiedersehen und ... Will auch, sonst wäre ich gewiss zu Hause geblieben«, erklärte sie abwesend und fügte dann mit einem Blick auf die Adligen hinzu: »Aber ich vergesse immer, wie schlimm es hier ist. Ich bin wirklich eine dumme Nuss, wieder hierher zurückzukommen ...«

Vatoq schüttelte ernst mit dem Kopf. »Nein, seid Ihr nicht. Die eigenen Erinnerungen können einem üble Streiche spielen. Alles Schöne wird bunter und alles Schlechte versinkt im Nebel«, murmelte er und zuckte anschließend zusammen, als Cenric heftig an seinem schwarzen Halsband zerrte und einen schrillen Pfiff ausstieß.

»Sieh einer an, die beiden Kreaturen haben einander vermisst. Der Kürbis und der Krüppel – ein vortreffliches Pärchen«, gluckste er und läutete so eine Runde schallendes Gelächter ein, die wie ein Nadelregen auf Maren niederging. Sie wusste gar nicht, was ihr mehr wehtat, dass Cenric sie beleidigte oder Vatoq … Doch ihr riesenhafter Freund ertrug den Hohn der Adligen mit totengleicher Ruhe und ließ sich nicht anmerken, dass er sie überhaupt verstanden hatte.

»Lasst sie ihre Witze machen, Prinzessin. Das Glück wird sie eines Tages verlassen, und dann werden sie für alles bezahlen müssen, was sie uns angetan haben«, sagte Vatoq schlicht und so ernst, wie er diese Worte aussprach, klangen sie fast wie eine Drohung. Aber Maren wusste sehr gut, dass es lediglich sein Mantra war, um all das Elend zu überstehen, und so widersprach sie Vatoq nicht, obwohl sie selbst nicht an höhere Gerechtigkeit glaubte.

Marens Mantra war immer Will gewesen. Er hatte ihr in einsamen Augenblicken stets Trost gespendet und ihr Versprechungen gemacht, bei denen die Hoffnung wie ein scheues Schneeglöckchen in ihrem Herzen aufgeblüht war. Doch nun hatte Will schon so oft gesagt, dass sich im nächsten Sommer alles ändern würde, ohne dass sich etwas geändert hatte. Und sein Plan von einem geheimen Anwesen war offensichtlich genauso gestorben wie seine Freundlichkeit gegenüber Maren – nur warum?

Warum. Diese Frage geisterte Maren den gesamten Weg zurück nach Vinduras ruhelos im Kopf umher, ohne dass sie eine Antwort darauf fand. Und als der Adel Wills lauschiges Landschloss schließlich erreicht hatte, kam Maren leider auch sofort auf ganz andere Gedanken …

Nachdem Cenric Vatoq nämlich zum tausendsten Mal als menschlichen Schemel missbraucht hatte, um von seinem Pferd zu steigen, entfernte sich Vatoq eilig von den jungen Lords und Ladys und versuchte schweigend, sich Cenrics dunklen Fußabdruck von seinem Buckel zu wischen. Doch ehe Vatoq sein zerlumptes Hemd ganz vom Staub befreien konnte,

packte Will auch schon seinen verschlissenen Kragen und zerrte Vatoq grob in eine schattige Ecke direkt neben dem Schlosseingang.

Die Adligen bekamen von alledem jedoch nichts mit, da sie gerade vollauf damit beschäftigt waren, Erikas neue Silbertrense mit den purpurfarbenen Troddeln zu bewundern. Und weil Maren auf keinen Fall allein bei Cenric und den anderen Adligen zurückbleiben wollte, schlich sie ihren beiden Freunden eilig hinterher. Was sich allerdings als großer Fehler herausstellen sollte ...

»Lass meine Freundin in Ruhe, du wertlose Kreatur! Sie macht sich auch ohne deine Hilfe schon lächerlich genug!«, knurrte Will, kurz nachdem Maren in Hörweite gelangt war.

Maren zuckte instinktiv zusammen und duckte sich leicht, wie so oft, wenn man sie in letzter Zeit beleidigte. Doch leider trat sie dabei geräuschvoll auf einen kleinen Kiefernzweig und verriet damit ihre Anwesenheit.

Ungehalten wirbelte Will herum und richtete seinen stark beringten Zeigefinger auf Maren. »Da bist du ja schon, Kürbis, du kommst wie gerufen!«, lallte er wütend in ihre Richtung. »Irgendwie war mir klar, dass du deinem missratenen Riesenfreund nachrennen würdest! Dabei solltest du es eigentlich besser wissen und dich nicht mit Cenrics persönlichem Hausungeheuer herumtreiben!« Wills Stimme bebte leicht, während er sprach, und kurz glaubte Maren, so etwas wie Eifersucht in seinen Augen aufflammen zu sehen ...

»Willst du denn, dass man dich ewig verspottet, verdammt noch mal? Kannst du dich nicht endlich zusammenreißen und dich an die Leute hier anpassen?! Dann könnten wir vielleicht zur Abwechslung mal einen schönen Sommer auf Beli verbringen und ich müsste mich nicht andauernd für dich schämen!«, warf Will ihr plötzlich an den Kopf und der säuerliche Geruch von zu starkem Rosenwein wehte Maren entgegen. Sie rümpfte die Nase und wollte sich mit brennenden Augen von Will abwenden, doch er ließ es nicht zu und packte sie ebenso grob am Arm, wie er zuvor Vatoq gepackt hatte.

»Nichts da! Du siehst mir gefälligst in die Augen, wenn ich mit dir rede, kleiner Kürbis! Du weißt doch bestimmt, was man hier im Schloss mittlerweile über dich und ihn denkt, oder? ›Der Krüppel und der Kürbis‹, so nennen sie euch und schließen ihre Wetten darüber ab, was

für abstoßende Kinder ihr wohl zeugen würdet ... Du bist mein Gast hier auf Beli und du bist meine Freundin. Ich dulde nicht, dass du dich auf dieselbe Stufe stellst wie Cenrics Kreatur – ich verbiete es! Und ich schwöre, du wirst es bereuen, wenn ich dich noch einmal zusammen mit diesem Ding erwische!«, donnerte Will ungehalten.

Maren zuckte bei diesen Worten zusammen und wusste nicht, ob sie weinen, schreien oder Will lediglich ins Gesicht schlagen wollte. Fassungslos sah sie zu Vatoq, doch der ballte nur schweigend die Hände zu Fäusten, und so wandte sich Maren mit einer Mischung aus Ekel und Trauer von Will ab und schloss erschöpft die Augen.

Es hatte keinen Zweck, mit Will zu streiten. Er stank nach Wein und Maren konnte ihren alten Kinderfreund unter all diesen Edelsteinketten ohnehin nicht mehr wiedererkennen. Will sah mit seinem rotblonden Haar und dem verächtlichen Gesichtsausdruck einfach nur aus wie Cenrics langgezogenes Spiegelbild und Maren fragte sich abermals verzweifelt, was im letzten Winter nur geschehen sein konnte, das Will so endgültig in diesen arroganten Adligen verwandelt hatte, der bisher immer nur seine Verkleidung gewesen war ... War es am Ende Marens Schuld, dass er sich so verändert hatte?

Marens elende Erinnerungen rissen irgendwann einfach ab und im ersten Moment befürchtete sie, gleich wieder im eisigen Wasser des Igarras-Flusses aufzuwachen und dort qualvoll zu ertrinken. Doch dann bemerkte Maren, dass die brennende Kälte fehlte, die ihre Glieder gelähmt und ihre Gedanken betäubt hatte. Und ihr wurde klar, dass jemand sie aus dem Fluss gezogen und in ein mit Kohlepfannen gewärmtes Holzbett gebracht hatte, allerdings konnte sie sich nicht genau daran erinnern, wie das geschehen war. In Marens Kopf flogen nur heimatlose Gedankenfetzen und Bilder umher, in denen ein strahlender Ritter in lederner Rüstung sie aus dem Fluss gezogen und anschließend an vier schwarz-weiße Feen übergeben hatte. Zusammen mit diesen Feen war Maren dann auf vier geweihlosen Hirschen durch eine weiße Wüste und einen gefrorenen Wald hindurch geritten, bis man sie in ein uraltes Schloss aus Rauch und Glas gebracht hatte ... Und während Maren ihren eigenen verworrenen Gedanken lauschte, begriff sie allmählich, dass man sie zu den Witwen in die Glaserei gebracht haben musste, wo ihre Wunden sorgsam verarztet worden waren.

Also hat Anuaq mich wirklich gerettet, überlegte Maren und verdrängte dabei die Tatsache, dass es ebenso gut Will gewesen sein konnte, denn sie wollte im Augenblick nicht an ihn denken.

Doch als Ilisil, Wanetta, Timandra und Bernia wenig später mit sorgenvollen Mienen in das leicht verrußte Gästezimmer eintraten, kam Maren trotzdem nicht umhin zu bemerken, dass Will nicht zu ihren Besuchern gehörte. Sie redete sich zwar ein, dass es daran lag, dass die Sonne bereits recht tief am Himmel stand und er sich daher bald in ein weißes Ungeheuer verwandeln musste, aber als Will auch am nächsten Morgen nicht in ihrem Zimmer auftauchte, endete Marens Geduld und sie beschloss, ihren feigen Gemahl ein für alle Mal zur Rede zu stellen.

Als es schon fast Mittag geworden war, kletterte Maren unbeholfen aus ihrem Bett und wankte langsam zur Tür hinüber, um sich auf die Suche nach Wills Wohnräumen zu machen. Doch sie hatte kaum ihr eigenes Zimmer verlassen, als Ilisil plötzlich auf dem Flur auftauchte und ihr den Weg versperrte.

»Maren, was machst du hier? Du bist noch nicht stark genug, um im Haus umherzuwandern«, erklärte sie streng.

Aber Maren wollte nichts davon hören. Sie wollte zu Will gehen und endlich mit ihm abschließen, also verschränkte sie stur die Arme vor der Brust und sagte: »Ich gehe zu Will. Er hat mich am Fluss zum Sterben zurückgelassen und hatte anschließend nicht einmal den Anstand, sich nach mir zu erkundigen. Also sage ich ihm, was ich von ihm und seiner ewigen Feigheit halte!« Wütend versuchte Maren, einen Weg an Ilisils langen, dünnen Armen vorbei zu finden. Aber die lilienartige Eisnomadin bot ihr keine Möglichkeit zur Flucht.

»Lass mich durch, verdammt! Gerade du als seine Mätresse müsstest das doch am besten wissen, wie selbstverliebt und widerlich Will ist! So lüstern wie er Timandra sogar in deiner Gegenwart angafft!«, knurrte Maren ungehalten.

Doch anstatt den Weg freizumachen, klappte Ilisil nur ungläubig der Mund auf. »Wie war das? Du hältst mich für Wills *Mätresse?!*«, fragte sie völlig vor den Kopf gestoßen. Und Maren, die nicht mit dieser Reaktion gerechnet hatte, nickte ebenfalls ein wenig verwirrt.

»Bei allen eisigen Winterwinden, Maren, wie bist du denn darauf gekommen?! Ich bin Wills *Schwester!* Er hat mich adoptiert und zu einer

Lady gemacht, nachdem mein Stamm mich verstoßen hatte ... Ich würde niemals zu ihm ins Bett steigen ...« Ilisil schüttelte wild ihre silbernen Locken und sah Maren dabei mit einer Mischung aus Mitleid und blanker Bestürzung an. Doch Maren bemerkte das kaum. In ihrem Kopf war gerade lediglich Platz für einen einzigen Gedanken: *Ilisil ist nicht Wills Mätresse!*

Das waren wunderbare Nachrichten! Und Maren schien fast körperlich zu spüren, wie der hohe Zaun aus Neid und Bitterkeit, der immer drohend zwischen ihr und der schönen, mondhäutigen Ilisil gestanden hatte, mit einem Schlag zusammenfiel.

»Und ... du bist sicher, dass du nicht Wills Mätresse bist?«, vergewisserte Maren sich noch einmal vorsichtig. Ihr geschahen so selten gute Dinge, dass sie es nun kaum glauben konnte. Doch Ilisil nickte ihr abermals ernst zu.

»Ich versichere dir, Maren, ich habe niemals Wills Bett geteilt ... Dachtest du denn wirklich, er wäre so grausam, dass er dir tagtäglich seine Mätresse vor die Nase setzt? Will meinte, du könntest eine Freundin gebrauchen, also hat er mich gebeten, auf dich acht zu geben. Himmel, Maren ... kein Wunder, dass du so wütend auf ihn bist. Aber er ist ebenso wenig ein Monster, wie er ein Held ist. Er hat dich vielleicht im Stich gelassen – aber er hat auch eine ernste Wunde für dich eingesteckt. Und dass er dich noch nicht besucht hat, liegt daran, dass ich es ihm verboten habe, weil er immer noch ziemlich stark blutet. Außerdem glaube ich, er hat auch ein wenig Angst, sich plötzlich in ein Ungeheuer zu verwandeln und einen von uns zu –«

»Warte, Will ist *verletzt*?«, unterbrach Maren Ilisil bestürzt. All ihre Freude und ihr Ärger verpufften augenblicklich im Nichts und selbst die Tatsache, dass Will ja in Wahrheit eines dieser furchtbaren Ungeheuer war, erschien Maren mit einem Mal bedeutungslos. Sie hatte nicht gesehen, was zwischen Will und Cenric abgelaufen war, während sie vor Palani davonlaufen musste. Dass Cenric Will erwischt hatte, hatte sie nicht gewusst ...

»Wo ist Will?! Ich hatte keine Ahnung, dass er verletzt ist! Ich muss zu ihm! Wie geht es ihm? Ist er bei Bewusstsein?!«, fragte Maren sofort mit schriller Stimme.

Ilisil biss sich auf die Zunge und seufzte schwer. »Will wird schon wieder, es fließt immerhin Nordländerblut in seinen Adern ... Aber so

wie ich euch Festländer kenne, wirst du trotzdem keine Ruhe finden, bis du ihn gesehen hast, also komm mit«, murmelte sie mit erschöpfter Stimme. Und nach einem schier endlos langen Marsch durch die muffigen Flure der Glaserei blieb Ilisil schließlich vor einer schmucklosen Kiefernholztür stehen.

»So, da wären wir. Ich lasse euch zwei dann mal allein. Aber übernimm dich nicht und ruf mich, wenn du etwas brauchst«, mahnte Ilisil, ehe sie mit bemessenen Schritten zurück an das Ende des Ganges schwebte.

Normalerweise hätte es Maren nervös gestimmt, Will allein gegenüberzutreten, aber jetzt überschattete die Sorge ihre kindischen Ängste und sie stürmte, ohne zu zögern, in Wills gemütliches kleines Schlafzimmer.

Es war warm und einladend in Wills Gemächern, ähnlich wie in seinem Landschloss in Vinduras, und das lag nicht nur an dem kleinen goldgelben Feuer, das hier munter im Kamin vor sich hin knisterte. Auch die Wände und Möbel, die in angenehm gedämpften Braun- und Rottönen gehalten waren, sorgten dafür, dass man sich augenblicklich zu Hause fühlte. Doch als Maren kurz darauf Will entdeckte, wurde ihr trotz der gemütlichen Einrichtung und des kleinen Kaminfeuers sofort eisig kalt, und aller Groll, den sie noch gegen Will gehegt hatte, gefror in ihrem Inneren zu Sorge und Entsetzen.

Will lag mit nacktem Oberkörper auf dem alten Doppelbett und hatte sein Gesicht in einem Kissen vergraben, sodass er nicht sah, wer gerade hereingekommen war. Unter ihm lagen die abgewickelten, blutgetränkten Leinenverbände und seine gesamte linke Seite war mit tiefen länglichen Wunden, bräunlichem Schorf und scharlachrotem Blut bedeckt. Sofort erkannte Maren, dass Ilisil nicht übertrieben hatte, Will war wirklich *schwer* verletzt worden.

»Verdammt, Ilisil, wo warst du so lange?! Reib mir endlich deine Hexenkräuter auf den Rücken, damit diese Blutung aufhört! Ich erfriere gleich und ich muss wirklich mit Maren reden ...« Ein leichter Krampf erschütterte Wills Körper, als er versuchte, sich allzu schnell umzudrehen, und Maren schloss eilig die Augen, um das müde Zittern seiner dünnen Muskeln nicht länger mitansehen zu müssen. Will wirkte ohne seine glänzenden Seidenhemden zerbrechlicher, als Maren vermutet hatte, denn natürlich stellte sie sich in schwachen Momenten manchmal vor, wie er ohne all den Brokat und Samt wohl aussehen mochte … Doch nun, da sie es wusste, spürte Maren keine brennende Verlegenheit, sondern nur Trauer und Angst.

Würde Will wirklich wieder gesund werden?

Nachdem Wills Krampf geendet hatte, wandte er sich unvermittelt um und erstarrte, als er erkannte, dass Maren und nicht Ilisil in den Raum getreten war.

»Maren, ich … Es tut mir so leid, was ich am Fluss getan habe … Ich hatte solche Angst, dich zu verlieren, aber ich … Ich weiß nicht, was mit mir los war … ich –«

»Ich verstehe es, Will, wirklich«, murmelte Maren mit einem mitleidigen Blick auf Wills blutige linke Seite.

Will nickte erleichtert und ließ sich kraftlos zurück in die Kissen sinken. Und nach kurzem Zögern trat Maren schließlich in das warme Zimmer und nahm die Kräuterschale von der Anrichte neben dem Bett, um nicht die ganze Zeit wie eine rothaarige Vogelscheuche in der Tür herumzustehen. Danach blieb ihr dann allerdings nichts anderes übrig, als die nach Anis und Pfefferminz duftende Tinktur vorsichtig auf Wills zerfetztem Rücken zu verteilen, und Maren fühlte sich reichlich unbehaglich dabei. Es kam ihr falsch vor, Wills nackte Haut zu berühren – wie ein gestohlener Augenblick, der eigentlich einem anderen, schöneren Mädchen hätte gehören sollen – Ilisil vermutlich oder vielleicht Timandra …

»Ich denke, es reicht jetzt mit der Salbe, Maren. Cenrics elende Klauen werden mich schon nicht umbringen. Ich habe nur eine Menge Blut verloren, aber das ist alles«, murmelte Will nach einer Weile unwillig.

Doch Maren rieb weiterhin mit zusammengezogenen Brauen zerstoßene Kräuter auf seine Wunden und sagte: »Ich glaube, die Salbe ist dafür da, um aufgebraucht zu werden.«

Will entfuhr ein lautes Stöhnen. »Bei allen guten Geistern, ich wusste schon, warum ich nur Ilisil von meiner Verletzung erzählt habe! Ich wollte nicht, dass du mich für die nächsten drei Monde wie einen Todgeweihten behandelst. Aber Ilisil, diese elende Hexe, musste mich natürlich verraten …«

Maren schlug Will leicht auf den Hinterkopf. »Du bist ein eingebildeter Esel, weißt du das eigentlich?! Ich mache mir nur Sorgen um dich!«, murmelte sie mit erstickter Stimme, doch Will machte nur eine abwehrende

Geste, riss Maren die Kräuterschüssel aus der Hand und stellte sie weit von sich auf den Nachttisch.

»Es ist nett von dir, dass du dir Sorgen machst, Maren, aber du neigst dazu, es mit den Sorgen zu übertreiben. Meine Wunde wird schon wieder verheilen und ich habe jetzt wirklich genug von dieser Kräuterpampe!« Entschlossen schnappte Will sich einen Kristallflakon mit Lavendelöl von der Anrichte und träufelte einige Tropfen des Parfüms großzügig auf den unverletzten Teil seines Rückens, um den beißenden Kräutergeruch zu übertünchen. Er rieb sich den schweren Lavendelduft so unwirsch in die Haut, dass Maren fast den Eindruck hatte, er wollte all seine Verletzungen damit ebenfalls wegwaschen. Will war schon immer so gewesen, so fürchterlich eitel und entschlossen, unverwundbar zu erscheinen – was am Winterhof vermutlich auch notwendig war, wenn man nicht wollte, dass der Adel merkte, wie sehr er einem zusetzte … Aber da Wills Arme stark bebten und zitterten, während er das schwere Parfüm auf seinem Rücken verteilte, gelang es Maren trotzdem nicht, ihr Mitleid für Will zu verbergen, und Will entging das keineswegs.

Er rappelte sich ungeduldig auf und wurde sofort kreideweiß von der plötzlichen Bewegung. Doch er schien Maren unbedingt etwas beweisen zu wollen und packte sie unversehens an den Schultern, anstatt sich wieder hinzusetzen. »Ich schwöre dir, wenn du nicht aufhörst, mich so entsetzt anzusehen, dann kitzle ich dich durch wie damals, als wir Kinder waren! Ich weiß noch, dass du extrem kitzlig warst«, drohte Will. Aber Maren konnte ihm das nicht so recht glauben. Will hatte sich in den letzten Jahren so betont erwachsen gegeben, dass er sie jetzt gewiss nicht wie ein kleines Mädchen durchkitzeln würde.

Obwohl Will sie gewarnt hatte, starrte Maren ihn immer noch mit diesem quälend mitleidigen Gesichtsausdruck an. Will war zwar endlos erleichtert, dass sie noch lebte und laut Ilisil mit einer recht oberflächlichen Fleischwunde davongekommen war, aber genau diesen Blick hatte er vermeiden wollen. Maren hatte sonst immer zu ihm aufgeschaut und ihn mit Bewunderung und Sehnsucht angesehen und vielleicht war Will einfach eitel, doch er wollte, dass Maren ihn weiterhin auf diese Weise anschaute, und nicht wie den hilflosen Jungen, der er in Wirklichkeit war. Denn wann immer Maren ihn ansah, als wäre er ein Held, hatte Will für einen kurzen Augenblick das Gefühl, er könnte tatsächlich einer werden, und gerade jetzt in den letzten Wochen der Königswahl brauchte Will dieses Gefühl ... Aber nun war Marens Blick so entsetzlich weich und mitleidig, dass Will sich einfach nur schwach und erbärmlich fühlte. Er wollte nicht so angesehen werden und deshalb brummte er: »Ich habe dich gewarnt«, packte Maren vorsichtig an der Hüfte und zog sie zu sich auf das staubige Himmelbett, wobei er darauf achtete, die Verletzung an ihrer linken Seite nicht zu berühren. Dann begann Will sie geschickt an Hals und Bauch zu kitzeln, wie damals, als sie beide noch Kinder gewesen waren, und genau wie damals krampfte Marens kleiner Körper sich sofort zusammen und sie fing an, haltlos zu lachen.

»Aufhören! Bitte!«, japste sie und schlug halbherzig um sich, doch es gelang ihr nicht, Wills Hände zu fassen zu bekommen, und Will hatte nicht vor, sie so einfach davonkommen zu lassen.

»Ein verletzter Mann, ja? Ich zeige dir, wie verletzt ich bin!«, murmelte er und ließ seine Finger provokant an ihrer rechten Seite herabgleiten, wo Maren besonders kitzlig war. Sie quietschte hell auf und bettelte unter Lachtränen um Gnade. Aber Will hörte ihr kaum zu. Er genoss einfach den warmen Klang ihres Gelächters und bemerkte beklommen, wie sehr er es vermisst hatte ...

Doch dann traf Maren ihn plötzlich mit einer umherfuchtelnden Hand im Gesicht und verstummte erschrocken.

»Oh, tut mir leid«, stammelte sie, aber Will lachte nur.

»Du willst mich wohl provozieren, was?«, spottete er und kniete sich über sie, sodass er ihren linken Arm unter seinem Bein fixierte, den rechten auf das Bett drückte und mit seiner freien Hand weiter über ihren bebenden Körper fuhr.

Ihr Lachen hatte wirklich seinen ganz eigenen Zauber und erfüllte Wills unterkühlte Glieder mit einer angenehm prickelnden Wärme, die ihn seine Schmerzen kurz vollständig vergessen ließ. Doch während Will mit seinen Fingern immer sachter und zärtlicher über Marens Hals und ihre Hüften fuhr, dämmerte ihm langsam unterschwellig, dass es nicht nur ihr Lachen war, das ihn so freudig erregte. Er genoss es auch einfach, Maren so nah zu sein und ihren rundlichen kleinen Körper

zu berühren ... Nur dass dieser Körper bei näherer Betrachtung gar nicht so rundlich war, wie Will ihn in Erinnerung hatte ... Sicher war Marens Fleisch weich und nachgiebig wie bei keiner anderen Frau auf Beli, und wenn sie so wild lachte wie jetzt, bildeten sich drei kleine Speckröllchen um ihre Mitte herum, aber trotz dieses kleinen Makels konnte man Maren im Grunde nicht mehr als dick oder pummelig bezeichnen. Sie war allenfalls ein wenig ... ausladender als die ausgehungerten Inseldamen – ein wenig menschlicher. *Und eigentlich*, so dachte Will plötzlich bei sich, *eigentlich sieht sie doch ganz niedlich aus. Sie hat wirklich hübsche volle Lippen und so riesengroße Augen ... Maren hat ein hübsches Gesicht, warum ist mir das noch nie aufgefallen? Sie wäre wirklich schön ohne die verbliebenen überflüssigen Pfunde. Sie wäre eine exotische Schönheit mit ihrem flammendroten Haar und der mondhellen Haut, die Insellords würden sich um sie reißen! Im Norden würde sie vermutlich sogar schon jetzt als hübsche Frau gelten ...* Jäh hielt Will inne und war kurz entsetzt über seine eigenen Gedanken. Das hier war Maren unter ihm, Maren Temmai, seine alte Spielgefährtin, seine Kinderfreundin ... Und doch war sie kein Kind mehr, sondern eine Frau, *seine* Frau – denn er hatte sie geheiratet. Aber bisher hatte er nie auf diese Weise über sie nachgedacht ...

Will wollte den Gedanken beiseiteschieben und die in Lachtränen aufgelöste Maren weiter durchkitzeln. Aber seine Hände tasteten bereits verstohlen nach den Schnüren ihres warmen Wollkleids und Will nahm unterschwellig wahr, wie Marens Lachen abebbte und ihr Gesicht einen erschrockenen Ausdruck annahm. Doch ehe er darauf reagieren und Maren beruhigen konnte, tauchte das weiße Mädchen vom See plötzlich am Rand seines Blickfeldes auf und kauerte sich wie ein geschlagenes Reh ans andere Ende des Bettes, von wo aus sie Will mit tränenverschleierten Augen entsetzt anstarrte. *Das hier ist kein unschuldiges Spiel mehr*, erkannte Will und endlich wurde ihm vollauf bewusst, dass er gerade mit nacktem Oberkörper über Maren kniete und seine Hände sich abwesend daranmachten, die dicken Wollschnüre ihres grauen Kleides aufzuknoten ...

Wie ein Schlafwandler, der aus seiner Trance erwachte, hielt Will plötzlich inne und er spürte, dass Marens Körper sich unter ihm ebenfalls versteifte. Auch sie begriff langsam, was sich hier zwischen ihnen anbahnte,

und Will fragte sich mit einem ängstlichen Blick zu dem weißen Mädchen, was er hier eigentlich mit der kleinen, fehlerhaften Maren tat ... Sie war bisher immer wie eine Schwester für ihn gewesen und sie war nicht das weiße Mädchen vom See, nach dem Will sich so sehr sehnte ... Aber das weiße Mädchen war nicht wirklich. Es war ein Wahn, den Will sich vermutlich durch den vielen Rosenwein eingefangen hatte, den er trank, oder durch das süße Pfeifenkraut, das er manchmal rauchte. Er musste endlich aufhören, sich diesem bösartigen Gespenst verpflichtet zu fühlen, und sich um die Lebenden kümmern!

Entschlossen griff Will nach den wollenen Schnüren von Marens Kleid und überlegte kurz, ob er sie wohl küssen sollte ... Doch als das Geistermädchen Wills Ungehorsam einen Wimpernschlag später bemerkte, warf es abermals seinen gemeinen Zauber auf ihn und verwandelte Maren so wieder in das dicke, reizlose Kind, das Will all die Jahre unbedingt in ihr hatte sehen wollen ...

Will blinzelte kurz, wie um den Zauber der bösen Geisterhexe von seinen Augen zu wischen, doch es war vergebens. Als er Maren nun ein zweites Mal betrachtete, kam sie ihm überhaupt nicht mehr begehrenswert vor. Sie wirkte viel zu menschlich und plump und war ohne jegliche feenhafte Eleganz ... Aber Will wusste, dass das nur Lügen und Blendwerk waren und sein Verstand ihm einen Streich spielte.

Verzweifelt strich er mit seinen Händen über Marens Arme und fuhr die Linien ihrer kaum merklichen Schlüsselbeine nach, weil er hoffte, auf ihrer Haut dieses warme, zarte Gefühl wiederzufinden, das ihn eben noch durchströmt hatte. Aber in seinem Inneren war nichts außer Hilflosigkeit.

»Du bist so weich ...«, murmelte Will, weil es das Erste war, was ihm in den Sinn kam, als er über Marens samtige, ebenmäßige Haut strich und dabei nicht wie bei seinen anderen Gespielinnen von tausend messerscharfen Knochen gestört wurde, die überall wie Dornen aus ihnen herausragten. Doch mit diesen Worten sagte Will genau das Falsche, denn Maren fuhr bei seiner Bemerkung zusammen wie eine zerbrechende Glasfigur und befreite sich panisch aus seinen Armen.

»Schon gut, fühl dich zu nichts verpflichtet! Ich weiß ja, was du von mir denkst!«, schrie sie und in ihren Augen sah Will plötzlich all die Narben ihrer katastrophalen Hochzeitsnacht aufleuchten. Der feine Zauber, der

ihn und Maren kurz von der Vergangenheit abgeschirmt hatte, war zerstört und Will war hilfloser denn je.

Aber so war das doch gar nicht gemeint, dachte er vollkommen verdattert.

Er hatte Maren nicht beleidigen wollen. Dieses eine Mal hatte er sie nicht mit ihrem ohnehin immer kleiner werdenden Figurproblem aufziehen wollen. Doch nun musste er hilflos mitansehen, wie Maren eine seiner vielen Skizzen vom Nachttisch schnappte und ihm bitter das vage Abbild des weißen Geistermädchens entgegenstrecke, das Will in den Stunden vor der Dämmerung oft wie ein Besessener zeichnete.

»Ich weiß, ich bin nur ein hässlicher kleiner Kürbis, den du bedauerlicherweise heiraten musstest und sehe nicht aus wie die weiße Fee auf deinen Gemälden. Du musst mir nichts vormachen, nur weil du dein Leben auf meine Kosten gerettet hast!«

Will erstarrte, als sie ihm seine eigenen vergifteten Worte aus ihrer furchtbaren Hochzeitsnacht ohne jegliche Ironie entgegenschleuderte. Als würde sie den widerlichen Unsinn, den er damals gelallt hatte, wirklich glauben ...

Herrje, sie denkt, ich hätte sie eben nur berührt, um Buße zu tun? Sie denkt, es hätte mich angeekelt? Das ist doch Wahnsinn! Sie tut ja so, als wäre sie eine schleimige Schlange und keine junge Frau ... Aber wer bin ich, sie zu verurteilen? Es ist meine Schuld, dass sie so von sich denkt.
Will nahm Maren eilig das Pergamentpapier aus der Hand und verstaute auch die anderen Skizzen unwirsch in seinem kleinen Nachttischchen.

»Maren ...«, begann er und streckte vorsichtig einen Arm nach ihr aus, weil er Angst hatte, sie würde sonst einfach davonlaufen.

»Nein! Lass mich in Ruhe!«, zischte sie und wich vor seiner Hand zurück. In ihren Augen glitzerten Tränen, doch als Will das bemerkte, wandte sie sich rasch von ihm ab und umarmte sich selbst mit ihren kurzen, merkwürdig dünnen Armen. Für einen Augenblick sah sie in Wills Augen sogar zerbrechlich aus und er schaute sich prüfend nach dem weißen Geistermädchen um.

Es war nicht mehr da.

Langsam fragte sich Will, was von den Dingen, die er sah, überhaupt wirklich war und was nicht ...

So leise er nur konnte, erhob er sich von dem alten Bett und schlich auf Maren zu. Als er direkt hinter ihr stand, erkannte er, dass ihr gesamter

Körper leicht bebte und sie ein Schluchzen unterdrückte. Vermutlich weinte sie gerade hinter ihren roten Haaren.

Ich bin nicht besser als die anderen. Ich bin ein Monster, und zwar nicht nur nachts, dachte Will beklommen, *Ich habe ihr das angetan, ich noch mehr als alle anderen ...* Er konnte sie nicht einfach dort stehen und stumm vor sich hin weinen lassen, also holte Will tief Luft, packte Maren an den Schultern und drehte sie zu sich herum.

Sie wehrte sich und die Geste schmerzte und erschöpfte Will, aber er hielt Maren so lange fest, bis sie endlich aufhörte, um sich zu schlagen, und regungslos in seinen Armen verharrte. Dann löste Will seine Hände rasch von Marens Schultern und strich die feuerroten Locken beiseite, die ihr Gesicht verdeckten.

Sie weinte wirklich. Obwohl man kein einziges Schluchzen hörte, rannen große Tränen Maren unablässig die Wangen hinunter. Und Will wusste natürlich, warum Maren so merkwürdig stumm weinte. Er hatte ihr früher oft an den Kopf geworfen, dass nur kleine Kinder laut herumheulten ... Die Erinnerung war plötzlich wie ein Messer in seinem Herzen.

»Maren, so war das nicht gemeint! Hörst du mich?! Ich wollte dich nicht beleidigen.« Will nahm Marens Gesicht in seine Hände und zwang sie, ihm in die Augen zu sehen, damit sie verstand, dass es ihm ernst war. Doch Marens Vertrauen in ihn war aufgebraucht. Sie glaubte Will nicht mehr und es huschte nur ein leises Zögern über ihre gequälten Züge.

»Ilisil hat recht: Ich bin ein dummer Esel und kenne keine guten Komplimente, aber deine Haut ist wirklich weich – wie feinste Seide. Fühl doch selbst.« Will legte Marens Hand auf sein Handgelenk und ließ ihre Finger über seine Haut streichen, dann wiederholte er die Geste auf Marens eigenem Arm. »Die Niutak haben weichere Haut als wir rauen Nordländer, das ist einfach so – und es ist eine schöne Haut, die die Niutak haben«, fügte Will eilig hinzu, ehe Maren auch diese Worte in ihrem gequälten kleinen Köpfchen verdrehen konnte.

»Oh ...«, murmelte sie langsam und das Zögern kehrte zurück auf ihre Züge. »Tut mir leid, dass ich dich angeschrien habe ...«

Will lächelte wehmütig. Natürlich dachte sie zuallererst daran, sich bei ihm zu entschuldigen. »Du hast jedes Recht, mich anzuschreien, Maren – für viele Dinge ...«, erklärte Will traurig.

Nun, zumindest glaubte sie ihm jetzt, dass er sie nicht beleidigen wollte. Aber dass Will sie nicht abstoßend fand, das würde er ihr wohl beweisen müssen. Und er hatte auch schon eine vage Idee, wie er damit anfangen könnte.

»Wanetta hat vorhin dein Kleid für den Winterball im Dorf abgeholt. Es ist tannengrün, du wolltest ja etwas Dunkleres und ich dachte, dass die Farbe dir gefallen könnte. Sie passt zum Nordland mit seinen weiten Nadelwäldern ... Vielleicht willst du es ja anprobieren und mir vorführen, damit ich dich als Erster darin bestaunen darf?«, bot Will in seinem charmantesten Tonfall an, um schnell das Thema zu wechseln. Und jedes andere Mädchen hätte sicher begeistert angenommen und sich bereitwillig von ihm bewundern lassen, aber Maren biss sich nur leidend auf die Unterlippe.

»Ich denke nicht, dass das so eine gute Idee wäre. Ich habe dich lange genug gestört, du siehst müde aus und solltest besser schlafen.«

Will verzog seinen Mund zu einem weiteren missmutigen Lächeln. Maren lernte schnell und auch jetzt machte sie sich seine Verletzung sofort zunutze. Aber er war kein kleiner Junge mehr, den man einfach ins Bett schicken konnte, und außerdem erkannte Will eine Ausrede, wenn er eine hörte. Er würde sich nicht so leicht abspeisen lassen. Nein, er würde sie dazu bringen, dieses verdammte Kleid anzuziehen, und dann hatte er einen Vorwand, ihr ein Kompliment zu machen. Vermutlich würde Maren ihm nicht glauben und er würde ihr zehnmal versichern müssen, dass er es ernst meinte, nur damit sie danach beschloss, von etwas anderem zu reden, aber es wäre ein Anfang – für sie beide. Will würde hoffentlich lernen, ein besserer Mann und Ehemann zu sein, und Maren würde hoffentlich von all dem heilen können, was er ihr angetan hatte ...

»Ich schlafe nicht, bevor du dein Kleid angezogen und mir einen kurzen Probetanz gegönnt hast«, verkündete Will stur. Und ehe Maren es verhindern konnte, nahm er das zusammengefaltete Gewand von einer kleinen Anrichte und hielt es ins Licht, damit Maren es genau begutachten konnte.

Das Kleid bestand aus Cháieen-Seide – einer unsagbar teuren Seidenart aus dem Süden, die so fein war, dass jedes Kleid aus diesem Stoff nur eine einzige Nacht getragen werden konnte, weil es sich danach an den Nähten wieder auflöste. Außerdem war das Kleid mit importiertem Malachit grün gefärbt worden und schimmerte leicht im blassen

Sonnenlicht, wobei die zarten Unebenheiten im Stoff besonders gut zur Geltung kamen und ein wenig an dünne Blattadern erinnerten. Will hatte der Gewandmeisterin ausdrücklich befohlen, auf allzu protzige Juwelen zu verzichten und auch die filigranen Perlenketten wegzulassen, die bei vielen höfischen Gewändern direkt unter der Brust ansetzten und dann in mehreren Reihen zu den Kleiderärmeln verliefen, um die Rippenbögen der ausgehungerten Edeldamen besonders zu betonen. Er dachte sich nämlich, dass Maren so etwas nicht gefallen würde. Und tatsächlich lächelte sie kurz, als sie das waldgrüne Kleid betrachtete – aber sie nahm es Will dennoch nicht aus der Hand.

»Es ist ein schönes Kleid, aber ich sollte jetzt wirklich gehen. Und du solltest schlafen«, wiederholte Maren scheu, und als sie sich umdrehen und gehen wollte, packte Will eilig ihr Handgelenk und hielt sie fest.

»Lass mich los, ich möchte gehen!«, murrte Maren ungeduldig.

Fliehen meinst du wohl, dachte Will und fasste noch ein wenig fester zu.

»Du kannst gehen, sobald du das Kleid anprobiert hast. Es dauert doch nicht lange, warum machst du bloß so ein Theater daraus?«

»Weil ich Ballkleider nun einmal nicht mag, also lass mich bitte damit in Ruhe. Schlimm genug, wenn ich es zu Cenrics blödem Fest anziehen muss.«

Will runzelte die Stirn. »Gerade hast du noch gesagt, dass du das Kleid sehr schön findest ...«

»Ich mag Ballkleider nicht, weil sie eben nicht mehr schön sind, wenn ich sie anhabe, okay?! Kann ich jetzt endlich gehen?«, erwiderte Maren so heftig, dass Will zusammenzuckte und sie betroffen losließ.

Da ging sein schöner Plan dahin. Es würde schwieriger werden als gedacht, seine Gräueltaten wiedergutzumachen ...

»Du kannst gehen, wenn du willst, aber ich hoffe, du weißt, dass du Unsinn redest«, bemerkte Will finster, doch der zweite und wichtigste Teil des Satzes wollte ihm einfach nicht über die Lippen. *Du bist schön, Maren,* wollte er eigentlich sagen. Aber er konnte es nicht, denn das weiße Mädchen war jäh wieder aus dem Nichts getreten und schwebte elegant an Marens Seite, sodass jedes Kompliment, das Will Maren jetzt gemacht hätte, nur wie eine Lüge bei ihr angekommen wäre.

Verdammte Hexe, dachte Will, als Maren die Tür leise ins Schloss zog und ihn mit seinem schweigsamen weißen Fluch allein ließ, der nun zufrieden lächelte.

»Was willst du überhaupt von mir, mhm? Du willst dich nicht finden lassen, aber meinen Frieden gönnst du mir auch nicht!«, knurrte Will der weißen Geisterhexe missmutig entgegen. Er war es so leid, Maren wegen dieses Hirngespinstes oder wegen der hirnlosen Adligen in Wjallvit zu verletzen. Doch natürlich gab ihm die stumme Geisterhexe auch heute keine Antwort, sondern tänzelte lediglich beleidigt aus dem Raum. Und zum ersten Mal wünschte ein Teil von Will sich einfach, dass sie nie wieder zurückkommen würde ...

Der Winterball

Auf Marens und Wills kleinen Streit folgten ein paar ausgesprochen ereignislose Tage, die man schon fast friedlich nennen konnte. Sogar der Winter kehrte nun langsam auf Beli ein und füllte die Luft mit riesigen, schmetterlingsgroßen Schneeflocken, die nur äußerst widerwillig zu Boden sanken. Durch das schier ununterbrochene Schneegestöber konnte man nicht einmal mehr Wjallvits hohe Zinnen in der Ferne erspähen und Maren war das mehr als recht. Nach ihrer letzten Begegnung mit Cenric brauchten sie und Will nämlich dringend etwas Ruhe, um sich von ihren Verletzungen zu erholen und die jüngsten Ereignisse richtig zu verdauen.

Will fiel es selbstverständlich nicht leicht, die Wahrheit über Belis Ungeheuer zu akzeptieren. Und anfangs musste Maren ihm mindestens zweimal täglich versichern, dass er ihr in seiner Monstergestalt niemals auch nur ein Haar gekrümmt hatte. Mit der Zeit wich allerdings auch Wills Entsetzen langsam einer Art müder Resignation, obwohl Maren ihn oft dabei erwischte, wie er am frühen Morgen oder späten Abend besorgt in einen Spiegel blickte und prüfte, ob ihm schon erste weiße Haare im Gesicht oder am Hals sprossen.

Die Witwen nahmen die Wahrheit über Belis Ungeheuer dagegen weit schlechter auf und das bisschen Vertrauen, das sie seit dem Herbst zu Will aufgebaut hatten, schien sich zum größten Teil wieder zerschlagen zu haben. Lediglich die hochgewachsene Timandra zeigte nach der Enthüllung von Wjvallvits wahrem Fluch plötzlich eine Art akademisches Interesse an Will, was Maren gar nicht recht war. Aber sie fand kaum Zeit dafür, eifersüchtig zu sein, da die Sorge um ihr Land und die langsam endende Königswahl ihr Denken fast vollkommen vereinnahmte.

Sie und Will hatten das Rätsel um die Monster zwar gelöst, doch sie konnten mit diesem Wissen nicht viel anfangen. Denn sofern sie nicht einen Haufen hochgeborener Lords fingen und in Käfige sperrten, um ganz Beli vorzuführen, was nachts mit den Adligen geschah, hatten sie keine Beweise dafür, dass sich neben Will auch der Rest des Adels in Ungeheuer verwandelte. Und selbst wenn es Maren und Will irgendwie gelingen sollte, die Bevölkerung Belis von der Wahrheit zu überzeugen, würde ihnen das in keiner Weise dabei helfen, die Königswahl zu gewinnen – denn Will war ja auch einer dieser verfluchten Adligen und so jemanden würde das gemeine Volk gewiss nicht zum König haben wollen ...

Also blieb Maren, Will und den Schwarzen Witwen kaum etwas anderes übrig, als wie gehabt damit fortzufahren, in den jeweiligen Dörfern Monster zu jagen. Auch wenn die Witwen die Ungeheuer nun nicht mehr umbrachten, sondern nur noch in Käfige sperrten und hofften, dass sie den Fluch, der auf den Lords lastete, eines Tages wieder brechen konnten. Allerdings waren Maren und Will mit dieser Strategie nicht halb so erfolgreich wie Cenric, der nachts weiterhin wahllos verfluchte Edelleute umbrachte und tagsüber seinen glorreichen Winterball organisierte, als wäre nichts gewesen. Der Unwille der Bauern und Handwerker wurde indes immer größer und die wenigsten von Wills Untertanen machten noch einen Hehl daraus, dass sie am Ende der Königswahl für Cenric stimmen würden ...

Wenn sie nur die Wahrheit wüssten, dachte Maren am Tag des Winterballes wehmütig bei sich. Das protzige Fest sollte heute sogar in der Nacht stattfinden, doch leider schienen gerade heute dank der Wintersonnenwende keine Nordlichter am Himmel, und so gab es keine Möglichkeit, den Leuten bewusst zu machen, dass sie drauf und dran waren, einen kaltblütigen Mörder zum König zu wählen, der nachts seine Freunde umbrachte, ohne auch nur mit der Wimper zu zucken ...

Maren hatte im Augenblick allerdings dringlichere Probleme, als über ihre verlorene Königswahl nachzugrübeln, denn Will hatte sie an diesem Morgen kurzerhand in das tannengrüne Ballkleid aus Cháieen-Seide gesteckt und in seine glänzende Silberkutsche verfrachtet, in der die beiden nun glitzernd und missmutig nach Wjallvit fuhren.

»Wir müssen Cenrics Ball besuchen, Maren. Immerhin haben wir uns schon einen ganzen Mondlauf lang nicht mehr bei den Adligen sehen

lassen. Vielleicht sagt Cenric ja sogar etwas Falsches oder verrät sich, wenn er uns beide quicklebendig auf seinem eigenen Ball herumtanzen sieht?«

»Ja, vielleicht – oder er mischt uns einfach Gift in den Wein«, gab Maren finster zu bedenken. Dann schüttelte sie leicht den Kopf und fügte resigniert hinzu: »Warum ist der Inseladel eigentlich so grausam? Es ist so wunderschön hier auf Beli, aber die Menschen verhalten sich selbst tagsüber wie Monster ...«

Will schwieg eine Weile nachdenklich. »Viele der Lordskinder hier sind früh Waisen geworden«, begann er schließlich mit abwesender Miene. »Cenric, Erika, Palani und Amaturuk haben ihre Eltern im Krieg verloren – vermutlich als dein Vater die Lords unserer Insel vor fünfzehn Jahren um Hilfe anrief. Aber ich denke, das Problem ist weniger, was der Adel verloren hat, sondern vielmehr, was er bekommen hat. Nach dem Tod der alten Lords haben Cenric und seine Freunde – und ich – sofort die Titel, Ländereien und Reichtümer unserer Eltern geerbt ... Die meisten von uns waren kaum zehn Jahre alt, als sie schon alles besaßen, was sie sich erträumen konnten, und alles getan hatten, wonach ihnen der Sinn stand. Die Welt wird schnell langweilig, wenn dir ihre reifen Früchte einfach in den Schoß fallen – und Langeweile kann ein Fluch sein. Die meisten Adligen sind lediglich auf der Suche nach ein wenig Aufregung, denke ich, und andere Leute zu verletzen, finden sie offenbar interessant ...«

Maren schnaubte bitter. »Wenn Belis feine Aristokratie so gelangweilt ist und sich so danach sehnt, Leute zu verletzen, dann könnte sie genauso gut etwas Nützliches tun und uns im Krieg gegen den Süden beistehen.«

Will lächelte wehmütig. »Du bist pragmatisch wie immer. Aber ich fürchte, dafür ist der Inseladel zu stolz. Immerhin tragen alle Lords und Ladys hier dem Festland noch den Tod ihrer Eltern nach. Und dass der Norden Beli seit Jahren als die Insel der funkelnden Feiglinge verspottet, hilft nicht unbedingt, um die Leute hier für euch Festländer einzunehmen. Aber lass uns heute nicht über Politik reden, bitte, lass uns versuchen, heute einfach nur ein ganz normales Fest zu feiern, in Ordnung?«

Maren verabscheute Feste und besonders Feste auf Beli, aber als Will ihr nun sein warmes Lächeln schenkte, konnte sie gar nicht anders, als es zu erwidern.

»Also gut, feiern wir Cenrics blöden Ball«, brummte sie und dachte im Stillen bei sich, dass das schon schwer genug sein würde ...

Ilisil traf am späten Nachmittag ebenfalls in Wjallvit ein und half Maren dabei, ihre wilden Haare in eine angemessene Form zu bringen. »Ich beneide dich ja um deine dichten Locken«, seufzte Ilisil, als sie die letzte Karah-Perle mit einer großen Nadel in Marens Zöpfe hineinfädelte. »Die Hälfte meiner Haare ist gekauft und stammt von den Köpfen unglücklicher Dienerinnen. Früher hatte ich auch volle Haare, aber dann hat Will mir geraten, sie wie all die anderen Adligen hier aufzuhellen, tja, und daraufhin sind mir die meisten ausgefallen. Du bist jetzt jedenfalls fertig – komm und sieh es dir an!« Bestimmt schob Ilisil Maren vor einen schmalen Silberspiegel, der ihrem Bett gegenüberstand und normalerweise von einem eisblauen Seidenvorhang abgedeckt wurde. Ilisil hatte den blauen Stoff beim Hereinkommen allerdings abgestreift und deswegen gab es nun auch nichts mehr, was Maren vor ihrem eigenen Spiegelbild beschützen konnte.

Ihr Haar sah jetzt wirklich hübsch aus. Ilisil hatte es penibel eingedreht und geflochten und die eine Stelle, an der sie durcheinandergekommen war, hatte sie geschickt mit einer großen silbernen Brosche verdeckt, die die Form eines Rosenblattes hatte und gut zu Marens schlichtem, rot-braunen Holzkamm passte. Alles andere an Maren war allerdings so unzulänglich wie immer. Hatte sie sich bisher noch eingebildet, Belis Edeldamen durch das wochenlange Fasten mittlerweile ähnlicher zu sehen, so belehrte sie dieser Blick in den Spiegel eines Besseren. Neben der schlanken, liliengleichen Ilisil sah Maren nach wie vor dick und hässlich aus, und das, obwohl ihr immer noch leicht schwindlig war, weil sie in der letzten Woche in Vorbereitung auf diesen Ball fast nichts gegessen hatte. Ihr passten inzwischen sogar Timandras alte schwarze Kleider, auch wenn sie am Saum natürlich viel zu lang waren, und Maren hatte geglaubt, das wäre ein gutes Zeichen ... Sie hatte geglaubt, dass sie auf diesem Ball zumindest ein wenig schön aussehen konnte. Aber als sie sich nun neben Ilisil stehen sah, wurde ihr klar, dass sie sich nur selbst etwas vorgemacht hatte. Sie würde niemals hübsch sein – egal, wie sehr sie sich anstrengte. Es würde niemals genug für Will sein und niemals würde Maren so aussehen können wie das weiße Mädchen auf seinen Skizzen.

Missmutig fuhr Maren sich über die rechte Seite. Sie bildete sich ein, dass man die wulstigen Narben ihrer neusten Verletzung durch den tannengrünen Seidenstoff hindurch sehen konnte, und dachte grimmig: *Das Kleid verliert wirklich jegliche Schönheit, wenn ich es trage. Es ist so grün wie die Blätter einer Rose, aber ich bin keine Rose. Ich bin ein Kürbis: dick, klein und lächerlich.*

»Warum schaust du nur immer drein, als hättest du ein Gespenst gesehen, sobald ein Spiegel in der Nähe ist?«, fragte Ilisil, als sie Marens finsteren Blick bemerkte. »Du siehst toll aus! Hör nicht darauf, was diese aufgeblasenen Seidenmännchen so von sich geben! Auch wenn sie Will heißen und eine echt tolle Frisur haben. Wenn er wieder irgendetwas Dummes gesagt hat, kann ich ihm nach dem Ball gerne den Kopf zurechtrücken«, drohte Ilisil, was Maren ein leises Kichern entlockte.

»Das ist lieb, aber er hat gar nichts gemacht. Ich bin einfach kein großer Freund von Bällen«, antwortete sie achselzuckend.

Ilisil neigte den Kopf. »Wie du meinst. Trotzdem ist niemand in diesem Schloss es wert, dass du so eine Miene aufsetzt – oder dich aushungerst. Aber wenn du willst, können wir das festliche Büffet ja gleich um ein paar Törtchen erleichtern, das ist ohnehin der beste Teil an diesen Festen.«

Ilisil schenkte Maren ein verschmitztes Grinsen, das sie allerdings nicht erwiderte. »Ich glaube ehrlichgesagt nicht, dass ich mich nach dem letzten Mal in der Nähe des Büffets sehen lassen sollte«, murmelte Maren, während Erinnerungssplitter ihres furchtbaren Hochzeitsfestes, scharf durch ihre Gedanken schnitten.

Ilisil biss sich auf die Unterlippe, als sie verstand, worauf Maren hinauswollte.

»Vielleicht nicht ... Wenn ich du wäre, würde ich den Adeligen trotzdem einfach den Rosenkönig an den Hals wünschen und einen schönen Abend haben. Du bist die erste vernünftige Person, die mir in diesem Schloss über den Weg gelaufen ist, also lass dich von diesen Spiegeln nicht auch in den Wahnsinn treiben wie alle anderen, in Ordnung? Trends kommen und gehen wie Zugvögel, aber echte Schönheit kommt von innen, durch das, was man tut und was man ist, und da kann dir in diesem Schloss ohnehin niemand das Wasser reichen.«

Ilisil boxte Maren spielerisch gegen den rechten Arm. Und da Wills schöne, ungestüme Ziehschwester ohnehin nicht verstehen konnte, wie

es war, wenn man sich um die Meinung anderer Leute sorgen musste, setzte Maren nur ein einstudiertes Lächeln auf und nickte, was Ilisils besorgte Miene allerdings kaum weicher machte. Doch sie sagte nichts mehr und reichte Maren lediglich schweigend ihre Maske – eine aus Juwelen gefertigte Kostbarkeit, bei der die geschliffenen Rubine unzählige Rosenblüten darstellten.

Die Edelsteinmaske lag kalt wie Eis auf Marens Haut und sie war vollkommen nutzlos, da jeder Maren natürlich trotzdem erkennen würde ... Missmutig sah Maren Ilisil dabei zu, wie die ihre eigene Maske aufsetzte: ein zartes, aus zahllosen kleinen Knochen geformtes Gebilde, das Maren unangenehm genau an einen Vogelschädel erinnerte. Die handwerklich begabte Wanetta hatte diese Maske für Ilisil gemacht, nachdem Ilisil beschlossen hatte, das Fest als toter Miroschwan zu besuchen, um die Adligen damit zu erschrecken. Die Witwen hatten definitiv ihren Einfluss auf Ilisil, doch selbst in ihrer schaurigen Knochenverkleidung war sie noch tausendmal schöner als Maren. Sogar ihre mondhelle Haut war schöner als Marens und schimmerte wie eine junge Perle, während Maren einfach nur seltsam weiß wie Milch aussah ...

Deprimiert folgte Maren Ilisil nach unten in die weitverzweigten Korridore, wo zahllose gläserne Girlanden von den hohen Deckengewölben hingen. Sie stellten winzige Schneeflocken dar und reflektierten das silberweiße Mondlicht in alle Richtungen, sodass der mit geschliffenen Saphiren verzierte Palast in allen nur erdenklichen Blautönen funkelte und man sich augenblicklich in eine eisige Unterwasserlandschaft hineinversetzt fühlte ... Merkwürdigerweise beunruhigte Maren diese Vorstellung, aber ehe sie genauer darüber nachdenken konnte, kam Will bereits um die Ecke.

Wie Ilisil trug auch er das Kostüm, welches an diesem Abend die meisten Männer anhaben würden: Will ging als Ulupatiq – als ein Niutak-Monster, das in Flüssen lebte und Kinder fraß, doch natürlich stellte Will wie auch alle anderen Adligen eine völlig verklärte Version des Flusswesens dar: Er trug nämlich keine Lumpen und Algen wie die eigentliche Kinderschreckgestalt, sondern hatte ein gischtweißes Seidenhemd und eine grüne, mit Smaragden bestickte Samtweste an, die mit den gläsernen Girlanden um die Wette funkelte. Anstelle langer, schmutziger Fingernägel trug Will außerdem edle Handschuhe, die an den Enden zu

elegant geschmiedeten Silberklauen zusammenliefen, und Maren musste unwillkürlich an Cenrics lange Monsterkrallen denken ... Dass Will sein Haar noch dazu wieder komplett kupferrot gefärbt hatte und eine ausdruckslose Elfenbeinmaske mit zwei Fangzähnen aus Narwalhörnern trug, machte die Sache nicht besser. Maren erschauderte instinktiv, und erst als Will zu sprechen anfing, verflog ihre Angst wieder. Das Herz flatterte ihr jedoch weiterhin wie ein Schmetterlingsschwarm in der Brust herum – allerdings aus anderen Gründen, wie sie sehr wohl wusste.

»Ihr seht beide sehr gut aus«, sagte Will, wobei Maren sich sicher war, dass er sie nur in sein Kompliment aufnahm, um höflich zu sein.

Ilisil lächelte freundlich. »Selbst mit einer Monstermaske bist du noch charmant wie immer, Will. Aber ich werde dich und Maren jetzt trotzdem allein lassen. Bevor das Fest beginnt, muss ich noch ein paar gute Verstecke ausfindig machen – für den Fall, dass Cenric nach mir sucht ... Mögen die Geister mir beistehen, wenn an dem ganzen Gerede etwas dran ist und er mich tatsächlich zu seiner neuen, mundtoten Gemahlin machen will ...« Ilisil schüttelte sich demonstrativ. Doch Maren kam bei diesen Worten der Gedanke, dass es vielleicht gar nicht so schlecht wäre, wenn Ilisil Cenric heiraten würde. Zumindest für den Norden wäre es gut. Denn sollte Will es nicht schaffen, König zu werden, könnte Ilisil als Cenrics Königin möglicherweise ein wenig Silber für den Norden aus Belis endlosen Schatzkammern abzweigen ... Aber darum durfte Maren ihre Freundin nicht bitten. Cenric war ein grausames Scheusal und überhaupt hatte Maren Will versprochen, heute einmal nicht an Politik zu denken. Sie beschloss allerdings, den Gedanken im Hinterkopf zu behalten, denn eine schlechte Idee wäre besser als gar keine Idee, sollten sie die Königswahl tatsächlich verlieren ...

»Du grübelst schon wieder, das kann ich selbst mit der Maske sehen« zog Will sie missmutig auf. Dann strich er sanft über Marens in Falten gelegte Stirn und sie kicherte leise, weil es ein wenig kitzelte.

Will lächelte. »So gefällst du mir besser«, murmelte er und Maren schoss sofort das Blut in die Wangen. Warum konnte diese dumme Rosenmaske nicht ihr gesamtes Gesicht bedecken? Dann würde Will wenigstens nicht sehen, wie sie wieder einmal schamrot anlief ...

»Der Ball selbst findet im Glashaus statt, damit die Adligen in ihren Monster- und Tierkostümen so tun können, als wären sie noch ein Teil

der Natur«, erklärte Will und drehte sich dann mit einem verächtlichen Schnauben in dem juwelenbesetzten Korridor herum, der so stark funkelte wie der Hals einer reichen Edeldame. »Dabei ist hier doch gar nichts natürlich – nichts außer dir … Komm, gehen wir in die gläserne Galerie, dort ist jetzt bestimmt keiner mehr und die Aussicht auf das Meer und die Klippen ist herrlich«, meinte Will und zog Maren, ohne eine Antwort abzuwarten, hinter sich her. Die plötzliche Berührung entfachte das Flattern in Marens Brust von Neuem und ließ ihr einen warmen Schauer über den Rücken laufen.

»Ich frage mich, wie weit man wohl kommen könnte, wenn man einfach immer weiter auf dem Eis entlanglaufen würde«, überlegte Will, nachdem sie die Galerie erreicht hatten und gemeinsam auf die nachtschwarze See hinausblickten.

»Die Eisnomaden wissen es vermutlich, sie jagen im Winter doch auf dem Meer ihre Eisbären, wenn die Kälte das Wasser erstarren lässt«, antwortete Maren und sah, wie Will unter seiner Maske versonnen lächelte.

»Ja … Kajaks und Schlittengespanne mit weißen Wolfshunden … Vielleicht hätten wir uns in Cenrics Dorf selbst ein Zelt aufbauen und mit den Niutak in den Osten ziehen sollen. Meine Großmutter war immerhin eine Eisnomadin, genau wie deine Mutter. In uns beiden fließt das weiße Blut, vielleicht ist es uns einfach nicht bestimmt, hier an diesem glitzernden Hof mit seinen hübschen Monstern eingesperrt zu sein …«

Ein Lächeln zuckte über Marens Lippen. »Ich weiß nicht, ob die Wildnis das Richtige für uns wäre, und ich hatte nie den Eindruck, dass du den Hof so sehr hasst. Ich dachte immer, du magst den Luxus hier …«

Will zuckte mit dem Schultern. »Es ist hübsch auf Wjallvit und natürlich mag ich den Prunk und die Schönheit, wie alle Künstler … Aber jedes Mal, wenn ich hierher zurückkehre, komme ich mir wie in einem Nest voller Giftschlangen vor. Ich glaube, die Nomaden im Osten der Insel sind einfach bessere, ehrlichere Menschen, und nach allem, was Ilisil mir erzählt hat, sind sie auch glücklicher, obwohl sie so viel weniger haben …«

Überrascht stellte Maren fest, dass echte Abscheu und echte Sehnsucht in Wills Stimme lagen. Dass er den Winterhof ebenso hassen könnte wie sie, war Maren nie in den Sinn gekommen, zumal er die Leute, die sie immer verhöhnten, stets seine Freunde nannte … *Aber der Name*

einer Sache ändert wohl auch nichts an der Sache selbst. Auch für Will
waren die Adligen selten das, was man wahre Freunde nennen könnte,
überlegte Maren und erschauderte dann, als Will jäh das Balkonfenster
aufriss und auf den schmalen Marmorvorsprung trat, unter dem sich das
regungslose Eismeer auftat.

»Du solltest jetzt nicht rausgehen, du bist noch verletzt und die Kälte
tut dir gewiss nicht gut«, meinte Maren.

Doch Will schnaubte nur spöttisch.

»Dieses Schloss und seine Bewohner tun mir nicht gut. Ich würde
mich im Moment wirklich lieber in die Eiswüste aufmachen, als Cenric
und seine Gefolgschaft wiederzusehen, zu lächeln und so zu tun, als ob
er vor ein paar Tagen *nicht* versucht hätte, uns beide kaltblütig umzubringen!«, knurrte er und krallte sich wütend an der silbernen Balustrade
fest. Maren verstand ihn nur zu gut, auch sie wollte nicht ins Glashaus
gehen, um sich dort abermals von den anderen Adligen demütigen zu
lassen, aber was hatten sie für eine Wahl? Zumindest kurz mussten sie
sich der Öffentlichkeit zeigen, das war ihnen beiden bewusst.

»Ich glaube nicht, dass du ein sonderlich guter Kajakruderer wärst
oder viel Freude daran hättest, Eisbären durch die weiße Wüste zu jagen.
Es ist ein hartes Leben dort draußen. Ich fürchte, du stellst dir das zu
romantisch vor – wie alle Künstler es machen«, stichelte Maren. »Und
außerdem haben wir eine Aufgabe zu erfüllen, schon vergessen?«

Will warf Maren einen missmutigen Blick zu. »Wie könnte ich das je
vergessen? Aber ich denke, ein unangenehmes Leben in der Eiswüste ist
besser, als auf den südlichen Schlachtfeldern zu sterben, falls wir die Wahl
nicht gewinnen und Hrafen beschließt, seine Drohung wahr zu machen.«

Maren schwieg einen Augenblick und erinnerte sich an das
Streitgespräch, das Hrafen und Will bei ihrer Ankunft auf Beli geführt
hatten. Es gab ihr einen Stich, dass Will die Königskrone schon verloren
glaubte, auch wenn er vermutlich recht damit hatte ...

»Wenn Hrafen es wirklich wagt, dich zu verraten, dann ist es als
Prinzessin und Regentin von Mandrell mein gutes Recht, dir deine
Fehltritte zu vergeben und dir in meinem Land Zuflucht vor ihm und
den anderen wütenden Nordmännern zu gewähren, die dir noch grollen
könnten. Aber ich glaube ehrlich gesagt, der Norden hat momentan weit
größere Sorgen, als fahnenflüchtige Krieger zu verfolgen ...«

Will sah Maren ein paar Atemzüge lang regungslos an, ehe sich seine Züge langsam lichteten. »Das würdest du wirklich für mich tun?«, fragte er stirnrunzelnd.

Maren zuckte verlegen mit den Schultern. »Natürlich, warum denn nicht?«

»Weil ich seit unserer Verlobung einfach nur ein riesiger Mistkerl war, zum Beispiel?«

»Aber leider mein Mistkerl«, entschlüpfte es Maren, ehe sie die Worte wie gewohnt in die Untiefen ihrer Gedanken hinabdrücken konnte, wo sie auch hingehörten und wo solche unschuldigen Gespräche meist ganz anders ausgingen – bevorzugt mit ihrem Rücken an einer Wand und seinen Lippen auf ihren … Der bloße Gedanke ließ Marens ohnehin schon heiße Wangen nur noch röter anlaufen. »Ich kann zwar nicht versprechen, dass all deine Seidenhemden in unser Schloss passen, aber ich könnte dir die Stadt zeigen, aus der dein Vater stammte. Ich glaube, in unserer Rittergalerie hängt sogar noch ein Bild von ihm …«, fügte Maren hastig hinzu, auch wenn Will bestimmt genau wusste, dass sie ihn damit nur ablenken wollte.

Aber er zog sie nicht mit ihrem kleinen Ausrutscher auf, sondern sagte nur: »Ich vergesse immer, dass mein Vater aus Mandrell kam. Vielleicht hätte ich schon viel früher mit dir in den Norden segeln sollen …« Und während er sprach, streifte er sich abwesend den rechten Handschuh ab, um eine Locke aus Marens sorgsam befestigter Hochsteckfrisur zu lösen und sie sich um den Finger zu wickeln, so wie er es damals immer gemacht hatte. Maren konnte die Hitze seiner Hand fast schon auf ihrer Wange spüren …

»Ich glaube … du ruinierst gerade Ilisils ganze Arbeit«, wisperte sie und spürte plötzlich einen schweren Kloß im Hals.

Will blinzelte ein paar Mal, als würde er aus einem langem Traum erwachen. Früher wäre ihm so was gewiss nicht passiert, so peinlich wie er immer auf die richtige Etikette achtete. »Ja, ich schätze, das tue ich …« Vorsichtig zog er seine Hand wieder aus ihren Haaren, streifte zuerst ihr Ohr, dann ihre Wange und hielt dort einfach inne. Eine Berührung, die Maren so nicht kannte. Das war keine Art, auf die sich Freunde berührten … Oder? Die Diamantfäden an Marens Ohr klirrten leise und auch die Sterne am eisig klaren Firmament schienen extra laut zu funkeln, wie

um sie dazu zu drängen, endlich den Kopf zu heben und Will anzusehen, damit sie verstehen konnte, was diese seltsame Berührung bedeuten sollte. Oder vielmehr, was sie nicht bedeutete, denn es bedeutete nie etwas. Und es würde auch nie etwas bedeuten, weil –

»Suchst du deine Zunge da auf dem Boden?«, stichelte Will, ehe er ohne Vorwarnung einen Finger unter ihr Kinn legte und ihren Blick von dem blankpolierten Marmorparkett in seine lupinenblauen Augen hob. Er lächelte sanft und wirkte dankbar für ihr Angebot. Aber hauptsächlich sah er verloren aus. Genauso verloren, wie Maren sich fühlte. Als wären sie zwei einsame Sterne in dieser endlosen Dunkelheit. Ohne Namen oder Erinnerungen … oder Grenzen.

Wieder schwebten Wills Finger kurz unschlüssig über ihrer Wange, dann strich er vorsichtig über ihre ebenmäßig eingepuderte Haut. Vermutlich, um die teure Schminke nicht zu verschmieren. Oder vielleicht, weil er sanft sein wollte? Aber das war absolut albern. Es war nur ein dummer Tagtraum, es –

»Du bist viel zu gut für diese Welt, weißt du das?«, murmelte Will, ehe seine freie Hand ihren Rücken hinabglitt und unbeholfen nach der alten unschuldigen Art suchte, auf die sie sich früher immer umarmt hatten – ohne sie allerdings zu finden. Erst war er zu weit weg und dann plötzlich viel zu nah und sein süßes Lavendelparfüm umfing Maren wie eine bessere Welt, in der all die vergeblichen Tagträume schlummerten, die niemals Wirklichkeit werden konnten.

»Lord Willjareth, seid Ihr das und Eure Gemahlin? Ich hoffe, ich störe Euch nicht, aber im Glashaus wurde vor wenigen Augenblicken der Winterball eröffnet«, murmelte ein schlanker, eingeschüchterter Diener, der eben scheinbar einfach aus dem Nichts neben ihnen aufgetaucht war. Sofort stoben Maren und Will auseinander wie zwei verirrte Funken.

»Ich danke dir«, sagte Will zu dem graugewandeten Diener und Maren konnte förmlich dabei zusehen, wie auch sein echtes Gesicht unter dem Elfenbein abermals zu einer gefassten Maske verhärtete. Dann seufzte er schwer. »Komm, Maren, es wird Zeit. Das Glashaus wird dich sicher begeistern. Es ist riesig und besteht aus doppelten Glaswänden, zwischen denen kochend heißes Wasser hindurchfließt. So ist es innen immer warm und es können selbst die exotischsten Pflanzen dort wachsen.« Will

schenkte Maren ein lockendes Lächeln und streckte ihr seine feingliedrige rechte Hand entgegen.

Maren zögerte einen Augenblick. Das Glashaus hörte sich zwar wunderbar an und natürlich war ihr jede Entschuldigung recht, um Will ein wenig näher zu sein, aber sie wusste sehr genau, dass der Preis für diese neuerliche Berührung ein Abend mit den Adligen sein würde … Doch da Maren im Grunde ohnehin keine Wahl hatte, ergriff sie einen Wimpernschlag später dennoch seufzend Wills Hand und genoss das weiche Gefühl seiner Haut unter ihren Fingern. War es erbärmlich, dass ihr Herz nach all den Jahren noch immer nicht begreifen wollte, dass Will kein Interesse an ihr hatte? Und dass sie in jeder noch so kleinen Geste nach etwas suchte, das niemals da sein würde? Manchmal kam es Maren so vor. Aber da ihr Verstand diesen wahnsinnigen Kampf ohnehin schon vor Jahren verloren hatte, versank Maren auf dem Weg zum Glashaus einfach in Wills zarter Berührung und seinem betörenden Lavendelduft.

Der schmale Mosaikpfad, der zum Glashaus und zu den anderen Adligen führte, erschien Will heute sehr lang und mühsam und Marens Hand lag auf einmal wie eine große Last in seiner. Natürlich wusste Will, dass Maren augenblicklich die Aufmerksamkeit und den Hohn der Adligen auf sich ziehen würde, sobald sie das Fest betraten, aber das quälte ihn im Moment nicht am meisten. Vielmehr bedrückte es Will, dass er Marens flatternden Herzschlag sogar noch in ihren Fingerspitzen spürte und sie ständig scheu zu ihm herüberspähte, nur um sich sofort wieder mit hochrotem Kopf abzuwenden. Sie war viel zu nervös, zog ihren seltsam flachen Bauch ein und machte nur betont kurze Atemzüge, um dünner auszusehen, als sie eigentlich war. Mehr wie alle anderen und weniger wie sie selbst. Weniger wie die sanfte kleine Nordländerin mit der heimlichen Liebe für rosa Windbeutel, die Will so gut kannte, und mehr wie eine weitere leblose Edeldame.

Als ob es davon noch mehr auf dieser verdammten Insel bräuchte, dachte Will betrübt. Er hatte es schon früher nie gemocht, wenn Maren sich so gezwungen verhielt wie der Rest dieser eiskalten Insel, und im Grunde wollte er auch gar nicht wirklich, dass sie so wurde wie die anderen Edeldamen auf Beli. Er hatte sich das nur immer eingeredet, weil er es hasste, mit Maren aufgezogen zu werden, aber wenn Will ehrlich zu sich war, dann wünschte er sich eigentlich nur, dass Marens Augen wieder so unbedarft leuchteten, wie sie es damals getan hatten. Damals – *bevor* Will sich einen Wintergeist eingefangen hatte und *bevor* die Adligen begonnen hatten, ihn so unter Druck zu setzen. *Bevor alles den Bach runterging. Und bevor Maren mich und Beli an jenem Regentag vor drei Jahren endgültig verlassen hat,* fasste Will bitter zusammen, ehe er und Maren angespannt vor dem fein geschmiedeten Silbertor des Glashauses innehielten.

Hinter den Fenstern tummelten sich haufenweise weiße Gestalten, an denen zahllose bunte Farbkleckse funkelten und fluoreszierten. Und obwohl Will wusste, dass diese weiß-grünen, weiß-roten und weiß-blauen Wesen in Wahrheit juwelenbedeckte Edelleute waren, verzerrte das heiße Wasser zwischen den Glaswänden ihre Umrisse so sehr, dass sie Will eher wie umherwabernde Albträume vorkamen – bunt gekleidete, fremdartige Kreaturen, die ihm und Maren gierig auflauerten.

Ich habe wohl zu viel Zeit mit der Monsterjagd zugebracht ... Kopfschüttelnd wandte sich Will zu Maren um. Doch auch sie starrte die verzerrten Adligen hinter dem Glas an wie eingesperrte Ungeheuer und am liebsten wäre Will einfach wieder umgekehrt und hätte den restlichen Abend damit verbracht, zusammen mit Maren durch das verlassene Winterschloss zu flanieren und den Sternen dabei zuzusehen, wie sie sich im gefrorenen Eismeer spiegelten ... Aber dafür war es nun leider zu spät, und so drückte Will nur seufzend Marens kleine Hand – warum war ihm eigentlich nie aufgefallen, wie zart ihre Hände waren? – und öffnete das silberne Tor.

»Keine Sorge, wir bleiben nicht lang«, murmelte Will, während er Maren mit sanfter Gewalt in die wogende Menge hineinzog, die sich auf den schmalen Wanderpfaden des Glashauses tummelte.

Inmitten all dieser giggelnden, weißgewandten Mädchen, die sich allesamt als knöchrige Miroschwäne ausgaben, wirkte Maren mit ihrer roten Rosenmaske wie ein einsamer Blutstropfen im Schnee – oder wie eine kleine, dornenlose Sommerblume, die auf Beli eigentlich gar nicht mehr wachsen sollte. *Weil nichts Gutes hier jemals Wurzeln geschlagen hat,* schoss es Will nachdenklich in den Sinn. Und auch Maren bemerkte

schnell, dass sie einmal mehr ungewollt aus der Menge hervorstach, und warf Will einen verärgerten Blick zu. »Hättest du mir gesagt, dass alle in Weiß kommen, hätte ich um ein weißes Kleid gebeten«, ließ sie ihn missmutig wissen.

Will zuckte nur mit den Schultern. »Es hätte dir aber wenig genützt, darum zu bitten, als meine Gemahlin darfst du nämlich kein Weiß mehr tragen. Weiß ist für Debütantinnen und Jungfrauen, schon vergessen? Und sieh mal, dort.« Will wies auf eine Gruppe bunter Gestalten, die gerade umringt von einer großen Schaar an Bewunderern unter den rubinbehangenen Sauerkirschbäumen hindurchspazierte. »Von den verheirateten Edeldamen trägt nicht eine reines Weiß – also entspann dich«, riet Will, obwohl er sich selbst beherrschen musste, Marens Hand nicht mit seinen Fingern zu zerquetschen, während er die kostümierten Adligen beobachtete. Für gewöhnlich mochte Will Bälle, weil sie einem die Möglichkeit boten, sich stillschweigend zu verdrücken, aber er ahnte, dass das mit Maren an seiner Seite eher schwierig werden würde. Und als Cenric zwei Atemzüge später in der funkelnden Masse auftauchte und direkt auf sie zukam, sah Will sich in diesem Verdacht bestätigt – und das Blut begann ihm bei Cenrics Anblick unwillkürlich in den Adern zu kochen.

Cenric hatte sich heute offensichtlich auch als Ulupatiq verkleidet, denn an seinem meerblauen Wams funkelten überall echte und versilberte Haifischzähne und aus gedrehten Smaragdketten gefertigte ›Seealgen‹. Außerdem trug er ein Paar abenteuerlich hohe Absatzstiefel, auf die die Bezeichnung Stelzen eigentlich schon besser gepasst hätte. Aber es war nicht Cenrics Kostüm, sondern seine Maske, die Will innerlich zum Toben brachte. Denn die längliche Monsterfratze, die Cenric zur Schau trug, war bis ins letzte Detail seinem wahren Monstergesicht nachempfunden. Zwar war die Prunkmaske aus glänzendem Elfenbein gefertigt und anstelle von Schuppen mit geschliffenen Jadesteinen besetzt, aber es war dennoch zweifellos Cenrics Monstergesicht, das auf der teuren Elfenbeinmaske abgebildet war. Dieser Irre hatte vielleicht Nerven!

»Cenric, mein alter *Freund*, was für ein famoses Fest du hier arrangiert hast«, rief Will und schloss mit einer abfälligen Geste den ganzen funkelnden Schlossgarten ein. Wie zu jedem Winterball sah es im Glashaus auch heute so aus, als hätte es winzige Juwelen vom Himmel geschneit. Diamantsplitter, Bergkristalle, Mondsteine und geschliffenes Glas waren auf Blumenblätter geleimt und zwischen Bäumen aufgehängt worden, doch Will hatte gerade kein Auge für dieses glitzernde Spektakel. Er war einfach zu wütend auf den rotblonden Adligen, der ihm nun wie ein bösartiges Spiegelbild gegenüberstand. *Gut, dass ich eine große Monstermaske trage,* dachte Will. Denn er wäre im Moment nicht dazu in der Lage gewesen, den Abscheu in seinem Gesicht zu verbergen ...

Aber was tue ich hier überhaupt?! Ich sollte mich von Cenric fernhalten! Jetzt, wo ich sein Geheimnis kenne, wird er sicherlich alles daransetzen, mich und Maren loszuwerden, selbst wenn niemand unsere Anschuldigungen glauben würde ... Doch weder Wills eigene Angst noch Marens verzweifelte Finger, die sich nun fest in seinen Handrücken bohrten, konnten Will dazu bringen, Vernunft anzunehmen und Cenric einfach aus dem Weg zu gehen.

»Freut mich, wenn es dir gefällt, Willi. Ich muss mir ja schon mal einen Ruf erarbeiten, für die Zeit, wenn ich König bin und rauschende Feste gebe. Wobei, ich könnte dann ja einfach ein Gesetz erlassen, das es unter Strafe stellt, meinen Feiern fernzubleiben ... Nun, es freut mich jedenfalls, dass du es zu meinem Ball geschafft hast, ich fürchtete schon, du würdest ihn versäumen – oder wenigstens dein kleiner Kürbis hier. Sie schien mir bei unserer letzten Begegnung nicht sonderlich wohlauf zu sein ...«

»Woran du nicht unschuldig warst«, knurrte Will und ballte dabei die Hände zu Fäusten – oder er versuchte es zumindest. Aber Maren hielt den Fingern seiner rechten Hand warnend stand, auch wenn Will spürte, wie ihre eigene Handfläche ganz schwitzig wurde und ihre Augen unter der Rubinmaske ängstlich umherzuckten und einen Fluchtweg suchten.

Cenric ging allerdings nicht auf Wills Worte ein, sondern strich sich lediglich eine rotblonde Locke aus der maskierten Stirn. »Was soll das überhaupt für eine Verkleidung sein? Deine edle Gemahlin hätte als Kürbis kommen müssen! Ihr Kostüm sieht ja fast aus wie eine Blume!«, höhnte Cenric und kreiste mit einem lauernden Gesichtsausdruck um die kleine Maren, die nun panisch zu zittern begann.

»Maren kommt aus Mandrell, dem Blumenland, schon vergessen? Also ja: Sie geht als Blume und wir wollten uns jetzt auch aufmachen, um

Ilisil zu suchen«, entgegnete Will, ehe Cenric etwas noch Beleidigenderes sagen konnte. Doch leider rettete Wills elegante Notlüge weder ihn noch Maren vor Cenrics schleimiger Gegenwart, denn kaum dass Will sich umgedreht hatte, nahm Cenric schon die Verfolgung auf und sagte: »Das trifft sich ja hervorragend, ich suche Ilisil ebenfalls. Die Tanzfläche muss schließlich eröffnet werden und ich hätte gerne den schönsten Schwan des Abends an meiner Seite.« Cenric klang auf charmante Weise träumerisch bei diesen Worten, aber Will konnte er damit nicht täuschen. Nach all den Jahren kannte Will Cenrics Trickkiste zur Genüge und wusste, dass Cenric sich nur unaufmerksam gab, damit sein Gegenüber leichtsinnig wurde und etwas Dummes sagte. Daher schwieg Will nur eisern und drückte dabei Marens Hand, um ihr Mut zu machen.

Doch wie immer hielt Cenric die Stille nicht lange aus und fing zu Wills Leidwesen bereits nach wenigen Atemzügen ein neues Thema an.

»Es wundert mich allerdings schon etwas, dass du überhaupt ans Feiern denken kannst, wo ganz Westbeli doch in ständiger Angst vor neuen Monsterangriffen lebt ... Ich persönlich plane, nach diesem Ball ja eine weitere große Jagd am Fuße des Fengaror-Gebirges zu veranstalten. Das wird ein Spaß!« Bei dem Gedanken, einmal mehr Menschenblut vergießen zu können, flammte in Cenrics Augen wieder dieses leidenschaftliche Feuer auf, mit dem er sich stets für kurze Zeit einer neuen Beschäftigung widmete, ehe sie ihm ebenfalls langweilig wurde.

»Oh, da ist Ilisil ja endlich! Aber ... bei Belis schönen Schwänen, was hat sie denn da an? Sie sieht aus wie eine Totenfee!«, mokierte sich Cenric, als er Ilisil und ihre schaurige Knochenmaske bemerkte.

Wenn sie doch nur deine Totenfee wäre, schoss es Will bitter durch den Kopf. Und als Cenric auf klackernden Absätzen davonlief, um Ilisil seine Aufwartung zu machen, zupfte Maren ängstlich an Wills Hemdsärmel und flüsterte: »Will, lass uns woanders hingehen!« Wie immer wagte sie es nicht, in Cenrics Gegenwart zu sprechen, und Will nickte ihr beruhigend zu. Auch er wollte nicht auf der Tanzfläche bleiben, denn in Cenrics Nähe hatte Will das fortwährende Bedürfnis, diesem kleinen Bastard die Kehle aufzureißen. *Langsam kommt der Nordländer in mir wohl wieder durch. Hrafen würde es sicher freuen, das zu hören*, dachte Will spöttisch.

»Gut, gehen wir«, murmelte er in Marens Richtung. Doch gerade als sie beide die Tanzfläche verlassen wollten, schlossen sich die gebogenen Silberklauen von Cenrics Prunkhandschuh plötzlich um Wills Handgelenk und hielten ihn zurück.

»Wohin so eilig, Willi? Die beiden Königskandidaten sollten zusammen die Tanzfläche eröffnen, das ist nur recht so – zum Zeichen unserer freundschaftlichen Rivalität«, schnurrte Cenric und diesmal zerquetschte Will Marens kleine Finger tatsächlich in seiner rechten Hand, weil er vor Wut eine Faust ballte. Am liebsten hätte er Cenric mit dieser Faust auch ins Gesicht geschlagen, doch er tat es nicht, da die stumpfen Augenpaare der anderen Adligen sich wie die Lanzen von Cenrics persönlicher Leibgarde in Will hineinbohrten. Wie immer hatte Cenric sein Schlachtfeld weise gewählt.

»Worauf wartest du noch, Willi? Lass uns tanzen, unsere Freunde langweilen sich schon!«, rief Cenric so laut, dass ein zustimmendes Gemurmel durch die Reihen der Umstehenden ging. Will biss die Zähne zusammen und wandte sich zu Maren um.

Selbst mit der rubinroten Maske im Gesicht erkannte Will das blanke Entsetzen in ihrem Blick. Zweifellos dachte sie an ihren katastrophalen Hochzeitstanz ... Wills Kehle wurde eng. *Maren hat mir viel zu viel vergeben ... Ich war ein furchtbares Ekel zu ihr und sollte Cenric jetzt mit aller Kraft ins Gesicht schlagen und das Glashaus dann mit Maren verlassen!*, dachte er leidenschaftlich. Aber die Armee der Augen, die ihn nun wartend anstarrte, ließ Will einmal mehr zu einem winzig kleinen Mann zusammenschrumpfen.

Entschuldigend strich er über Marens Handrücken und führte sie mit sanfter Gewalt auf die Tanzfläche. »Danach gehen wir wieder«, flüsterte er, ohne wirklich wahrzunehmen, was er da sagte. Wills Verstand wusste, dass er sich heute noch mit vielen Adligen unterhalten und Freunde gewinnen musste. Aber sein Herz wollte Maren einfach nur beruhigen, und so sagte er ihr, was sie hören musste, um diesen Abend zu überstehen.

Maren ließ ihre hübschen Absatzschuhe am Rand der Tanzfläche zurück, was allerdings kaum auffiel, da der Saum ihres tannengrünen Kleides bis zum Boden reichte und ihre Füße bedeckte. Nun war Maren lediglich noch einen halben Kopf kleiner als zuvor und Will wurde zum

ersten Mal wirklich bewusst, wie winzig seine alte Freundin doch war. *Wäre sie ebenso schmal wie all die anderen Frauen auf Beli, dann wäre außer ihren Haaren ja gar nichts mehr von ihr übrig,* schoss es Will unwillkürlich durch den Kopf. Doch dann zog Cenric die finster dreinsehende Ilisil auch schon an sich und forderte die Barden zwischen den Bäumen mit einem Handzeichen dazu auf, Tanzmusik zu spielen. Die großen Ebenholzharfen änderten augenblicklich ihre Tonart und die Silberflöten schlugen eine aufgeweckte Melodie an, die an das Gezwitscher vieler kleiner Vögel erinnerte. Will erkannte sofort, dass die Barden den berühmten *Schwanentanz* spielten – ein kompliziertes Stück, das die Verführung eines jungen Lords durch einen Miroschwan nacherzählte und damit endete, dass die Schwanenjungfer den Edelmann wieder verließ und er sich wahnsinnig vor Sehnsucht von Wjallvits scharfen Klippen stürzte.

Was für ein fröhliches Lied ..., dachte Will.

Dann nahm er seufzend eine Tanzposition ein und machte den ersten Schritt, den Maren überraschend bemessen erwiderte. Und auch den zweiten und dritten Schritt und die halbe Drehung danach tanzte Maren ohne ihre übliche Unbeholfenheit, obwohl sie die ganze Zeit verstohlen auf ihre Füße schielte und lautlos die Lippen bewegte, um sich an die richtige Schrittfolge zu erinnern.

»Du machst das gut, hast du geübt?«, murmelte Will anerkennend.

Marens Wangen leuchteten augenblicklich rot auf.

»Wanetta hat mir diesen Tanz beigebracht, auch wenn ich immer noch eine lausige Tänzerin bin«, antwortete sie und machte sich damit wie immer schlechter, als sie eigentlich war. Sicherlich konnte man ihre Schritte keineswegs als leichtfüßig bezeichnen, denn sie bewegte sich viel zu steif und einstudiert. Aber sie machte es nicht schlecht, vor allem, wenn man bedachte, dass all die anwesenden weißen Debütantinnen sich um die Tanzfläche geschart hatten wie ein Schwarm dummer Gänse und dass auch der Inseladel, der noch bei den Kirschbäumen stand, nur darauf wartete, dass jemand auf der Tanzfläche sich einen Fehler leistete ...

Auf einmal kam auch Will jeder Schritt wie ein Seiltanz auf einem schwankenden Tau vor und er klammerte sich an Maren, so wie sie sich an ihn klammerte, obwohl sie beide wussten, dass der jeweils andere auch keinen festen Boden unter den Füßen hatte. Doch irgendwie gelang es ihnen trotzdem, einander Halt zu geben und die schaulustigen Adeligen

langsam zu vergessen. Und ihre steifen, einstudierten Schritte entwickelten sich zaghaft zu einem echten Tanz, der nur ihnen beiden gehörte.

Traumverloren strich Will mit seinen Fingern über Marens veilchenblaue Adern und spürte, dass ihr gesamter Körper leicht bebte. Fast fühlte es sich so an, als flatterten Schmetterlinge unter ihrer Haut, doch Will wusste natürlich, dass es lediglich ihr wilder Puls war, den er spürte, denn die Mondhaut der Niutak war dünner und feiner als die der Nordländer. Marens Herz sang sein eigenes geheimes Lied in ihrem Körper und nur Will konnte diesen urtümlichen Gesang hören.

Es fühlte sich gut an, mit Maren zu tanzen, doch ihr scheues Schweigen schien wie eine Mauer zwischen ihnen zu liegen, und Will wagte es ebenfalls nicht zu sprechen, da jedes Wort Maren aus ihrer seligen Trance gerissen hätte und sie hinter seinen Komplimenten ohnehin nur nach versteckten Anschuldigungen und Beleidigungen gesucht hätte ... *Es gäbe allerdings noch einen anderen Weg, sie endlich davon zu überzeugen, dass ich sie nicht abstoßend finde,* dachte Will mit einem Blick auf Marens kleine porzellanpuppenartige Lippen. Einen Kuss würde sie sicherlich nicht missverstehen können ... Allerdings wäre es hier in aller Öffentlichkeit, vor den Augen des spöttischen Inseladels, vermutlich keine so gute Idee, Maren zu küssen ... Aber wie viel schlimmer konnten die Hänseleien schon werden? Maren war schließlich bereits seine Frau und er hatte jedes verdammte Recht dazu, sie zu küssen!

Will drehte noch zwei nachdenkliche Runden über das schillernde Schmetterlingsmosaik, ehe er den großen Fehler beging, prüfend zu den weißgekleideten Edeldamen am Rand der Tanzfläche hinüberzuschielen. Eigentlich hatte Will nur sehen wollen, ob die schaulustigen Mädchen überhaupt noch auf ihn und Maren achteten, doch als sein Blick nun über die weißgepuderten Haare und die rubinroten Schwanenschnäbel der jungen Frauen hinwegglitt, entdeckte er plötzlich das stumme Geistermädchen unter den Edeldamen. Sie streckte eine Hand nach Will aus und winkte ihn zu sich ...

Für die Dauer eines Herzschlages schien die Welt vollkommen stillzustehen. Doch dann vollführte Maren eine elegante Drehung und zog Will schwungvoll in ihren Tanz zurück. Und als er einen Wimpernschlag später wieder zu den schneefarbenen Jungfrauen hinüberspähte, war sein weißer Wintergeist nicht mehr da.

Im ersten Moment war Will wütend und enttäuscht, aber dann lächelte er leicht und richtete seinen Blick wieder auf Marens große regenblaue Augen.

Es war gut, dass das weiße Mädchen verschwunden war, denn sie war lediglich eine Einbildung. Maren hingegen war wirklich – und nur was wirklich war, war wichtig. Das sagte Will sich immer wieder, bis er meinte, es tatsächlich verstanden zu haben. Und als sich die Tanzfläche um sie herum langsam mit anderen Edelleuten füllte, begann Will endlich, sich Marens rotbemalten Lippen zu nähern ...

Doch gerade als er ihren heißen Atem schon auf seiner Haut spüren konnte, verstummte die Musik abrupt und die Adligen hörten wieder auf zu tanzen und zerstörten so Wills kläglichen Wagemut. Missmutig sah er sich im Glashaus nach der Quelle dieser Störung um. Und Cenric war natürlich wie immer nicht schwer zu finden. Er hatte sich von der leidend dreinsehenden Ilisil getrennt und rief nun mit weit ausgebreiteten Armen: »Ich würde sagen, es ist jetzt Zeit für unsere traditionelle Kürbissuche! Ich weiß, normalerweise tun wir das nur zum Ernteball, aber ich dachte, da unsere liebe Maren bisher noch nie die Gelegenheit hatte, an einer Kürbissuche teilzunehmen, veranstalten wir dieses Jahr einfach noch eine zweite! Meine Diener haben gestern Abend ein paar der größten gelagerten Kürbisse ausgehöhlt und zurück auf das kahle Kürbisfeld vor dem Schloss gebracht. Ihr kennt ja die Regeln: Alle Frauen gehen auf das Feld, und sobald sie sich in den Kürbissen versteckt haben, werden wir hinausgehen, um sie zu suchen! Jeder Edelmann wird den Rest des Abends dann mit dem Mädchen verbringen, das er gefunden hat!« Lautes Gejohle erklang auf Cenrics letzte Worte hin und lediglich Will und Maren stimmten nicht in die heiteren Jubelrufe mit ein, denn sie wussten beide, dass Cenric dieses Spiel nur spielen wollte, um Maren bloßzustellen und Wills Ruf bei den Adligen noch mehr in den Schmutz zu ziehen ...

Doch Will machte sich im Augenblick mehr Sorgen um die kleine Maren, die nun ängstlich auf das reifüberzogene Kürbisfeld hinaussah und dabei leicht zu zittern begann.

Eilig nahm er Marens Hände in seine. »Keine Sorge, die meisten Edeldamen schummeln und klopfen von innen gegen die Kürbiswände, um die Lords so auf sich aufmerksam zu machen. In vielen der hohlen

Kürbisse sind nämlich wildgewordene Gänse und Tauben versteckt und deswegen öffnen die Lords meist nur Kürbisse, gegen die man von innen heraus klopft. Also verhalte dich einfach ganz still und warte ab. Ich komme dann, sobald alle wieder im Glashaus verschwunden sind, und hole dich aus dem Kürbis, danach können wir zusammen in die gläserne Galerie gehen – oder an irgendeinen anderen Ort ohne Cenric und seine funkelnden Marionetten, in Ordnung?«

Maren nickte erleichtert und schenkte Will ein dankbares Lächeln. »In Ordnung, ich warte dann auf dich«, murmelte sie, ehe der kleine, froschgesichtige Amaturuk sie ungeduldig am Arm packte und hinter den anderen Edeldamen nach draußen schubste.

Will sah Marens vertrautem, flammendroten Haarschopf noch kurz besorgt hinterher. Dann spürte er plötzlich einen flirrend kalten, stechenden Blick in seinem Rücken. Und als er sich umwandte, stand sein weißes Geistermädchen tatsächlich erschreckend nah hinter ihm und die dunklen Augen klafften ihr für die Dauer eines Herzschlages wie zwei eifersüchtige Abgründe im Gesicht …

Dann war der Moment allerdings wieder vorbei und das Geistermädchen schenkte Will ein unbeschreiblich bezauberndes Lächeln, das ihre gleißende Schönheit so unvermittelt neu aufflammen ließ, dass Will das Gefühl hatte, mitten in die weiße Wintersonne zu sehen. Nur dass die eisige Anmut des weißen Mädchens mehr als nur seine Augen blendete – genau wie damals am See, als er das mysteriöse Mädchen zum ersten Mal inmitten dieser verdammten weißen Nebelschwaden gesehen hatte, die sie wie sittsame Brautschleier bedeckt hielten. Ganz so wie die wild umherwirbelnden Debütantinnen die zarten Umrisse des weißen Mädchens nun mit ihren durchscheinenden Chiffonkleidern verdeckten und sie unwissentlich tiefer in ihr Reigen hineinzogen – und immer weiter fort von Will.

Und genau wie damals folgte Will diesem unbeschreiblichen Geschöpf auch heute, ohne es zu bemerken, in das undurchdringliche Weiß der federbehangenen Edeldamen hinein, die sich natürlich allesamt als glitzernde Miroschwäne verkleidet hatten – wie jedes Jahr.

Doch sie schienen alle fade und bedeutungslos neben *ihr* zu sein. Neben *ihr,* die nun einmal mehr sein gesamtes Denken ausfüllte. *Ihr,* die Will nun endlich, *endlich* zu fassen bekommen wollte, um sie nie wieder loszulassen. Und während er sich immer tiefer in das glitzernde Gewusel auf der Tanzfläche hineinbegab und die weißgepuderten Schwanenmädchen, immer ungeduldiger zur Seite schubste, schienen ihre flirrenden Perlenketten und Kleiderschleppen sich vor seinen Augen tatsächlich in eben jenen funkelnden Frühlingsnebel zurückzuverwandeln, der ihm auch damals die Sicht geraubt hatte, als er sie das erste Mal für einen viel zu kurzen Wimpernschlag in Fleisch und Blut gesehen hatte. Damals auf dem frisch gefrorenen Mirosee, auf dem er und die anderen Lords Cenrics dummes Spiel gespielt hatten, um zu entscheiden, wer Maren am Folgetag als Erster in Empfang nehmen durfte. Will hätte sich an der hirnrissigen Mutprobe, so weit wie möglich in die Mitte des Sees zu gehen, vermutlich gar nicht beteiligt, wenn es nicht um Maren gegangen wäre, der er schon viel zu lange einen besseren Sommer auf dieser falsch funkelnden Insel schuldete – einen fröhlichen Sommer, in dem sie gewiss nicht von Cenrics gierigen Hyazinthklauen und seinen zahllosen Gemeinheiten begrüßt werden würde …

»Wisst Ihr, wenn Ihr Maren auch nur ein wenig mögen würdet, würdet Ihr sie einfach nicht mehr mit Euren funkelnden Briefen auf diese Insel locken, mein Lord. Das würde ihr sehr viel mehr helfen, als diese dummen Spiele zu spielen«, murmelte Vatoq plötzlich mit fauligem Atem in Wills rechtes Ohr hinein. Er war neben Will vermutlich der Einzige, der noch auf dem dünnen Seeeis stand und diese dumme Mutprobe in Cenrics Namen zu gewinnen versuchte, da keiner der anderen Lords das Bedürfnis verspürte, einen frühsommerlichen Tauchgang zu veranstalten und es Cenric im Traum nicht einfallen würde, für seine eigenen Wetten auch nur einen Finger krumm zu machen.

»Tja, und wenn dir an Maren etwas liegen würde, würdest du nicht hier sein, um für Cenric die Möglichkeit zu gewinnen, sie morgen als Erster zu sehen. Und doch stehst du jetzt neben mir. Weil du sie sonst ja auch nicht sehen könntest. Da haben wir uns wohl beide ein wenig lieber als sie, was? Und jetzt verzieh dich endlich zurück an Land. Ich weiß nicht, ob dich jemand aus dem See fischen würde, wenn du einbrichst«, zischte Will eisig. Was bildete sich Cenrics abnorme Kreatur ein, ihn ungefragt anzusprechen oder zu verurteilen?! Schlimm genug, dass Maren so leidig viel Mitleid mit diesem hässlichen Niutak-Riesen

hatte und sich damit ständig zum Gespött der Leute machte. Will wollte mit Cenrics Hausmonster so wenig wie möglich zu tun haben. Er traute diesem krummen Ungetüm einfach nicht – und zwar nicht, weil Vatoq abscheulich aussah, sondern weil sich in den letzten Jahren ein Blick in den wässrig blauen Augen dieses Leibdieners verfestigt hatte, bei dem sich Will jedes Mal die Nackenhaare aufstellten, wenn er ihn anschaute ...

Und als Vatoq spöttisch an seinem Ohr wisperte: »Ganz, wie Ihr meint, mein Lord, dann lasse ich Euch mal mit Eurer Traumfrau alleine«, ballte Will sogar entgegen jeder guten Inseletikette die Hände zu Fäusten, weil er fast das Gefühl hatte, dass er sie gleich brauchen könnte. Was natürlich absurd war. Cenrics grässliche Kuriosität würde es niemals wagen, Hand gegen einen Insellord zu erheben – nicht bei den Strafen, die hier auf Beli für so etwas verhängt wurden.

Vermutlich bin ich es inzwischen einfach leid, mit Maren aufgezogen zu werden, *erklärte Will sich selbst. Und tatsächlich war Vatoq nicht mehr da, als er sich einen Augenblick später nervös umwandte. Nur noch sein faulig riechender Gestank hing neben Will in der Luft. Doch als er erleichtert ausatmete und sich ebenfalls zum Gehen wandte, um den spärlich vereisten Mirosee wieder zu verlassen, knackte das Eis unter seinen Füßen plötzlich bedrohlich und Will erkannte selbst durch die feinen Nebelschwaden hindurch, dass Vatoq ein dichtes Netz aus Rissen im brüchigen Eis zurückgelassen hatte, die nun wie dürre weiße Schlangen auf Will zukrochen und unter lautem Knack Knack immer breiter wurden, sodass Will nur noch ein Weg blieb, wenn er kein sehr kaltes und unangenehmes Bad nehmen wollte – nämlich weiter auf den berüchtigten schwarzen See hinaus.*

Das hat dieser Sklave absichtlich gemacht!, *fluchte Will in sich hinein, während er weiter auf den See hinausschlich und langsam wieder auf stabileres Eis gelangte.* Dann muss ich eben von einer anderen Seite aus ans Ufer kommen, *schloss er genervt. Doch nach drei oder vier vorsichtigen Schritten schien der Nebel in seinem Augenwinkel plötzlich von irgendetwas verwirbelt zu werden und Will wandte sich alarmiert um. War außer ihm noch jemand auf dem See? Ein anderer Lord? Will meinte, er hätte sie alle zurück zum Ufer eilen sehen, als sich die ersten Risse im Eis gebildet hatten ...*

Vielleicht ein Rabe – oder einer von den Schwarzschnabel-Schwänen, die Cenric letztes Jahr aus den Südlanden hierherverfrachtet hat, um interessantere Beute für die Herbstjagden zu haben, *überlegte Will dumpf. Wobei er Cenrics Monsterschwänen auch nur sehr ungern allein unter die Augen treten würde – so angriffslustig wie diese Viecher –*

Da war es schon wieder! Und diesmal war es gewiss keine Einbildung gewesen! Irgendetwas zerteilte die schleierartigen Frühlingsnebel nur wenige Schritte von Will entfernt mit seltsam fließenden Bewegungen, die zu ruhig für Vogelflügel waren und eher an die Arme einer Tänzerin erinnerten, die sich direkt in der Mitte des Mirosees weltvergessen um ihre eigene Achse drehten ... Ob sich doch noch jemand auf das Eis verirrt hatte? Eine Dienstmagd vielleicht, die ihrer undankbaren Herrin Seewasser für ein Schönheitsbad holte – da das Wasser des Mirosees laut irgendwelchen albernen Märchen unwiderstehlich machen sollte? Abwesend trat Will näher an die verwirbelten Nebel heran, wobei er ein eigentümliches Sirren in der Luft spürte, je näher er dem Ursprung dieser weißen Verwehungen kam.

Es war ein Ton, bei dem sich ihm die Nackenhaare aufstellten und es ihm gleichzeitig heiß und kalt den Rücken hinunterlief. Doch ehe er genauer darüber nachdenken konnte, löste sich auch schon eine menschliche Silhouette aus dem weißen Nichts heraus – eine weibliche Silhouette. Und obwohl Will sie im ersten Augenblick kaum erkennen, ja nicht einmal sagen konnte, ob sie zu einem großen oder kleinen, einem dicken oder dünnen Mädchen gehörte – wusste er doch, dass er noch nie eine vollkommenere Frauengestalt gesehen hatte ...

Und nach einem atemlosen Wimpernschlag eilte er wie von einem Sog erfasst auf diese rätselhafte Silhouette im Nebel zu, die zunächst auf vertraute Weise rundlich wirkte, aber nach den ersten beiden Schritten auf den für Inselstandards perfekten, fadendünnen Körper zusammenschrumpfte und gleichzeitig ein wenig in die Höhe schoss, bis sie genau einen Kopf kleiner war als Will. Der perfekte Abstand zwischen Mann und Frau hier auf Beli. Da zu viel Größenunterschied seltsam aussah, aber zu wenig von der Tatsache ablenkte, dass Frauen ihren Männern hier untergeordnet waren. Und nach einem dritten und vierten Schritt, den das Eis unter ihm mit einem immer lauteren Knacken quittierte, löste sich langsam auch das Gesicht des fremden Mädchens aus den

trügerischen Nebeln heraus und trotz ihrer unpassenden Figur meinte Will im ersten Augenblick in Marens stupsnasiges Herzgesicht mit
den großen Regenaugen und den fast schon verführerisch vollen Lippen
zu blicken. Aber je länger er begleitet vom wütenden Knirschen des
Frühlingseises durch die Nebel spähte, desto schmaler und erwachsener
wurde das Gesicht der Fremden – so lange bis gar nichts darin mehr an
Maren erinnerte, keine roten Pausbacken oder sanften Grübchen. Zu
perfekt, zu gemalt, zu schlank und verrucht wirkte das fremde Mädchen
in den Nebeln, um irgendetwas mit Maren gemein zu haben. Und trotzdem erinnerte ihr perlweißer Anblick Will unerfindlicherweise an Maren.
Daran, wer sie ohne all ihre Fehler sein könnte, vielleicht?

Kopfschüttelnd machte Will noch einen letzten sehnsüchtigen Schritt
auf das schweigende Mädchen zu, woraufhin jeder Gedanke an Maren
und den Rest der Welt erstarb. Denn das weiße Mädchen, das nun wie
eine Nixe in einem seltsamen Schleiergewand vor ihm stand, war ohne-
gleichen. War zu schön, um auch nur in Gedanken mit etwas so Plumpem
wie einer menschlichen Frau verglichen zu werden ... Vielleicht war sie
der Mond selbst oder ein gefallener Stern? Oder eine Todesfee, die alle
auf diesem See erfrorenen Narren in die nächste Welt begleitete? Aber
selbst das wäre Will ganz gleich, solange sie nur bei ihm bleiben würde
und er diese hypnotischen schwarzen Augen in seinem Leben behalten konnte. Doch gerade als Will den Mund öffnete, um die makellose
Unbekannte, die Erfüllung all seiner kühnsten Tagträume, nach ihrem
Namen zu fragen, knackte das rissige Eis unter seinen Füßen ein letztes Mal drohend auf und Will stürzte von einem Wimpernschlag zum
anderen in den kalten pechschwarzen See, ohne zu ahnen, dass er dem
wundersamen, weißen Mädchen niemals wieder so nahe kommen sollte
wie an jenem verheißungsvollen Frühlingstag. Seinem weißen Gespenst,
dessen strahlende Erinnerung den Rest der Welt noch heute blass und
belanglos zu machen schien ...

♛

Nachdem Maren das Glashaus verlassen hatte und barfuß auf das gefrorene Kürbisfeld getappt war, begannen ihre Zähne bereits nach wenigen
Schritten elend zu klappern. Amaturuk hatte ihr keine Zeit gelassen,

ihre unpraktischen Absatzschuhe vom Rand der Tanzfläche aufzusammeln, und deshalb musste Maren nun mit nackten Füßen über zarten Pulverschnee und kalten Raureif laufen ... Doch während sie so durch den Schnee trottete, stellte Maren mit großen Augen fest, dass das kahle Kürbisfeld mit seinen aufgestellten Riesenkürbissen eigentlich ganz hübsch aussah. Am Fuße der gigantischen orangenen Früchte standen lauter kleine, mit Glühwürmchen gefüllte Laternen, die die Kürbisse mit ihrem flüchtigen Goldglanz in edle Bronzestatuen verwandelten.

»Nun komm schon, Kürbis, der hier ist deiner!«, rief der mondhäutige Amaturuk plötzlich ungeduldig. Und als Maren nicht rechtzeitig reagierte, packte der kleine Lord sie unwirsch an den Schultern und zerrte sie die filigrane Silberleiter hinauf, die an einem besonders großen Kürbis am Rand des Waldes lehnte. Oben angekommen wollte Maren zögerlich fragen, wie sie in den Kürbis hineinkommen sollte, doch da stieß Amaturuk sie auch schon ohne viel Federlesen in das ausgehöhlte Riesengewächs hinein und Maren landete hart auf dem gefrorenen Ackerboden. Sofort begann ihre alte Beinwunde wieder schmerzhaft zu pochen und ein Rinnsal aus heißem Blut tropfte ihr linkes Knie hinab, aber Maren spürte all das kaum. Ihr tat das gemeine Grinsen viel mehr weh, das Amaturuk ihr nun von der Oberseite des riesigen Kürbisses aus zuwarf.

»Viel Freude unter deinesgleichen, Kürbis«, spottete der kleine Adlige, ehe er den großen Kürbisstumpf ächzend auf Marens Kürbis zurückzog und damit auch den letzten Lichtstrahl aus ihrem orangenen Pflanzengefängnis aussperrte.

Plötzlich war alles dunkel und der zauberhafte Klang der Harfen und Silberflöten drang nur noch stumpf und schwermütig durch die dicke Kürbiswand hindurch an Marens Ohren. Die Luft in der Pflanze roch ein wenig modrig und war unangenehm feucht und die Tatsache, dass Maren in dem Riesenkürbis aufrecht stehen konnte, verlieh ihr das Gefühl, furchtbar klein und schwach zu sein. *Vielleicht war es doch keine gute Idee, mich hier einsperren zu lassen*, schoss es Maren durch den Kopf und in einem jähen Anflug von Unbehagen probierte sie, ihre Hände auf den Deckel des Riesenkürbisses zu legen. Doch nicht einmal wenn sie sich auf die Zehenspitzen stellte, konnte Maren die Unterseite des Kürbisses berühren. Und so setzte sie sich bald wieder auf den gefrorenen Boden und versuchte, sich zu beruhigen.

Es ist schon gut, Will wird ja bald kommen. Er wird mich hier heraus-holen und mich fort von den Adligen bringen, dachte Maren abwesend.

Aber als wenig später die Edelmänner auf das kleine Zierfeld kamen und sich heiter schwatzend daran machten, die Kürbisse nach den versteckten Mädchen abzusuchen, wurde Maren doch wieder flau im Magen. Ein paarmal hörte sie sogar Cenrics Stimme gefährlich nah an ihrem eigenen Kürbis und sie fragte sich, ob er dieses ›Spiel‹ nicht eigens dazu arrangiert hatte, um sie als Begleitung für diesen Abend zu gewinnen und sie höchst persönlich zu quälen … Doch glücklicherweise sah Cenric nie in ihrem Kürbis nach, da Maren sich davor hütete, gegen die dicken Pflanzenwände zu klopfen, wie Will es ihr geraten hatte. Lediglich ein paar unbedeutende Adlige, deren Namen Maren nicht kannte, öffneten dann und wann ihren Kürbis. Aber sie alle schoben den schweren Deckel mit einem leisen »Ach nein!« zurück auf die riesige Pflanze und taten so, als hätten sie Maren nicht gesehen. Niemand wollte sie als Begleitung für den Abend bei sich haben, und obwohl auch Maren gut auf die Gesellschaft der anderen Lords verzichten konnte, schmerzte jede neue Ablehnung doch wie ein Messerstich in ihrem Herzen.

Ab und an hörte Maren, wie ein Mädchen unter lautem Beifall aus einem Kürbis gezogen wurde oder ein Schwarm wütender Tauben einem der jungen Lords unter johlendem Gelächter mitten ins Gesicht flog. Doch dann verstummten die angetrunkenen Stimmen auf dem Kürbisfeld allmählich und die Schritte der Lords verhallten langsam, aber sicher wieder in Richtung des Glashauses. Und als es schließlich ganz still auf dem Feld geworden war, wartete Maren mit immer lauter pochendem Herzen darauf, dass Will auftauchte und sie endlich aus ihrem stickigen Gefängnis erlöste.

Doch niemand kam.

Auf dem kleinen Kürbisfeld blieb es absolut still und irgendwann gab Maren es auf, durch das Geräusch der helltönenden Silberflöten hindurch auf Wills Schritte zu lauschen.

Sie sank ernüchtert an der glitschigen Wand ihres Kürbisses hinab und spürte, wie ihr flatterndes Herz stolperte und langsam in einen trägen, traurigen Takt zurückfiel. Will hatte sie zwischen all den schönen Edeldamen offenbar vergessen und verbrachte den Abend nun mit jemand Besserem als ihr …

Sie konnte sich fast bildlich vorstellen, wie romantisch es jetzt in dem warmen, funkelnden Glashaus zwischen all den exotischen Jade-Juwelen und den zartrosa Aprikosenblüten sein musste. Vermutlich ertranken die flackernden Kerzen gerade in ihrem eigenen Wachs und da heute zur Wintersonnenwende keine geisterhaften Nordlichter am Himmel standen, wurde das Pflanzenhaus bestimmt nur noch von umherschwirrenden Glühwürmchen und den seltenen fluoreszierenden Schmetterlingsarten aus dem Süden beleuchtet, sodass man im schummrigen Dämmerlicht leidenschaftliche Küsse und Liebesschwüre austauschen konnte ...

Maren schmerzte das Herz bei dem Gedanken, dass sie kein Teil dieses romantischen Fests sein und in aller Heimlichkeit von Will geküsst werden durfte, sondern in einem riesigen, schimmligen Kürbis gefangen war und vor lauter Kälte erbärmlich mit den Zähnen klapperte.

Aber wie konnte ich überhaupt etwas anderes erwarten? Ich gehöre nicht in diesen gläsernen Palast, sondern genau hierher, in diesen Kürbis, dachte Maren nach einer Weile niedergeschlagen. Sie konnte gut verstehen, warum Will sie hier draußen zurückgelassen hatte. Vermutlich wollte er einfach nur einen Abend ohne all den Spott und Trubel verleben, den Maren immer verursachte ... Und obwohl sie Will abgöttisch liebte, spürte sie doch, wie seine endlose Feigheit und der gemeine Spott der Adligen die fröhlichen Schmetterlinge in ihrem Inneren immer mehr mit Angst und Bitterkeit vergifteten.

Sie ertrug das alles einfach nicht länger! Das Lachen und die abfälligen Blicke und all die Beleidigungen, die Cenric und die anderen ihr tagtäglich an den Kopf warfen! Sie hatte einfach keine Kraft mehr! – Was allerdings auch daran liegen konnte, dass Maren seit ihrem gestrigen Frühstück bei den Witwen gar nichts mehr gegessen hatte ...

Bei diesem Gedanken rumorte Marens Magen wehmütig und kurz dachte sie darüber nach, ob sie sich nicht mit ein paar köstlichen Zimttörtchen oder Ingwerplätzchen über ihr Elend hinwegtrösten sollte, sobald sie aus diesem Kürbis herauskam ... Aber der bloße Gedanke an Essen und Süßigkeiten stieß Maren mittlerweile ab. Denn wenn sie etwas essen würde, dann würde sie wieder die Kontrolle über sich verlieren und nur noch dicker und hässlicher werden, als sie ohnehin schon war, und das wollte Maren auf keinen Fall! Abwesend schloss sie Daumen und

Zeigefinger um ihr Handgelenk und prüfte, ob sich ihre Fingerspitzen dabei noch berührten, wie sie es heute Morgen getan hatten.

Es funktionierte noch und Maren atmete erleichtert auf, nur um gleich darauf verzweifelt die Hände in die gefrorene Erde zu graben.

Es war trotzdem nicht genug. Ich werde immer die hässliche Kürbisprinzessin bleiben, egal, was ich tue ... Ich werde niemals gut genug für diese Insel sein! Ich werde Will niemals für mich gewinnen oder ihm dabei helfen, diese Königswahl für sich zu entscheiden – ich bin niemandem eine Hilfe!

Wütend riss Maren sich die eiskalte Rosenmaske vom Gesicht, die Will ihr vor dem Fest geschenkt hatte, und warf sie so weit von sich, wie der ausgehöhlte Kürbis es gestattete. Sie war keine verdammte Rose, auch wenn sie sich wie eine verkleidete! In Wahrheit würde sie immer ein lächerlicher kleiner Kürbis sein! Maren begann, bitterlich zu weinen und zu schluchzen, bis ihr selbst die Tränen nur noch kalt und kraftlos die Wangen hinabbrannen und sie erschöpft einschlief.

Doch überraschenderweise lauerten heute weder Albträume noch Schreckgestalten hinter Marens geschlossenen Augenlidern. Dort wartete lediglich eine tröstliche alte Erinnerung, die Maren bereits mit weit ausgestreckten Armen begrüßte ...

Die Erinnerung führte Maren zurück zu einem anderen Ball – oder vielmehr zu der Nacht vor einem anderen Ball, die sie vor vier Jahren zusammen mit ihrem alten Freund Vatoq auf Vinduras verbracht hatte. Die Adligen waren damals schon einige Tage vorher angereist und hatten Wills schönes Schloss so lange mit bunten Juwelen und gläsernen Blumen geflutet, bis man es kaum noch wiedererkennen konnte.

Die hübschen Holzverkleidungen von Wills Anwesen schimmerten nun im Widerschein der vielen Diamanten und Rubine wie brauner Marmor und die Girlanden mit den gläsernen Blumen schienen überall wie funkelndes Unkraut aus den Decken zu wuchern. Selbst Marens Zimmer war von diesen leblosen Kristallpflanzen nicht verschont geblieben und in der Nacht vor dem Sommerball funkelte der kleine Raum sogar noch ein wenig mehr, weil Vatoq Maren Gesellschaft leistete und emsig damit beschäftigt war, Cenrics zahllose Edelsteinketten und -colliers für das morgige Fest zu polieren.

»Ich finde es immer noch grausam, dass Cenric dir nicht mal eine Nacht zum Schlafen gönnt! Er hätte doch auch jemand anderen finden können, um seine doofen Halsketten zu putzen!«, murmelte Maren mit einem Blick auf ihren riesigen, buckligen Freund.

Vatoq beugte sich schon seit einer ganzen Weile allzu tief über eine kostbare Smaragdkette mit Cabochonschliff und hatte sichtlich Mühe, im schummrigen Licht der niederbrennenden Kerzen die Augen offen zu halten. Er mochte die Statur eines ausgewachsenen Bären haben, aber die Anstrengungen der vergangenen Tage forderten jetzt dennoch ihren Tribut. Niemand konnte ewig von Cenric gequält und umhergescheucht werden.

»Ach, es macht mir nichts aus, Cenrics Schmuck zu polieren, solange Ihr mir Gesellschaft leistet, Prinzessin.«

»Maren«, korrigierte Maren ihn streng, doch Vatoq lächelte nur amüsiert in sich hinein und ignorierte ihre Einwände, wie er es immer tat. Und wie immer ärgerte das Maren ein wenig, obwohl sie es auch irgendwie mochte, dass Vatoq stets so altmodisch sprach, als befänden sie sich beide mitten in einem von Marens Märchenbüchern, in dem Vatoq ein strahlender Ritter war und sie eine wunderschöne Prinzessin …

»Du musst trotzdem irgendwann schlafen, Vatoq! Wenn du willst, putze ich die restlichen Ketten, dann kannst du dich ein bisschen ausruhen«, schlug Maren nach einer Weile kopfschüttelnd vor.

Vatoq starrte sie bestürzt an. »Ihr werdet gewiss nicht die Arbeit eines einfachen Dieners verrichten, Prinzessin! Und ich will auch gar nicht schlafen. Ihr seid schließlich der schönste Traum, den ich je haben werde – Ihr seid mein Schlaf. Also denkt gar nicht erst daran, diese Ketten anzurühren, Polierrot ist nichts, was eine Prinzessin jemals anfassen sollte!«

Maren wollte im ersten Moment wütend protestieren und Vatoq dazu zwingen, nach mindestens vier durchwachten Nächten endlich ein wenig zu schlafen. Aber dann sah sie genauer in Vatoqs tiefblaue Augen, die ihm wie zwei Seen aus endlosem Schmerz im Gesicht lagen, und Maren beschloss, es dabei zu belassen. Vermutlich wollte Vatoq wirklich nicht schlafen – weil er nachts nur noch Albträume hatte, genau wie Maren …

»Ihr könnt die Geschichte aus Eurem Buch ja weiterlesen, wenn Ihr Euch nutzlos fühlt, Prinzessin«, schlug Vatoq schließlich neckisch vor. Und Maren musste sein schiefes, löchriges Grinsen sofort erwidern.

Wenn sie bei Vatoq war, schien die Zeit einfach stillzustehen und sie verwandelten sich beide wieder in zwei unschuldige, kleine Kinder, die nachts heimlich in Belis funkelnden Märchenbüchern lasen. Nun, Maren las darin, um genau zu sein. Vatoq konnte nicht lesen, deshalb betrachtete er meist nur die kunstvollen Märchenillustrationen und manchmal dachte er sich seine eigenen Geschichten dazu aus und erzählte sie Maren, während er eines der vielen schönen Bilder geduldig abzeichnete. Meistens las Maren Vatoq allerdings aus den funkelnden Märchenbüchern vor, so wie jetzt auch. Doch ehe sie mit ihrem Märchen fortfuhr, betrachtete Maren selbst noch einmal die kunstvolle Illustration auf der rechten Seite des Buches und strich liebevoll über das samtweiche Pergamentpapier.

Das silberne Bild zeigte einen tapferen Fürsten, der mit wehendem Mantel auf einer Klippe stand und einen leblosen Miroschwan hoch in den Nachthimmel hielt. Es war die Schlussszene des Märchens ›Der Schwanenjäger‹, und da Maren Vatoq seine mühselige Arbeit unbedingt ein wenig versüßen wollte, begann sie eilig, ihm auch den Rest des Märchens vorzutragen, und erzählte, wie der tote Schwan sich im magischen Schein der Nordlichter plötzlich in eine junge Frau verwandelte, die der Fürst sogleich heiratete und mit auf sein prächtiges Schloss nahm. Danach las Maren Vatoq noch ein paar andere Märchen über die berüchtigten Miroschwäne vor, die sich stets als anderweltlich schöne Frauen entpuppten. Doch die Beschreibungen der ach so schönen Schwanenmädchen setzten Maren schon bald sehr zu, und als Vatoq das bemerkte, unterbrach er ihren Vortrag rasch und hielt ihr ein anderes Prunkbuch hin.

»Hier, lest lieber etwas daraus«, bat er.

Und Maren sah den blumenbemalten Buchdeckel mit einem Stirnrunzeln an.

»Ich soll aus einem botanischen Herbarium lesen?«, fragte sie skeptisch.

Vatoq zuckte mit seinen schiefen Schultern. »Warum nicht? Ihr mögt doch Blumen«, erwiderte er schlicht. Und Maren musste unwillkürlich lächeln, weil er sie so gut kannte. Es stimmte, dass Pflanzen sie als Prinzessin von Mandrell immer aufmunterten, und so klappte Maren rasch das prächtige Herbarium auf und begann, laut aus dem ersten Kapitel vorzulesen – es ging um Sommerrosen.

»Bei der Rosaris Magnes – im Volksmund auch Sommerrose genannt – handelt es sich um eine selten tückische Pflanzenart. Die nördliche Folklore schreibt diese Blume dem dämonischen Rosenkönig zu. Woher die Pflanze wirklich stammt, ist ungeklärt. Sie wird in den Südlanden seit mehreren Jahrhunderten als Waffe gegen Zauberei und Verhexungen gezüchtet und eine ausgewachsene Pflanze ist durchaus dazu in der Lage, Magie mit ihren Dornen auszurotten. Junge Pflanzen hingegen haben die Neigung, ihre Feinde lediglich einzuschläfern, bis sie stark genug geworden sind, um größeres Unheil anzurichten. (Ausführliche Anweisungen darüber, was Ihr im Falle einer Sommerrosenplage zu tun habt, findet Ihr in Absatz 4.)«

Vatoq stieß ein amüsiertes Schnauben aus. »Mich würde mal interessieren, wie viel ›Unheil‹ so ein paar Rosen anstellen sollen. Klingt doch eigentlich nach einer ganz hübschen Blume, zumindest solange man kein Magier ist und sich an ihren Dornen sticht.«

Maren zuckte nur mit den Schultern. Obwohl sie irgendwie das Gefühl hatte, als würden sich die Sommerrosen an ihrem Haarkamm bei diesen Worten beleidigt in ihre Kopfhaut eingraben ... »Ich kenne mich mit Südpflanzen nicht aus, mein Vater hat mir diese Rosen nur besorgt, damit ich keine Hexe werde«, murmelte sie schließlich schuldbewusst. Irgendwie hatte Maren das Gefühl, dass sie als Prinzessin des Blumenreiches eigentlich alle Blumen der Welt kennen sollte, egal, wie selten sie waren.

Vatoq missverstand ihre betroffene Miene allerdings. »Ihr wärt niemals eine Hexe geworden, Prinzessin – höchstens eine gütige Zauberin.«

Maren lächelte unsicher und wandte sich dann hastig wieder dem prunkvollen Pflanzenbuch zu.

»Angeblich können diese Rosen sogar auf Felsen und Steinen wachsen und ihre Blätter und Blüten fangen kein Feuer, wenn man eine Fackel an sie heranhält ...«

»Mhm, und wie kann man sie dann wieder loswerden?«, fragte Vatoq stirnrunzelnd.

Maren sprang zum Ende der schweren Pergamentseite.

»Hier steht: Da es sich bei der Sommerrose um eine Südpflanze handelt, kann lediglich Kälte ihr etwas anhaben. Allerdings bedarf es einer ganz bestimmten Kälte, um die Rosaris Magnes wieder auszurotten, da

sie im äußersten Notfall sogar im Schnee Wurzeln schlagen kann und sich ähnlich wie arktische Heidekräuter gegen nordisches Klima zu schützen weiß. Lediglich das vollständige Vereisen oder Unterwassersetzen der empfindlichen Blütenköpfe hat sich als effektives Mittel gegen die Pflanzen erwiesen. Hierfür werden allerdings meist große Mengen kalten Wassers benötigt und oft erholen sich die Rosen nach einiger Zeit auch wieder. Will man Sommerrosen vollständig aus einem Gebiet entfernen, so ist es unumgänglich, den Königinnenstamm der Rose mit den eben beschriebenen Mitteln unschädlich machen – also jenen Rosenstamm, aus dessen Samen alle weiteren Sommerrosen entsprungen sind. Stirbt der Königinnenstamm, so sterben auch alle seine Ableger. Heute werden Sommerrosen törichterweise als Glücksbringer und magieabwehrende Amulette verkauft.«

Nachdenklich berührte Maren noch einmal den Rosenkamm in ihrem lockigen Haar und zum ersten Mal kamen ihr die hübschen Blumen, die sie schon seit Ewigkeiten in ihrem Haar trug, ein wenig fremd und merkwürdig vor ... Irgendetwas daran, wie dieser Text geschrieben war, behagte ihr nicht. Doch Vatoq schien das Ganze überhaupt nicht zu stören.

»Der Schreiber war bestimmt ein sehr pedantischer Gärtner, der nicht wollte, dass irgendwelche ausländischen Pflanzen ihm seinen ordentlichen Kräutergarten überwuchern«, mutmaßte er heiter. »Tja, und hier auf Beli wäre jeder Schlossgärtner dankbar, wenn ihm nicht ständig die Rosen an der Kälte der Insel zugrunde gehen würden.«

»Warum hier wohl noch niemand darauf gekommen ist, Sommerrosen anzubauen?«, fragte Maren mehr sich selbst als Vatoq.

»Vermutlich, weil sich außer Euch niemand auf dieser Insel die Mühe macht, ein Buch aufzuklappen«, erwiderte Vatoq spitz und Maren grinste kurz.

Dann wandte sie sich heiter wieder dem silberbeschlagenen Herbarium zu und begann, das nächste Kapitel über die magischen Farnblumen der westlichen Waldlande vorzulesen, was selbst Vatoq so sehr interessierte, dass Maren noch die gesamte Nacht Beschreibungen der merkwürdigsten und exotischsten Pflanzen und Sträucher rezitierte.

Ein leises Ächzen und das Schaben des abgesägten Kürbisdeckels weckten Maren irgendwann aus ihrem nahezu friedlichen Schlaf. Die

hochgesteckten Locken waren ihr auf die Schultern gefallen und nun über und über mit klebrigem Kürbissaft und feinen Pflanzenfasern bedeckt und auch ihr schönes Kleid hatte sich mit Feuchtigkeit vollgesogen und hing nun schwer und klamm an ihrem hässlichen Körper herab. *Wenigstens passt es jetzt zu mir,* dachte Maren bitter. Doch dann fiel plötzlich Licht durch die Öffnung ihres Kürbisses und Maren erinnerte sich daran, was sie geweckt hatte.

Hoffnungsvoll sah sie nach oben.

Aber es war nicht Will, der sie gerettet hatte.

Es waren Anuaqs freundliche, unheimlich schöne Züge, denen Maren nun entgegenblinzelte.

»Hier seid Ihr! Ich habe mich schon gewundert, warum Ihr nicht auf dem Ball wart ... «, murmelte er kopfschüttelnd in sich hinein. »Ihr setzt definitiv zu viel Vertrauen in Euren Will, Prinzessin. Die Menschen hier sind nicht so rein und unschuldig wie Ihr. Sie sind verdorbene, barbarische Tiere, egal, was für hübsche Verkleidungen sie anlegen, das solltet Ihr niemals vergessen. – So, und jetzt holen wir Euch hier heraus.« Nahezu mühelos zog Anuaq sie aus ihrem modrigen Gefängnis hervor und setzte sich mit ihr auf den Rand des Riesenkürbisses. Und wie immer, wenn Anuaq Maren berührte, begannen die drei Sommerrosen in ihrem Haar wütend zu ziepen, da sie die Magie nicht leiden konnten, die Anuaq innewohnte. Doch Maren ignorierte ihren verzauberten Haarkamm und sie ignorierte auch ihren Impuls, Will zu verteidigen und zu sagen, dass er kein verdorbenes Tier war. Denn Maren wollte keinen Streit mit Anuaq und außerdem wollte sie im Augenblick nicht gezwungen sein, an Will zu denken. An Will, der sie nicht gerettet hatte ...

»Ich bin zwar kein Adliger und hier auf dem Feld hört man kaum noch etwas von der Musik, aber wenn Ihr wollt, können wir beide miteinander tanzen – damit Euer erster Ball kein absoluter Reinfall war.« Anuaq streckte Maren in einer feierlichen, prinzenhaften Geste seine rechte Hand entgegen und schenkte ihr ein strahlend weißes und verblüffend ebenmäßiges Lächeln, das Maren sofort erwidern musste. Vertrauensvoll ergriff sie Anuaqs lange Finger und rutschte etwas unbeholfen den riesigen Kürbis hinunter. Dabei fiel Maren allerdings tiefer als erwartet und sie schwankte nach der Landung eine Weile, ehe sie ihr Gleichgewicht wiedergefunden hatte.

Nicht sonderlich elegant, dachte sie. Doch seltsamerweise schämte Maren sich vor Anuaq gar nicht für ihre Unbeholfenheit, denn irgendwie hatte sie das Gefühl, dass er sie im Gegensatz zu Will nicht für ihre fehlende Grazie verurteilte.

Und als Maren wieder sicher auf beiden Beinen stand, begannen sie und Anuaq, sich heiter ihren Weg zwischen den dicken Kürbissen und den funkelnden Glühwürmchenlaternen hindurchzubahnen. Dabei stolperten sie allerdings oft und warfen mindestens fünf gläserne Laternen um, weil es zwischen den vielen hohlen Kürbissen so eng war. Doch Maren und Anuaq hatten trotzdem ihren Spaß an diesem unbeholfenen Tanz und die entflohenen Glühwürmchen, die bald wie feine Sternensplitter durch die Luft flatterten, sahen so hübsch aus, dass Maren sogar einige der Glaslaternen mit voller Absicht umwarf, um die kleinen Tierchen so freizulassen.

Es war herrlich einfach, hier mit Anuaq zu tanzen. Doch diese Einfachheit gab Maren auch einen Stich und sie wünschte sich fast, genauso zu erröten wie vor Will, wann immer sie stolperte oder Anuaq auf die Füße trat. Sogar die quälende, flatterhafte Nervosität, die sie stets gefangen hielt, wenn sie mit Will zusammen war, vermisste Maren nun ein wenig.

Warum kann ich nicht einfach Anuaq lieben? Es wäre so wunderbar leicht! Ich würde ihn mit nach Mandrell nehmen und wir müssten diese elende Insel niemals wiedersehen. Wir könnten glücklich sein ... Er ist vielleicht nur ein Geist und wird mich nur nachts besuchen können, aber Will wird mich niemals lieben, jeder hier weiß das! Warum also kann ich nicht endlich von ihm ablassen?

Maren fand auch heute keine Antwort auf diese Frage, aber sie bekam bei diesen Gedanken sofort ein schlechtes Gewissen. Es kam ihr selbstsüchtig vor, die ganze Zeit nur an Will und ihre kindischen Liebeleien zu denken, anstatt sich um ihr Land zu sorgen, wie es als Prinzessin eigentlich ihre Aufgabe war ... *Vermutlich nehme ich das alles einfach viel zu persönlich. Ich bin hierhergekommen, um dem Norden zu helfen, nicht, um meinen alten Kinderschwarm zu verführen. Aber wie soll man die Dinge nicht persönlich nehmen, an einem Ort wie diesem, an dem die bösen Erinnerungen überall wie Nadeln aus dem Boden ragen ...*

»Stimmt etwas nicht, Prinzessin? Ihr seht traurig aus und eine Schönheit wie Ihr sollte nicht traurig sein.« Jäh riss Anuaqs samtweiche Stimme Maren aus ihren Gedanken und sie stellte verwirrt fest, dass die beiden aufgehört hatten zu tanzen und nun eng beieinander inmitten des gefrorenen Kürbisfeldes standen.

»Ich bin keine Schönheit«, wandte Maren instinktiv ein. »Und wie oft muss ich dir noch sagen, dass du mich nicht Lady oder Prinzessin nennen sollst – dein Namensvetter war genauso schlimm. Vatoq hat mich auch immer Prinzessin genannt, obwohl ich Jahr für Jahr versucht habe, es ihm auszureden. Maren reicht mir vollkommen – ehrlich.«

Anuaq lächelte schalkhaft. »Wie wäre es damit: Ich höre auf, Euch Prinzessin zu nennen, wenn Ihr im Gegenzug aufhört, Euch selbst zu beleidigen?«

Darauf fiel Maren nichts mehr ein und nach einer Weile entschloss sie sich, Anuaq einfach nur verlegen anzulächeln. Maren mochte ihn wirklich sehr. Er spendete ihr stets eine wunderbare Wärme an diesem trostlosen Ort und im Gegensatz zu Will ließ Anuaq sie Frieden finden. Nie versetzte seine Anwesenheit sie in Aufruhr und auch jetzt, als er ihre Hand nahm und sagte: »Kommt mit in den Wald, Euer Geschenk ist fertig«, blieben die blutenden Schmetterlinge in Marens Innerem regungslos liegen und sie fragte sich nur, was das für ein Geschenk war, von dem ihr guter Geist andauernd redete. Also folgte sie Anuaq neugierig zum Rand des reifbedeckten Waldes, wo er bereits unter den ersten gefrorenen Blautannen innehielt.

Kurz sah Maren sich verwirrt zwischen den Bäumen um, doch es war nicht schwer zu erraten, was Anuaq hier suchte.

Im Schutz der hochgewachsenen Blautannen funkelte ein verschlungener silberner Standspiegel vor sich hin, der zweifellos in einen von Wjallvits Prunksälen gehörte. Nur wie war er in den Wald gekommen? Diese Spiegel waren eigentlich viel zu schwer, um sie über längere Strecken zu tragen, und abgesehen davon hätte doch einer der Adligen bemerken müssen, dass jemand einen der kostbaren Zierspiegel entwendete …

Unbehaglich drehte Maren sich von ihrem verschmutzten Ebenbild weg und wandte sich wieder an den schmerzlich schönen Anuaq.

»Warum –«, begann sie, doch Anuaq brachte sie mit einem Handwink zum Schweigen.

»Schließt die Augen«, befahl er freundlich und Maren tat verwirrt, was er von ihr verlangte.

Als die Welt hinter ihren Lidern schwarz wurde, schlich Anuaq lautlos um sie herum und Maren bemerkte, dass er überhaupt keinen Geruch an sich hatte. Aber vielleicht dachte sie das auch nur, weil sie sonst tagtäglich von Adligen umgeben war, die allesamt bleischwere Duftwolken hinter sich herzogen, oder vielleicht rochen Geister einfach nach nichts.

Kopfschüttelnd kehrte Maren in die Wirklichkeit zurück und bemerkte verdutzt, dass Anuaq seine langen Finger in ihren Locken vergraben hatte und vorsichtig den magischen Rosenkamm berührte, der mit ihrer Kopfhaut verwachsen war. Das gefiel den Rosen in Marens Haar allerdings gar nicht. Sie fuhren ihre Dornen aus und gaben sofort ein warnendes Sirren von sich. Doch bevor die verwunschenen Pflanzen sich ein weiteres Mal wie wütende Katzen in Marens Kopfhaut festkrallen konnten, wurden ihre Stämme und Stiele plötzlich eiskalt und ihre Bewegungen erstarrten. Verwirrt riss Maren die Augen auf und drehte sich zu Anuaq um. »Was hast du –«

»Ich habe Eure zickigen Sommerrosen eingefroren, damit sie mein Geschenk nicht kaputtmachen – es ist nämlich ein magisches Geschenk. Und Eis und Kälte sind, soweit ich weiß, die einzigen Dinge, die diesem Unkraut etwas anhaben können. Aber jetzt macht die Augen wieder zu, Prinzessin. Ich möchte, dass es eine Überraschung ist.«

Maren erschauderte bei der Erwähnung von Magie leicht und tat nur zögerlich, was Anuaq von ihr verlangte. Sie vergaß trotz der ziependen Sommerrosen oft, dass dieser unwirklich nette und schöne Mann nicht nur ihr Freund war, sondern auch ein Geist und ein Zauberer. Doch seltsamerweise überkam sie bei dem Gedanken an Anuaqs magische Kräfte weniger Angst, als wenn sie an Wills kritischen Blick dachte.

Mühsam vertrieb Maren den Gedanken an Will wieder aus ihrem Kopf. Und kurz darauf spürte sie, wie Anuaq ihr etwas Langes, Mantelartiges überstreifte, das Maren so schwer wie hundert Eisbärenfelle auf der Haut lag. Doch Maren wusste instinktiv, dass das Ding, das Anuaq ihr anzog, weder aus Stoff noch aus Pelz bestand. Denn es war kein bisschen warm und bedeckte nicht nur Marens Körper, sondern auch ihr Gesicht, ihren Kopf, ihre Hände, Beine und ihre Füße, das Ding war überall und engte Maren ein wie ein Korsett, das man zu fest geschnürt hatte …

»Ihr könnt die Augen wieder aufmachen«, verkündete Anuaq fröhlich. Dann drehte er Maren vorsichtig um, sodass sie dem Spiegel direkt gegenüberstand.

Maren zögerte einen Moment. Sie wollte ihr Spiegelbild nicht sehen. Aber schließlich schlug sie die Augen doch auf, weil sie wissen wollte, was für ein merkwürdiger Mantel das war, der sie so einengte und ihren gefrorenen Rosenkamm noch immer dumpf zittern und beben ließ.

Doch im Spiegel war kein Mantel zu sehen.

Und auch Maren war nirgendwo darin zu entdecken. In dem Spiegel stand eine gemalte Schönheit mit rosenroten Haaren, die aussah wie eine Illustration aus Marens alten Märchenbüchern ...

»Ich meinte jedes Wort genau so, wie ich es sagte, Prinzessin. Ihr *seid* schön und Ihr *seid* lieblich, aber ich weiß, dass Ihr mir das nicht glauben könnt. Ihr tragt Wunden unter Eurer Haut, die niemals heilen werden, und das verstehe ich. Deswegen möchte ich Euch diese Hülle schenken. Sie soll Euch in Zukunft als Rüstung dienen und sie soll uns beiden einen neuen Anfang ermöglichen – weit weg von dieser Insel.«

»Das bedeutet, *ich* bin dieses Mädchen?!«, murmelte Maren und bemerkte verblüfft, dass die rote Schönheit im Spiegel die Lippen öffnete, als sie sprach. Sofort erschauderte Maren und vergaß den zweiten Teil von Anuaqs Bemerkung in ihrer Verwunderung vollkommen.

War dieses Mädchen im Spiegel *wirklich* sie? Dieses bezaubernde Wesen in dem rubinroten Ballkleid? Zittrig hob Maren eine Hand und legte sie auf den eisigen Silberspiegel – und die Unbekannte hinter der Glasoberfläche tat es ihr gleich. Mit riesigen, halbvertrauten Augen musterte Maren ihre neue Hand. Sie war nicht länger milchweiß, sondern hatte die zarte Elfenbeinfarbe der Nordländer und außerdem war sie viel feiner und schöner als Marens eigene Hand. Prüfend tastete sie mit ihren neuen, langen Fingern ihren eigenen Körper ab, sie befühlte die seltsam schmale Taille, die harten Schlüsselbeine, den langen Schwanenhals und schließlich ihr neues Gesicht mit den hohen Wangenknochen, den langen Wimpern und der geraden Nase. Die Schöne im Spiegel war kein spöttischer Geist, das war *sie* und dann doch wieder nicht ... Der hübsche Schwindel lag mit jedem Atemzug schwerer und vorwurfsvoller auf Marens Haut und sie bezweifelte stark, dass sie sich jemals daran gewöhnen würde.

»Das ist ein sehr großzügiges Geschenk. Es ist wirklich wunderschön …
aber auch sehr schwer«, erklärte Maren zögerlich.

Anuaq lächelte sein perfektes, gerades Lächeln, das fast so aussah, als
hätte jemand es mit dem Lineal abgemessen. »Man gewöhnt sich daran,
ich verspreche es. Aber was ist nun mit meinem Angebot, Prinzessin? Was
haltet Ihr davon, von hier fortzugehen und all das Elend hinter Euch zu
lassen?«, fragte Anuaq in einem unendlich einnehmenden Tonfall, der
Maren allerdings trotzdem nicht verführen konnte.

Sie biss sich gequält auf ihre neue volle Unterlippe und starrte auf den
gefrorenen Waldboden zu ihren Füßen.

»Tut mir leid, Anuaq … Aber ich kann nicht einfach von hier verschwinden. Will ist mein Mann und ich muss ihm dabei helfen, diese
Königswahl zu gewinnen – deswegen hat man mich schließlich hierhergebracht. Ich kann nicht einfach vor meiner Aufgabe davonlaufen, so
gern ich das auch würde …«

Anuaqs Lächeln erlosch und kurz glaubte Maren, er wollte die Hände
zu Fäusten ballen und ein verächtliches Schnauben ausstoßen. Aber
Anuaq strich sich lediglich eine seiner langen goldblonden Locken aus
der Stirn und sagte: »Nun … ganz wie Ihr meint, Prinzessin. Dann lasst
uns noch einen letzten Tanz wagen, ehe ich Euch wieder verlassen muss –
meine Kräfte halten heute Nacht ohne die Nordlichter nicht sonderlich
lange.« Anuaq streckte Maren in einer galanten Verbeugung seine lange
und unwirklich weiche Hand entgegen, doch sein brüsker Tonfall verriet,
dass er Maren wegen ihrer Absage grollte, und das tat ihr weh.

Sie hatte Anuaq nicht verletzen wollen. Sie würde schließlich unsagbar
gerne mit ihm gehen und diese abscheuliche Insel endlich verlassen, aber
sie durfte ihr Volk und Will nicht einfach so verraten! Und … außerdem
war Maren jetzt schön. Vielleicht sogar schön genug, um zumindest ein
wenig von Will geliebt zu werden, da das ja offenbar das Einzige war, das
er von einer Frau wollte … Und auch wenn ein Teil von ihr sich fragte,
was das für eine Art von Liebe sein sollte, musste Maren doch wissen,
was vielleicht sein könnte, wenn er sie in ihrer neuen Haut sehen würde.
Also beschloss sie, das Thema nicht mehr anzusprechen, und murmelte
lediglich: »Ein zweiter Tanz klingt wirklich wunderbar …«

Anuaq ergriff daraufhin, ohne zu zögern, ihre rechte Hand und
fuhr Maren mit seiner linken flüchtig durchs Haar, um ein paar alte

Tannennadeln aus ihren Locken zu ziehen. Doch das war endgültig zu viel für die gefrorenen Sommerrosen an Marens Kamm. Mit einem schrillen Surren und Zischen zerbrachen sie das dünne Eis, in dem sie gefangen waren, und stachen Anuaq wütend in die Hand, um ihn abzuwehren.

»Aua!«, fluchte Anuaq und ließ instinktiv von Maren ab. Und kaum hatte sich ihr magischer Freund von Maren gelöst, gruben sich die Sommerrosen auch schon mit aller Kraft in ihre dünne Kopfhaut und tasteten nach dem schönen Zauber, den Anuaq Maren geschenkt hatte.

Maren schrie auf.

Sie schrie so laut sie konnte und versuchte für einen schrecklichen Augenblick nur, sich diesen brennenden Schmerz aus dem Leib zu brüllen. Doch es war aussichtslos. Maren spürte genau, wie die Rosen Anuaqs hübschen Zauber in tausend winzige Fetzen rissen. Und erst als sie wieder zu ihrem eigenen, unattraktiven Selbst zusammengeschrumpft war, ebbte der Schmerz langsam wieder ab.

Schweißgebadet wandte Maren sich zu Anuaq um und sah, dass ihm der lange Rosendorn in seinem Finger sichtlich zu schaffen machte. Sein Gesicht hatte eine ungleichmäßige weiße Farbe angenommen, die Maren auf merkwürdige Weise an eine alte Leinwand erinnerte, von der man die Ölfarbe abgeschrubbt hatte. Es war genau dieselbe Farbe, die auch Marens rechter Arm eben angenommen hatte, als die Sommerrosen Anuaqs Zauber zerfetzt hatten ... Und zum ersten Mal kam Maren in den Sinn, dass Anuaq sich vielleicht ebenfalls eine hübsche Hülle gezaubert hatte, um sein wahres Ich vor anderen zu verbergen. Doch Maren blieb im Augenblick keine Zeit, um darüber nachzudenken. Sie eilte auf Anuaq zu, der gerade unbeholfen gegen eine breite Blautanne getaumelt war, und kniete sich neben ihm in das gefrorene Unterholz.

»Anuaq, ist alles in Ordnung?!« Besorgt legte Maren eine Hand auf die Stirn ihres Freundes – obwohl es vermutlich müßig war, die Körpertemperatur eines Geistes zu messen.

»Keine Sorge, Prinzessin. Ich bin nur ... nur ein wenig ... müde ...«, gähnte Anuaq. Und tatsächlich stellte Maren fest, dass seine Stirn merklich kühler war als ihre eigene, auf der noch Schweißperlen funkelten. Und auch Anuaqs Puls schien eine normale Geschwindigkeit zu haben. Aber ganz sicher war Maren sich da nicht, also legte sie probehalber ein Ohr an Anuaqs blasse, harte Brust, um seinem Herzschlag zu lauschen.

Dabei fielen ihr allerdings mit einem hellen *Klingeling* sieben oder acht winzige Samen aus den aufgeweckten Sommerrosen ihres Haarkammes. Und als die Samen einer nach dem anderen auf dem gefrorenen Boden aufschlugen, klang es, als würde jemand kleine Kieselsteine in ein Glas werfen.

Der helle Ton rüttelte Anuaq jäh wieder wach. Nervös ging er in die Knie und tastete im Unterholz nach den gefallenen Rosensamen.

»Schnell, Prinzessin, Ihr müsst mir helfen, die Samen aufzusammeln! Ehe sie -« Anuaq stockte, als der Spross einer neuen Rosenranke wütend aus dem Unterholz schoss und ihm mit seinen giftgrünen Dornen in die rechte Hand stach, sodass ein Schwall von Blut auf den gefrorenen Waldboden tropfte und der Zauber, den Anuaq um sich selbst gelegt hatte, endgültig in sich zusammenfiel.

Marens wunderbarer Geisterfreund hatte sich wirklich einen zweiten Körper gezaubert. Doch ehe Maren erkennen konnte, wie der magiebegabte Anuaq in Wirklichkeit aussah, erfasste auch sie eine unbändige Müdigkeit und ein Blick auf den Boden verriet ihr, dass sich ein paar seidenweiche Sommerrosen sacht wie die Schwingen eines Vogels um ihre Handgelenke geschlungen hatten und sie nun langsam, aber beharrlich auf den Waldboden neben Anuaq hinabzogen. Maren war bereits zu schläfrig, um sich daran zu erinnern, warum sie die jungen Rosen am besten jetzt sofort ausreißen sollte. Bei dem Gedanken an wildwachsende Sommerrosen stellten sich ihr allerdings instinktiv die Nackenhaare auf und eine nahezu geräuschlose Stimme in Marens Hinterkopf schrie irgendetwas von großer Gefahr. Doch die Müdigkeit schien Marens gesamten Körper in einen Stein verwandelt zu haben. Und allein die Vorstellung, sich zu bewegen, strengte sie so sehr an, dass sie sofort neben Anuaq einschlief und sowohl ihre Sorgen als auch ihr Elend für einen Augenblick vollkommen vergaß.

Rot wie
Jungfrauenblut

Willi! Da bist du also! Ich dachte schon, du hättest dir ein gutes Versteck gesucht, aber so schlau bist du dann wohl doch nicht, was?«, gluckste Cenric irgendwann unversehens aus dem Meer der weißen Edeldamen heraus. Und ehe Will sichs versah, war sein kurzbeiniger Rivale zusammen mit dem hirnlosen Palani zwischen ein paar weißen Kleidersäumen hervorgetreten und funkelte ihn durch seine Monstermaske hindurch höhnisch an.

Will seufzte vernehmlich. An dem Ausdruck in Cenrics Augen konnte er erkennen, dass sein ehemaliger ›Freund‹ einmal mehr plante, ihn zu beleidigen. Doch da Will nichts anderes wollte, als die Menge der weißen Edeldamen weiterhin nach seinem Geistermädchen zu durchsuchen, beschloss er, einfach auf Cenrics Sticheleien einzugehen, um ihn schnell wieder loszuwerden. Also drehte Will sich widerwillig zu Cenric und Palani um und sagte: »Warum sollte ich mich auf deinem Ball verstecken wollen, Cenric? So furchtbar schlecht ist die Musik nun auch nicht, obwohl die Harfner dieses Jahr wirklich schwach sind.«

Weder Cenric noch Palani schenkten Wills kleinem Seitenhieb Beachtung und es war unübersehbar, dass die beiden unter ihren Elfenbeinmasken breit grinsten.

»Die Frage ist weniger, warum, sondern vielmehr, *vor wem* du dich verstecken solltest, Willi. Hast du deine zauberhafte Gemahlin etwa schon vergessen? Sie hockt anscheinend immer noch in einem der Riesenkürbisse, weil niemand sie als Begleitung für die Nacht haben wollte, und mein wundervolles Fest verlagert sich langsam, aber sicher in die Schlafgemächer der jeweiligen Lords … Da wäre es doch ein Jammer, wenn du die Nacht allein in einem kalten Bett verbringen müsstest, oder?«

Will presste unwillkürlich beide Lippen aufeinander und die Gedanken an das schöne Geistermädchen verschwanden sofort.

Maren hatte er vollkommen vergessen!

Doch bevor Will auch nur zu den düsteren Kürbisfeldern hinübersehen konnte, legte Cenric bereits seinen kurzen, mit klirrenden Silberreifen geschmückten Arm über Wills Schulter und stützte sich mit seinem ganzen Gewicht auf ihn.

»Lass mich mein Verhalten in dem Niutak-Dorf wiedergutmachen und dir dabei helfen, deine Gemahlin zu suchen, in Ordnung, Willi? Ich rufe auch alle anderen zusammen, damit wir die kleine Maren möglichst schnell finden. Sie fürchtet sich bestimmt schon – so ganz allein in diesem riesigen Kürbis ...«

Will hatte einmal mehr nicht übel Lust, Cenric ein paar Zähne auszuschlagen. Doch der Anblick der funkelnden Lords und Ladys hielt ihn davon ab. Und ehe Will sich einen besseren Plan als rohe Gewalt ausdenken konnte, hatte Cenric Belis gesamten Adel sowie eine Handvoll aufstrebender Kaufleute auch schon auf das gefrorene Kürbisbeet hinausgescheucht, um dort nach einem ›kleinen, dicklichen Rotschopf mit dunkelgrünem Kleid und wenig Liebreiz‹ zu suchen. Und allein für diese Beschreibung hätte Will Cenric am liebsten gleich noch ein zweites Mal ins Gesicht geschlagen, doch natürlich wagte er auch das nicht.

»Manchmal glaube ich fast, du warst mir lieber, als du mich und Maren einfach nur offen und ehrlich umbringen wolltest«, murrte Will missmutig in sich hinein, als er kurze Zeit später das gefrorene Kürbisbeet betrat, um ebenfalls nach Maren zu suchen. Er hoffte, dass er sie vor den anderen Feiergästen finden würde und ihr so den größten Trubel ersparen konnte ... Doch zu seinem großen Unglück hörte Cenric seinen gedämpften Fluch und ließ sich sofort auf Wills Ebene zurückfallen.

»Das mit dem Umbringen lässt sich sicher noch einrichten, Willi. Aber wenn ich du wäre, würde ich fürs Erste nicht allzu laut über Mordversuche und Monster reden – es könnte dich immerhin jemand hören. Und wenn das passiert, wäre ich gezwungen, mir ein paar sehr gemeine Streiche für deine Kürbisbraut auszudenken, um die Gäste hier von deinen haltlosen Anschuldigungen abzulenken. Und wir wissen ja beide, wie empfindlich dein kleiner Kürbis ist ...«

Will ballte beide Hände zu Fäusten. »Noch ein Wort, Cenric, und ich schwöre, ich stopfe dir das Maul!«, knurrte er, doch Cenric lachte nur laut auf.

»Nur zu, Willi – schlag mich! In den Augen der anderen werde ich das Opfer sein und du wirst der unzivilisierte, kriegslustige Festlandlord sein, der seine Triebe am Ende doch nicht kontrollieren konnte«, schnurrte Cenric gelassen und sein Atem stank nach schwerem, süßen Rosenwein.

»Seht mal, ich habe Fußspuren gefunden!«, rief Palani auf einmal laut aus und deutete auf ein paar kleine, leicht unregelmäßige Fußabdrücke im Schnee. Es waren eindeutig Marens Spuren, der Art nach zu urteilen, wie sie ihr rechtes Bein kaum merklich nachzog, und der Anblick dieser Fährte gab Will unwillkürlich einen Stich. *Maren hat so winzig kleine Füße ... Und sie musste barfuß durch den Schnee laufen, in diesem dünnen Kleid – nur, weil ich nicht daran gedacht habe, sie rechtzeitig aus ihrem Kürbis zu befreien! Wegen mir holt sie sich hier draußen noch den Tod! Sie sah ohnehin so kränklich aus in letzter Zeit ...* Grübelnd trottete Will Marens Fußspuren hinterher und versuchte dabei, sich möglichst unbemerkt von Cenric und Palani zu entfernen. Doch irgendwann fing der strohblonde Palani an, leise zu kichern, und packte Wills linken Arm, um ihn am Davonlaufen zu hindern.

»Sieh mal dort, Willi«, murmelte er und deutete feixend auf ein zweites Paar Fußspuren, das einige Armlängen neben Marens im Schnee verlief und unbestreitbar von zwei großen, beschlagenen Männerstiefeln stammte ...

»Sieht so aus, als hätte unser Kürbis einen heimlichen Verehrer«, murmelte Cenric abwesend.

»Vielleicht ein Gemüsebauer oder ein alter Bäcker aus der Küche, von dem sie immer ihren Kuchen stibitzt, oder -«

»Haltet die Klappe, alle beide! Ich höre etwas«, unterbrach Will Palani brüsk, einfach, um ihn zum Schweigen zu bringen. Natürlich hatte er nichts gehört. Aber bei den Provokationen dieser beiden Bastarde begann das Untier in Will, sich plötzlich zu regen, und er befürchtete halb, dass er sich auch ohne die Nordlichter bald in ein Monster verwandeln würde, wenn Cenric und Palani ihn weiter reizten ...

Doch als seine beiden sogenannten Freunde ihre Sticheleien einen Augenblick später tatsächlich einstellten, sagte Palani seltsamerweise:

»Ja, ich höre es auch.« Und kurz darauf hallte wirklich ein dünnes Knacken aus dem angrenzenden Nadelwald heraus.

Das Geräusch war so leise und unwirklich, dass es das traurige Seufzen einer Spinne hätte sein können, wenn sich Will dabei nicht alle Nackenhaare aufgestellt hätten ...

»Was war das?!«, piepste Amaturuk plötzlich angsterfüllt und zur Abwechslung stellte Will sich einmal genau dieselbe Frage wie der hohlköpfige Adlige. Was *war* das eben gewesen? Ein Mensch, ein Tier, ein Insekt vielleicht? Oder war es doch nur der Wind oder das eigentümliche Klirren einer gefrorenen Pflanze? Viele Dinge im *Singenden Wald* machten merkwürdige Geräusche, deshalb trug er ja diesen Namen, aber irgendwie hatte Will das Gefühl, dass dieses bestimmte Geräusch eben von keinem ihm bekannten Lebewesen stammte. Es hatte sich eher angehört wie ... Magie ...

Allein der Gedanke daran ließ Will erschaudern und auf einmal war er sogar froh, dass Cenric und der Rest des Adels ihm gefolgt waren. Die Hochgeborenen mochten allesamt Monster in Menschenkostümen sein, aber wenn in diesem Wald etwas Gefährliches oder Magisches auf sie lauerte, dann wollte sich Will diesem Ding lieber nicht allein stellen müssen. Also beeilte er sich, die anderen Adligen hinter sich herzulocken – was glücklicherweise wirklich nicht schwer war, da Will den endlosen Stolz der hochgeborenen Lords und Ladys zur Genüge kannte.

»Was ist denn? Habt ihr etwa Angst vor einem bösen Knistergeräusch?«, spottete er und wie erwartet sprang Cenric sofort beleidigt vor, um zu beweisen, dass er kein Angsthase war, und der Rest des maskierten Inseladels folgte ihm wie eine Herde willenloser, funkelnder Schafe in den Wald hinein.

Einer ist ein grausames Kind, der andere ein hirnloser Narr und dennoch haben Cenric und Palani mich in diesem Niutak-Dorf fast umgebracht und Cenric wird bald sogar König dieser Insel sein ... Die Welt ist krank, dachte Will, ehe er ebenfalls in den reifüberzogenen Wald eintrat.

Das Knistern und Surren schwoll mit jedem Schritt an, obwohl es nicht wirklich lauter wurde. Und bald hallte der dünne Ton durch den gesamten Wald – und durch Wills gesamten Körper. Er bebte leicht wie die Saite einer Harfe und jede Faser seines Seins flehte ihn an umzukehren, doch der Gedanke an Maren zwang Will dazu weiterzugehen. Und zum

Glück dauerte es auch nicht lange, bis er und die anderen Adligen am Ende des Fußspurenpfades angelangt waren und die Quelle des seltsamen Knirschens und Sirrens ausgemacht hatten.

Das Surren stammte von einem Haufen junger, frischverholzter Rosenranken mit langen Dornen. Aber es waren die beiden Gestalten *in* diesen Rosenranken, die Wills Aufmerksamkeit erlangten. Eine dieser Gestalten war nämlich Maren und die andere Gestalt war ein großer, grobschlächtiger Mann, der Maren so eng umschlungen hielt, wie man es eigentlich nur nach einer gemeinsamen Liebesnacht tat ... Doch das war nicht einmal das Schlimmste an der ganzen Sache. Nein, das Schlimmste an all dem war, dass Will die bucklige Gestalt neben Maren mit ihren langen, diebischen Fingern sofort erkannte. Und er war nicht der Einzige ...

»Der Kürbis und der Krüppel wiedervereint! Ich fasse es nicht. Ich dachte, mein räudiger Sklave wäre längst tot!«, brüllte Cenric unter haltlosem Lachen in die Nacht hinein. Und natürlich verspürte Palani wie so oft das Bedürfnis, auf Cenrics Schmähungen noch einen draufzusetzen.

»Wahre Liebe findet wohl immer ihren Weg, was, Willi?«, feixte er mit einem süffisanten Grinsen im Gesicht, »Ich frage mich ja wirklich, wie du da -« Palani kam nicht dazu, seinen Satz zu beenden, denn als Will in seine höhnischen, kleinen Schweinsaugen sah, konnte er sich nicht mehr beherrschen und schlug seinem Gegenüber mit voller Wucht in die Magengrube. Genau dorthin, wo er das Palani-Monster vor einem Mond mit dem Schwert erwischt hatte.

Palani stöhnte entsetzt auf und Will wurde bewusst, dass er viel fester zugeschlagen hatte, als er für möglich gehalten hätte. Fast tat es ihm um diesen strohblonden Bastard leid – fast. Doch in Wahrheit wünschte sich Will lediglich, er hätte seinen kleinen Wutausbruch genutzt, um auch Cenric einen saftigen Faustschlag zu verpassen, ehe sein spärlicher Mut wieder verpufft war ...

Bedauernd schielte Will zu seinem Rivalen hinüber und bemerkte, dass Cenric sich abwesend über die künstliche Nase seiner Elfenbeinmaske strich. Jäh erinnerte sich Will daran, dass Maren ihm nach dem Überfall am Fluss erzählt hatte, sie wäre von einem großen, kampferfahrenen Mann gerettet worden und der habe dem verwandelten Cenric ein Stück seiner Schnauze abgeschlagen ... Ob das wohl auch Vatoq gewesen war?

Unwillkürlich ballte Will die Hände zu Fäusten. Wie lange hatte Maren sich schon heimlich mit Cenrics verunstaltetem Leibdiener getroffen?! Ehe Will genauer darüber nachdenken konnte, stieß Palani plötzlich ein erbärmliches Heulen aus und rief: »Ich will gehen und einen Heiler suchen, Cenric. Ich glaube, dieser barbarische Festländer hat mir eine Rippe gebrochen!«

Doch Cenric hörte Palani kaum zu. Er schlug seinem wimmernden Freund sogar noch einmal selbst gegen die Stirn und knurrte: »Ich habe meine Nase verloren, du Jammerlappen, also reiß dich zusammen! Ich will dabei sein, wenn unser kleiner Kürbis wegen Ehebruch und Hexerei zum Tode verurteilt wird! Und wo wir schon dabei sind ...« Cenric hob die Stimme und wandte sich mit seinem höhnischen Maskengesicht zu Will um. »Worauf wartest du eigentlich noch, Willi?! Weck deine Kürbisbraut auf! Sag ihr, dass sie und ihr verlauster Liebhaber erwischt wurden, und ruf all unsere Freunde zur Hexenjagd zusammen! Du weißt sehr gut, wie wir auf Beli mit Magie verfahren, und du kannst mir nicht erzählen, dass diese seltsamen Rosenranken kein Hexenwerk sind!«

Ein eisiger Schauer durchfuhr Will bei diesen Worten und er hatte das Gefühl, Cenrics Drohung würde wie ein riesiges Richtschwert über ihm und Maren schweben und begierig darauf warten, sie beide zu durchbohren.

»Verschwindet, alle beide, das geht euch nichts an! Maren ist gewiss keine Hexe und sie zu züchtigen obliegt meiner Verantwortung«, fauchte Will, weil es das Einzige war, was ihm im Augenblick einfiel.

Doch ehe Cenric oder Palani etwas erwidern konnten, ertönte abermals dieses stimmlose Knirschen, nur dass es diesmal eher wie ein Fauchen klang und eindeutig aus den Blüten der wundroten Rosen stammte ... Will erschauderte jäh und Palani packte Maren nervös an der Schulter und schüttelte sie durch.

»Wach auf, du rothaarige Hure, ich will hier weg!«, brummte er und das Fauchen schwoll an.

Will wusste nicht, was im nächsten Augenblick geschah oder warum – er war sich allerdings sicher, dass Palani es provoziert hatte. Einen Wimpernschlag später sauste nämlich eine dornenbesetzte Rosenranke wie ein Speer durch die Luft und bohrte sich direkt durch Palanis Herz, sodass er tot war, noch ehe der letzte Entsetzensschrei sich aus seiner

Kehle gelöst hatte. Er hustete lediglich drei funkelnde Blutstropfen aus und sackte dann leblos in sich zusammen wie eine Marionette, der man die Fäden durchtrennt hatte.

»Hexenwerk!«, rief Cenric mit schriller Stimme.

Und Maren wachte von all dem plötzlichen Lärm jäh auf.

»Will?«, murmelte sie verschlafen. Aber ehe Will ihr antworten konnte, schrie Cenric erneut auf.

»Hexe!«, knurrte er und zeigte anklagend auf den toten Palani. »Du hast ihn umgebracht, du Hexe!« Cenric sprang vor und packte Maren wütend am Kragen. Doch da schoss auch auf ihn eine knorrige Rosenranke zu und er wäre wohl ebenso tot wie sein dummer Freund gewesen, wenn Maren nicht im letzten Augenblick lauthals »Nein!« geschrien hätte und die Ranke nicht sofort wie ein gezüchtigter Hund erstarrt wäre.

Ein aufgescheuchtes Raunen ging durch die Reihen der verkleideten Adligen und eine als weiße Schneekatze verkleidete Lady sagte: »Da haben wir den Beweis, sie ist eine Ehebrecherin und eine Hexe! Cenric hat recht, wir sollten sie und ihren ekelhaften Liebhaber auf der Stelle umbringen!«

Bis zu diesem Zeitpunkt hatte Will nie das Bedürfnis gehabt, ein Mädchen zu schlagen, aber als die unbekannte Lady nun wieder den Mund zuklappte, war das Kribbeln in seinen Fingerspitzen nahezu unerträglich. Will öffnete erregt den Mund, um dieser dummen Pute zu sagen, dass Maren Cenric offensichtlich vor den Zauberrosen *gerettet* hatte, doch ehe er auch nur ein Wort hervorbringen konnte, ergriff Maren entsetzt das Wort.

»Nein! Nein, so ist das nicht! Ihr versteht das alle falsch! Ich habe nicht … Ich bin nur in den Wald gelaufen und habe dort zufällig Anuaq … ich meine Vatoq getroffen! Und dann tauchten die Sommerrosen plötzlich auf und haben ihn und mich in ihren Zauberschlaf eingelullt … Aber es ist nichts passiert, das schwöre ich!«

Will hörte die Verzweiflung in Marens Stimme und zumindest den Teil mit den Rosen glaubte er ihr, doch Cenric sah nicht zufrieden aus. Die Mordlust flackerte hungrig in seinen schlammfarbenen Augen vor sich hin. Vermutlich gab er Maren die Schuld daran, dass er seine Nase verloren hatte, und würde sich erst zufriedengeben, wenn man Maren noch heute zusammen mit dem verkrüppelten Vatoq im Mirosee vor dem Schloss ertränken würde …

339

»Tja, die Beweise stehen gegen dich, Kürbishexe! Ich habe genau gesehen, wie du diesen Rosenranken Befehle erteilt hast. Du hast Palani umgebracht!«, verkündete Cenric bebend. Doch Will war sich sicher, dass seine Stimme aus Erregung und nicht aus Trauer heraus zitterte.

Marens Augen zuckten daraufhin kurz zu dem toten Palani und sie schlug sich entsetzt die Hände vor den Mund. Und auch die anderen Adligen betrachteten nun Palanis Leiche und brachen allmählich in ein wütendes Wispern und Zischen aus.

Will begriff, dass er handeln musste, ehe auch die übrigen Edelleute anfingen, Verdächtigungen auszusprechen, und zu ihren Waffen griffen. »Cenric, ich bitte dich, das hier ist ein Feenwald. Hier wachsen gefrorene Bäume, die vereiste Blüten und Früchte tragen! Wie kannst du da vorschlagen, eine belíische Lady zu ermorden, nur weil sich ein paar Rosen in einem uralten Zauberwald seltsam verhalten?«, fragte Will in einem gezwungen gelassenen, abfälligen Tonfall. »Außerdem habe ich gesehen, wie dein schmutziges Hausmonster gezuckt hat, als die Rosen Palani umbrachten. Woher willst du also wissen, dass er die Rosen nicht befehligt hat – immerhin ist er derjenige, der nach drei Jahren einfach von den Toten wiederauferstanden ist, und nicht Maren!«, fügte Will noch eilig hinzu, da er fürchtete, dass die anderen Adligen in ihrem betrunkenen Zustand schon bald nicht mehr ansprechbar sein würden. Doch leider schienen Wills Einwände nicht alle Anwesenden zu überzeugen. Ein paar gerunzelte Stirnen blieben in der Menge und Will spürte, dass er die Adligen einmal mehr an Cenric verlieren würde, wenn ihm nicht rasch ein paar bessere Argumente einfielen.

Nervös sah er zu der kleinen Maren hinüber, die jahrelang nichts als eine Witzfigur für die anderen Adligen gewesen war, und Will wurde schlagartig bewusst, dass er sie nur retten konnte, indem er an den grenzenlosen Hochmut des Adels appellierte. Er musste die Adligen daran erinnern, dass Maren Temmai lediglich eine unansehnliche Festlandprinzessin ohne nennenswerte Talente war – jemand, den man verspottete oder bemitleidete, aber sicher nicht fürchtete – jemand, der viel zu gering war, um etwas so Beeindruckendes wie Magie zu besitzen ... Es wäre eine grausame und wenig heldenhafte Rettung, doch Will fiel nichts Besseres ein und außerdem machte die Tatsache, dass Maren sich nach wie vor an den abscheulichen Vatoq klammerte, Will unsagbar wütend. Wie hatte sie ihn nur so verraten können? Und warum beschämte sie ihn jetzt vor all den Adligen noch weiter, indem sie sich unbeirrt an diesen niederen Sklaven schmiegte?

Bleich vor Zorn wandte Will sich von Maren ab und sagte: »Cenric, wenn Maren wirklich eine Zauberin wäre, dann wäre sie gewiss nicht jahrelang in diesem lächerlichen Körper umhergelaufen und mutwillig über jeden Stein und jede Wurzel gestolpert, die auf dem Boden lag, oder?«

Alles lachte und kicherte und Will wusste genau, dass er die Adligen mit diesem Einwand zurückgewonnen hatte, denn für sie waren Schönheit und Status alles und daher konnten sie sich unmöglich vorstellen, dass jemand wie Maren über besondere Gaben verfügen konnte ... Nur Cenric schwieg auf Wills Einwurf hin und presste die Lippen wütend aufeinander.

»Nun, Hexe oder nicht Hexe, dass sie dir fremdgegangen ist, kannst nicht einmal du bestreiten, Willi – nicht angesichts der Beweise«, verkündete Cenric grinsend und an Will gewandt fügte er noch leise hinzu: »Ich kenne nämlich nur einen Grund, aus dem zwei missgestaltete Außenseiter sich nachts heimlich im Wald treffen würden ... Bist du wirklich so schlecht im Bett, dass sich sogar Maren einen Liebhaber sucht? Oder vielleicht spürt sie unter all dem Schwabbelspeck einfach nicht so viel wie unsere Damen und braucht deshalb ein echtes Tier im Schlafzimmer?« Cenric lachte anzüglich und Will brauchte all seine Kraft, um ihm dieses dämliche Grinsen nicht sofort wieder aus dem Gesicht zu schlagen.

»Halt dein dreckiges Maul, Cenric«, knurrte Will mit zusammengebissenen Zähnen.

Doch Cenric lachte nur noch lauter, ehe er Aufmerksamkeit heischend beide Arme ausbreitete und zu Maren und Vatoq hinübernickte. »Was ist nun mit deinem Kürbis, Willi? Sollen wir sie als Ehebrecherin abführen oder ist dein Hirn tatsächlich so weich, dass du mir weismachen willst, deine Frau hätte sich hier draußen lediglich zum Teetrinken mit meinem alten Monster getroffen?«

Will spürte, wie sich die Augen der anderen Adligen schwer wie Silbermünzen auf seine Haut legten und ihn niederdrückten. Es wäre schwach von ihm, Maren jetzt laufen zu lassen, man würde ihn auslachen und sagen, dass er sich von seiner hässlichen, kleinen Kinderbraut auf der Nase herumtanzen lasse. *Aber Maren würde den Prozess im Bergfried*

nicht überstehen … Du weißt, wie sie mit Ehebrecherinnen verfahren, Will!, mahnte ihn eine leise, aufrechte Stimme.

Doch Will vernahm diese Stimme unter dem lauter werdenden Getuschel der Adligen kaum. Zögerlich sah er zu Maren, die angsterfüllt schwieg und ihn mit halb geöffnetem Mund ansah. Offenbar wollte sie etwas sagen, doch die Worte schienen ihr wie so oft in der Kehle gefroren zu sein … Oder lag ihr vielleicht nur eine Lüge auf der Zunge, die sie einfach nicht über die Lippen brachte? Maren trug immerhin ein anderes Kleid als das satte seetangfarbene, das Will ihr für diesen Ball geschenkt hatte … Es hatte einen weitausgestellten Rock, der ihn an die vollen Blüten der magischen Rosen erinnerte, und war so rot wie die Sünde, so rot wie Jungfrauenblut … Abermals ballte Will die Hände zu Fäusten. Der Gedanke, dass Maren diesen hässlichen Kerl ihm vorgezogen hatte – dass sie sich von Cenrics missgebildetem Knecht hatte entehren lassen, ließ Will die Galle im Mund hochkommen …

»Maren ist offensichtlich eine Ehebrecherin. Führt sie ab und weckt ihren Gespielen aus seinem Schlummer, er soll morgen wegen der Rosen im Bergfried verhört werden«, befand Will schließlich mit kalter Stimme. Und selbstverständlich war es Cenric höchstpersönlich, der Vatoq aufweckte, indem er seinen silbernen Prunkdolch tief in die Haut des schlafenden Riesen rammte.

Maren stieß einen lauten Entsetzensschrei aus. »Hör auf damit! Lass ihn in Ruhe!«, rief sie, als Cenric noch ein weiteres Mal in Vatoqs vernarbten Arm stach. Doch natürlich hörte Cenric nicht auf und so wandte Maren sich mit Tränen in den Augen zu Will: »Bitte, mach, dass er aufhört, Will! Es ist nichts passiert, ich schwöre es dir! Bitte, tu das nicht, bitte …« Marens Schluchzen ließ Wills Kehle eng werden, sodass er vor lauter Scham und Mitgefühl kaum noch atmen konnte. Aber er hatte seine Entscheidung getroffen und konnte Maren jetzt nicht mehr helfen, selbst wenn er es gewollt hätte … Also zwang Will sich, dieser verdammten Waldlichtung mit ihren zischelnden Zauberrosen schnell den Rücken zu kehren. Die magischen Pflanzen machten nämlich keinen Hehl daraus, dass sie Will und die anderen Edelmänner nicht leiden konnten, obwohl er sich das vielleicht auch nur einbildete, denn was hatten Will und die anderen Lords diesen roten Blumen schon getan?

»Du solltest ein paar Gärtner herschicken, um diese Rosen auszureißen, Cenric. Ich würde sie im nächsten Frühling nur ungern in unserem Schlossgarten sehen«, rief Will Cenric noch tonlos entgegen, ehe er fluchtartig Richtung Wjallvit lief, ohne noch einmal auf Marens verzweifelte »Will«-Rufe zu reagieren …

Den gesamten Weg zum Schloss zurück wollte Maren nicht glauben, dass Will *nichts* – rein gar nichts getan hatte, um ihr zu helfen oder sie und Vatoq zu befreien. Erst nachdem Cenric und seine grinsenden Gefolgsleute sie und Vatoq wie eine Horde heimtückischer Haifische in den protzigen Kerker Wjallvits hinuntergestoßen hatten, sickerte diese bittere Tatsache langsam in Marens Bewusstsein. Wütend rüttelte sie an den Eisengittern, die wie ein stählernes Fischernetz geformt waren. Doch natürlich gaben die Stangen kein Stück nach, und so robbte Maren schließlich zu ihrem alten Freund Vatoq hinüber und war erleichtert, dass Cenric sie und Vatoq zumindest nicht an die dicken Eisenringe angekettet hatte, die an den beiden langen Zellwänden zwischen den Steinen steckten.

»Wie geht es dir?«, fragte Maren mit einem besorgten Blick auf Vatoqs verletzten Arm. In der Dunkelheit erkannte sie keine Farben und seine narbige Haut sah einfach nur aus, als hätte jemand sie in schwarze Tinte getaucht. Sofort machte Maren sich an ihrem Kleidersaum zu schaffen. Wenn sie den Stoff weit genug einriss, könnte sie ein Stück saubere Seide um Vatoqs Arm binden …

»Ach, lass das, Maren, es ist nur ein Kratzer«, murmelte Vatoq und nahm Marens Hände bestimmt in seine, als er erkannte, was sie vorhatte. »Man hat mir schon viel Schlimmeres angetan und dir auch. Es tut mir leid, dass ich nicht rechtzeitig aufgewacht bin, um sie alle zu vertreiben …«

Maren lächelte schwach. Es tat gut, Vatoqs honigweiche Stimme wieder klar und unverfälscht zu hören, und überhaupt war es schön, ihn wieder lebendig und wahrhaftig vor sich sitzen zu sehen. Doch gleichzeitig verwirrte diese Tatsache Maren und sie runzelte missmutig die Stirn. »Du warst es also von Anfang an … Warum hast du dich so lange vor mir versteckt? Wozu diese Maskerade? Der falsche Name und die Lüge mit den Geistern?! Weißt du nicht, wie sehr ich dich vermisst habe?!« Maren konnte noch immer nicht fassen, wie blind sie in der Gegenwart ihres angeblichen Geisterfreundes doch gewesen war! Sie hatte zwar gespürt, dass ›Anuaq‹ etwas an sich hatte, das sie an ihren alten Freund Vatoq erinnerte, aber Maren hatte nie in Erwägung gezogen, dass ihre beiden Freunde ein und dieselbe Person sein könnten. Und das, obwohl auch der schöne Anuaq sie immer wieder gegen ihren Willen Prinzessin genannt hatte, obwohl er genauso begnadet im Geschichtenerzählen gewesen war und obwohl er genau wie Vatoq gern so hochgestochen gesprochen hatte, als hätte er in seinem Leben bereits zu viele alte Märchen gelesen ... *Ob er mich vielleicht nur getäuscht hat, um herauszufinden, ob ich ihn trotz allem wiedererkenne?*, überlegte Maren schuldbewusst.

Doch Vatoq stieß auf ihre Frage hin lediglich ein freudloses Schnauben aus und kroch ein wenig unbeholfen an das andere Ende der Zelle.

»Dass ich nur nachts bei dir sein konnte, war keine Lüge – nicht direkt zumindest, denn meistens brauche ich die Kraft der Polarlichter, um meine hübsche Illusion aufrechtzuerhalten. Und die Geschichte mit dem guten Geist habe ich erfunden, damit du mir nicht zehntausend verwirrte Fragen darüber stellst, warum ich nett zu dir bin und dir helfen will. Ich denke, wir wissen beide, dass du ohne einen triftigen Grund niemals geglaubt hättest, dass jemand dich gut behandeln würde«, erklärte Vatoq ihr schlicht und Maren konnte nicht anders, als sofort ertappt zu Boden zu starren. Vatoq kannte sie einfach zu gut und Maren musste sich eingestehen, dass sie Vatoqs Behauptung, ein Geist zu sein, vermutlich nur deshalb so anstandslos hingenommen hatte, weil es ihr noch absurder vorgekommen wäre, dass jemand Wildfremdes sie einfach mögen könnte ...

»Schön und gut. Aber dass du ein Zauberer bist, hast du mir nie gesagt«, fügte Maren nach einer kurzen Pause verwirrt hinzu. Es wollte ihr einfach nicht in den Kopf. Wenn Vatoq ein Zauberer war, warum hatte er sich dann jahrelang mit ihr zusammen von Cenric und den anderen Adligen misshandeln lassen?

»Ich bin auch kein Zauberer«, erklärte Vatoq schlicht. »Oder wenigstens noch nicht lange. Ich weiß nicht mehr genau, wie es passiert ist ... Aber vor drei Jahren, als Cenric mich nach einer besonders spaßigen

Nacht die Turmtreppen hinuntergestoßen und in meinem eigenen Blut für die nächtlichen Ungeheuer liegen gelassen hat ... da war irgendwann ein Licht in der Dunkelheit. Als hätte sich eins der Nordlichter vom Himmel gelöst, um zu mir zu kommen. Und eine Stimme hat zu mir gesprochen ... Ich konnte sie nicht verstehen, aber sie schien ... Mitleid zu haben. Und als ich am nächsten Morgen wieder aufgewacht bin, waren meine Wunden fort und ich konnte auf einmal diese Dinge tun ...«

»Das erinnert mich ein wenig an deine Geschichten darüber, wie die Frostmutter früher Wunder gewirkt hat«, murmelte Maren, in Gedanken bei den vielen friedlichen Nächten, die sie in diesem Schloss mit dem verkleideten Vatoq verbracht hatte. Und es gab ihr einen kleinen Stich, daran zu denken, wie viel schöner diese Nächte gewesen wären, wenn Vatoq sie nicht angelogen hätte.

Doch Vatoq zuckte nur mit den Schultern. »Vielleicht. Aber wer auch immer mir diese Kräfte gegeben hat, hätte gerne noch ein paar Hinweise dalassen können. Es gibt bis heute nicht viele Zauber, die ich beherrsche – Magie ist eine sehr schwere Kunst, besonders wenn man keinen Lehrer hat ...«

Maren nickte abwesend. Auch sie verstand nicht viel von Zauberei, aber im Norden wusste jedes Kind, dass Magie eine unglaublich komplizierte Angelegenheit war, mit der man besser nicht leichtsinnig herumexperimentierte.

»All das erklärt aber immer noch nicht, warum du mir nicht gesagt hast, dass du es bist«, bemerkte Maren schließlich vorwurfsvoll.

Vatoq stieß ein tiefes Seufzen aus. »Du wirst wohl niemals erwachsen, was, Maren?«, fragte er wehmütig. »Ich wollte einen frischen Start – einen besseren. Ich wollte eine zweite Chance bei dir. Damit du mich nicht nur als deinen netten, entstellten Freund siehst, so wie in unserer Kindheit! Aber du hast dich kein Stück verändert. Du bist deinem widerlichen Will immer noch hoffnungslos verfallen und weißt nach wie vor nicht, was gut für dich ist! Denn wenn du es tun würdest, säßen wir beide jetzt nicht in diesem Kerker, sondern wären schon längst von dieser Insel verschwunden.« Verstimmt starrte Vatoq auf das elegant geschmiedete Kerkergitter und wandte Maren seinen krummen Rücken zu.

Sie hatte ihn offensichtlich gekränkt, aber seine Worte machten Maren nicht nur traurig, sondern auch wütend. Sie lief Will doch überhaupt

nicht nach wie ein dummes Hündchen! Sie wusste sehr wohl, dass er ein feiger Taugenichts war, aber sie hatte ihn nun einmal geheiratet und sie schuldete es ihrem Land, hier auf dieser Insel zu sein! Es war eben kompliziert! Und eigentlich müsste Vatoq doch auch wissen, dass sein Aussehen Maren vollkommen gleichgültig war und dass er ihr sehr viel bedeutete! Aber das schien ihm offenbar nicht zu reichen ...

Betrübt rollte Maren sich auf dem Boden zusammen und wusste nicht, ob sie ihrer langsam anwachsenden Müdigkeit nachgeben oder dagegen ankämpfen sollte. Doch ehe sie eine Entscheidung getroffen hatte, war ihr Geist bereits in einen flachen, seeschwarzen Schlaf gefallen, in dem gestaltlose, nach Rosen stinkende Stimmen angespannt in die Finsternis hineinflüsterten.

»Und wo willst du plötzlich hin, Junge?«, knurrte Hrafens scharfe Nordländerstimme, als ein schwerer Stuhl langsam zur Seite gerückt wurde und ein allzu teures, Lavendelduft verströmendes Seidenhemd leise vor sich hin raschelte.

»Wenn der König gleich kommt, will ich ihn und Maren nicht stören. Ich kann ihre Sachen schon zusammensuchen und dem Kutscher -«

»Oh, nein, davor wirst du nicht weglaufen! Du kannst König Bjoren ins Gesicht sagen, was du mit seiner Tochter gemacht hast!«, entgegnete Hrafen und der schwere Fichtenholzstuhl knirschte leicht, als jemand grob in das kürbisrote Samtpolster zurückgedrückt wurde und bebend die kratzige Bettdecke neben Marens gefühlloser Hand packte.

Dann wurde es totenstill und der Rosengeruch schien immer schwerer und drückender zu werden, bis sich irgendwann eine weitere, herrlich vertraute Brummstimme aus der Finsternis löste, die zuerst schrie, dann schluchzte und schließlich von den anderen vage bekannten Stimmen im Raum beruhigt wurde – Hrafens und der seines Hofheilers. Nur die letzte, herrlich melodische Stimme blieb vollkommen still, bis Hrafen sich an Marens Vater wandte und finster murmelte: »Ich bin untröstlich, Majestät, das so etwas in meiner Obhut passiert ist. Wenn es irgendetwas gibt, das ich tun kann, um diese Schande wiedergutzumachen ...«

»Das gibt es nicht, Hrafen, das hier ist nicht Eure Schande. Euch trifft keine Schuld, außer an dem Gedanken, dass Vidurs Junge vielleicht ein aufrechter Mann und geeigneter Umgang für Maren sein könnte. Aber

diesen Fehler habt Ihr nicht allein gemacht.« Eine bedeutungsschwere Pause trat ein, in der Marens Vater vermutlich enttäuscht mit dem Kopf schüttelte.

Danach raschelte das teure Seidenhemd auf dem Stuhl neben Marens Bett wieder leise und Will murmelte nach langem Zögern in Richtung des Holzbodens leise: »Es ... es tut mir unendlich leid, was passiert ist, König Bjoren. Es war ein furchtbarer Unfall ... Es -«

»Sieh mir gefälligst ins Gesicht, wenn du mit mir redest, und bei allen Giftgewächsen und Dornenblumen – lüg mich nicht an! Der arme Diener, der vor der Tür wartet, hat mir genau erzählt, was passiert ist!«

»Vatoq?«, entfuhr es Will in dem üblichen herablassenden Tonfall, auch wenn heute mehr Nervosität und Verzweiflung in seiner Stimme lagen. »Ihr werdet ja wohl nicht den Worten eines missgestalteten Verrückten Glauben schenken! Dieser Sklave ist schwachsinnig!«

Bjoren schnaubte. »Ich werde einzig und allein den Worten meiner Tochter glauben. Wenn sie aufwacht, kann sie mir selbst erzählen, was passiert ist. Auch wenn ich jedem noch so seltsam anmutenden Diener auf dieser Insel eher zuhören würde als einem missratenen kleinen Lord!«, donnerte Marens Vater, ehe die Stimmen wieder in schwarzer Stille und dem alles verzehrenden Gestank seltsamer Rosen ertranken, der nur ab und an von einem kurz aufblitzenden Licht durchschnitten wurde, auf das wieder Rosen und Dunkelheit folgten.

»Du hast meiner Tochter Rosenwein gegeben?!«

»Ich ... ich dachte, es ist besser, wenn sie nicht Nacht für Nacht von Albträumen über diesen Tag heimgesucht werden muss ...«

»Und wenn du nicht in ihren Albträumen vorkommen musst, was? Oder Verantwortung für deine Taten übernehmen wie ein Mann. Denn ihre Wunden wird dieses rote Gift gewiss nicht heilen! Wenn Vidur wüsste, was aus seinem einzigen Sohn geworden ist, würde er sich vermutlich im Grab umdrehen.«

»Was wisst Ihr schon über meinen Vater?! Als er dabei gefasst wurde, wie er Euer geliebtes Silber stehlen wollte, und Eure Hilfe und Euren Schutz gebraucht hätte, wart Ihr immerhin nicht da! Ihr habt nur in ein paar Schlachten nebeneinander Leute geköpft, aber ansonsten kanntet Ihr ihn doch gar nicht!«

347

Der König schnaubte verächtlich. »Auf dieser Insel könnt ihr ein Leben lang aneinander vorbei leben, ohne euch richtig zu kennen, während man anderenorts jeden Moment zu nutzen versteht. Ich kannte deinen Vater gut genug, um zu wissen, dass er niemals zugelassen hätte, dass Asiqara so etwas zustößt, geschweige denn sich daran beteiligt.«

»Maren ist aber auch nicht meine Frau!«

Der König schlug donnernd mit der Faust auf Marens Beistelltisch. »Und ich danke allen schlafenden und vergessenen Göttern dafür, dass es nie so weit gekommen ist! Sie verdient etwas Besseres als einen verzogenen Bengel ohne Mut und Ehre – egal, wie viele Schätze er von größeren Männern geerbt haben mag! – Hrafen, ich denke nicht, dass ich Maren noch einmal auf diese Insel schicken werde. Wir haben uns offenbar beide in Vidurs Jungen getäuscht. Dein Enkel ist in jeder Hinsicht absolut ungeeignet und ich würde Mandrell fast schon lieber in Schutt und Asche sehen, als Maren noch einmal auch nur für einen Tag in seine Obhut zu geben.«

Von Will war nichts mehr zu hören außer dem leisen Rascheln seines Seidenhemdes. Vielleicht nestelte er mit gesenktem Kopf an seinen gefärbten Locken herum.

Es war Hrafen, der nach einer Weile des rosenschweren Schweigens sagte: »Wie Ihr wünscht, Majestät. Aber wenn Ihr so gnädig wärt, könntet Ihr Will bei Eurer Abreise ja mit auf das Schiff nehmen, damit er auf den Schlachtfeldern Wiedergutmachung leisten und sich von seiner Schande befreien kann. Es wird ohnehin höchste Zeit, dass er nach nordischer Sitte ein Mann wird. Er könnte Euer Leibdiener sein, bis er irgendwann mit dem Schwert zu gebrauchen ist.«

Das Rascheln des Seidenhemdes neben Marens Bett erstarb, doch ehe ein Wort des Widerspruchs über Wills Lippen kommen konnte, entgegnete Marens Vater mit trockener Stimme:

»Als Leibdiener? Nein, ich will ihn für das hier nicht mit so einer Ehre belohnen … Aber ich würde die Grundsätze des Nordens verraten, wenn ich einem Mann oder Jungen – so erbärmlich er auch ist – seine Chance auf Wiedergutmachung raube … Er kann auf der Überfahrt fürs Erste das Deck schrubben und später hinter dem Tross herräumen, wo ich ihn nicht ansehen muss.«

»Das ist sehr gnädig von Euch, Majestät. Ich schwöre, Will wird Euch nicht enttäuschen«, versicherte Hrafen bestimmt.

»Nein. Er hat mich schon enttäuscht. Und das hier ist wirklich schwer zu steigern … Aber er wird sie trotzdem nicht wiedersehen, egal, was auf den Schlachtfeldern passiert und egal, ob dieser arme Sklave nun lügt oder nicht. Kein Mann ertränkt seine Taten in Rosenwein, wenn er nicht etwas zu verbergen hat.«

»Natürlich. Das liegt ganz bei Euch, Majestät«, erwiderte Hrafen leise.

»Und was ist mit mir? Dürfte ich vielleicht auch etwas dazu sagen?«, murmelte Will plötzlich erstaunlich laut und elend von seinem Platz neben Marens Bett in das stickige Zimmer.

Stille antwortete ihm. Und Maren wusste instinktiv, dass die beiden ungleichen Männer, der dürre Greis und der bärbeißige König, Will mit scharfen, ungnädigen Augen anstarren mussten.

»Wenn du noch etwas zu sagen hast, sag es. Sonst geh uns aus den Augen und pack deine Sachen. Der König will noch heute abreisen.«

Der Stuhl neben Maren wurde zögerlich zurückgezogen, und anstatt zu protestieren oder irgendwelche Ausflüchte zu suchen, näherten sich leichte Schritte schweigend Marens Bett und eine eiskalte Hand umschloss zitternd ihre gefühllosen Finger. »Es tut mir leid … falls du dich an irgendetwas erinnerst, dann an das«, flüsterte Will, ehe ein schweres Stampfen hinter ihm erklang und er grob von Maren weggezogen wurde.

»Wag es ja nicht, sie noch einmal anzufassen! Verschwinde und such zusammen, was du auf die Schlachtfelder mitnehmen willst – und halt dich während der Überfahrt von mir und meiner Tochter fern, wenn dir dein Leben lieb ist«, knurrte Marens Vater in die immer schwerere Finsternis hinein, in der lediglich Wills letzte Worte noch eine Weile heimatlos umherhallten, ehe auch sie von dem alles überwältigenden Gestank fremdländischer Rosen erstickt wurden.

Der Weiße

*D*er Weiße fühlte sich nicht gut in dieser Nacht. Zum einen war er ziemlich verwirrt, weil die Nordlichter ihn wegen der Wintersonnenwende erst in den frühen Morgenstunden aus seinem Schlaf weckten, und zum anderen war etwas Schlimmes in seinem Tageslichtleben geschehen – etwas, das dem Weißen wie ein Haufen schwerer Steine im Magen lag … Aber wie so oft, wenn er an sein Leben im Licht dachte, von dem der Weiße erst vor wenigen Wochen erfahren hatte, konnte er sich an rein gar nichts erinnern … Er glaubte allerdings, dass dieses ungute Gefühl etwas mit seiner schönen Zweibeinerin zu tun hatte, und das beunruhigte den Weißen so sehr, dass er sich sofort auf den Weg in ihre kleine, grell-funkelnde Schlafhöhle machte, wo sie sich vor ihrer Reise in das kleine Holzschlösschen oft auf der vergeblichen Suche nach Schlaf hin und her gewälzt hatte, sobald der Maskenmann sie endlich aus seinen falschen Klauen entließ. Doch ihr hellblaues Nachtnest war leer, genau wie der Rest ihrer Schlafhöhle, der heute seltsamerweise nach nichts außer ein paar erfrierenden Waldblumen duftete, mit denen die Zweibeinerin er-folglos von den scharfkantigen Saphiren ablenken wollte, die einen aus je-der Ecke des Raumes heraus wie spöttische Augen anzustarren schienen.

Vermutlich hat der Maskenmann sie heute besonders früh entführt, dachte der Weiße und begann, mit einem Blick auf die tiefstehenden Nordlichter, die Gänge vor dem schmalen Turm nach seiner Zweibeinerin und dem falschgesichtigen Maskenmann abzusuchen. Es war schon spät. Eigentlich sollten die beiden jeden Augenblick wieder auftauchen – so wie sonst immer. Doch niemand kam und es war auch niemand zu hören. Es war insgesamt verdächtig still in den Korridoren. Nur vereinzelt konnte man seine Brüder brüllen und kämpfen hören und eine angespannte

Ruhe schien das gesamte Schloss zu umfangen. So, als würden alle auf irgendetwas Großes warten, das schon bald passieren würde und von dem niemand dem Weißen berichtet hatte ...

Hastige Schritte rissen den Weißen aus seinen wirren Gedanken – leichte, leise Zweibeinerschritte, die ihn kurz aufhorchen ließen, aber die leider zu regelmäßig waren, um seiner Zweibeinerin zu gehören, der man ihre alte Beinwunde noch immer leicht anhörte. Enttäuscht wollte der Weiße sich wieder abwenden, als die fremde Zweibeinerin in einem silbernen Nachtgewand um die Ecke wehte – hell, fadendünn, mit besorgter Miene – und zur großen Überraschung des Weißen weder hässlich noch widerlich stinkend. Blassrosa und angenehm schillernd war ihre Seelenhaut und sie duftete nach dem wilden, herben Schnee der Eiswüste. Nie war dem Weißen in diesem Schloss – mit Ausnahme seiner kleinen Sonne – eine Zweibeinerin begegnet, die nicht absolut abstoßend wirkte, und vielleicht war es das oder die Tatsache, dass die rosa Zweibeinerin ihm vage vertraut erschien, was ihn dazu brachte, ihr im Schutz der schmalen Schatten unauffällig nachzuschleichen – immer tiefer und tiefer in die untersten Stockwerke des ewig verglasten Menschenschlosses hinab. Bis die dünne Zweibeinerin plötzlich vor dem Eingang einer künstlichen Felsgrotte stehenblieb, sich etwas Silbernes aus ihren Haaren zog und geschickt in dem rubinbesetzten Schlüsselloch herumstocherte, bis es klickte und die Zweibeinerin eilig in die Dunkelheit unter dem Schloss eintauchte – aus der seltsamerweise der liebliche Blumenduft seiner kleinen Sonne hervorströmte! Nur was suchte sie dort unten? Dieses Loch war ein Aufbewahrungsort für Verbrecher und Widerlinge, aber sicher kein Platz für etwas so Reines und Schönes wie sie! Angespannt folgte der Weiße der anderen Zweibeinerin die schmalen, in den Fels geschlagenen Treppenstufen hinab, bis das leise Knirschen, das ihre Füße auf den Steinen auslösten, jäh erstarb und sie gepresst die Luft einsog, wie um sich Mut zu machen.

»Maren?! Maren, bist du hier?!«, zischte die dünne Zweibeinerin unsicher in die Dunkelheit und der Weiße wurde beim Klang dieses Namens sofort hellhörig. Normalerweise erkannte er Worte aus seinem Tageslichtleben nicht wieder, aber dieser Namen – Maren –, den erkannte er sofort als den wahren Namen seiner lieblichen kleinen Sonne. Die blonde Zweibeinerin suchte sie also auch.

»Maren, wenn du hier bist, dann sag etwas. Ich riskiere Kopf und Kragen, weil ich hier unten bin!«, wisperte die dürre Zweibeinerin erneut und diesmal mit mehr Nachdruck. Doch es war nicht seine kleine Sonne, die der Zweibeinerin antwortete ...

»Maren schläft gerade, aber wir zwei sind hier drüben!«, zischte die dunkle Stimme des Maskenmannes gedämpft.

»Und wer seid *Ihr*?«, fragte die dünne Zweibeinerin, während sie der Stimme weiter nach rechts folgte.

»Ein alter Freund von Maren«, antwortete der Maskenmann knapp. Doch als der Weiße nun selbst zu den vergitterten Löchern der Zweibeiner hinüberschlich, bemerkte er, dass der Maskenmann gar keine Maske mehr trug. Er war jetzt nur noch ein gewaltiger buckliger Zweibeiner, dessen Seelenhaut in abertausend kleinen Fetzen an seinem Geist herunterhing ... Der maskenlose Zweibeiner war weder schön noch hässlich – er sah einfach nur gequält und vernarbt aus und erinnerte den Weißen an ein verletztes Tier, das eigentlich nicht mehr am Leben sein sollte.

»Ihr seid der, mit dem man Maren erwischt hat, oder? Mein Beileid Euch beiden, die Leute hier sind wirklich widerlich ... Aber keine Sorge, ich hole Euch jetzt hier raus und bringe Euch zu den Schwarzen Witwen. Es ist zwar gefährlich, nachts im Schloss herumzuschleichen zwischen all den Ungeheuern, aber ich kenne einen Geheimweg, der uns hier rausführen kann!« Eifrig machte sich die dünne Zweibeinerin an dem Schloss der eisernen Zelle zu schaffen, und nachdem sie eine Weile mit ihrem Schlüssel in der Dunkelheit herumgestochert hatte, gelang es ihr tatsächlich, das Gefängnis der beiden Zweibeiner aufzusperren.

»Jetzt lasst uns Maren aufwecken und schnell von hier verschwinden!«, murmelte die dünne Zweibeinerin nervös.

Doch der Maskenmann erwiderte nichts darauf. Er trat lediglich schweigend aus der winzigen Zelle und schenkte der fremden Zweibeinerin ein schiefes, zahnloses Grinsen, ehe er die Zellentür wieder ins Schloss fallen ließ.

»Maren geht nirgendwohin. Sie wird schön hierbleiben und morgen an ihrem Prozess teilnehmen, das wird ihr hoffentlich die Augen öffnen und danach wird sie Will und diese widerliche Insel endlich mit mir verlassen! Eine Flucht zu den Witwen würde ihr Elend hier nur noch in die Länge ziehen«, murmelte der Maskenmann mit einem manischen Unterton in der Stimme.

Die dünne Zweibeinerin bemerkte allerdings nichts von der Besessenheit ihres Gegenübers. Ungläubig ballte sie die Hände zu Fäusten und knurrte: »Was für ein Freund von Maren seid Ihr denn bitte, wenn Ihr sie einfach hier unten verrotten lasst?! Wisst Ihr denn nicht, wie die Prozesse von Ehebrecherinnen auf dieser Insel aussehen?!«

Mit einem nervösen Blick zu der schönen, schlafenden Zweibeinerin fasste der Maskenmann die zeternde Menschenfrau an den Schultern und legte ihr grob eine Hand auf den Mund. »Ich weiß so einiges, Mädchen – zum Beispiel, dass du Ilisil heißt und eigentlich gar nicht hierher gehörst. Du kommst aus der Eiswüste, so wie ich, und du bist nicht an dem ganzen Elend schuld, das auf dieser Insel vor sich geht. Also sei jetzt still und zwing mich nicht, dir wehzutun!«, zischte der Maskenmann ungeduldig.

Doch anstatt auf seine Warnung zu hören, biss die dünne Zweibeinerin ihrem Gegenüber wütend in die Hand und zischte: »Ich bin leise, sobald Ihr mich losgelassen und Maren aus dieser verdammten Zelle befreit habt! Sie wird diesen Prozess morgen nicht überstehen, sie -« Noch ehe die dünne Zweibeinerin ihren Satz zu Ende gebracht hatte, packte der Maskenmann sie bereits mit seinen Spinnenfingern am Kragen und schmetterte ihren dürren Körper mit einer Art unbeholfener Ungeduld gegen die raue Steinwand.

»Ich habe doch gesagt, du sollst still sein!«, knurrte er, während die Zweibeinerin mit dem Kopf gegen die Felsen donnerte und reglos zu Boden sackte.

Fassungslos schlug der Weiße seine Krallen in die kalten Steine. Doch ehe er etwas Dummes tun konnte, bemerkte er, dass die Menschenfrau gar nicht tot war. Ihr knochiger Leib hob und senkte sich noch in regelmäßigen Abständen.

Vermutlich ist sie nur ohnmächtig, dachte der Weiße. Aber er bebte dennoch vor Wut darüber, dass der Maskenmann etwas so Schönes und Gutes verletzen konnte.

Doch der Maskenmann war immer noch ein Magier und der Weiße wusste nicht, wie man so eine Kreatur am besten angriff. Also zwang er sich, ruhig zu bleiben, und sah angewidert dabei zu, wie der Maskenmann das kleine Blutrinnsal, das von der Schläfe der dünnen Zweibeinerin tropfte, in jenem seltsamen, muschelförmigen Malgefäß auffing, das er bereits in der Nacht seines Doppelmordes dabeigehabt hatte …

»Tut mir leid, Ilisil, aber dieser Prozess ist meine einzige Chance, Maren endlich von dieser elenden Insel wegzuschaffen. Es ist das Beste für uns beide, besonders, da ich bald wieder genug Farbe für meinen Zauber habe … Du wirst schon sehen.«

Mit gefletschten Zähnen und gespannten Muskeln lauschte der Weiße dem wahnhaften Gefasel des verstümmelten Zweibeiners und versuchte, nicht auf den süßlichen Gestank des Wahnsinns zu achten, der von dem Maskenmann ausging. Ein Teil von ihm wollte dieses Geschöpf einfach nur mit einem sauberen Biss in die Kehle von seinem Leiden erlösen und diesen ekligen Lügen ein Ende machen. Doch ehe der Weiße sich entscheiden konnte, was er wirklich unternehmen wollte, sah er aus dem Augenwinkel, dass das letzte grünblaue Nordlicht sich am Ende der Treppen bereits golden färbte und einen neuen, unheilvollen Morgen einläutete. Die Nacht war zu Ende und mit ihr begannen nun auch der Fluch und der Verstand des Weißen, langsam zu verblassen, und sein hirnloser Körper schleppte ihn wie von unsichtbaren Sirenen besessen zurück in die glitzernde Schlafhöhle, aus der er am Anfang der Nacht gekommen war. Fort von seiner Zweibeinerin und fort von dieser Ilisil und der Gefahr, die sie anscheinend erwartete und vor der der Weiße sie nicht mehr retten konnte. Er hatte zu viel Zeit mit Suchen und Warten vergeudet, um jetzt noch etwas ausrichten zu können, und zu seinem Leidwesen schien ihm dieses Gefühl sehr vertraut zu sein …

Tote
Schmetterlinge

Am nächsten Morgen wurde Maren in aller Frühe vom leisen Quietschen der Eisengitter geweckt und musste in der Dunkelheit machtlos mitanhören, wie vier gehässige Edelmänner sich langsam ihrer Zelle näherten. Das laute Klackern der spitz zulaufenden Absatzschuhe überflutete den Kerker bald wie eine tosende Sturmflut. Doch als die vier Männer Marens und Vatoqs Verlies wenig später öffneten, stellte Maren erleichtert fest, dass Cenric sich nicht unter den vier Männern befand, die ihre schmutzige Zelle nun mit silbernen Öllaternen erhellten. Allerdings war Will auch nicht unter ihnen. Und trotz allem stimmte das Maren traurig – zumindest für einen kurzen Augenblick.

Dann zerrte der froschgesichtige Amaturuk sie aber auch schon aus ihrer Zelle, und als Maren sich panisch von ihm entfernen wollte, sagte er mit höhnischem Grinsen: »Nicht so hastig, kleine Kürbishure. Ehebrecherinnen kommen hier auf Beli *nackt* vors Gericht! Denn wer so freizügig mit seinem Körper umgeht wie Euereins, den kann doch genauso gut gleich jeder sehen, nicht wahr?«

Amaturuks Freunde lachten leise, und ehe Maren es verhindern konnte, riss der glupschäugige Lord ihr das lädierte rosenrote Ballkleid vom Leib, das Vatoq ihr gestern geschenkt hatte. Maren schrie entsetzt auf und versuchte, ihre Blöße mit den Händen zu bedecken, doch Amaturuk nahm darauf keine Rücksicht. Er stieß sie grob die Treppe hinauf und hielt feixend seine Laterne an ihren nackten Hintern.

»Sie ist gar nicht so fett, wie ich immer dachte«, brummte er ein wenig enttäuscht.

»Stimmt, aber es schwabbelt trotzdem alles und überall sind diese Narben … furchtbar. Sie sieht aus wie ein alter Söldner«, ergänzte ein zweiter Mann gehässig.

Maren kamen die Tränen. Plötzlich wollte sie diesen Kerker am liebsten nie mehr verlassen, denn an die Oberfläche zu gehen kam ihr so vor, als würde sie auch ihr letztes schützendes Unterhemd noch ablegen müssen ... Doch Maren wusste, wenn sie stehen bleiben oder sich wehren würde, dann würden die Adligen sie zwingen, den Bergfried zu betreten, und das würde bedeuten, dass sie Maren *anfassen* und noch länger anstarren würden. Und das wollte sie auf keinen Fall! Also schlafwandelte Maren lediglich mechanisch vor Amaturuk und seinen Freunden her und stieg Stufe um Stufe dem drohenden Sonnenlicht entgegen, das sie an der Oberfläche bereits wie ein böser Geist erwartete ...

Am Ende der Treppe wandte Maren sich noch einmal wehmütig zu ihrem Verlies um, wo Vatoq noch immer in einer kleinen Blutpfütze lag und schlief. Cenrics Angriff und die Dornen der Sommerrosen hatten ihn offenbar sehr geschwächt. Und deshalb versuchte Maren auch gar nicht erst, ihn jetzt laut schreiend um Hilfe anzuflehen. Vatoq würde sie im Moment auch nicht retten können – vermutlich würden seine Kräfte lediglich ausreichen, um Amaturuks Freunde gegen sich aufzubringen, und im Gegensatz zu Maren besaß Vatoq nicht einmal einen Adelstitel, der ihn – zumindest körperlich – vor den Launen dieser Insellords schützen konnte.

Es sind ja nur Worte, Worte und Blicke und viel Gelächter, mehr wird mir nicht passieren. Diese Insel ist zu elegant, um Frauen auszupeitschen oder zu ermorden. Vielleicht binden sie mich nackt an einen Pfahl oder rasieren mir die Haare ab, aber sie werden mir nicht wehtun – nicht körperlich jedenfalls. Und man sollte meinen, dass ich die Grausamkeit der Adligen inzwischen gewohnt bin ..., dachte Maren düster bei sich. Doch in ihrem Inneren wusste sie, dass man sich gegen Hohn und Spott nicht abhärten konnte. Nur weil man sehr oft mit einem Messer gestochen wurde, hieß das ja auch nicht, dass man eines Tages eine Haut wie Stahl hatte, der niemand mehr etwas anhaben konnte. Nein, man blutete einfach immer weiter und es tat jedes Mal genauso sehr weh wie zuvor ...

Marens einziger Trost war, dass der Winter sich mittlerweile häuslich auf Beli eingerichtet hatte und die Sonne jetzt nur noch für eine knappe Stunde am Himmel stand, sodass es selbst zur Mittagszeit nicht mehr wirklich hell auf der Insel war. Auf den letzten Stufen nach oben gab sich Maren sogar der verzweifelten Hoffnung hin, dass die Adligen sie im dumpfen Winterlicht gar nicht sehen würden ... Doch als

Amaturuk Maren drei Treppenstufen später auf den schneebedeckten Schlosshof hinausstieß, bemerkte sie entsetzt, dass die schmalen Fenster des Bergfrieds zwar allesamt mit versilberten Fensterläden verschlossen worden waren, aber dass dürre Lichtfinger aus vielfarbigem Kerzenlicht durch die Schlitze und Spalten hindurch in die Dämmerung hineingriffen.

Offenbar quoll das Innere des alten Wehrturms nur so über vor lauter exquisitem Prunk und Protz – und vor guter Beleuchtung … Allein der Gedanke daran, in das grelle Licht des drohenden Bergfrieds zu treten und sich den Monstern entgegenzustellen, die *darin* auf sie lauerten, schnürte Maren die Kehle zu und sie spielte kurz mit dem Gedanken, die vier Adligen hinter sich anzugreifen und zu fliehen – oder Amaturuk einfach anzuflehen, sie in ihren Kerker zurückzubringen …

Doch Amaturuks Augen waren ebenso hart und unbeteiligt wie die eiskalten Edelsteine, die an den Wänden des alten Bergfrieds vor sich hin funkelten. Und als Marens Schritte immer langsamer wurden, zerrte er sie lediglich weiter den eisigen Weg hinab und nickte grinsend zu einem belebten Fackelzug hinüber, der in der Ferne langsam auf Wjallvit zukam. »Ich würde es an deiner Stelle nicht zu lange hier draußen genießen, Kürbis, Cenric wartet nicht gerne und du willst doch nicht, dass das Fußvolk, das er für deine Verurteilung eingeladen hat, seine faulen Eier schon vorher verschwendet, oder? Am Ende müssen wir ihnen noch alte Zwergkürbisse aus unseren Vorratskammern zum Werfen geben, wenn sie sonst nichts mehr finden.«

Maren wurde bei diesen Worten noch ein wenig kälter. Man wollte sie dem einfachen Volk zum Fraß vorwerfen und nackt mit faulem Gemüse und Eiern und … Schlimmerem bewerfen lassen, so wie man es in alten Zeiten mit Ehebrecherinnen gemacht hatte? Das war barbarisch!

»Mach dir keine falschen Hoffnungen, Kürbis, das wird nicht deine Strafe sein, es ist bei uns lediglich üblich, die Freude einer gerechten Verurteilung auch mit den einfachen Leuten zu teilen. Die haben ja ansonsten so leidig wenig zu feiern. Und jetzt komm. Ich glaube, keiner von uns will Cenric unnötig verärgern«, brummte Amaturuk, nachdem sie direkt vor dem nachtschwarzen Ebenholzportal zum Stehen gekommen waren. Und nach einem letzten frierenden Blick auf den näher kommenden Fackelzug gab Maren es schließlich auf, sich gegen Amaturuks eisernen Griff zu stemmen. Denn selbst wenn sie sich wie durch ein

Wunder doch von ihm losreißen könnte, würde sie ihm und seinen langbeinigen Freunden nie entkommen und am Ende nur zweimal als Zielscheibe für eine Horde sensationssüchtiger Bauern und Handwerker dienen, die ihre hochwohlgeborenen Herren leidenschaftlich hassten. Es gab kein Entkommen. Und so musste Maren hilflos mitansehen, wie Amaturuks Freunde die schwanenhalsförmigen Türklopfer packten und die Eingangstore des alten Bergfrieds ächzend aufzogen.

Ein Schwall bunten Lichts brandete jäh in den grauen Burghof hinein und unerfindlicherweise erinnerte der helle Kerzenschein Maren einen Augenblick lang an all die Märchen über Elsterhaie, die Will ihr einmal erzählt hatte. In den alten Geschichten sammelten die Raubfische Kostbarkeiten aus gesunkenen Schiffen und schmückten ihre Unterwasserhöhlen damit ... Irgendwie kam Maren das Innere des Bergfrieds jetzt wie eine ebensolche Haihöhle vor.

»Was ist, bringt ihr den Kürbis jetzt endlich herein?«, schnarrte Cenric plötzlich ungeduldig nach draußen. »Sie soll nicht so schüchtern sein! Wenn sie sich meinem verkrüppelten Leibdiener hingibt, kann sie jetzt auch in aller Offenheit vor uns treten!«

Ein leises Lachen drang aus dem Inneren des Bergfrieds hervor, und da Maren es nicht über sich brachte, aus eigener Kraft in ihre ganz persönliche Haihöhle einzutreten, stieß Amaturuk sie nach zwei weiteren gepressten Atemzügen grob über die Türschwelle – mitten hinein in das irisierende Licht.

Der Bergfried war mindestens genauso wunderschön wie schrecklich. Tausend juwelengeschmückte Traumgestalten waren hier in schillernden Farben an die Wände gemalt worden – Maren erkannte Schwanenmenschen, Robbenhautträger, Haifischzähmer, Frostfeen und Meerjungfrauen, die mit Narwalhörnern geschmückt waren. Und sie alle starrten mit erbarmungslosen Edelsteinaugen zu Maren herab, während die Adligen wie ihre fleischgewordenen Ebenbilder auf den schwebenden Holzrängen saßen. Kein einziger Hochgeborener aus dem Schloss fehlte. Offenbar hatte Cenric sie alle als Zeugen seiner Rechtsprechung eingeladen, um Maren noch ein wenig mehr zu quälen. Und wie immer war ihm das nur zu gut gelungen, denn Maren spürte die abertausend Augen nun wie zahllose scharfkantige Steine in ihre Haut schneiden.

Zwei Blicke bohrten sich allerdings besonders tief in Marens schutzloses Fleisch und beide kamen von der silbernen Kanzel, die sich gegenüber des Eingangsportals befand und dort stolz wie eine Krone von der Wand herabhing ...

Es waren Cenric und Will, die Maren so vehement anstarrten. Doch während der noch immer maskierte Cenric sie mit seinen Augen regelrecht auseinandernahm, gab sich Will alle Mühe, nur in Marens Gesicht zu sehen. *Vermutlich findet er mich so abstoßend, dass er sich meinen Anblick kein zweites Mal antun will. Er hat in unserer Hochzeitsnacht ja schon genug gesehen,* dachte Maren. Und sie scheiterte abermals daran, sich mit ihren Händen zu bedecken, da sie im nächsten Moment grob zu dem Podest in der Mitte des Saales gedrängt wurde, wo alle Anwesenden einen vortrefflichen Blick auf sie haben würden ...

Maren trat auf etwas merkwürdig Weiches, während sie von Amaturuk vorangeschubst wurde. Sie senkte den Kopf und erkannte, dass es lauter bunte Prachtfalter waren, die nun tot auf dem polierten Marmorboden lagen. *Es ist hier einfach zu kalt für Schmetterlinge. Vermutlich haben die Diener es nach dem Ball gestern nicht mehr geschafft, sie alle aufzufegen ...,* schoss es Maren jäh durch den Kopf und sie versuchte verzweifelt, die zarten Geschöpfe nicht mit ihren steifgefrorenen Füßen zu zerquetschen. Doch sie lagen einfach überall ...

Maren zuckte jedes Mal zusammen, wenn sie auf einen weiteren Schmetterling trat. Und als sie das kleine Podest schließlich erreicht hatte, war sie für einen flüchtigen Augenblick einfach nur froh, dass das leise Knirschen unter ihren Füßen endlich verstummte. Aber dann wurde Maren sich schlagartig wieder all der Blicke bewusst, die von den Turmwänden aus wie Pfeile auf sie niederregneten, und sofort schlang sie die Arme um sich, um ihre Brüste und ihre Scham zu bedecken. Doch irgendwie hatte Maren dennoch das Gefühl, dass Cenric mit seinen scharfen Haifischaugen direkt durch ihre zitternden Hände hindurchsehen konnte ...

»Tja, jetzt weiß ich, warum Will immer so schlecht gelaunt ist. Bei so einer Braut kann er einem ja fast leidtun!«, rief Cenric plötzlich feixend in die Runde und zustimmendes Gelächter und Getuschel folgten seiner Bemerkung.

Maren zuckte instinktiv zusammen.

Selbst hier, im alten Bergfried, in den weißen Richterroben der Adligen, waren Cenrics erste Worte natürlich Gemeinheiten. Eigentlich sollte das Maren nicht mehr verletzen und ihr sollten jetzt auch nicht die Tränen kommen – aber so war es.

Nervös biss Maren sich auf die Unterlippe und bemühte sich, Haltung zu bewahren. Der Prozess hatte noch nicht mal angefangen, da durfte sie nicht schon jetzt in Tränen ausbrechen! Doch wie verschloss man seine Ohren vor etwas so Allgegenwärtigem wie Cenrics lauter, glasscharfer Stimme, die nun schon wieder dröhnend von den Wänden des Bergfrieds widerhallte?

»Maren Temmai – Kürbis –, du bist heute hier, weil dein Ehemann, Lord Willjareth, dich des Ehebruchs angeklagt hat. Du wurdest gestern Nacht im *Singenden Wald* in den Armen eines missgestalteten Niutak-Zauberers auf frischer Tat ertappt und –«

Cenrics Lüge war so dreist, dass Maren nicht an sich halten konnte. »Ich habe geschlafen! Und er auch! Und etwas anderes ist nicht geschehen! Wir haben uns einfach nur unterhalten und ein wenig getanzt! Und genau das hätten wir auch noch getan, als ihr kamt, wenn die Sommerrosen nicht –«

»Ruhe«, unterbrach Cenric sie unwirsch. »Von diesen unsäglichen Rosen, Palanis zweifelhaftem Tod und den anderen Anschuldigungen gegen dich wollen wir jetzt nicht sprechen, denn dafür stehst du heute leider nicht vor Gericht, du hässliche kleine Kürbishexe! – Amaturuk, hilf unserem lieben Will doch dabei, seine Frau zu erziehen, und bestraf unseren Kürbis dafür, dass er einem Mann so unverfroren ins Wort fällt!«

Der gesamte Bergfried begann abermals zu kichern, als der kleine Amaturuk gehorsam einen langen silbernen Rohrstock zückte und Maren damit auf das nackte Gesäß schlug. Es klatschte laut und dem ersten Hieb folgten noch zwei, drei, vier weitere. Doch es war nicht das Brennen auf Marens Hintern, das ihr Schmerzen bereitete, sondern das laute Johlen und Feixen der Adligen – und die Tatsache, dass Will nichts tat, um sie zu beschützen.

Er hatte sich zur Seite abgewandt und schien eines der juwelenbesetzten Wandgemälde ganz genau in Augenschein zu nehmen. Sein Gesicht lag dabei so sehr im Schatten, dass Maren unmöglich sagen konnte, ob er

sie ebenfalls auslachte oder nicht. *Aber bestimmt gefällt es ihm. Er hat mich immerhin angeklagt – er wollte es so. Er hat mir oft genug damit gedroht, mich nackt vor den anderen Adligen zur Schau zu stellen, wenn ich ihm nicht gehorche, und nun hat er es getan ... Ach, hätte ich Vatoq vorhin bloß aufgeweckt! Vielleicht hätte er doch genug Kraft gehabt, um alle Adligen hier in picklige Kröten zu verwandeln!,* schoss es Maren verzweifelt in den Sinn. Aber bevor sie ihre Entscheidung richtig bereuen konnte, ergriff Cenric wieder das Wort und seine ölige Stimme leerte sofort all ihre Gedanken.

»So, wo war ich, bevor ich so schamlos unterbrochen wurde? Ach ja, richtig: Du wurdest gestern Nacht allein im Wald in den Armen meines verunstalteten Leibdieners erwischt, Kürbis. Hast du irgendetwas vorzubringen, das beweist, dass du deinem Ehemann nicht untreu geworden bist?«

Maren sah ungläubig zu Cenrics Kanzel hoch. Wie sollte sie denn beweisen, dass nichts zwischen ihr und Vatoq vorgefallen war? Sie waren gestern schließlich beide die ganze Zeit über allein gewesen! »Und was ist mit dir und deinen Freunden? Was gibt euch Grund zu der Annahme, ich hätte Will betrogen? Ihr habt mich und Vatoq immerhin nicht ... nackt aufgefunden. Wir haben beide geschlafen!«, rief Maren mit dünner Stimme die Turmwände hinauf. Sie konnte kaum sprechen, so schlecht war ihr von der Last der vielen Blicke, die sie von den Zuschauerbänken aus durchbohrten. Ob die wispernden und kichernden Adligen sehen konnten, wie heftig Maren das Herz gegen die Rippen hämmerte?

»Was sollt ihr denn *sonst* allein im Wald gemacht haben?!«, schnarrte Cenric ungeduldig und sein herablassender Tonfall machte Maren klar, dass er keine weiteren Widerworte und Argumente dulden würde.

Er will mich gar nicht verhören, er will nur die Formalitäten hinter sich bringen, damit er mich endlich bestrafen kann, erkannte Maren jäh. Und vor lauter Verzweiflung und Wut ballte sie beide Hände zu Fäusten. Niemand sonst – auch nicht Will – schien sich dazu berufen zu fühlen, noch etwas zu sagen oder Maren zu verteidigen, und so fuhr Cenric einfach mit seinem falschen Verhör fort.

»Nun, wenn die Angeklagte keine Beweise für ihre Unschuld hat, holt mir mein altes Monster her, damit wir es ebenfalls befragen können. In der Zwischenzeit werden wir das Strafmaß für unseren kleinen Kürbis festsetzen!«

Ein aufgeregtes Johlen ging durch die glitzernde Menge und die zwei Wachposten an der Eingangstür verschwanden eilig, um Vatoq aus dem Kerker zu holen. Ob sie auch ihn ausziehen würden? Maren schmerzte das Herz bei diesem Gedanken …

»Natürlich gebührt es eigentlich dem Ehemann, über die Züchtigung seiner Frau zu verfügen. Aber da Will nicht gerade sonderlich einfallsreich ist, wenn es darum geht, sich Bestrafungen auszudenken, erlaube ich mir, einen Vorschlag zu machen«, begann Cenric, ehe jemand Einwände erheben konnte. Wie immer schaffte er sich flink wie ein Wiesel einen Platz in den Ohren seiner Zuhörer. Lediglich Will verzog bei Cenrics Worten missmutig den Mund und nagte ein wenig auf seiner Unterlippe herum, obwohl er es nach wie vor vermied, Maren anzuschauen.

Komm schon, Will, sag etwas, bitte! Für all die Jahre, in denen wir Freunde waren! Wirf mich nicht diesem Menschenhai zum Fraß vor! Wenn er erst einen Vorschlag gemacht hat, wird diese dumme Masse an Mitläufern darauf beharren, und das weißt du genau!, dachte Maren bitter. Doch Will sagte kein Wort und ließ Cenric abermals ungehindert weitersprechen.

»Also, mein Vorschlag ist folgender: Da unsere kleine Kürbisfreundin eine so lose Moral hat, soll sie das gesamte nächste Jahr über auf den Kürbisfeldern schuften – und zwar ebenso nackt, wie sie heute vor uns steht. Soll jeder Bauer und jeder Vorbeiziehende sehen, was sie ist, und sie mit Schimpf und Schande strafen. Nur so wird sie Tugend und Demut vor ihrem Gemahl lernen!«

Maren erstarrte bei diesen Worten. Was Cenric da vorschlug, schien er direkt aus den Untiefen ihrer schlimmsten Albträume gefischt zu haben … Ein ganzes Jahr nackt auf den Feldern?! Die Adligen würden sie doch eigens dort besuchen, nur um sie auszulachen! Maren wurde noch ein wenig übler und der funkelnde Bergfried um sie herum begann, sich zu drehen.

»Will, bitte nicht!«, wimmerte sie unter Tränen zu der funkelnden Kanzel hinauf. Doch sie konnte durch ihren Tränenschleier hindurch nicht einmal erkennen, welcher der beiden rotblonden Schemen Will und welcher Cenric war, so ähnlich sahen sich die beiden mittlerweile. »Du darfst das nicht tun, Will, bitte, du –«

»Oho, hört, hört! Jetzt sagt dein untreues Eheweib dir auch noch, was du tun und lassen kannst! Lässt du dir das etwa gefallen, Willi?«, fiel Cenric Maren spöttisch ins Wort.

Verzweifelt schüttelte Maren den Kopf. »Nein, ich wollte doch nicht – Ich meinte nicht -«

»Ruhe! Amaturuk, schlag sie noch mal! Sie hat offenbar immer noch nicht verstanden, dass es sich für eine echte Dame nicht geziemt, unaufgefordert zu sprechen!«, donnerte Cenric, und ehe Maren wusste, wie ihr geschah, sauste Amaturuks silberner Rohrstock erneut auf ihr Gesäß und ein stechender Schmerz durchfuhr ihren Körper.

Doch bevor Amaturuk mit dem hübsch gedrehten Rohrstock ein zweites Mal zum Schlag ausholen konnte, flogen die schweren Eingangstore jäh auf und Vatoq stürmte mit einem raubtierhaften Gesichtsausdruck in den alten Bergfried und richtete seine sturmblauen Augen mordlustig auf Amaturuk.

»Versuch es, Lord Winzling, und ich schwöre, du verlierst diese Hand!«

Kurz ließ Amaturuk seinen silbernen Rohrstock sinken und wich unsicher einen Schritt zurück. Dann blieben seine Glupschaugen allerdings an den zahllosen auf Hochglanz polierten Wachposten hängen und er kam mit einem gemeinen Grinsen abermals auf Maren zu, die noch immer wie angewurzelt an einer Stelle stand. Ein Teil von ihr wäre am liebsten durch den immer kleiner werdenden Türspalt des Ebenholzportals geschlüpft, das Vatoq gerade aufgestoßen hatte. Doch bei dem Anblick der zwei am Boden liegenden Wachen auf der anderen Seite der Schwelle erstarrte Maren augenblicklich zu einer Statue. War das Blut, in dem die beiden Männer dort lagen? Oder nur der von den silbernen Fackeln aufgetaute Schnee? ... Wie hatte Vatoq es geschafft, sich von den beiden Wachen freizumachen? Ehe Maren eine sichere Antwort auf diese Fragen finden konnte, holte Amaturuk abermals mit seinem silbernen Rohrstock zum Schlag aus und Vatoq packte ihn mit rubinroten Pranken an seiner weißen Richterrobe ... Stammte das viele Rot an seinen Fingern wirklich nur von seiner eigenen Armwunde?!

All die Gedanken an Blut brachten Marens Welt mehr und mehr zum Schwanken, bis Vatoq den kleinen Amaturuk am Rande ihres Sichtfeldes grob am Kragen packte und Cenrics schreckliche Schleimstimme Maren nahezu gewaltsam wieder wachrüttelte.

»Das wagst du nicht, wenn dir dein Leben lieb ist, du räudiger Köter!«, höhnte er von seiner grellen Silberkanzel aus zu ihnen herab. Und sofort machte sich jede Faser in Marens Körper zur Flucht bereit.

Doch Vatoqs schiefer Mund formte bei diesen Worten nur ein grimmiges Zähnefletschen. »Wie gut, dass mein Leben mir schon lange nicht mehr lieb ist«, brummte er und schleuderte Amaturuk mit einem schrecklich sanften Blick auf Maren durch den halben Raum, wo der kleine Lord nach einem schrillen Aufschrei wimmernd liegen blieb und ihm der glänzende Rohrstock mit lautem Scheppern aus der Hand glitt. Kurz klang es, als ob die schillernden Wandbilder im alten Bergfried selbst in schallendes Gelächter ausbrachen, und als der Lärm endlich wieder verstummt war, ging ein furchtbarer Tumult im gesamten Turm los.

»Was steht ihr denn da noch so nutzlos rum?! Nehmt diesen wildgewordenen Krüppel gefangen und werft ihn in Ketten! Mit ihm befasse ich mich, sobald unsere kleine Kürbishure verurteilt ist!«, bellte Cenric zu den regungslosen Wachposten hinüber, als das schlimmste Getuschel wieder abgeklungen war. Doch die übertrieben heldenhaft aussehenden Wachen, die, ihren funkelnden Silberschwertern nach zu urteilen, eher aus dekorativen Gründen neben Marens Podest standen, rührten sich nicht, sondern warteten mit einem flüchtigen Blick auf den blutbeschmierten Vatoq lediglich darauf, dass irgendjemand anders den ersten Schritt machen möge.

»Nun bewegt euch endlich, wenn ihr nicht selbst auf diesem Podest landen wollt! Sich einem Hochlord zu widersetzen ist Verrat erster Güte und meine Zeit zu verschwenden auch! Ihr werdet es ja wohl noch mit einem missgestalteten Krüppel aufnehmen können!«, keifte Cenric aus der Sicherheit seiner funkelnden Silberkanzel heraus und die Wachen setzten sich daraufhin mit eingezogenen Köpfen in Bewegung, während Vatoq sie einfach nur mit einem ruhigen Grinsen erwartete, das Maren einen Schauer über den Rücken jagte. Doch ehe sie irgendetwas sagen oder tun – oder denken – konnte, hatte der erste Gardist Vatoq bereits erreicht und sein Schwert zittrig auf Vatoqs Brust gerichtet, wo es keinen Wimpernschlag später klirrend auf das bleiche Marmorparkett fiel, als Vatoq die silberne Wache mit einem brachialen Kinnhaken zu Boden schlug. Ein rubinrotes Rinnsal sickerte dem armen Mann dort aus Mund und Nase wie aus einem seltsamen, kaputten Springbrunnen. *Blut.*

Zwei stotternde Herzschläge lang blieb es ganz still im Turm, während der Adel darauf wartete, dass die junge Wache wieder aufstand und bewies, dass sie nicht so schlimm verletzt worden war. Doch der

Gardist regte sich nicht mehr, und so brach abermals ein wirres Getöse auf den Rängen aus und die anderen Wachposten stürmten entschlossen und teilweise sogar wütend auf Vatoq los, während die sensationssüchtigen Adligen sie von ihren sicheren Ebenholzbänken aus mit lauten Anfeuerungsrufen aufstachelten: »Haltet die Bestie auf!« – »Legt diesen Wilden in Ketten!« – »Nun schlagt ihm schon den Kopf ab!«, riefen die herausgeputzten Lords und Ladys mit glühenden Augen zu ihnen hinab und zu Marens großer Überraschung hörte sie auch eine vertraute Samtstimme, die schrie: »Holt Maren da raus!«

Ist Will wirklich um mich besorgt?, fragte sich Maren in jenem unwirklichen Augenblick, bevor das Kampfgetümmel richtig begann und die wütenden Wachposten Vatoq ganz erreicht hatten. Doch mit einem endlos müden Blick auf die toten Schmetterlinge zu ihren Füßen schüttelte sie leicht den Kopf.

Nein, das muss ich mir eingebildet haben, Will liegt nichts an mir – oder zumindest nicht genug, um mich zu verteidigen, befand Maren. Und sie stellte fest, dass sich auch in ihrem Inneren nichts mehr regte, wenn sie an Will dachte. Die Schmetterlinge in ihrem Bauch waren ebenso tot wie die zu ihren Füßen. Es hatte einfach keinen Sinn mehr, sich noch länger etwas vorzumachen.

»Holt Maren da raus verdammt! Sie ist immer noch eine Lady dieser Insel!«, wiederholte Will verzweifelt an die dämlichen Wachen auf den Rängen gewandt. Doch niemand wollte ihm zuhören. Man ließ Maren einfach völlig schutzlos in dem funkelnden Schwertergewirr stehen, das nun um sie herum losbrach. Ließ zu, dass sie sich wie ein verängstigtes Reh an die samtbezogene Turmwand drückte und sich so gut es ging unter ihren roten Locken versteckte. Nackt und allein und völlig hilflos.

»Nun sei mal nicht so dramatisch, Willi. Nur eine kurze Verzögerung, nichts weiter, gleich können wir mit deiner kleinen Hure weitermachen«, feixte Cenric, während sich auch die anfängliche Aufregung der anderen Lords langsam wieder zu einem neugierigen Gaffen abkühlte. Hier oben, fernab der Schwerter und des roten Blutes, das der bucklige Vatoq dort unten gerade mit einem gestohlenen Silberdolch verspritzte. Wo die Adligen ihn und Cenric neugierig anstarren und begierig auf die nächste perfide Grausamkeit warten konnten, die sie sich für Maren und Vatoq ausgedacht hatten. Und wo dank der überlangen Ärmel der weißen Richterroben niemand sehen konnte, dass Will den kalten Marmor seines Klägerthrons inzwischen so fest umklammerte, dass ihm die Fingernägel abbrachen und heißes Blut auf das indigoblaue Meeresmosaik zu seinen Füßen tropfte.

Er spürte davon nichts.

Er konnte es einfach nicht.

Er konnte es nicht länger mitansehen.

Wie Maren ein weiteres Mal zum Leiden allein gelassen wurde. Wie ihr niemand außer diesem wildgewordenen Verrückten zur Hilfe kam, während ihre weiße Haut abermals mit Blutstropfen verunstaltet wurde ... So wie damals. Und selbst wenn Vatoq ihr nichts tun würde. Selbst wenn er sie wirklich aus diesem Elend erlösen würde. Selbst wenn es wirklich noch irgendwie gut ausgehen würde – so wie damals.

Er konnte keinen Wimpernschlag länger hier sitzen und zusehen, wie Maren dort unten ein weiteres Mal seinetwegen blutete. Maren, die niemals einer Menschenseele etwas getan hatte. Die allen immer nur hatte helfen wollen. Die sogar ihm geholfen hatte und die jedes Mal verlegen errötete, wenn sie ihn heimlich anstarrte und er es mitbekam, weil er manchmal nicht minder heimlich zurückstarrte ...

Ohne es zu bemerken, war Will aufgesprungen und zu der schmalen Wendeltreppe gegangen, die von der protzigen Silberkanzel aus nach unten führte. Doch gerade als er das schmiedeeiserne Tor öffnen wollte, packte ihn eine ölige, nach Hyazinthen stinkende Hand am linken Arm und Cenric fragte so laut und hämisch er nur konnte:

»Wohin denn so eilig, Willi?«

Sofort richteten sich die stumpfen Augen aller weißgewandeten Adligen im Raum auf ihn, da sie offenbar beschlossen hatten, dass es kein Problem war, ein unschuldiges kleines Mädchen nackt und schutzlos zwischen einem Verrückten und einem Haufen mies trainierter Wachposten alleinzulassen, und dass zwei streitende Hochlords weit interessanter waren als echtes Blut, das dort unten vielleicht vergossen wurde.

»Ich gehe nach unten und bringe Maren hier weg. Ihr könnt den Rest dieses falschen Prozesses gerne ohne uns beenden«, murmelte Will so

leise, dass nur Cenric es hören konnte, auch wenn er die Worte am liebsten laut hinausgeschrien hätte. Aber die wohlkultivierte Feigheit, die ihn mit den Jahren immer gründlicher zerfressen hatte, schien nun kaum Luft in seiner Lunge übrigzulassen, während die Blicke der anderen Adligen sich wie schwerer Ballast auf ihn legten und ihn wieder einmal zu lähmen drohten, was Cenric natürlich nicht entging. Er kannte Wills Schwächen nach all den Jahren zur Genüge – genau wie Marens.

»So? Heißt das etwa, du willst deiner hässlichen kleinen Kürbishure einfach vergeben, dass sie dich betrogen und zum Gespött gemacht hat?«, rief er abermals unnötig laut in die Runde, während er Anstalten machte, Will auf seinen schrecklich hohen Klägersessel zurückzuzerren, und dabei leise murmelte: »Nun komm schon, Willi, wenn du brav bist, können wir uns bestimmt auf etwas einigen. Vielleicht lässt du deinen Kürbis auch einfach eine Nacht mit mir alleine und wir vergessen die Kürbisfelder – wie klingt das, mhm?«

Wumm.

Seine Faust traf Cenrics maskiertes Gesicht ohne sein Einverständnis. Ohne dass er auch nur bemerkt hatte, wie er den Arm hob. Erst als seine Fingerknöchel schmerzhaft auf Cenrics Kinn und den Rand seiner teuren Elfenbeinmaske trafen und die Monsterfratze mit einem lauten Klackern auf den glänzenden Mosaikboden fiel, bemerkte Will, was er getan hatte, und die gaffenden Adligen in den benachbarten Rängen schrien entsetzt auf. Entweder weil er die Hand gegen einen anderen Lord erhoben hatte – oder weil sie der Anblick von Cenrics entstelltem Gesicht erschreckte. Will war es gleich. Alles, was er wusste, war, dass er Maren gewiss nicht mit diesem Scheusal allein lassen würde. Dass er sie überhaupt nicht mehr allein lassen würde. Es reichte einfach.

»Sie ist keine Hure. Und sie ist nicht hässlich«, knurrte Will, während er sich mit der linken Hand gewaltsam von Cenrics schleimigem Hyazinthgriff befreite. Doch genau in dem Moment, in dem Cenric ihn losließ, bohrte dieser sein nutzloses Zierschwert mit der freien Hand im Schutz der silbernen Balustrade durch Wills weißen Lederstiefel hindurch in seinen Fuß hinein, um ihn am Gehen zu hindern.

»Wenn du wüsstest, wie lange ich auf diesen Tag gewartet habe, Willi, am Ende bist du eben doch nur ein wildgewordener Festländer«, lachte Cenric.

Und als Sehnen und Knorpel von der silbernen Schwertklinge schmerzhaft durchbohrt wurden, beging Will den zweiten unverzeihlichen Frevel, indem er Cenric beiseitestieß, sich das alberne Silberschwert aus dem Fuß zog und es direkt auf Cenrics verlockend schutzlose Kehle richtete. Einen anderen Hochlord mit einer Waffe bedrohte.

»Wenn ich mir diese Insel so ansehe, nehme ich das als Kompliment«, murmelte Will, ehe er Cenric das blutbeschmierte Schwert mit einem lauten Scheppern vor die Füße warf und die gaffenden Adligen anfingen, irgendwelche unwichtigen Dinge vor sich hin zu murmeln, die Will nicht interessierten. Alles, was jetzt noch zählte, war, dass Maren dort unten nichts passierte. Dass sie nicht seinetwegen verletzt wurde. Nicht noch einmal.

Doch als Will das flügelförmige Silbertor endlich aufzog, bemerkte er, dass sich zwei der fähiger wirkenden Wachposten, die zur Dekoration jeweils am Aufgang jedes Zuschauerranges standen, von ihren Plätzen gelöst hatten, um ihm den Weg zu blockieren. Und bevor Will auch nur daran denken konnte, sein eigenes Zierschwert zu ziehen, gruben sich Cenrics scharfe Fingernägel bereits in seine Schulter und zogen ihn gewaltsam in die silberne Kanzel zurück, wo sich gerade eine kleine Geheimtür in dem perlweißen Schwanengemälde öffnete und zwei mit Eisenschwertern bewaffnete Wachen aus dem schmalen Portal traten. Ehe Will wusste, wie ihm geschah, hatten die beiden Männer ihn gepackt und umzingelt. Und so wie die bulligen Gardisten Will daraufhin mit geübten Handgriffen die Arme hinter dem Rücken verschränkten und fesselten, wurde ihm schnell klar, dass Cenric sich ein paar eigene Leibwächter besorgt haben musste – und dass sie nicht nur zur Zierde da waren.

Cenric lachte leise. »Wohin denn so eilig, Willi? Meinst du wirklich, ich würde mich komplett schutzlos mit einem Halbwilden wie dir in einen engen Raum sperren? Und jetzt setz dich wieder hin und lass uns den Rest des Prozesses ansehen, bevor wir uns mit dir befassen. Mal sehen, ob dein kleiner Kürbis diesmal genauso viel Blut lassen muss wie damals zu Kaniqa. Aber auch das ist nichts, was ein wenig gutgereifter Rosenwein nicht lösen könnte, oder? Damals scheint es ja auch ganz gut funktioniert zu haben, so blauäugig wie sie dich noch immer anschmachtet ...«

»Halt die Klappe, Cenric!«, knurrte Will, während er verzweifelt an seinen seidenen Fesseln ruckte und Maren am Fuße des Bergfrieds zwischen

den aufblitzenden Schwertern ausmachen wollte, in der Hoffnung, dass sie sich inzwischen vielleicht heimlich verdrückt hatte. Doch sie stand noch immer mit schreckgeweiteten Augen am Rand des Bergfrieds und sah drei halbwegs ausgebildeten Wachposten dabei zu, wie sie den blutüberströmten Vatoq gerade mit ihren Schwertern in die Knie zwangen, um diesem Anflug von Irrsinn ein Ende zu machen. Dabei zuckte ihr Blick immer wieder von den am Boden liegenden Schwertern zu Vatoq und wieder zurück. Vermutlich brachte sie es nicht über sich, ihren alten Freund mit dem Rest von Belis funkelnden Ungeheuern allein zu lassen. Obwohl sie genauso gut wie Will wusste, dass sie niemals eine Waffe gegen ein anderes Lebewesen richten würde – egal, wie abscheulich dieses Wesen war und wie sehr es ein paar gute Schwerthiebe vielleicht verdient hätte. Und so stand sie einfach nur da, anstatt ihre letzte Chance zur Flucht zu nutzen. Diese verdammte Närrin.

Am liebsten hätte Will ihr lauthals etwas zugerufen, doch da überwältigten zwei der größeren Silberwachen den blutbeschmierten Vatoq bereits und fesselten ihm ebenso routiniert die Hände, wie die beiden bulligen Wachposten hinter Will es eben bei ihm getan hatten. Leute wegen irgendwelcher belanglosen Vergehen zu verhaften und abzuführen war vermutlich ihr Tagesgeschäft. Doch als die beiden Wachen Vatoq nun flankiert von ihren ängstlichen Freunden zu dem gigantischen Ebenholztor hinüberstießen und der Rechte von ihnen geistesabwesend an dem schwanenförmigen Türöffner zog, bellte Cenric mit einem scharfen Blick auf die leergelaufene Sanduhr vor seinem Thron: »Lasst ihn hier und haltet diese verdammte Tür geschlossen, ihr Trottel!«

Und da begriff Will schlagartig, dass hinter den protzigen Portaltüren ein ganz anderes Problem auf ihn und den Rest des Adels wartete: Nämlich, dass es inzwischen Nacht geworden war und die Nordlichter nun wieder munter am Himmel umherpulsierten – und mit ihnen auch der Fluch, der Will und die anderen Lords in Ungeheuer verwandeln und sie die ebenfalls auf den Rängen gaffenden Edeldamen in Stücke reißen lassen würden, sobald der Zauber sie ein weiteres Mal überkam. Und dann waren da ja auch noch die Zeugen, die Cenric heute auf das Schlossgelände gebeten hatte, um Vatoq und Maren angemessen zu demütigen. Bauern, Handwerker und Bürgerliche – unverfluchte Inselbewohner, die inzwischen schon begierig mit fauligen Eiern und

altem Gemüse vor den Toren warten mussten und die nach all den Jahren der Ausbeutung gewiss nicht zögern würden, ihre verfluchten Herren mit Mistgabeln und Fackeln zur Strecke zu bringen, wenn sie die Wahrheit herausfinden würden. Sie sollten sich also wirklich von den Nordlichtern fernhalten, wenn ihnen ihr Leben und ihr Rang etwas wert waren. Doch bei diesem Gedanken traf Will eine sehr einfache Erkenntnis wie ein fester Schlag in die Magengrube: »Wir hätten die Lords einfach nur jede Nacht in den alten Bergfried sperren oder die Fenster verhängen müssen, wenn uns das Licht verwandelt?!«

»Langsam, aber er lernt doch«, gluckste Cenric, während er amüsiert mit den Schultern zuckte. »Schon möglich, dass es das getan hätte. Aber wo wäre da denn der Spaß geblieben, Willi? Außer den Monstern gibt es auf dieser Insel schließlich nichts mehr, das eine interessante Beute hergeben würde. Nichts, das sich wirklich wehren kann, nichts zum Spielen.«

Zum Spielen? Zahllose Menschen waren umgekommen oder hatten ihre Freunde unwissentlich ermordet, weil Cenric von den herkömmlichen dekadenten Zeitvertreiben der Adligen gelangweilt war?!

Will war nicht eben überrascht, dafür kannte er Cenric schon zu lange. Er war einfach nur endlos wütend und ruckte noch einmal so fest er nur konnte an seinen seidenen Fesseln – aber es war vergebens. Er war zu schwach, und selbst wenn er die kalten Bänder irgendwie hätte lösen können, wartete Cenric auf seinem Richterthron immer noch mit dem blutigen Silberschwert auf ihn, von den restlichen Adligen und Cenrics bulligen Leibwächtern im Schatten des kleinen Geheimganges mal ganz zu schweigen.

»Entspann dich, Willi, und genieß deine kleine Vorführung, sonst müssen wir sie noch mal wiederholen, wenn du die besten Stellen verpasst«, schnurrte Cenric mit einer ausladenden Geste in Richtung des monströsen Portaltores, wo die verwirrten Wachen sich gerade wieder von der Ebenholztür entfernten.

Maren verfolgte das Kampfgetümmel, das in der Mitte des Bergfrieds losbrach in einer quälend stummen Entsetzensstarre, während der kühle, füchsische Teil in ihrem Inneren sie wütend anflehte, diese einmalige Gelegenheit zur Flucht zu nutzen.

Immerhin konnte sie Vatoq nicht helfen. Sie war keine Kriegerin. Sie war klein, schwach und im Gegensatz zu den Silberrüstungen tragenden Wachen vollkommen nackt und schutzlos. Sie sollte gehen und sich selbst retten! Diese Insel verlassen und niemals wiederkommen. Aber Maren brachte es einfach nicht über sich, ihren einzigen echten Freund mit diesen Ungeheuern alleinzulassen oder sich auch nur von dem Kampf abzuwenden. Das Grauen vor ihren Augen hielt sie vollkommen gefangen und machte es ihr unmöglich, auch nur zu schreien oder sich sonst irgendwie zu bewegen.

Es war so furchtbar laut und rot und *laut*. Oft hörte Maren Kiefer brechen, wenn Vatoq eine weitere untrainierte Wache wie ein menschgewordener Bär zu Boden schlug. Die Gardisten schrien unentwegt Warnungen, Flüche und Schmerzensschreie durch den Raum und die Adeligen grölten von ihren erhöhten Rängen aus Salven begeisterter Anfeuerungsrufe zu ihnen herab. Nur Vatoq litt stumm, wann immer eine der silbernen Wachen ihn doch mit der Klinge am Arm oder im Gesicht erwischte und dampfend rotes Blut grässliche Muster auf das teure Schwanenmosaik malte. So als würde die ganze unterdrückte Bosheit der Insel mit einem Mal zwischen den Ritzen der sorgsam geschliffenen Mondsteine hervorquellen ...

Ein Schwert fiel plötzlich scheppernd vor Marens Füße und riss sie aus ihrer Trance. Das Ende der Klinge war in tiefes Rot getränkt, und als Maren den Kopf hob, erkannte sie, dass es Vatoqs gestohlene Waffe gewesen war, die ihm ein älterer Wachposten nun aus der Hand geschlagen hatte, was Vatoq allerdings kaum störte, da er seine wunden Finger einfach zu Fäusten ballte, um mit bloßen Händen weiterzukämpfen. Doch in dem Moment, in dem er abermals zum Schlag ausholte, um den Wachposten vor ihm niederzustrecken, hängten sich zwei schmächtige, aber dafür nahezu mutige Gardisten mit aller Kraft an Vatoqs rechten Arm und verschränkten ihn zusammen mit dem linken hinter Vatoqs Rücken, wo eine dritte Wache ohne Zierhelm, die etwas jünger als Will sein musste, Vatoq mit einem Stück blauglänzender Seide fesselte. Nach vier zittrigen Knoten stießen die beiden kleineren Männer Vatoq dann eilig auf das gigantische Ebenholztor zu, während der alte Gardist, der Vatoq entwaffnet hatte, die riesigen Holztore ächzend aufzog, um ihn wieder aus Marens Prozess zu entfernen.

»Lasst ihn hier und haltet diese verdammte Tür geschlossen, ihr Trottel!«, keifte Cenric wütend durch den Turm, als das dunkle Tor gerade mal zwei Finger breit aufgezogen worden war.

Sofort ließ der stämmige Wachposten es wieder ins Schloss fallen, wobei ihn allerdings ein schmaler Streifen des eisigen Nordlichtes berührte und für die Dauer eines Wimpernschlages braunes Fell auf seinem Handrücken wachsen ließ. Und da begriff Maren, warum Cenric den Bergfried jetzt nicht verlassen wollte. Die Tagundnachtgleiche war vorüber und er hatte zu viel Zeit damit vergeudet, Maren bloßzustellen, sodass es Nacht geworden war und ein Haufen ungeduldiger Bauern draußen im Nordlicht begierig auf das Spektakel wartete, das man ihm versprochen hatte. Und wenn all die einfachen Leute den Inseladel in seiner wahren Gestalt sehen würden … dann würde es wohl schon bald keinen Inseladel mehr geben. Keine Grausamkeiten, keine endlose Verschwendung, keine Lügen und Intrigen …

Die Wache zu ihrer Rechten schrie schmerzhaft auf und riss Maren so aus ihrer Erkenntnis. Jäh wirbelte sie herum und sah gerade noch, wie Vatoq seine Stirn mit aller Kraft gegen den Kopf der jüngsten Wache schlug, sodass sie zurücktaumelte und die verbliebenen Männer, von denen sich einige gerade wieder Maren zuwenden wollten, abermals angespannt ihre Silberschwerter hoben. Doch Vatoq beachtete sie nicht weiter. Er sah mit seinen echten wässrig blauen Augen nur kurz fordernd von Maren zu dem grünlich schimmernden Schlüsselloch und nickte ihr dann einmal entschlossen zu. *Tu es!*, schien sein Blick zu sagen, ehe er die Wache hinter sich mit einem schnellen Schritt nach hinten an die edelsteinbesetzte Turmmauer schmetterte und die glänzenden Seidenbänder zerriss, die ihn fesselten, um die Aufmerksamkeit der Wachen wieder auf sich zu lenken – damit Maren die Ebenholztore öffnen und es beenden konnte. Der Welt zeigen, was die feinen Lords und Ladys wirklich waren, und sie ihrer gerechten Strafe überlassen. Nach all den Jahren. Nach all dem Elend. Nach all den Tränen. Endlich.

Plötzlich wurde in Marens Kopf alles ruhig. Die Schreie der Wachen und das Johlen der Adligen verstummten zu einem unbedeutenden Rauschen, als sie die letzten Schritte zu der nachtschwarzen Ebenholztür hinübertrottete und die stechend weißen Türöffner packte, die wie zwei ineinander verschlungene Schwanenhälse geformt waren. Vermutlich hatte sie irgendein genialer Kunsthandwerker gegen Unsummen aus Elfenbein gefertigt, während in Marens Land Menschen verhungerten und auf den Schlachtfeldern starben.

Entschlossen spannte Maren ihre schwachen Muskeln an ... und zögerte. Obwohl es dafür eigentlich keinen Grund gab. Obwohl die gaffenden Lords es mehr als verdient hätten, sich vor den Augen ihrer gebeutelten Untertanen in die Monster zu verwandeln, die sie waren, und die puppenartigen Ladys, die neben ihnen auf den Rängen applaudierten, in tausend Fetzen zu zerreißen, da der Fluch sie offensichtlich nicht betraf. Denn weder Maren noch Ilisil oder die Witwen hatten sich nachts in Ungeheuer verwandelt. Lediglich Will, vor dessen Zimmer sie in der Glaserei abwechselnd Wache gehalten hatten ...

Will.

Will war ein Grund zu zögern. Wenn auch kein guter. Und obwohl Maren es nach all den Jahren besser wissen sollte, drehte sie sich dennoch einmal um und blickte zu der blendend hellen silbernen Richtkanzel hinauf, von wo aus Will sie mit einer Mischung aus Entsetzen und endlosem Leid anstarrte. Als würde er das hier wirklich bereuen.

Aber selbst wenn er noch so etwas wie Anstand in sich hatte, half Maren das hier unten auch nicht weiter – das hatte es nie. Und so schweifte ihr Blick lediglich zu den riesenhaften, Eisenschwerter haltenden Wachen ab, die auf einmal hinter Cenric und Will in der Kanzel aufgetaucht waren – vermutlich, um die beiden kostbaren Königskandidaten zu beschützen, sollte hier unten tatsächlich etwas aus dem Ruder laufen. Will und Cenric. Sie waren wirklich zwei von einem Schlag.

»*Tu es endlich, Maren! Sei keine verdammte Heilige!*«, schrie Vatoq ihr plötzlich in der Sprache der Eisnomaden entgegen, wie es Ilisil damals in der Ruine getan hatte, um zu verhindern, dass die umstehenden Wachen sie verstehen und aufhalten konnten.

Ilisil. Auch Ilisil musste hier irgendwo auf den Rängen sitzen. Und sie hatte es sicher nicht verdient, in dem folgenden Tumult zu Schaden zu kommen oder später für die Taten des restlichen Adels belangt zu werden! ... Aber selbst ohne Ilisil hätte sich Maren wohl kein zweites Mal dazu bringen können, die schwanenkopfförmigen Türklopfer anzufassen ... Sie hätte es getan, um ihr Land zu retten. Wenn es Mandrell irgendetwas gebracht hätte, die Adligen zu entlarven und zum sicheren

Tod oder einem Leben in Wjallvits endlosen Kerkergewölben zu verurteilen. Aber das tat es nicht. Sie war durch ihre Heirat immerhin auch eine Lady – eine angeklagte noch dazu – und das Volk vor den Toren dieses Turmes würde es ihr nicht danken, dass sie die Wahrheit ans Licht gebracht hatte. Denn das taten Menschen nie. Und selbst wenn sie Maren dieses eine Mal überraschten, würden sie ihr im Gegenzug kaum den gesamten Königsschatz dieser Insel überlassen. Es würde ihrem Land nicht helfen, den Adel zu verraten. Und das Blut all dieser Leute an den Händen zu haben, wie abscheulich sie auch sein mochten, nur um sich selbst zu retten? Dafür hatte Maren einfach nicht genug Rachsucht in sich. Für ihr Land hätte sie diese Leute geopfert. Ohne nachzudenken. Aber nicht für sich selbst und ihr eigenes, endlos kaputtes Leben. Bei ihrem Glück würden die verwandelten Lords die unschuldigen Bauern vor den Toren vielleicht auch nur allesamt umbringen, ehe einer von ihnen die Wahrheit verbreiten konnte. Und auch wenn niemand hier auf Beli dasselbe für sie getan hätte, versuchte Maren kein zweites Mal, die schwere Ebenholztür zu öffnen. Sie würde bleiben und die richtigen Sachen sagen. Sie würde sich verurteilen lassen und Vatoq zusammen mit Ilisil aus seinem Kerker befreien und von hier wegbringen, ehe Cenric ihn hinrichten lassen oder ihm Schlimmeres antun konnte. Aber sie würde nicht der Grund für noch mehr sinnloses Blutvergießen sein. Ihr Gewissen war rein, und das war etwas, das diese Insel ihr nicht nehmen konnte. Sie würde sich nicht auch zu einem Monster machen lassen.

Und als Maren den Blick ein zweites Mal zur silbernen Kanzel hinauf hob, erwiderte Will ihn für einen Wimpernschlag mit einem Ausdruck endlosen Unglaubens im Gesicht, fast schon, als hätte er gehofft, dass Maren ihn und die anderen Adligen ein für alle Mal verdammen würde. Doch dann zuckte sein Blick plötzlich in die andere Ecke des Bergfrieds, wo Vatoq die verbliebenen Wachen hingelockt haben musste. Und ehe Maren sich ebenfalls umwenden konnte, fuhr ein feiner Schmerz durch ihren Kopf und ein ohrenbetäubendes Klirren und Krachen erfüllte den gesamten Bergfried, als das dicke Buntglas der verbarrikadierten Turmfenster zerbarst und zusammen mit den Bruchstücken der silbernen Fensterläden auf die schreienden Adligen herabrauschte, die nun ihrerseits auf den Punkt starrten, den auch Will anvisiert hatte.

Entsetzt wirbelte Maren herum und starrte dem riesigen Vatoq entgegen, der von einem seltsam bunten Schimmer umhüllt zu sein schien und gerade eine prallgefüllte Glasflasche mit dunklem Inhalt in seinem blutbeschmierten Mantel verstaute. Unter ihm lag der junge Gardist, der Maren so sehr an Will erinnert hatte, regungslos in einer Blutlache, während Sturzbäche funkelnder Scherben auf Vatoq und den verletzten Mann niedergingen.

»Was hast du getan?!«, schrie Maren mit einem Blick auf den – hoffentlich nur bewusstlosen – Wachposten. Doch Vatoq starrte nur grinsend zu den herabrieselnden Buntglasscherben hinauf und murmelte: »Was du nicht konntest: für Gerechtigkeit gesorgt!« Und bei diesen Worten leuchteten seine blutigen Handflächen noch ein letztes Mal perlmuttweiß auf und bildeten eine kleine Kuppel, die ihn und Maren vor den herabstürzenden Splittern bewahrte. *Magie*, erkannte Maren dumpf. Damit hatte er die Fenster zerstört.

Einer bösen Vorahnung folgend wirbelte Maren abermals herum, um Will in seiner grellen Silberkanzel ausfindig zu machen. Doch da fegte bereits ein eisiger Windstoß durch die offenen Fensterhöhlen und ließ die abertausend silbernen Kerzen in einem einzigen Zug verlöschen, um Platz für das kaltblaue Nordlicht zu machen, das nun sanft wie Wasser durch die nackten Fensterlöcher sickerte und alle herabrieselnden Glassplitter, die es berührte, in ihrem Fall aufzuhalten schien ... Für die Dauer eines Wimpernschlages trieben die funkelnden Fragmente wie heimatlose Schmetterlinge auf die silbernen Ränge zu und verfingen sich dort ungesehen in den hochgesteckten Haaren und juwelenbesetzten Rüschenkrägen der Adligen, die sich schrill über winzige Schnittwunden und ruinierte Seidenkleider ausließen, ohne etwas von der leisen Magie im Turm zu bemerken. Zumindest bis die verzauberten Scherben einen Atemzug später einfach zu Staub zerfielen und den gesamten Turm in einen eigentümlich weißen, undurchdringlichen Nebel hüllten, der die Farbe der pulsierenden Nordlichter am Himmel hatte ...

Das Keifen und Quietschen auf den Zuschauerrängen erstarb und für einen Augenblick war es totenstill im gesamten Bergfried. Dann regten sich auf einmal schaurige Gestalten inmitten des farblosen Dunstes und ein unbeholfenes Knurren und Grollen ertönte aus allen Ecken und Winkeln des Turmes und Maren fuhr ruckartig zusammen, als die

Sommerrosen in ihrem Haar sich abermals wütend in ihre Kopfhaut gruben, wie Katzen, die gerne angreifen würden, aber es nicht konnten.

Magie provoziert die Rosen, erinnerte sich Maren, unfähig, einen anderen klaren Gedanken in ihrem schmerzenden Kopf zu fassen. Und dann begann die Erde unter ihren Füßen auch noch, drohend zu beben, sodass Maren endgültig schlecht wurde und sie das schwarze Ungeheuer, das im Schutz des Nebels die breite Wendeltreppe hinabtaperte, um ein Haar nicht bemerkt hätte. Erst als das Biest reichlich verwirrt nach ihr ausholte, sprang Maren mit einem heiseren Schrei zur Seite und wäre fast gestürzt, da der Boden unter ihr noch immer wackelte und der verhexte Rosenkamm in ihrem Haar sie auch jetzt noch nicht freigeben wollte.

Glücklicherweise war Vatoq allerdings noch immer in ihrer Nähe und schien sich gemerkt zu haben, wo Maren stand, ehe der Nebel aufzog, da er keine zwei Wimpernschläge nach ihrem Aufschrei plötzlich an ihrer Seite war und das desorientierte schwarze Monster, das gerade wieder nach ihnen ausholte, mit einer am Boden liegenden Silberklinge durchbohrte. Ein Schwall aus heißem Blut spritzte Maren entgegen und sprenkelte ihre ohnehin schon blutverkrustete Haut mit noch mehr heißen roten Flecken. Das Blut schien Marens Oberkörper regelrecht zu verbrennen. Das Monsterblut, das eben noch einem Menschen gehört hatte. Vielleicht sogar einem, den sie beim Namen kannte. Maren würgte und der polierte Mosaikboden zu ihren Füßen begann kurz, sich zu drehen, ehe abermals ein mächtiges Beben durch die Erde ging und Marens Aufmerksamkeit so von dem umherspritzenden Blut ablenkte. Sogar die Sommerrosen in ihrem Haar zogen ihre Dornen nun aus ihrer Kopfhaut zurück. Fast schon als würden sie ... lauschen.

Dann zerbarst das blutige Schwanenmosaik zu Marens Füßen krachend in zwei Hälften und die massiven Ebenholztore wurden mit roher Gewalt aus den Angeln gesprengt, sodass sie zwei schokoladenbraune Monster unter sich zerquetschten.

Der ohrenbetäubende Lärm und die Schreie der erschlagenen Ungeheuer jagten Maren einen eiskalten Schauer über den Rücken. Aber diese Angst war nichts gegen das Gefühl, das sie ergriff, als im nächsten Augenblick ein nahezu unscheinbares Sirren ertönte und die Luft im alten Bergfried jäh anfing, zu vibrieren, als wäre sie erfüllt von tausend unsichtbaren, messerscharfen Insektenflügeln, die nervös auf und ab schlugen ...

Maren kannte dieses Geräusch aus ihrer gemeinsamen Nacht mit Vatoq. Es war das Geräusch wütender Sommerrosen. Doch in dem Augenblick, in dem ihr das klar wurde, wucherten die ersten Rosen bereits wie wildgewordene Holzschlangen in den Bergfried hinein und schlugen ihre scharfkantigen Wurzeln in den demolierten Mosaikboden.

Instinktiv warf Maren den Kopf zu dem aufgesprengten Eingangsportal herum und sah, dass die verhexten Rosen den gesamten Weg vom *Singenden Wald* bis hierher gewachsen waren und eine riesige Dornenhecke den schneebedeckten Schlosshof nun in zwei Hälften zerteilte. Und dann machten sich die Rosen auch schon daran, das türlose Eingangsportal vor ihren Augen zuzuwuchern, und Maren begriff, dass sie bald mit einem Haufen verfluchter Monster und magiehassender Hexenrosen in diesem Bergfried gefangen sein würde, wenn sie und Vatoq nicht schnell einen Ausgang fanden ...

Vatoq schien genau dasselbe zu denken, denn nachdem er ein kleineres karamellfarbenes Ungeheuer mit bloßen Händen niedergerungen hatte, packte er Maren mit einem panischen Blick auf die Rosen am Arm und zerrte sie mit einem atemlosen »Komm, wir müssen hier raus!« in Richtung des immer kleiner werdenden Türspalts.

Er lief so schnell, dass Maren das Gefühl hatte, wie ein Drache an einer Schnur hinter ihm herzuflattern, aber sie konnte trotzdem sehen, wie wütende Rosenranken um sie herum durch die Nebelschwaden schossen und arglose Ungeheuer mit ihren dornenbesetzten Stämmen durchbohrten. Mitten ins Herz. Sodass die Monster leblos zu Boden sackten, wo sie sich mit einem unflickbaren Loch in der Brust ein letztes Mal in Menschen zurückverwandelten. Frei von ihrem Fluch, den die Rosen also wirklich zerstören konnten, auch wenn es den Lords nichts mehr nützte ... Maren spürte ihre Schritte mit jedem weiteren gurgelnden Monsterschrei ein wenig mehr erlahmen. So viel Blut. So viele Tote ... Doch Vatoq bemerkte es gar nicht oder achtete zumindest nicht darauf und zerrte sie einfach unentwegt weiter durch das Getümmel aus Monstern und Rosen hindurch, bis sie das zugewucherte Tor endlich erreichten und Vatoq Maren, ohne zu zögern, in das dornige Rosendickicht hineinstieß.

Es fühlte sich falsch an, den Sommerrosen so nah zu sein. Das Sirren, das die magischen Pflanzen von sich gaben, war direkt an ihrem Stamm unerträglich laut und ein paar der kleineren Rosenäste schienen absichtlich nach Marens Haaren zu greifen, um in ihnen nach den anderen Sommerrosen zu suchen, sodass Marens Locken sich schon nach wenigen Schritten hoffnungslos in einer schmalen Astgabel verfangen hatten.

»Vatoq, warte, ich kann nicht weiter!«, rief Maren, als Vatoqs bullige Gestalt gerade unter dem dritten Rosenast hindurchtauchte.

Unbeholfen zerrte Maren an ihren roten Haaren herum, um die vielen Knoten zu lösen, doch sie zerkratzte sich dabei lediglich beide Arme an den scharfen Rosendornen. Allein war sie zu schwach, um sich aus den Fängen der Sommerrosen herauszuwinden. Erst als Vatoq sich endlich zu ihr umdrehte und den Ast, der sich in ihren Haaren verfangen hatte, mit einem ohrenbetäubenden Krachen in zwei Hälften brach, kam sie frei. Danach zog Vatoq Maren abermals an der rechten Hand hinter sich her und Maren nutzte ihre linke, um ihr wüstes Haar möglichst weit von den Rosenästen fernzuhalten. Leider blieb ihr Körper auf diese Weise völlig ungeschützt. Und während die Sommerrosen von Vatoq lediglich eine dicke Lederrüstung zu fassen bekamen, zerrissen sie mit ihren scharfen Dornen eifrig Marens gesamte Haut, bis sie meinte, in ein Kleid aus nassem Blut gehüllt zu sein ... Doch gerade als Maren glaubte, sie könnte den Schmerz nicht länger ertragen, brachen sie und Vatoq endlich ins Freie vor, wo die eisige Polarnacht sie mit ihren kalten Winden begrüßte.

Obwohl außerhalb des Bergfrieds keine Monster waren, rannten all die Bauern, Handwerker und Kaufleute, die Cenric heute herbestellt hatte, hier laut schreiend durcheinander. Sie hatten sich die silbernen Mistgabeln aus den Pferdeställen genommen und stachen damit nun ängstlich auf die sirrenden Rosenranken ein, die mittlerweile den gesamten Schlosshof überwucherten. Die einfachen Leute griffen die Rosen im Gegensatz zu den Monstern aber nicht an, da sie völlig unmagisch waren. Stattdessen zischten sie nur mahnend und schlugen den Bauern manchmal ungeduldig die Mistgabeln aus den Händen, wenn sie sie zu sehr bedrängten ... Aber Maren konnte im Augenblick nicht darüber nachdenken, denn während des Rennens fielen ihr noch mehr verhexte Rosensamen mit hohem *Kling-kling-kling* aus den Haaren.

Die Rosen werden hier alles vernichten!, schoss es ihr durch den Kopf, und dann erinnerte sie sich an die vielen durchbohrten Lordsmonster

im Bergfried und dachte voller Furcht: *Sie werden auch Will vernichten, immerhin ist er auch einer der Verfluchten!*

Sofort blieb Maren stehen.

»Wir müssen zurückgehen und Will und Ilisil retten!«, schrie sie mit aller Kraft gegen den allgegenwärtigen Lärm an.

Doch Vatoq lachte nur kalt. »Du willst zurück in einen Turm voller Ungeheuer, um dein Leben für so einen Widerling aufs Spiel zu setzen? Sicher nicht, Maren!« Vatoq verstärkte seinen Griff um Marens Handgelenk und schleifte sie so grob hinter sich her, dass Maren nicht einmal Zeit fand, sich gegen ihn zu stemmen.

»Zumindest Ilisil müssen wir retten, sie ist meine Freundin!«, beharrte Maren verzweifelt, aber Vatoq schüttelte nur ungeduldig den Kopf.

»Ilisil ist in Sicherheit. Sie schläft vermutlich noch in den Verliesen! Wir müssen uns jetzt um uns selbst kümmern, also komm endlich!«, knurrte er und beschleunigte dabei seine ohnehin schon riesigen Schritte. Maren hatte keine Ahnung, woher Vatoq die Gewissheit nahm, dass Ilisil sich in Wjallvits Verliesen vor den Monstern versteckte. Doch offensichtlich war Vatoq fest entschlossen, weder für Ilisil noch für Will wieder umzukehren, und da es in Gegenwart der wildgewordenen Rosen sinnlos war, mit ihm darüber zu streiten oder gegen seinen eisernen Griff um ihr Handgelenk anzukämpfen, blieb Maren nichts anderes übrig, als stumm vor sich hin zu beten.

Bitte, lasst Will und Ilisil am Leben, Rosen. Wenn ich irgendeine Macht über euch habe, tut ihnen nichts! Bitte, tut ihnen nichts!, dachte Maren verzweifelt. Cenric hatten die Rosen auf der Waldlichtung schließlich auch verschont. Doch als sie kurz darauf den Kopf nach hinten warf, um zu sehen, ob die neugewachsenen Rosen ihr gehorchen würden, gaben die wuchernden Dornenblumen ihr kein Zeichen, dass sie sie verstanden hatten ...

»Wohin gehen wir eigentlich?!«, keuchte Maren reichlich atemlos. Sie und Vatoq liefen auf den *Singenden Wald* zu, das sah Maren, doch sie hatte keine Ahnung, in welche Richtung sie rannten, und wenn sie es nicht bald herausfand, würde sie den Bergfried sicher niemals wiederfinden können, um Will und Ilisil vielleicht doch noch irgendwie zu helfen, falls Vatoq sie noch einmal kurz losließ.

»Wir gehen fort von hier, und zwar auf dem kürzesten Weg – über den Mirosee am Fuß dieses Schlosses. So wütend, wie sie sind, werden

die Sommerrosen diese Insel bald vollständig überwuchert haben und dann sollten wir zwei besser nicht mehr hier sein! Wenn wir über den See gehen, sind wir in zwei Tagen am nördlichen Hafen!«, antwortete Vatoq nervös.

Die Anspannung in seiner Stimme jagte Maren Angst ein, aber zumindest wusste sie jetzt, wohin sie beide liefen, und konnte versuchen, sich einen Rettungsplan für Will und Ilisil einfallen zu lassen ...

Der Weiße

Als er in dieser Nacht erwachte, war nichts so, wie es sein sollte.

Die Nordlichter standen nicht am Himmel, sondern schienen ihn vielmehr zu umhüllen, und er befand sich auch nicht in Wjallvits Schlossgängen, sondern in dem gigantischen, baumhohen Turm, den die Zweibeiner »Bergfried« nannten. Aber dem Weißen blieb überhaupt keine Zeit, um sich darüber zu wundern, denn nachdem er begriffen hatte, wo er war, brachen bereits ein Dutzend riesige Rosenranken in den funkelnden Bergfried ein und begannen, seine Brüder mit ihren scharfen Dornen aufzuspießen. Wie fliegende Schlangen schossen die roten Blumen durch die Luft und einige von ihnen wucherten auch auf den Weißen zu. Doch anstatt ihn ebenfalls zu durchbohren, hielten die magischen Rosen kurz vor dem Weißen inne und verflochten sich widerwillig zu einer dichten, dornenbesetzten Rosenmauer, um die silberne Kanzel, auf der der Weiße lag, vor dem Tumult im Rest des Bergfrieds abzuschirmen.

Mit donnerndem Herzen starrte der Weiße auf die zischenden Sommerrosen, aber die machten keinerlei Anstalten mehr, ihm etwas anzutun, auch wenn der Weiße keinen Zweifel daran hegte, dass sie ihn ebenso gerne aufspießen würden wie seine Brüder. *Irgendetwas hält die Rosen davon ab,* überlegte er und blickte dann zu den verstörten Zweibeinern hinab, die nun wie seltsame Ameisen in den Bergfried strömten und eifrig die silbernen Waffen zu ihren Füßen aufsammelten, um damit unterschiedslos auf die verhexten Rosenranken oder die Brüder des Weißen einzuschlagen. Irgendetwas verriet dem Weißen, dass es vor allem Bauern und Handwerker waren, die nun mit ihren silbernen Klauen zwischen den Zauberpflanzen umherrannten, doch er konnte nicht genau sagen, was es war, und ihn beschlich jäh das Gefühl, dass er etwas sehr

Wichtiges vergessen hatte, als er eben erwacht war. Irgendetwas war in seinem Sonnenlichtleben geschehen, das all das hier verursacht hatte, und der Weiße hatte etwas getan – etwas Furchtbares –, doch er kam einfach nicht mehr darauf! Auf der Suche nach Hinweisen warf der Weiße seinen Kopf ungeduldig von einer Seite auf die andere und starrte durch das dichte Rosengestrüpp hindurch zu den schwebenden Ebenholzrängen, auf denen seine schuppenbesetzten Brüder gerade von einer Horde wütender Zweibeiner in groben Zweibeinerfellen angegriffen wurden. Und kurz kam dem Weißen eine Szene aus seinem Tageslichtleben in den Sinn und er erinnerte sich daran, dass diese ungewohnt plump wirkenden Zweibeiner ja wegen seiner kleinen Maren hierhergekommen waren und dass es sehr wichtig war, dass er Maren sofort –

»Na, wen haben wir denn da? Endlich sehe ich dich mal in deiner wahren Gestalt, Willi!«, unterbrach eine schleimige Monsterstimme jäh seine Gedanken.

Der Weiße wirbelte erschrocken herum und sah in das hässliche Gesicht eines schlammbraunen Ungeheuers mit auffällig kurzen Beinen. Dem Monster fehlte ein großes Stück seiner Nase und der Weiße hatte das merkwürdige Gefühl, diese Gestalt sehr gut zu kennen, doch ihm wollte nicht mehr einfallen, woher, und auch sein Gedanke von eben war wieder fort, sodass er wütend die Zähne fletschte.

»Herrje, sieh dich an! Du bist im Innersten eben doch nichts weiter als ein wildes, nordländisches Tier ohne jeden Sinn und Verstand!«, knurrte das schlammbraune Ungeheuer unbeeindruckt. »Nur wegen dir wissen diese Bauerntölpel jetzt von unserem Fluch! Nur weil *du* zu beschränkt warst, um dein hässliches Weibsstück und ihren verkrüppelten Liebhaber auf der Stelle umzubringen, so wie es mit Hexen und Hexenmeistern Brauch ist! Wie soll ich denn jetzt König werden, mhm?!« Bebend vor Zorn schlich das schlammbraune Monster näher und auf einmal kam die dichte Rosenmauer dem Weißen eher wie ein dorniger Käfig vor als ein schützender Wall. Die zischelnden Rosen schienen nämlich keinerlei Interesse daran zu haben, ihn auch vor diesem Ungeheuer zu beschützen, und machten sich stattdessen daran, zwei regungslose Zweibeiner mit dunklen Eisenwaffen noch gründlicher zu durchlöchern, die ebenfalls auf der silbernen Kanzel lagen. *Vermutlich wollen die verdammten Pflanzen einfach dabei zusehen, wie wir beide uns gegenseitig in Stücke reißen,* schoss es dem Weißen in den Sinn, bevor sein verstümmelter Bruder die rechte Pranke hob und sie wutentbrannt auf ihn niedersausen ließ.

Panisch machte der Weiße einen Satz zur Seite und stieß dabei schmerzvoll gegen die rosenumrankte Balustrade der silbernen Kanzel. Hunderte winziger Dornen verbissen sich wie spitze Zähne in seinem Fell und fesselten ihn so an seinen Platz neben dem fragilen Silbergerüst. *Hier oben ist kein Platz für solche Ausweichmanöver!,* schalt der Weiße sich selbst. Doch jetzt blieb keine Zeit, seine eigene Dummheit zu bedauern. Sein verstümmelter brauner Bruder kam mit einem kehligen Lachen und gebleckten Zähnen abermals auf ihn zu.

»Tja, Willi, jetzt kannst du nicht mehr weglaufen! Zeit, zu zeigen, was das barbarische Nordland dir alles beibringen konnte!«, knurrte das nasenlose Untier, während es sich behände wie eine Katze auf ihn stürzte.

Der Weiße ruckte panisch an seinem verzotteltem Fell, doch die Dornen der Sommerrosen schienen sich nur noch tiefer darin zu verfangen, und so duckte er sich kurzerhand flach auf den Boden und ließ seinen Bruder ebenfalls mitten in die scharfkantigen Dornen hineinspringen.

Das schlammbraune Untier heulte kurz auf – allerdings eher vor Wut als vor Schmerz, da die Sommerrosen auch sein dichtes Fell nicht so leicht durchdringen konnten.

»Jetzt hör endlich auf, so ein Feigling zu sein, und stell dich mir! Wir beide haben immerhin schon seit Jahren auf diesen Tag gewartet!«, grollte sein verstümmelter Bruder ungehalten. Aber der Weiße ging nicht darauf ein und nutzte den Augenblick lieber, um sein eigenes verworrenes Fell zwischen den dornigen Zähnen der Sommerrosen herauszuzerren. Er wollte nicht mit diesem braunen Ungeheuer kämpfen, er wollte von dieser Kanzel verschwinden und sich daran erinnern, was er Wichtiges vergessen hatte! Es hatte irgendetwas mit diesen Rosen zu tun und mit dem, was sein Bruder vorhin über Hexen und Weibsstücke gesagt hatte ...

»Vatoq, warte, ich kann nicht weiter!«, schrie plötzlich eine wohlbekannte, liebliche Zweibeinerstimme durch den Kampflärm im Bergfried hindurch und jäh erinnerte der Weiße sich.

Seine Zweibeinerin!

Sie war auch hier und sie war bei diesem schäbigen Maskenmann! Sie war in Gefahr! Wie hatte der Weiße sie nur vergessen können?! Wurde

er durch diesen Fluch am Ende tatsächlich nur ein dummes Tier, so wie sein Bruder es vorhin prophezeit hatte?

Panisch suchte der Weiße zwischen den Spalten der dichten Rosenhecke nach seiner Zweibeinerin, doch gerade als er ihre blassschimmernde Seelenhaut zwischen all den anderen verfallenen Zweibeinern ausgemacht hatte, bohrten sich plötzlich die schiefen Klauen seines schlammbraunen Bruders tief in seinen Rücken.

»Was suchst du denn so angestrengt, Willi?«, feixte das Ungeheuer mit einem Blick durch die Rosenhecke. Und als es sah, was der Weiße sah, verzog sich das verstümmelte Maul des Ungeheuers langsam zu einem begierigen Lächeln.

»Oh, na sieh mal einer an, wo man schon von deiner kleinen Kürbisfrau spricht ... Irgendetwas hat sie im Dunkeln ja an sich, das muss ich zugeben ... Ich denke, ich werde sie mitnehmen, sobald ich mit dir fertig bin. Du hast mir meine Krone genommen, also nehme ich dir deine Frau und dein Leben – ein fairer Tausch, findest du nicht?«

Der Weiße gab seinem Bruder keine Antwort, denn das hämische Grinsen des Schlammbraunen kam ihm schmerzlich bekannt vor. Es war ein Grinsen, das er bereits aus seinem Sonnenlichtleben kannte – ein Grinsen, mit dem der Schlammbraune seiner Zweibeinerin schon sehr wehgetan hatte ... Niemals würde dieses Untier seine Zweibeinerin bekommen! Der Schlammbraune noch weniger als jeder andere! Zähnefletschend stürzte der Weiße sich auf seinen Bruder, was diesen nur noch lauter zum Lachen brachte.

»Ha! Ich muss also erst deinen Kürbis ins Spiel bringen, damit du aufhörst, mir auszuweichen?! Du hingst schon immer viel zu sehr an diesem hässlichen kleinen Mädchen, Willi!«, spottete der Schlammbraune, während er den Angriff des Weißen lässig mit der linken Pranke abwehrte.

Der Weiße knurrte nur und versuchte, seinem Bruder von der anderen Seite aus die Zähne in die Schulter zu schlagen, doch der Schlammbraune wirbelte herum wie ein Blitz und stellte sich im letzten Augenblick auf die Hinterbeine, sodass der Weiße ihn verfehlte und wieder mitten in die dornenüberwucherte Silberbalustrade hineinrannte. *Es ist hier einfach zu eng für einen Kampf!*, dachte der Weiße verzweifelt und einen Wimpernschlag später hieb ihm sein schlammbrauner Bruder auch schon genüsslich die klauenbesetzten Pranken in seine rechte Seite.

»Das ist dafür, dass ich wegen dir nicht König werden kann!«, grollte der Schlammbraune, während er dem Weißen seine Krallen bebend durchs Fleisch zog.

»Und das ist dafür, dass ich nie wieder bei einer schönen Frau schlafen werde, wenn man mich und den Rest des Adels für immer einkerkert!« Abermals schlug der Schlammbraune seine Klauen in den Weißen hinein und der Schmerz raubte ihm fast den Atem. Verzweifelt ruckte er an den Dornen der hinterhältigen Sommerrosen, doch der Weiße kam einfach nicht von den verdammten Pflanzen los. Sein wildes Rucken verbog lediglich die filigrane Balkonbalustrade der Richterkanzel und ein leises Knirschen verriet dem Weißen, dass das Silber nicht mehr viele Bewegungen mitmachen würde, ehe es ganz auseinanderbrach ...

»Und das ist dafür, dass ich nie wieder ein gutes Fest feiern und dabei teuren Wein trinken werde!« Der Schlammbraune richtete seine glänzenden Klauen unvermittelt auf den Kopf des Weißen und er hatte keinen Zweifel daran, dass sein Bruder vorhatte, ihm mit diesem Schlag endgültig den Garaus zu machen. Wütend starrte der Weiße auf die großen Hexenrosen, die das ganze Geschehen mit ihren roten Knospen neugierig zu beäugen schienen. *Wegen diesem verdammten Unkraut werde ich jetzt umkommen!*, dachte der Weiße verbittert. Doch dann bemerkte er, dass die Sommerrosen ihre tiefroten Blütenköpfe langsam der rechten Seite der rissigen Silberbalustrade zuwandten, die sich unter dem Gewicht des Weißen mit jedem Wimpernschlag ein wenig mehr zur Seite bog ... Zwar schlangen sich auch an dieser Stelle Rosenranken um das feine Silber, allerdings waren ihre Stämme noch grün und unverholzt, sodass die Balustrade vermutlich dennoch unter dem gemeinsamen Gewicht des Weißen und seines Bruders nachgeben würde ...

Ohne nachzudenken, streckte der Weiße sich nach vorne, schlang beide Pranken um seinen schlammbraunen Bruder und zerrte ihn mit aller Kraft zu sich an die ächzende Silberbalustrade heran. Dummerweise hatte der Schlammbraune aber schon mit seiner rechten Tatze ausgeholt und traf den Weißen damit so heftig an der Schnauze, dass mehrere Knochen unter lautem Knacken brachen. Der Weiße spürte deutlich, wie ihm warmes Blut ins Maul rann. Doch darauf achtete er kaum, da die zierliche Silberbalustrade einen Wimpernschlag später unter dem Gewicht des Schlammbraunen knirschend in zwei Hälften brach und

der Schlammbraune sich nun mit einem verzweifelten Brüllen an das verbleibende Gitter der silbernen Kanzel klammerte, gegen das auch der Weiße noch zwangsweise gefesselt war.

»Denk ja nicht, dass ich vor dir sterbe, Willi! Hol mich hoch oder fall mit mir in den Tod, aber entscheide dich besser schnell, dieses Gitter macht es nämlich nicht mehr lange!«, grollte der Schlammbraune mit nur schlecht unterdrückter Angst in der Stimme.

Wütend und panisch ruckte der Weiße wieder an den dornenbesetzten Sommerrosen, die ihn nach wie vor fest umklammert hielten. Er durfte nicht sterben, verdammt – er musste doch seine kleine Sonne finden und vor diesem widerlichen Maskenmann beschützen! Verzweifelt versuchte der Weiße noch ein drittes Mal, sich von den scharfkantigen Rosendornen loszumachen. Und obwohl sich einige Dornen beim Schwungholen sogar durch seinen Pelz hindurch bis in sein Fleisch bohrten, gelang es dem Weißen diesmal tatsächlich, mit einem lauten Schmatzgeräusch freizukommen – und das auch keinen Augenblick zu früh. Denn nachdem der Weiße sich endlich von seinen hölzernen Fesseln befreit hatte, brach auch der Rest der silbernen Zierbalustrade mit einem schrillen Knirschen von der Kanzel ab und fiel zusammen mit seinem kreischenden, schlammbraunen Bruder hinab in den dröhnenden Bergfried, wo ein wahres Meer an roten Sommerrosen den Schlammbraunen augenblicklich verschluckte und ihn mit seinen blitzenden Dornen zerfleischte wie ein Rudel hölzerner Haifische …

Angewidert starrte der Weiße auf den gurgelnden roten Fleck, der eben noch einer seiner Brüder gewesen war. Doch dann spürte er plötzlich, wie die scharfkantigen Dornen, die in seinem Fleisch stecken geblieben waren, heiß wurden und anfingen, fürchterlich zu brennen. Kurz schienen die Stacheln sich sogar auszudehnen, um ihn noch gründlicher zu durchbohren, doch ehe der Weiße auch nur versuchen konnte, sich die abgebrochenen Dornen aus dem Fleisch zu reißen, sickerte die unangenehme Hitze bereits von den Stacheln der Sommerrosen aus in seine Adern hinein und begann, seinen gesamten Körper zu durchströmen und … zu verändern!

Der Weiße wurde plötzlich immer kleiner und dünner und seine Hinterbeine wurden länger und knochiger … Er verwandelte sich zurück! Die Rosen zersetzten den fauligen Fluch, der nun schon seit unzähligen

Nächten auf seinem Körper lastete, und während sein Körper wieder normal wurde, kehrten auch die Erinnerungen an sein Sonnenlichtleben langsam wieder in den Weißen zurück.

Zuerst kamen die einfachen Dinge wieder – Dinge wie sein Name oder seine Herkunft, die leise wie Schneeflocken in seinen Geist hineinrieselten. Doch dann erinnerte Will sich auch wieder an Beli, an die Adligen, an seine Aufgabe hier, an seine gemeinsamen Sommer mit Maren und schließlich auch an Maren selbst. Immer wieder erinnerte er sich an Maren, der er so viel angetan hatte und der er so viel schuldete. An Maren, die nur seinetwegen in diesem grässlichen Bergfried gelandet war – und die diesen Bergfried mit dem blutbeschmierten Vatoq zusammen verlassen hatte, als hier das Chaos ausbrach!

»Dieser Wahnsinnige!«, keuchte Will und stellte fest, dass das Reden schrecklich schmerzte. Cenrics lange Klauen und die Dornen der Sommerrosen hatten seinen Körper wirklich gründlich durchbohrt. Doch da Will im Gegensatz zu den meisten anderen verfluchten Lords noch lebte, hatten sich die Pflanzen bei ihm offensichtlich sogar zurückgehalten, was zweifelsohne Marens Werk gewesen war.

»Danke ... schätze ich«, brummte Will in Richtung der Rosen. Dann erhob er sich hastig und stöhnte laut auf, als die langen Dornen aus seinen Wunden herausglitten. Er fühlte sich mit all seinen Schnitten und Stichen wie ein undichter Glaskelch, aus dem unaufhörlich mehr Wein hinausrann ... Aber jetzt war nicht die Zeit für Weichheiten – er musste Maren finden!

Ratlos sah Will zu der mit Rosenranken überwucherten Eingangstür und bemerkte, dass ihn seine scharfen Sinne glücklicherweise noch nicht verlassen hatten: Er konnte Marens lieblichen Blumenduft noch immer riechen und ihn wie eine Spur aus Licht in der Luft umherwabern sehen. Also machte Will sich sofort auf den Weg.

Schwanenleichen &
Haifischzähne

Dank Vatoqs riesiger Schritte dauerte es nicht lange, bis das von roten Sommerrosen überwucherte Wjallvit hinter Maren zu einem farblosen Schemen zusammengeschrumpft war. Doch Vatoq machte dennoch keine Anstalten, sein halsbrecherisches Tempo zu verlangsamen. Im Gegenteil: Als er und Maren den *Singenden Wald* erreichten, schien er sogar noch ein wenig schneller zu werden. Unerbittlich schleifte Vatoq Maren weiter hinter sich her. Und obwohl sie während ihrer übereilten Flucht barfuß durch das gefrorene Unterholz stolperte und das kahle Buschwerk wie ein Gebiss an ihren nackten Beinen nagte, war es hauptsächlich der Gedanke daran, Will und Ilisil zurückgelassen zu haben, der Maren Schmerzen bereitete.

Aber jeden Versuch, Vatoq zum Umkehren zu überreden, blockte er ab und schloss seine prankenartige Hand nur immer fester und fester um Marens schmerzendes Handgelenk. Und als Vatoq sie kurze Zeit später auf den vereisten Mirosee stieß und ihre blutigen Füße das kalte Eis berührten, verließ Maren auch noch die letzte Hoffnung, Will und Ilisil irgendwie aus diesem mit Monstern gefüllten Bergfried zu befreien ...

Obwohl der Glanz der geisterhaften Polarlichter sich im Eis des Sees verfing wie in einem Spiegel, fühlte Maren sich plötzlich, als stünde sie inmitten einer undurchdringlichen Dunkelheit. Gleich würde sie den See zusammen mit Vatoq überqueren und danach wäre es zu spät, um noch irgendjemandem zu helfen. Doch Maren wusste einfach nicht, was sie noch sagen konnte, um Vatoq umzustimmen. Mitleid mit Will und den anderen Adligen hatte er nicht und das Risiko, dass Ilisil vielleicht doch etwas zustoßen könnte, schien er eingehen zu wollen. Also starrte Maren nur mit leerem Kopf auf das tintenschwarze Wasser des gefrorenen Sees.

Tote perlweiße Miroschwäne trieben unter dem Eis dahin wie ertrunkene Bräute in Hochzeitskleidern. Sie sahen genau so aus, wie Maren sie sich immer vorgestellt hatte, und sie erinnerte sich jäh an all die Geschichten, die berichteten, wie die hübschen Seevögel arglosen Insellords in Form schöner Jungfrauen den Verstand geraubt hatten und dafür am Ende alle hier im Mirosee ertränkt worden waren. Im Tod wirkten die Schwäne nun allerdings deutlich bleicher als in den Märchenbüchern auf Wjallvit, aber sie strahlten mit ihren weit ausgestreckten Flügeln noch immer eine schaurige Anmut aus, die jeden bedrücken musste, der sie betrachtete.

Vatoq bemerkte Marens Blick. Doch er verstand ihn falsch und legte ihr hastig seinen zerfetzten Ledermantel über die blutige Haut, um sie zu wärmen.

»Tut mir leid, dass ich dich so grob hierher schleifen musste. Aber jetzt haben wir einen kleinen Vorsprung vor den Rosen und außerdem brauche ich diesen See für meinen Zauber. Ich besorge uns noch zwei neue Körper, dann schmerzen deine Wunden nicht mehr so sehr und niemand wird uns am Hafen irgendwelche unangenehmen Fragen stellen«, erklärte Vatoq, ehe er geschäftig auf den pechschwarzen Mirosee schritt und sich im Schein der schaurigen Polarlichter auf das schwarze Eis kniete. »Hier könnte es gehen«, murmelte er leise zu sich selbst und rief dann an Maren gewandt: »Dreh dich um und schließ die Augen! Die meisten Zauber wirken am besten, wenn sie unbeobachtet bleiben! – Und komm gar nicht erst auf die Idee, in diesen todbringenden Bergfried zurückzurennen! Ich bin ein Zauberer, vergiss das nicht. Zur Not werde ich dich mit Magie zurückholen, und das wird gewiss nicht angenehm!«

Maren biss sich auf die Unterlippe, weil Vatoq anscheinend ihre Gedanken gelesen und damit auch ihren letzten Fluchtplan vereitelt hatte. Missmutig tat sie wie geheißen und wandte sich mit geschlossenen Augen von Vatoq ab, wobei sie die Arme fest vor der Brust verschränkte und bitter an Will und Ilisil dachte. Ihre Schuldgefühle verstummten erst, als plötzlich ein leises Rascheln und Schaben auf dem See ertönte und Maren sich daran erinnerte, dass gerade direkt hinter ihr Magie gewirkt wurde. Offenbar ritzte Vatoq in diesem Augenblick irgendwelche Zeichen in das kalte Eis und kurz darauf klirrte es leise, so als nestelte er geschäftig an seinem Waffengürtel herum … Was er wohl als Nächstes tun würde?

Auf einmal hielt Maren es nicht mehr aus, blind am Ufer dieses Sees herumzustehen. Wie oft wurde schon vor der eigenen Nase gezaubert?!

Verstohlen blickte sie über die Schulter und sah gerade noch, wie Vatoq ein dunkles Muschelgefäß von seinem Gürtel löste und es mit grenzenloser Vorsicht aufschraubte. Die Sommerrosen in Marens Haar surrten bei diesem Anblick leise, doch Maren war auch ohne die launischen Pflanzen irgendwie unwohl zumute, als sie das merkwürdige Gefäß betrachtete, das Vatoq im Bergfried hastig in seinen Mantel geschoben hatte, während er sich über den regungslosen Wachposten kniete.

Die Flüssigkeit darin erinnerte sie aus unerfindlichen Gründen an Blut. Und als Vatoq die hübsche Muschelkaraffe zwei Wimpernschläge später umkippte, floss der Flascheninhalt auch genauso träge wie Blut auf das schwarze Eis herab … Nun, zumindest glaubte Maren, dass Lord Roricks Blut auf eine ähnliche Weise geflossen war, als Cenrics Handlanger ihn so kaltblütig erstochen hatte. Aber sie kannte sich mit Blut nicht gut genug aus, um das mit Gewissheit zu sagen, und in der Dunkelheit konnte man ohnehin keine Farben mehr erkennen … Doch ehe Maren noch länger darüber nachdenken konnte, berührte das dunkle Nass auch schon den gefrorenen See und brachte sie so auf andere Gedanken. Denn als die seltsame Flüssigkeit nun in die feinen Zeichen rann, die Vatoq ins Eis geschabt hatte, leuchtete sie kurz auf wie flüssiges Polarlicht und verschwand anschließend spurlos in der Dunkelheit.

Verwirrt blinzelte Maren. Doch als ihre Augen sich langsam wieder an die plötzliche Finsternis gewöhnten, erkannte sie, dass die Flüssigkeit gar nicht verschwunden war. Nein, sie war vielmehr in das schwarze Eis des Sees *eingesickert*. Und dort, wo Vatoq eine kunstvolle Doppelspirale ins Eis eingraviert hatte, schillerte das gefrorene Wasser nun wie ein prächtiges Buntglasfenster. Jede Farbe der Welt schien mit einem Mal unter dem Eis gefangen zu sein und Vatoq machte sich rasch daran, die leuchtenden Lichtfarben mit seinen Fingern zu ordnen und zu verwischen, bis plötzlich Anuaqs märchenhafte Prinzengestalt und die Gestalt von Marens wunderschönem Rosenmädchen auf der anderen Seite des Sees auftauchten.

Maren staunte einen Augenblick lang einfach nur über diesen famosen Zauber. Dann griff Vatoq allerdings unversehens *in* den gefrorenen Mirosee *hinein* und zerrte seine schöne Zauberhaut aus dem spiegelnden Eis heraus in die Wirklichkeit. Und bevor Maren richtig begreifen konnte, dass Vatoq eben etwas aus dem Eis hervorgeholt hatte, warf er sich seine magische Hülle auch schon über und verwandelte sich wieder von einem buckligen Riesen in diesen wunderschönen Prinzen, der Maren ein wenig Angst machte, so wie alle schönen Menschen es taten. Auch die Sommerrosen ziepten nun immer warnender in ihren Haaren herum, doch Maren beachtete sie nicht, da Vatoq in diesem Moment ihre eigene rote Zauberhaut aus dem See herauszog und Anstalten machte, sich damit zu ihr umzudrehen.

Hastig wandte Maren sich wieder dem *Singenden Wald* zu.

»So, du darfst jetzt wieder gucken. – Hier, nimm deine Haut, sie wird gegen die Kälte und deine Verletzungen helfen, die inneren wie die äußeren.« Lächelnd streckte Vatoq Maren die Hülle des hübschen Rosenmädchens entgegen. »Wir werden jetzt ganz von vorne anfangen und alles vergessen, was hier passiert ist«, beschwor er sie inbrünstig und in seiner Stimme lag eine so tiefe Sehnsucht, dass Maren für einen kurzen Augenblick sogar vergaß, wie vehement die Sommerrosen ihr mittlerweile in den Haaren zogen … Sie nahm die schöne Zauberhaut gehorsam entgegen und einen Wimpernschlag später erstarrten auch die Rosen in ihrem Haar wieder zu reglosen Eisskulpturen, weil Vatoq sie abermals mit einem Handwink eingefroren hatte.

»Wir werden uns etwas Dauerhaftes für deine Rosen überlegen müssen, sobald wir die Insel verlassen haben. Da sie mit dir verwachsen sind, sollten wir sie wohl nicht einfach so herausreißen … Vielleicht können wir sie im Nordland mit genügend Eiswasser ganz abtöten – dieses Südgewächs ist da angeblich empfindlich. Im Moment wird diese dünne Eisschicht aber reichen müssen«, murmelte Vatoq abwesend.

Maren nickte nur, doch sie zögerte, sich den wunderschönen Zauberkörper umzulegen. Der Rotton in den Haaren ihrer neuen Haut bereitete ihr immer noch irgendwie Unbehagen … Aber da Maren es auch keinen Augenblick länger in ihrem eigenen, blutverkrusteten Körper aushalten konnte, hob sie die Rosenhaut dennoch widerwillig in die Höhe und machte Anstalten, sie sich überzustreifen. Doch bevor Maren ihren neuen Körper anprobieren konnte, zerschnitt der Schrei einer schrecklich bekannten Stimme jäh die nächtliche Stille.

»Maren! Geh nicht mit ihm! Er ist ein Mörder und seine Zauberei ist nichts als schwarze Magie!« Wills Ruf war wie ein unsichtbares Seil, das Maren augenblicklich zur anderen Seite des Sees hinzog. Sie wirbelte herum und sah in Wills alarmierte lupinenblaue Augen.

Sein gesamter Körper war von tiefen Schnittwunden und Schrammen zerfurcht und das viele Blut hatte die kläglichen Überreste von Wills weißer Richterrobe scharlachrot gefärbt, sodass man nun kaum noch zwischen Wills zerfetzter Haut und dem zerrissenen Stoff unterscheiden konnte.

»Hörst du mich, Maren? Er ist ein wahnsinniger Mörder, geh weg von ihm!«, wiederholte Will und riss Maren damit aus ihren Gedanken. Sie blinzelte und sah verwirrt von Will zu Vatoq und wieder zurück.

»Du wirst diesem arroganten Feigling doch nicht etwa glauben, oder?! Er möchte dich nur für sich haben, weil er nicht will, dass bekannt wird, dass seine eigene Frau ihn für einen einfachen Diener verlassen hat!«, erwiderte Vatoq kalt. Und damit sprach er genau das aus, was Maren befürchtete: Dass Will wie immer nur an sich selbst dachte ...

»Dein verkrüppelter Freund redet wie immer nur Unsinn! Wen soll es denn jetzt noch kümmern, wie meine Ehe läuft? Der gesamte Hochadel besteht dank deines kleinen Hexenmeisters jetzt immerhin aus Ungeheuern! Vatoq ist ein Lügner und er ist gefährlich, Maren! Er hat Erika und Ined getötet! Und Ilisil hätte er gestern auch fast ermordet, das musst du mir glauben! Ich würde mich doch nicht mit einem Haufen mordlustiger Sommerrosen anlegen, nur um dir Lügen zu erzählen!« Ungehalten breitete Will die Arme aus, damit Maren einen besseren Blick auf sein blutdurchtränktes Seidenhemd und die vielen scharlachroten Wunden darunter hatte. Er sah tatsächlich übel aus ...

Ohne es wirklich zu wollen, stolperte Maren einige Schritte auf den Uferrand zu. Und das kostete Vatoq offenbar auch den Rest seiner Geduld. Blitzartig sprang er vor, packte Maren grob am Arm und zog sie wieder zurück auf den See, als fürchtete er, sie würde sich ansonsten wie ein kleines Mädchen in Wills Arme werfen.

»Willst du wirklich immer noch zurück zu ihm? Nach *allem*, was er dir angetan hat?! Verdammt, Maren, hast du denn nichts dazugelernt?! Hast du etwa vergessen, was in deinem letzten Sommer hier auf dieser Insel geschehen ist? An Kaniqa?!«

Wütend und ängstlich zugleich versuchte Maren, sich von Vatoq loszumachen. Selbst mit seinen hübschen Goldlocken und den makellos geraden Zähnen sah er auf einmal irgendwie zum Fürchten aus ... »Ich will im Moment zu niemandem zurück! Du kannst mich also wieder

loslassen!«, erwiderte Maren mit gepresster Stimme. Und überraschenderweise kam Vatoq ihrer Bitte nach.

Jäh ließ er von Maren ab und stellte sich vor sie hin, um ihr Gesicht kritisch in Augenschein zu nehmen.

»Du sagst, du willst nicht mehr zu Will zurück – aber du meinst es nicht so … Oder zumindest meinst du es nicht ernst genug, das kann ich in deinen Augen sehen. Du hast es noch immer nicht verstanden, oder, Maren? Du … Du weißt es gar nicht, oder?«, schloss Vatoq plötzlich in einem unendlich dumpfen, nüchternen Tonfall.

Maren öffnete verwirrt den Mund, um etwas zu erwidern, doch die bloße Verwunderung auf ihrem Gesicht schien Vatoq Antwort genug zu sein.

»Du weißt es wirklich nicht. Bei all meinen Ahnen, du weißt es nicht! All das Blut, das du damals verloren hast, und der Rosenwein, den er dir eingetrichtert hat … Du hast es wirklich vergessen, oder? Er hat deine Erinnerungen mit diesem roten Rosengift wirklich reingewaschen! … Und ich habe mir nächtelang den Kopf darüber zerbrochen, wie du dieses Ekel trotz allem heiraten konntest! Aber wenn du gar nicht wusstest, was er damals getan hat …«

»Lass Maren damit in Frieden, Vatoq!«, schrie Will jäh vom anderen Ufer des Sees zu ihnen herüber und es lag echte Verzweiflung in seiner Stimme, als er hinzufügte: »Bitte … Bitte … belaste sie nicht damit – um ihretwillen!«

Vatoq ließ Wills plötzliche Demut völlig kalt. »Ich *belaste* Maren nicht mit diesem Wissen, ich *befreie* sie damit! Wenn sie sich erst wieder daran erinnert, was du *wirklich* für ein Mann bist, wird sie dich nämlich endlich vergessen!«

Will packte bei diesen Worten zitternd den Knauf seines blutbeschmierten Silberschwertes und trat entschlossen auf den gefrorenen See. »Schön, wenn du Maren nicht freiwillig zufriedenlässt, werde ich dich eben dazu zwingen!«

Maren riss erstaunt die Augen auf.

Will hatte bisher noch nie einen Finger krumm gemacht, um sie zu verteidigen! Doch Vatoq ignorierte Wills Drohung vollkommen und lachte nur leise in sich hinein.

»Zu wenig und zu spät, Willi – viel zu spät!«, murmelte er feixend. Und noch bevor Will einen weiteren Schritt auf sie beide zumachen konnte, zwang Vatoq Maren mit seiner starken, widerlich warmen

Prankenhand in die Knie und brachte sie dazu, auf das pechschwarze Eis zu sehen, unter dem die leblosen Miroschwäne noch immer wie ätherische Geistergewänder dahintrieben.

»Sieh genau hin, was ich dir jetzt zeige, Maren!«, knurrte Vatoq ihr aufgeregt ins Ohr.

Maren öffnete noch den Mund, um etwas zu erwidern, doch ehe sie auch nur ein Wort herausbringen konnte, jagte Vatoq ihr bereits seinen eiskalten Zauber durch den geschundenen Körper. Und obwohl das dicke Eis unter ihren Knien nicht einmal knirschte, hatte Maren plötzlich das Gefühl, in den See einzubrechen und direkt in die pechschwarze Dunkelheit zu ihren Füßen zu stürzen ...

Vatoqs Erinnerungszauber ließ Maren mitten durch die Zeit hindurchfallen. Und die Vergangenheit, in die sie stürzte, war so feucht und dunkel, dass Marens Restbewusstsein für einen Augenblick fürchtete, das Eis unter ihren Füßen hätte doch nachgegeben. Aber dann verlor sie sich auch schon in ihrer eigenen verregneten Vergangenheit und kehrte zurück in jene folgenschwere Nacht, die ihre Sommerbesuche auf Beli endgültig beenden sollte.

Der Tag hatte damals schon elend angefangen, mit strömendem Regen und zwei Dutzend Beleidigungen, aber das war Maren mittlerweile gewohnt gewesen und deswegen hatte sie sich auch nichts weiter dabei gedacht. Erst als Cenric, seine Freunde und Will kurz nach Sonnenuntergang in ihr Zimmer stürmten und Maren zwangen, ein ganzes Fläschchen von Hrafens widerlichem Schlaftrunk zu schlucken, erkannte sie jäh, dass sie an diesem besonderen Tag noch mehr als nur die üblichen Grausamkeiten würde erdulden müssen ...

Doch diese Erkenntnis kam leider zu spät. Denn als Maren nach einer Weile wieder aus ihrem dumpfen Drogenschlaf hochschreckte, war sie bereits mit verschränkten Händen und Füßen an einen langen Eibenast gefesselt worden, den zwei stark parfümierte Adlige durch den strömenden Regen trugen.

All das hätte Maren vermutlich einige Rätsel aufgegeben, wenn die jungen Lords und Ladys, die vor ihr her liefen, nicht allesamt in schlechte und völlig verfälschte Niutak-Trachten gehüllt gewesen wären, die ihre wahren Absichten sofort verrieten. Offensichtlich wollten die Adligen

heute aus ihrer endlosen Langeweile heraus Kaniqa, das Herbstfest der Niutak, feiern und Maren sollte dabei das traditionelle Opfertier darstellen, weswegen man sie an einen dicken Holzpfahl gebunden hatte wie ein Schwein, das bereit war, über dem Feuer gegrillt zu werden ... Dieser Gedanke war bitter und Maren hatte ein höchst ungutes Gefühl bei der ganzen Sache, sodass sie ihre Aufmerksamkeit hastig auf die jungen Lords und Ladys richtete, um sich irgendwie von ihrer Angst abzulenken und nicht schon jetzt vollends in Panik zu verfallen.

Es waren wirklich ausnahmslos alle als Eisnomaden verkleidet. Sogar der strohblonde Palani und die hohlköpfige Erika, die offensichtlich nicht einen einzigen Tropfen Niutak-Blut in den Adern hatten, taten heute so, als wären sie Mitglieder eines Eingeborenenstammes. Sie alle hatten sich die Gesichter mit der traditionellen blauen Farbe der Niutak bemalt und sich archaisch anmutendes Geschmeide umgelegt. Allerdings wirkte dieser Aufzug bei den meisten der Adligen lediglich wie eine schlechte Verkleidung. Ihre Körperbemalungen waren schlampig oder einfach falsch und die rasselnden Knochenketten bestanden in Wahrheit aus Elfenbein und poliertem Ainkhürn und sahen ebenso künstlich aus wie ihre nassgeregneten Besitzer.

Will konnte Maren allerdings nicht ausfindig machen, als sie sich zwischen Cenric, Palani und Amaturuk umsah, doch das verwunderte sie nicht wirklich. Will hatte die Gabe, in der Masse der Adligen vollkommen unterzugehen, und Maren beneidete ihn oft darum, denn sie wusste sehr wohl, dass man als Teil der gesichtslosen Menge sicher vor Spott und Beschimpfungen war ...

Und als hätte Maren mit diesem Gedanken einen Haufen böser Geister geweckt, drehte sich die aschblonde Erika unvermittelt zu ihr um und rief: »Oh, seht mal, unser kleines Schweinchen ist wach!«

Einige Lords und Ladys kicherten verhalten und Cenric fing an, laute Grunzgeräusche von sich zu geben, was der restliche Adel ihm natürlich bald nachmachte. Und ehe Maren wusste, wie ihr geschah, war sie von einem ohrenbetäubenden Oink-Oink umgeben und musste sich fest auf die Unterlippe beißen, um nicht laut loszuschluchzen.

So verging eine kleine, qualvolle Ewigkeit, und erst als die Adligen einen kargen Sandstrand mit einer windschiefen Fischerhütte erreicht hatten, hörten sie endlich damit auf, Maren zu verspotten.

»Was für eine Bruchbude«, murmelte der kleine Amaturuk mit einem Blick auf den verwitterten Holzverschlag, der fast so aussah, als würde er jeden Augenblick vom Sturm davongerissen werden.

Cenric störte das allerdings wenig.

»Ist doch perfekt, um ein paar Gruselgeschichten zu erzählen«, verkündete er überschwänglich. Und bald darauf waren die Adligen dann in der alten Fischerhütte verschwunden, wo sie sich mit Hrafens gestohlenem Winterwein betranken und heiter über alle abwesenden Lords und Ladys herzogen.

Maren blieb während all dieser Zeit allerdings vor der Hütte an ihren provisorischen Marterpfahl gefesselt und betete im eisigen Regen darum, dass die Adligen durch den vielen Alkohol einfach einnicken und das Kaniqa-Fest und ihre grausamen Pläne verschlafen würden. Doch natürlich hatte sie nicht so viel Glück.

Schon bald wurde Cenric das Reden und Trinken nämlich langweilig und er scheuchte seine Freunde ungeduldig zurück nach draußen, um am Strand ein paar Fische für das geplante Lagerfeuer zu fangen. Und abgesehen von ihren unpraktischen silbernen Filigranspeeren und ihren allzu prunkvollen Nomadenverkleidungen stellten sich die jungen Lords beim Fischen sogar gar nicht so dumm an, wie Maren vermutet hätte. Sie kletterten auf die halbvereisten Steinformationen, die an einer Landzunge aus dem Wasser ragten, und stießen ihre langen Speere so flink in die Tiefe, dass sie bald tatsächlich einen kleinen Haufen an totem Fisch beisammenhatten, den der bucklige Vatoq ausweiden musste, während die jungen Lords sich weiterhin mit ihren Speeren vergnügten.

Der Anblick des blutigen Fischhaufens weckte ein flaues Gefühl in Marens Magengegend und sie überlegte fiebrig, wie sie von diesem verregneten Strand verschwinden konnte – ohne dabei allerdings zu einem Ergebnis zu kommen. Denn selbst wenn es Maren wie durch ein Wunder gelingen sollte, sich von ihren Fesseln zu befreien, würde sie unmöglich an Erika, Ined und den anderen Hofdamen vorbeikommen, die sich sittsam in den kalten Strandsand gesetzt hatten und den jungen Lords geistesabwesend beim Fischen zusahen, während sie mit ihren juwelenbehangenen Schoßrobben schmusten.

Zweifellos wollen die feinen Damen ihre edlen Gewänder nicht mit Fischblut besudeln, *schoss es Maren verächtlich durch den Kopf. Aber*

auch ihr fiel nichts Besseres ein, als den jungen Lords dabei zuzusehen, wie sie einen unschuldigen Fisch nach dem anderen mit ihren hübschen Silberspeeren umbrachten. Amaturuk stellte sich von allen Adligen am ungeschicktesten an. Doch irgendwann erwischte auch er endlich einen Lachs mit seiner viel zu langen Lanze, und als er den blutenden Fisch unbeholfen von der glänzenden Speerspitze zog, zappelte das Tier noch schwach in seinen Händen.

Amaturuk schrie: »Ihh, der lebt ja noch!«, und warf den sterbenden Lachs panisch von sich, sodass er durch die Luft wirbelte und mit einem lauten Platsch gegen Marens Brust prallte, wo er ihr durchnässtes Nachthemd sofort blutrot färbte ...

Maren stieß einen schrillen Entsetzensschrei aus und Cenric brach fast im selben Augenblick in schallendes Gelächter aus. Er schnappte sich eine Handvoll Fischinnereien von dem widerlichen roten Abfallhaufen neben Vatoq und rief: »Gute Idee, Ruki! Der erste, der ihren Kopf trifft, bekommt für einen ganzen Tag meinen Hund zum Spielen!« Dann warf Cenric die Fischinnereien mit aller Kraft in Marens Richtung und die roten Gedärme trafen ihre Schulter.

Verwässertes Lachsblut spritzte Maren ins Gesicht und rann in ihre Augen und ihren rechten Mundwinkel. Maren würgte und blinzelte und versuchte verzweifelt, das viele Blut aus ihrem Gesicht zu bekommen. Doch das brachte die Adligen erst recht zum Lachen. Und ehe Maren wusste, wie ihr geschah, hatten auch Palani und Amaturuk in den blutigen Haufen gegriffen und mit Gräten und Fischschwänzen nach ihr geworfen, sodass die Luft binnen kürzester Zeit von umherspritzendem Blut und widerlichem Fischgestank erfüllt war.

Selbst Jungen und Mädchen, die Maren nicht einmal mit Namen kannte, warfen plötzlich rote, teilweise noch warme Fischinnereien nach ihr und stimmten dabei lauthals in Cenrics Lachen mit ein und Maren verstand nicht, warum. Sie hatte diesen Leuten doch niemals etwas getan! Aber das war ihren Peinigern offensichtlich egal, und so ließ Maren zu, dass ihre Tränen diese Gedanken einfach davonspülten. Inmitten des strömenden Regens konnte sie wenigstens weinen, ohne dass es Cenric oder seinen Freunden auffiel – oder Will, der sich nach wie vor irgendwo in der feixenden Menge versteckte und rein gar nichts tat, um Maren zu helfen ...

Es war Vatoq, der nach drei weiteren qualvollen Atemzügen in die Situation eingriff, indem er den kleinen Haufen Fischinnereien mit einem Fußtritt ins Meer beförderte und schrie: »Was seid ihr eigentlich für erbärmliche Kreaturen?! Legt euch lieber mit jemandem in eurer Größe an!«

Doch leider taten Palani, Amaturuk und Cenric daraufhin genau das. Sie gingen alle drei im selben Augenblick auf Vatoq los und schlugen ihn trotz seiner Größe mit vereinten Kräften schnell zu Boden.

»Böser Hund!«, stieß Cenric verächtlich hervor, als Vatoq nach einem brutalen Kinnhaken mit dem Gesicht voraus in den nassen Strandsand fiel und nicht mehr aufstand. Danach nahm Cenric teilnahmslos seinen silbernen Speer aus der Brandung und warf ihn desinteressiert beiseite, um zusammen mit Palani und Amaturuk ein neues waghalsiges Spiel zu beginnen, bei dem es darum ging, auf den halb gefrorenen Felssteinen am Uferrand hin und her zu springen, ohne ins Wasser zu fallen. Maren hatten er und die anderen Adligen durch die Prügelei mit Vatoq vollkommen vergessen, doch der Preis für diesen Frieden war Maren eindeutig zu hoch gewesen ...

Sie starrte eine halbe Ewigkeit entsetzt auf den zusammengeschlagenen Vatoq, um ganz sicherzugehen, dass er in seiner Bewusstlosigkeit noch atmete. Irgendwann ertrug Maren den Anblick des vielen Blutes allerdings nicht mehr und wandte sich gequält zu Erika und ihren funkelnden Freundinnen um, die noch immer mit ihren zahmen Schoßrobben am Strand saßen und den Lords auf den Felssteinen begeistert zujubelten.

Außer Maren schienen sich alle prächtig zu amüsieren ... Doch auch wenn ihre Einsamkeit wehtat, wusste Maren, dass sie besser war als die Gesellschaft von Wills grausamen Freunden. Und so rieb sie sich lediglich ihre Hände und versuchte, die Kälte und den furchtbaren Fischgestank kurz zu vergessen und einen Augenblick lang Frieden zu finden. Das gelang Maren inzwischen nämlich nur noch, wenn sie sich sicher war, dass niemand sie ansah oder über sie redete. Selbst in Vatoqs Gegenwart überkam Maren manchmal die flackernde Angst, hässlich und abstoßend gefunden zu werden – und dabei war Vatoq der liebste Mensch, den sie kannte! Doch Maren schaffte es einfach nicht mehr, all die gemeinen Stimmen zu vertreiben, die wie Spinnen in ihrem Kopf umherkrabbelten und sie daran erinnerten, wie lächerlich und wertlos sie doch war ...

»Hier bist du! Tut mir leid, dass ich erst jetzt komme. Das alles tut mir überhaupt leid ... Aber du weißt ja, wie Cenric und die anderen sind ... Ich wollte keine Szene machen.«

Maren setzte das Herz für einen Schlag aus, als Will plötzlich lautlos wie ein Geist hinter ihr auftauchte und seine feingliedrigen Hände auf ihre Haut legte, um ihre Fesseln zu lösen. Lass nie wieder los, dachte ein Teil von Maren, während der andere sich verunsichert fragte, ob Will es wohl ekelhaft fand, ihre milchweiße Niutak-Haut zu berühren. Doch ehe Maren eine Antwort auf diese Frage finden konnte, hatte Cenric sich bereits auf einem der rutschigen Felssteine umgedreht und entdeckt, dass Will Maren gerade von ihrem provisorischen Marterpfahl befreite ...

»Ich habe mich schon gewundert, wo du bist, Willi! Erika und die anderen Mädchen wollen sicherlich auch deine Sprungkünste bewundern. Aber es ist eine hervorragende Idee, den Kürbis gleich mitzunehmen! Ich habe noch nie umherturnendes Gemüse gesehen, das wird bestimmt lustig!«

Maren erstarrte bei diesen Worten. Sie wollte nicht zu Cenric und den anderen Adligen ans Wasser gehen! Sie würde auf den Steinen ganz gewiss ausrutschen und sich den Hals brechen – oder noch schlimmer: Sie würde sich nicht den Hals brechen und alle würden sich über sie lustig machen.

»Bitte nicht, Will! Bitte, lass mich hier ...«, flüsterte Maren ängstlich. Will sah kurz hilflos von Maren zu Cenric und wieder zurück.

»Was ist los, Willi, bringst du den Kürbis nun zu uns, oder willst du vielleicht lieber ein wenig mit ihm allein sein?«, höhnte Cenric einen Moment später mit einer übertrieben vielsagenden Miene. Leises Gelächter erklang aus den Reihen der Adligen und das konnte Will natürlich nicht lange ertragen.

»Halt die Füße still, Cenric, ich öffne nur deinen verdammten Seemannsknoten und dann bringe ich Maren rüber!«, bellte er gereizt über den Strand hinweg und Maren sank der Mut.

Sie war nicht wütend auf Will. Sie war einfach nur traurig – traurig und enttäuscht, weil er nicht ihr edler Ritter sein wollte ... Aber warum verlangte sie überhaupt noch, dass Will sich für sie einsetzte? Sie war es nicht wert, dass man sich um sie kümmerte, das brachte man ihr auf dieser Insel immerhin schon seit fünf Jahren bei ...

Schweigend ließ Maren sich von Will zu den anderen Adligen hinü-
berziehen, die selbst im strömenden Regen noch wunderschön aussahen
und funkelten wie ein Haufen ertrunkener Diamanten ... Bestimmt sehe
nur ich aus wie ein hässlicher, blutbeschmierter Hund, *schoss es Maren*
durch den Kopf. Doch bevor die Bitterkeit sich wieder in ihren Gedanken
festbeißen konnte, wurde sie von Will auch schon auf den ersten der
rutschigen Felssteine geschubst. Er sah schuldbewusst aus – oder bildete
Maren sich das nur ein? Als Will einen Atemzug später auf den Felsstein
neben Marens kletterte, sagte er jedenfalls, ohne die Lippen zu bewegen:
»Keine Sorge, ich fange dich auf, wenn du fällst.«

Marens Herz schlug bei diesen Worten höher und sie war heilfroh,
dass das Rot ihrer glühenden Wangen in der Dunkelheit ertrank wie
alles andere auch ...

»Dann tanz mal für uns, Kürbis! Wir sind gespannt!«, *johlte Cenric*
und Maren fiel zum ersten Mal auf, dass er von dem vielen Wein und
Whisky bereits ziemlich lallte. Sie schauderte. Der Gedanke an einen
betrunkenen Cenric machte ihr Angst. Er war ja schon nüchtern ein
grausames Ekel ...

»Bist du taub? Ich sagte: Tanz!«, *knurrte Cenric ungeduldig. Doch*
ehe Maren auch nur einen Fuß anheben konnte, stieß Cenric ihr be-
reits mit dem Schaft seines Silberspeers in den Rücken, sodass Maren
das Gleichgewicht verlor und instinktiv auf einen anderen eisüberzoge-
nen Felsen sprang, der kaum breit genug für ihre beiden Füße war. Sie
schwankte und strauchelte und ihre nackten Zehen rutschten haltlos und
taub auf dem Eis hin und her, aber schließlich gelang es Maren doch,
sich zu fangen und nicht in das eisige Wasser zu stürzen, das eine halbe
Armlänge unter ihr wütend gegen die Felsen schlug.

»Tja, unser Kürbis tanzt so elegant wie ein einbeiniger Eisbär«,
spottete Cenric und gab Maren abermals einen Schubs mit seinem
Silberspeer.

Wieder musste sie auf den nächsten Felsen springen, um nicht ins
Wasser zu stürzen. Doch diesmal war Will zur Stelle, um Maren auszu-
balancieren, indem er subtil auf den Felsen neben ihr sprang und Maren
erlaubte, sich für einige Wimpernschläge an seiner linken Schulter ab-
zustützen. Es bemerkte allerdings niemand, dass Will Maren zu Hilfe
eilte, da er sich lautstark beschwerte, als sie sich an ihm festklammerte.

Und nachdem Maren einen sicheren Halt auf ihrem Stein gefunden hatte, schubste Will sie rasch auf einen großen, flachen Felsen, der direkt neben ihrem aus dem Wasser emporragte. Aber Maren wusste, dass Cenric, Palani oder Amaturuk sie auf weitaus kleinere Felssteine geschubst hätten, wenn Will nicht gewesen wäre. Also war sie Will einfach nur dankbar und mit seiner Hilfe gelang es ihr sogar allmählich, einen relativ sicheren Rhythmus zu finden, in dem sie von einem Felsstein zum nächsten springen konnte.

Doch gerade als Marens Panik sich langsam verflüchtigte und sie glaubte, Cenric dieses eine Mal davongekommen zu sein, begannen die schillernden Mädchen am Ufer unversehens zu tuscheln und Erika schrie ängstlich: »Haie! Himmel, da hinten sind Haie und sie kommen direkt auf euch zu!«

Maren wandte sich alarmiert zum offenen Meer um und rutschte dabei fast auf ihrem vereisten Stein aus. Tatsächlich sah sie in der Dunkelheit die scharfen Finnen von drei Haifischen wie bläuliche Axtklingen auf sich zuschwimmen ...

Doch Cenric lachte nur heiter auf und rief: »Keine Sorge, Erika, ich falle schon nicht! Das macht die Sache nur noch spannender, oder?«

Aber nicht alle Adligen waren Cenrics Meinung. Palani und Amaturuk wurden beim Anblick der Haie sofort totenbleich und machten sich eilig auf den Weg zurück zum Ufer.

»Nichts wie weg hier«, murmelte Amaturuk, nachdem er auf dem Felsstein direkt vor Marens angekommen war. Und als Maren ihm nicht sofort den Weg freimachte, schrie er mit schriller Stimme: »Beweg dich, du fetter Kürbis, sonst fressen dich noch die Haie!« Amaturuks froschartige Glubschaugen traten vor lauter Panik noch ein wenig weiter aus ihren Höhlen hervor als normalerweise. Aber ehe Maren auch nur einen geeigneten Stein gefunden hatte, auf den sie draufspringen konnte, verlor Amaturuk schon die Nerven.

»Ach, vergiss es, du nutzloses Gemüse!«, knurrte er und sprang fluchend auf den tellergroßen Felsstein neben Maren. Allerdings landete Amaturuk nur mit dem linken Fußballen auf dem kleinen Stein. Sein rechter Fuß trat ins Leere, und so verlor der kleine Lord das Gleichgewicht und stürzte mit einem lauten Platschen in das schwarze Eiswasser, das die Steine umspülte.

»Ah! Du verfluchter Kürbis, das ist alles deine Schuld! Zieh mich hoch, zieh mich hoch! Die Haie! Sie kommen hierher! Sie wollen mich auffressen! Hilf mir! Hilf mir!«, schrie Amaturuk und schlug dabei so wild um sich, dass er sich die linke Hand an einem scharfkantigen Trittstein aufschnitt und rotes Blut langsam ins Wasser sickerte.

Palani, der im Gegensatz zu Amaturuk auf einem recht breiten Felsen stand, erbarmte sich des kleinen Lords schließlich und zog ihn mühevoll zu sich auf den großen Schieferstein. Doch sobald Amaturuk in Sicherheit war, wechselte seine Gesichtsfarbe sofort von Kreideweiß zu Scharlachrot und er zeigte mit einem seiner kurzen Wurstfinger wutentbrannt auf Maren.

»Du verdammte Vehra, wegen dir wäre ich eben fast umgekommen! Dir! Einer dummen, hässlichen Festlandhure!«

Maren zuckte zusammen, als hätte man mit einem Messer auf sie eingestochen. Aber gleichzeitig machten Amaturuks Worte sie auch wütend. Es war immerhin nicht ihre Schuld gewesen, dass er die Nerven verloren hatte! Doch Maren brachte kein Wort der Verteidigung hervor, und so war es Cenric, der als Nächstes sprach.

»Amaturuk hat recht, Willi, dein verdammter Kürbis hat gerade einen Lord in Lebensgefahr gebracht. Es reicht jetzt mit deiner Nachsicht. Sie ist dein Gast und es wird Zeit, dass du sie für ihre Verfehlungen bestrafst!«

»Genau!«, schnappte Amaturuk von seiner sicheren Felsplattform aus und zustimmendes Gemurmel drang vom verregneten Strand zu ihnen her ...

»Schubs sie ins Wasser, Willi, das ist nur gerecht! Amaturuk ist klitschnass und voller Algen, warum sollte es deinem Kürbis da anders gehen?«, fragte Cenric schließlich grinsend.

Maren weitete entsetzt die Augen. Um ihren Felsstein herum war nichts als blankes pechschwarzes Wasser und Amaturuks Blut und Geschrei hatten die drei Haie direkt in Marens Richtung gelockt ... Doch ehe Maren etwas sagen konnte, sprang Will bereits auf sie zu und kam auf dem Felsstein neben ihrem eigenen zum Stehen.

»Bitte, ihr könnt mich nicht ins Wasser stoßen – dort sind Haie!«, rief Maren entsetzt.

Aber Cenric lachte nur kalt und freudlos. »Haie fressen keine Menschen, jeder weiß das, und du bist doch hier der Schlaumeier. Jetzt tu es, Will! Stoß sie ins Wasser, wenn du einer von uns bist!« Cenrics Worte waren

wie sengende Funken, denn sie entfachten ein wütendes Lauffeuer an ›Tu es!‹-Rufen, die vom Strand aus zu ihnen herüberwehten und Wills fragilen Stolz verbrannten.

Hilflos und zornig stand Will zwischen Maren und der erregten Menge und duckte sich leicht, während der Sprechgesang der Adligen immer lauter wurde.

Und auch Maren war von dem überwältigenden Lärm wie betäubt. Ein namenloses Entsetzen hielt sie gefangen und verstopfte ihre Kehle mit kalter Angst, sodass sie Will nicht einmal anflehen konnte, sie nicht zu den Haien zu stoßen. Maren starrte nur angsterfüllt auf die drei schimmernden Haifischflossen, die in der Dunkelheit wie Messer aus dem Meer emporragten ...

Und als sie sich wieder zu Will umwandte, hob der gerade beide Hände in die Höhe, um sich die Ohren zuzuhalten. Doch dann erstarrte er mitten in der Bewegung und sein Blick verlor sich kurz in weiter Ferne, wo er etwas Wunderschönes zu erblicken schien, das ihn die lauernden Haie und die drohende Gefahr völlig vergessen ließ.

Aber bevor Maren sich ebenfalls zu diesem schönen Ding umwenden konnte, schubste Will sie auch schon mit einem kurzen, fast unmerklichen Stoß hinunter in den schwarzen, salzigen Abgrund des Meeres. Und während Maren fiel, sah sie, wie Will seine rechte Hand blitzartig nach etwas ausstreckte, doch Maren wusste instinktiv, dass es nicht sie war, die er festhalten wollte ...

Eisiges Wasser umfing Maren, als ihr Körper die schwarze Meeresoberfläche durchbrach und wie ein riesiger Stein in die Tiefe sackte. Die Kälte bohrte sich wie ein Schwert in ihren Verstand und ließ all ihre Gedanken zu Eis erstarren. Einzig der Schmerz über Wills Verrat und die Angst vor den knochenweißen Kreaturen, die sie nun umkreisten, bewahrten Maren davor, das Bewusstsein zu verlieren.

Panisch ruderte sie mit den Armen und versuchte, sich von den weißen Eishaien zu entfernen und an die Wasseroberfläche zurückzukommen. Doch sie bewegte sich viel zu langsam und ihre hektischen Bewegungen verteilten auch noch das restliche Fischblut, das an ihr klebte, im eisigen Wasser, was die fahlen Raubtiere leider erst recht aufscheuchte.

Wie drei massige weiße Pfeile schossen sie auf Maren zu und in ihren schwarzen, lochartigen Augen war keinerlei Mitleid zu erkennen, als sie ihre Mäuler öffneten und jene riesigen weißen Zähne entblößten, die die Niutak für ihre Speerspitzen und Harpunen verwendeten.

Verzweifelt strampelte Maren mit den Beinen Richtung Oberfläche und versuchte mit aller Kraft, der roten Wolke aus Fischblut zu entgehen, die sie inzwischen einhüllte. Ihre schwachen Muskeln begannen vor lauter Anstrengung zu brennen, doch Maren schwamm erbittert weiter, bis sie das verräterische rote Wasser tatsächlich hinter sich gelassen hatte.

Die Felssteine kamen nun näher und näher und fast meinte Maren, das goldene Lichtspiel der Öllaternen auf der Wasseroberfläche zu erkennen. Ihr Körper verzehrte sich nach der eisigen, regenschweren Strandluft und Maren streckte bereits eine Hand nach dem schmalen Felsen aus, dem sie am nächsten war, als ein sengender Schmerz sie plötzlich zurückhielt und das widerliche Geräusch zersplitternder Knochen im Wasser umherhallte. Maren stieß instinktiv einen dumpfen Schrei aus und salziges Meerwasser sickerte dabei ihre Luftröhre hinab.

Sie hustete, würgte und schluckte Wasser.

Ihr wurde schwindlig.

Aber einer Sache war sich Maren dennoch ganz sicher: Einer der Haie hatte ihr rechtes Bein erwischt und mit seinen riesigen Zähnen ihre Knochen zertrümmert.

Maren hing regungslos wie eine Puppe im Wasser und wagte es nicht, auch nur einen Muskel zu rühren, da sie fürchtete, dann ihr Bein zu verlieren oder einfach an dem überwältigenden Schmerz zu sterben, der nun in ihrem Körper brannte.

Die ohnehin schon graue Unterwasserwelt verlor jetzt vor Marens Augen alle Konturen und selbst die Haut der perlweißen Haie vermengte sich nach und nach immer mehr mit den eiskalten Schatten ... Aber es waren auf einmal vier und nicht drei mondhelle Silhouetten, die Maren umkreisten, und die vierte Gestalt kam aus der falschen Richtung ... Sie kam aus der Richtung der Felssteine, war merkwürdig dürr und bewegte sich mit vier seltsam länglichen Flossen fort. Die vierte Gestalt sah nicht aus wie ein Fisch ...

Doch erst als die Gestalt Marens Arm mit ihren langen Fingern umfasste, wusste Maren, dass ein Mensch zu ihr ins Wasser gesprungen war,

um sie zu retten ... Mehr konnte ihr verwässerter Verstand allerdings nicht erfassen.

Maren sah noch irgendetwas Silbernes aufblitzen, scharlachrotes Blut im Wasser umhertreiben und hörte den Hai, der sie gebissen hatte, gequält aufblubbern. Dann war sie frei und die weiße Menschengestalt zerrte sie mit sich an die Meeresoberfläche und wuchtete sie auf einen scharfkantigen, eisüberzogenen Felsen.

Der harte Untergrund zerriss Marens dünnes Nachtgewand und schürfte ihren Rücken auf, doch sie spürte es kaum. Das quälende Feuer in ihrer Lunge und in ihrem Bein ließ alle anderen Empfindungen verblassen. Maren spürte lediglich Vatoqs lange, starke Arme auf ihrer Haut und sein schiefes Gesicht war einen Moment lang alles, was Maren sah. Dann kristallisierte sich allerdings noch ein weiteres bleiches Gesicht aus dem unwirklichen Nebel heraus, der den Rest der Welt darstellte. Und es war ein wunderschönes Gesicht, mit funkelnden lupinenblauen Augen, hohen Wangenknochen und einer erstaunlich geraden Nase. Es war ein Gesicht, das Maren fast ihr gesamtes Leben lang geliebt hatte, aber jetzt verursachte es nichts als Schmerz und Bitterkeit in ihrem Inneren und sie schloss gequält die Augen, um Will nicht mehr ansehen zu müssen.

Er hatte sie verraten.

Er hatte sie um ein Haar umgebracht.

Maren konnte es nicht glauben. Sie wollte es nicht glauben!

Aber so war es.

Will war nicht länger ihr Freund. Maren hatte ihn an Cenric und die anderen Adligen verloren und seine gemeinen Masken waren letztlich doch zu seinem echten Gesicht geworden ... Diese Erkenntnis schmerzte Maren so sehr, dass sie sich dankbar in die nachtschwarze Ohnmacht fallen ließ, die am Rande ihres Bewusstseins bereits hilfsbereit auf sie wartete. Und ein Teil von Maren wünschte sich sogar, niemals wieder aufzuwachen.

Keuchend wie eine Ertrunkene schreckte Maren aus der trostlosen Kälte ihrer Erinnerung auf und wunderte sich im ersten Moment darüber, dass es gar nicht regnete und sie nicht mehr auf den überfrorenen Felssteinen der Schlangenbucht stand. Doch dann kam ihr Bewusstsein langsam wieder in der Gegenwart an und der unbeschreibliche Schmerz über Wills Verrat zerfetzte Maren ein zweites Mal das Herz in der Brust.

Wie hatte Will das nur tun können?!

Und wie hatte er es wagen können, sie all das mit Rosenwein wieder vergessen zu lassen? Und sie nach all dem trotzdem zu heiraten, als wäre nichts gewesen, nur um seine eigene Haut zu retten?!

Und wie hatte sie nur so dumm sein können, sich ein zweites Mal in ihn zu verlieben?!

Trauer, Wut und Scham kämpften in Marens Innerem um die Oberhand und sie wandte sich haltsuchend zu dem verkleideten Vatoq um, der selbst in seiner zweiten, magischen Haut wie ein Fels in der Brandung wirkte.

»Verstehst du jetzt, warum du mit mir kommen solltest, Maren? Dein heldenhafter Will hat sich noch nie um dich geschert!«, knurrte Vatoq erregt und Maren sah aus dem Augenwinkel, wie Will ertappt zusammenzuckte.

»Es tut mir leid, Maren ...«, murmelte er mit gebrochener Stimme. »Ich habe heute noch Albträume davon, was damals passiert ist, das musst du mir glauben! Bitte, du musst -«

»Dir glaube ich gar nichts mehr, Willjareth Mengoth! Verschwinde und lass mich endlich zufrieden!«, unterbrach Maren ihn forsch.

Doch ehe sie sich von Will abwenden konnte, ballte er die Hände zu Fäusten und betrat entschlossen das schwarze Eis.

»Schön! Hass mich von mir aus, wenn du willst! Aber mit Vatoq wirst du trotzdem nicht gehen, er ist nämlich auch nicht so heilig, wie er gern wäre, Maren! Er hat Erika und Ined umgebracht, um diesen hübschen kleinen Zauber herzustellen, den du gerade in deiner Hand hältst – er praktiziert Blutmagie! Und eben hat er den gesamten Hochadel dieser Insel zum Tod verurteilt! Ich will nicht leugnen, dass ich ein schlechter Mensch bin, Maren, aber Vatoq ist ein Monster – ein Mörder! Du darfst nicht mit ihm gehen – das werde ich nicht zulassen!« Bebend hob Will sein Schwert und trat entschlossen in die Mitte des Sees.

Maren beobachtete das ganze Geschehen mit schreckgeweiteten Augen und verstand auf einmal gar nichts mehr.

Was meinte Will damit, dass Vatoq Blutmagie praktizierte? Woher wusste er, dass Vatoq Erika und Ined umgebracht hatte? Und wollte er Vatoq jetzt ernsthaft mit diesem silbernen Zierschwert angreifen?!

Noch bevor Maren auch nur eine dieser Fragen laut aussprechen konnte, löste sich Vatoq bereits lauernd von ihrer Seite und knurrte: »Dreh

dich jetzt besser um, Maren, das hier wird kein schönes Ende nehmen!« Dann zog er sein eigenes, blutbesudeltes Silberschwert und drehte sich in Wills Richtung um.

»Du kannst Will doch unmöglich umbringen wollen, Vatoq – das ist Wahnsinn! Ich glaube ihm ohnehin kein Wort, also lass uns einfach von hier verschwinden! Will ist offensichtlich nur verwirrt von deinem Zauber«, rief Maren, sobald sie ihre Stimme wiedergefunden hatte.

Doch Vatoq hörte ihr schon nicht mehr zu, und als sie versuchte, ihn festzuhalten, schüttelte er ihren Arm so mühelos ab wie eine lästige Fliege.

»Lass mich, Maren! Ich habe dieser wertlosen Made schon viel zu lange erlaubt, uns beide auseinanderzubringen! Das muss endlich ein Ende haben!«, knurrte Vatoq mit fiebrigem Blick. Und ehe Maren auch nur daran denken konnte, ihn aufzuhalten, war Vatoq bereits in Wills Richtung gestapft und hatte ihn grob am Kragen gepackt.

»Du wirst mich und Maren nie wieder verletzen, du erbärmlicher Wicht!«, grollte Vatoq, während er Will achtlos vor sich in die Luft hob.

Will wimmerte irgendetwas Unverständliches, doch Vatoq ignorierte ihn und legte Will bebend seine rechte Hand um die Kehle. Kurz flackerte der angestaute Hass von neun trostlosen Jahren wie eine Stichflamme in Vatoqs tiefblauen Augen auf.

Dann drückte er zu.

Will keuchte laut auf und Maren löste sich endlich aus ihrer Starre und rannte panisch an Vatoqs Seite.

»Nein! Lass ihn los, Vatoq, bitte! Das hier ist Irrsinn!«, schrie sie mit brüchiger Stimme. »Ich weiß, er und die anderen Adligen haben es nicht besser verdient ... Aber alle Leute einfach in Ungeheuer zu verwandeln oder umzubringen ist auch keine Lösung! Wir sind nicht besser als sie, wenn wir das tun!«

Maren sah im kalten Schein der Polarlichter, wie Wills blutverkrustetes Gesicht langsam rot anlief. Und da ihre Worte anscheinend nicht mehr zu Vatoq durchdrangen, rüttelte Maren verzweifelt an seinem rechten Arm. Doch Vatoq stieß Maren unwirsch von sich, sodass sie stolperte und auf das kalte Eis stürzte, was Vatoq in seiner Erregung allerdings gar nicht bemerkte.

»Vielleicht will ich ja gar nicht besser sein als dieser glitzernde Abschaum, Maren! Vielleicht will ich einfach *glücklich* sein! Und das kann ich erst,

wenn ich weiß, dass all diesen Ungeheuern Gerechtigkeit widerfahren ist!«

»Aber es ist nicht gerecht! Es ist bloße Rachsucht!«, erwiderte Maren verzweifelt, doch Vatoq schnaubte nur und drückte Wills Kehle noch ein wenig fester zusammen.

»Vielleicht stammt das Wort Gerechtigkeit ja von Rache, Maren! Willst du diesen Leuten etwa einfach vergeben, was sie uns angetan haben?!«

»Nein … natürlich nicht … Aber bitte, lass Will los, Vatoq! Bitte, lass ihn los … bitte …« In ihrer Ratlosigkeit und Angst begann Maren einfach zu weinen. Sie erreichte Vatoq nicht, das konnte sie deutlich sehen und deswegen würde Will gleich sterben – Will, der mit ihr in den Kürbisfeldern gespielt hatte, Will, der mit ihr heiße Schokolade getrunken hatte, Will, der sie einmal auf dem Bootssteg fast geküsst hätte … Die guten Erinnerungen überstrahlten für einen Augenblick die schlechten, sodass Maren sich dazu durchrang, abermals auf Vatoq zuzuhumpeln.

Nach ihrem Sturz blutete sie nun auch an Knien und Ellbogen, ihr linkes Handgelenk pulsierte schmerzhaft, als wäre es verstaucht, und die Sommerrosen zerrten wieder heftig in Marens Haaren. Aber sie dachte nicht an all ihre Schmerzen. Sie dachte nur an Will, der nun mit jedem Wimpernschlag blasser und blasser wurde, und anstelle von Schmetterlingen schienen auf einmal tausend Spinnen der Angst mit ihren langen Beinen in Marens Körper umherzukrabbeln.

Sie durfte Will nicht verlieren! Sie durfte es einfach nicht! Auch wenn er furchtbar eitel und feige und manchmal einfach nur dämlich war, war er doch der älteste Freund, den sie hatte, und deswegen durfte Vatoq ihn jetzt nicht einfach töten!

Ehe Maren wusste, was sie vorhatte, stand sie plötzlich abermals hinter Vatoq und sprang auf seinen Rücken, um ihn zu Fall zu bringen. Und tatsächlich ließ Vatoq Will fluchend los und versuchte instinktiv, sich mit seinen Händen auszubalancieren, sodass der bewusstlose Will mit einem dumpfen Geräusch zu Boden sackte. Doch Marens Freude darüber hielt nicht lange, denn binnen zweier Herzschläge hatte Vatoq sie schon mühelos von seinem Rücken gepflückt und zu Boden geschleudert.

»Hör zu, Kleine, ich will dir nicht wehtun, nach allem, was du schon durchgemacht hast. Aber du bist einfach zu weich mit diesen adligen Ungeheuern, und wenn du mich jetzt daran hinderst, Gerechtigkeit zu üben, wirst du es bereuen!«, knurrte Vatoq mit nur mühsam beherrschter

Ungeduld in der Stimme. Doch Maren griff dennoch panisch nach seinem linken Arm, um ihn von Will fernzuhalten. Denn wenn sie Vatoq jetzt gehen ließ, würde Will sterben.

»Maren! Lass. Mich. Los!«, presste Vatoq zwischen seinen unheimlich geraden Zähnen hervor. Aber Maren schüttelte nur wild mit dem Kopf.

»Ich lasse nicht zu, dass du Will einfach umbringst!«, schrie sie und Vatoqs Gesicht verdüsterte sich. Seine Zauberhaut wirkte nun mehr denn je wie eine trügerische Maske, unter der sich ein massiges Ungeheuer versteckte.

»Wie du willst!«, grollte er und drehte Marens rechten Arm nach links, bis es plötzlich knackte und Maren laut aufschrie. Nie zuvor hatte sie Vatoq so zornig erlebt und niemals hatte er sie verletzt! Eine Welle von Panik ergriff jäh von Maren Besitz und auch die Sommerrosen in ihrem Haar bohrten sich nun, da der Kampf sie abermals aufgeweckt hatte, tiefer als jemals zuvor in ihre dünne Kopfhaut – was Maren auf eine wahnsinnige Idee brachte ... Die Dornen ihrer Sommerrosen hatten Vatoq schon einmal einschlafen lassen!

Einer Eingebung folgend, packte sie mit ihrem gesunden Arm den Rosenkamm in ihrem Haar. In vierzehn Jahren hatte sie dieses eigentümliche Schmuckstück nicht einmal abgenommen – es war immerhin mit ihr verwachsen und außerdem war es gefährlich, mit Magie zu spielen. Aber nun waren die scharfen Rosendornen ihre einzige Chance, diesen Wahnsinn zu beenden, also nahm sie all ihren Mut zusammen und zog.

Der Schmerz, der kurz darauf durch Marens Hinterkopf und von da aus durch ihren gesamten Körper fuhr, war überwältigend. Maren kam es so vor, als würden plötzlich Nadeln anstelle von Blut durch ihre Adern fließen, und sie glaubte kurz, sie müsse gleich das Bewusstsein verlieren. Doch sie gab nicht auf, bis der blutbeschmierte Rosenkamm endlich in ihrer Hand lag.

Triumphierend lächelte Maren.

Leider entdeckte Vatoq genau in diesem Moment den hölzernen Kamm und schlug ihn Maren grob aus der Hand, bevor sie auch nur daran denken konnte, ihn mit den schlafbringenden Rosendornen zu stechen.

Mit einem dumpfen Schaben kam der Kamm auf dem dicken Eis auf und das leise *Kling-Kling*, das diesem Geräusch folgte, verriet Maren und Vatoq, dass noch ein letzter einsamer Rosensamen in ihrem Kamm übrig geblieben war ...

Beide sogen im selben Augenblick scharf die Luft ein, doch als Vatoq sich einen Wimpernschlag später suchend aufs Eis kniete und lauthals fluchte, war es auch schon zu spät.

Knirschend schlug der Rosensamen seine Wurzeln in das Eis und ließ einen starken Trieb wütend in die Höhe schießen. Blutrote Rosenknospen öffneten sich wie misstrauische Augen an der wachsenden Ranke und Dornen schossen aus dem giftgrünen Blattwerk hervor und zerkratzten Vatoqs Haut, während die Rosenranke ihn langsam umschlang.

»Hör auf damit! Hör auf und ruf sie zurück, du kleine Hexe! Sonst zerstören diese Dinger noch meine Magie!«, zischte Vatoq, während er sich inmitten der Rosenranken wand wie ein gefangenes Tier.

Maren schloss die Augen, da sie Vatoqs Elend nicht mitansehen konnte – aber sie rief die verwunschenen Pflanzen nicht zurück. *Tut ihm nicht unnötig weh! Lasst ihn … einfach eine Weile schlafen,* befahl Maren ihren Sommerrosen lediglich zögerlich. Und dass die Sommerrosen wirklich *ihr* gehörten und auch gehorchten, da war Maren sich inzwischen ganz sicher. Es musste irgendetwas damit zu tun haben, dass alle Rosen aus den Samen ihres Haarkammes gewachsen waren. Maren erinnerte sich vage daran, vor langer Zeit einmal etwas über das Verhalten von Sommerrosen in einem silbernen Herbarium gelesen zu haben, aber sie hatte keine Zeit, jetzt darüber nachzugrübeln, da es in diesem Moment laut rumste und Vatoq ein gequältes Stöhnen von sich gab.

Alarmiert öffnete Maren wieder ihre Augen und sah, dass Vatoq sich mit all seiner Kraft gegen das schwarze Eis warf, um einige der Rosen unter sich zu zerquetschen. Dabei schienen hier und da feine Risse in der dicken Eisschicht zu entstehen, die eben noch nicht da gewesen waren. Offenbar hatten die schnell wachsenden Sommerrosen das Eis mit ihren Wurzeln gespalten und so instabil werden lassen …

»Schick sie weg! Schick diese magiehassenden Dinger weg, Maren – ich flehe dich an! Ich muss noch weiterleben und ich *brauche* meine Magie, wenn ich das tue! Sie war das Einzige, was mich in den letzten Jahren aufrechtgehalten hat! Verstehst du das denn nicht?! Ich lasse deinen wertvollen Will auch leben! Nur schick diese verdammten Rosen weg!«, unterbrach Vatoq jäh Marens Gedanken.

Maren sah Vatoq einen Augenblick lang prüfend an und beschloss dann, ihm zu glauben. Er wirkte im Moment einfach nur müde und

verzweifelt und außerdem quälte es Maren, ihrem einzigen Freund so wehtun zu müssen.

»Lasst ihn los!«, befahl sie den Rosen laut, doch die Zauberpflanzen schienen sie nicht gehört zu haben. *Ich sagte, ihr sollt ihn loslassen! Er wird Will nichts mehr tun!*, wiederholte Maren in Gedanken wütend, aber die Sommerrosen hielten lediglich träge inne und sahen Maren mit ihren hübschen roten Knospen uneinsichtig an. *Warum? Er ist ein Zauberer und alle Zauberer sind böse und müssen vernichtet werden,* schienen die Blumen zu sagen und Maren biss sich wütend auf die Unterlippe. Sie hatte vergessen, dass Sommerrosen damals als Waffen gegen Magie und Zauberei gezüchtet worden waren. Vermutlich konnte selbst sie den Pflanzen nicht befehlen, einen Magier zu verschonen und so ihre ureigenste Natur zu verraten ... Eilig tappte Maren auf Vatoq zu, um ihn mit ihrer unversehrten Hand persönlich von seinen hölzernen Fesseln zu befreien. Dass sich mit jedem ihrer Schritte mehr Risse auf dem gefrorenen Mirosee bildeten, bemerkte Maren vor lauter Erschöpfung und Schmerz kaum.

Erst als sie direkt vor Vatoq und den umherwuchernden Rosenranken zum Stehen kam, erkannte sie das feine Netz an Sprüngen, das sich nun durch das massive Eis zog. An manchen Stellen waren die Risse sogar so tief, dass schwarzes Wasser aus den dünnen Ritzen herausquoll wie Blut ... Maren wurde auf einen Schlag eiskalt.

»Der See bricht ein! Wir müssen hier weg, und zwar schnell!«, erkannte sie plötzlich.

Doch Vatoq schien das in seinem holzigen Gefängnis auf einmal gar nicht mehr zu beunruhigen.

»Ja, der See bricht ein und dank deiner hübschen Hexenpflanzen kann ich nirgendwo mehr hingehen, um mich zu retten. Bist du jetzt glücklich, Maren?«, murmelte er mit der Gelassenheit eines Todgeweihten.

»Ich habe einfach alles für dich getan. Habe für dich gemordet, habe dir einen neuen Körper verschafft, die Adligen für dich verflucht – ich habe sogar einen verdammten Miroschwan aus diesem See gefischt, um dich endlich von deinem widerlichen Will zu befreien! Und wie dankst du mir all das?! Indem du mich umbringst! Aber wenn ich schon sterben muss, dann sollst du wenigstens mit mir sterben! Verlassen wir gemeinsam diese grausame Welt!«

Ehe Maren wusste, wie ihr geschah, schossen Vatoqs Arme bereits aus seinem Rosengefängnis hervor und zogen sie tief in eine dornige Umarmung.

Das rissige Eis unter Vatoqs Füßen zerbarst sofort durch Marens zusätzliches Gewicht und sie stürzte zusammen mit ihrem ehemaligen Freund in die Tiefe. Einen Wimpernschlag lang versuchte Maren noch, sich am Rand einer brennend weißen Eisscholle festzuhalten, doch sie bekam lediglich ihren eigenen blutbeschmierten Haarkamm zu fassen, ehe Vatoq sie mit sich in die Tiefe riss und sie zusammen mit ihm und ihrem verwunschenen alten Rosenkamm in der schwarzen Kälte des Mirosees versank, wo die leblosen Zauberschwäne sie schon bald umhüllten wie ein Haufen seidener Leichentücher.

Zwei Mädchen
wie Sonne & Mond

Ein lautes Krachen und das Gefühl von eisigem Wasser auf seinem Rücken weckten Will wieder aus seiner Bewusstlosigkeit. Er hatte allerdings schon zuvor, wie durch dicken Nebel hindurch, zwei Stimmen gehört und einzelne Sätze schwebten wieder und wieder heimatlos durch seine Gedanken: *Habe für dich gemordet … Dir einen neuen Körper verschafft … Sogar einen Miroschwan aus diesem verdammten See gefischt.* Vatoq hatte diese Sätze gesagt und einer von ihnen kam Will irgendwie wichtig vor, doch sein Kopf dröhnte im Moment einfach zu sehr, um etwas mit diesem Gedanken anfangen zu können.

Er hustete trocken und holte gierig Luft, wobei er sich augenblicklich wieder in die schützende Dunkelheit zurückwünschte, aus der er eben aufgetaucht war. Die Luft kratzte wie heißer Sand in seiner geschundenen Kehle und lauwarmes Blut verstopfte seine Nase – vermutlich hatte Cenric sie ihm bei ihrem Kampf in der Silberkanzel gebrochen.

Als der See einen Augenblick später jedoch unheilverkündend knackte, wurde Will klar, dass er weit größere Probleme als eine schmerzende Lunge und Nase hatte: Der Mirosee brach nämlich ein und der schillernde Sternenhimmel, der vom Eis widergespiegelt wurde, ertrank nun im dunklen Wasser wie ein Bild in schwarzer Tinte.

Maren!, schoss es Will in den Sinn und er sah sich auf dem auseinanderbrechenden Eis alarmiert nach ihr um. Aber weder sie noch Vatoq waren irgendwo zu sehen. Es stiegen nur Luftblasen aus einem besonders großen Loch im See auf.

Sie ist eingebrochen, erinnerte sich Will. Und er fragte sich panisch, ob er es wohl überleben würde, unter die massiven Eisschollen zu tauchen, um Maren zu retten … Er war immerhin ein Nordländer und lag schon

eine ganze Weile auf diesem kalten Eis herum, vielleicht hatte sein Körper sich inzwischen an die Kälte gewöhnt, sodass er beim Sprung in das eisige Wasser nicht sofort das Bewusstsein verlieren würde ...

Ein weiteres ohrenbetäubendes Krachen erinnerte Will daran, dass ihm die Zeit ausging. Entweder er floh jetzt oder er robbte zu dem dunklen Loch in der Mitte des Sees hinüber und sprang in das eisige Wasser.

Aber Vatoq ist doch bei Maren. Er ist ihr Held und nicht ich. Er hat sie immerhin auch die letzten beiden Male vor dem Ertrinken gerettet! Er ... Will hielt kurz inne, als er die Feigheit seiner eigenen Gedanken bemerkte. *Was mache ich hier eigentlich?! Vatoq ist ein Verrückter und er ist bestimmt genauso ohnmächtig wie Maren, sonst hätte er sie längst wieder an die Oberfläche gebracht! Ich habe Maren schon zweimal ertrinken lassen, ein drittes Mal werde ich das nicht wiederholen! Diesmal ist nämlich niemand da, um meine Fehler wiedergutzumachen* ...

Entschlossen ballte Will die Hände zu Fäusten und stellte sich so vorsichtig er konnte auf alle viere. Doch das Eis knirschte drohend wie ein angriffslustiges Tier unter seinen Knien, und so erstarrte Will sofort wieder zu einer zitternden Statue aus Menschenfleisch.

»Komm schon, Will! Maren stirbt da unten! Und je länger du zögerst, desto tiefer sinkt sie – desto unwahrscheinlicher wird es, dass du sie da rausholen kannst!«, murmelte Will ungeduldig vor sich hin. Aber vielleicht war es ja auch schon zu spät? Vielleicht hatte er schon zu lange gezögert und alles, was ein Sprung ins Wasser jetzt noch bewirken würde, wäre, seinen eigenen Tod herbeizuführen ...

Während Wills Angst um sich selbst mit seiner Angst um Maren rang, tauchte unversehens eine gleißend helle Gestalt neben ihm auf dem Eis auf und Will musste sich nicht einmal umdrehen, um dieses unbeschreiblich elegante Wesen zu erkennen. Sein wunderschönes Geistermädchen war also einmal mehr zu ihm zurückgekommen, nur warum? Wenn sie erschienen war, um ihn davon abzuhalten, Maren zu retten, dann wusste Will nicht, ob er sich ihr wirklich widersetzen können würde – zu viel Angst pulsierte in seinen Adern.

Doch anstatt ihn aufzuhalten, schwebte das schmerzhaft schöne Mädchen lediglich zu dem tintenschwarzen Loch in der Mitte des Sees und tauchte dort so elegant wie eine Meerjungfrau in die eisigen Untiefen.

War das etwa ihr Friedensangebot an Will? Wollte das Geistermädchen ihm etwa helfen, Maren zu retten?

Unwichtig!, dachte Will und robbte ebenfalls zum Rand des Wasserlochs, wo er dem weißen Mädchen, ohne zu zögern, unter die schwarzen Wellen folgte. Der Wunsch, sein wunderschönes Gespenst endlich zu fassen zu bekommen, war auch heute stärker als alle Angst, die Will jemals empfinden konnte.

Doch heute war bloßer Liebreiz nicht der einzige Zauber, der von dem perlweißen Leib des Geistermädchens ausging ... Als Will seiner Traumgestalt nämlich durch das eisige Wasser folgte, spürte er weder die Kälte des Sees noch die mangelnde Luft in seiner Lunge. Er trieb lediglich seltsam unbeschwert durch die nasse Dunkelheit und suchte zwischen den dahintreibenden Miroschwänen verzweifelt nach einer Locke von Marens feuerroten Haaren. Aber sosehr Will sich auch bemühte, er fand einfach nichts und langsam regten sich Zweifel in ihm und er fragte sich, ob das Geistermädchen ihn vielleicht gar nicht zu Maren führen wollte ...

Doch gerade als Will all die Schauergeschichten in den Kopf schossen, in denen Männer von Nixen und Meerjungfrauen in den Tod gelockt wurden, sah er Marens blassroten Haarschopf plötzlich wie ein erloschenes Feuer im Mondlicht aufleuchten.

Maren hatte die Augen sanft geschlossen und wurde zusammen mit Vatoq von zahllosen Rosenranken umschlungen, deren Äste sich wie die Tentakel eines riesigen Ungeheuers im gesamten See ausstreckten. Sie und Vatoq wirkten wie das Herz dieser bebenden magischen Pflanze und Will hatte das undeutliche Gefühl, dass die Rosen seine Anwesenheit selbst in der Dunkelheit des schwarzen Mirosees noch genau spürten, obwohl die Pflanzen hier unten merkwürdig grau und kränklich aussahen ... Kopfschüttelnd lenkte er seinen Blick zurück auf Maren. Doch gerade als Will auf sie zuschwimmen wollte, stoppte das Geistermädchen plötzlich und winkte ihn mit einer eleganten Geste nach links – fort von Maren und hin zu einem besonders großen Schwarm toter Miroschwäne, die wie weiße Brautkleider in den Wellen dahinwehten und ihn mit ihren schneeweißen Federn und blutroten Schnäbeln und ihrer gesamten makellosen Erscheinung seltsam genau an sein eigenes Geistermädchen erinnerten ...

Und auf einmal wurde Will alles klar.

Als er sein anderweltlich schönes Gespenst nun neben diesen ähnlich unwirklichen Zaubervögeln in den Wellen umhertreiben sah, machte der heimatlose Satz, der beim Aufwachen in Wills Kopf herumgeschwirrt war, schlagartig Sinn.

Vatoq hatte einen Miroschwan aus diesem See gefischt.

Vatoq hatte vor vier Jahren bei diesem dummen Spiel im Nebel einen Miroschwan auf Will angesetzt.

Sie war der verdammte Miroschwan!

All die Jahre hatte er seine wundersame Verfolgerin für einen Wintergeist gehalten, da man sich auf Beli alles Sonderbare stets mit diesen hiesigen Gespenstern und einem sehr eigenwilligen Polarlicht erklärt hatte. Doch damit hatte er genau den falschen Märchengeschichten Glauben geschenkt! Natürlich war sein schöner Geist in Wahrheit der Geist eines Miroschwans! Ihre unmenschliche Schönheit und ihre wahnhafte Eifersucht auf Maren ... Wie hatte er nur so blind sein können? Jedes verdammte Märchen auf Beli handelte immerhin davon, wie irgendein Miroschwan einen arglosen Edelmann in Form einer schönen Jungfrau in den Wahnsinn getrieben hatte!

Aber Hrafen hat alle diese Untiere vor fünfzig Jahren zusammen mit den anderen Altlords in diesem See ertränkt. Selbst wenn diese Geschichten einen wahren Kern hatten, sind diese Hexenvögel inzwischen alle tot!, hielt Wills Verstand bestimmt dagegen. Und doch wusste Will instinktiv, dass das nicht stimmte. Denn die Schwäne, die nun neben seinem weißen Geistermädchen in den Wellen umhertrieben, *atmeten*, auch wenn keine Luftblasen aus ihren rosenroten Schnäbeln hervorperlten. Doch ihre weißbefiederten Leiber hoben und senkten sich in regelmäßigen Abständen. Diese Schwäne waren nicht tot – sie schliefen nur ewig jung unter den Wellen und träumten von ihrer Befreiung aus diesem eisigen Sarg. Und Vatoq hatte mit seiner Hexenkunst einen Weg in die Träume eines Hexenvogels gefunden und dieser Kreatur eine Tür in Wills Leben geöffnet.

Es passte plötzlich alles schrecklich gut zusammen. Will hatte sein weißes Mädchen vor all den Jahren immerhin an genau diesem See getroffen – damals als Vatoq ihn zu weit auf das gefrorene Eis hinausgelockt hatte ... Hinein in diesen dichten Nebel, aus dem sein Geistermädchen

schließlich hervorgetreten war ... Ja, *er* hatte all das zusätzliche Elend zwischen ihm und Maren gesät. *Er!* Dieser wertlose, verkrüppelte Sklave! Für einen Moment konnte Will es nicht fassen.

Dann weckte ein scharfer Stich in seiner Lunge ihn jäh aus seinen Gedanken und Will überkam für einen Wimpernschlag das unwiderstehliche Bedürfnis, so tief er konnte nach Luft zu schnappen, doch eine hektische Bewegung am Rande seines Blickfelds hielt ihn davon ab.

Das Geistermädchen winkte ihn ungeduldig zu sich und dem weißen Schwanenpulk hinüber, wobei sie vehement auf einen besonders kleinen Zaubervogel deutete und dann auf die blassgrüne Eiswand, die in weiter Ferne über ihren Köpfen ruhte wie ein gefrorenes Himmelszelt. Offenbar konnte sie ihren Zauber nicht mehr lange aufrechterhalten und wollte, dass Will ihren Körper an die Oberfläche holte. Doch als versuchten die Götter in diesem Augenblick, zur Abwechslung einmal ihm beizustehen, trieb plötzlich eine welke Sommerrose in Wills Sichtfeld, um die sich eine feine Locke von Marens mattrotem Flammenhaar geschlungen hatte, was ihn kurz von dem alles verschlingenden Anblick des weißen Mädchens ablenkte.

Jäh erinnerte Will sich daran, warum er eigentlich in diesen See gesprungen war.

Maren!

Sie ertrank gerade, während er nutzlos im Dunkeln umhertrieb! Zögerlich warf Will noch einen Blick auf das strahlend schöne Schwanenmädchen. Dann schüttelte er bestimmt den Kopf. Der Schwan hatte Jahrzehnte in diesem eisigen See überlebt, er würde später auch noch da sein, aber Maren starb *jetzt*, und da Vatoq direkt neben ihr in dem dornigen Rosengestrüpp ruhte, lag es nun ganz allein an Will, sie zu retten!

Entschlossen wandte er sich von dem winkenden Schwanengeist ab und schwamm auf die leichenblasse Maren zu, die wie ein lebloses Herz in der Mitte des weitverzweigten Rosennetzes gefangen war.

Doch kaum dass er das weiße Mädchen aus den Augen verloren hatte, wurde Will sich der Kälte des Wassers, seiner brennenden Lunge und den Schmerzen in seinem gesamten Körper schlagartig wieder bewusst. Und als er versuchte, das dunkle Wasser mit den Händen zu zerteilen, verwandelte es sich zwischen seinen Fingern in zähen Sirup, sodass er nicht einmal eine Armlänge vorankam, egal, wie sehr er mit Armen und

Beinen ruderte und paddelte. Die weiße Hexe verwendete ihre Magie jetzt gegen ihn, sodass er in dem dunklen See feststeckte wie ein Käfer in einem schwarzen Stück Bernstein. Und Maren schien mit jedem hallenden Herzschlag blasser und lebloser zu werden – kaum mehr als vier Schwimmstöße von ihm entfernt.

Panisch riss Will den Kopf abermals zu der kleinen Schwanenhexe herum, die seinen Blick mit harten schwarzen Augen erwiderte, die Will an nasse Kohlen erinnerten. Nachdrücklich deutete das Geistermädchen ein zweites Mal auf ihren kleinen Miroschwan und anschließend nach oben.

Doch Will hatte sie schon beim ersten Mal sehr gut verstanden. Kopfschüttelnd wies er zuerst auf Maren, *dann* auf den Miroschwan und dann auf die vom Nordlicht erhellten Eisschollen über ihnen.

Erst hole ich Maren, dann dein Federkleid, dachte er bestimmt.

Das Schwanenmädchen antwortete mit einem sichelscharfen Lächeln, und als sie Will abermals zu sich winkte, spürte er ihre Geste wie ein silbernes Fangnetz auf seiner Haut. Sein gesamter Körper verzehrte sich danach, auf den Miroschwan zuzuschwimmen, ihn in die Arme zu schließen und endlich – *endlich* zu besitzen. Aber Will widerstand – zumindest für den Moment.

Später. Der Schwan kann warten, Maren nicht, wiederholte er und verschränkte mit einem scharfen Blick auf sein Geistermädchen die Arme vor der Brust.

Du kannst mich nicht ewig hier unten am Leben erhalten, und wenn du mich nicht zu Maren lässt, werde ich ertrinken und dann kannst du noch mal hundert Jahre auf einen Narren warten, der deinen Körper aus dem See fischt!, dachte er mit einer Entschlossenheit, die er selbst nicht erwartet hätte.

Und obwohl das Geistermädchen sich nicht regte, war Will sich sicher, dass sie seine Gedanken auch heute sehr gut verstehen konnte, genau wie damals, als sie ihn in Cenrics Niutak-Dorf verführt hatte.

Einen Moment lang starrten sie sich einfach nur an und maßen ihren Mut, während Kälte und fehlende Luft an Wills Kräften nagten und wieder Zweifel in seinen feigen Verstand Einzug halten ließen. Doch gerade als Will meinte, dem schwarzen Kohleblick des Miroschwans nicht länger standhalten zu können, verdrehte sie beleidigt die Augen und hüllte ihn mit einer wegwerfenden Handbewegung wieder in die

schwachen Überreste ihres Zaubers. Der verzweifelte Impuls, nach Luft zu schnappen, verschwand augenblicklich, doch die Kälte des Wassers konnte das Geistermädchen nicht noch einmal davonzaubern. Sie blieb wie eine schwarze Klinge bestehen, die bei jeder Bewegung rau über Wills nackte Haut schabte. Aber wenigstens konnte er sich jetzt wieder bewegen und das Wasser war nicht länger zähes Wachs zwischen seinen Fingern.

Mach schnell!, bedeutete das Geistermädchen ihm mit einer scheuchenden Handbewegung und die tiefen Schatten unter ihren sonst so makellosen Augen verrieten Will, dass er nicht mehr viel Zeit hatte – und Maren erst recht nicht, wenn sie denn überhaupt noch lebte …

Eilig vertrieb Will diesen Gedanken und schwamm mitten in das dornige Labyrinth aus sirrenden Rosenranken hinein, die ihn wie rotäugige Wasserschlangen zu beobachteten schienen. Aber da die Sommerrosen im Bergfried seinen Fluch bereits gebrochen hatten, beachteten ihre seltsam farblosen Geschwister hier unten ihn nicht weiter, und so wandte Will sich hastig zu Maren um, die in den Klauen von Vatoq und diesen Rosenranken so winzig und wunderschön wirkte wie eine kleine Porzellanpuppe …

Ja, tatsächlich war Maren hier unter den Wellen im gebrochenen Licht der Sterne und Nordlichter auf eine bedrückende Weise schön. Aber Will schob diesen Gedanken hastig beiseite, um das Geistermädchen neben sich nicht noch mehr zu verärgern, und versuchte ein wenig verwirrt, Maren aus der besitzergreifenden Umarmung der Sommerrosen zu befreien – was überraschend einfach war. Die stachelbewehrten Zauberpflanzen hatten ihm kaum etwas entgegenzusetzen. Will zerschnitt sich zwar die Hände an einigen krallenförmigen Dornen, aber sobald er die welken Rosen berührte, begannen all ihre Blüten einfach, wie rotes Herbstlaub zu Boden zu rieseln, und die dornigen Ranken drifteten haltlos in alle Richtungen davon und gaben Marens kleinen Körper wieder frei.

Das war leicht … Stirnrunzelnd betrachtete Will die zahmen Pflanzen und sein Blick glitt dabei unversehens zu dem kleinen Haarkamm herab, der Maren in diesem Augenblick lautlos aus der schlaffen Hand rutschte und in die schwarzen Untiefen des Mirosees hinabschwebte. Die drei Rosenblüten auf dem magischen Kamm waren nun ebenfalls schwarz und tot und Will hatte den Verdacht, dass der Sinneswandel der Rosen irgendetwas damit zu tun hatte – aber das war im Moment nicht

wichtig! Hastig zerrte er Maren aus dem schwachen Rosendickicht heraus und stellte dabei fest, dass sie viel leichter war, als er erwartet hatte. Es bereitete Will fast gar keine Schwierigkeiten, Maren an seiner rechten Hand hinter sich herzuziehen. Ganz so als wäre auch sie inzwischen zu einem Gespenst geworden … Doch da er auch noch den Miroschwan mitnehmen musste, um das Geistermädchen nicht wieder gegen sich aufzuwiegeln, hätte Maren auch kein bisschen schwerer sein dürfen. Denn durch den jahrzehntelangen Schlaf hatte sich das perlfarbene Gefieder des Zaubervogels über und über mit eisigem Wasser vollgesogen, sodass der Miroschwan wie ein Anker an Wills linker Hand baumelte, als er ihn endlich aus dem Pulk schlafender Zauberschwäne fischte. Doch obwohl es nicht einfach war, das Gewicht des Schwans auszugleichen, war es Wills Versicherung dafür, dass das Geistermädchen ihn nicht im letzten Moment betrügen und ertrinken lassen würde, da sie ihren Körper ja ebenfalls zurückhaben wollte. Und so schwamm Will entschlossen dem hellen Polarlicht über seinem Kopf entgegen, das sich mittlerweile in gespenstischen Grüntönen in den verbliebenen Eisschollen brach.

Nur den buckligen Vatoq ließ er inmitten der toten Sommerrosen zurück. Und es tat ihm kein bisschen leid, dieses wahnsinnige Ungeheuer hier unten verenden zu lassen, nach allem, was Vatoq ihm und Maren angetan hatte.

Soll dieser Irre doch hier unten verrotten! Will sorgte sich nur darum, wie die weichherzige Maren auf Vatoqs Tod reagieren würde, sobald sie aufwachte … Doch darüber wollte er sich erst Gedanken machen, wenn es so weit war. Also ließ Will sich von seinem Geistermädchen den Weg zu einem breiten Spalt zwischen zwei Eisschollen weisen und schlüpfte gerade noch so hindurch, ehe sich das Eis auf dem See abermals verschieben konnte.

Gierig brach Will durch die unbewegte Wasseroberfläche und sog die kalte Nachtluft in seine Lunge ein, bis es wehtat. Dann hievte er Maren und den Schwan und schließlich sich selbst mit letzter Kraft auf eine dicke Eisscholle und stellte erfreut fest, dass diese gerade mitten auf das Ufer des Sees zutrieb – was er zweifellos ebenfalls der letzten Magie des Geistermädchens zu verdanken hatte, die ihn nun, da er nicht mehr unter Wasser war, sogar wieder vor der Kälte von Belis schneidenden Winterwinden bewahrte.

Mühsam wandte Will sich zu seiner widerwilligen Retterin um. Doch als er ihre gläserne Gestalt in seinem Augenwinkel erblickte, zerfiel sein weißes Geistermädchen bereits zu einem winzigen Schneegestöber und rieselte lautlos auf den winterweißen Miroschwan am Rande der Scholle hinab. Will meinte lediglich, das altvertraute Spottlächeln der weißen Hexe noch einen Wimpernschlag lang herrenlos in der Luft schweben zu sehen, ehe auch dieses Trugbild verblasste und nur noch ein bedrückend schöner weißer Schwan vor seinen Füßen lag und ungestört weiter vor sich hin träumte.

So endet meine Suche also ..., dachte Will und erwartete schon fast, dass sich der prächtige Vogel nun in eine undurchscheinende Version seines weißen Mädchens verwandeln würde, damit er sie endlich in die Arme schließen und mit den Händen über ihre leblose, perlenglatte Haut streichen konnte ... Doch für den Augenblick blieb der Körper des Miroschwans völlig unverändert, sodass die andere Stimme in Wills Kopf zu ihm durchdringen konnte.

Um sie kannst du dich später kümmern, im Moment gibt es Wichtigeres zu tun!, erinnerte ihn der aufrichtige Teil seines Selbst streng und Will wandte sich ruckartig zu der bewusstlosen Maren um – seinem anderen Gespenst, das ihn schon viel länger als Vatoqs Miroschwan in Form nagender Schuldgefühle und zahlloser selbstgemalter Ölgemälde heimsuchte.

Sie atmete nicht mehr.

Panisch stürzte Will zu seiner eiskalten Freundin hinüber und tastete nach ihrem Herzschlag. Doch er spürte nur ihre Rippen und ihr Brustbein und fragte sich kurz, wann seine pummlige Maren so dünn und schwach geworden war ... Sie kam Will auf einmal zerbrechlich vor wie ein Wesen aus Glas – ein totes Wesen ...

»Du wirst jetzt nicht sterben, hörst du mich?! Ich brauche dich, verdammt! Das habe ich immer, auch wenn ich es nicht gut zeigen kann!«

Bebend nahm Will Marens Gesicht in seine Hände, öffnete ihren Mund und blies ihr seinen Atem in die Lunge. *Lebe, du kleine Närrin, lebe! Und wenn du nur aufwachst, um mir ins Gesicht zu schlagen, aber wach auf! Wach auf, bitte!,* flehte Will, während er wieder und wieder Luft holte und sie in Marens Mund atmete. Erst jetzt, wo sie so regungslos und tot unter ihm lag, wurde Will wirklich bewusst, wie sehr er sie brauchte und wie unvorstellbar es wäre, sie zu verlieren – als würde jemand ihm einen Arm

421

oder ein Ohr absägen. Denn niemanden auf dieser Welt kannte er so lange wie sie. Niemand sonst schaffte es, ihm selbst die bestgemeinten Worte im Mund zu verdrehen und ihn im selben Augenblick lachen, weinen und vor Wut laut aufschreien lassen zu wollen. Niemand sonst hatte diese rubinroten Wangen, die jedes Mal hell aufleuchteten, wenn Will einen ihrer regenblauen Blicke streifte, oder diese großen waidwunden Augen oder diese seidenfeine Niutak-Haut mit all den sichtbaren und unsichtbaren Narben, die sie einzig und allein ihm zu verdanken hatte ... Niemand sonst hatte so viel gelitten wie sie und dennoch den Mut gefunden, eine Made wie ihn vor dem sicheren Tod durch einen wahnsinnigen Zauberer zu bewahren. Niemand sonst war so gut und mutig und gleichzeitig so störrisch und schwach. Maren war eine ganz einzigartige Ansammlung von Fehlern und Wundern, die wie ein kompliziertes Puzzleteil im Mosaik seines Herzens saßen und deren Verlust ein Loch in ihm zurücklassen würde, das nicht einmal der schönste Miroschwan dieser Welt mit seinem faulen Zauber ausfüllen konnte ... Und deshalb durfte sie jetzt auch nicht sterben! Was sollte Will ohne sie und ihre verrückten Ideen schon tun?!

Abermals beugte er sich über Marens Lippen und hauchte ihr verzweifelt seinen eigenen Atem in den Mund. Und dann bebte Marens kleiner Körper unversehens und sie stieß ein schwaches Husten aus. Ein Schwall dunklen Seewassers rann aus ihrem Mund. Und als würde der Tod selbst damit aus Maren herausfließen, begann ihre zartbunte Seelenhaut, wieder müde zu leuchten, und sie flüsterte heiser: »Irgendwie habe ich mir unseren ersten Kuss immer anders vorgestellt.«

Sie war wach.

Wills Gedanken erstarrten für einen Moment. Dann fiel er Maren endlos erleichtert um den Hals und umarmte sie dabei so fest, dass sie erschrocken aufkeuchte. Doch anstatt sich einfach in seine Umarmung fallen zu lassen, schien Maren sich von ihm wegzulehnen, sodass Will sie irritiert wieder losließ.

Für eine Weile sagte keiner von beiden ein Wort, dann keuchte Maren plötzlich mit einem Blick auf die welken Sommerrosen, die nun an der Wasseroberfläche trieben: »Die Rosen! Und Wjallvit! Und die Ungeheuer! Sie ... Sie sind alle tot, oder? Und all dieses Blut ...« Wie immer wurde sie lange vor Will von all dem Grauen eingeholt, das heute geschehen war. Die Rosen hatten wirklich alles zerstört.

422

Doch ehe ihm auch nur ein passendes Wort einfallen wollte, hatte Maren sich bereits mit einem seltsam trägen Stirnrunzeln von ihm abgewandt und den schlafenden Miroschwan entdeckt, der direkt hinter Will noch immer friedlich vor sich hin schlummerte. In seiner Vogelgestalt war es auf den ersten Blick nicht unbedingt leicht, das Zauberwesen zu erkennen, aber Maren war nicht dumm. Sie kannte die zahllosen Inselmärchen über diese Kreaturen nur allzu gut und das Gefieder des Schwanes war einfach zu schillernd und sein Schnabel zu leuchtend rot, um einem gewöhnlichen Wasservogel zu gehören.

»Ist das ...«

»Ein Miroschwan, ja«, bestätigte Will, da es ohnehin keinen Zweck haben würde zu lügen.

Maren erbleichte, als hätte er ihr gerade mit einem makellosen schneefarbenen Messer mitten ins Herz gestochen. Sie hatte diese Märchengestalten schon immer gehasst, da sie alles waren, was sie niemals hatte sein können.

Und auch nicht sein sollte, dachte Will mit einer Bestimmtheit, die ihn selbst überraschte. Doch die Worte waren noch immer in seinem Mund gefangen und verkeilten sich vor seinen Lippen zu einem hoffnungslos verwirrten Knäuel, sodass er keinen Ton hervorbrachte.

»Du hast einen toten Schwan aus dem See gefischt?« Die Worte klangen wie Wunden auf ihrem Herzen und Will verstand sofort, was sie wirklich sagen wollte: *Du hast einen toten Zauberschwan aus dem See gezogen, anstatt Vatoq zu retten? Schön, dass zumindest mein Leben dir ebenso viel wert war wie ein Haufen nasser Schwanenfedern ...*

»Sie hat mir keine Wahl gelassen«, murmelte Will eilig und erntete dafür ein Stirnrunzeln.

»Sie?«

»Der Miroschwan! Er ist nicht tot – keiner der Schwäne ist es! Sie schlafen nur unter dem Eis! Und der Geist dieses Schwanes hat mir befohlen, seinen Körper mit an Land zu bringen ...«

»Und so hilfsbereit, wie du immer bist, konntest du da natürlich nicht widerstehen«, murmelte Maren mit zunehmend leiser werdender, zitternder Stimme, was Will aus irgendeinem Grund unterschwellig alarmierte.

Doch er schüttelte nur frustriert den Kopf. »Ich habe es nicht aus Eitelkeit getan! Der Geist dieses Schwanes – dieser Schwan – er ist das weiße Mädchen, das du auf meinen Skizzen gesehen hast! Es war –«

»Ein Miroschwan also ... wie ... passend ...« unterbrach Maren ihn mühsam. »Dass ich da nie drauf gekommen bin ...« Marens müde Worte erstickten regelrecht an der eisigen Dunkelheit und auch ihr Atem schlug keine Wölkchen mehr in der gefrorenen Nachtluft. Und da wurde Will schlagartig klar, was mit ihr nicht stimmte – sie erfror, und zwar direkt vor seinen Augen! Während er nichts Besseres zu tun hatte, als mit ihr über diesen verfluchten Miroschwan zu streiten! Er selbst stand ja noch immer unter dem schützenden Zauber der weißen Hexe, aber Maren war viel länger als er unter dem Eis gewesen und hatte vermutlich nur durch ihr Niutak-Blut überhaupt so lange durchgehalten! Abermals betrachtete Will ihr blau gefrorenes Gesicht und bemerkte, dass ihre Pupillen bereits bedrohlich weit und trüb geworden waren. Es war nur noch eine Frage der Zeit, bis sie das Bewusstsein verlor.

»Ich habe mir den Miroschwan nicht ausgesucht! Aber das spielt im Moment keine Rolle – wir müssen ins Warme, sonst erfrieren wir hier draußen noch – besonders du, Maren!«

Eilig umfasste Will Marens schmalen Oberarm, um ihr aufzuhelfen, doch sie wehrte ihn nur unbeholfen ab.

»Mir ist nicht kalt«, murmelte sie und starrte ziellos von dem Miroschwan auf die welken Sommerrosen am Ufer und dann wieder weit hinaus auf das Schwarz des zerborstenen Mirosees. Sie machte keinerlei Anstalten, sich von selbst von diesem tödlichen Eisufer wegzubewegen.

Ungläubig ballte Will die Hände zu Fäusten. »Dir ist nicht *mehr* kalt, meinst du wohl! Was eins der ersten Anzeichen dafür ist, dass jemand wirklich erfriert, das weiß jedes Kind im Norden! Also steh jetzt auf und lass uns gehen!«

Doch Maren wandte sich nicht einmal mehr zu ihm um. »Wohin soll ich denn gehen? Zurück an den zerstörten Adelshof? Zurück in mein sterbendes Land? Die Rosen haben ganz Wjallvit zerstört und ohne Adlige gibt es auch keinen Königskampf, keine Krone, keinen Schatz, keine Rettung für Mandrell.« Ihre Worte trieben so leblos und leer in der gefrorenen Luft herum, dass Will schlagartig begriff, worum es hier wirklich ging.

Maren war auch ein Kind des Nordens. Sie kannte die Anzeichen von kritischen Unterkühlungen sehr genau – es war ihr nur egal. Sie hatte heute alles verloren, ihr Land, ihren besten Freund und auch den letzten Tropfen Vertrauen, den sie vielleicht noch in Will gehabt hatte, mussten die alten Erinnerungen und der Anblick des Miroschwans endgültig zerstört haben. Und wenn ihm nicht schnell etwas einfiel, würde Maren hier draußen sitzen und erfrieren, während sie sich auf irgendeine ausgeklügelte Weise selbst die Schuld an allem gab, was geschehen war, so wie sie es immer tat ...

Kurz erwog Will, sich Maren einfach über die Schultern zu werfen und sie eigenhändig ins Schloss zu bringen, doch die Beine zitterten ihm ja bereits unter seinem eigenen Gewicht, und so leicht Maren inzwischen auch war, er würde sie mit all seinen Wunden und seinem zerstochenen Fuß nicht den ganzen Weg bis ins Schloss tragen können. Er musste sie überzeugen, freiwillig mit ihm zu gehen. Doch wie sollte er das anstellen?

»Ich kann dir Wjallvit nicht zurückgeben, Maren. Aber das Leben wird weitergehen. Wir werden einen anderen Weg finden, dem Norden zu helfen. Also lass uns jetzt bitte zum Schloss zurückgehen und sehen, ob die Kämpfe aufgehört haben. Ich will nicht, dass du hier draußen erfrierst, dafür bist du mir zu wichtig«, schwor Will, während ihn bei jedem Wort ein wenig mehr das Bedürfnis überkam, sie zu schütteln, bis sie endlich wieder Vernunft annahm und mit ihm ging.

Doch Maren hob nur spöttisch eine blassrote Augenbraue. »Bin ich das wirklich? Dir wichtig, meine ich. Oder brauchst du mich einfach als wandelnde gute Tat, an der du deine Schuld abarbeiten kannst, wenn du dich nicht gerade mit deinem hübschen Hexenvogel vergnügst?« Sie warf dem Miroschwan zu ihrer Linken einen kühlen Blick zu und beobachtete dann gequält, wie die ersten Federn vom linken Flügel der salzweißen Kreatur abfielen und eine viel zu schöne, makellos weiße Hand entblößten ...

Will schluckte schwer und spürte jäh das reißende Verlangen, diese Hand zu ergreifen und fest an sein Herz zu drücken. Maren schien es zu bemerken.

»Wir wissen beide, dass du ein Feigling bist, Will. Also sag mir jetzt, dass es nicht genau so ablaufen würde. Sag mir, dass ich dir wirklich wichtig bin und du nicht nur Angst vor deinem eigenen Gewissen hast, dann überlege ich es mir vielleicht.«

Entschlossen hob Will den Blick und sah geradewegs in Marens teilnahmslose, trübe Regenaugen. Sie ertrank noch immer, ertrank schon seit Jahren in einem unsichtbaren See aus Angst und Hoffnungslosigkeit, der sie nun endgültig überflutete, und Will blieb nicht mehr viel Zeit, um sie aus diesem See herauszuholen und ihr zu zeigen, dass es jenseits dieser schwarzen Wellen viele Dinge gab, für die es sich zu leben lohnte.

»Es wäre nicht so. Das verspreche ich dir, Maren ...«

Marens Lippen zuckten müde und freudlos nach oben. »Du versprichst viel, wenn der Tag lang ist. Aber kannst du es auch halten? Du hattest schon immer eine Schwäche für schöne Frauen«, murmelte sie und wandte ihren Blick wieder teilnahmslos dem zerborstenen Mirosee zu und Will konnte spüren, wie er sie abermals an die Verzweiflung verlor.

»Du bist schön, Maren«, erwiderte er mit fester Stimme, ehe Maren sich ganz von ihm abwenden konnte. Und diese drei kleinen Worte ließen sie augenblicklich erstarren.

Kurz sah sie Will an, als hätte er sie geschlagen – oder geküsst – oder irgendetwas anderes völlig Undenkbares getan. Dann blinzelte sie ein paarmal verwirrt und schüttelte entschieden den Kopf.

»Du lügst«, murmelte sie nahezu instinktiv. Aber es klang eher verloren als entschlossen in Wills Ohren.

Er hatte sie für einen Moment aus dem Konzept gebracht. Jetzt musste er sie irgendwie davon überzeugen, diese elende Eisscholle zu verlassen!

»Warum sollte ich lügen? Meinst du, ich wäre in diesen See gesprungen, wenn du mir nichts bedeuten würdest? Ich könnte es nicht ertragen, dich zu verlieren, das musst du mir glauben, du musst ...«

Musst was? Will verstummte, als die Inhaltsleere seiner eigenen Worte ihm quälend hohl und bedeutungslos in den Ohren widerhallte. Er hatte Maren schon so oft mit irgendwelchen schillernden Gelöbnissen geblendet – sie verdiente etwas Besseres als das.

Keine Worte mehr, beschloss Will, denn das Wichtigste hatte er Maren ja schon gesagt. Entschlossen robbte er zu dem strahlend weißen Schwanenleib am Schollenrand, dessen Federn inzwischen vom Wind davongeweht wurden wie loser Schnee.

Bald wird sie wieder eine echte Frau sein, nur dass man sie diesmal auch anfassen kann, dachte Will mit einem Schaudern. Ihm blieb auch in dieser Hinsicht nicht mehr viel Zeit.

»Vatoq hat diesen Schwan auf mich angesetzt. Nach deinem vierten Sommer hier auf Beli habe ich ihren Geist das erste Mal gesehen und seitdem nicht mehr aus dem Kopf bekommen.«

Will sah, wie sich etwas in Marens verwirrtem, steifgefrorenen Blick regte, und er hoffte einfach, dass sie sich noch daran erinnerte, was Vatoq vor ihrem Einbruch ins Eis gesagt hatte ...

»Sie war immer da, wenn etwas zwischen uns schiefgelaufen ist. Auf dem Winterball, in dem Niutak-Dorf, damals am Meer ... Sie hat sich immer in meinen Kopf geschlichen und davon abgebracht, das Richtige zu tun ... Das soll keine Entschuldigung für alles sein, was geschehen ist ...«, fuhr Will mit belegter Stimme fort. »Ich bin ein widerlicher Feigling, und das weiß ich. Aber Vatoq hat es mir auch nicht leicht gemacht ... Ich schätze, ich will einfach, dass du die Wahrheit kennst ...«, murmelte Will traurig und beschämt in sich hinein. Allein an all diese Tage zurückzudenken, und daran, wie sehr er Maren wehgetan hatte ...

»Es heißt ja ... ein Mann, der einen Miroschwan gesehen hat, könne danach gar keine andere Frau mehr anblicken, ohne dass ihm wegen ihrem fehlenden Liebreiz die Augen wehtun«, murmelte Maren mit vor Kälte völlig ausdruckslosem Gesicht.

Ich muss mich beeilen, dachte Will und kniete sich direkt vor dem federnden Miroschwan auf das glatte Eis, was nur noch mehr flockenweiße Federn in die Luft wirbelte und den perfekt geschwungenen Unterarm des schlafenden Schwanenmädchens entblößte.

»Mir taten nie die Augen weh, wenn ich dich angesehen habe«, murmelte er nur, während er sich gequält von dem himmlischen Anblick des langsam auftauchenden Vogelmädchens losriss und mit zitternden Händen über die kalkweißen Federn des Miroschwans fuhr, bis er eine besonders lange und prächtige Schwungfeder fand und sie mit einem leichten Ruck vom äußeren Flügelrand zupfte.

»Man sagt auch, dass der Erste, der eine Feder aus dem Gefieder so eines Schwans besitzt, über ihn gebieten kann, und dass der Schwan gezwungen ist, allen Wünschen seines neuen Herren zu gehorchen.«

Ganz langsam, als wäre sie aus Blei, stemmte Will die verzauberte Schwanenfeder in die Luft, wo Maren sie so entsetzt ansah wie eine Dolchklinge aus weißen Perlen und geschliffenem Schnee, mit der Will ihr nun ein für alle Mal den Garaus machen wollte.

»Das sagen all die Geschichten, ja«, hauchte sie mit erschöpfter, völlig lebensleerer Froststimme. »Dann hast du ja endlich alles, was du immer wolltest ...«

Kraftlos senkte Maren wieder ihren Blick. Dankbar und doch irgendwie enttäuscht darüber, dass Will ihr einen letzten Beweis dafür geliefert hatte, warum sie dem leise lockenden Singsang des grünen Eises unter sich einfach nachgeben sollte. Sich hier am Rande der dicken Scholle einfach auf den Rücken legen und eins werden mit dem ewigen Weiß des Winters und der Ruhe unter dem daunendichten Schnee. Denn auch für ihn und seine ewige Feigheit lohnte es sich nicht zu bleiben. Er wollte sie nicht, er wollte sich nur nicht ihretwegen schlecht fühlen müssen. Aber das war nicht dasselbe – es war nicht genug und Maren spürte sich weiter fallen. Will hatte sein weißes Mädchen gefunden und die Rosen hatten alles zerstört – den Königshof, Vatoq und jede Chance auf eine Rettung für Mandrell. Es war vorbei.

Doch gerade als Maren sich endgültig von Will und dem federnden Miroschwan abwenden wollte, streckte Will ihr plötzlich die weiße Schwanenfeder entgegen und sagte mit ungewöhnlich entschlossener Miene:

»Ich will, dass du sie hast.«

Maren blinzelte langsam und ihre seeschwarzen Gedanken stoben in die Höhe wie verwirrte Schneeflocken.

»Was?«

Sie musste sich verhört haben. Oder es waren die Bewusstseinseintrübungen, die von ihrer Unterkühlung kamen und bereits ganz zart das lockende Ende all dieses Elends ankündigten.

Will antwortete nicht, stattdessen nahm er schweigend Marens bläuliche Hände, legte die weiße Schwungfeder hinein und schloss ihre gefühllosen Finger darum. Ruhig und bestimmt, auch wenn er für einen winzigen Moment zögerte.

»Ich will, dass du die Feder hast«, wiederholte Will entschieden. »Behalte sie. Versteck sie von mir aus irgendwo. Und sollte dieser Schwan ... diese Kreatur ... jemals zurückkommen – schick sie weg.

Schick sie in die goldenen Wüsten am anderen Ende der Welt und verbiete ihr, jemals wiederzukommen.«

Wills lupinenblauer Blick fesselte den ihren und machte es Maren unmöglich, in diesem entscheidenden Moment die Augen zu senken. Selbst durch den dichten Schleier der Müdigkeit hindurch sah Maren deutlich, wie ernst es Will damit war ...

»Bist du sicher? Willst du nicht lieber warten, bis all die Federn weg sind und dann entscheiden ...?«

Verwirrt starrte Maren auf die lange perlweiße Feder, die schön und kühl wie eine Schneeflocke in ihrer Hand ruhte.

Wills Blick verfinsterte sich, und als ein heftiger Windstoß zwei Herzschläge später eine ganze Handvoll Schwanenfedern in die Luft wirbelte, schien er Marens Gesicht nur noch starrer zu fixieren.

»Ich bin kein Held, Maren. Aber ich will dieses eine Mal trotzdem das Richtige tun, also führe mich nicht in Versuchung. Ich habe schon oft genug bewiesen, dass ich zu schwach für diese Hexe bin«, murmelte Will leise und überraschend ehrlich in seine federlosen, von Rosendornen zerfurchten Händen. Keine leeren Worte und schillernden Gelöbnisse, nur die Wahrheit, nackt und glanzlos wie sie war.

Er war ein Feigling.

Er war schwach.

Und er hatte ihr gerade einen Miroschwan geschenkt.

Die Frau, die er vier Jahre lang gesucht hatte. Ein Wesen, dessen Art mit seiner Schönheit schon ganze Königreiche zu Fall gebracht hatte. Kein Mann verschenkte einen Miroschwan – in allen Märchen und Geschichtsbüchern, die Maren kannte, waren all die Ritter, Bauernsöhne und Jünglinge eher gestorben oder hatten den Wahnsinn in Kauf genommen, als diese zauberhaften Wesen aufzugeben. Kein Mann verschenkte einen Miroschwan. Besonders nicht Will, der jahrelang so verzweifelt nach dieser weißen Sirene gesucht hatte und der sich für nichts interessierte als die Schönheit selbst.

Und doch stand Maren nun hier und hielt eine verzauberte Schwanenfeder in der Hand, die vor kalter Macht regelrecht vibrierte ... Instinktiv spähte Maren zu den welken Sommerrosen am Uferrand hinüber, aus Angst, die Zauberpflanzen würden sie und das magische Artefakt abermals angreifen. Aber die Rosen schienen tot bis auf das

letzte Blatt zu sein und schenkten dem schlafenden Zauberschwan keinerlei Beachtung mehr.

»Ich will dich und nicht dieses Ding, Maren – und ich will dich lebend, also lass uns jetzt bitte zurück zum Schloss gehen. Wenn wir Glück haben, ist das Glashaus dort leer und unversehrt geblieben und wir können uns an den heißen Wänden aufwärmen ...«

Wartend streckte Will Maren seine leere Hand entgegen, wobei er darauf zu achten schien, sie und *nur sie* anzusehen und nicht durch irgendeinen unglücklichen Zufall doch noch einen Blick auf den schlafenden Miroschwan hinter ihr zu erhaschen, der inzwischen bereits eine halbe Frau sein musste.

Unsicher betrachtete Maren Wills zitternde Hand, die von zahllosen rubinroten Blutrinnsalen überströmt war und vor lauter Lebenswillen regelrecht pulsierte. Dann sah sie auf die weiße Schwanenfeder in ihrer Rechten hinab, die eigentlich der letzte Dolch hätte sein müssen, mit dem Will ihr verwundetes Herz endgültig besiegte. Doch stattdessen war es jetzt ein Versprechen, ein weißer Funke, der auf Maren übersprang und leise, vorsichtige Fragen in ihrem leeren Kopf aufflammen ließ, die alle mit: *Was, wenn* und *Vielleicht* begannen.

Will hatte ihr die Feder gegeben. Er hatte ihr seinen Traum geschenkt. Nur damit sie mit ihm ging und nicht hier draußen erfror. Taten, keine Worte. Zum ersten Mal, seit sie ihn kannte.

Was, wenn er sich wirklich ändern konnte?

Was, wenn es dieses Mal wirklich anders war?

Am Ende lief es vermutlich auf eine einfache Frage hinaus: Wollte Maren es wirklich riskieren, das herauszufinden?

Eine Weile schwebte ihre freie Hand wie ein unausgesprochener Gedanke zwischen ihr und Will in der Luft und Maren spürte deutlich, wie selbst diese einfache Geste ihren geschundenen Körper ans Ende seiner Kräfte brachte. Will sah es auch und verzog mitleidig das Gesicht, aber er sagte nichts mehr, sondern starrte nur angespannt auf Marens blau gefrorene Hand, als ob er sie mit bloßen Blicken in seine eigene rote zwingen könnte. Doch Maren fand nicht die Kraft, auch nur einen Finger zu rühren, geschweige denn das letzte Stück zwischen ihrer und Wills Hand zu überbrücken. Zu viel sprach dagegen, jetzt mit Will mitzugehen.

Zu viel Schmerz.

Zu viele schlechte Erfahrungen.

Zu viel Einsamkeit.

Und als wären Marens Gedanken Wackersteine, begann ihre Hand wieder zu sinken und ihr Blick driftete langsam von Wills erwartungsvoller Miene ab, zurück zu den verwelkten Sommerrosen und den Eisschollen auf dem finsteren Mirosee, der mit einem Mal immer näher zu kommen schien, wie um sie endgültig zu verschlingen ...

»Oh, bei Hrafens gefrorenen Göttern, langsam verstehe ich, warum die Nordländer euch Frauen früher einfach geraubt haben!«, fluchte Will, ehe er Marens fallende Hand packte und sie mit einem festen Ruck davor bewahrte, wieder rücklings in die pechschwarzen Wellen des Mirosees zu fallen. Er musste noch vor ihr bemerkt haben, dass sie schwankte und ihr Bewusstsein langsam auch den letzten Halt an dieser Welt verlor ...

»Sieh mich an!«, verlangte Will, während er sie nahezu grob zurück auf die Beine zog, was die Welt nur noch schneller in Dunkelheit versinken ließ. Lediglich Wills lupinenblaue Augen brannten wie zwei gleißende Flammen in dieser Finsternis, und zwar klarer, als Maren sie je gesehen hatte. Wütend über ihren Leichtsinn, voller Angst über ihren Zustand und voller halsstarriger Entschlossenheit, sie doch noch irgendwie von hier wegzuschaffen, ganz egal, was sie sagte oder tat. Wie die Augen eines echten Nordländers, der sich weigerte, selbst die aussichtsloseste Schlacht aufzugeben.

»Du musst wach bleiben, du verrücktes kleines Mädchen! Hörst du?«, knurrte er ohne jede Gefasstheit oder Formalität. Plötzlich war da nur noch er, ein junger Mann ohne Masken oder Titel, der seine älteste Freundin nicht verlieren wollte. Maren meinte sogar, ein leichtes Schütteln zu spüren, und dann wie jemand ihr Gesicht berührte, um in ihre Augen zu sehen. Aber sie konnte rein gar nichts mehr sehen, außer diesen beiden hellblauen Funken, dort wo sie Wills Augen vermutete, was allerdings auch nicht stimmen konnte, da diese Funken ihr schon viel zu nahe gekommen waren. »Ich kann dich nicht noch einmal verlieren! Du bist immerhin die einzige Sonne in meiner Dunkelheit!«, wisperte Will plötzlich aus erstaunlicher Nähe in ihr Gesicht. Und ehe Marens wegdämmernder Kopf die Worte ganz verstehen konnte, legten sich bereits heiße Lippen auf ihren Mund und für einen Wimpernschlag blies Wills feuriger

Atem all die verlorenen Farben wieder in Marens Bewusstsein zurück. Kurz sah sie seine wehenden weißen Haarsträhnen im Augenwinkel aufblitzen und seine feingliedrigen Finger über ihre Wangen streichen. Und dann sickerte die Hitze seiner Lippen auch in den Rest ihres Wesens ein und steckte ihre leblosen Gedanken in Brand.

Er küsste sie!

Nach zehn Jahren des Unsichtbarseins, tausend Tagträumen und noch mehr flüchtigen Fantasien von diesem unmöglichen Augenblick küsste er sie nun wirklich! Seine Brust so eng an ihre gepresst, dass sein flatternder Herzschlag sich mit ihrem dumpfen Pochen zu einer eigentümlichen Melodie verband. Seine rechte Hand wie süßes Feuer auf ihrer Wange, seine linke in ihrem eisigen Haar. Er küsste sie wie ein ganz gewöhnliches Mädchen! Als wäre sie nicht diese wandelnde rothaarige Katastrophe, sondern eine seiner wunderschönen Angebeteten aus Wjallvit! Als wäre sie jemand, den er tatsächlich küssen wollte! Und gleichzeitig war es doch ganz allein Marens Kuss, so wie er sie sanft auf seine Füße hob, um die Distanz zwischen ihnen zu verringern, und ihre freie Hand vorsichtig um seine Schulter legte, weil er genau wusste, dass Maren es niemals gewagt hätte, auch nur einen Muskel zu rühren, aus Angst, etwas Falsches zu tun … Aus Angst, dass er aufhörte und sie wieder allein ließ. Aber Will hörte nicht auf. Er hörte nicht auf und er ließ sie nicht los und er lachte sie nicht aus. Er hielt sie einfach nur fest, zog sie sogar noch etwas enger an sich und holte sie tiefer in diese wunderbare Wärme hinein, die von ihm ausstrahlte wie die Hoffnung und das Leben selbst. Und als er dann noch begann, ihre Locken mit der freien Hand langsam um seine Finger zu wickeln, so wie er es damals immer gemacht hatte, brach auch der letzte Widerstand in Maren zusammen und sie spürte sich in diesen Kuss und diese wunderbare Wärme fallen. In dieses fremdartige Gefühl, von jemandem gehalten und gewollt zu werden. Dieses Gefühl, von dem sie gedacht hatte, dass sie es niemals spüren würde …

»Du warst schon immer die Mutigere von uns beiden«, murmelte Will nach einer Weile oder vielleicht auch einer Ewigkeit eng an ihren Lippen. Sein Atem kitzelte auf Marens Haut und sie wollte fast protestieren, als er seine Finger langsam von ihrer Wange nahm und abermals die taube Hand ergriff, die sie ihm vorhin hatte reichen wollen. Aber Maren war zu müde, um auch nur einen Laut hervorzubringen, und ein Teil von ihr wusste, dass Will recht hatte und dass es an der Zeit war, diesen unmöglichen Moment zu beenden und endlich eine Entscheidung zu treffen. »Du musstest schon viel zu lange die Mutigere sein ... Und auch das tut mir leid. Aber kannst du noch ein letztes Mal mutig sein? Wenn ich es diesmal mit dir bin?«

Widerstrebend hob Will ihre verschlungenen Hände in die Höhe und öffnete langsam seine verkrampfte Faust, um Maren die Möglichkeit zu geben, die Hand wieder wegzuziehen, wenn sie es denn wollte.

»Man sagt ja, dass es zu zweit nur halb so viel Mut braucht«, fügte Will noch hinzu, ehe ein endlos bedauerndes Lächeln über seine Lippen zuckte. Maren spürte, wie sich ein Kloß in ihrem Hals bildete, als sie abermals auf ihre blau gefrorenen Finger hinunterblickte. Nur dass sie diesmal bereits in Wills roter Hand ruhten ... Dass er sie bereits genommen hatte, genauso kalt und zerkratzt, wie sie waren. Ohne zu zögern. Und seltsamerweise schien es Maren plötzlich etwas ganz anderes zu sein, jemandem seine Hand wieder wegzunehmen, der sie bereits ergriffen hatte, als sie jemandem zu geben, der lediglich darum bat. Außerdem war es so herrlich warm hier an Wills Brust, dass Träume und Hoffnungen wie zarte Blumen um sie herum aufzukeimen schienen. Träume davon, ein ganz normales Mädchen zu sein, so wie eben, als Will sie geküsst hatte. Davon, eines Tages einfach gut genug zu sein, jemandem etwas bedeuten zu können ... vielleicht sogar wirklich geliebt zu werden. Für einen Wimpernschlag erschien es Maren fast schon möglich, einfach nur so ein Mädchen zu sein und noch einmal zu fühlen, was sie eben gefühlt hatte ...

Es war vielleicht nicht genug für ein ganzes Leben. Aber es war genug für diesen Augenblick. Und es war zu viel, um diesen Augenblick einfach verstreichen zu lassen, ehe er richtig anfangen konnte. Und ohne es wirklich zu bemerken, schloss Maren ihre müden Finger einen nach dem anderen um Wills heiße Hand und erlaubte ihm mit einem Nicken, sie zurück zu Wjallvits rosenumrankten Säulentürmen zu führen.

Zurück ins Leben mit allem, was dazugehörte.

Der Gedanke ließ Maren frösteln und sie lehnte sich wieder enger an Wills warme Brust und umfasste mit ihrer kaputten Hand ungelenk die kribbelnde Schwanenfeder, die er ihr gegeben hatte, um sich Mut zu machen.

Bitte, lass es mich nicht bereuen.

Maren und Will liefen inmitten eines weiß-roten Schneegestöbers aus Rosenblüten und Schwanenfedern zurück in Richtung des scherbenbedeckten Prunkschlosses, das durch die allabendlichen Frostblumen und die Zerstörung inzwischen funkelte wie ein verwundeter Diamant. Keiner von beiden sah zurück zu dem schlafenden Miroschwan, der mittlerweile vermutlich all seine Federn abgeworfen hatte und nun in seiner ganzen verheerenden Schönheit auf der eisigen Scholle lag. Maren war sich allerdings nicht sicher, ob Will sich aus echter Entschlossenheit zurückhielt oder einfach keine Kraft fand, sich noch einmal umzusehen, weil er so sehr damit beschäftigt war, sie zu stützen und sich selbst den unebenen Waldweg entlangzuschleppen. Aber es war Maren im Moment auch egal. Nun, da sie Will ihre Hand gegeben hatte, war die Anspannung des drohenden Todes von ihr abgefallen und sie spürte nur noch die bodenlose Schwäche ihres geschundenen Körpers und kämpfte um jeden neuen Schritt und Augenaufschlag, da ihr Bewusstsein ständig in weißer Kälte zu versinken drohte, wenn sie kurz nicht aufpasste.

Und erst als die von welken Rosenranken umschlungenen Zierzinnen Wjallvits langsam über den vereisten Baumwipfeln in Sicht kamen und Will nachdenklich die Stirn runzelte, fanden auch Marens Gedanken wieder Halt an etwas anderem als ihrer alles verzehrenden Müdigkeit.

»Weißt du, warum die Rosen sich auf einmal wieder zurückgezogen haben? Meinst du, es hat vielleicht etwas mit deinem Kamm zu tun? Ich habe gesehen, wie er im Wasser versunken ist, als ich dich aus dem See geholt habe …«, murmelte Will schließlich, als er sah, wie sehr sie mit ihren herabfallenden Augenlidern zu kämpfen hatte.

Maren lächelte matt. »Die Prinzessin der Blumen muss es ja wissen, meinst du?«, nuschelte sie schwerfällig in sich hinein. Selbst ihre Zunge schien langsam vor lauter Kälte steif zu werden, obwohl Maren eigentlich kaum noch etwas davon spürte ... Aber Wills Frage machte sie trotz allem nachdenklich.

Die Rosen waren so plötzlich aufgetaucht und wieder verschwunden, dass man sie tatsächlich für nichts als einen bösen Traum hätte halten können, wenn all die Scherben von Wjallvits prunkvollen Buntglasfenstern nicht gewesen wären. Selbst hier am Waldrand funkelten überall sehr reale Bruchstücke silberner Glasmalereien mit dem Schnee um die Wette. Aber was die Rosen nun vertrieben hatte ...

Sicher wusste Maren nur, dass die magischen Pflanzen gestern aus einem Samen ihres Rosenkammes gewachsen waren, bevor die gesamte Insel im Chaos versunken war ... Maren öffnete bereits den Mund, um Will zu sagen, dass sie auch nicht mehr wusste als er. Doch da kam ihr plötzlich ein silbernes Herbarium in den Sinn, das sie in einem anderen Leben einem kindlichen und unschuldigen Vatoq vorgelesen hatte, während er Cenrics Halsketten für den anstehenden Ball polierte. Sie hatten damals aus Spaß auch ein Kapitel über die Sommerrosen gelesen, das erklärte, wie man diese südlichen Zauberpflanzen nur mit Eis und Kälte umbringen konnte.

»Man kann Sommerrosen nur töten, indem man die Rose, von deren Samen alle anderen Pflanzen abstammen, erfrieren lässt ... Der Kamm ist mir beim Kampf mit Vatoq in den See gerutscht und alle Rosen hier stammen von seinen Samen ab, das hat ihnen vermutlich den Garaus gemacht«, folgerte sie dumpf, auch wenn irgendetwas an dieser Begründung ihr falsch vorkam. Zu einfach. Zu schnell. Albträume zogen sich für gewöhnlich nicht so kampflos in ihre Finsternis zurück – zumindest nicht in Marens Welt. Aber vielleicht war ihr Leben in den letzten Jahren ja auch so rettungslos von Pech überflutet worden, dass die grausamen Götter Maren nun nach reiflicher Überlegung doch einen winzigen Fetzen Glück hatten zukommen lassen.

»Schon seltsam ... Wie die kleinsten Dinge manchmal alles verändern können. Wenn mir die Samen gestern nicht aus dem Kamm gefallen wären ...«, begann Maren nach kurzem Schweigen unschlüssig, doch Will ließ sie nicht ausreden.

»Du konntest es nicht wissen«, unterbrach er sie, weil er noch vor Maren erkannte, welchen Weg ihre Gedanken gerade einschlagen wollten. »Es ist Vatoqs Schuld. *Er* war der Zauberer, *ihm* hätte klar sein müssen, was das für Pflanzen sind. Aber er war eben doch nur ein wildgewordenes Tier, das sich nie die Mühe gemacht hat, seine eigenen Kräfte zu erforschen und zu verstehen. Es ist seine Schuld, nicht deine!«, bekräftigte Will noch einmal, obwohl das so natürlich auch nicht stimmte.

Doch Maren erwiderte nichts. An Worten wie Schuld oder Unschuld hingen zu viele finstere Gedanken, deren Gewicht sie im Augenblick endgültig niederdrücken würde, wenn sie sich in ihnen verlor. Das Leben war kompliziert und sich einfach in den stummen, mit Buntglasscherben besetzten Schnee zu legen und zu schlafen kam Maren noch immer unheilvoll verlockend vor. So einfach und friedlich …

Doch sie hatte Will ihre Hand gereicht. Sie hatte die Feder genommen und sich entschieden, also kämpfte sie sich weiter vorwärts. Und als ihre Beine kurz vor dem zerstörten Prunkpalast doch unter ihr einknickten, hob Will sie vorsichtig hoch und trug sie das letzte Stück bis auf den Schlosshof, wobei Maren spürte, wie sie an seiner warmen, blutüberströmten Brust langsam wegdämmerte.

»Wach bleiben! Du darfst schlafen, sobald wir im Warmen sind!«, ermahnte Will sie streng, als er bemerkte, wie Maren die Augenlider zufielen. Und Maren versuchte widerwillig, seinen Befehl zu befolgen.

Wjallvit war kaum wiederzuerkennen. Das feinsäuberlich gelegte Marmormosaik im Innenhof war durch die aus dem Boden schießenden Sommerrosen vollständig zersprengt worden. Und kleine Mosaiksteine lagen überall zwischen blutbespritzten Glasscherben und schlaffen Rosenblüten herum, die nicht selten Leichen riesiger Adelsmonster oder kämpfender Bauern und Handwerker bedeckten, als versuchten sie, das schlimmste Elend vor ihr und Will zu verbergen. Maren sah viele solcher kleineren und größeren Erhebungen in diesem schillernden Trümmerspiel, doch auch hier im Schlosshof kämpfte niemand mehr und von den Sommerrosen waren nur noch kahle dunkelbraune Holzranken geblieben, die sich später gut als Feuerholz machen würden.

Die Überlebenden bargen derweil Leichen aus den Trümmern oder suchten nach armen Seelen, die noch nicht ganz tot waren. Es waren

einfache Bauern und Schmiede, die mit Mistgabeln und Hämmern bewaffnet waren, und seltsamerweise auch einige Leute in glänzenden Rüstungen, auf denen kleine Wappen prangten, die Maren milde vertraut vorkamen. Es waren nicht viele, aber trotzdem genug, um Maren zu verwirren, und als die schillernden Gestalten sie und Will erkannten, lösten sie sich sofort von ihren Scherbenhaufen und eilten auf sie zu. Maren erkannte nun selbst durch den Nebel der Müdigkeit hindurch, dass die Wappen der Wachen drei schlichte ineinander verschlungene Kürbisse zeigten, die das Zeichen von Wills Ländereien in Vinduras waren.

»Junger Herr! Wie wunderbar, Euch und Eure Frau unter den Lebenden zu finden! Das wird Euren Großvater endlos erleichtern!«, rief der Größere der beiden Krieger überschwänglich.

Will schien von dem Auftauchen der Männer allerdings nicht minder verwirrt als Maren zu sein.

»Was tut ihr hier?«, fragte er mit einem Blick, als hätte er eben einen Geist gesehen.

Die Wache runzelte die Stirn, als würde sie die Frage nicht verstehen.

»Na, wir wurden gerufen, genauso wie alle kriegsfähigen Männer aus den übrigen Ländereien und Dörfern um Wjallvit herum. Ein paar der einfachen Leute sind heute für einen Prozess hierher eingeladen worden und schließlich wieder in ihre Dörfer geflohen, als diese Hexenrosen und irgendwelche Ungeheuer angefangen haben, hier alles auseinanderzunehmen. Sie haben Alarm geschlagen und die umliegenden Höfe und Güter haben jeden Mann, den sie entbehren konnten, hergeschickt ...«

Männer.

Güter.

Übrige Ländereien um Wjallvit herum.

Maren war mit einem Schlag wieder hellwach und zwei wichtige Erkenntnisse prasselten wie Eiswasser auf sie ein:

Will hatte recht gehabt: Sie würden einen anderen Weg finden, Mandrell zu retten. Denn Belis Adel bestand ja nicht nur aus der grausamen, dekadenten Schlossaristokratie, mit der sie das gesamte letzte Jahr hatte verbringen müssen. Auch Beli musste immerhin irgendwie an Nahrung kommen und der Landadel, der all die Ländereien der Insel verwaltete, lebte für gewöhnlich nicht im Schloss, sondern blieb auf seinen ruhigen, entlegenen Gütern, so wie Hrafen es tat.

Jetzt wo der Hochadel tot war, würden die unwichtigeren Blaublütigen vom Land die freigewordenen Plätze des Hochadels einnehmen, genauso wie es damals in Mandrell geschehen war, als Marens Vater mit all seinen Männern und Generälen in den Krieg gezogen war. Und überhaupt blieb Silber ja Silber! Den Schätzen Wjallvits hatte die Rosen nichts angetan, nur den Adligen, die diese Schätze Maren und Will ohnehin nie hatten überlassen wollen! Und nun, da alles im Chaos lag, waren die Karten wie Schneeflocken abermals in die Luft gewirbelt worden und mischten sich neu. Und so lange, wie alles unbestimmt in der Schwebe hing, war auch alles möglich.

Die verbliebenen Hochgeborenen würde sich neu aufstellen müssen, um die Lücke zu füllen, die der Schlossadel im Machtgefüge der Insel hinterlassen hatte. Aber da keiner der Gutsherren viel Ahnung von höherer Politik hatte, würden sich alle nach einer starken Hand sehnen, die sie anleitete. Niemals hatte diese Insel dringender einen König gebraucht als jetzt!

»Was ist hier eigentlich passiert? Von den Bauern hört man alles Mögliche – von einem geheimen Fluch bis zu einem bösartigen Zauberer ...«, murmelte die kleinere der beiden Wachen mit verwirrten erdbraunen Augen.

Und ehe Will seinem Landsmann antworten konnte, knuffte Maren ihm bereits warnend in die Seite und setzte eilig wieder eine erschöpfte Miene auf – was nicht schwer war, da sie im Moment nur noch ihre neuerliche Aufregung aufrecht hielt.

»Es war tatsächlich ein Zauberer – ein verrückter Hexenmeister, der im Bergfried zum Tode verurteilt werden sollte. Das Verhör ist schiefgelaufen und der Zauberer hat alle Adligen in Ungeheuer verwandelt und zum Spaß einen Haufen verfluchter Rosen auf sie losgelassen, die sie zugrunde gerichtet haben«, begann Maren schließlich zu erzählen und erntete dafür von Will einen vollkommen verwirrten Blick. Aber sie war nicht verrückt und sie fantasierte auch nicht, denn das war die zweite Erkenntnis, die ihr eben gekommen war:

Die Rosen hatten den gesamten Hochadel bis auf sie und Will umgebracht – mit Ausnahme einiger schwerverletzter Adliger vielleicht, aber die waren im Augenblick keine Bedrohung. Die Bürgerlichen hatten mit ihrem fauligen Gemüse draußen warten müssen und waren erst in den Bergfried geströmt, nachdem die Rosen die Tore gesprengt hatten.

Niemand außer ihr und Will wusste also, was wirklich im Bergfried geschehen war, wer schuld an den Rosen war und warum die Adligen verflucht worden waren. Und wenn es nach Maren ging, musste es auch niemals jemand erfahren! König wurde in Krisenzeiten meistens der mit der besten Geschichte. Ein Held, der die Leute inspirieren konnte, und was heute geschehen war, bot Stoff für viele Geschichten, von denen die Wahrheit lediglich die deprimierendste war.

Also fuhr Maren an die beiden Wachmänner gewandt aufgeregt fort: »Will und ich konnten dem Hexer entkommen, aber mich hat er doch noch geschnappt und wollte mich dann im Mirosee ertränken, was ihm auch gelungen wäre, wenn Will mir nicht gefolgt wäre. Er hat den Hexenmeister und seine Rosen besiegt und mich danach aus dem See gerettet! Nur für unsere Freunde kam die Rettung wohl zu spät«, schloss Maren mit einem betont bedauernden Blick auf ein paar scherbenbedeckte Ungeheuer zu ihrer Rechten, die offenbar durch wütende Bauern und nicht durch Sommerrosen umgekommen waren, da sich die Adligen ansonsten im Tode wieder zurückverwandelt hätten. Doch sie hätte sich gar nicht solche Mühe machen brauchen, denn die beiden Wachen glaubten Maren aufs Wort. Ein schwaches, halb erfrorenes kleines Mädchen wie sie, warum sollte sie auch lügen? Ein Teil von Maren fühlte sich schuldig, weil sie diese armen Männer so leichtfertig hinterging, aber sie durfte diese Möglichkeit nicht in den Wind schlagen. Sie musste sichergehen, dass die beiden Wachen die richtige Geschichte unter dem Landadel verbreiteten, dann würde in ein paar Tagen nämlich ganz Beli die Geschichte von Will, dem Helden, in ihren Schenken und behelfsmäßigen Krankenlagern vor sich hin erzählen. Und sofern niemand, der ebenfalls nach der Krone strebte, eine bessere Geschichte besaß, würde der Landadel gar keine andere Wahl haben, als Will zum König zu machen. Denn er hatte den richtigen Namen und im Moment war das Wichtigste für Beli, sein verstörtes Volk wieder zu beschwichtigen ...

»Wisst ihr, ob es hier noch irgendwo einen warmen Fleck gibt, an dem Maren sich aufwärmen und erholen kann? Sie war viel zu lange in diesem See«, fragte Will die verdatterten Wachen schließlich mit Nachdruck. Er schien im Augenblick an ganz andere Dinge zu denken als Maren. Aber es störte sie und ihre Pläne nicht weiter. Ein Held kümmerte sich immerhin gut um seine gerettete Jungfrau. Und die beiden Wachen wiesen

Will auch sofort den Weg zum Glashaus, das entgegen seiner Vermutung allerdings ebenfalls zerstört worden war. Einige Rosenranken hatten die mit kochendem Wasser gefüllten Glaswände durchstoßen, sodass das Innere des kristallenen Gewächshauses nun voller weißer Nebelschwaden war, die die von Heizwasser überspülte Gartenlandschaft seltsam unwirklich machten.

Vermutlich war es auch warm in der dampfenden Glasruine, doch Maren konnte das im Augenblick gar nicht spüren, ihre Fingerspitzen und Füße begannen lediglich, unangenehm zu kribbeln, was vielleicht ein gutes Zeichen war.

»Was war das denn eben?«, flüsterte Will, nachdem er Maren in ein kleines Gänseblümchenfeld nahe eines Kochwasserrinnsals gelegt und mit den kläglichen Überresten seiner weißen Richterrobe zugedeckt hatte.

»Vorsorge«, murmelte Maren nur und Will schüttelte leicht mit dem Kopf.

»Du solltest dich zur Abwechslung mal um dich selbst sorgen.«

»Das tust du ja im Augenblick schon.«

Will lächelte schwach, fast schon verlegen. »Ich versuche es wenigstens, aber trotzdem – dieses Märchen, das du dir da ausdenkst, von meinen glorreichen Heldentaten ...«

Maren beachtete seine Widerworte nicht weiter. Er hatte bis heute nie ein Problem damit gehabt, sich mit fremden Lorbeeren zu schmücken, da musste er jetzt nicht damit anfangen.

»Du bist, was die Leute glauben, das du bist, und wenn alles so funktioniert, wie ich es mir vorstelle, werden sie glauben, dass du ihr Retter bist.«

»Aber ich bin nicht ihr Retter! Ich bin niemandes Retter, ich bin nur –«

»Ein ängstlicher kleiner Junge, der in seinem Leben noch kein einziges Mal die Folgen seiner Handlungen tragen musste. Ich weiß. Aber das bringt uns nicht weiter. Ein Feigling wird dem Norden nicht helfen können. Und mir auch nicht. Denn einen Feigling wird niemand zum König wählen. Aber einen Helden schon. Also was sagst du? Diese Geschichte ist auch nicht schlechter als jede andere. Wer will schon eine Wahrheit hören, die einfach nur deprimierend und sinnlos grausam ist? Mörderrosen, die rein zufällig sprießen, und misshandelte Sklaven, die aus Verbitterung ihre Herren verfluchen... Meine Geschichte hat wenigstens ein glückliches Ende.«

Will hob abwesend eine Braue. »Aber hat unsere Wahrheit das nicht auch?«

Maren sah ihn ernst an, unwillig, die bleierne Müdigkeit in ihren Gliedern zu beachten, ehe er ihr nicht die richtige Antwort gegeben hatte. »Das liegt ganz an dir und daran, ob du wenigstens in den Geschichten mein Held sein willst«, erwiderte Maren starr, denn sie würde diese einmalige Chance nicht verstreichen lassen. Sie würde diese Königskrone bekommen, egal, wie lange sie dafür noch auf dieser elenden Insel bleiben musste. Sie hatte schon zu lange durchgehalten, um jetzt mit leeren Händen nach Hause zurückzukehren.

Und vielleicht spürte Will ihre Entschlossenheit, denn nach kurzem Zögern sagte er: »Also gut, machen wir es diesmal auf deine Art. Erzähl alle Heldengeschichten dieser Welt, wenn es denn sein muss.«

»Schwörst du es?« Maren hob unter Aufbietung aller Kräfte den Kopf, um Will prüfend anzusehen. Er sah aufrichtig aus, als er nickte. Aber Maren wusste inzwischen, dass das in einer Woche nicht mehr viel bedeuten musste.

»Was immer du willst. Jetzt ruh dich endlich aus, du verrücktes kleines Mädchen. Deine Intrigen sind morgen auch noch da«, bestimmte Will, ehe er ihr ein hinreißendes, wenn auch sorgenvolles Lächeln schenkte, für das sie am Anfang des Jahres noch gemordet hätte. Nun betrachtete sie es allerdings nur mit einer gewissen Vorsicht, ehe ihr müde die Augenlider zufielen. Will war nicht mehr der freundliche kleine Junge aus ihrer Kindheit und vielleicht würde er es nie wieder sein. Doch er war auch nicht mehr ganz der grausame Insellord, der sie auf dem See, ohne zu zögern, für seinen Miroschwan zurückgelassen hätte. Er war irgendetwas dazwischen und vermutlich würden allein die nächsten Monde zeigen, ob Maren dieses altbekannte Lächeln noch erwidern wollte. Zumindest wenn Will endlich eine Krone auf dem Kopf haben und ihrem Land das heißersehnte Silber geben würde, würde Maren lächeln, das wusste sie. Und mit diesem tröstlichen Gedanken schlief sie ein und spürte Wills besorgten Blick sogar im Schlaf noch wie eine zarte Umarmung auf ihrer Haut kribbeln.

Als die Wärme des Glashauses Marens taube Glieder langsam wieder auftaute, kehrte allmählich auch der Schmerz in ihren halb erfrorenen Körper zurück und sie dämmerte immer wieder aus ihrem leichten Schlaf hoch, ohne sich allerdings bemerkbar zu machen – dafür hatte Maren im

Moment einfach keine Kraft. Zerschlagen lugte sie irgendwann durch ihre blassroten Wimpern und sah Will noch immer wie eine schützende Steinstatue vor sich im unwirklich weißen Dunst knien. Und als hätte ihr Aufwachen böse Geister geweckt, fuhr in diesem Moment ein kalter Windhauch durch eine zerborstene Fensterscheibe ins Glashaus hinein und wehte ihnen ein rot-weißes Gemisch aus dicken Schneeflocken und welken Rosenblüten entgegen.

Die Schneeflocken umtanzten Wills ausgezehrtes Gesicht einen Augenblick, bis sie in der Hitze einfach dahinschmolzen. Lediglich eine Flocke blieb standhaft und verhedderte sich provokant in Wills geisterblonden Locken. Stirnrunzelnd zog Will sich die Schneeflocke aus den Haaren und bemerkte dann, dass es in Wahrheit eine weiße Feder war, über der ein verdächtig hypnotischer Schimmer lag ...

Ein Krampf durchzuckte Marens Körper und auch Will erbleichte, als er erkannte, was er da in den Händen hielt. Der Windhauch musste Maren die Schwanenfeder aus ihrer schlaffen Hand gerissen haben. Doch anstatt die weiße Mirofeder heimlich einzustecken, wandte Will sich kopfschüttelnd zu Maren um. Hastig schloss sie die Augen, damit er nicht bemerkte, dass sie ihn beobachtet hatte, aber Will schien ohnehin ganz in Gedanken zu sein. Leise kniete er sich vor Maren auf die grüne Blumenwiese, schob ihr die Mirofeder zurück in die leere Hand und steckte ihr noch etwas Weiches, Duftendes in die Haare, das sich wie eine der kleinen Rosenblüten anfühlte, die zusammen mit dem Schnee ins Glashaus geweht worden waren. »Werde wieder gesund, Maren. Ohne dich überlebe ich diese irrsinnige Insel nicht«, flüsterte Will ihr leise ins Ohr.

Sein Atem kitzelte auf ihrer Haut. Doch Maren war bereits wieder zu müde, um ihm zu antworten oder zu nicken, also lächelte sie nur leicht in sich hinein. Und zum ersten Mal seit langer Zeit hatte sie tatsächlich das Gefühl, dass vielleicht doch noch alles gut werden konnte.

Nachdem Vatoq zusammen mit Maren in die schwarze, nasse Kälte des Mirosees hinabgestürzt war, hatte er das Bewusstsein verloren.

Erst als jemand seine Hände gewaltsam von Marens dürren Ärmchen löste und dann mit ihr verschwand, kam Vatoq langsam wieder zu sich – und er wünschte sich umgehend zurück in die friedliche Dunkelheit. Denn während seiner Ohnmacht hatten sich die tausend Dornen der gigantischen Sommerrosen erbarmungslos in jede Pore seiner Haut hineingebohrt und so die magische Illusion zerfetzt, die er Maren zuliebe erschaffen hatte. Und dem brennenden Schmerz in seinen Adern nach zu urteilen hatten die Rosen sich mit seinem Zauber allein nicht zufriedengegeben. Pulsierender Schmerz fraß sich nun durch seine Venen und Knochen und schien irgendwie auf Vatoqs Brust zuzufließen, wo das Brennen und Stechen am unerträglichsten war, ganz so als wären die Rosen in ihn hineingekrochen und hätten mitten in seinem schwachen Herzen Wurzeln geschlagen … Seinem Magierherzen, das eigentlich immer hart und stark gewesen war und in dem wie bei jedem anderen Zauberer seine Gabe gewohnt hatte. Kalt, kraftvoll und immer verlässlich.

Und fort.

Sie war fort.

Seine Kraft. Der Zauber. Das Einzige, was ihn in den letzten Jahren diesen fortwährenden Albtraum hatte überleben lassen, war fort. Lag in tausend nutzlosen Fetzen am Grund seines Seins. Zerrissen wie seine hübsche Illusion. Von diesen grausamen Sommerrosen, die Maren auf ihn losgelassen hatte. Maren. Diese elende kleine Hexe!

Rasend vor Wut und Schmerz riss Vatoq die Augen auf und blickte an seinem geschundenen Leib hinab, der von zahllosen, verdorrten Sommerrosen durchbohrt wurde wie von dornenbesetzten Pfählen. Die

Pflanzen schienen mausetot zu sein und ohne seine Magie würde Vatoq ihnen sicherlich bald nachfolgen.

Mit brennender Lunge begann er, sich die toten Sommerrosen Ast für Ast, Dorne für Dorne aus der Haut zu reißen und zwischen seinen gefühllosen Fingern zu zerdrücken, während er die grausamen Götter dafür verfluchte, dass er seinen Zorn nicht einmal an etwas Lebendigem auslassen konnte, während er starb.

Seid Euch da nicht zu sicher, Herr, säuselte eine geräuschlose Geisterstimme plötzlich in Vatoqs loderndes Bewusstsein hinein. Und ehe er auch nur blinzeln konnte, schwebte die körperlose Gestalt eines überaus nutzlosen Miroschwans auf einmal vor ihm in den schwarzen Wellen umher.

Vatoq tat dem eitlen Geistermädchen nicht den Gefallen, auf ihre kryptische Andeutung einzugehen. Mit schwindenden Kräften riss er sich auch noch eine besonders große Rosenranke aus dem rechten Arm und war dann plötzlich frei von diesen boshaften Pflanzen. Frei und noch immer bei Bewusstsein …

Und das, obwohl ich eigentlich längst tot sein müsste, dachte Vatoq, während er an dem weißen Miroschwan vorbei nach oben spähte, wo das hübsche Polarlicht hinter den dahintreibenden Eisschollen verräterisch vor sich hin funkelte und den Wasserbewohnern Lügengeschichten von der wunderbaren Welt an der Oberfläche vorgaukelte.

Dabei ist nichts an der Oberwelt wunderbar, sinnierte Vatoq, ehe er entschlossen den Kopf schüttelte und dem lügnerischen Licht entgegenschwamm, da auch das Denken mit jedem stolpernden Herzschlag ein wenig mühsamer wurde. Das merkwürdige Wunder, das ihn am Sterben hinderte, schien ein Verfallsdatum zu besitzen.

Doch bereits nach wenigen Schwimmstößen schwebte ihm sein Miroschwan plötzlich mit dieser nahezu abstoßenden Anmut in den Weg und schüttelte hochmütig den Kopf.

Wenn ich Ihr wäre, würde ich nach unten und nicht nach oben schwimmen, ehe es zu spät ist, wisperte sie und deutete dabei auf den kleinen, haselnussbraunen Haarkamm, der unter Vatoqs Füßen gerade auf den Grund des Sees zutrieb. Drei blutrote Rosenblätter hingen noch an diesem mickrigen Artefakt, dem Vatoq all sein Elend zu verdanken hatte. Und während er hinsah, löste sich bereits ein weiteres Blütenblatt von dem Kamm und wurde eins mit der Dunkelheit des Sees.

Ihr seid nur noch am Leben, weil die Sommerrosen es auch sind und weil sie in Euch Wurzeln geschlagen haben, als es nichts Warmes mehr in diesem See gab außer Euch, verkündete der Miroschwan plötzlich mit neunmalkluger Stimme. Und während das kleine Blütenblatt vollends mit der Finsternis des Sees verschmolz, schien auch die Schwere des schwarzen Wassers immer größer und drückender auf Vatoqs ausblutendem Körper zu lasten … Vielleicht nur ein dummer Zufall. Aber Vatoq kannte seinen Miroschwan. Dieses nervtötende Vogelweib verabscheute ihn zwar, aber sie hasste es noch mehr, ignoriert zu werden, und war hochmütig und dumm genug, um sogar ihm das Leben zu retten, wenn sie dafür nur einen einzigen Wimpernschlag seiner Aufmerksamkeit bekam …

Kurzentschlossen stoppte Vatoq, drehte sich um und ruderte mit seinen abnorm langen Armen auf den farblosen Rosenkamm zu, der gerade sein vorletztes Blütenblatt an die unbarmherzigen Wellen verlor.

Schneller, summte der Miroschwan hinter ihm spöttisch, ohne dabei sonderlich besorgt zu klingen. Vermutlich erinnerte sie sich gerade daran, dass sie ihn eigentlich sterben lassen sollte, da sie erst dann von ihm freikam, wenn er ihre gestohlene Gewandfeder wieder freigab – oder starb. Doch Vatoq hatte nicht vor, ihr diesen Gefallen zu tun. Er hatte nicht vor, jemals wieder irgendwem einen Gefallen zu tun. Besonders nicht Maren, dieser kleinen, ach so unschuldig aussehenden Schlange, die ihn hier unten zum Sterben zurückgelassen hatte, um mit ihrem schönen Will bis ans Ende aller Tage glücklich zu werden! Nach allem, was er für sie getan hatte!

Vatoq ballte die Hände zu Fäusten und spürte, wie sein Hass den brennenden Schmerz kurz überstrahlte und ihm neue Kraft spendete. Ziellos schlug er das eisige Wasser mit den Händen beiseite und nach drei oder vier weiteren zornigen Schwimmstößen hatte er den erbärmlichen Haarkamm schließlich erreicht, ihn gepackt und sich wieder auf den Weg zurück an die abscheuliche Oberfläche gemacht, die sich nur noch aus einem einzigen Grund zu betreten lohnte – nämlich um ein winziges bisschen von all dem Leid zurückzugeben, das er sein Leben lang selbst hatte erfahren dürfen!

Doch noch während Vatoq das dachte, bemerkte er, wie das letzte Rosenblatt zwischen seinen tauben Fingern immer loser und schlaffer wurde, und so wandte er sich schließlich ungeduldig zu seinem nutzlosen Miroschwan um und bedachte das Geistermädchen mit einem finsteren Kopfnicken.

Wirk endlich deinen faulen Zauber, du weiße Seehexe, und lass mich hier rauskommen, ehe dieses elende Unkraut ganz verdorrt ist!, befahl Vatoq, während er mit der freien Hand kurz in seine Manteltasche fuhr und die weiße Schwanenfeder berührte, mit der er sich diese dumme Gans dann und wann gefügig machte.

Ihr könntet ruhig ein wenig dankbarer sein, schmollte der Schwanengeist, ehe er Vatoq mit einem höchst widerstrebenden Handwink Luft und Schnelligkeit schenkte und ihn wie einen blutroten Pfeil auf die grünblauen Eisschollen zuschießen ließ, die sich just im richtigen Moment vor ihm auftaten. Vatoqs verunstalteter Körper passte natürlich haargenau hindurch – bis auf den linken Fuß, bei dem der Miroschwan es nicht versäumte, ihn kurz zwischen den beiden massiven Eisplatten einzuklemmen, die sich hinter Vatoq wieder schlossen. *Verfluchte Hexe!*, dachte Vatoq. Doch er sagte nichts, sondern starrte nur auf den kleinen Kamm in seiner riesigen rechten Hand, der in der Nachtluft irgendwie zu vibrieren schien.

Das Blütenblatt war noch da. Und während Vatoq hinsah, spross bereits eine neue Knospe aus diesem unscheinbaren kleinen Ding, das an nur einem Tag fast eine gesamte Insel vernichtet hatte.

Marens Sommerrosen lebten noch.

Und er lebte auch noch – irgendwie.

Ein leises Plätschern hinter seinem Rücken verriet Vatoq, dass der Miroschwan ebenfalls aus dem See geschwebt war, und sich wieder sein altes Schwanengewand anlegte, das irgendjemand seltsamerweise aus dem See gefischt – aber nicht mitgenommen hatte. *Darüber wird sie mir später Rede und Antwort stehen*, beschloss Vatoq, während er ein paar makellose Schwanenfedern durch die schwarze Nacht wehen sah. Doch Vatoq war nicht dumm genug, um sich zu seinem Miroschwan umzudrehen, so wie der dämliche Will es damals an genau diesem See getan hatte, als Vatoq ihn in den Nebel geführt hatte, um Maren endlich von diesem Wicht zu befreien. Denn die Schönheit der Miroschwäne war für einen Mann schon in ihrer Gespensterform nahezu unerträglich, aber in ihrer wahren Gestalt ... Da verloren nichtsahnende Narren ihren Verstand schneller an diese Kreaturen, als sie bis drei zählen konnten – zumindest normalerweise. Doch natürlich hatte der hübsche Willjareth Vatoq auch diesen Gefallen nicht getan und sich enttäuschend gut dafür gehalten,

dass er einen Blick auf einen leibhaftigen Miroschwan erhascht hatte. Vielleicht war es einfach zu neblig gewesen oder Will, dieser Trottel, hatte schon vorher zu wenig Hirn besessen, um noch allzu viel davon verlieren zu können. Oder vermutlich war es ein wenig von beidem gewesen, denn das Einzige, was einen Mann sonst vor diesen Kreaturen schützte, war der Sage nach die Liebe zu einer anderen Frau – und zu so etwas Menschlichem wie Liebe waren diese monströsen Lords ja nicht fähig.

Aber das ist ohnehin alles nicht mehr wichtig!, ermahnte Vatoq sich streng. Wichtig war nur noch zu erfahren, warum er noch lebte, und herauszufinden, wie er sich rächen konnte.

»Rede! Woher wusstest du von dieser Verbindung?«, verlangte Vatoq daher von seiner dümmlichen Dienerin zu wissen, nachdem die letzten weißen Federn allzu leicht und verspielt vor ihm in die Dunkelheit entschwunden waren.

Angeberin.

»Die Rosen und meine Art ... wir haben denselben Vater. Da spürt man ein wenig von dem, was die anderen spüren. Damals, bevor diese Insel ihren Namen bekam, haben der Rosenkönig und die Frostmutter –«

»Deine Märchengeschichten interessieren mich nicht«, unterbrach Vatoq den Miroschwan forsch. »Du und diese Rosen ihr seid also Hexenbrut aus demselben Nest, vermutlich seid ihr beide missglückte Schöpfungen irgendeines wahnsinnigen Hexenmeisters, deswegen haben die Unkräuter deine schlafenden Schwestern im See wohl auch nicht in Stücke gerissen, was?«, brummte Vatoq abwesend in sich hinein. Er hatte vergessen, dass diese dumme Pute so abergläubisch war, dass sie noch an Götter glaubte. »Du hast also eine Verbindung zu diesen Rosen, sei es durch Götter oder Wahnsinnige. Schön und gut. Was weißt du noch über dieses Unkraut? Wozu sind diese Rosen fähig? Sie haben immerhin ganz Wjallvit auseinandergenommen und mich unter Wasser vor dem Ertrinken bewahrt«, überlegte Vatoq, während er seine blutüberströmten Hände zu Fäusten ballte und spürte, wie eine fremde, verheerende Kraft mit jedem neuen Pulsschlag in seine Glieder zurückströmte. Leuchtend rote Rosenblüten sprossen plötzlich aus den Rissen zwischen seiner zerfetzten Haut hervor, als wollten sie seine Wunden schließen – oder ihren Anspruch auf die kläglichen Überreste seines Körpers deutlich machen.

»Die Rosen haben nicht Euch gerettet, sondern sich selbst, immerhin haben sie Wurzeln in Euch geschlagen«, bekräftigte der Miroschwan in diesem Augenblick schnaubend und trotz des unverhohlenen Spottes klang ihre Stimme noch immer so schön wie ein Heer silberner Violinen. Schrecklich schön, doch darauf konnte Vatoq im Augenblick nicht achten.

Wurzeln geschlagen, hallte es abermals in seinem nebligen Kopf wider. Das Unkraut, das ihm seine Magie geraubt hatte, wucherte nun also in seinen Adern umher!

Kurz erfasste Vatoq eine Woge des Abscheus. Doch dann dachte er an die erbärmliche kleine Maren, an den ebenso erbärmlichen Rosenkamm, der bis vor wenigen Stunden mit ihrem erbärmlichen Kopf verwachsen gewesen war, und daran, wie sie ihn auf dem See mit ihren Hexenrosen davon abgehalten hatte, Will, diesen erbärmlichen Feigling, endlich umzubringen.

»Maren war auch mit diesen Rosen verbunden und sie konnte ihnen Befehle geben ... Kann ich das auch?«, fragte er schließlich und die fremde Kraft in seinen Gliedern wallte kurz aufgeregt auf.

Der Miroschwan hinter ihm zögerte kurz. »Meine Brüder ... folgen Stärke, so wie ich und meine Schwestern Schönheit folgen ...«, antwortete sie dann.

Ein scharfes Lächeln zuckte über Vatoqs schiefe Lippen. Wortlos drehte er sich zu dem geborstenen Mirosee um, wo verdorrte Rosenranken wie zerschnittene Taue zwischen dem Eis trieben.

Steht auf, ihr Unkräuter, es gibt viel zu tun!, dachte er, während er mit seiner von Rosenblüten durchwirkten Hand auf die schwarze Wasseroberfläche deutete. Kurz spürte er, wie ein fremder, aus Pflanzenfasern und dunklen Flüchen bestehender Wille sich seinem eigenen entgegenstemmte. Uralt und instinktiv, aber gleichzeitig ziellos und ohne den brennenden Hass, der Vatoqs eigenen Geist nun stark und verheerend wie einen Waldbrand machte und die Rosen binnen weniger Herzschläge in seine Gewalt zog.

Lautlos sprossen frische Blütenblätter aus den im Wasser treibenden Ranken und funkelten zwischen dem weißen Eis wie Blutstropfen im Schnee.

»Das mit der Stärke sollte kein Problem sein«, knurrte Vatoq, ehe er sich halb zu seiner dümmlichen Dienerin umwandte, auch wenn er es noch immer nicht wagte, den viel zu schönen Miroschwan vollständig anzusehen. Ihr makellos weißer Schemen war im Augenblick alles, was er ertragen konnte.

»Und nun zu dir«, begann er mit einem Blick auf den neu austreibenden Rosenkamm, der nun wie fleischgewordener Hass in seiner zerfurchten

rechten Hand brannte. Es wurde Zeit, endgültig abzurechnen und all das Elend zurückzugeben, das diese Insel ihm in den letzten neunzehn Jahren so großmütig hatte zukommen lassen. »Ich will, dass du zu Willjareth zurückgehst und zu Ende bringst, was du vor vier Jahren angefangen hast. Und lass dir ruhig etwas Zeit dabei, damit die kleine Maren noch ein paar Tränen vergießen kann, sobald sie erkennt, was ihr geliebter Will wirklich ist – und dass sie mein Angebot besser angenommen hätte, als sie noch die Gelegenheit dazu hatte«, schloss Vatoq mit einem wölfischen Grinsen.

Doch das Schwanenmädchen starrte nur beleidigt in den von grünen Lichterschleiern erhellten Nachthimmel hinauf und sagte:

»Er wollte mich nicht.«

Er wollte sie nicht? So war das Schwanenkleid also auf die Schollen gekommen. Anscheinend hatte sie sich nach Vatoqs Tod schnellstens einen ansehnlicheren Meister suchen wollen. Aber das spielte jetzt auch keine Rolle mehr, denn zu ihrem großen Pech lebte er ja noch.

»Bist du dir da sicher?«, fragte Vatoq daher mit trägem Kopfschütteln. »Du hast wirklich keine Ahnung von uns Menschen, oder? Ich kenne Maren und ihren aufgeblasenen Lord schon sehr lange. Sie wird nach ihrem kleinen Tauchgang wieder alles daransetzen, ihrem Land zu helfen. Vermutlich schafft sie es mit ihren schlauen Tricks sogar, dem *edlen* Willjareth die Krone dieser Insel zu erschwindeln. Aber es ist und bleibt eine kaputte Insel, ohne einen funktionierenden Adel oder einen funktionierenden Adelssitz – oder eine funktionierende Königin. Es wird ziemlich anstrengend werden, Ordnung in all dieses Chaos zu bringen, besonders falls die Rosen wider Erwarten doch noch einmal aufwachen … Und der liebe Willjareth war noch nie sonderlich gut darin, sich anzustrengen. Ich gebe ihm eine Woche, sobald ich meine Rosen aus ihrem Schlummer aufgeweckt habe, vielleicht zwei, wenn er sich sehr heldenhaft anstellt, aber danach … Meinst du wirklich, er würde eine so makellose Versuchung wie dich in einem schwachen Moment in den Wind schlagen? Meinst du wirklich, er hört einfach so auf, zu begehren, was er vier Jahre lang mehr als alles andere wollte? Wo die einzige Alternative ein sehr trauriges und sehr kaputtes kleines Mädchen ist? Menschen ändern sich nicht – besonders die schlechten, das ist das Wichtigste, was du über sie wissen solltest.«

Wieder schwieg sein Miroschwan und wandte sich mit etwas, das vermutlich ein Stirnrunzeln war, zu ihm um. Doch Vatoq sah sie noch immer nicht an.

»Meint Ihr nicht, die beiden haben schon genug gelitten, Herr? Ich habe so ekelhaft viele Tränen fließen sehen in den letzten vier Jahren ...«

»*Ich* habe gelitten!«, schnitt Vatoq dem Schwan jäh das Wort ab. »Diese beiden Maden wissen doch gar nicht, was echtes Leid ist, echter Schmerz, echte Einsamkeit! Sie hatten ein paar schlechte Wochen, aber was wahres Leid ist, das werde ich ihnen erst noch beibringen müssen – und du wirst mir dabei helfen, ob du willst oder nicht«, knurrte er und umfasste die lange Schwanenfeder in seiner Manteltasche ein wenig fester – die echte erste Feder ihres schneefarbenen Federkleides und nicht die billige Attrappe, die er Will zu besitzen gestattete, damit dieser Narr sich in Sicherheit wiegte. »Außerdem solltest du eigentlich selbst ganz wild auf diesen Auftrag sein, immerhin ist es schon sehr lange her, seit du das letzte Mal einen warmen, lebendigen Herzschlag unter deinen Flügeln gespürt hast. Du wirst noch alt und runzlig, wenn du dir nicht bald ein geeignetes Opfer suchst«, fügte Vatoq noch abfällig hinzu, woraufhin der eitle Schwan sofort seine Schultern straffte und entschlossen die winzigen Hände zu Fäusten ballte.

Typisch. Schönheit war wirklich das Einzige, was diesen dümmlichen Kreaturen etwas bedeutete – aber zuweilen war das ganz nützlich.

»Und jetzt verschwinde und finde heraus, wo die zwei Turteltäubchen ihr neues Nest aufgeschlagen haben. Aber tu nichts, bevor du nicht wieder von mir hörst«, murmelte Vatoq mit einem Blick auf den dunklen Mirosee, den die frischaustreibenden Rosenranken langsam in ein Feld aus roten Rosenblüten verwandelten. »Ich will noch ein paar Sachen mit diesen Unkräutern ausprobieren und außerdem möchte ich Maren und Will eine kleine Pause gönnen, nach all den Strapazen der letzten Wochen – damit sie genug Luft zum Schreien haben, sobald ich ihnen gebe, was sie verdienen.«

Langsam hob Vatoq seinen Kopf von dem schwarzen See in den gleißend hellen Sternenhimmel hinauf, der kalt und hart auf ihn herabfunkelte, so als würden die grausamen Götter ihn mit ihren diamantharten Augen spöttisch beobachten. Es war eine wirklich schöne Winternacht – schön und schrecklich zugleich, wie jede Nacht hier auf der Insel der Ungeheuer.

Hat dir Marens und Wills

Geschichte

gefallen?

Dann nimm dir doch bitte zwei Minuten Zeit, um dieses Buch auf Amazon oder LovelyBooks und Co zu bewerten. Rezensionen sind sehr wichtig für uns Autoren, damit auch andere Fantasyfans dieses Buch angezeigt bekommen und wir im Internet nicht einfach untergehen.

Vielen Dank für deine Zeit und deine Mühe!

Thematischer Überblick

Ein wichtiges Thema des Buches sind **toxische Schönheitsideale**. In Zusammenhang damit werden unter anderem **Mobbing, Bodyshaming** und **Essstörungen** thematisiert. Gegen Ende des Buches finden sich außerdem **implizite Suizidgedanken**.

Sollten euch diese Inhalte triggern, macht die Lektüre bitte unbedingt von eurem mentalen Gesundheitszustand abhängig, und falls ihr selbst unter Problemen dieser Art leidet, redet, sofern noch nicht geschehen, mit eurer Familie oder einem Psychologen darüber.
Ich wünsche euch nur das Beste.

Das folgende **Nachwort** enthält ein paar meiner Gedanken zu diesem Buch und erklärt, warum ich Marens und Wills Geschichte unbedingt erzählen wollte. Das Nachwort sollte, um Spoiler zu vermeiden, nach der Geschichte gelesen werden.

Warum sind Helden wichtig?

Ich war schon immer fasziniert von Menschen, die für das Gute einstehen und Schwächeren helfen, auch wenn es schwer ist. Ich bin mir sicher, dass wir Helden brauchen, heute vielleicht mehr als jemals zuvor, und deswegen wollte ich diese Geschichte schreiben. Nichts zeigt eindrücklicher, wie wichtig Helden sind, als eine Welt, in der es keine mehr gibt. Eine Welt ohne Mitgefühl oder Ehre, eine Welt, in der jeder nur an sich selbst denkt, in der äußere Werte alles sind, was zählt. Eine Welt wie Beli, die bis in jede funkelnde Faser verdorben ist, aber niemanden mehr beinhaltet, der die Macht oder den Willen hat, etwas zu ändern.

Warum sollten wir unsere Haut auch für andere riskieren?

Diese Frage nach Mut hat Will die gesamte Geschichte über umweht. Für ihn war die Antwort: Weil irgendwann kein »anderer« mehr da ist, der die Situation retten kann. Weil alles immer schlimmer und schlimmer wird, wenn man Ungerechtigkeit zu lange hinnimmt. Die Welt wird immer schlechter und man selbst immer schwächer, immer weniger heldenhaft und immer mehr ein Mittäter. Und wenn man sich endlich aufrafft, ist es möglicherweise zu wenig und zu spät.

Außerdem ist es leicht, sich in den verdrehten Rechtfertigungen einer kranken Gesellschaft zu verlieren, warum Dinge so sein müssen, wie sie sind. Auf Beli treffen wir diese verkorksten Ideale in extremer Form an: Denn wer nicht dem grausamen Schönheitsideal der Insel entspricht, hat für einen Belier alles verdient, was ihm zustößt. Und anstatt diese Idee als den Unsinn zu entlarven, der sie ist, ergibt auch Maren sich irgendwann dem krankhaften Schönheitswahn der Insel, in der Hoffnung, dass alles besser wird, wenn sie erst aussieht wie die anderen »schlanken und schönen« Mädchen der Insel. Immerhin ist es das, was Beli ihr jahrelang gepredigt hat. Und alle anderen Ladys am Hof wirken immerhin glücklich ... oder?

Marens Geschichte ist ein mahnendes Beispiel dafür, welchen Effekt eine toxische Schönheitskultur besonders auf junge Mädchen haben kann und in welche mentalen Abgründe wir stürzen können, wenn niemand diese verdrehten Ideale herausfordert.

Beli ist so ziemlich alles, was eine Gesellschaft falsch machen kann.

Dass wir so viel mehr sind als unser Aussehen, dass Selbstliebe immer zuerst von innen kommen muss und dass wir niemals glücklich werden, solange wir einem unerreichbaren Ideal nachjagen, sind Dinge, die Maren und Will am eigenen Leib erfahren mussten. Ebenso wie das Leid, das eine korrupte Gesellschaft und falsche Ideale in uns säen können. Leid, das man vielleicht hätte vermeiden können, wenn jemand früher aufgestanden wäre, um das Richtige zu tun. Und ich denke, genau deshalb brauchen wir Helden, damit kein Schaden entsteht, der nicht wieder zu reparieren ist.

Und wie geht es jetzt weiter?

Auch die vollen Konsequenzen dieses Buches werden erst im nächsten Teil wirklich deutlich. Da sowohl innerlich als auch äußerlich viel zu Bruch gegangen ist und solche Wunden nicht einfach verschwinden, nur weil Bücher enden. Sowohl Maren als auch Will erwartet noch ein gutes Stückchen Charakterentwicklung. Aber das ist eine Geschichte für einen anderen Tag.

Für heute reicht es, euch mit den Worten ziehen zu lassen, dass wir viel stärker sind, als wir glauben, und dass am Anfang jedes Helden die ehrliche Absicht steht, es in Zukunft besser zu machen.

Neuigkeiten zum 2. Teil

Falls ihr über Updates zum zweiten Teil* auf dem Laufenden gehalten werden wollt, abonniert unbedingt meinen Newsletter oder meine Instagram-Seite. Beides könnt ihr unter diesem Link tun:

www.arianne-l-silbers.com/silber-links

*Es wird eine Menge magische Rosen, Schnee und Schatzräuber geben, so viel kann ich schon verraten, und ein paar echte Wintergeister, die Will (verdientermaßen) in den Wahnsinn treiben.

Bonusgeschichte

Um die Zeit bis zum nächsten Teil zu überbrücken, könnt ihr gerne in eine vergessene Ballnacht eintauchen, um den glitzernden Graus von Beli in vier weiteren kurzen Kapiteln zu genießen. Seltene Blumen, Edelsteinkleider und ein zeitweise nahezu anständiger Will werden euch dort erwarten.

Die ersten 100 Leser dieses Buches können den Blumenball unter diesem Link aufrufen:

www.arianne-l-silbers.com/blumenball

Ansonsten findet ihr die Geschichte exklusiv auf meinem Patreon Account:

www.patreon.com/user?u=58451666&fan_landing=true

Danksagung

Ein Teil von mir dachte lange Zeit, in Danksagungen führt man ganz pragmatisch alle Menschen auf, die bei der direkten Herstellung des Buches geholfen haben. Aber inzwischen bemerke ich, dass ein Löwenanteil des Dankes den Menschen gebührt, die das fragile System »Künstler« zwischen dem Bücherschreiben vor der totalen Selbstzerstörung bewahren. Deshalb geht ein riesiges Danke an meine Eltern und an Ann-Kathrin und Alina, weil es manchmal wirklich nicht leicht ist, uns Autoren zu ertragen – danke, dass ihr es trotzdem irgendwie schafft.

Ein großes Danke geht auch an mein Testleserteam (Maria, Flori, Luisa, Alina), das Ilisil von den Toten wiedererweckt, Cenric zu den Rosen gestoßen und noch viele andere Verbesserungen bewirkt hat.

Emely danke ich für die herrlich amüsante letzte Testleserunde, die tolle Illustration und für die vielen Rollenspiele, denen Maren entsprungen ist. :)

Meiner silbrig schimmernden Bookstagram-Bubble danke ich dafür, dass sie mich auch durch schwere Zeiten hindurch motiviert hält.

Und zu guter Letzt danke ich auch dir, lieber Leser, dass du dieses Buch aufgeschlagen hast und Maren in ihr schrecklich glitzerndes Abenteuer gefolgt bist. Ich hoffe, ihre und Wills Geschichte hat dir ein paar spannende Lesestunden beschert und dass ich dich im nächsten Jahr wieder auf Beli begrüßen kann, um verfluchte Rosen und vergessene Götter zu bekämpfen und Will eine wohlverdiente Ohrfeige zu verpassen.

Lust auf mehr Silber-Geschichten?

Wie wäre es dann mit dieser?

Die Birkenbraut & ihr Ungeheuer

von Arianne L. Silbers

Nominiert für den
LovelyBooks Leserpreis 2021

ISBN-10: 394773896X

Mitreißende Dark Fantasy hinter verzauberten Türen!

Onora liebt Bücher und gute Geschichten – zwei Dinge, für die ihr kriegslustiger Clan nichts übrighat. Und so schließt sie sich eines Tages den weisen Drunen an, die tief im Wald das Wissen der gesamten Welt versteckt halten.

Als Onora allerdings anfängt, von einer mysteriösen Tür aus Birkenholz zu träumen, wird ihr klar, dass die Drunen neben all ihren Chroniken auch Geheimnisse horten. Zusammen mit dem düsteren Hecser, der gegen seinen Willen zu ihrem Beschützer ernannt wird, schleicht sie sich schließlich in den Irrgarten der Gelehrten, um die Tür aus ihren Träumen zu finden.

Doch je tiefer Onora sich in dem von Monstern bewachten Labyrinth verläuft, desto mehr weicht ihre Furcht vor dem mitleidlosen Krieger einem ganz anderen Gefühl, das sie ins Verderben stürzen könnte, sollte sie die Birkenholztür wirklich erreichen. Denn auch Hecser verbindet etwas mit der rätselhaften weißen Tür – ein Zauber, zu alt und finster, um einen Namen zu haben. Und nicht jeder Fluch lässt sich brechen …

Ein Herz, so schwarz wie Rabenfedern,
das andere weiß wie Birkenholz.